1848

THE TENANT OF WILDFELL HALL

懷德菲爾莊園的房客

（全譯本）

Anne Brontë　安妮・勃朗特

陳錦慧——譯

導讀

離家與返家

吳易道

（內文涉及劇情，請小心閱讀。）

《懷德菲爾莊園的房客》的作者安妮・勃朗特（Anne Brontë，一八二〇～一八四九），有兩位享譽文壇的小說家姊姊：夏綠蒂（Charlotte Brontë，一八一六～一八五五）與愛蜜莉（Emily Brontë，一八一八～一八四八）。夏綠蒂的代表作《簡愛》（*Jane Eyre*）出版於一八四七年十月。同年十二月，愛蜜莉唯一的長篇小說《咆哮山莊》（*Wuthering Heights*）和安妮的第一本小說《艾格妮絲・格雷》（*Agnes Grey*），因篇幅長度互補，集結成一本書出版。《簡愛》問世時，封面並沒有印出作者夏綠蒂的真實姓名，只告訴讀者，這本關於簡愛的自傳，是一本由Currer Bell編輯的書。《咆哮山莊》與《艾格妮絲・格雷》初版的封面頁，雖然有印出作者名字，但寫的不是勃朗特姊妹們的真名，而分別是Ellis Bell與Acton Bell。勃朗特姊妹們選擇的化名，饒富深意。她們的化名共用了一個姓氏（Bell），間接地告訴當代讀者，這三位作者是一家人。從這個細節來看，這三個看起來像男生名字的化名，不僅幫助勃朗特姊妹們隱藏了她們女性作家的身分，也點出了家對她們的重要性。[1]

這三本在一八四七年出版的勃朗特小說，有一個共同的特色：小說中的女主角，都因為現實生活所迫，從一個「家」遷徙到另外一個「家」，然後對自己最鍾愛的家，魂牽夢縈，最後還是選擇回家。

《簡愛》中的女主角自幼父母雙亡，從舅媽家搬到寄宿學校，再從學校搬到羅徹斯特先生的家擔任家庭教師，發現羅徹斯特先生是有婦之夫之後，她黯然離開工作地，另謀生計，之後在聽到羅徹斯特先生的呼喚後，毅然回到他的身旁。《咆哮山莊》的女主角，凱瑟琳．恩蕭決定壓抑對兒時玩伴希斯克利夫的情感，嫁給富裕又有社會地位的艾德加．林頓，搬離原生的咆哮山莊，成為畫眉田莊的女主人。然而二十年後，凱瑟琳的魂魄卻回到了童年時的家，在風雪中隔窗呼喚「讓我進去」。《艾格妮絲．格雷》的女主角，因家中經濟困境，先後到不同的家庭中擔任家庭教師，在看見人生百態後，決定回家，和母親共同經營一間學校。為什麼勃朗特三姊妹們，喜歡讓她們的女主角，離家後又再次返家？安妮．勃朗特生前的最後一本小說，《懷德菲爾莊園的房客》，又對離家與返家間的對話，作出何種評論呢？

回答這些問題的方法之一，是檢視勃朗特三姊妹成長的家庭，了解她們對家的想像與體悟。勃朗特三姊妹的家境並不富裕，父親派翠克．勃朗特（Patrick Brontë）是一位神職人員，母親瑪萊雅．布蘭威爾（Maria Branwell）在她們未滿六歲時便因病過世了。勃朗特全家住在北英格蘭約克郡一個名叫哈沃斯（Haworth）城鎮的牧師公館裡，根據友人 Ellen Nussey 的描述，勃朗特姊妹的家裝飾簡單，但身在其中卻沒有空乏貧瘠之感。這是因為勃朗特一家，雖然沒有豪華的物質享受，卻有富足的精神生活。派翠克相當重視子女的教育，親自當勃朗特姊妹們的老師，教導她們自然科學、歷史、人物傳記以及旅遊相關的知識。他從不限制孩子的閱讀喜好，也鼓勵孩子們討論當時政治與宗教的局面。關心時事因而成為派翠克與孩子們的共同興趣。

除了父親的教導與陪伴之外，勃朗特姊妹們的姨媽伊莉莎白．布蘭威爾（Elizabeth Branwell），也在她們的成長過程中，扮演了重要的角色。在勃朗特姊妹們喪母之後，姨媽便放下自己安逸舒適的生活，前往勃朗特家中，身兼母職，幫忙照顧失恃的孩子們。在父親與姨媽的共同努力之下，勃朗特姊妹們得以平安快樂地長大，甚至有餘力，從童年開始，就醉心於文學創作，互相討論與分享靈感與想法。父親與姨媽用身教告訴孩子們，家不只是一棟房子，更是愛與責任的結晶。在享受親情溫暖的同時，勃朗特姊妹們也明白，是因為父親與姨媽願意一肩扛起養育兒女的責任，她們才有無憂無慮的童年。[2]

在愛與責任感中成長的安妮・勃朗特，很自然地將家與家人間的情感畫上等號。西元一八四〇年五月起，安妮・勃朗特離開哈沃斯牧師公館，開始擔任羅賓森一家（the Robinson family）的家庭教師。離鄉背井的她，在同年八月二十二日，寫下了一首名為〈藍鈴花〉（The Bluebell）的短詩，表達想家之情。她所想念的，不是家的裝潢擺設，而是和家人相知相惜，彼此扶持的美好時光（'when I dwelt with kindred hearts/ That loved and cared for me'）。[3]

值得注意的是，安妮・勃朗特是在擔任家庭教師，寄人籬下時，思念自己的家。在十九世紀中葉的英國，女性家庭教師是社會上的弱勢族群。因為工作性質不以提供勞力為主，她們在雇主家中不算是僕人，但是因為受雇於人，她們也無法和雇主的家人平起平坐，這樣尷尬的處境，讓

1. Drew Lamonica Arms, 'The Brontës' sibling bonds', *The Brontës in Context*, ed. Marianne Thormählen (Cambridge: Cambridge University Press〔以下簡稱UP〕 2012), pp. 91-97 (pp. 91-92).
2. 關於勃朗特家族的資訊來源為 Juliet Barker, 'The Haworth context', in *The Cambridge Companion to the Brontës*, ed. by Heather Glen (Cambridge: Cambridge UP, 2002), pp. 13-33 (pp. 29-30). 以及 Bob Duckett, 'A mother and her substitutes: Maria Brontë (*née* Branwell), Elizabeth Branwell and Margaret Wooler', in *The Brontës in Context*, ed. Marianne Thormählen (Cambridge: Cambridge UP, 2012), pp. 44-52 (pp. 47-49).
3. Anne Brontë, *The Poems of Anne Brontë: a New Text and Commentary*, ed. by Edward Chitham (London: Macmillan, 1979), p. 74.

她們很難在雇主家中有安穩的立足之地。教育雇主的孩子時，她們必須聽令於雇主的要求，當孩子表現不佳時，她們必須承擔所有的責任，因此她們往往備受委屈，孤立無援。這樣不友善的環境，和安妮．勃朗特的原生家庭，形成強烈的對比，也難怪她睹物思人，藉由一朵花，來表達她對家的眷戀了。

從這個例子，我們可以看出，對於安妮．勃朗特而言，離家是一種心靈的斷裂，就像一艘小船，鬆開纜繩，揮別熟悉的港灣，雖然眼前有無垠的滄海，無限的機會，但遇到風雨時，只能孤軍奮戰。安妮．勃朗特的第一本小說《艾格妮絲．格雷》，就藉由一個女家庭教師的故事，將這種心情，描寫得淋漓盡致。在《艾格妮絲．格雷》中，安妮．勃朗特也將返家描寫成一種心靈的慰藉，一種在愛與被愛中，獲得的休憩與自由（'enjoying ... rest and liberty ... among the loving and the loved'）。[4] 安妮．勃朗特的兩位姊姊，也同意她對家的想法。在一八四七年出版的三本勃朗特小說中，都可以見到書中人物離家後的孤寂與返家時的欣喜。勃朗特姊妹們透過小說中離家與返家的經驗，來表達家在她們的生命中，有著舉足輕重的地位。

安妮．勃朗特的第二本小說《懷德菲爾莊園的房客》，延續了勃朗特姊妹們熟悉的離家／返家主題。本書於一八四八年六月問世。書名即清楚顯示這是一個關於家的故事。「房客」一詞點出了兩個家的樣貌，其一是此房客目前落腳的地方，其二是她之前生活的住所。本書書名中的「房客」指的是女主角海倫．杭汀頓（Helen Huntingdon），她之所以暫居在懷德菲爾莊園中，是因為要帶兒子逃離酗酒丈夫亞瑟．杭汀頓（Arthur Huntingdon）的負面影響。有趣的是，懷德菲爾莊園是海倫出生的地方，目前是由海倫的手足費德烈克（Frederick）管理。嚴格來說，在懷德菲爾莊園中的海倫，並不是房客，只是仰賴房客的身分，隱姓埋名，躲避丈夫的騷擾。逃離夫家的海倫，其實回到了娘家，有親人的支持與協助。

海倫攜子逃家的舉動，在一八二〇年代的英國，是「違法」的行為。[5]當時的法律規定，丈夫全權掌控婚姻中的任何決定，包括財產權以及子女監護權。人妻不能違逆丈夫，更遑論離婚。在不平等的法律規範下，海倫和兒子唯一的出路，就是逃回娘家。到了一八四〇年代，英國的婚姻法已出現些許的改革，朝兩性平等的目標邁進，例如在一八三九年通過嬰幼兒監護權法，即賦予人母申請七歲以下孩子監護權的權力。將海倫的困境與抉擇放至一八二〇年代，安妮・勃朗特引領讀者看見在男性霸權下，人妻的掙扎與無奈。作者對女權的關懷，可見一斑。[6]

海倫逃家的原因，顯示安妮・勃朗特對「家」有更進一步的認識與了解。她明白有些家是溫暖的避風港，有些家卻是沉重的枷鎖。在這本小說中，讓家變質的原因，是家人間情感聯繫的崩解。海倫的丈夫有酗酒的習慣，鎮日無所事事，耽於逸樂，海倫曾希望能幫助丈夫振作起來，但總是徒勞無功。在發現丈夫與他朋友的妻子出軌之後，海倫選擇忍氣吞聲，平靜地告訴丈夫，他們的婚姻已名存實亡。但海倫的委曲求全，並沒有換得丈夫的洗心革面。相反地，亞瑟・杭汀頓變本加厲，不但鼓勵年幼的兒子酗酒，還假借幫兒子請家庭教師之名，公然帶情婦回家。亞瑟・杭汀頓背棄了婚姻中相愛相守的承諾，不但沒有盡到照顧妻小的責任，還踐踏了海倫對他的一片真心。

4. Anne Brontë, *Agnes Grey*, ed. by Robert Inglesfield and Hilda Marsden (Oxford: Oxford UP, 2010), p. 33.
5. 雖然本書初版於一八四八年，但書中海倫的故事是發生在一八二〇年代。
6. Josephine McDonagh, 'Introduction', in *The Tenant of Wildfell Hall*, ed. by Herbert Rosengarten (Oxford: Oxford UP, 2008), pp. ix-xxxv (pp. xxvii-xxx).

也許對很多人而言，這樣烏煙瘴氣的家，是不值得再回首駐留了。但是在這本小說的尾聲，離家後的海倫又心甘情願地回到亞瑟．杭汀頓的身旁。這時的亞瑟．杭汀頓已不復昔日的英姿煥發，他生了重病，奄奄一息。海倫知道這個消息之後，決定回家，照顧病榻上的丈夫。支持海倫決定的力量，是海倫的責任感。

在十九世紀中葉的英國社會中，人們普遍認為妻子的責任是為丈夫建立一個溫暖舒適的家。雖然丈夫不義在先，但海倫選擇以德報怨，勇敢地承擔起這個責任，在丈夫最脆弱的時候，伸出援手。海倫之所以能不計前嫌，雪中送炭，部分原因也是她對丈夫的深情。海倫曾經深愛著亞瑟．杭汀頓，面對親人因亞瑟行為不檢點而反對她下嫁亞瑟時，她說：「我即使討厭那些罪行，還是會愛那個罪人，願意盡最大的努力拯救他。」婚後種種的磨難，並沒有完全扼殺這份情感與初衷，她的回家，彰顯了愛情強韌的生命力。

《懷德菲爾莊園的房客》一書出版後不久，安妮．勃朗特的健康就亮起了紅燈，並於一八四九年五月二十八日，因肺病逝世。臨終前，安妮放心不下姊姊夏綠蒂。安妮一共有四位姊姊和一位哥哥，但多英年早逝，在一八四九年，她是夏綠蒂唯一在世的手足了。擔心自己死後，姊姊孤苦，安妮請姊姊的朋友 Ellen Nussey 幫忙：「請代替我當她的妹妹，請盡可能地陪伴她。」（'Be a sister in my stead. Give Charlotte as much of your company as you can.'）[7] 安妮的請託，不僅是想盡家人互相扶持的責任，也蘊藏了她對家人深沉的關愛，寥寥數語，卻道盡了姊妹情深。

安妮將此種相輔相成的關愛與責任，寫進了《懷德菲爾莊園的房客》一書中。書中的女主角海倫，在夫家中受苦受難，為了給愛子一個健康的成長環境，也為了盡為人母親教養孩子的責任，不惜對抗不公的法律，選擇帶兒子逃離酗酒的丈夫。然而，在好不容易逃離這個家後，海倫又為了照顧病重的丈夫，再次折返，無怨無尤。對於海倫來說，離家與返家都是寶貴的生命經驗，這些經驗，讓她在愛的向度中，發現責任的蹤跡，也讓她在責任的重擔下，見證愛的堅毅。

（本文作者為國立政治大學英國語文學系副教授。）

7. 引用自Maria H. Frawley的專書*Anne Brontë* (New York: Twayne, 1996), p. 46.

目錄

第二卷

二版作者序

我必須承認本書受歡迎的程度超乎我的預期，也承蒙幾位善意書評家過譽。然而，我卻沒想到這部作品竟會遭到某些人士的粗暴譴責。我個人的觀點與感受告訴我，那些抨擊流於惡意，有失公允。作家其實沒有必要理會貶抑者的言論，更毋須為自己的作品辯白，但我應該有權發抒幾點見解。如果當初我預見有人會懷著偏見閱讀本書，或只憑匆匆一瞥便驟下定論，就會採取防範措施，在初版序中明立場，以杜悠悠眾口。

我寫這篇文章不是為了供讀者消遣，也不是為了一吐胸中塊壘，更不是為了討好媒體與大眾。我只希望說幾句真話，聽得入耳的人，自然能夠體會真話背後的涵義。不過，正如稀世珍寶往往深藏井底，想求得寶物，就得鼓起勇氣往下跳。特別是，挖到寶物的人未必得到感謝，反倒經常因為弄得渾身泥濘引來輕蔑與辱罵。同樣地，清潔婦將邋遢單身漢的屋子清理乾淨，非但得不到嘉許，反而可能因為過程中揚起滿屋灰塵挨罵。請不要誤以為我自認有能力革除社會的謬誤與弊端，我只是樂意為這個崇高理想奉獻微薄心力。只要社會大眾願意聽，我寧可悄聲呢喃幾句有益的真話，也不要給出連篇累牘的悅耳空談。

《艾格妮絲．格雷》[1]某些段落被譏為誇大渲染，偏偏那些都是真實生活的詳盡描摹，而且戒慎恐懼地避免任何誇飾手法。到了這本書，某些人又指控我「對某些稱不上殘暴、卻粗俗有餘的題材懷有病態偏好」，說我自得其樂地刻畫某些場景。容我大膽說一句，我描寫那些場景時，內心痛苦的程度肯定超過最挑剔的批評家閱讀時的感受。或許我確實太不留餘地，日後我會多加留意，避免帶給自己或讀者相同困擾。不過，如果我們必須處理奸佞凶惡的角色，我認為最好的做法是如實揭露他們的真面目，而非描繪他們希望呈現的印象。小說創作者描寫壞事時當然樂意輕描淡寫一筆帶過，但這真的是最誠懇、最安全的策略嗎？明知路途中遍布陷阱與坑洞，究竟要告知涉世未深、粗心大意的行人，或者用樹枝與花朵遮蔽它們？讀者啊！如果少一點這類的粉飾太平，也不要在危險時刻悄聲說，「平安了，平安了。」[2]那麼年輕男女就不需要從經驗中學習血淋淋的教訓，也可以少點過失與苦難。

希望外界不要誤會，以為我在書中描寫的那個不幸的無賴和他那群屈指可數的放蕩朋友，是社會常見的典型。我相信所有人都看得出那是極端案例。然而，我相信這種人確實存在。如果因為我的警告，避免某個莽撞少年步上他們的後塵，或阻止某個輕率少女犯下跟書中女主角相同的失誤，那我寫這本書就沒有白費力氣。不過，如果有哪位正直的讀者讀這本書的心情是苦多樂少，或者讀罷掩卷時內心惆悵莫名，我在此謙卑地請他見諒。那絕非我創作的初衷，下回我會努力改進，因為我喜歡為讀者帶來單純的閱讀樂趣。只是，我寫作並非只為取悅讀者，甚至不是為了創造「完美的藝術品」。將時間與才華投注在這上面，我認為既是浪費，也是誤用。上帝賜給我這微不足道的才華，我決定將它發揮得淋漓盡致。假使我有能力，在提供消遣之餘，我希望也能有所裨益。當我覺得有責任說出不太討喜的真相，在上帝的協助下，我一定會說出來。即使為自己招來罵名，造成讀者和我自己當下的不愉快，我也不在乎。

1. *Agnes Grey*，作者於一八四七年發表的寫實小說，描寫一名女家庭教師的故事，其中不少是作者的親身經歷。
2. 摘自《聖經．耶利米書》第八章第十一節。

最後一件事。關於作者身分，我要在此強調，阿克頓・貝爾既不是柯勒・貝爾，也不是埃利斯・貝爾[3]，因此，希望他的缺失不至於牽連他們。至於這個名字是真實或虛構，對於那些只讀過他作品的人並不重要。另外，作者的性別同樣無關緊要。有一兩位批評家自稱查出作者是個女性，我願意往好處想，認為那是在讚賞我對書中女性角色的詮釋恰如其分。雖然我傾向認為，某些人之所以嚴詞攻詰本書，在於他們懷疑作者是位女性。我無意出面澄清，因為我認為，只要是好書，無論作者是男是女，它仍然是好書。所有小說都是（也應該是）為兩性讀者而寫。我無法想像，男性怎麼會允許自己寫出有損女性尊嚴的文字？抑或，女性如果寫出適合男性閱讀的文字，為什麼要受到譴責？

一八四八年七月二十二日

3. 勃朗特三姊妹發表作品均用筆名，姓氏都是貝爾（Bell），老大夏綠蒂是柯勒（Currer）、老二艾蜜莉是埃利斯（Ellis）、本書作者安妮是阿克頓（Acton）。

致傑克·哈佛德鄉紳

親愛的哈佛德：

我們上一次相聚時，你跟我分享我們相識以前發生在你人生中的重要事件，並且希望聽聽我的往事。當時我沒有說故事的心情，所以婉拒了。我用了些藉口搪塞，比如我的過去乏善可陳之類的，你顯然不能接受。雖然你馬上轉換話題，神情卻十分哀怨，彷彿深深受到傷害。那天在我們分開以前，你的面容都籠罩一層陰霾。在我看來，到現在還是一樣。因為從那之後，你的來信總是嚴肅中帶點憂鬱，筆調生硬，語帶保留。如果我自認有錯，心情一定會大受影響。

老弟，你丟不丟臉？都這把年紀了，我們也當了大半輩子知心好友，何況我對你向來坦承相待、無話不說，相較之下，你反而比較沉默寡言，但我從來不介意。問題大概就在這裡，畢竟你原本不是健談的人，那天難得打開話匣子，可能會覺得自己跨出重大的一步，向我展現前所未有的信任與親密。我相信你已經發誓從此不再做那種事，而且你覺得給了我那麼大的面子，我至少該有點回饋，那就是毫不遲疑地交代自己的過去。

好啦！我提筆寫這封信不是為了責怪你，也不是為自己辯解，更不是為過去的冒犯致歉。只是，如果可能的話，我想稍做彌補。

外面下著雨，到處濕答答。家人出門訪友去了，我一個人待在書房，翻出一些泛黃的信函和文件來讀，緬懷舊日時光，所以此刻的我非常適合跟你說說早年的故事。我把烤得熱乎乎的雙腳從壁爐格柵上縮回來，轉身來到桌子旁，給你這個脾氣毛躁的老友寫了上面那幾行字。接下來我要來略述……不，不是略述……是忠實而完整地訴說我人生中最重要的事件，至少是我認識傑克．哈佛德之前的大事。等你讀完，看你還敢不敢指控我不知感恩、不夠朋友。

我知道你喜歡故事越長越好，又跟我奶奶一樣，老愛打破砂鍋問到底，所以我決定無限暢談。我不怕你厭煩，只怕自己沒耐心，或沒時間。

我提到的那些信函和文書之中，有一本我的舊日記，紙頁已經發黃褪色。我會特別提到它，是向你證明我說故事靠的不只是我超強的記憶力，免得你聽我細說從頭時，忍不住質疑故事的真實性。那麼我馬上從第一章開始，因為這段故事會有許多章節。

你永遠的好友，

吉伯特．馬坎

第一卷

第一章 新發現

你得跟我回到一八二七年秋天。

如你所知，我父親是個經營農場的紳士，我遵照他的遺願承襲了這份安穩的職業。我心裡不是很樂意，因為我的企圖心鼓舞我追求更高目標。我的自負告訴我，如果不聽從它，等於把一身才華埋葬在泥土裡，耀眼的光芒無從顯露。我母親竭盡所能讓我相信我可以有更遠大的前程，但我父親認為企圖心必然引人走向失敗，改變是毀滅的同義詞。他反對做任何事來提升我或所有人類的現狀。他告訴我那些都是空談，臨終時更諄諄告誡，要我遵循美好傳統，追隨他和我祖父走過的路。他希望我以堂堂正正做人為生命最高目標，不要三心二意。日後將家族農場交給下一代時，至少要保持得跟剛接手時一樣欣欣向榮。

「好吧！勤奮正直的農夫在社會上也算是最有用的人。如果我把才華發揮在經營農場和整體農業的改良，那麼我不但照顧了自己的親人和雇工，某種程度上也算對人類有所貢獻，那麼我這輩子就沒有白活。」十月底某個烏雲密布的濕冷夜晚，我踩著沉重步伐從田裡走回家，腦海裡想著這些話，給自己一點安慰。不過，無論我逼自己的腦袋想出多少智慧話語或堅毅決心，都不如客廳窗子透出來的溫暖火光更能提振我的精神、更能掃除那些不知感恩的牢騷。別忘了，當時我才二十四歲，年紀還輕，掌控情緒的能力不及現在的一半（雖然現在也不怎麼高明）。

只是，進入那個溫馨天地以前，我得先脫掉泥濘的靴子，換雙乾淨的鞋；再把工作大衣換成體面外套，也就是把自己收拾得人模人樣。我母親雖然無比親切慈祥，在某些方面卻十分嚴格。

我上樓準備回房，在樓梯遇見一個聰明美麗的十九歲女孩，體態豐潤有致，圓圓的臉蛋嬌嫩欲滴，光澤亮麗的鬈髮，笑瞇瞇的棕色眼眸。我不說你也知道，這人是我妹妹蘿絲。我知道她到現在還是個漂亮的已婚女性，而且在你眼中肯定依然嬌美如昔，就像當年你初見她時一樣。當年的我無論如何也想不到，幾年後她會嫁給一個當時我完全不認識的人，而那人跟我的感情會變得如此親密，勝過我跟她和我那個十七歲粗野弟弟之間的手足情誼。我下樓時，那個粗野小子在走道上揪住我衣領，一把扯得我幾乎站不住腳。我對準他腦門捶了一下，算是給他的教訓。不過，我那一拳並沒有打傷他，因為他腦殼不是一般的厚，何況又有一頭濃密的紅色（雖然我母親總說那是赭色）鬈曲短髮保護。

我們走進客廳，看見我們敬愛的母親坐在爐火旁她的扶手椅上，雙手忙著編織。閒暇時她總是在編織。她已經把壁爐周遭打掃乾淨，生起溫暖的爐火等我們回家。僕人剛把茶點端進來，蘿絲將糖盅和茶葉罐從黑色橡木餐具櫃的食櫥拿出來。薄暮微光在歡欣的客廳裡閃耀，把橡木餐櫃映得像拋光的烏木。

「他們來了！」我母親轉頭看我們，靈巧的手指和閃閃發亮的鉤針片刻也不停歇。「趕緊把門關上，過來烤烤火，等蘿絲泡茶，你們一定餓壞了。跟我說說今天的事，我喜歡知道我的孩子們都做了什麼。」

「我今天訓練那匹灰色小公馬，一點都不輕鬆。又去麥田指揮工人翻掉最後那些殘株，因為他不懂得怎麼指揮自己。我還想出迅速有效的辦法解決那片低窪草地的排水問題。」

「我兒子真有本事！弗格斯，你都做了什麼？」

「狗鬥獾[1]。」

他鉅細靡遺描述他當天的娛樂，口沫橫飛說著那隻獾和那些狗各自表現多麼英勇。我母親假裝聽得興致盎然，也用慈母的讚賞眼神看著她兒子眉飛色舞的表情。對照當時的話題，那慈祥的眼神顯得相當突兀。

「弗格斯，你該找點正經事做了。」我趁他說話的空檔接腔，打斷他的敘述。

「我能做什麼？」他說。「媽不讓我出海當水手，也不讓我從軍。而我決定除了這兩件事，其他什麼都不做，整天在家煩你們，到時候你們懶得再管我，只要能擺脫我就謝天謝地。」

我母親溫柔地撫摸他粗短的鬈髮。他沒好氣地咕噥一聲，擺出臭臉。最後我們都坐下來，因為蘿絲已經三催四請。

「來喝茶。」她說。「換我說說我做了什麼，我去了一趟威爾森家。吉伯特，你沒跟我去實在太可惜了，伊莉莎也在那裡。」

「喔，她怎麼了嗎？」

「沒事！我不跟你說她的事，我只說她心情好的時候實在非常親切有趣，而且我不介意喊她……」

「噓，親愛的，別這麼說！你哥哥沒那種念頭！」我母親豎起食指悄聲說，表情認真嚴肅。

「好吧。」蘿絲說，「我要告訴你們我在那裡聽見的大新聞，我憋了一整天了。你們應該知道，一個月前就傳說有人要租懷德菲爾莊園，你們猜怎麼著？已經有人搬進去一個多星期了，我們竟然不知道！」

「怎麼可能！」我母親非常驚訝。

「太扯了！」弗格斯驚聲尖叫。

「是真的！而且是個女的！」

「天哪，親愛的！那房子根本是廢墟！」

「她整修了兩、三個房間，就住下來了。就她一個人，另一個是幫傭的老婦人。」

「哎呀！那就沒意思了，原本我希望她是個巫婆。」弗格斯邊說邊切他塗了奶油的三公分厚麵包。

「弗格斯，別亂說。不過這是不是很奇怪，媽？」

「何只奇怪！我根本沒辦法相信。」

「妳可以相信。珍見過她，她跟她媽媽去過。當然啦，她媽媽只要聽說村裡來了陌生人，不親自去瞧一眼、做個身家調查，就會坐立不安。那位女士是葛拉姆太太，穿著喪服。不是新寡的黑色喪服，顏色淡一點。她們說她還蠻年輕，頂多二十五、六歲，可是保密到家！她們費盡心思想問出她是什麼人，從哪裡來，想知道她的一切。可惜，不管是威爾森太太的死纏爛打，或珍的旁敲側擊，都得不到一丁點滿意的答覆。沒有任何脫口而出的線索或不經意的話來滿足她們的好奇心，也沒有透露一點蛛絲馬跡讓她們推敲她過去的人生或家裡有些什麼人。更奇怪的是，她對她們幾乎有點沒禮貌，明顯寧可趕緊送客，不想跟她們多說什麼。不過，伊莉莎說她爸爸打算盡快找個時間去拜訪她，給她一點牧師的忠告。他覺得那位女士可能有需要，因為據說她上星期早早就搬來了，星期天卻沒上教堂。她……我指的是伊莉莎……會要求她爸爸讓她一起去，而且自信一定能哄她說出點什麼。吉伯特，你也知道沒什麼事難得倒她。媽，我們也該去拜訪新鄰居，免得失禮。」

「親愛的，那是當然。真可憐！她一定很孤單！」

1. Badger-baiting，十八、九世紀流行於英國的殘忍遊戲，做法是將獾抓來放進人造洞穴裡，放狗進去咬，看狗花多少時間把獾咬出來。

「拜託妳們快點去，回來要告訴我她喝茶加多少糖，她的帽子和圍裙是什麼款式，諸如此類的。我不弄清楚這些，日子不知道怎麼過下去。」弗格斯正經八百地說。

如果他期待大家欣賞他這神來一筆的幽默，他顯然大失所望，因為沒有人笑。不過他心情好像沒受影響，因為他剛吃了一大口麵包，正準備吞下一大口茶，突然被自己的話戳中笑點，憋不住爆笑，趕緊跳起來衝出客廳，一路又哼又咳，一分鐘後就聽見他在花園裡痛苦哀號。

至於我，我餓了，默默享用我的茶、火腿和土司。我母親和妹妹繼續聊著，討論那位神祕女士各種明顯或不明顯的情況，以及可能或不可能的過往。我必須承認，目睹我弟弟的不幸遭遇後，我曾經一兩度將茶杯舉到唇邊又放下，不敢喝杯裡的液體，以防有失尊嚴地步上我弟弟後塵。

隔天，我母親和妹妹匆匆去拜訪那位女隱士，回來時依然兩手空空沒多少收穫。不過我母親聲稱她不後悔走那一趟，因為她自認貢獻了一些有益訊息，覺得這樣反而更好。她給了對方一些有用的建議，希望不至於白費唇舌。她說葛拉姆太太說話沒什麼內容，而且顯然有點固執己見。雖然她不知道自己大半輩子都住哪裡（真可憐），至少還能思考。她顯然在某些方面無知到了極點，而且一點都不覺得慚愧。

「哪些方面？」我問。

「家事方面，還有料理的訣竅之類的。不管用不用得到，所有女人都該知道這些知識。我跟她分享了幾個實用的點子，也提供她幾個美味食譜。她顯然不明白那些東西的價值，一直叫我不必費心。她說她的生活非常簡樸低調，用不上那些東西。我說，『沒關係，親愛的，所有良家婦女都該知道這些。雖然妳現在一個人，未必永遠一個人。妳結過婚，可能（我不妨說幾乎確定）會再婚。』她有點高傲地說，『女士，這件事妳錯了。我確定我永遠不會再婚。』但我告訴她我的話錯不了。」

「應該是個多情的年輕寡婦，」我說，「搬來這裡孤獨終老。遠離塵世，悼念親愛的亡夫，可惜撐了不多久。」

「嗯，我也這麼認為。」蘿絲說，「因為她看起來沒那麼悲傷，而且長得非常好看，應該說美麗。吉伯特，你真該看看她，雖然你絕對找不到她跟伊莉莎之間有什麼共通點，卻一定會說她是個零缺點美人。」

「我想像得出很多比伊莉莎漂亮的臉蛋，卻未必比她更迷人。我承認她的確稱不上完美。話說回來，我覺得如果她更完美，可能會無趣得多。」

「所以相較於別人的完美，你更喜歡她的缺點？」

「沒錯。不過我最欣賞我老媽的風采。」

「親愛的吉伯特，這是什麼瞎話！我知道你隨口說說，哪有那種事。」說著，她起身衝出客廳，咕噥著她還有事要做，但我知道她只是不想聽我已經話到嘴邊的反駁。

之後蘿絲又跟我說了更多葛拉姆太太的事。她的外表、舉止、服裝，乃至她的居家擺設，都呈現在我眼前，儘管我不在乎，那影像卻是那麼清晰明確。只是，我向來聽話不專心，所以就算我願意，也沒辦法在這裡重述。

隔天是星期六，到了星期日，大家都好奇那個陌生女子能不能領受牧師的訓示，來上教堂。不瞞你說，我也好奇地望向專屬懷德菲爾莊園那個古老家族的座席。那些座位上的褪色緋紅椅墊與內襯已經多年沒人坐過，也不曾換新。幾面死氣沉沉的紋章盾牌掛在牆壁高處，嚴峻地瞪視下方，周圍的黑色華麗飾邊已經黯淡老舊。

我看見一名身材高䠷的仕女坐在那裡，一襲黑衣。她的臉正對著我，那臉上有種特質，一旦見過之後，會吸引我再看一眼。她髮色烏黑，梳成亮麗的長捲，在那個年代是相當罕見的髮型，卻顯得優雅又合適。她的臉色白皙淨透，眼睛我看不到，因為她低頭看著手上的祈禱書，低垂的眼皮和長長的烏黑睫毛遮住眼眸。不過眉毛很有型，表情豐富。額頭飽滿聰慧，恰到好處的鷹鉤鼻，整體說來，五官無懈可擊，可惜雙頰和眼睛之間有點凹陷。唇形雖然端正精緻，卻有點薄、緊緊抿著，讓人覺得個性不怎麼親切溫柔。我在心裡自言自語：「美女，我寧可隔這麼遠欣賞妳，也不願意跟妳同住一個屋簷下。」

就在那時，她碰巧抬眼往上看，跟我四目相對。我沒有別開視線，她又低頭看書，卻默默露出一抹似有若無的輕蔑，把我給氣壞了。

「她認為我是沒禮貌的楞小子。」我心想。「哼！只要我願意，保證很快讓她改變想法。」

我馬上又想到，在教堂裡想這些太不像話，以當時的情況，我自己的行為實在值得檢討。然而，我專注做禮拜以前，先環顧周遭一眼，看看有沒有人注意我。幸好沒有。那些沒看祈禱書的人都盯著那個陌生女人，包括我虔誠的母親和妹妹，以及威爾森太太和她女兒。連伊莉莎都用眼角偷瞄眾人關注的焦點。這時伊莉莎望向我，忸怩地笑了笑，羞紅了臉，乖巧地低頭看她的祈禱書，努力讓表情恢復平靜。

我再次偷窺，直到肋骨被猛力一撞才收心：我那個冒失鬼弟弟用手肘頂我一下。我暫時只能踩他的腳回敬，等出了教堂再給他點顏色瞧瞧。

哈佛德，這封信結束以前，我要介紹一下伊莉莎。她是密爾瓦牧師的小女兒，是個魅力十足的女孩。我對她很有好感，她也知道。我從沒向她表白過，也沒有強烈意願那麼做。我母親認為方圓三十公里內沒有哪個女人配得上我，絕不會同意我娶那個不起眼的丫頭。她覺得伊莉莎各方面條件都不夠好，而且自有財產連二十鎊都不到。伊莉莎身材嬌小豐滿，臉蛋不大，幾乎跟蘿絲的臉一樣圓，膚色也類似，只是更為細緻，卻少了點嬌柔；鼻尖上翹，五官不算勻稱。整體來說，她不漂亮，卻有魅力。還有她的眼睛，我可不能忽略她出色的雙眸，因為那是她最迷人的特色，至少在外表方面是如此。那雙眼睛細而長，瞳孔是黑色的（或深褐色），眼神風情萬種，變化多端，時而帶點超自然（我幾乎想說邪魔般）的淘氣，時而帶點令人難以抗拒的魅惑，通常二者兼具。她的嗓音溫柔稚氣，腳步像貓兒般輕柔。她的舉止通常像隻美麗調皮的小貓，偶爾唐突撒野，偶爾羞怯端莊，就看她當下的心情而定。

她姊姊瑪麗年紀大她幾歲，個子比她高好幾公分，體格偏向高大粗壯，是個長相普通、文靜懂事的女孩。她們母親過世前長期臥病，瑪麗耐心照顧她，之後一肩挑起家務活直到如今。她父親非常信任她、看重她；貓狗小孩和窮人都愛她、追著她跑；其他所有人都輕視她，不把她放在眼裡。

麥克．密爾瓦牧師本人是個又高又胖的老先生，方頭大耳五官醒目，戴著神職人員的寬邊帽。他手拿堅固手杖，依然強健的雙腿裹著及膝短褲和綁腿（在正式場合則換成絲質黑色長襪）。他有堅定的原則、強烈的偏見和規律的生活習慣；不接受任何形式的反對意見；堅持自己的看法永遠是對的，任何人如果不認同，不是無知得可悲可嘆，就是盲目得無可救藥。

小時候我對他又敬又怕，近來（甚至此刻）已經克服那份畏懼。他對乖巧的孩子格外慈祥，管教起人卻毫不留情，青少年時期的我們經常為一些小毛病或小缺失受到嚴格斥責。甚至，每回他來家裡拜訪我父母，我們就得站在他面前背教義問答，或〈忙碌的小蜜蜂怎麼樣〉[2]之類的聖詩。最恐怖的是，他會問他上一回解釋的經文和講道的標題，而我們永遠記不住那些東西。有時

2. How doth the little busy bee，英國神學家兼聖詩作家以撒．華茲（Isaac Watts，一六七四～一七四八）創作的聖詩。

候這位先生會責備我們的母親過度溺愛兒子，舉以利[3]或大衛與押沙龍[4]的故事要她引以為戒。我母親儘管非常敬重牧師和他所說的每一句話，心裡卻很不是滋味。有一次我聽見她說，「真希望他自己也有兒子！那麼他會知道管教兩個兒子有多困難，不會再說別人不懂得怎麼教兒子。」

他的養生觀念倒是很值得稱道：早睡早起，早餐前必定出門散步，衣服一定要乾燥保暖。儘管他天生肺功能絕佳，嗓音嘹亮，每回講道前還是堅持吞一顆生雞蛋。他對飲食也非常講究，雖然吃起東西一點也不節制，對某些食物卻有強烈偏好。他唾棄茶這類無趣飲料，喜歡麥芽酒、培根、蛋、火腿、風乾牛肉等粗硬肉品。這些食物很適合他的消化器官，他因此認定也益於所有人的健康，自信滿滿地推薦給大病初癒或消化不良的人。假使那些人沒有如他預期從中獲益，他會說那是因為他們沒有堅持執行；如果對方說吃那些東西造成不良後果，他會說那都是胡思亂想。

結束這封長信以前，我要再聊聊前面提到過的兩個人，那就是威爾森太太和她女兒珍。威爾森太太是富農遺孀，心胸狹窄、愛嚼舌根，不值得多談。她有兩個兒子：羅伯特是個鄉土味十足的粗鄙農夫；理查個性靦腆、勤奮好學，目前接受牧師指導研讀古典文學，準備報考大學，有志將來從事神職。

珍這位年輕小姐頗有才華、更有企圖心。她主動要求去寄宿學校就讀，受過的正規教育比全家人都多。她的學業也沒有白費，舉手投足優雅得多，說起話來幾乎沒有鄉土腔，比牧師的兩個女兒更有才藝。她也算是個美女，但我從來不是她的仰慕者。她大約二十六歲，個子挺高，非常苗條，頭髮既不是栗色也不是赭色，而是明顯而鮮亮的淡紅色。她的臉蛋白皙光潔，頭小頸長，下巴上翹，卻極短，薄薄的紅唇，清澈的淡褐色眼珠，眼神機靈又銳利，卻沒有一丁點詩意或感性。她擁有（或有機會擁有）許多跟她身分相當的追求者，卻都不屑一顧地斥退或拒絕。因為只有紳士才能符合她的高尚品味；只有有錢的紳士才能滿足她的雄心壯志。確實有這樣一位紳士，那人近來對她表現出明顯好感。人們交頭接耳說，她有意收服那人的心、家世與財富。那人是勞倫斯先生，也就是懷德菲爾莊園的少爺。他們大約十五年前舉家遷離山莊，入住隔壁教區一棟更現代、更寬敞舒適的大宅。

哈佛德，我要暫時向你告別。這是我分期償還的第一筆款項，如果你對這種錢幣尚稱滿意，跟我說一聲，我閒暇時再寄餘款給你。假使你寧可繼續當我的債權人，也不願意收下這些粗糙笨拙的東西，也讓我知道，我會原諒你品味低劣，把這些寶藏留給自己。

你永遠的好友，

吉伯特・馬坎

3. 以利是一名祭司，卻縱容兩個兒子盜取獻給耶和華的祭品，神怒而詛咒他的兒子和後代子孫。見《聖經・撒母耳記上》第二章。

4. 押沙龍是大衛王的第三個兒子，深受大衛喜愛，卻為了謀奪王位起兵造反。見《聖經・撒母耳記下》第十五章。

第二章　初見面

我最敬重的朋友，很高興你慍怒的陰霾已經消散，何其有幸再次得見你爽朗的容顏。你想繼續聽故事，那麼廢話不多說，咱們開始吧。

我上次提到的那一天應該是一八二七年十月最後一個星期日。接下來那個星期二，我帶著槍和狗出門，想找找林登農場的地界裡有什麼獵物，結果一無所獲。我把目標轉向老鷹和食腐烏鴉，因為我認為牠們搶走我的獵物。我離開平時狩獵的林間谷地、麥田和牧草場，爬上懷德菲爾的陡峭山坡。那是我們那個地方地勢最高、最荒涼的地方。一路往上爬，會看見沿途的樹籬和林木越來越稀疏，越來越矮小。樹籬到最後會變成粗糙的石堆，部分被翠綠的藤蔓與青苔覆蓋。林木則漸漸換成落葉松、歐洲赤松，或孤生的黑刺李。這裡的土地高低不平、礫石遍布，不適合耕作，所以主要用途是放牧牛羊。周遭土壤貧瘠，綠草如茵的小山丘露出一塊塊灰色岩石，荒郊野外常見的越橘與石南生長在圍牆下，豚草和燈芯草大舉入侵，牧草的地盤所剩無幾。不過這反正不是我的土地。

懷德菲爾莊園的位置接近這座山丘峰頂，離林登農場大約三點五公里。那是一棟維多利亞時期的老舊宅邸，以深灰色石材建造而成，視覺效果十分華麗壯觀。然而，看著那些厚實的窗櫺和窄小的花格窗、年久失修的透氣窗，想到它孤伶伶、毫無屏障的處境，住在裡面想必冰冷又陰沉。只有一片歐洲赤松為屋子抵擋雨雪冰霜，卻也已經飽受暴風雨摧殘，看起來跟屋子一樣冷峻陰森。屋後有幾畦荒廢的農田，再過去就是布滿石南的山頂。屋子前方有石牆環抱，出入口是一扇鐵門，兩旁門柱頂端有巨大的圓形花崗石，屋頂與三角窗也有類似裝飾。圍牆裡是一座花園，裡面曾栽植各式能夠適應這裡的土壤與氣候、生命力強韌的花卉樹木，以及能夠忍受園丁酷虐大剪的高矮樹種，方便呈現任何他喜歡的造型。花園多年來乏人照料修剪，加上雜草與風霜旱澇的凌遲，呈現相當奇特的景象。院子主要走道兩旁的水蠟樹綠籬有三分之二都枯萎了，僅存的那些卻長得無法無天。門口刮泥板旁那隻老黃楊木天鵝已經沒了脖子和半邊身體；花園正中央的月桂樹城堡塔樓、大門旁的巨無霸戰士和負責看守另一邊的獅子，都已經枝椏橫生，形狀千奇百怪，無論天空、地表或水中都找不出類似生物。不過，小時候聽保母說過暗影幢幢的鬼屋和當時住戶的恐怖經歷，我豐富的想像力覺得那些樹木就是妖魔鬼怪。

那棟大宅映入眼簾時，我已經打死一隻鷹和兩隻烏鴉，決定見好就收。我緩步往前走，想看看那棟老宅，看看新來的房客做了些什麼整修。我不想走到屋子前面隔著大門盯著瞧，所以停在花園圍牆旁張望。我發現屋子改變不大，只有一邊的破窗和塌陷屋頂明顯修好了，一縷縷輕煙從屋頂上那排煙囪裊裊上升。

我倚著槍，站在那裡仰望那些陰暗的三角窗，放任思緒馳騁，天馬行空地想著種種前塵舊事，也想到此時就在屋裡的那位幽居美人。這時，我聽見圍牆另一邊的花園傳來輕微的窸窣聲和攀爬聲。我循聲望過去，看見一隻小手出現在圍牆上，抓住最上面的石頭，接著另一隻小手也伸上來抓牢，再來是披著淡棕色鬈髮的白皙小額頭，以及底下的深藍色眼眸和小巧的象牙白鼻梁。

那雙眼睛沒發現我，倒是看見了桑球，開心得眼神發亮。桑球是我那隻漂亮的塞特獵犬，毛色黑白相間，當時低著頭在田野裡東嗅嗅西聞聞。那個小傢伙探出頭來大聲喊桑球，好脾氣的桑球停下來抬頭望，搖著尾巴，卻沒有過去。那孩子（是個小男孩，約莫五歲）爬到圍牆上喊了又喊，發現沒用，顯然跟穆罕默德一樣下定決心：山不來就我，我便去就山。他打算翻牆出來。

不料，有一棵頑固的老櫻桃樹就長在圍牆旁，一根枯瘦彎曲的枝椏橫過牆頭，勾住他的連身衣。他努力想掙脫，一不小心腳下打滑栽了下來，幸好沒掉下地，因為衣裳還被樹枝勾住，懸在半空中。他默默掙扎一陣，然後放聲尖叫。不過，我已經把槍扔在草地上，一個箭步衝過去接住那小傢伙。

我拉起他的衣角，幫他擦掉淚水，告訴他沒事了，也叫桑球過來安撫他。他才剛把小手放在桑球脖子上，破涕為笑，我就聽見鐵門「哐噹」一聲，然後是長裙沙沙作響。看哪！葛拉姆太太朝我衝過來，她沒披圍巾，黑色鬈髮在風中飛揚。

「把孩子給我！」她音量壓得極低，卻隱含一股驚人的怒氣。她抓住孩子，一把搶過去，彷彿我身上有什麼致命髒污。之後她定定站著，一隻手牢牢抓住孩子的小手，另一隻手搭在他肩上，一雙明亮的深色大眼睛緊盯著我，臉色蒼白，上氣不接下氣，激動得渾身發抖。

「女士，我沒有傷害那孩子。」我簡直不知道自己該震驚或該生氣。「他剛才從那邊圍牆上掉下來，頭下腳上掛在那棵樹上，我很幸運地接住了他，否則天曉得會有什麼後果。」

「先生，真抱歉。」她突然鎮定下來，講話有點結巴。理性的光芒似乎穿透她混亂的心緒，臉上泛起淡淡紅暈。「剛才沒認出你來，以為……」

她彎腰吻了孩子一下，手臂慈愛地抱住他頸子。

「以為我要綁架妳兒子，是嗎？」

她有點難為情地摸摸孩子的頭說：「我不知道他爬到牆上。你是馬坎先生吧？」她突然問我。

我欠身致意，好奇地問她怎麼知道我是誰。

「幾天前你妹妹來看過我，跟令堂一起。」

「我們兄妹長得那麼像嗎？」我有點驚訝地問，內心感受不到那份該有的喜悅。

「眼神和表情有點神似。」她用探索的眼光掃視我的臉。「星期天在教堂好像看見你了。」

我笑了。也許是我的笑容，或那笑容勾起的回憶惹她不高興，她突然又露出那個高傲冷漠的表情，也就是那天在教堂莫名其妙激怒我、害我產生不敬念頭的表情。那是一種令人反感的鄙夷，輕易就流露出來，不需要牽動面部肌肉。那表情看起來是那麼自然，因此更令我惱怒，因為我覺得那不是裝的。

「馬坎先生，再見。」說完，她帶著孩子頭也不回地走進花園。我氣呼呼走回家。我沒辦法告訴你我在氣什麼，所以乾脆不說。

我到家後只是把槍和彈藥筒放好，跟農場工人交代些必要事項，就出門往牧師家去，想找伊莉莎說說話，消消氣，撫慰一下心情。

她在家，一如往常拿著一塊軟布在刺繡（當時柏林刺繡[5]還沒開始流行），她姊姊坐在壁爐旁的角落補襪子，腿上坐著一隻貓。

「瑪麗，瑪麗！快把襪子收起來！」

我進門時，伊莉莎急忙跟她姊姊說。

「我才不！真是！」瑪麗淡定地回答。我已經進屋了，她們沒再多說。

「吉伯特，你來得太不巧了！」伊莉莎說話時用調皮的眼神斜瞄我一眼。「爸爸剛去教區，一小時內不會回來！」

「沒關係，如果他女兒不介意，我跟她們聊個幾分鐘也行。」說著，我不等人邀請，自行拉

5. Berlin wools，維多利亞時期最具代表性的刺繡，在印有圖樣的帆布繡上精紡毛線，堅固耐用，廣泛運用於家飾與配件。

把椅子到爐火旁，坐了下來。

「如果你乖巧又逗趣，我們就不介意。」

「拜託，不要設定條件，我不是來逗妳們開心，而是來找開心。」

不過，我覺得也該盡點心力當個好客人。不管我付出的心力多麼微薄，顯然都非常成功，因為伊莉莎心情特別好。我們相處得還算愉快，聊的話題雖然不怎麼深奧，氣氛卻輕鬆又活潑。那幾乎是我跟伊莉莎之間的雙人對談，因為瑪麗始終沒有插話，除非偶爾糾正妹妹不經大腦或誇大其詞的言語。她也一度要妹妹幫她撿滾到桌子底下的棉線球，我義不容辭地為她服務。

「吉伯特，謝謝你。」我拿線球給她時，她說，「我原本可以自己撿，只是我不想吵到貓咪。」

「瑪麗，馬坎先生不會認為那是好理由。」伊莉莎說。「我敢說他跟所有男士一樣，覺得貓就跟老處女一樣討厭。馬坎先生，我說得對嗎？」

「不喜歡貓應該是我們這些不好相處的男人的天性，」我答，「因為女士們給牠們太多親吻和擁抱。」

「上帝祝福這些可愛的小東西！」伊莉莎突然熱情如火，轉身猛親她姊姊的貓。

「伊莉莎，別這樣！」瑪麗板著臉說，厭煩地推開妹妹。

我該走了，無論我走得多快，肯定都趕不上喝茶，而我母親非常注重規矩和守時。

伊莉莎顯然捨不得跟我道再見，我臨走時輕柔地捏一下她的小手，她用最溫柔、最魅惑的眼神回報我。我帶著雀躍的心情回家，一顆心裝滿了自我陶醉，對伊莉莎的愛奔騰泛濫。

第三章　爭辯

兩天後，葛拉姆太太光臨林登農場。這件事超乎蘿絲預期，因為她原本認為這位懷德菲爾莊園神祕房客一定不會把世俗禮教放在心上。威爾森母女贊同蘿絲的看法，因為葛拉姆太太至今還沒到他們家和密爾瓦家回拜。不過，葛拉姆太太向我們解釋她失禮的原因，只是蘿絲並不是很滿意。她帶了兒子一起來，我母親很驚訝那孩子竟能走這麼遠的路，她答道：「對他來說，路途確實太遙遠，可是我只能選擇帶他一起來，或乾脆不來，因為我從來不把他留在家裡。馬坎太太，妳如果見到威爾森和密爾瓦兩家人，一定要代我向他們解釋。我必須等我的小亞瑟可以跟我出門，才能去拜訪他們。」

「妳不是有個僕人，」蘿絲說，「不能留在家裡給她照顧嗎？」

「她有自己的事要做。再者，她年紀大了，沒辦法追著孩子跑。何況這孩子太活潑好動，不適合讓老太太帶。」

「妳不是把他留在家裡去上教堂？」

「沒錯，就那麼一次。我不會為其他任何原因這麼做。未來我會想辦法帶他一起去，或者乾脆不去。」

「他那麼調皮嗎？」我母親無比震撼。

「那倒不是。」葛拉姆太太露出哀傷的笑容。她兒子坐在她腳邊的矮凳上，她伸手撫摸他的鬈髮，又說，「我只有這個寶貝，而他只有我跟他做伴，所以我們不喜歡分開。」

「可是親愛的，那叫溺愛。」我母親說話從不拐彎抹角。「妳最好放棄這種不明智的溺愛，否則妳會毀了妳兒子，自己也會變成笑柄。」

「毀了他？這話什麼意思？」

「沒錯，會把孩子寵壞。就算他年紀還這麼小，也不應該一直拴在媽媽身邊，應該讓他明白這樣很丟臉。」

「馬坎太太，請妳別這麼說，至少別在孩子面前說。我相信我兒子永遠不認為愛媽媽是丟臉的事！」葛拉姆太太口氣異常嚴肅，大家都嚇了一跳。

我母親想進一步向她解釋，但她好像覺得這件事談得夠多了，唐突地轉換話題。

「我的觀察沒錯，」我心想，「這位女士雖然面容白皙甜美，高聳的額頭好像挺有想法，也經歷過一番苦難，脾氣卻不怎麼溫和。」

當時我坐在客廳另一邊的桌子旁，看似專心讀著《農夫雜誌》。她進門時我正好在看雜誌，我決定不必太多禮，只是簡單欠身致意，繼續看我的雜誌。

然而，過不了多久，我意識到有人向我靠近，腳步很輕，緩慢又遲疑。是小亞瑟，被躺在我腳邊的桑球吸引過來。我抬起視線，發現他站在二公尺外，清澈的藍眼珠渴望地盯著桑球，整個人定住不動：不是害怕桑球，而是有點怯懦，不敢靠近牠的主人。不過，我只是給他一點鼓舞，他就過來了。這孩子雖然害羞，脾氣卻不孤僻。不到一分鐘，他已經跪在地毯上，雙手抱住桑球的脖子。再過一、兩分鐘，這小傢伙已經坐在我腿上，興致盎然地看著我面前的雜誌裡各種馬、牛、豬和模範農場的圖片。我瞄了他母親幾眼，想知道她如何看待我跟她兒子這麼親近。她眼裡似乎有種焦急，顯然對孩子當下的狀態感到不安，原因就不得而知了。

「亞瑟，」最後她說，「你打擾馬坎先生了，他想看書。」

「一點也不，葛拉姆太太，拜託讓他留在這裡，我跟他一樣開心。」我替孩子說情，但她還是用手勢和眼神示意孩子回到她身邊。

「不要，媽媽，」孩子說，「我先看看這些圖，再過去說給妳聽。」

「下星期一，十一月五日，我們有個小聚會。」我母親說。「葛拉姆太太，希望妳能接受邀請。妳可以帶孩子一起來，我們一定不會讓他覺得太無聊。到時候妳可以親自向威爾森和密爾瓦兩家人道歉，我猜他們都會來。」

「謝謝妳，我從來不參加聚會。」

「別擔心！這只是家庭聚會，不會拖太晚，只有我們自己和威爾森、密爾瓦兩家，大多數妳都見過了。還有妳的房東勞倫斯先生，妳應該跟他認識一下。」

「我已經認識他了。這次請妳一定要體諒，現在天黑得早，濕氣又重。亞瑟年紀太小，我擔心出門對他不太好。等白天長一點、夜晚暖和點，我們才能接受妳的好意。」

經過我母親示意，蘿絲從老橡木餐櫃和食櫥拿出一壺葡萄酒、酒杯與糕點，送到客人面前。他們母子吃了糕點，可是不管女主人多麼熱誠招呼，都堅持不喝酒。亞瑟看見那深紅色瓊漿玉液，嚇得退避三舍，彷彿看見什麼驚悚或噁心的東西，聽見主人家鼓吹他喝，簡直要哭出來。

「別怕，亞瑟。」葛拉姆太太說。「馬坎太太覺得喝酒點對你有好處，因為你走路走累了。不過她不會強迫你，我相信你不喝也沒關係。」她接著又說，「他討厭看到酒，聞到酒味甚至會作嘔。以前他生病的時候，我會讓他喝點葡萄酒或摻水的烈酒，坦白說，我無所不用其極地讓他討厭酒。」

除了他們母子，所有人都笑了。

「葛拉姆太太，」我母親明亮的藍眼睛笑得流淚，她邊擦淚水邊說，「妳真是太叫我吃驚了！

原本我以為妳還算有點理智。這孩子會變成天底下最沒男子氣概的懦夫！如果妳繼續這種教養方法，小心將來他變成……」

「我認為這種教養方法非常好，」葛拉姆太太冷靜又認真地回答，「我用這種方式讓他避開至少一種可恥的惡習。我真希望可以用同樣的方法幫他革除其他對他有害的壞習慣。」

「可是這麼一來，」我說，「妳沒辦法讓他變成好人。葛拉姆太太，人的道德是怎麼培養出來的？是有能力、有意願抵抗誘惑？或根本沒有誘惑可以抵抗？什麼才叫強大的人？是明知事後會換來一身疲累，仍然耗盡體力去克服重大難關，創造驚人成就？或者整天坐在椅子上，除了撥撥爐火、把食物送進嘴裡，沒有其他更費力的事可做？如果妳希望孩子做個堂堂正正的人，就不能幫他清除路上的石頭，而是該教他如何在石頭上踩穩他的腳步；不要牽著他的手，而要放手讓他自己學著走。」

「馬坎先生，在他有能力自己走以前，我會一直牽著他。我會竭盡所能幫他清除路上的石頭，再教他避開其他那些，或像你說的，在石頭上踩穩腳步。即使我盡全力去清除，路上仍會留下足夠的石頭，讓他鍛練他所有的靈活、穩定與慎重。所謂抗拒誘惑的高貴情操，或經歷道德的考驗，嘴上說說都很好，但請你告訴我，在那五十（或五百）個屈服於誘惑的人之中，哪一個有足夠的道德去抗拒。我憑什麼相信我兒子會是萬中選一的那個？我為什麼不做最壞的打算？為什麼不能假設如果我不審慎防範，他就會像他……像其他所有人類一樣？」

「妳倒是很讚賞我們所有人。」我說。

「我不了解你，我指的是我認識的人。當我看到所有人類，除了少數幾個例外，在人生路上走得顛顛簸簸、跌跌撞撞，掉進每個陷阱，被沿途的障礙撞得頭破血流，難道不該設法確保他的人生路途更平順、更安全？」

「話是沒錯，但最可靠的辦法，是加強他抵抗誘惑的能力，而不是幫他清除誘惑。」

「馬坎先生，我會雙管齊下。等我盡我所能讓他討厭惡習（畢竟惡習本質上就令人厭惡），將來還會有夠多的誘惑對他內外夾擊。我自己極少沾染世人所謂的惡習，卻還是經歷過另一種誘惑和考驗。在很多情況下，以我當時的警覺心和堅定度，都不足以抵抗。我相信大多數習慣反省、又願意努力避免自己沉淪的人都會認同我的說法。」

「沒錯。」我那聽得一知半解的母親說，「可是親愛的葛拉姆太太，妳不能用自己的經歷來論斷孩子。我要及早提醒妳別一手包辦孩子的教育，這是一種錯誤，我會說是致命的錯誤。妳在某些方面很聰明，知識也夠豐富，所以滿心以為自己做得來，可惜其實妳做不到。如果妳堅持這麼做，相信我，將來傷害一旦造成，妳會後悔莫及。」

「所以我應該送他進學校，讓他學會漠視他母親的權威和影響力！」葛拉姆太太說，臉上的笑容十分牽強。

「不！如果妳希望孩子漠視母親，就叫那母親把孩子留在家裡，一生一世寵愛他，為他做牛做馬，滿足他的愚蠢和任性。」

「馬坎太太，我完全同意妳的話，但這種軟弱的罪行徹底違反我的原則和做法。」

「可是妳會把他變成女孩，折損他的男子氣概，讓他變成娘娘腔。葛拉姆太太，不管妳怎麼想，真的會有那種後果。我會請密爾瓦先生跟妳談談，他能讓妳明白會有些什麼後果，也會把事情剖析得條理分明，再告訴妳該怎麼做才對。我相信他三言兩語就能說服妳。」

「不需要麻煩牧師。」說著，葛拉姆太太瞥了我一眼。當時我好像在微笑，因為覺得我母親對牧師的信心真是無遠弗屆。「馬坎先生自認他的說服力至少不輸密爾瓦先生。他會告訴妳，如果我連他的話都不聽，就算死了的人復活[6]來勸我，我也不會聽。馬坎先生，你主張不可以幫男孩子擋開罪惡，應該讓他孤立無援去戰鬥；不可以教他避開生命的陷阱，而是要大膽跳進去，或跳過去；要他迎向危險，不可以躲避；要用誘惑餵養他的道德。你能不能……」

「葛拉姆太太，拜託，妳的結論太草率。我並沒有說應該教男孩子衝進生命的陷阱，甚至沒說要他故意自投羅網，只為了讓他發揮道德感抵抗誘惑。我只說，與其削弱或解除敵人的傷害力，不如武裝並強化自己的勇士。如果妳把橡木幼苗種在溫室裡，日夜悉心照料，幫它遮擋風雨，妳就不能期待它跟在山坡上經歷風吹雨打、甚至忍受暴風雨摧殘的大樹一樣強壯。」

「有道理。但你對女孩子也抱持相同論點嗎？」

「當然不是。」

「喔，所以你會溫柔細心地養育女孩子，像照顧溫室裡的植物一樣。教她凡事依賴別人的指導與支持，盡可能不讓她接觸任何罪惡。你能不能好心告訴我，為什麼有這種差別待遇？是因為你認為女孩子沒有道德嗎？」

「絕對不是。」

「可是你斷言只有誘惑能激發道德，又認為女人不能接觸一絲一毫的誘惑，也不能知曉一丁點罪惡或其他相關事物。那麼，你一定認為她本質上太邪惡、或意志太薄弱，沒有能力抵抗誘惑；也認為只要不讓女人求知、不給她自由，就可以確保她的天真無邪。只是，由於她欠缺真正的道德，一旦教她如何犯罪，她馬上會變成罪人。她的知識越豐富、行動越自由，就越墮落。相反地，高貴的男性卻有向善的本能，也有更優越的意志力保護，經過越多磨練與危險，只會發展出更……」

「我如果有這種念頭，天理不容！」我終於打斷她。

「哦，那麼你一定認為男女雙方都有弱點，都容易犯錯。然而，只要最輕微的過失、最不足掛齒的污染，就會毀掉女人。反之，男人的人格卻因此更強大、更美好。只要親身體驗一些不被允許的事物，他的教育就完成了。打個老掉牙的比方，這種經驗就像吹襲橡樹的暴風雨，會吹落樹葉、折斷細枝，卻能讓樹木的根抓得更牢，樹幹的質地更強硬結實。你主張鼓勵男孩子透過經驗證實自己的力量，女孩子卻連吸取旁人的經驗都不行。不過，我會讓男孩女孩都能從他人的經驗和長輩的訓誡獲益。我希望他們都能事先學會棄惡向善，不需要身歷其境去承受犯錯的後果。我讓女孩子踏入社會以前，會先給她防禦裝備，讓她知道路途中有些什麼的陷阱。我也不會過度提防與保護，以至於她無法尊重自己、信賴自己，失去警戒與自衛的能力或意志力。至於我兒子，如果我認為他長大後會變成你口中那種飽經世故：也就是『見多識廣』的人，為自己的經驗沾沾自喜，就算他終究能從經驗中成長，對社會有點用處，也受人敬重，我也寧可他明天就死掉！絕無虛言！」她一面激動地強調，一面把孩子摟到身邊，深情地親吻他的額頭。那時小亞瑟已經離開他的新玩伴，在媽媽身旁站了片刻，抬頭仰望媽媽的臉，沉默又驚奇地聽著她那番難以理解的話語。

「好吧，看來女士的話永遠是最後結論。」我說，因為她已經站起來，向我母親道別。

「你想說什麼可以儘管說，只是我沒辦法留下來聽。」

「是啊，事情都是這樣。妳想聽的就聽，不想聽的就只能對空氣說。」

「關於這個主題如果你還有話要說，」她跟蘿絲握手時說道，「就找個好天氣跟你妹妹一起來

6. 典故出自《聖經．路加福音》第十六章第三十一節：富翁死後下地獄受苦，請亞伯拉罕派在死後天堂享福的乞丐拉撒路去告誡他還在人世的兄弟。亞伯拉罕說，如果他們連摩西和先知的話都不聽從，更不會聽從死後復活的人。

看我。不管你想說什麼，我都有耐心聽。比起聽牧師訓話，我寧可聽你說教。因為我相信不管你們兩位誰來勸我，等談話結束，我的想法都會維持原狀，不會有任何改變。差別在於，我可以直白回應你，心裡不會有一點愧疚。」

「是啊，那是當然。」我決定跟她針鋒相對。「當女士同意聆聽相反見解，她早就決定反對到底。就算面對最強而有力的論證，她也只會打開耳朵，心智功能卻緊緊關閉。」

「再見，馬坎先生。」她帶著同情的笑容向我道別，一句話都沒多說，只是微微欠身，準備離開。她兒子孩子氣地叫住她，「媽媽，妳還沒跟馬坎先生握手！」她才停下來。

她笑著轉身，伸出手來。我惡狠狠地捏她一下，因為我氣她從第一次見面到現在都對我不公平。她根本不了解我真正的個性和做人處世的原則，一直對我懷著偏見，而且好像一心一意要讓我知道，無論在哪一方面，她對我的看法都遠低於我自己的評價。我天生敏感易怒，否則不會為這種事生這麼大的氣。或許我有點被我母親、妹妹和某些女性朋友寵壞，但我絕不是個浮誇的人。不管你有沒有同感，我都毫不懷疑。

第四章　聚會

雖然葛拉姆太太不肯賞光，我們十一月五日那場聚會還是賓主盡歡。事實上，比較可能的狀況是，如果她來了，大家反倒沒辦法玩得那麼暢快、放鬆與盡興。

我母親一如往常眉開眼笑說個沒停，殷勤又和善地招待客人，唯一的缺點是熱情過了頭，強迫好幾個客人做他們發自內心憎惡的事：比如勸吃勸喝，要客人坐在熾熱的爐火前，或逼不想說話的人開口。幸好大家都在享受假期，心情沒有受影響。

密爾瓦牧師滿腹精闢教義、醒世笑話、莊嚴軼聞與奧妙語錄，他用它們來啟發在場所有人。賓客之中聽得最專注的是滿懷崇敬的馬坎太太、謙恭有禮的勞倫斯先生、冷漠淡定的瑪麗、沉默寡言的理查，尤其是實事求是的羅伯特。

威爾森太太比平時更引人注目，因為她帶來許多新八卦和舊醜聞，以瑣碎的提問與評語串連起來。某些觀點再三重複，唯一的目的顯然只是讓她生龍活虎的舌頭片刻不得休息。她把編織用品也帶來了，她的舌頭彷彿向她的手指下了戰帖，想較量一下誰的動作更迅速，更持久。

她女兒珍當然使出渾身解數展現她的優雅高尚、機智迷人，因為她必須把其他小姐比下去，把所有紳士迷過來，尤其還得讓勞倫斯拜倒在她石榴裙下。她用來征服他的那些小手段太微妙，太難察覺，沒能吸引我的注意。不過我覺得她有某種精心裝出來的優越感，以及一種不太親切的忸怩作態，抵消了她所有優點。她離開以後，蘿絲跟我分析她的各種表情和言談舉止，語氣裡帶著點尖銳與嚴苛，我因此對那位小姐的手腕和我妹妹的洞察力感到同等驚奇，心裡不禁納悶蘿絲是不是也看上了勞倫斯。不過，哈佛德，別擔心，她沒有。

珍的弟弟理查坐在角落，看起來個性溫和，卻木訥又羞澀；不想引人注目，卻很願意旁觀傾聽。他雖然顯得格格不入，原本還是可以默默度過一段愉快時光，可惜我母親不肯放過他。她基於一番錯誤的好意，不停用她的關心折磨他，逼他吃這吃那，因為她認為他太害羞，不好意思動手拿。她還為了鼓勵他跟大家聊天，不時問他問題，跟他說話，害得他不得不隔著整間客廳喊出他的單音節答覆。

蘿絲告訴我，如果不是受他姊姊逼迫，理查根本不會參加這種聚會。珍急於讓勞倫斯知道她至少有個手足比羅伯特更有紳士風度與教養。她有多熱中展示理查，就有多希望羅伯特不要出來見人。可是羅伯特堅定地宣稱，他沒有理由不來享受一下跟吉伯特、老太太（我母親其實沒那麼老）、漂亮的蘿絲小姐、牧師和其他那些好人扯扯淡的樂趣。這番話其實合情合理。他跟我母親和蘿絲閒話家常；跟牧師談談教區裡的事；跟我聊農事；也跟牧師和我討論政治。

瑪麗是另一個悶葫蘆，卻不像理查那樣慘遭善意折磨，因為她答話和回絕的口氣簡潔又果斷，給人的感覺是乖戾而非羞怯。不管怎樣，她確實沒有帶給大家多少歡樂，自己好像也不怎麼樂在其中。伊莉莎告訴我，瑪麗會來主要是應她父親的要求，因為牧師覺得她成天忙家事，沒有享受到她那個年紀的女孩子該有的休閒和正當娛樂。在我看來，瑪麗的個性大致上還算不錯。曾有那麼一、兩次，她被某個受歡迎的人物的風趣或歡樂逗得發笑，我發現她會把視線投向坐在她正對面的理查。理查目前在接受她父親指導，雖然他們兩個都選擇遠離人群，彼此還算熟悉。我猜他們之間有那麼一點惺惺相惜。

我的伊莉莎嫵媚得難以形容，風情萬種卻不做作，而且明顯比在場其他人更想吸引我的目光。只要我靠近她，坐或站在她身邊，在她耳畔低語，或跳舞時捏捏她小手，她就顯得格外開心，臉龐容光煥發，胸膛高低起伏，再多的調皮話語或動作都無法掩飾。不過我最好管住嘴巴，如果我此刻拿這些事吹噓，日後就會臉紅羞愧。

那麼再來聊聊聚會裡的其他人。蘿絲跟平時一樣率真自然，整個晚上笑口常開，神采奕奕。弗格斯則是莽撞又可笑，他的莽撞傻氣未必提升他在眾人心目中的形象，倒是逗得大家哈哈大笑。

最後（我略過自己不談），勞倫斯先生對所有人表現出紳士風度，與人為善。對牧師和女士們彬彬有禮，尤其是我母親、蘿絲和珍。判斷錯誤的男人，眼光那麼差，竟然認為珍優於伊莉莎。我跟他還算熟。他個性比較保守，很少離開出生的地方，他父親過世後，他一直獨居在那棟與世隔絕的房子裡，沒有機會也沒有意願結交朋友。在他認識的人之中，我（根據結果判斷）算是最投他的緣。我也不討厭他，只是他個性太冷淡、太害羞、太孤高，我沒辦法跟他推心置腹。他欣賞開朗坦率的性格（只要不流於粗俗），但他自己卻沒辦法變成那樣的人。他對自己的所有事都極度保留，這點實在掃興又氣人。但我沒放在心上，因為我認為那不是出於傲慢或對朋友不信任，而是一種病態的敏感和欠缺自信。這點他自己也察覺到了，卻沒有心力去克服。他的心像含羞草，在陽光下會暫時舒展，但只要被手指微微碰觸，或風兒輕輕吹拂，馬上蜷縮起來。大致說來，我跟他的關係算是互不排斥，而非你我之間後來發展出的這種深厚堅固的友誼。哈佛德，雖然你偶爾鬧脾氣，但我覺得我們的友情就像一件舊外套，質地無可挑剔，寬鬆耐穿舒適合身，衣服的主人可以隨意穿脫，一點也不擔心造成損壞。勞倫斯卻像一件新衣裳，看起來光鮮畢挺，可是肘彎部位太緊，你不免擔心手臂動作太大縫線就會迸裂，而且布料光滑細緻，你連一滴雨水都不敢淋。

客人陸續抵達後，我母親就聊起葛拉姆太太，為她沒辦法出席聚會表達惋惜，也向密爾瓦和威爾森兩家人說明她沒有回拜他們的原因，希望他們可以諒解。她相信她不是故意失禮，也很樂意再見到他們。「勞倫斯先生，她個性很特別。」我母親又說，「我們不知道該怎麼看她。我相信你可以跟我們說說她的事，畢竟她是你的房客，她也說她認識你。」

所有目光集中在勞倫斯身上。他聽到這個問題顯得有點慌亂，我覺得好像沒這個必要。

「我！馬坎太太！」他驚訝地說，「妳弄錯了。我不……我是說……我當然見過她。只是，如果妳想打聽她的事，我是最不合適的人選。」

而後他馬上轉向蘿絲，請她為大家唱首歌，或彈點鋼琴。

「不行，」蘿絲說，「你該找威爾森小姐，她唱歌和彈琴都比我們大家都優秀。」

珍推辭了。

「勞倫斯先生，」弗格斯大聲說，「只要你答應站在她身邊幫她翻樂譜，她就肯唱。」

「我非常樂意。威爾森小姐，我可以為妳服務嗎？」

她昂起長長的脖子，露出笑容，允許勞倫斯挽著她走向鋼琴，坐下來彈琴唱歌，一曲接一曲，盡情展露她的才藝。勞倫斯耐心地站在一旁，一隻手搭著她的椅背，另一隻手幫她翻樂譜。也許他跟她一樣沉醉於她的表演。她的歌聲和琴藝本身都可圈可點，可惜我不能說自己深深被打動：技巧和手法相當純熟，情感卻少得可憐。

不過葛拉姆太太這個話題還沒結束。

「馬坎太太，我不喝葡萄酒。」牧師在葡萄酒端上桌時說，「我想喝一點妳自己釀的麥芽酒。妳釀的麥芽酒始終是我的最愛。」

這番讚美聽得我母親心花怒放，她搖了鈴，僕人馬上送來一壺我們家最上等的麥芽酒，放在最懂得欣賞它優越口感的牧師面前。

「這才是好酒！」牧師開心地說。他熟練地斟酒，酒液像一道細流涓涓注入酒杯，激揚出最多泡沫，卻一滴都沒潑灑出去。他端起杯子對著燭火端詳一番，暢飲一大口，舔舔嘴唇，深吸一口氣，再倒一杯。我母親心滿意足地在一旁看著。

「馬坎太太，這滋味什麼都比不上！」他說，「我總是說，沒有什麼東西比得上妳釀的麥芽酒。」

「牧師，我很高興你喜歡。釀酒的事我都自己來，做乳酪和奶油也是。既然要做，我就要做到最好。」

「說得太對了，馬坎太太！」

「話說回來，牧師，你應該不至於認為偶爾喝點葡萄酒有什麼不好吧？或一點烈酒？」我母親一面說，一面把一杯冒著熱氣的琴酒加水遞給威爾森太太，因為威爾森太太說葡萄酒讓她的胃吃不消。她兒子羅伯特也幫自己調了一杯相當烈的琴酒加水。

「當然不！」英明的牧師權威地宣布。「只要我們知道怎麼善加利用，這些東西都是上帝的恩賜和慈悲。」

「可是葛拉姆太太不這麼認為。我這就跟你轉述她那天是怎麼說的：我跟她說過我會告訴你。」於是我母親向所有人描述那位女士在喝酒方面的錯誤見解和行為，最後說道，「你不覺得她錯了嗎？」

「何只錯了！」牧師的表情不是一般的嚴肅。「我會說根本是罪行！不但愚弄了那孩子，也鄙視上天賜予的禮物，教那孩子把上天的禮物踩在腳下。」

他進一步發表議論，充分說明這種做法多麼愚痴又不敬神。我母親無比崇敬地聆聽，就連威爾森太太也允許她的舌頭暫時休息，靜靜聽著，愉快地啜飲她的琴酒加水。勞倫斯坐著，手肘擱在桌面上，心不在焉地把玩手裡半空的葡萄酒杯，偷偷竊笑。

等牧師的演說終於停下來，他說，「不過密爾瓦先生，你覺不覺得如果孩子天生無法節制，比如因為父母或祖先有這種傾向，不妨採取某些預防措施？」（一般認為勞倫斯的父親之所以死得早，就是因為不知節制。）

「或許可以及早預防。不過先生，節制是一回事，禁絕又是另一回事。」

「但我聽說，對某些人而言，節制……也就是適度……幾乎不可能。如果禁絕是罪行（有些人抱持懷疑），那麼所有人都會認同過度是更嚴重的罪行。有些父母完全禁止孩子喝烈酒，但父母的權威不可能持續到永遠：孩子們自然會渴望被禁止的東西。在這種情況下，孩子可能會產生強烈好奇心，很想嘗嘗他自己被嚴格禁止，其他人卻舔嘴咂舌、津津樂道的東西。只要一有機會，這種好奇心通常第一時間就會得到滿足。那種約束力一旦打破，接踵而來的可能就是嚴重後果。我不敢說自己有什麼資格論斷這種事，可是葛拉姆太太的做法（根據妳的描述，馬坎太太）雖然與眾不同，卻未必沒有好處。因為妳也看見了，那孩子已經遠離誘惑，他心裡沒有好奇，沒有不滿足的渴望。他完全明白那種誘人烈酒的滋味，不需要體驗喝酒的苦果，就已經心生厭惡。」

「先生，是這樣嗎？我不是已經證明這種做法錯得有多離譜？也證明教孩子蔑視、憎惡上天的恩賜，而非正確運用，既違反《聖經》又不合情理？」

「先生，你或許認為鴉片酊也是上天的恩賜。」勞倫斯笑著說，「但你必須承認我們大多數人最好遠離它，就連適度也最好避免。不過，我不希望你深入探討我這個比喻，為此，我要乾掉這杯酒。」

「勞倫斯先生，再來一杯吧。」我母親把酒瓶推向他。

他客氣地婉拒了，把椅子往後推，身子往後靠向我。（當時我坐在他後面不遠的沙發上，身邊坐著伊莉莎。）他隨口問我認不認識葛拉姆太太。

「見過一、兩次。」我答。

「你覺得她人怎樣？」

「不怎麼欣賞。她人長得漂亮，或者我該說外表出色、引人注目，卻一點也不親切。我猜她是那種帶有強烈偏見的女人，而且無論如何堅持己見，扭曲一切來配合她先入為主的觀點，對我來說，她太強悍、太嚴苛、太尖銳。」

他沒有回答，只是垂下視線咬咬嘴唇，不久後站起來走向珍。我猜不只是被她吸引，也可能對我反感。當時我沒有注意到，後來回想起這件事和其他類似的小細節，就……但我暫時不能透露太多。

那天晚上聚會的最後一項活動是舞蹈，我們請了村莊裡的樂手來拉小提琴伴奏，我們可敬的牧師覺得置身這種場合無損他的名譽。瑪麗堅持不肯跟大家同樂；理查也是，儘管我母親再三慫恿他下場，甚至主動表示要當他的舞伴，他都不肯。

就算他們不參加，我們也跳得很盡興。我們跳了一組方塊舞和幾支土風舞，玩到相當晚。最後，我請樂手奏一曲華爾滋，正準備擁著伊莉莎翩翩起舞，場上還有勞倫斯和珍、弗格斯和蘿絲。沒想到密爾瓦牧師出面阻撓：

「不行，不行，這我不允許！我們該走了。」

「爸，別這樣！」伊莉莎懇求說。

「女兒，很晚了，太晚了！別忘了，凡事適可而止！就是這樣。『讓所有人知道你們懂分寸。』[7]」

7. 出自《聖經．腓立比書》第四章第五節。

為了報復，我跟著伊莉莎去到光線昏暗的走道，假裝要幫她圍披巾。我必須認罪，我趁她爸爸忙著用超大羊毛圍巾裹住自己脖子和下巴時，偷親她一口。可是天哪！我一轉身，我母親就站在我背後。那件事的後果是，客人一離開，我就受到嚴厲責罵，非常掃興地澆熄我奔放的熱情，那個夜晚也在鬱悶的氛圍中結束。

「親愛的吉伯特，」我母親說，「真希望你不要做那種事！你知道我多麼為你著想，也知道全世界我最愛的是你，最以你為榮，一心只想看到你找到好對象。如果你娶了那女孩，或村莊裡任何一個女孩，你該知道我會有多傷心。我不知道你看上她哪一點，我考慮的不只是她沒錢，沒那種事。可是她不漂亮、不聰明、不善良，沒有任何可取之處。如果你跟我一樣明白你的價值，絕不會有這種念頭。再等一陣子看看！如果你娶她，將來轉頭看看周遭，發現還有很多比她更好的對象，你會後悔一輩子。相信我的話，你一定會的。」

「媽，拜託妳別說了！我討厭聽訓！我還不打算結婚。可是，天哪！我難道不能讓自己開心一下嗎？」

「當然可以，孩子，但不是用那種方式。你真的不該做那種事。如果她是個正經女孩，那你就是在欺騙她的感情。不過我跟你保證她是個花招百出的輕佻女孩，你還弄不清楚自己在幹什麼，就掉進她的陷阱被她纏住了。吉伯特，如果你真的娶她，我會心碎，那就是結果。」

「媽，別為這事掉眼淚。」我說，因為我母親的眼睛已經湧出淚水。「來，用這個吻抵消我給伊莉莎那個吻，別再數落她了，也不要擔心。我向妳保證絕不……我是說……我保證只要是妳非常反對的事，我做重大決定以前一定會三思。」

說完，我點了蠟燭上床睡覺，心情低落到了極點。

第五章　畫室

到了那個月月底，經過蘿絲再三催促，我終於讓步，陪她走訪懷德菲爾莊園。出乎意料的是，我們被帶進某個房間，映入眼簾的第一件物品竟是畫架。畫架旁有張桌子，上面堆滿一卷卷畫布、瓶瓶罐罐的油和亮光漆，還有調色盤、畫筆、顏料等。幾幅不同進度的速寫半成品倚在牆邊，也有幾幅完成的畫作，大多是風景和人物。

「我只能在畫室接待你們，」葛拉姆太太說，「今天客廳沒生火，天氣又太冷，不能讓你們待在沒有爐火的地方。」

她挪開一堆美術用品，騰出兩張椅子請我們坐，之後又回到畫架旁的座位。她的臉並沒有對著畫架，只是聊天過程中偶爾瞄一、兩眼上面的作品，用手上的畫筆塗個一、兩下，彷彿她沒辦法把注意力從她的畫作轉移到客人身上。那幅是懷德菲爾莊園，清晨從底下的田地望上來，清朗的銀藍色天空襯托著陰暗建築，對比鮮明，地平線上透著幾抹紅光。線條與色彩忠實呈現宅子的外觀，畫面處理得高雅又富藝術感。

「葛拉姆太太，看來妳的心思都在畫畫上，」我說，「請妳專心畫，如果妳繼續忍受我們的打擾，我們就會覺得自己是不受歡迎的不速之客。」

「不是的！」說著，她把畫筆扔到桌上，像是受到驚嚇才找回禮貌。「我客人不多，隨時樂意騰出幾分鐘給賞臉來看我的人。」

「妳這幅畫快完成了。」我走過去看個究竟，不小心流露出太多讚賞與愉悅。「我覺得前景再補個幾筆就成了。不過妳為什麼取名〈坎伯蘭的芬利莊園〉，而不是懷德菲爾莊園？」我看見畫布下方她用小字題的名稱。

我立刻發現自己的問題太唐突，因為她臉色漲紅，遲疑不答。片刻後，才豁出去似地坦白回答：「我不想讓外面的朋友……或者該說熟人……知道我目前的住處。他們可能會看到這幅畫，雖然我在畫布角落簽的不是本名，他們還是可能認得出我的風格。為了以防萬一，我也給畫裡的地點換個假名，如果他們想透過這幅畫追蹤我的下落，就會找錯方向。」

「那麼妳不打算留下這幅畫？」我問，只是為了趕快換個話題。

「不。畫畫當消遣我可負擔不起。」

「媽媽的畫都拿去倫敦賣，」亞瑟說，「那裡有人幫她賣畫，把錢寄給我們。」

我環顧房裡其他作品，看見一幅從山頂眺望林登山谷的漂亮速寫；另一幅是懷德菲爾莊園的另一個角度，沐浴在夏日午後靜謐的陽光下；還有一幅簡單卻搶眼的小作品，是一個孩子默默望著一把枯萎的花朵，臉上有著深沉的哀傷，遠景約略呈現低矮的暗色調山丘和秋季的田野，晦暗的天空雲層密布。

「你看得出來，題材很匱乏。」美麗的畫家說。「我曾經在月色明亮的夜晚畫過這棟老房子，我想我還得畫個冬日雪景，然後是多雲的夜景，因為我實在沒別的可畫。我聽說附近有不錯的海景，是真的嗎？走路到得了嗎？」

「是有，只要妳不介意走大約六公里路，來回將近十二公里，而且路況不太好，走起來挺累人。」

「在哪個方向？」

我盡力描述那個位置，告訴她該走哪些馬路、小徑，該越過哪些田野；在哪些地方直走，哪些路口右轉或左轉，她突然打斷我：「等等！先別告訴我，否則等我用得到的時候已經忘光了。明年春天以前我應該不會去，到時候也許我會再問你。現在冬天已經快來了，何況……」

她忽然打住，輕聲驚呼，從椅子上跳起來，說道，「等我一下。」然後匆匆走出去，順手關上門。

我好奇什麼事把她嚇成那樣，於是望向窗外，因為不久前她的視線不經意盯著窗外。我看見一個男人的外套下襬消失在窗子與前廊之間那叢冬青樹後面。

「是媽媽的朋友。」亞瑟說。

我和蘿絲四目相對。

「她真讓人摸不透。」蘿絲悄聲說。

亞瑟非常驚訝地看著蘿絲，蘿絲趕緊跟他聊些無關緊要的事，我則欣賞其他畫作。有一幅畫放在不顯眼的角落，早先我沒看到。畫的是一個幼兒坐在草地上，腿上堆滿鮮花。小小的臉蛋有雙大大的藍色眼眸，額前覆蓋著淡褐色鬈髮，低著頭笑盈盈看著懷裡的花朵，跟我面前這個小男孩十足相似，顯然就是嬰兒時期的亞瑟。

我拿起這幅畫想到亮處觀看，卻發現後面藏著另一幅，正面朝著牆壁。我擅自將那幅也拿起來。畫裡是個正值盛年的男士，相貌夠英俊，畫得也不錯。只是，如果跟其他畫作出自同一個人手筆，這顯然是早幾年的作品，因為有些細節處理得過度謹慎，色彩運用沒那麼鮮麗，畫風也比較拘謹，不像近期作品那麼令我驚豔。不過，我還是饒富興味地觀賞它。畫中人物的五官和表情頗有個人特質，讓人一眼就看出這是一幅成功的肖像畫。那雙明亮的藍眼睛用略顯逗趣的眼神望著看畫的人，你幾乎以為他會跟你眨眼；豐滿的嘴唇有點太性感，彷彿即將露出微笑。暈染出溫暖色澤的雙頰點綴著茂密的淡紅色鬍鬚；一頭光澤的栗色頭髮十分濃密，一綹綹波浪髮捲遮去大半前額，似乎在暗示頭髮的主人引以為榮的是自己的俊俏而非才智，畢竟他有理由如此。然而，他看起來並不笨。

我拿起那幅畫不到兩分鐘，美麗的畫家就回來了。

「有人來找我談畫的事。」她為自己突然離開致歉。「我讓他等一下。」

「畫家讓作品面向牆壁，我還擅自拿起來觀賞，」我說，「可能有點失禮，不過我能不能請問……」

「先生，的確非常失禮，所以我請你什麼都別問，你的好奇心不會得到滿足。」她回答的時候試圖用笑容掩飾尖銳的指責。不過，從她漲紅的臉頰和激動的眼神，我看得出來她真的很生氣。

「我只是想問這幅是不是妳畫的。」我悻悻然把畫還給她，因為她毫不客氣地把它從我手中拿走，迅速放回那個陰暗角落，正面朝牆壁，跟先前一樣再把另一幅放在上面，然後轉身面對我，笑出聲來。

可惜我沒心情說笑，於是蠻不在乎地走到窗子旁，望向荒蕪的花園，讓她跟蘿絲聊一、兩分鐘。之後我告訴蘿絲我們該走了，跟亞瑟握握手，冷淡地向女主人鞠個躬，邁步走向房門。不過，葛拉姆太太向蘿絲道別後，朝我伸出手來，帶著親切笑容輕聲說：「馬坎先生，『不要到日落後還在發怒。』[8]很抱歉我的直性子冒犯了你。」

女士都放下身段道歉了，當然不能繼續生氣，所以我們第一次和平道別。這回我真摯地跟她握手，沒有使勁捏她。

8. 出自《聖經・以弗所書》第四章第二十六節。

第六章　進展

接下來那四個月我沒再踏入葛拉姆太太的屋子，她也沒到過我家。不過，村莊裡的女人繼續說她的閒話，我們的友誼持續（儘管緩慢）進展。至於女人們的閒話（我指的是與葛拉姆太太有關的那些），我沒多加理會。我從中得到的唯一訊息是，某個晴朗的大冷天，她帶著兒子走到牧師家。很不巧，當時只有瑪麗在家，但她還是坐了很久。根據各方說法，她們兩個竟然挺聊得來，道別時都希望有機會再相聚。不過瑪麗喜歡小孩子，而母愛洋溢的媽媽們喜歡那些懂得欣賞她們寶貝的人。

偶爾我會碰見她。有時候是她來上教堂，有時候則是看見她帶著兒子在附近山丘走著，好像趕著去哪裡。天氣特別晴朗的時候則是悠閒地在老宅周遭的濕地或荒涼牧草地漫步，她帶著一本書，孩子在身邊蹦蹦跳跳。在這些時候，我不管是一個人出門散步、騎馬，或處理農務，通常會想辦法迎過去或追趕上她，因為我蠻喜歡看見她、跟她說說話。我更喜歡跟她的小同伴聊天，這孩子跟人相處熟絡後，就展現出友善、聰明本質，是個非常有趣的小傢伙。我們很快變成好朋友，他媽媽對這件事有什麼想法，我就不得而知了。我猜一開始她有點想阻止我跟她兒子親近，有意澆熄我們之間友誼的火苗。後來發現不管她對我有什麼偏見，我其實全然無害，甚至懷著好意。她發現她兒子因為認識了我和我的狗，得到許多其他地方體驗不到的樂趣，因此不再反對，甚至面帶笑容歡迎我的出現。

至於亞瑟，他老遠就大聲喊我，離開媽媽身邊到五十公尺外跟我會合。如果我剛好騎馬，就會載他慢跑或奔馳。或者，如果近處正巧有拉車的馬，他就有機會穩穩坐在馬背上兜個風，這樣他也很開心。不過，他媽媽總是亦步亦趨跟在旁邊，我覺得擔心她兒子安危是其次，更重要的是防範我污染她兒子的幼小心靈。她隨時隨地緊迫盯人，從來不允許兒子離開她的視線。她最喜歡看孩子跟桑球玩耍跑跳，而我走在她身邊。這恐怕不是因為喜歡跟我相處（雖然偶爾我會這樣騙自己），而是因為她喜歡看到兒子開心地奔跑玩耍。這樣的活動有助於強化孩子纖弱的體格，只是生活中沒有同齡玩伴，欠缺這樣的機會。另外，我跟她在一起，而不是跟孩子在一起，沒有機會對孩子造成任何直接或間接、故意或無意的傷害，想必也帶給她極大安慰。真教人鬱悶。

不過，有時候我覺得她跟我聊天好像還蠻愉快的。某個風和日麗的二月早晨，我們在濕地漫步二十分鐘，她拋開平時拒人千里之外的嚴謹態度，暢談某個話題。她是那麼有說服力，思想與感情又那麼有深度，人又長得那麼美，我回家時已經意亂情迷。我走在路上時發現自己在想（千真萬確），也許這樣的女人會是比伊莉莎更好的人生伴侶。之後，我為自己的善變羞紅了臉（這只是修辭法）。

我走進客廳時，發現伊莉莎也在，只有蘿絲陪著她。突然見到她，我卻沒有該有的驚喜。我們聊了很久，我發現她個性輕佻，相較於更成熟、更真摯的葛拉姆太太，她甚至有點無趣。可嘆哪！這就是人類的忠誠度。

「然而，」我心想，「既然媽媽堅決反對，我就不該娶伊莉莎，因此也不該讓她誤以為我打算娶她。嗯，如果我現在的心情持續下去，情感上就不難掙脫她鍥而不捨的柔情攻勢。雖然媽媽同樣也不會接受葛拉姆太太，但我或許可以效法醫生治病的策略，以微毒攻劇毒。畢竟我不可能真的愛上那位年輕寡婦（我猜），她也不可能看上我（這點可以確定）。但如果我覺得跟她相處很愉快，當然可以多找機會去見她。如果她聖潔的光輝夠明亮，足以掩蓋伊莉莎的風采，那就再好不過。只是，我不太相信會這樣。」

那次以後，只要碰上好天氣，我幾乎都會走一趟懷德菲爾，刻意選在我這位新朋友走出幽居處的時間。只是，跟她見面的期待總是落空，因為她外出的時間從不固定，去的地方也難以預料。有時就算見到，也只是匆匆一瞥。我不禁覺得我有多煞費苦心想遇見她，她就有多努力想避開我。不過這個念頭太惱人，我寧可撇開它，也不願多想。

到了三月某個靜謐晴朗的午後，我正在指揮工人碾壓牧草地，順便修復谷地的一道樹籬，我看見葛拉姆太太在小溪旁，手裡捧著素描簿，專注做著她最喜歡的事。亞瑟在滿是岩石的清淺小溪裡築水壩和防波堤打發時間。當時我很需要放鬆一下心情，這麼珍貴的機會不能輕易錯過。於是我拋下牧草地和樹籬不管，快步走向小溪。桑球搶先一步，牠一看見牠的小朋友，立刻全速奔去，開心之餘魯莽地撲向小亞瑟，幾乎把他推到溪流中央。幸好他摔在平滑的石頭上，衣裳沒有弄得太濕，也沒摔得太疼，反倒被這突如其來的事件逗得哈哈大笑。

葛拉姆太太正在觀察冬季裡各種樹木落葉後的不同姿態，用簡潔有力卻細膩的筆觸勾勒著縱橫錯落的枯枝。她話不多，我站在一旁觀看她鉛筆的進度，看著那些美麗優雅的手指如此熟練地描繪著，真是賞心悅目。只是，不一會兒手指的流暢度就減損了，開始踟躕，有點顫抖，畫錯了幾筆，然後突然停下來。它們的主人抬起頭笑著告訴我，我的監督對她的素描沒有幫助。

「那麼，」我說，「我跟亞瑟說說話，等妳畫完。」

「馬坎先生，我想騎馬，如果媽媽肯答應。」亞瑟說。

「孩子，哪裡有馬？」

「那邊田裡有一匹馬。」他指著拉滾筒那匹健壯的黑色母馬。

「不行，亞瑟。太遠了。」他母親反對。

我說我只帶他在牧草地來回走一、兩趟，保證平安把他送回來。她看著孩子渴望的表情，笑著答應了。那是她第一次允許我單獨帶他離開，即使相隔只有半片牧草地。

亞瑟高高坐在他的巨無霸坐騎上，威風凜凜地在寬闊又陡峭的牧草地上來回巡行，盡情享受內心的歡快與滿足。不過，壓地的工作很快完成了，我把英勇的小騎士抱下來，帶回他母親身邊。她好像不太高興，覺得我讓孩子離開太久。她已經闔上素描簿，或許焦急地等了他幾分鐘。

她說該回家了，準備跟我道再見。但我還不打算跟她分開，於是陪她走到半山腰。她態度變友善，我心情也好多了。不過，當那棟陰森的老宅映入眼簾，她一面說話，一面停下腳步轉身面對我，彷彿希望我別再往前走，暗示談話到此結束，我該告辭離開了。事實也是如此，因為「清朗寒冷的黃昏」[9]正在迅速「消逝」。夕陽西下，淺灰色天空中那枚圓月漸漸明亮，一股近乎憐憫的心情讓我定在原地，實在不忍心讓她回到那麼孤單淒涼的家。我抬頭看那棟房子，它沉默又無情地對著我們皺眉。房子一側下排幾個窗子透出微弱紅光，其他窗子都黑黝黝的，其中不少連玻璃和窗框都沒有，像一個個幽深漆黑的坑洞。

「妳不覺得住在這裡太孤寂嗎？」我沉思片刻後說道。

「有時候會。」她答。「在冬天的夜晚，亞瑟睡著以後，我一個人坐在房間裡，聽著淒厲的風聲在周遭嗚咽，或在那些破敗的舊房間咆哮呼號。那時不管看什麼書、做什麼事，都平息不了一波波襲來的愁思與憂慮。我知道屈服於這種軟弱心情未免太傻。如果瑞秋能夠安於這種生活，我為什麼不能？能有個這樣的避風港，我應該感激不盡了。」

她最後一句話聲音壓得極低，彷彿在自言自語，而不是對我說。之後她向我說聲晚安，轉身走了。

我朝回家的路走不到幾步，就看見勞倫斯騎著他那匹漂亮的灰色小馬，沿著翻越山頂那條崎嶇小路過來。我繞了一點路去跟他說話，因為我們已經有一段時間沒見面。

「剛才跟你說話那個是葛拉姆太太嗎？」簡單寒暄過後他問。

「是。」

「嗯哼！我猜對了。」他若有所思地望著馬兒的鬃毛，彷彿有充分的理由對這件事（或別的事）不滿。

「所以呢？」

「喔，沒事！」他答。「只是，我以為你不喜歡她。」他平靜地補充，噘起他的古典唇形，露出帶點嘲諷的微笑。

「就算以前我不喜歡她，進一步了解之後，難道不能改變想法？」

「當然可以。」說著，他輕輕撥開小馬茂密的灰白鬃毛上一團糾結。之後突然轉過頭來，那雙羞怯的淡褐色眼睛探索地注視我。他又說，「那麼你的想法改變了？」

「倒不能說完全改變了。不。我想我對她的觀感還是跟以前一樣，只是改善了一點。」

「喔。」他環顧四周想找點別的話題，抬頭看看月亮，評論夜色多麼美。我沒有回應，因為那跟我們的話題無關。

「勞倫斯，」我冷靜地看著他的臉說，「你愛上葛拉姆太太了嗎？」

我有點覺得勞倫斯可能會被激怒，但他沒有。他一開始有點吃驚，因為沒想到我竟敢提出這麼大膽的問題，接著他吃吃地笑，像是覺得有趣極了。

9. 此句摘自愛爾蘭詩人兼詞曲家湯瑪斯・摩爾（Thomas Moore，一七七九～一八五二）的歌曲〈Let Erin Remember The Days of Old〉。

「我愛上她！」他重複我的話。「你哪來這麼異想天開的念頭？」

「因為你好像很在乎我跟那位女士之間的友誼，也關心我對她的看法。我猜你可能在吃醋。」

他又笑了。「吃醋！不。我以為你要跟伊莉莎結婚。」

「你錯了。她們兩個我都不打算娶，這點我可以確定。」

「那麼我認為你最好別招惹她們。」

「你要跟珍結婚嗎？」

他臉紅了，又開始撥弄馬鬃。他答道：「不。應該不會。」

「那麼你最好別招惹她。」

是她來招惹我，原本他可以這麼說，但他只是呆頭呆腦，整整半分鐘沒說話，之後又想換個話題。這回我放過他，因為他忍耐夠久了，同一個話題再多說一句，都可能變成壓垮駱駝的最後一根草。

我回到家時已經錯過喝茶時間，不過我母親好心把茶壺和瑪芬蛋糕放在壁爐格柵上保溫。她雖然責備了我幾句，卻馬上採信我的藉口。我抱怨茶味已經淡了，她把剩下的茶湯倒進水缽，要蘿絲重新放茶葉，再把水燒開。蘿絲少不得一陣忙亂，外加牢騷滿腹。

「哎呀！如果換做是我，根本沒有茶喝；如果是弗格斯，就得將就著有什麼喝什麼，還得心懷感恩，因為他有茶喝已經太幸福了。至於你，我們為你做再多都不夠。一直都是這樣。如果餐桌上有什麼特別好的菜，媽媽就會不停跟我點頭使眼色，要我少吃點。如果我不理會，她就悄聲說，『蘿絲，別吃太多，留到晚餐時給吉伯特吃。』我什麼都不是。在客廳裡她會說，『蘿絲，把妳的東西收起來，我們把這屋子收拾整齊等他們回來。火燒旺一點，吉伯特喜歡明晃晃的爐火。』在廚房裡是：『蘿絲，餡餅做大一點，妳哥哥弟弟一定餓壞了；胡椒少放點，我知道他們不喜歡。』或者：『蘿絲，布丁別加太多香料，吉伯特喜歡原味。』或：『別忘了多放點無籽葡萄乾，弗格斯喜歡吃。』如果我說，『媽，可是我不喜歡。』她就會告訴我別只想著自己：『蘿絲，妳該知道，做家事我們只需要考慮兩件事。第一，怎麼做最恰當。第二，家裡的男人喜歡些什麼，女人怎樣都無所謂。』」

「這些都是非常好的觀念，」我母親說，「我相信吉伯特也這麼認為。」

「帶給我們男人各種便利。」我說。「不過，媽，如果妳真的希望我開心，就必須多考慮自己的舒適與方便。至於蘿絲，我相信她會照顧自己。如果她做了什麼了不起的犧牲奉獻，一定會千方百計讓我知道她費了多少心思。然而，我經常受到無微不至的照顧，所有需求都有人幫我設想好、隨時得到滿足，一點都不知道別人為我做了什麼。習慣成自然以後，我可能會變成只顧自己、不在乎他人的討厭鬼。幸好蘿絲三天兩頭提醒我，否則我會理所當然地接受妳對我的好，永遠不知道自己欠了妳多少。」

「啊！吉伯特，你沒結婚以前永遠不會知道的。不過，如果你娶的是伊莉莎那種輕佻自負的丫頭，只在乎自己當下的快樂和利益，其他一概不管不顧；或像葛拉姆太太那種觀念偏差又固執的女人，不知道自己最重要的責任是什麼，只懂些她最不需要懂的事。到時候你就知道差別在哪裡。」

「媽，那對我有好處。我來到這世界不只是為了享受別人的才能和好意，對吧？我是來對別人施展我的才能和好意。等我結婚後，我希望我的快樂來自帶給妻子幸福與舒適，而不是來自她對我的付出。比起接受，我更喜歡奉獻。」

「親愛的，那都是空談，都是男孩子的傻話！不管你妻子有多迷人，天天寵她、逗她開心，很快你就會厭煩，接著苦日子就來了。」

「嗯，那麼我們必須相互承擔對方的重擔[10]。」

「到那時你們就會各自回歸崗位。你做你的事，如果她是個好妻子，就會做好她的事。不過你有責任讓自己過得開心，她有責任讓你過得開心。你親愛的父親生前也是個無可挑剔的好丈夫，我們結婚大約半年後我就知道，如果我期待他刻意對我好，就等於期待他飛上天。他總說我是個好太太，能夠善盡本分。他也盡到他的本分（上帝保佑他！），可靠又守時，從來不會沒事找碴。我煮的料理他都很捧場，從來不會遲到而破壞菜肴的美味。女人有這樣的丈夫還有什麼不滿意？」

哈佛德，真是這樣嗎？你在家裡的優良表現僅止於此嗎？你那幸福的妻子這樣就滿意了嗎？

10. 出自《聖經・加拉太書》第六章第二節。

第七章　郊遊

幾天後，在一個晴朗宜人的早晨，地面有點軟，因為上一場大雪剛開始消融，到處留下一堆堆殘雪，覆蓋樹籬底下的鮮綠青草。不過，就在樹籬濕潤的深綠枝葉旁，報春花已經冒出新芽。雲雀在空中歡唱夏日、希望、愛情和一切盡善盡美的事物。我走在山坡上，一面品味這美好的景象，一面照顧我的小羔羊和牠們的母親。我放眼四顧，看見三個人從底下的山谷走上來，是伊莉莎、弗格斯和蘿絲。我越過草地去跟他們會合，得知他們要去懷德菲爾莊園。我說我要一起去，並且把手臂伸向伊莉莎。她原本挽著弗格斯，這時馬上放開弗格斯挽住我。我跟弗格斯說他可以回家了，接下來由我陪伴兩位小姐。

「很抱歉！」他大聲說，「是兩位小姐陪我，不是我陪她們。你們大家都見過這位不同凡響的陌生人，我不想繼續當那個什麼都不知道的可憐人。不管怎樣，我都要見她一面，所以我拜託蘿絲陪我走一趟，把我介紹給她認識。蘿絲說除非伊莉莎也去，否則她絕不去。於是我跑到牧師家找伊莉莎，我們一路挽著手走過來，甜蜜得像情人一樣。現在你把她搶走，還要剝奪我散步和拜訪鄰居的機會。遲鈍的傢伙，回你的田裡去照顧你的牛，你不適合跟我們這樣的紳士淑女在一起。我們這些人沒什麼事做，成天就是打聽鄰居的閒事，偷窺他們家的隱私，挖出他們的祕密。如果他們不合我們的心意，就想盡辦法挑他們毛病。這種高尚娛樂你不會明白的。」

「你們兩個都去不行嗎？」伊莉莎沒理會弗格斯後面那大半截話。

「沒錯，當然兩個都去！」蘿絲大喊。「人越多越熱鬧。除非她又讓我們進她的畫室，否則那間大客廳那麼陰暗沉鬱，只有小小的花格窗，家具老舊又淒涼，我們最好把所有的歡樂都帶去。」

於是我們一起去。那個瘦弱的老女僕幫我們開門，帶我們進蘿絲第一次拜訪葛拉姆太太後向我描述過的客廳。那間客廳還算寬敞宏偉，可惜舊式窗戶採光不佳。天花板、牆板和壁爐都是死氣沉沉的黑色橡木，壁爐雕花繁複，卻不夠雅致。桌椅也是相同材質。壁爐一邊有一座舊書櫃，塞滿色澤混雜的書本，另一邊是一座箱型鋼琴。

葛拉姆太太坐在一張硬邦邦的高背扶手椅上，身邊有一張小圓桌，上面擺著寫字檯和針線籃。亞瑟站在她的另一邊，手肘支著她膝蓋，正在讀攤開在她腿上的一本小書給她聽，讀得出奇流暢。她的手擱在兒子肩上，心不在焉地撥弄垂落亞瑟象牙白頸子的鬈髮。我覺得他們母子的畫面跟周遭景象形成可喜的對比。當然，我們一進門，他們馬上變換姿勢，我只是利用瑞秋拉開門讓我們進去的短暫空檔觀察到那一幕。

我覺得葛拉姆太太見到我們並沒有太開心：她那沉默從容的客套之中帶著某種不可言喻的冷淡。不過我沒跟她多說話，直接坐到靠窗的椅子上，跟他們有點距離。我把亞瑟喊過來，我們一大一小跟桑球玩得挺開心。蘿絲和伊莉莎找些無關緊要的話題跟女主人閒聊，弗格斯翹著二郎腿坐在對面，雙手插在馬褲口袋裡，靠向椅背，一會兒盯著天花板，一會兒直視女主人（那神態讓我很想一腳把他踢出去），一會兒又輕聲用口哨吹一段他最愛的曲調，或插嘴說話，或用最唐突的問題或見解填補談話空檔（依實際情況）。他一度說道：「葛拉姆太太，我實在想不通，妳怎麼會選擇住進這種東倒西歪、又破又舊的房子。既然妳沒錢把這房子修好整棟租下來，為什麼不乾脆租棟狀況良好的小屋子？」

「弗格斯先生，也許我心高氣傲。」她答道。「也許我喜歡這棟羅曼蒂克的舊式建築。不過說實在話，這房子的好處比小屋子多。首先，你看到了，這裡的房間比較大，比較通風。第二，那些空房間我不必付租金，但如果我東西太多，卻可以拿來當儲藏室用。下雨天我兒子不能到戶外去，可以在屋子裡到處跑。再者，外面有個花園可以讓他玩耍，我可以順便做點園藝。我已經有一點進展了。」說到這裡，她轉頭望向窗外。「那邊角落有一片剛長出來的青菜，這邊的雪蓮花和報春花都開了。還有那邊，一株黃色的番紅花正在陽光下綻放。」

「可是妳怎麼能忍受這種環境，距離最近的鄰居在三公里外，從來沒有人來串門子或路過。蘿絲住在這種地方一定會發瘋。她一天沒看見五、六套洋裝和帽子，根本活不下去——姑且不提穿衣裳的那些人。但妳就算整天盯著窗外，可能連個提著雞蛋上市集的老太太都看不到。」

「我倒覺得最吸引我的正是這房子遠離塵囂。我沒有興趣看窗外的過路人，我喜歡安靜。」

「喔！妳這話等於在說，希望我們大家少管閒事，別來煩妳。」

「不是。我不喜歡朋友太多，不過如果有幾個朋友，我當然喜歡偶爾跟他們見見面。沒有人喜歡永遠孤孤單單。所以，弗格斯先生，如果你以朋友的身分來我家，我會熱誠接待你。如果不是，我必須承認我寧可你別來。」說完，她又轉頭跟蘿絲和伊莉莎說話。

「還有，葛拉姆太太，」五分鐘後弗格斯又說，「我們來這裡的路上在爭論一件事，這件事主要跟妳有關，所以妳可以幫我們解答。沒錯，我們經常討論妳的事，因為我們某些人除了議論鄰居的事，沒有更好的事做。再者，我們這些土生土長的在地人彼此認識太久，太常聊彼此的事，老早膩歪了。突然有陌生人闖進來，就會為我們窮極無聊的生活增添很多珍貴的樂趣。要請妳解答的那個（或那些）問題是……」

「弗格斯，你閉嘴！」蘿絲擔心又憤怒地叫道。

「我才不。要請妳解答的問題是：第一，關於妳的身分、家世和過去的住處。有人說妳是外國人，有人說妳是英格蘭人；有人說妳是北部人，也有人說是南部人。有人……」

「弗格斯先生，我可以回答你。我是英格蘭人，這點應該沒什麼好懷疑的。我不是出生在我們這座島的北端或南端。我大半生主要都住在國內。好了，希望你滿意我的答覆，因為目前我不打算再回答任何問題。」

「除了這個……」

「不，一個都不答了。」她笑著說，之後馬上起身走到我所在的這個窗子旁避難。為了避開我弟弟的盤問，走投無路之餘，想盡辦法找我說話。

「馬坎先生，」她說話速度變快，臉色漲紅，顯示她內心的不平靜。「你忘了我們之前討論過的那個漂亮海景了嗎？我想我現在要麻煩你告訴我最近的路線。如果這種好天氣持續下去，我應該可以走得到，去那裡畫幾張速寫。我已經找不到新鮮題材了，所以很希望去看看。」

我正準備回答，卻被蘿絲阻止。

「吉伯特，別告訴她！」蘿絲急忙說，「她可以跟我們一起去。葛拉姆太太，我猜你們說的是那邊的海灣。那地方很遠，妳走不到，亞瑟更不可能。我們打算找個好天氣去那裡郊遊，如果妳可以等到天氣穩定下來，我們大家都很樂意有妳同行。」

可憐的葛拉姆太太顯得不知所措，想找藉口推辭。但蘿絲或許是同情她孤單一個人，或想進一步結交這個朋友，堅決要她參加，任何理由都被駁回。她告訴葛拉姆太太去的人不多，而且彼此都認識，還說從懸崖看出去景觀最漂亮，離這裡整整八公里。

「男士們可以輕輕鬆鬆走過去，」蘿絲接著說，「女士們輪流搭車和步行。我們會駕小馬車去，空間足夠容納亞瑟和三位女士，還有妳的畫具和野餐的食物和用品。」

她終於答應了，我們又針對郊遊的時間和方式做了些討論，就告辭回家了。

當時才三月，之後又經過寒冷潮濕的四月和五月前兩個星期，我們才敢實踐郊遊計畫，合理期待宜人的景色、歡樂的同伴、新鮮的空氣、振奮的精神和充足的運動帶來的樂趣，沒有泥濘的路況、寒冷的天氣和險惡的烏雲來攪局。於是，在某個天清氣朗的早晨，我們大家集合出發了。我們的成員有葛拉姆家的太太和少爺、密爾瓦家的瑪麗和伊莉莎、威爾森家的珍和理查，以及馬坎家的蘿絲、弗格斯和吉伯特。

我們也邀請了勞倫斯，不過，基於某種只有他自己知道的原因，他拒絕了。我親自去邀請他，當時他有點猶豫不決，問我有些什麼人參加。我提到珍的時候，他好像有點心動。我又提到葛拉姆太太，原本以為會是更大誘因，沒想到恰恰相反，他一口回絕。坦白說，他的決定並沒有讓我太失望，我沒辦法告訴你為什麼。

我們到達目的地時已經接近中午。葛拉姆太太一路走到懸崖邊，亞瑟也走了大半路程，因為他現在比剛搬來時結實多了，也更活潑好動。他不喜歡跟陌生人擠在馬車裡，因為他喜歡的四個人（他媽媽、我、瑪麗和桑球）都走路，不是跟馬車有一段距離，就是走在不同的田野和小徑上。

那次步行在我心中留下美好回憶。我們沿著那條陽光明媚、路面紮實的白色道路前進，偶爾有翠綠樹木遮蔭。道路兩旁鋪滿野花，樹籬盛開的花朵釋出清香。有時穿過爽朗的田野和小徑，繁花似錦，滿是歡欣五月的盎然綠意。沒錯，伊莉莎不在我身邊，不過她和朋友坐在馬車上，想必也跟我一樣開心。即使我們這些走路的人抄捷徑橫越田野，看著前方遠處的小馬車消失在蔥翠蓊鬱的濃蔭裡，我也不氣那些樹木阻擋我的視線，害我看不到那可愛的帽子和披巾。我甚至沒有察覺到那些阻隔我和心上人的事物。坦白說，葛拉姆太太近在眼前，我非常開心，毫不在意伊莉莎遠在天邊。

沒錯，一開始葛拉姆太太實在很惱人，好像決心只跟瑪麗和亞瑟說話，不搭理旁人。她跟瑪麗走在一起，孩子通常走在她們中間。不過只要路況允許，我都會走在她的另一邊，理查走在瑪麗的另一邊，弗格斯則是隨心所欲東晃西盪。一段時間後，她變得比較親和，最後我終於順利吸引她的注意力，幾乎只跟我一個人交談。那時我心情雀躍極了，因為只要她願意跟我說話，我都喜歡聽。當她的觀點和感受與我契合，我欣賞的是她極其透澈的見地、優越的品味與鑑賞力。我們看法分歧時，令我著迷的是她絕不妥協，敢於直言並辯護自己的觀點，以及她的誠摯與敏銳。即使她以不友善的言語或眼神激怒我，或對我的評價過於苛刻，我只會對自己更不滿，氣自己沒能留給她好印象，也因此更想讓她了解我真正的人品與性情。可能的話，能夠贏得她的尊重。

我們的步行終於結束。最後一段路山勢越來越高聳陡峭，遮擋住前方的景物。不過，等我們來到陡坡頂端往下俯瞰，視野豁然開朗，湛藍大海躍然眼前！近乎暗紫色的藍。海面並非波平如鏡，而是綴滿閃閃發亮的碎浪，像閃耀在大海懷抱裡的細小斑點。小小海鷗翱翔在上空，翅膀在陽光下閃耀。即使最好的視力也很難分辨哪些是碎浪，哪些是鷗鳥。海上只有一、兩艘船，距離非常遙遠。

我轉頭看著葛拉姆太太，想知道她對這壯麗景色有什麼看法。她什麼都沒說，只是站在原地，定定望著大海。她的眼神告訴我她沒有失望。對了，我不知道有沒有跟你說過，她眼睛很美。那雙眼睛充滿靈魂，又大又明亮，接近黑色，不是棕色，是很深的灰。海面拂來一陣醒神的涼風，柔和、純淨、清爽，撥動她長長的鬈髮，讓她平時稍嫌蒼白的嘴唇和臉頰顯得紅潤健康。習習涼風令她精神一振，我也是。那陣風吹得我全身顫動，我卻不敢表現出來，因為她始終一動不動。她臉上有一股不動聲色的喜悅，當我們四目相對，那股喜悅幾乎化成一抹歡欣鼓舞的會心微笑。我從沒見過她這麼美的一面，我的心也不曾像此刻這麼熱烈地愛慕她。如果我們單獨在那裡多站個兩分鐘，後果我無法負責。幸好我們很快被喊去用餐，我沒有機會做出衝動舉止，幸運地保住這一天的歡樂心情。餐點非常豐盛。蘿絲、珍和伊莉莎搭馬車先到，三個人合力把食物擺設在俯瞰大海的高台，上方有一片懸岩和低垂的樹木為我們遮擋豔陽。

葛拉姆太太選了個遠離我的位置坐下。離我最近的是伊莉莎，她用她那種溫和含蓄的方式討好我，而且毫無疑問跟平時一樣充滿迷人魅力，可惜我感受不到。不過，我的心很快再度對她敞開。根據我的觀察，在那頓漫長的野餐過程中，所有人都顯得樂陶陶。

等午餐結束，蘿絲要弗格斯幫她收拾善後，把刀叉和碗盤放進提籃。葛拉姆太太拿起她的折疊凳和畫具，拜託瑪麗照顧她的寶貝兒子，嚴格要求亞瑟留在瑪麗身邊，就一個人爬上陡峭的礫石坡，去到遠處一個更高、更險峻的懸崖，據說那裡的景色更美。雖然其他小姐告訴她那地方很可怕，勸她別去，她仍然想去那裡畫些素描。

很難說她對歡樂的氣氛有什麼具體貢獻，可是等她一走，我卻覺得樂趣不再。她沒有說過笑話，甚至幾乎不曾笑出聲，可是她的微笑讓我笑得更暢快，她的一番深刻見解或一句歡欣話語，不知不覺中讓我變得更靈敏，對其他人的言談舉止更感興趣。就連我跟伊莉莎的交談也因為有她在場變得更活潑，只是當時我沒發現。現在她走了，伊莉莎那些毫無意義的笑話變得乏味，甚至令我厭煩，我懶得再逗她開心。我覺得遠處那個定點對我有一股難以抗拒的吸引力，只因那位美麗的畫家獨自在那裡勤奮地畫著。我沒有抗拒太久，趁伊莉莎跟珍說話的空檔，悄悄起身溜掉。我邁開大步走了一小段路，又費了點力氣往上攀爬，來到她所在的地方。那是凸出在懸崖邊上的一塊狹窄岩石，下方是險峻的陡坡，幾乎通到底下的岩岸。

她沒有聽見我的腳步聲，直到我的影子落在畫紙上，她猛地一驚，趕緊回頭查看。我認識的女性如果突然受到這種驚嚇，一定會失聲尖叫。

「噢！我不知道是你，為什麼這樣嚇我？」她有點發火。「我討厭別人這樣突然接近。」

「為什麼？妳把我想成什麼了？」我問。「如果我知道妳這麼容易受驚嚇，就會更小心。可是……」

「算了。你來做什麼？其他人都要過來嗎？」

「沒有。這塊石頭容納不了那麼多人。」

「那就好。我不想再聊天了。」

「那我不說，只坐在這裡看妳畫畫。」

「你知道我不喜歡那樣。」

「那我就欣賞眼前的美景。」

她沒有反對，又默默畫了一陣子。但我忍不住偷瞄，偶爾偷偷把視線從底下的絕美景色移到那隻握著鉛筆的白皙玉手、那優雅的頸子和垂落在畫紙上方、烏黑亮麗的鬈髮。

「嗯，」我心想，「如果我有鉛筆和一小張紙，也有栩栩如生勾勒出眼前景象的本事，我畫出來的成品一定比她的素描更美。」

這個願望雖然沒能達成，但只要能坐在她身邊，我就心滿意足了。

「馬坎先生，你還在嗎？」說著，她終於轉頭看我（當時我坐在她後面不遠處一片凸出懸崖的青苔岩石上）。「你為什麼不去跟朋友說說話，找點樂子？」

「因為我對他們厭倦了，跟妳一樣。明天，或之後任何時間，我多的是機會跟他們相處，可是我不知道多久以後才有榮幸再見到妳。」

「你離開的時候亞瑟在做什麼？」

「跟妳離開時一樣，還是跟瑪麗在一起。他很好，只是希望媽媽趕快回去。對了，妳沒有託我照顧他。」我埋怨道，「雖然我有幸跟他認識比較久。話說回來，瑪麗比較擅長哄孩子，逗孩子開心。」我漫不經心地補了一句，「雖然她沒別的長處。」

「瑪麗有很多可貴的優點，像你這樣的人看不出來，也不懂得欣賞。你能不能去跟亞瑟說我幾分鐘後就回去？」

「既然是這樣，如果妳不反對，我就再等個幾分鐘。下去的路不好走，我扶妳。」

「謝謝你。這種事我還應付得過來，不需要幫忙。」

「至少我可以幫妳拿凳子和素描簿。」

她沒拒絕，但她似乎急於擺脫我，我有點不高興，開始後悔自己太一廂情願。這時她提出畫畫時碰上的難題徵詢我的意見，我心情又平復了些。開心的是，她認同我的看法，也立刻採行我的建議。

「有時候我沒辦法相信自己的眼光和頭腦，」她說，「因為花太多時間觀察同一件事物，幾乎沒辦法做出恰當的判斷，那時我多麼渴望有個人能夠商量。」

「那只是獨居的眾多缺點之一，」我說。

「確實。」她答。我們又陷入沉默。

大約兩分鐘後，她說她的素描完成了，闔上素描簿。

我們回到野餐地點時，發現大部分人都不在，只剩瑪麗、理查和亞瑟。亞瑟枕著瑪麗的腿睡得正熟，理查坐在瑪麗身旁，手裡捧著某位古典作家的作品。他走到哪裡都帶著書，以便善用空閒時間。寶貴的時間如果不拿來讀書，或基於身體需求從事維持生命的基本活動，都算是浪費光陰。即使此刻，他也不允許自己享受清新的空氣、和煦的陽光、美不勝收的風景，以及微風拂動樹梢與輕濤拍岸的催眠樂音。就算身邊有個小姐（我必須承認不是非常迷人）也一樣，他非得掏出書本，善用這段消化適量午餐、讓不慣走遠路的疲累雙腿休息的時間。

不過，也許他偶爾會花點時間跟瑪麗說句話，或交換一個眼神。總之，她好像對他的行為沒什麼不滿，因為她不起眼的面容露出罕見的喜悅與恬靜。再者，我們到的時候，她正自得其樂地端詳他若有所思的蒼白臉龐。

對我而言，回家的路途遠遠不如上午的時光那般可喜，因為回程換葛拉姆太太搭車，伊莉莎陪我走路。她已經發現我比較喜歡跟葛拉姆太太相處，顯然覺得自己受到冷落，卻沒有表現出她的憤怒：沒有嚴詞指責，沒有冷嘲熱諷，也沒有板著臉生悶氣。那些我都可以輕易忍受，或一笑置之。但她只是露出淡淡的委屈，一種忍悲含怨的哀傷，直接刺進我的心。我設法逗她開心，好像也收到一點效果。可是我卻因此受到良心的譴責，因為我明知這段關係遲早都得結束，這麼做只是給她不切實際的希望，延遲那傷心的結局。

小馬車停在在大馬路最接近懷德菲爾莊園的地點（再上去就得走那條漫長崎嶇的山路，葛拉姆太太絕不同意）。葛拉姆太太帶著兒子下車，把車夫的座位讓給蘿絲，我說服伊莉莎去坐蘿絲原本的位子。我送她上車，提醒她別著涼，祝她有個美好夜晚，終於鬆了一大口氣。我趕上葛拉姆太太，想幫她拿東西上山，她卻已經把凳子掛在手臂，素描簿拿在手上，堅持要在那裡跟我道別，要我和其他人一起離開。這回她拒絕的態度非常客氣委婉，我幾乎原諒她。

第八章 禮物

六星期之後，在六月底一個風光明媚的早晨，大多數乾草都已經收割。過去一星期以來天候不佳，現在好天氣終於來了，我決心好好把握，於是召集所有人手下田，自己也在人群中賣力工作。我脫掉外套、頭戴輕便遮陽草帽，抱起一把又一把潮濕發臭的乾草拋向四面八方，站在隊伍最前方以身作則激勵大批僕人和雇工。我打算就這樣從早到晚苦幹實幹，展現出我期待在他們身上看到的熱忱與幹勁。希望藉由我自己的努力和他們的效法，獲致可觀成果。這時，看哪！我的決心瞬間瓦解，因為我弟弟跑過來，把一個小包裹塞在我手裡。包裹剛從倫敦送達，我已經等候一段時間。我拆開包裝紙，裡面是精美的袖珍版《瑪米恩》[11]。

「我知道這要送給誰，」弗格斯站在一旁看著我心滿意足地檢視那本書。「一定是給伊莉莎的。」

他的語調和表情一副無所不知的模樣，我很樂意駁斥他。

「小伙子，你猜錯了。」說著，我拿起外套，把書塞進外套口袋，再穿上外套。「過來，你這懶散傢伙，偶爾當個有用的人。外套脫掉，接替我的工作，到我回來為止。」

「到你回來？請問你上哪去？」

「別管我去哪裡，你該在乎的是我什麼時候回來。至少要到中午。」

11. *Marmion*，蘇格蘭作家華特・史考特（Walter Scott，一七七一～一八三二）的敘事長詩。

「嗐！那麼我要一直做苦工到中午，還得盯緊這些傢伙，不准他們偷懶，是嗎？好吧！好吧！我聽你的，就這麼一回。來吧，夥計們，手腳俐落點：換我來幫你們忙，哪個男人或女人敢停下來，不管是東張西望，或搔腦門擤鼻涕，就等著吃苦頭吧。什麼藉口都不成，一概不准，只能工作、工作，滿頭大汗地做……」如此這般碎念個不停。

我由著他去嘮叨那些人，反正他的話娛樂效果多於說教。我回家換套衣裳梳洗一番，就趕往懷德菲爾莊園去了。那本書還在我口袋裡，因為那是送給葛拉姆太太的。

「什麼？那麼你們的關係已經親密到可以互相贈禮了？」老弟，那倒沒有。這是我第一次嘗試送她東西，所以急著想知道她會有什麼反應。

海邊郊遊之後我們又見過幾次面，我發現只要我聊些抽象事物或彼此都感興趣的話題，她就不討厭跟我相處。一旦我觸及情感面，或讚美她，或言語表情流露出一丁點柔情，她對我的懲罰不只當場變臉，下回再去找她，還會變得更冷淡、更疏遠。然而，這種現象並沒有帶給我太大的挫敗感。我認為原因不在於她不喜歡我這個人，而是她也許深愛過世的丈夫，或者受夠了他，對婚姻徹底死心，遇到我以前就下定決心不再走入婚姻。確實，一開始她好像以挫折我的虛榮和踐踏我的放肆為樂，冷酷無情地掐掉我心中滋生的一株株愛苗。我承認當時我很受傷，也氣得生起報復心。後來她確認我不是她原本以為的那種腦袋空空的花花公子，開始用截然不同的態度拒絕我審慎有度的追求。那是一種嚴肅、近乎憂傷的不悅，我很快就學會避開那種情景。

「我先跟她當朋友，」我心想，「疼愛她兒子，陪她兒子玩。跟她保持平和、堅定、坦率的友誼。等我變成增添她生活舒適度與趣味的重要元素（我相信我辦得到），再考慮下一步該怎麼走。」

於是我們聊繪畫、詩歌和音樂，討論神學、地質學和哲學。我曾經借她一、兩本書，也向她借過一本；我盡可能出現在她散步的路上，盡量壯起膽子去她家拜訪。我第一次入侵她的「聖殿」的藉口是送亞瑟一隻初生幼犬，那隻小狗的父親是桑球。亞瑟興奮得難以言喻，他母親自然而然跟著開心。第二次我帶了一本書給亞瑟。我知道他母親很在意孩子看什麼書，所以事先取得她的許可。之後我經過蘿絲同意，假借她的名義，帶了些植物給她種在花園裡。每次去我都詢問那幅海景畫的進度，她會帶我進畫室，問我有什麼看法和提議。

我上一次去看她的理由是還她借我的書，當時我們不經意聊起華特・史考特爵士的詩，她說她想看看《瑪米恩》這本書，於是我自作主張決定買來送她。回家後我立刻訂了這天早上收到的漂亮小書。但我還得找個擾她清靜的理由，因此我帶上一條藍色摩洛哥羊皮項圈，準備送給亞瑟的小狗。我把東西交給她，她滿口道謝開心地收下，感恩的程度超過那份禮物的價值和送禮者的私心所應得。我告訴她如果那幅畫還在，我希望能再看一眼。

「還在！請進。」她說（我在花園遇見他們）。「畫已經完成了，也裝了框，隨時可以送走。不過我想聽聽你最後的意見。如果你有更好的建議，我至少會認真考慮。」

那幅畫美得令人屏息：它就是那片實景，彷彿以魔法傳送到畫布上。不過我只用簡單幾句話謹慎表達我的讚許，以免觸怒她。然而，她仔細觀察我的表情，顯然在我眼中看到了真心的激賞，創作者的自尊得到滿足。我盯著那幅畫的時候，心裡想的是口袋裡的書，琢磨著該怎麼送出去。我的心怯懦了，卻又不願意像個傻子似的連試都不試一下。等待機會不是辦法，編出一番說辭也沒有意義。

我心想，態度越坦率自然越好，於是我轉頭望向窗外鼓足勇氣，直接拿出那本書，轉身塞進她手裡，簡單解釋：「葛拉姆太太，妳說想看這本書。書在這裡，希望妳賞臉收下。」

她臉色忽然漲紅，也許是同情我手法如此笨拙，替我難為情。她肅穆地看了看封面和封底，再默默翻開書頁，斂容沉思。最後她闔上書，抬頭看著我，輕聲問書的價錢。我頓時感到臉上一陣熱辣。

「馬坎先生，很抱歉冒犯你。」她說。「不過除非我付錢，否則我不能收。」說完，把書放在桌上。

「為什麼不能？」

「因為……」她欲言又止，視線望向地毯。

「為什麼不能？」我口氣有點衝，她因此抬起視線望著我。

「因為我不想欠下還不了的人情。你對我兒子的善意，我非常感激。不過，他對你的感恩和喜愛，以及你自己從中得到的快樂，應該給了你足夠的回報。」

「胡扯！」我脫口而出。

她的目光又轉向我，驚異的表情帶點嚴厲，不管有意無意，都隱含著指責。

「那麼妳不肯收這本書？」我用比剛才溫和些的口氣問她。

「如果你讓我付錢，我很樂意收下。」

我告訴她確切的價格和運費，語調極力保持平靜，因為我實在太失望太氣惱，眼淚都快掉下來了。

她拿出錢包，冷靜地數出那筆錢，卻猶豫著該不該交給我。她專注地望著我，用溫柔的撫慰語氣說：「馬坎先生，你覺得受到羞辱，我真希望你能理解我……我……」

「我確實理解妳，一清二楚。」我說。「妳認為如果現在收下這點小東西，將來我會利用這個討人情。妳錯了，如果妳肯給我面子收下它，相信我，我絕不會因此懷抱任何希望，將來更不會用這件事向妳提出任何要求。說什麼欠我人情，實在荒唐，妳明知道在這種情況下是我該感謝妳，是妳給我面子。」

「那我就相信你的話。」她露出天使般的笑容，把那可惡的錢放回錢包。「不過你可別忘了。」

「我會記住自己說過的話。但妳不能用絕交懲罰我今天的冒昧，或期待我保持距離來贖罪。」說著，我伸出手，準備向她告辭。我情緒太激動，不能再待下去。

「好吧！那我們就維持現狀。」她坦然跟我握手。我握住她的手時，多麼想拉起那隻手送到唇邊親吻。但那是自斷後路的瘋狂行為。我已經夠大膽了，這次有欠考慮的送禮行動幾乎毀掉我所有的希望。

我匆忙趕回家，一顆心和大腦激動煩躁，像熾盛的烈火。我無視毒辣的豔陽，滿腦子只想著她；只氣惱她的令人費解、自己的過度輕率和欠缺技巧；只害怕她可恨的決心和我的無力克服；只希望……算了，我不要拿我內心糾結的希望與恐懼、思慮與決心來煩你。

第九章 偽君子

儘管如今我對伊莉莎的好感已經大致消失，偶爾還是會到牧師家走走。我不想做得太絕情，以免害她太傷心，或招致她的怨恨，從而變成教區的話柄。再者，牧師向來認為我去他家主要是為了探訪他，如果我從此不去，他一定會認為我在疏遠他，覺得被冒犯。我見過葛拉姆太太的隔天去了一趟牧師家，他碰巧出門去了。這種情況已經不像過去那樣令我開心。沒錯，瑪麗也在，可是她幾乎等於不存在。我決定不要逗留太久，用哥哥或朋友般的態度跟伊莉莎說說話，畢竟我們認識那麼久了，這麼做不算冒昧，也不至於得罪她或給她錯誤期待。

我從來不習慣跟她或任何人談到葛拉姆太太。可是我坐下來不到三分鐘，她就用相當不尋常的口吻提起那位女士。

「哎呀，吉伯特，」她一臉震驚，用接近耳語的音量說，「關於葛拉姆太太那些驚人傳言，你有什麼看法？你能告訴我們那些都不可信嗎？」

「什麼傳言？」

「少來！你一定知道！」她狡猾地笑著搖頭。

「我什麼都不知道。伊莉莎，妳到底想說什麼？」

「別問我！我也說不清。」她拿起一塊她正在繡花邊的細棉布手帕，開始忙了起來。

「瑪麗，究竟什麼事？伊莉莎是什麼意思？」我轉頭問瑪麗，她好像專心在縫一條粗布大床單的褶邊。

「我不知道。」她答。「應該是沒有根據的謠言，某些人編造出來的。前些日子伊莉莎才告訴我，之前我根本沒聽說過。不過就算教區所有人都當面大聲跟我說，我也不會相信，我太了解葛拉姆太太了！」

「說得對，瑪麗。不管是什麼傳言，我也不相信。」

「好吧。」伊莉莎輕聲嘆息。「能夠充分相信我們所愛的人的人格，是很好的事。我只希望你們將來不會發現自己信錯人。」

這時她抬起頭，臉上顯得哀傷又溫柔，幾乎融化我的心，可是她眼神裡藏著某種我不喜歡的東西。我不明白自己以前怎麼會欣賞那樣的眼睛，她姊姊誠實的臉孔和灰色的小眼睛給人的感覺愉快多了。不過當時我在跟伊莉莎生氣，因為不管她自己知不知道，她對葛拉姆太太含沙射影的批評一定不是真的，這點我很確定。

我沒再談那個話題，也沒多聊別的，我發現自己心情無法平靜，不一會兒就起身告辭，藉口農場還有事要忙，也確實去了農場。我完全沒有猜想那些神祕傳言是不是真的，只是納悶內容到底是什麼，是誰傳出來的，有什麼事實依據，又該如何平息或駁斥那些謠言。

幾天後我們又辦了一場單純的小型聚會，受邀的同樣是平時往來的朋友和鄰居，包括葛拉姆太太。如今她不能以夜色太黑或天氣不好當藉口，很令我欣慰的是，她來了。少了她，我會覺得這場聚會乏味得難以忍受。她一出現，整個屋子頓時充滿生氣。雖然我不能為了她疏忽其他賓客，也不奢望獨占她的注意力，要她只跟我說話，我還是覺得這會是個格外愉快的夜晚。

勞倫斯也來了，他比大家晚到。我好奇他會怎麼跟葛拉姆太太互動。他只在進門時對她微微欠身致意，而後客套地跟其他人打招呼，就在我和蘿絲之間找個位子坐下來，跟葛拉姆太太有一段距離。

「你見過有誰那麼虛假的嗎？」離我最近的伊莉莎悄聲說，「看起來是不是像彼此不認識的陌生人？」

「差不多。那又怎樣？」

「什麼那又怎樣！你故意裝不知道吧？」

「不知道什麼？」我口氣太尖銳，她有點吃驚，答道：「噓！別那麼大聲。」

「那就把話清楚。」我壓低聲音對她說，「妳到底想說什麼？我討厭打啞謎。」

「哎呀，我不確定那是不是真的，事實上一點把握都沒有，你難道沒聽說……」

「除了妳告訴我的，我什麼都沒聽說。」

「那你一定故意不聽，因為所有人都會告訴你……但我知道我說出來只會惹你生氣，所以我最好什麼都別說。」

她閉上嘴，雙手抱胸，顯得委屈順從。

「如果妳不想惹我生氣，一開始就什麼都別說，或者坦白誠實地把話說清楚。」

她別開臉，掏出手帕起身走到窗子旁，在那裡站了一會兒，顯然在哭。我覺得震驚、生氣又羞愧，倒不是後悔自己太嚴厲，而是氣她這麼幼稚軟弱。所幸好像沒有人注意到她，不久後茶點準備好了，我們都上桌就座。在那個地區，不管什麼樣的場合，喝茶都是在餐桌上進行，也算正式的一餐，因為我們晚餐吃得早。我坐下來，蘿絲坐我旁邊，另一邊是空位。

「我可以坐你旁邊嗎？」有個輕柔的聲音從我手肘後方傳來。

「隨妳便，」我答。伊莉莎坐進那個空位，抬頭用憂傷又淘氣的表情看著我，悄聲說：「吉伯特，你好凶。」

我帶著輕蔑的笑容把她的茶遞給她，沒有說話，因為我無話可說。

「我做了什麼惹你生氣？」她問，表情更哀怨了。「真希望能知道。」

「好了，伊莉莎，喝茶吧，別說傻話。」說著，我把糖和奶油遞給她。

就在那時，我的另一邊出現輕微騷動，原來珍過來問蘿絲能不能跟她換位子。

「蘿絲，能不能拜託妳跟我換位子，」她說，「我不想坐葛拉姆太太旁邊。如果妳媽媽覺得可以邀請這種人來自己家，就得讓她女兒去陪他們。」

她的後半段話是蘿絲走後才說的，比較像在自言自語，可惜我沒有那份氣度容忍。

「珍，能不能請妳解釋一下妳的話是什麼意思？」

她顯得有點吃驚，只是一點。

「吉伯特，」她迅速恢復鎮定，冷靜地說，「我很訝異馬坎太太竟然邀請葛拉姆太太那種人來自己家裡。話說回來，她可能不知道那位女士的人品不太好。」

「她的確不知道，我也不知道。所以，能不能請妳解釋一下？」

「現在的時機和場合都不適合，但我認為你不可能真的什麼都不知道。你應該跟我一樣了解她。」

「確實，也許比妳多了解一點。所以如果妳能夠告訴我妳聽說、或揣測什麼不利於她的事，也許我能糾正妳的誤解。」

「那麼你能告訴我她丈夫是誰、或她到底有沒有結過婚？」

我氣得什麼話都不說。我擔心自己會當場失控，不敢開口回應。

「難道你從來沒發現，」伊莉莎說，「她兒子長得多麼像……」

「像誰？」珍問。她神態冷淡，卻極為嚴厲。

伊莉莎嚇了一跳。她剛才那句話說得怯生生，原本只想說給我聽。

「喔，我很抱歉！」伊莉莎說，「我大概弄錯了，也許我真的錯了。」但她說話時用她虛偽的眼睛斜瞄我一眼，眼神隱含狡詐的嘲弄。

「不需要跟我道歉，」珍說，「在我看來，這裡長得像那孩子的只有他媽媽。伊莉莎小姐，如果妳聽見惡毒謠言，最好別散布出去，我會感謝妳……我是說，這樣對妳比較好。我猜妳指的是勞倫斯先生，我可以向妳保證，就算他跟那位女士有什麼特殊關係（這點誰也沒有資格斷定），至少他明白分寸，懂得在正派人士面前有所保留，只是輕輕跟她點個頭，其他人未必做得到。他看見她也在這裡，明顯既驚訝又氣惱。」

「嗆回去！」弗格斯說，他坐在伊莉莎的另一邊，餐桌這邊就我們四個人。「別跟她客氣！記住，一塊石頭都別讓她留在石頭上[12]。」

珍挺直上身，露出冰冷不屑的表情，沒有說話。伊莉莎原本會回應，卻被我打斷。我盡量保持鎮定，但我的口氣必定洩露了內心的感受：「這個話題到此為止。如果我們一開口就要中傷比我們優秀的人，不如不說話。」

「我認為你們最好別說了。」弗格斯說。「我們可敬的牧師也跟我有同感。他一直在跟大家侃侃而談，也不時用氣呼呼的眼神瞄你們，你們卻坐在這裡無禮地交頭接耳竊竊私語。吉伯特，他甚至一度中斷他的故事（或布道，我分不清楚）緊盯著你，像是在說：『等吉伯特跟那兩位小姐打情罵俏完，我再接著說！』」

我不清楚那天大家在餐桌上還聊了些什麼，也不知道自己怎麼有耐心坐到用餐結束。不過，我倒是記得我好不容易才吞下當時杯裡剩下的茶，什麼都沒吃，而我做的第一件事就是盯著跟他母親坐在餐桌對面的亞瑟，第二件是盯著坐在下首的勞倫斯。首先，我震驚地發現他們之間確實存在一點相似度。只是，細看之後我發現那只是自己的捕風捉影。

沒錯，比起大多數男性，他們兩個五官都更精緻，骨骼也更纖細；勞倫斯的臉色蒼白清爽，亞瑟則是秀氣白皙。可是亞瑟微微上翹的小鼻子永遠不可能長成像勞倫斯那樣長而筆直。還有他的臉型，雖然不夠圓，又跟他小巧的雙下巴巧妙融合，算不上方形，卻也不可能長成勞倫斯那長長的鵝蛋臉。亞瑟的髮色明顯比勞倫斯淺、偏向暖色系。還有他那雙清澈的藍色大眼睛，雖然偶爾帶點早熟的嚴肅，卻一點也不像勞倫斯那雙羞怯的淡褐色眼睛。勞倫斯那雙眼睛裡藏著敏感的靈魂，不太信任地往外張望，彷彿隨時會躲進去，閃避來自那個格格不入的粗魯世界的冒犯。真差勁，這麼可憎的念頭我連想都不該想！難道我不了解葛拉姆太太？我不是跟她見過很多次面，談過很多話？我不是很確定她無論在聰明才智或靈魂的純淨與崇高方面，都遠比那些誹謗她的人優越？我難道不清楚她其實是我所見過或想像得到的女性之中，最高貴、最值得敬重的一個？沒錯，而且我認同瑪麗（多麼明智的女孩）的話，就算教區所有人，不，就算全世界的人都當面跟我說那些可怕的謊言，我也不會相信，因為我比他們更了解她。

在此同時，我氣得彷彿腦袋著了火，我的心臟因為各種矛盾的情感相互衝擊，幾乎衝出圈禁它的胸膛。我對坐在我身邊那兩位小姐滿懷我無心隱藏的嫌惡與反感。我因為心不在焉忽視身邊兩位小姐，遭到其他人挖苦嘲弄，但我一點也不在乎。除了我當時冥思苦想的那個重要議題，我只希望看見杯子送進托盤，不要再傳回來。我覺得密爾瓦牧師會永遠嘮叨下去，不停告訴大家他不愛喝茶，宣稱頻頻把這種沒滋沒味的液體裝進胃裡，會排擠其他更有益的食物，損及健康，以至於他的第四杯茶永遠喝不完。

12. 出自《聖經・馬可福音》第十三章第二節。耶穌告訴門徒，將來聖殿會被夷為平地，不會有任何一顆石頭疊在石頭上。

最後茶會結束，我直接起身，沒有向大家告罪就拋下賓客離開餐桌。我再也沒辦法跟他們相處。我衝出門外，希望涼爽的晚風能讓大腦冷靜下來，讓我的心恢復平靜，或獨自待在花園裡放任思緒馳騁。

為了不讓窗子裡的人看見，我沿著花園邊緣的僻靜小徑往前走，小徑盡頭有張被玫瑰與忍冬遮蔽的長椅。我坐了下來，開始思索葛拉姆太太的優缺點。我才坐下來不到兩分鐘，就聽見說話聲和笑聲，也隔著枝葉瞥見移動的身影，因此知道所有人也都到花園裡來呼吸新鮮空氣。我繼續窩在這個樹叢裡，希望能獨占這個地方，沒人看見，也沒人闖進來。可惜，真討厭，有人沿著小徑走過來！他們為什麼不留在開闊的花園看看花，享受一下夕陽餘暉，把這個陰暗的角落留給我和蠓蚋？

我從縱橫交錯的芬芳枝椏之間偷瞄一眼，想知道闖進來的是些什麼人（因為根據我聽見的低語聲，來人不只一個），我的怒氣登時消散，各種迥異情緒在我尚未平靜的心靈裡激盪：葛拉姆太太緩步走過來，身邊只有亞瑟，沒有旁人。他們為什麼沒跟大家在一起？所有人都聽見那些毒舌散播的謠言了嗎？他們都排擠她嗎？我想到早先威爾森太太把椅子挪向我母親，上半身靠過去，顯然在傳達某種重要機密。當時她不停搖頭，爬滿皺紋的臉龐不時扮怪相，醜陋的小眼睛不懷好意地眨巴著。當時我就覺得她一定是在散布某種見不得光的流言蜚語。她說話時神祕兮兮怕人聽見，我判斷那個被她中傷的可憐人應該就在現場。根據那些跡象，加上我母親震驚又納罕的表情與肢體語言，現在我認為那個可憐人就是葛拉姆太太。我擔心我的出現會把她趕走，所以一直等到她接近小徑盡頭才現身。我走出去的時候，她立刻停下腳步，一副很想轉身往回走的模樣。

「啊，馬坎先生，我們不想打擾你！」她說。「我們來這裡是想圖個清靜，不想擅闖你的小天地。」

「葛拉姆太太，雖然我剛才那樣無禮扔下客人，看起來好像不愛跟人相處，但我不是離群索居的人。」

「我以為你身體不舒服。」她眼裡有真誠的關切。

「剛才是有一點，現在好了。在這裡坐會兒，休息一下，跟我說說妳覺得這個小天地如何。」說著，我抱起亞瑟，把他放在那張長椅正中央，以防他媽媽走掉。她說這實在是個誘人的避難所，「咚」地一聲坐了下來，我也坐進長椅另一邊。

可是「避難所」這三個字讓我心情煩亂。那些人當真那麼不友善，逼得她必須獨自逃離？

「他們為什麼丟下妳一個人？」我問。

「是我丟下他們。」她笑著回答，「我實在沒辦法繼續閒聊下去。我最怕跟人閒聊，很難想像他們怎麼能那樣聊個不停。」

看她一副百思不解的模樣，我忍不住露出微笑。

「他們是不是覺得自己有責任一直說話，」她接著說，「所以從不停下來思考，即使沒有真正值得聊的話題，也要用毫無意義的瑣事和無謂的重複填補？或者他們真心享受這樣的談話？」

「很可能他們確實喜歡。」我指出。「他們膚淺的心靈裝不下重要概念，一點枝微末節的小事就能迷惑他們空洞的腦袋，有思想的人卻不為所動。他們不閒聊的時候，就一頭栽進醜聞的爛泥裡，那是他們最主要的樂趣所在。」

「不是每個人都這樣吧？」她問。我激烈的言論令她詫異。

「不，當然不是。我妹妹沒有這種低級品味。如果妳指控的對象包括我母親，其實她也不是那種人。」

「我沒有指控任何人，更沒有對你母親不敬的意思。我認識不少明理的人必要時也擅長那樣跟人閒聊，但我沒有這種天賦。今天的聚會我盡量保持專注，直到心力耗竭，只好偷偷開溜，來這個清幽的小徑休息幾分鐘。我討厭欠缺實質概念與情感交流、不能對彼此有益的空談。」

「如果我話太多，」我說，「馬上告訴我，我保證不生氣。因為我只要跟……跟朋友相處，不管說不說話，都樂在其中。」

「你這話我不太相信。不過如果真是這樣，你就非常適合跟我相處。」

「那麼我在其他方面都符合妳的期待嘍？」

「不，我不是那個意思。你看那一簇簇樹葉，陽光從後面照射過來，多美呀！」她刻意改變話題。

那些葉子確實美極了，水平光線時不時穿透小徑對面濃密的高矮樹叢，半透明的金黃色綠葉燦爛奪目，調和了那一片幽暗綠意。

「我幾乎希望我不是畫家。」她感慨地說。

「為什麼？在這種時刻，妳應該是最開心的，畢竟妳有能力描摹大自然的賞心悅目與繽紛多彩。」

「不。我沒辦法跟別人一樣好好享受眼前的美景，總是絞盡腦汁想著該如何在畫布上呈現相同效果，但那根本不可能辦得到，只是白費心思自尋煩惱。」

「也許妳對自己畫出來的成品不滿意，但妳努力的成果卻能帶給許多人愉悅。有人來了。」

「無論如何我都不該抱怨，很少有人像我這樣，謀生之餘還能從工作中得到這麼多樂趣。」有人打擾，她似乎有點心煩。

「是勞倫斯先生和威爾森小姐在散步，」我說，「享受一點清靜時光。他們不會干擾我們。」

我不太能解讀她臉上的表情，不過我很放心，因為我看不到醋意。我憑什麼管人家吃不吃醋？

「威爾森小姐是什麼樣的人？」她問。

「她比同階級的人更優雅、更有教養。有人說她很有仕女風範，為人也親切友善。」

「我覺得她今天的態度有點冷漠高傲。」

「她確實有可能這樣對妳。我猜她對你有偏見，因為她把妳當成情敵。」

「我？馬坎先生，不可能！」她顯得震驚又不悅。

「我什麼都不知道。」我口氣有點執拗，因為我認為她不高興是針對我。

他們兩個已經走到離我們只有幾步的地方。我們這個蔭涼處正好位在花園角落，小徑到這裡終止，銜接沿著花園盡頭前進的空曠步道。他們走過來的時候，我從珍的舉止看出她向勞倫斯示意我們在這裡，根據她嘲諷的冷笑和傳進我耳裡的隻字片語，我很清楚她在告訴勞倫斯我跟葛拉姆太太關係密切。我看見勞倫斯滿臉通紅，經過時偷瞄我們一眼，嚴肅地往前走，好像沒有回應她的話。

那麼他的確對葛拉姆太太有意。假使他的意圖光明正大，就不會這麼急於隱藏。當然，這事不怪葛拉姆太太，他才是那個可鄙至極的傢伙。

我腦海閃過這些思緒的同時，葛拉姆太太突然站起來，喊了她兒子，說他們要回去找大家，就踏上小徑離開了。顯然她也聽見或猜到珍說了些什麼，自然而然想結束我們之間的密談，尤其此時此刻我被珍（她從此不再是我朋友）氣得滿臉通紅，她可能誤以為我像個蠢蛋害羞臉紅。這筆帳也要記在珍頭上，她的行為令我越想越生氣。

我回去時已經有點晚了，大家都回到屋裡，葛拉姆太太正準備回家，在跟大家告別。我表示……不，我懇求她讓我送她回家。當時勞倫斯站在旁邊跟某個人說話。他沒有看我們，但他聽見我的極力請求，話說到一半突然停下來，想聽她怎麼回答。聽見她拒絕了以後，才又心滿意足地繼續說話。

她確實拒絕了，不容商榷，卻不失客氣。她不相信她帶著孩子獨自穿越田野小路會有什麼危險，畢竟天還沒全黑，路上不會碰到別人。就算碰上了，她很確定這裡的人都溫和無害。事實上，她不願意麻煩任何人送她。因為弗格斯也說，如果她不喜歡我送，他樂意效勞。我母親則表示希望能派個農場工人送她。

她走了以後，接下來的時間是一片空白，或者更糟。勞倫斯想找我聊天，我冷眼以對，直接調頭走人。不久後聚會結束，他向大家告別，走到我面前時，我無視他伸出來的手，也假裝沒聽見他說再見，他不得不重複一次。我為了擺脫他，含糊地應了一聲，又不情願地點點頭。

「吉伯特，怎麼回事？」他悄聲問。

我沒答話，只是憤怒又輕蔑地瞪他一眼。

「你生氣是因為葛拉姆太太不讓你送她回家嗎？」他嘴角帶著笑意，氣得我幾乎情緒失控。但我還是嚥下暴躁的回答，只是反問：「關你什麼事？」

「喔，沒有。」他的語氣從容得叫人發火。「只是，」這時他抬起視線看著我的臉，用異常嚴肅的口吻說，「只是我得告訴你，如果你有那方面的念頭，最後一定會落空。看到你懷著錯誤期待，為沒有結果的事白費力量，我很難過，因為……」

「偽君子！」我罵道。他屏住呼吸，面無表情，一張臉頓時沒了血色，不發一語轉頭就走。

我深深刺傷了他，我很痛快。

第十章　約定與爭執

客人都離開後，我才知道那些惡毒中傷確實已經傳遍整個聚會，而且是當著受害者的面。不過，蘿絲發誓她不會、也不願相信。我母親也這麼說，只是，態度恐怕沒有蘿絲那麼真實和堅定。那件事好像一直在她腦袋裡打轉，她每隔一段時間就驚叫道，「天哪，天哪，誰能想得到！哎呀！我就一直覺得她有點不對勁。你們看吧，女人裝得與眾不同會有什麼下場。」有一次她說：「她那麼神祕，我從一開始就覺得懷疑，總覺得不會是什麼好事。不過這種事實在可悲，可悲極了！」

「媽，妳先前說妳不相信那些傳言。」弗格斯說。

「親愛的，我現在還是不相信，可是你也知道事情都有個源頭。」

「那個源頭就是這個世界的惡毒和謊話。」我指出，「以及勞倫斯曾經一、兩次被人看見晚上往那個方向去，村莊裡流傳他去追求那個陌生女士，然後那些造謠生事的人貪婪地抓住這種傳言，用來編造他們那些卑鄙下流的故事。」

「可是吉伯特，她一定有某些言行舉止跟傳言吻合。」

「妳覺得她的言行舉止有什麼不一樣嗎？」

「當然沒有。但你也知道，我經常說她有點奇怪。」

好像就是在那個晚上，我又去了懷德菲爾莊園。當時距離我們的聚會已經一個多星期，那段時間我每天想盡辦法要趁葛拉姆太太出門散步時跟她不期而遇，結果總是落空（她一定故意躲我）。到了夜裡，我就絞盡腦汁編造上門拜訪的理由。最後我再也不能忍受這種分離狀態（到這時你應該看得出來我已經陷得很深），從書架上拿出一本舊書。這本書我覺得她可能會感興趣，只是因為書本有點破舊不太美觀，一直不好意思拿給她。我匆匆出門，心裡卻忐忑不安，擔心她見到我會是什麼反應，不明白該如何鼓起勇氣用這麼蹩腳的藉口去找她。不過，也許我會在花園或周邊的田野遇見她，那麼事情就簡單多了。最令我膽怯的其實是正式去敲門、被面色凝重的瑞秋帶進門，去到驚訝又冷淡的女主人面前。

事情不如我的預料，葛拉姆太太不在外面，不過亞瑟在花園跟他那隻活潑好動的小狗玩耍。我隔著鐵門望進去，把他喊過來。他要我進去，我說他媽媽答應我才能進去。

「我去問她。」他說。

「不，不，亞瑟，不可以這樣。不過如果媽媽有空，請她出來一下，就說我有話跟她說。」

他去幫我傳話，不一會兒就跟他媽媽一起出來。她的烏黑鬈髮隨著夏日微風飛揚，白皙的臉頰透著紅暈，臉上綻放笑意，看起來多美呀！可愛的亞瑟！我和你母親這次和過去每一次的愉快相遇，全都是你的功勞。因為有他，我立刻跳脫所有俗套、恐懼和拘束。在愛情裡，沒有比單純又快活的孩子更好的媒介，永遠可以拉攏疏遠的心、跨越習俗這道不友善鴻溝，融化冷漠含蓄的堅冰、推倒禮節與自尊的恐怖高牆。

「馬坎先生，什麼事？」葛拉姆太太對我露出親切笑容。

「我希望妳看看這本書，如果妳願意的話就收下，有空時再讀。我用這種小事把妳叫出來一點也不愧疚，因為這是個非常宜人的傍晚。」

「媽媽，叫他進來。」亞瑟說。

「你要進來嗎？」她問我。

「嗯。我想看看妳的植栽有什麼進展。」

「順便看看你妹妹送的植物在我照料下長得多好。」說著，她打開大門。

我們在花園裡漫步，聊著花卉、樹木和那本書，再聊到其他事。薄暮的氛圍友善可喜，我身旁的她也是。我的表現越來越溫柔熱情，也許超越過去的程度，但口頭上我還是沒有跨越雷池，她也沒有排斥。直到我們經過一株我幾星期前假借蘿絲的名義帶來給她的松葉牡丹，她摘下一朵半開的蓓蕾給我，託我帶給蘿絲。

「我不能留給自己嗎？」我問。

「不行。這一朵才是給你的。」

我不是默默接受那朵花，而是握住遞花的那隻手，抬眼看著她的臉。她沒有把手抽回去，我看見她眼神閃過一抹欣喜的光芒，臉上散發興奮的神采，我覺得我成功的時刻終於到了。然而，就在那一瞬間，她好像想起某個痛苦回憶，苦惱的烏雲籠罩她眉頭，雙頰和嘴唇蒼白有如大理石。她內心好像經歷一番掙扎，之後突然使勁抽回她的手，後退一兩步。

「馬坎先生，」她說話時彷彿強自鎮定，「我必須明白告訴你，這樣行不通。我喜歡跟你相處，因為我在這裡孤單一個人，跟你談話比跟其他人談話更開心。可是如果你不能只把我當朋友，當個普通、平淡、像母親或姊妹的普通朋友，我只好請你馬上離開，從此不要再來找我。事實上，未來我們必須把彼此當陌生人。」

「那麼我會把妳當朋友，或姊妹，或任何妳希望的身分，只要妳答應繼續見我。不過請告訴我，我們為什麼不能進一步發展？」

她靜默片刻，顯得心緒紛亂。

「是因為過去的輕率誓言嗎？」

「類似那樣的東西。」她答。「有一天我可能會告訴你，現在你最好先回去。吉伯特，永遠別逼我不得不痛苦萬分地對你重複剛才那番話！」她急忙補充最後那句，嚴肅又友善地把手伸過來。我的名字從她口中說出來，多麼甜美悅耳呀！

「我不會。」我答。「但妳可以原諒我這次的僭越嗎？」

「只要你不再犯。」

「我可以偶爾來拜訪妳嗎？」

「也許吧。別太頻繁，只要你不濫用這個特權。」

「我向來信守承諾，妳等著看吧。」

「一旦你背棄諾言，我們的關係就結束了，就這樣。」

「那麼以後妳可以喊我吉伯特嗎？聽起來更像同胞手足，可以提醒我我們之間的約定。」

她笑了，也再一次催我走。最後，我覺得最好聽她的，於是她轉身進屋，我走下山坡。可是我離開時聽見馬蹄聲，打破這近晚時分的清新與靜謐。我望向山路，看見有個人騎馬上來。儘管暮色已深，我還是一眼就看出那是勞倫斯騎著他的灰色小馬。我奔過田野，躍過石牆，沿著那條山路朝他走去。他看見我立刻拉住馬，好像有意調頭往回走，尋思過後顯然覺得最好繼續往前走。他微微欠身向我致意，騎著馬貼近石牆往前走。但我不打算放過他，拉住他的馬勒，大聲說：「勞倫斯，今天我一定要解開這個謎團！告訴我你上哪兒去？打算做什麼？馬上回答，而且要清楚明白！」

「你能不能放開我的馬勒？」他冷靜地說，「你把小馬的嘴弄痛了。」

「你和你的小馬去死吧！」

「吉伯特，你為什麼這麼粗魯野蠻？我很替你難為情。」

「你回答我的問題，不然別想離開！我一定要知道你為什麼口是心非騙人。」

「除非你放開馬勒，否則我不回答任何問題，就算你耗到明天早上也一樣。」

「那就說吧。」我鬆開手，但還是站在他面前。

「改天等你有點紳士風度再來問我。」說完，他想繞開往前走，我火速抓住馬勒。對於我的無禮對待，小馬似乎跟牠的主人一樣震驚。

「吉伯特，這實在太超過了！」勞倫斯說，「我只是去找我的房客談點公事，為什麼要遭受這種攻擊？」

「這種時間談什麼公事！我來告訴你我對你的行為有什麼看法。」

「你的看法最好留到比較方便的時間再說，」他壓低聲音，「牧師來了。」

果然，牧師就在我背後，從教區最偏遠的角落踩著沉重步伐回家。我趕緊放開勞倫斯，他一面往前走，一面向牧師行禮。

「吉伯特，怎麼回事，吵架了嗎？」牧師對我說。「我猜是為了那個年輕寡婦吧。」他語帶指責，邊說邊搖頭。「年輕人，聽我一句，」他把臉湊到我眼前，彷彿要傳達什麼重要機密。「她不值得！」然後肅穆地點點頭加強語氣。

「**密爾瓦先生！**」我的口氣憤怒中帶著威脅，虔誠的牧師震驚地回過頭來，為我這罕見的無禮行為深感錯愕。他瞪著我的臉，那神情明顯在說，「什麼，你居然這樣跟我說話！」但我太氣憤，不願意向他道歉，也不想再跟他說話。我轉身走開，匆匆趕回家，邁開大步衝下崎嶇陡峭的山路，他要不要跟過來隨他便。

第十一章 又是牧師

大約又過了三星期，我和葛拉姆太太已經建立穩定友誼，或我們自認的姊弟關係。她應我要求喊我吉伯特，我喊她海倫，因為我在她的書本裡看過這個署名。我一星期見她不超過兩次，也盡可能安排得像不期而遇，因為我發現自己有必要步步為營。總之，我小心翼翼拿捏分寸，她因此沒再責備過我。但我不由得發現，有時候她會心情不好，會對她自己或她的處境感到不滿。坦白說，我對我們之間的關係也不太滿意，這種假裝朋友的疏離關係太難維持，我經常因此覺得自己是個最差勁的偽君子。我也看見……應該說意識到，儘管她態度堅決，但套句小說男主角的含蓄說法：「她對我未必無情。」我一方面心懷感恩地享受當前的好運，內心也不免期待，渴望將來能有更好的進展。當然，這些美夢我都藏在內心深處。

「吉伯特，你上哪去？」某天晚上喝過茶後不久蘿絲問我。那天我在農場忙了一整天。

「出去散散步。」我答。

「你出門散步都會把帽子刷這麼乾淨、頭髮梳這麼整齊、還戴上這麼時髦的新手套嗎？」

「未必。」

「你是不是要去懷德菲爾莊園？」

「妳怎麼會這樣想？」

「因為你看起來像是要去。我希望你別這麼常去。」

「別胡說！我六個星期去不到一次。妳為什麼這麼說？」

「如果我是你，就會跟葛拉姆太太保持距離。」

「蘿絲，難道妳的想法也跟大家一樣嗎？」

「沒有。」她遲疑地說，「可是最近我在牧師家和威爾森家聽說太多她的事。何況媽媽也說，如果她是個正經女人，就不會一個人住。吉伯特，你不記得去年冬天的事嗎？她那些作品上的假名，還有她當時的解釋。她說不想讓某些朋友或熟人知道她目前的住處，擔心被他們找到。然後有人來找她，她突然走出去，不讓我們看見那個人，亞瑟神祕兮兮地說那是他媽媽的朋友。」

「嗯，蘿絲，那些我都記得，而且我可以原諒妳做出這種不友善的結論。如果我不了解她，也會把所有事情串起來，產生跟妳一樣的看法。感謝上帝我非常了解她。除非她親口對我說，否則如果我相信任何對她不利的言論，就不配當個男人。蘿絲，假使別人這麼說妳，我應該更容易相信。」

「天哪，吉伯特！」

「不管威爾森或密爾瓦那些人交頭接耳說妳什麼，妳認為我會相信嗎？」

「但願不會！」

「為什麼？因為我了解妳。嗯，我也一樣了解她。」

「才不！你對她過去的人生一無所知。去年這個時候，你根本不知道世界上有這樣一個人存在。」

「這無所謂。有時候一個人的眼神會顯露他的心，一小時內就可以探知那人靈魂的高度、廣度和深度。但如果那人習慣隱藏，或妳判斷力不夠，可能一輩子都看不透。」

「那麼你今晚要去看她？」

「當然是！」

「吉伯特，媽媽會怎麼說？」

「媽媽不需要知道。」

「如果你繼續這樣下去，總有一天要讓她知道。」

「繼續下去！沒什麼繼續不繼續的。我和葛拉姆太太只是朋友，永遠會是，任何人都不能阻撓我們的友誼，也沒有人有權這麼做。」

「可是如果你知道別人怎麼說，就會更小心，為她好也為你好。珍覺得你經常去莊園，正是她道德淪喪的另一個證據。」

「該死的珍！」

「伊莉莎為你傷心難過。」

「最好是這樣。」

「如果我是你，就不會這麼想。」

「不會怎麼想？她們怎麼知道我去那裡？」

「她們到處打聽，什麼都逃不過她們的耳目。」

「我倒沒想過這些！所以她們竟敢把我的友誼當成材料，捏造出更多醜聞中傷她！這就證明他們其他那些話都是謊言——如果還有證明的必要。蘿絲，只要有機會，妳一定要幫忙澄清。」

「可是她們不會開門見山跟我說。我會知道這些，都是透過她們的暗示或諷刺，或聽其他人說起。」

「好吧，我今天不去了，反正時間有點晚了。她們那些可惡的毒舌去死吧！」我滿腹怨恨地咕噥著。

就在那時，牧師走進來。我跟蘿絲談得太投入，沒聽見他敲門。他照慣例用父執輩的歡欣口吻跟蘿絲打招呼（他向來特別偏愛她），而後轉過來用有點嚴厲的口氣對我說：「哎，先生，最近你像個陌生人。你已經……我……想想，」他慢條斯理地說，肥嘟嘟的身軀落坐蘿絲貼心搬到他身邊的椅子。「我估計你已經**六星期**沒有上**我家啦！**」他刻意加重語氣，手杖咚咚敲著地板。

「先生，是嗎？」我說。

「沒錯！的確是！」他進一步點頭強調，繼續用嚴肅又憤怒眼神盯著我，結實的手杖放在兩腿之間，雙手緊緊握住杖頭。

「我一直在忙。」這時我顯然需要辯解。

「忙！」他不以為然地重複我的話。

「你也知道最近我忙著收乾草，何況收割季節也開始了。」

「哼！」

這時我母親走進來，連聲對貴客表達誠摯歡迎，適時解除我的窘境。她非常遺憾牧師沒有早點來，否則就能趕上喝茶。但如果牧師願意吃點東西，她可以馬上準備。

「謝謝妳，不必麻煩。」他說，「我坐個幾分鐘就該回家了。」

「留下來吃一點嘛！茶點五分鐘內就可以上桌。」

但他威嚴地揮手回絕。

「馬坎太太，我來告訴妳我可以喝點什麼。」他說，「我可以喝杯妳家香醇的麥芽酒。」

「太好了！」說著，我母親欣然拉鈴，命僕人取酒。

「我原本，」他說，「就是打算路過時進來看看，嘗點妳的私釀麥芽酒。今天我去見葛拉姆太太。」

「是嗎？」

他正氣凜然地說，而後又強調：「我認為我責無旁貸。」

「的確是！」我母親脫口而出。

「密爾瓦先生，這是為什麼？」我問。

他用有點嚴厲的目光看我一眼，又轉向我母親，重複說道：「我認為我責無旁貸。」手杖又敲地板。我母親坐在他對面聆聽，滿懷敬畏與崇拜。

「我說，『葛拉姆太太，』」他邊說邊搖頭。「『我聽見很不好的事！』她假裝聽不懂我的話，問我，『什麼事，先生？』我說，『身為妳的教區牧師，**我有責任**告訴妳，我自己在妳身上觀察到的不當行為，以及別人告訴我、而我有理由懷疑的一切。』所以我告訴她了！」

「先生，你告訴她了？」說著，我倏地站起來，拳頭捶擊桌面。

他冷冷瞄我一眼，又對我母親說：「馬坎太太，這個任務一點都不輕鬆，但我告訴她了！」

「她有什麼反應？」我母親問。

「執迷不悟，恐怕已經執迷不悟！」他沮喪地搖頭回答。「而且明顯展露出剛烈又偏差的性情。她臉色轉白，咬牙切齒怒氣騰騰。卻沒有為自己解釋或辯白，而是帶著不知羞恥的冷靜（以她這麼年輕的人，那種態度實在叫人震驚），幾乎等於告訴我，我的告誡毫無用處，而我本於牧師職責提出的忠告是白費唇舌。不，甚至告訴我，我對她說這些話讓她很不開心。最後我走了，因為顯然我已經無能為力，看著她這麼無可救藥，我實在哀傷感慨。不過馬坎太太，我下定決心了，我兩個女兒**絕對不准**跟她往來。妳應該堅決要求妳女兒這麼做！至於妳兩個兒子……至於你，年輕人，」他轉頭凶惡地瞪著我。

「**我**怎樣，先生，」我說，可是那些話堵在喉頭。我發現自己氣得全身顫抖，索性閉上嘴，明智地拿起帽子往外衝，狠狠甩上門。那「砰」地一響幾乎撼動屋子的地基，我母親也嚇得尖叫，我激動的心情才暫時緩解。

下一分鐘我已經邁開大步匆匆趕往懷德菲爾莊園。我不太清楚為什麼要去那裡，但我一定得找個地方去，其他地方都不行。再者，我必須見到她，跟她說話，這點很確定。但要說些什麼，該怎麼做，我不清楚。我腦中思緒翻騰，五花八門的決心爭相湧現，我的心被各種相互衝突的情感占據，一團混亂。

第十二章　一場密談、一項發現

二十多分鐘後我到了。我在大門口停下來，擦乾汗水淋漓的額頭，讓呼吸恢復平緩，心情穩定下來。大步快走已經平撫我激動的情緒，這時我踩著堅定步伐走在花園步道上。我經過葛拉姆太太居住的那一側建築時，從敞開的窗子看見她在冷清的房間裡緩緩踱步。

我的到來好像令她焦慮，甚至驚慌，彷彿她認為我來也是為了指責她。我來找她是要跟她同仇敵愾、對抗這惡毒的世界，要陪她罵牧師和那些說閒話的無恥之輩。此時我卻太羞愧，不敢提起那個話題，於是決定除非她先開頭，否則不談那些事。

「我來得不是時候。」我裝出內心感覺不到的爽朗口氣，只為了讓她安心。「不過我不會待太久。」

她露出笑容，只是淡淡一笑，卻很友善，我幾乎想說那笑容中帶點感激，因為我消除了她的不安。

「海倫，妳看起來多麼憂鬱。為什麼沒有爐火？」說著，我環顧這陰鬱的房間。

「現在還是夏天。」她答。

「我家晚上都會生火，除非熱得受不了。妳住在這棟冰冷建築裡的鬱悶房間，更有需要。」

「你該早點來，那麼我就會為你生火，現在好像不值得這麼做：你說你馬上就走，而亞瑟已經上床了。」

「我還是希望有爐火。如果我搖鈴，妳會吩咐瑞秋生火嗎？」

「吉伯特，這是為什麼？你看起來不冷！」她笑著端詳我明顯熱乎乎的臉龐。

「沒錯。」我說。「但我離開前要確定妳夠舒適。」

「我舒適！」她苦笑著重複我的話，彷彿那句話荒謬得可笑。「現在這樣最適合我。」她用憂傷認命的口吻補了一句。

但我堅持己見地拉了鈴。

「好啦，海倫！」我說。瑞秋聽見鈴聲，腳步聲漸漸接近。海倫別無選擇，只好轉過頭去交待瑞秋生火。

我到今天還記瑞秋的仇，因為她出去拿生火的用具時，投給我一個充滿敵意與猜忌的刺探眼神，顯然在問我：「你來這裡做什麼？」海倫也注意到了，一抹不安的神色籠罩她額頭。

「吉伯特，你不能待太久。」門關上以後她告訴我。

「我不會。」我口氣有點毛躁，不過我心裡氣的是那個多管閒事的老太婆。「海倫，我走之前有話要跟妳說。」

「什麼話？」

「不，不是現在。我還不清楚具體內容，也不知道怎麼表達。」我答。這話很真誠，卻不夠明智。我擔心她會趕我走，於是聊些無關緊要的事爭取時間。這時瑞秋進來生火，火很快就點燃，因為她只是把燒得紅通通的火鉗塞進爐柵裡，引燃裡面原本就有的燃料。她離開時又賞我一道冷酷的不友善眼光。但我不為所動繼續聊著，順手搬張椅子到壁爐旁給海倫，再搬一張給自己。我不客氣地坐下來，有點覺得她其實希望我走。

不久後我們都陷入沉默，接連幾分鐘都心不在焉地盯著爐火。她沉緬在自己的哀傷思緒裡，我則是想著像這樣坐在她身邊，沒有旁人來妨礙我們的談話（包括我們共同的朋友亞瑟，過去我們每次見面他都在場），會是多麼愉快的情景。我多麼希望鼓起勇氣表明心跡，將長久積壓在心底的滿腔熱情全都抒發出來（此刻我的心正在痛苦掙扎，似乎再也無法壓抑）。

另外，我也反覆評估該不該當場向她傾訴衷情，請求她回應我的愛，允許我從此視她為親密愛人，讓我有權利與力量守護她免遭毒舌攻訐與誹謗。一方面我對自己的說服力產生一股全新的自信，深信我激昂的氣魄能讓我口若懸河，而我感受到的決心（它是成功的要件）一定能讓我得償所願。另一方面，我煞費苦心才走到今天，也許多點時間與耐心就能成功，一時莽撞反而會前功盡棄，摧毀所有希望。我彷彿覺得自己的人生由一把骰子決定。然而，我已經決定採取行動。無論如何，她曾經答應給我解釋，我至少可以要求她履行承諾。我要請她說明到底是什麼可恨的、神祕的障礙阻擋我的幸福（我相信也阻擋她的幸福）。

然而，我還在考慮用什麼方式表達我的請求，海倫發出一聲幾乎聽不見的嘆息，跳脫沉思回到現實，轉頭望向窗外。一輪血紅色秋季圓月剛升到看似陰森怪誕的常青樹上方，柔和的月光照在我們身上。她說：「吉伯特，時間不早了。」

「我明白。」我說，「我猜妳希望我離開。」

「我覺得你該走了。如果我好心的鄰居知道你今天來了（他們一定會知道），不會說出什麼好聽話。」

她說這番話時，臉上帶著笑，牧師一定會說那是咬牙切齒的笑容。

「他們想說什麼都隨他們。」我說，「只要我們自己高興、相處也愉快，他們怎麼想跟妳或我有什麼關係？讓他們帶著那些惡毒流言和騙人的假話下地獄去吧！」

我這番激動言辭聽得她雙頰緋紅。

「那麼你也聽見他們怎麼說我了？」

「我聽見可憎的謊言。不過海倫，那些話只有傻子才會相信，所以別為那種事心煩。」

「我不認為牧師是傻子，而他全部相信。不過，不管你多麼不在乎周遭的人的看法，不管你多麼看輕他們的人格，一旦他們指控你說謊作假，判定你做了你厭惡的事或助長你不認同的罪行；或者你發現別人的有色眼光導致你的好意受挫、行動受限，你信奉的原則遭人誣衊，感覺還是不太愉快。」

「確實如此。假使我因為思慮不周或只顧自己而沒考慮到外界觀感，害妳受這麼多委屈，我不但要請妳原諒，還要拜託妳給我機會彌補。允許我為妳洗刷所有污名，給我權利把妳的榮譽當成我自己的榮譽，讓我將妳的名聲視為比我的生命更珍貴的東西，誓死守護它。」

「你有足夠的勇氣跟一個你明知周遭所有人都不信任也瞧不起的人結合、將你們兩個的利益與榮譽視為一體嗎？想清楚！這事非同小可。」

「我會引以為榮，海倫！會歡天喜地，開心得難以言喻！如果那是我們之間唯一的阻礙，那麼它已經清除了，而妳必須……將會屬於我！」

我熱情如火地站起來，抓住她的手正要送到嘴邊親吻，她卻突然把手抽走，痛苦萬分地喊道，「不，不只那個！」

「那麼還有什麼？妳說過總有一天會讓我知道……」

「你會知道的，但不是現在。我現在頭很痛。」說著，她伸手按住額頭。「我該休息了，真的，我今天受的罪夠多了！」她說最後那句話時，情緒幾乎失控。

「可是說出來對妳沒有壞處，」我不輕易放棄。「反而讓妳心情平靜，那時我才會知道該怎麼安慰妳。」

她絕望地搖頭。「如果你什麼都知道，你也會怪我。」然後像自言自語般喃喃說道，「雖然我殘酷地傷害了你，但你對我的指責還是可能太過嚴苛。」

「妳？不可能！」

「是真的，但我不是故意的。我不知道你的愛那麼強烈，用情那麼深。我以為……至少我努力告訴自己，你對我的感情像你所說那樣，只是像平淡的普通朋友一樣。」

「或者像妳的感情？」

「或者像我的感情……該有的樣子，那樣輕浮、自私又膚淺的……」

「現在妳確實傷害了我。」

「我知道，有時候我也有點懷疑。但我又想，就讓你的迷戀和希望自動幻滅，或飄向其他更合適的對象，大概不會造成什麼嚴重傷害，留下的只會是你對我善意的同情。但如果我知道你的感情有多深，知道你似乎對我有一份寬容、不計得失的感情……」

「『似乎』？」

「你『確實』有，那麼我的反應就會不一樣。」

「怎麼不一樣？妳給我的回應少得不能再少，對我也嚴厲到了極點！妳答應跟我做朋友、偶爾讓我來看看妳，跟妳說說話，但妳總是讓我明白我們之間不可能有進一步發展。如果妳認為妳做這些是傷害我，那麼妳錯了。妳這些好意不但帶給我歡喜，甚至淨化、提升我的靈魂，讓它變得更高貴。我寧可擁有妳的友誼，也不要其他任何女人的愛情！」

這些話並沒有帶給她安慰，她雙手按住膝蓋，抬頭往上看，像在痛苦中默默祈求上天的協助。之後她轉頭看我，平靜地說：「明天，如果你中午到濕地跟我見面，我會把你想知道的一切都告訴你。到時候你就算不願意收回對我這種不值得愛的人的感情，也許至少會認為有必要結束我們的友誼。」

「關於這點，我跟妳保證絕不會。妳隱瞞的事不可能嚴重到這個地步。海倫，妳一定是在考驗我的真誠。」

「不是，不是。」她急著回答。「我也希望是這樣！感謝上帝，我要坦白的不是什麼重大罪行，不過肯定是你不喜歡聽到的，或者，是你無法馬上原諒的。但我現在沒辦法說得清楚，所以請你離開！」

「我會走，不過妳先回答我這個問題：妳愛我嗎？」

「我不回答！」

「那麼我相信妳愛我，晚安。」

她別開臉，隱藏她控制不了的情緒。我拉起她的手，熱烈地親吻。

「吉伯特，拜託你快走！」她百般痛苦地吶喊，我覺得再不聽從就太殘忍。

我關門以前又回頭望了一眼，看見她上身靠著桌子，雙手摀住眼睛，哭得全身抽搐。我默默走開，我覺得那個時刻硬是去安慰她，只會加深她的痛苦。

我下山時滿腦子疑問與猜測，各種恐懼、希望和狂野的情緒彼此推擠競逐，如果要細說分明，恐怕可以寫成一本書。可是我還沒走到半山腰，忽然想起我離開時她的處境，內心生起一股強烈的憐惜。這份憐惜取代其他所有感受，似乎硬拉著我往回走。我心想，「我為什麼急匆匆往這個方向去？我在家裡能找到舒適或安慰、找到寧靜、確信和滿足，找到我想要的一切或任何東西嗎？在家裡我能夠拋下所有煩惱、悲傷和焦慮嗎？」

我轉身看著那棟老房子，我的視線被阻擋，只看得見煙囪。我往回走，想看得清楚點。等老屋出現在眼前，我站在原地看了一會兒，然後繼續走向那棟吸引我的陰暗建築。某種東西召喚我往前，再往前。請問，有何不可？晴朗夜空中只有一輪明月如此安詳地將她的光芒灑在那棟莊嚴建築上，那是八月夜晚特有、溫暖的淡黃柔光，我心愛的女人就在那棟建築裡。我站在這裡凝望沉思，難道不是比回家更舒暢？我家裡的一切相對更為輕快、充滿活力與歡欣，以我當時的心境，那樣的氛圍對我無益。況且，家裡的人或多或少都相信那個可憎的傳言。想到那些傳言，我全身血液就會沸騰，怎麼有辦法聽別人公開宣說？（或迂迴影射，哪一種比較糟？）我已經夠慘了，因為有某種惡魔不停在我耳邊念叨：「那可能是真的。」直到我大聲吼叫，「那是假的！我不准你害我胡思亂想！」

我看得見她客廳窗戶透出微暗的紅色火光。我走到花園圍牆邊，靠牆站著，兩眼緊盯那扇窗，好奇她在做什麼、想什麼，或在承受什麼苦難。多麼希望離開前可以跟她說說話（哪怕只說一個字），甚至只是匆匆一瞥。

我那樣望著、期盼著、納悶著，過不了多久就翻過圍牆，因為我無法抵擋隔著窗子看她一眼的誘惑，只想確認她是不是比我離開時平靜了些。如果我發現她還深陷煩惱，也許會壯起膽子對她說句安慰的話。剛才我就該說這類的話，而不是愚蠢魯莽地帶給她更多痛苦。我探頭去看。她的椅子是空的，房間裡也沒人。那時有人打開前門，有個聲音（她的聲音）說：「出來吧，我想看看月亮，呼吸一點夜晚的空氣，如果還有什麼東西對我有益，就是它們了。」

那麼她和瑞秋要出來花園散步。我多麼希望自己留在安全的圍牆外。不過，我站在一叢高大冬青樹的陰影裡。這叢冬青種在窗子與門廊之間，此刻正巧提供我掩護，卻不至於阻擋我的視線。我看見兩個人走到月光下：葛拉姆太太在前面，後面那個不是瑞秋，是個年輕男人，身材瘦削，個子相當高。天哪！我的太陽穴陣陣抽搐！強烈的焦慮讓我眼前發黑，但我覺得……沒錯，那嗓音也確認了……那是勞倫斯。

「海倫，妳不該為那些事心煩。」他說，「未來我會更謹慎點。遲早……」

我沒有聽見後半段，因為他緊跟在她後面，聲音壓得很低，我聽不見。滿腔恨意撕裂我的心，但我凝神留意她的回答，聽得十分清楚。

「可是費德烈克，我必須離開這個地方。」她說，「我在這裡不會快樂。其實到哪裡都不會快樂……」她悲傷地笑了笑，又追加一句，「但在這裡，我沒辦法平靜。」

「妳上哪兒找更好的地方？」他問，「這麼偏僻，離我又這麼近——如果這點對妳有什麼意義的話。」

「有。」她打斷他的話。「我求之不得，只要他們不來煩我。」

「海倫，不管妳去哪裡，都會有煩心事。我不願意跟妳分開，我必須跟妳走，或者去找妳，然而到處都有好管閒事的人，不只這裡。」

他們就這麼聊著，緩步經過我身邊，沿著小徑往前走。我沒再聽見他們的對話內容，只看見他伸手摟她的腰，而她的手深情地搭在他肩上。那時一股戰慄的黑暗模糊我的視線，我的心虛弱無力，我的頭像火在燃燒。我原本驚嚇得動彈不得，現在連忙踉踉蹌蹌往外衝，跳或翻（我幾乎分不清）過那堵牆。事後我知道自己像個激動的孩子般撲倒在地，暴怒又絕望地躺在那裡。我不知道持續了多久，想必很長一段時間，因為我痛哭一場宣泄情緒後，抬頭望著明月，看見她依然那麼冷靜、那麼淡漠地閃耀著，對我的苦難無動於衷，正如我對她安詳的柔光也不為所動，一心只祈求死亡與遺忘。

後來我起身踏上歸途，一點也不在乎往哪裡走，全靠雙腳的本能帶我找到家門。我發現門已經上閂，除了我母親，其他人都睡了。我母親聽見我急迫的敲門聲，連忙來開門，劈頭就是連串的質問與責備。

「吉伯特，你怎麼可以這樣？你上哪兒去了？快進來吃晚餐，我都準備好了。原本不該給你留東西的，因為你今天晚上那樣氣沖沖跑出去，害我擔心害怕。密爾瓦牧師也非常……這孩子怎麼啦！臉色那麼糟！我的天哪！出了什麼事？」

「沒事，沒事，給我蠟燭。」

「你不吃點晚餐嗎？」

「不，我要睡了。」說著，我拿了根蠟燭，借她手上的燭火點燃。

「吉伯特，你怎麼抖得這麼厲害！」我母親焦急地驚叫。「臉色又那麼白！快跟我說說，到底出了什麼事？」

「沒事！」我大聲回答，氣得幾乎跺腳，因為蠟燭點不著。我強忍怒氣，說道，「我只是走得太快。晚安。」然後轉頭回房，沒有理會我母親在背後喊著，「走太快！你去了什麼地方？」

我母親尾隨我走到我房間門口，針對我的身體狀況和行為提出各種疑問和勸誡。我拜託她等天亮再說，她才走開。最後我聽見她關上自己的房門，才放下心來。那天晚上如我所料，我難以成眠。我沒有設法入睡，而是快步在房間裡來回走著。我事先脫掉靴子，免得我母親聽見聲音。可是地板嘎吱響，而我母親一直在留意我。我才走不到十五分，她又來到我房門外。

「吉伯特，你為什麼還不睡？你不是說要睡了？」

「可惡！我要睡了，」我答。

「你為什麼拖這麼久？你心裡一定有什麼事……」

「我拜託妳別管我，先去睡！」

「是葛拉姆太太害你心煩嗎？」

「不是，不是。沒什麼事。」

「但願真的沒事！」她喃喃說著，嘆了一口氣，轉身回房。我直接撲上床，非常不孝地在心裡怨恨她剝奪我僅存的一丁點慰藉，把我拴在這布滿荊棘的可恨床鋪上。

我從來沒有度過如此煎熬、如此悲慘的漫漫長夜。不過，我倒不是徹夜未眠。到了清晨時分，我紛亂的思緒開始失去似有若無的連貫性，轉化為困惑狂亂的夢境，緊接著是一段無夢深睡。可是痛苦的回憶緊隨而至：清醒後發現人生一片空白，甚至比空白更糟，滿是苦惱與不幸。不是荒蕪的曠野，而是遍地荊棘與石南。我想到自己被人欺騙、愚弄，感情遭人踐踏；我的天使不是天使，我的朋友是惡魔的化身，那種感覺比一夜無眠更糟糕。

那是個晦暗陰鬱的早晨，天氣也跟我的未來一樣說變就變，雨點啪啦啪啦打在窗子上。我還是起床出門去，不是去農場工作，雖然那會是個好理由。我只想出去讓腦袋冷靜一下，可能的話，在早餐前找回一點平靜，免得面對家人時引起不必要的議論。如果我淋濕了，早餐前假裝工作太賣力，也許可以做為沒有胃口的託辭。萬一傷風感冒，那就越嚴重越好，因為接下來那段時間我可能會經常愁眉苦臉生悶氣，感冒正是絕佳掩護。

第十三章 回歸崗位

「親愛的吉伯特！真希望你對人親切一點。」某天早上我母親對我說，因為我又不可理喻亂發脾氣。「你說你一點事都沒有，也沒什麼事惹你心煩，可是我沒見過有人像你這樣，短短幾天內性情大變。你對誰說話口氣都很衝，不管認不認識，也不管身分地位，對誰都一樣。我真希望你可以收斂一點。」

「收斂什麼？」

「當然是你反常的脾氣，你不知道自己的狀況變得多糟糕。只要你順著你原本的性情，我相信天底下再也找不到比你更和善的人，所以這方面你沒有藉口。」

她對我說教時，我拿起一本書，攤開放在面前的桌上，假裝專心讀著。因為我既沒辦法為自己辯解，也不願意承認自己錯，所以寧可什麼都不說。我的母親大人繼續訓話，先是好言相勸，再伸手撫摸我的頭髮。我慢慢覺得自己是個好兒子，可惜我那當時在屋裡閒晃的調皮弟弟突然鬼吼鬼叫，又把我激怒了。他說，「媽，別碰他！他會咬人。他是披著人皮的老虎。我個人已經放棄他了，跟他斷絕關係，徹徹底底擺脫他。我要是跟他距離不到六公尺，小命就難保。前幾天我好心唱了一首優美無害的情歌給他解悶，他卻差點打破我腦袋。」

「天哪，吉伯特！你怎麼可以這樣？」我母親非常震驚。

「弗格斯，當時我叫你閉嘴，是你自己不聽。」我說。

「沒錯，可是我也跟你強調我很樂意為你唱歌。我接著唱下一段，以為你應該更喜歡聽。結果你抓住我肩膀把我推出去，直接撞上那面牆。你推得那麼猛，我以為我的舌頭被我咬斷，腦漿糊在牆壁上。後來我伸手一摸，發現頭骨居然沒碎，覺得那根本就是奇蹟，錯不了。不過可憐的傢伙！」他感傷地嘆了一口氣，「他的心碎了，千真萬確，而他的腦袋……」

「你**現在**可以閉嘴嗎？」我大吼一聲，從椅子上跳起來，凶神惡煞似地瞪他。我母親以為我要毒打他，連忙按住我手臂，要我別理他。之後他優哉游哉地走出去，雙手插在口袋裡，可惱地哼唱：「我該為一個美人兒……[13]」

「我才不會為他弄髒我的手指頭。」我對居間調解的母親說，「我甚至不願意拿火鉗碰他。」

這時我想起我有事要跟羅伯特・威爾森談。我打算向他買下一筆緊鄰我農場的田地，卻拖過一天又一天，因為此時的我對任何事都不感興趣。再者，我現在不喜歡跟人接觸，更不想見到珍或她母親。雖然我已經有充足理由相信她們那些有關葛拉姆太太的傳言都是真的，卻一點也沒有因此更喜歡她們，包括伊莉莎也一樣。此外，我不能再像過去一樣駁斥她們的中傷，也不能為自己的堅信沾沾自喜，想到要跟她們見面，心情更是煩悶。但今天我下定決心去做我該做的事。雖然我做得不開心，總好過無所事事心煩意亂。不管怎樣，工作總比懶散度日好得多。儘管生命不允許我享受工作的樂趣，至少沒有引誘我遠離職責。從今以後我要安分認命埋頭苦幹，像吃苦耐勞的拉車馬兒，拖著沉重步伐走過人生路：即使不討人喜歡，至少不是全無用處；就算不滿意自己的命運，也無怨無悔。

我就這樣懷著哀怨認命（如果可以這樣形容）的決心，出發往萊科特農場去。這種時間羅伯

13. 摘自英國詩人喬治・威瑟（George Wither，一五八八～一六六七）的詩歌〈Shall I Wasting in Despair〉。原句是：Shall I...die because a woman's fair.

特幾乎不可能在家，我只是想問問在農場什麼地方可以找到他。

他果然不在，應該幾分鐘內就會回家，僕人邀請我進客廳等。威爾森太太在廚房裡忙著，但客廳裡有人。我進門時不自主地往後退，因為珍正在跟伊莉莎聊天。不過，我決定表現得冷淡有禮，伊莉莎好像也有相同的決心。自從上次聚會後我們就沒見過面，她並沒有流露出開心或難過的情緒，沒有裝可憐，也沒有顯得自尊受傷。她心情平靜、態度客氣，舉手投足之間甚至有種我當時營造不出的自在與歡欣。但她那雙太會說話的眼睛藏著深深的敵意，明白告訴我她還沒原諒我。她雖然知道她再也得不到我的心，卻還是憎恨她的情敵，而且顯然很樂意把怨氣出在我身上。另外，珍的親切殷勤無可挑剔，因此儘管我沒有談天的興致，她們兩個倒是妳一言我一語聊得順暢自然。等她們的談話暫時告一段落，伊莉莎趁機問我近來有沒有見過葛拉姆太太。她的語氣稀鬆平常，眼睛斜瞄我，像是淘氣的惡作劇，但眼神裡的敵意已經滿溢。

「最近沒有。」我答得蠻不在乎，卻用嚴厲的眼神抵制她令人作嘔的目光。我意識到自己不管多麼努力假裝冷靜，卻已經滿臉通紅，心裡著實懊惱。

「什麼！你已經膩了嗎？我還以為這麼高貴的女人有能力吸引你至少一年！」

「我現在寧可不談她。」

「啊！那麼你終於相信自己錯了，終於發現自己的女神不是清純的……」

「伊莉莎小姐，我希望妳別再談她。」

「哎呀，真抱歉！看來愛神的箭對你來說太銳利了，傷口太深還沒痊癒，只要聽見心上人的名字就會滲血。」

「倒不如說，」珍插嘴說道，「吉伯特覺得不適合在端莊女性面前提起那個名字。伊莉莎，我想不通妳為什麼會提起那個不幸的人，妳該知道目前在場的人都不喜歡談她。」

這叫人如何忍受？我站起來，正準備戴上帽子往外衝，氣急敗壞離開那房子。但我又想到（及時挽救了我的尊嚴）這麼做太不智，只會讓那兩個折磨我的女人幸災樂禍看笑話，而且是為了一個我認為不值得我為她做出一丁點犧牲的人。儘管我對那個曾經敬重與愛慕過的人依然餘情未了，沒辦法忍受別人對她的詆毀。我只是走到窗子旁，用幾秒時間憤憤不平地咬嘴唇，壓抑劇烈起伏的胸腔。我對珍說我還看不到她哥哥的身影，而我時間很寶貴，也許明天找個確定他會在家的時間過來。

「不，別走！」她說，「如果你再等一分鐘，他一定會回來。他要去鎮上辦事，要吃過點心才出門。」

我盡可能風度翩翩地接受她的意見，幸好沒過多久羅伯特就回來了。當時的我實在沒有談交易的心情，對那塊農地和它的所有權人也不感興趣，卻還是強迫自己專心處理，展現值得嘉許的決斷力迅速敲定買賣，精明的羅伯特或許因此暗自得意。之後我讓他享用他豐盛的「點心」，萬分慶幸地走出那個房子，到農場巡視收割情形。

看完在山谷忙碌的收割工人，我爬上山坡，打算去查看地勢比較高的一片麥田，想評估什麼時候可以收割。不過我那天沒去麥田，因為我快走到的時候，看見葛拉姆太太和她兒子從對面不遠處走來。他們看見我了，亞瑟朝我跑來。我立刻轉身往回家的方向走，因為我打定主意再也不見他媽媽。我不理會亞瑟「等一下」的尖銳叫聲，繼續大步往前走。不久後他就放棄了，可能知道追不上，或者被他媽媽喊回去。無論如何，五分鐘後我回頭查看，他們倆都已經不見蹤影。

這件事擾得我心亂如麻，實在叫人想不通，除非你要說愛神的箭不但太銳利，而且附有倒刺又扎得太深，我還沒辦法將它們拔出我的心。不管怎樣，那天接下來的時間，我的心情加倍悲慘。

第十四章　攻擊

隔天早上我想到自己也該到鎮上辦點事，吃過早餐不久就跨上馬出發了。那是個陰雨綿綿的日子，但那無妨，反倒更適合我當時的心境。這應該是一趟孤單旅程，因為這天不是市集日，而我走的路平日裡人煙稀少，這樣反倒更好。

我騎著馬往前跑，心裡反覆咀嚼愛情的苦果，卻聽見後方不遠處傳來馬蹄聲。我並不好奇那人會是誰，甚至連想都沒去想。後來我來到一處緩坡速度減慢，其實是放任馬兒放慢腳步，散漫地往前走，因為當時我沉浸在自己的思緒裡，讓馬兒隨心所欲悠閒地慢慢跑。我被後方的騎士趕上，他喊我名字，因為他不是陌生人，是勞倫斯！我握著馬鞭的手指本能地顫動，猛地握緊。但我克制那股衝動，點頭回應他的呼喚，打算加速往前走。他追上來騎在我身邊，開始聊起天氣和農作物。我簡單回應他提出的問題和看法，而後放慢速度。他也放慢速度，問我我的馬是不是跛了。我看了他一眼，他卻露出溫和笑容。

他那種罕見的執拗與冷靜的自信令我震驚又氣惱。我以為我們上次碰面的情景應該會在他心裡留下惡劣印象，從此以後對我冷漠疏遠。沒想到他似乎忘記我對他的出言不遜，甚至連我此刻的無禮也視若無睹。過去他只要聽出一點暗示，或誤認別人說話口氣或眼神太冷淡，就會起反感，現在竟連明目張膽的粗魯都趕不走他。他知道我戀情落空了嗎？或者他想親自確認，要在我面前耀武揚威？我握馬鞭的手扣得更緊了，卻遲遲不願揮動它，只是默默往前走，等待更具體的動手機會出現，才要打開心靈的閘門，傾瀉那股蓄積已久、翻滾奔騰的怒浪狂濤。

「吉伯特，」他用平時的溫和語氣說，「你只是有件事不能如願，為什麼就跟朋友鬧彆扭？你發現自己希望落空，但那跟我有什麼關係？我事先提醒過你，你卻不肯……」

他沒再說下去，因為我受到惡魔的驅使，抓住馬鞭尾端，以迅雷不及掩耳的速度將馬鞭柄擊向他腦袋。他的臉煞時刷白，額頭流下鮮血；他的身體在馬鞍上晃了幾下，往後倒摔下地。我看見這一幕，內心生起一股殘暴的快感。小馬發現背上的負重消失，驚得蹦了起來，又踢了幾下，然後把握牠難得的自由，走到一旁吃樹籬邊坡的青草。牠的主人像具死屍一動不動躺在地上。我打死他了嗎？我彎腰查看，屏氣凝神、專注盯著那張仰躺在地的慘白臉龐，那時我的心好像被一隻冰冷的手揪住，暫時停止跳動。不，他眼皮在動，發出輕聲呻吟。我重新呼吸，他只是摔下馬嚇暈了。活該，以後他就會學乖。我該扶他上馬嗎？不。如果是為了其他任何事，我會，但他的行為太不可原諒。等會兒他喜歡的話可以自己爬上馬背，現在他已經開始蠕動，正在張望四周，而他的小馬就在路旁吃草。

我喃喃咒罵一聲，用鞋跟的馬刺輕踢我的馬，疾馳而去，任由他自生自滅。當時我的心情錯綜複雜，說也說不清。就算說了，恐怕有損我的人格，因為當時我主要的感受似乎是對自己的行為得意非凡。

過不了多久，那股亢奮感慢慢消退，幾分鐘後我又調頭回去查看他的狀況。我回去不是基於一時的寬厚，不是因為慈悲憐憫，甚至不是擔心他被我攻擊後就那樣躺在馬路中央，又遭受其他傷害，屆時我可能要承擔某些後果。我回去純粹是聽從良知的呼喚，而且以自己的及時反應為榮。從我為這個舉動付出的代價看來，我確實有資格自豪。

某種程度來說，勞倫斯和他的小馬都已經不在原來的位置。小馬走出八到十公尺外，他也把自己移到路旁。我看見他斜躺在邊坡上，看起來還是臉色蒼白，虛弱無力，拿著麻紗手帕摀住額頭，手帕幾乎沾滿鮮血。剛才那一下力道想必極猛，不過，其中半數功勞（你也許寧可說那是罪過）應該屬於那根馬鞭，因為它的握柄裝飾了一顆巨大的鍍金馬首。雨中的草地濕答答，算不上舒適的沙發。他的衣服沾滿污泥，帽子滾到馬路另一邊的爛泥裡。他最擔心的好像是他的小馬，兩眼憂愁地望著牠，一方面無助地焦慮，另一方面絕望地聽天由命。

我還是下了馬，把馬拴在附近的樹幹。我撿起他的帽子，打算幫他戴在頭上。只是，不知是他覺得自己當時的腦袋不適合戴帽子，或那頂帽子當時的模樣配不上他的頭，總之他縮了一下腦袋，接過我手中的帽子，輕蔑地扔向一旁。

「那樣的帽子配你剛好，」我喃喃說道。

我做的下一件善行是去拉他的小馬，牽回他身邊。這個任務迅速完成，因為小馬大致上非常馴服，在我拉住馬勒以前，牠只是稍微退縮，揮揮尾巴。接下來我還得確認他上馬。

「來吧，你這傢伙，惡棍，無賴，手伸過來，我扶你上馬。」

他不肯，嫌惡地別開臉。我想拉他手臂，他急忙躲開，一副怕被我污染似的。

「什麼，你不要？好吧！你就在這裡坐到世界末日，我才不在乎。不過你應該不想全身的血流光，我就好心幫你把傷口包紮一下。」

「拜託你別管我。」

「哼！我巴不得。你想下地獄隨你便，就說我送你去的。」

任他自生自滅以前，我還是把小馬的韁繩拋過去套在樹籬的木棍上，再把我的手帕扔給他，因為他的手帕已經被血浸得濕透了。他拿起我的手帕，用僅存的力氣拋還給我，一臉的憎惡與鄙夷。這下子他算把我惹毛了，我惡狠狠地低聲咒罵，不再理會他的死活。我自認已經盡力救他，卻忘了當初自己做了什麼錯事害他淪落至此，事後想幫他時態度又是多麼無禮。我心裡老大不高興，就算他要告訴別人我企圖謀殺他，我也會承擔後果。我覺得他有可能這麼做：他堅定拒絕我的協助，顯然就是懷著這種鬼胎。

我重新上馬準備離開以前，只是回頭望一眼，看看他的情況。他已經從地上爬起來，抓住小馬的鬃毛，費力地想坐上馬鞍。可惜他的腳才放進馬鐙，大概忽然一陣暈眩或作嘔，身子向前趴，頭擱在馬背上。之後他又試了一次，還是失敗，重新跌回我離開時他所在的那個邊坡，頭靠在濕漉漉的草地上，外表看上去舒適得像躺在家中沙發小憩。

我應該不顧他反對幫他，先包紮好他血流不止的傷口，再強行扶他上馬，平安把他送回家。只是，一來我對他懷著滿腔怨恨，二來不知道該怎麼向他家僕人以及我自己的家人解釋。我可能必須承認自己做的事，可是除非我連帶說明動機，否則就會被當成瘋子，而交待動機又好像不可行。或者我必須編個謊話，這點同樣行不通，尤其勞倫斯很可能會揭露所有真相，那麼一來我會丟臉十倍。除非我小人到底，心想反正沒有目擊證人，堅持我的版本，把他醜化為更可惡的無賴。不會的。他只是鬢角有一道傷口，頂多摔下馬時受點瘀傷，或被自己的小馬踢傷，就算在邊坡躺個半天也不至於送命。即使他自己上不了馬，也會有過路人幫他。不可能那一整天只有我跟他兩個人走那條路。至於之後他要怎麼跟人說，我願意承擔風險。如果他說謊，我會拆穿他；如果他說真話，我會盡力承受。除非我願意，否則沒有義務向任何人解釋。也許他會選擇三緘其口，以免人們好奇詢問我們爭吵的原因，進而關注他跟葛拉姆太太的關係。不管是為了她或他自己，他好像都很希望隱瞞那件事。

我一路左思右想，就這樣騎到鎮上，認真盡責地辦好自己的事，也處理了我母親和蘿絲交辦的事項。考慮到那些事的繁雜程度，我能辦得妥妥當當，實在值得讚賞。回程路上，我內心滿懷對倒楣的勞倫斯的各種擔憂。我在想，我會不會看見他還躺在潮濕的地面，又冷又累性命垂危，或者根本已經冰冷僵硬？這些想法擾亂我的平靜，隨著我慢慢接近早上丟下他的地方，那些恐怖幻想就無比清晰地浮現我腦海。謝天謝地，他和小馬都不見了，現場只剩下兩樣物品可以指控我。它們本身已經夠討人厭了，當時的模樣更是醜惡（更別提血腥）。其中一樣是那頂沾滿污泥、濕透的帽子，帽沿上方被殘暴的馬鞭柄打出凹陷破洞。再來是那條深紅色手帕，浸泡在一灘血水裡，因為我離開那段時間又下了很多雨。

壞事傳千里。我回到家還不到四點，我母親就面色凝重地告訴我：「吉伯特！出大事了！蘿絲去村莊裡買東西，聽說勞倫斯先生摔下馬，被人送回家時差點沒命！」

你應該猜得到我有點震驚，聽見他頭骨嚴重碎裂、一隻腳骨折，我深感欣慰，因為我知道那不是真的，於是推斷故事的其他部分也是誇大之辭。我聽著我母親和妹妹感傷地討論他的傷勢，好不容易才忍住，沒跟她們說出我所知的實情。

「你明天去看看他。」我母親說。

「或今天。」蘿絲提議。「時間還早。騎小馬去，因為你的馬跑累了。要不要吃過點心後就去？」

「不要，我們怎麼知道那些事不是假的？實在不太可……」

「我相信是真的，整個村莊都傳遍了。我碰見的那兩個人見過某些人，那些人聽送他回家的人說的。聽起來是不太可信，但你仔細一想，就覺得應該不假。」

「可是勞倫斯騎術不錯，根本不可能會摔下馬。就算摔下馬，也不太可能骨頭斷得那麼嚴重。一定是誇大不實的謠言。」

「也許他被馬踢了，或什麼別的。」

「什麼，他那匹溫馴的小馬會踢人？」

「你怎麼知道是那匹小馬？」

「他很少騎別的馬。」

「不管怎樣，」我母親說，「你明天去看看他。不管是真是假，誇大或真實，我們都想知道他的情況。」

「叫弗格斯去。」

「為什麼不是你？」

「弗格斯比較閒，目前我忙得很。」

「吉伯特，你怎麼這麼無所謂？碰上這種事，你朋友都快死了，撥一、兩小時出來有什麼關係。」

「我跟妳保證他不會死！」

「你怎麼知道？說不定他真的快死了，你必須親眼確認才會知道。不管怎樣，他一定是發生重大意外，你應該去探望他。如果你不去，他會覺得你不夠朋友。」

「可惡！我不能去。最近我跟他關係不太好。」

「親愛的孩子，你不至於這麼記仇，為一點小爭執就……」

「什麼小爭執！」我咕噥說道。

「那就想想目前的狀況！萬一……」

「好了，好了，先別煩我，我會看著辦。」我說。

我所謂的「看著辦」，就是隔天一早派弗格斯帶著我母親的慰問前去探詢傷者的情況。我當然不可能會去，也不會以我的名義向他致意。弗格斯帶回來的消息是，勞倫斯因為腦袋破了和身體多處挫傷臥床休息。他說受傷是因為摔下馬和馬兒的搗亂，至於摔馬的經過，他倒是沒有多說。他還得了重感冒，那是因為雨中在地上躺了太久。不過骨頭都沒斷，一時之間也還死不了。很明顯，由於葛拉姆太太的緣故，他不打算告發我。

第十五章　一場偶遇與它的結果

那天跟前一天一樣雨勢不斷，到了傍晚烏雲漸漸消散，隔天早上就放晴了，而且好天氣可望持續。我跟收割工人一起在山上，一陣微風拂過麥田，大自然在陽光下展露笑顏。銀白色的雲朵飄浮在空中，雲雀欣喜地穿梭其間。那場雨將大地洗刷得甜美清新，空氣變乾淨了，天空也純淨透明，樹枝與葉片掛著晶瑩剔透的寶石，就連農夫都不忍心埋怨。可惜再燦爛的陽光都照不進我的心，再和煦的微風都無法提振我的精神。我的信心、希望和歡樂隨著海倫消逝，任何東西都填補不了那些空缺。苟延殘喘的愛情帶來的懊悔與苦痛依然壓迫我的心，任何東西都無法驅散。

我雙手抱胸站著，心神渙散地望著還沒收割的麥田隨風起伏。我意識到有什麼東西輕拉我衣角，然後有個我已經不再喜歡聽見的聲音用這句驚人的話喚醒我：「馬坎先生，媽媽找你。」

「亞瑟，你媽媽找我？」

「嗯。你怎麼看起來那麼怪？」他的笑容裡摻雜著害怕，因為我轉頭突然看見他露出驚訝的神色。「你為什麼這麼久沒來我家？來吧！好不好？」

「我在忙。」我不知道該如何回答。

他用孩子氣的困惑神情抬頭看我。我還沒來得及說話，他母親已經來到我身邊。

「吉伯特，我有話跟你說！」她用極力壓抑的口吻對我說。

我看著她蒼白的臉頰和晶亮的眼睛，沒有答話。

「一下子就好。」她語帶懇求。「我們到旁邊那塊地說話。」她瞄一眼收割工人，已經有人無禮地將好奇的目光投向她。「耽擱不了你一分鐘。」

我跟她一起跨過地界。

「亞瑟乖，去採幾朵風鈴草。」她指著遠處路旁樹籬下盛開的花兒。亞瑟遲疑了一下，好像不願意離開我。「去吧，乖！」她顯得更迫切了些，口氣雖然不凶，卻不容違抗。亞瑟終於聽從。

「葛拉姆太太，有事嗎？」我平靜冷淡地問。雖然我看得出來她不開心，也同情她，卻很高興有機會折磨她。

她定定望著我，那眼神刺中我的心，我卻笑了。

「吉伯特，我不問你為什麼變了。」她平靜中帶點哀怨。「我太清楚原因。我知道其他所有人都懷疑我、指責我，我可以平靜地承受，但我受不了你這樣對我。那天我說好要跟你解釋，你為什麼沒有來？」

「因為那段期間我碰巧得知妳要告訴我的一切，也許更多一點。」

「不可能！我打算把一切都告訴你！」她激動地說，「不過現在我不說了，我發現你不配知道！」

她蒼白的嘴唇激動顫抖。

「我可以請問我為什麼不配嗎？」

她用輕蔑的憤怒眼光反擊我嘲弄的笑容。

「因為你從來不了解我，否則就不會相信那些中傷我的話。如果我把一切告訴你，等於信錯了人。你不是我以為的那個人，走吧！我不在乎你怎麼看我！」

她轉過身走開，我也走了：我覺得走掉可以傷她最深。我想我猜對了，因為一分鐘後我回頭去看，發現她稍微轉身過來，彷彿希望或預期看見我還跟在她身邊。這時她停下腳步回頭看了一眼。那個眼神與其說是憤怒，不如說是心痛與絕望。我馬上裝出蠻不在乎的模樣，假裝無所謂地東張西望。我猜她繼續往前走了。我逗留了半晌，看看她會不會走回來或喊我，之後轉過去看一眼，發現她已經走了一段距離，快步爬上山坡。小亞瑟在她身旁跑著，顯然邊跑邊說話。她別開臉沒有看亞瑟，像要隱藏某種無法控制的情緒。我回去忙我的工作。

不一會兒，我就後悔自己太衝動，那麼快離開她。很明顯她愛我，也許她對勞倫斯已經膩了，想移情別戀跟我在一起。如果我沒那麼愛她、那麼敬重她，也許會為她的青睞感到喜不自勝。可是如今她的外在表現和她的內心（依我當時的猜測）差距過大，我過去和現在對她的觀感判若天淵。這實在太折磨人，令我痛苦不堪，我沒辦法以輕鬆的角度去看待。

然而，我仍然好奇當初她想告訴我的真相是什麼（如果我現在去強迫她，也許她還是肯說出來）。我好奇她會坦承多少，會用什麼理由為自己開脫。我渴望知道該唾棄她什麼、又該欣賞她什麼；對她該有多少憐憫、多少憎恨。更何況，那樣一來，我就會知道真相。我要再見她一次，在正式分開以前弄懂該用什麼眼光看待她。當然，我已經失去她了，但我還是無法接受我們最後一次見面時給彼此留下這麼多怨懟與痛苦。她最後那個眼神深印我腦海，我無法忘懷。我真是個大傻瓜！她不是騙了我、傷害了我、毀了我一生的幸福？最後我做出結論：「好吧，我再跟她見一面。但不是今天。今天和今晚她可以反省她的罪惡，沉浸在她的悲傷裡。明天我再去見她，多知道一點她的事。我去見她也許對她有益，也許不會，但至少能為我這被她害得有如槁木死灰的人生帶來一點刺激，能得到某種確定答案平撫我紛亂的思緒。」

隔天我確實去了，但一直拖到當天工作完成才出發，也就是傍晚六、七點。我到的時候，那棟老房子在落日餘暉中閃著紅光，花格窗也紅豔似火，點染出一份不屬於屋子本身的歡樂景象。我不需要細述當時走近這棟我過去的女神居住的聖殿的心情。那地方原本有著無數愉快與輝煌的夢想，現在都因為一個悲慘的真相變得黯淡無光。

瑞秋帶我進客廳，再去通知她的女主人，因為當時她不在那裡。不過她的寫字檯擺在高背椅旁的小圓桌上，當時打開著，上面有一本書。她的書不多，卻都是精心挑選的作品，每一本我都熟悉，像我自己的藏書一樣，但我沒見過這本。我拿起那本書，是漢弗里・戴維爵士的《哲學家的生命盡頭》[14]，第一頁寫著「費德烈克・勞倫斯」。我闔上書本，但繼續拿在手上。我面朝門口站著，背對著壁爐，冷靜地等候她，因為我相信她一定會來。不久後，我聽見她的腳步聲在走廊響起。我的心臟開始劇烈跳動。我默默斥責它，要它穩定下來，努力保持冷靜，至少外表冷靜。她進來了，從容、蒼白、鎮定。

「馬坎先生，我怎麼有這份榮幸？」她顯得高不可攀，那份冷峻幾乎擾亂我的平靜，但我露出笑容，放肆地回答：「我來聽妳解釋。」

「我說過我不會跟你解釋。」她說，「你不配得到我的信任。」

「那好吧。」說著，我走向門口。

「等一等。」她說，「這是我們最後一次見面了，先別急著走。」

我停下來，等候她進一步差遣。

「說說看，」她接著說，「你為什麼相信那些對我不利的話？是誰告訴你的？他們說了什麼？」

我沉默片刻。她毫不退縮地盯著我，彷彿她自認無辜，內心無比堅定。她打定主意要聽最壞的結果，也決心面對它。我心想，「我可以擊垮她的氣焰。」我雖然為自己有能力打擊她暗自欣喜，卻打算像貓兒逗老鼠似地似地捉弄她。我把手上的書拿給她看，指著扉頁上的簽名，目光鎖定她的臉，問道：「妳認識這位先生嗎？」

「當然認識。」她突然漲紅了臉，不知道是因為羞愧或憤怒，比較像憤怒。「然後呢？」

「妳跟他交往多久了？」

「誰給你權利質問我這件事或任何事？」

「沒人！要不要回答隨妳。我來問妳，妳知不知道妳這位朋友最近出了什麼事？因為如果妳不知道……」

「馬坎先生，我拒絕接受羞辱！」她有點被我激怒。「如果你來只是為了這個，最好馬上離開。」

「我不是來羞辱妳，我是來聽妳解釋。」

「我說過我不跟你解釋！」說著，她激動地走來走去，雙手緊緊交握，呼吸急促，眼睛噴出怒火。「對於一個輕易相信那些差勁謠言，還能拿來取笑的人，我不屑多做解釋。」

「葛拉姆太太，我沒有拿來取笑。」我立刻放下奚落嘲弄的語氣。「我衷心希望那些只是玩笑！至於輕易相信那些事，只有上帝知道我一直以來有多傻，始終盲目、始終拒絕相信，固執地閉上眼睛摀住耳朵，不肯接觸任何足以動搖我對妳的信任的東西，直到證據戳破我的痴戀。」

「請問什麼證據？」

「我會告訴妳。妳還記得我上一次來這裡那天晚上嗎？」

「記得。」

14. Sir Humphry Davy（一七七八～一八二九），英國化學家。《哲學家的生命盡頭》（*Last Days of a Philosopher*）是他對生命的反思，在他過世的隔年出版。本段故事設定的時間背景是一八二七年，當時這本書其實還沒出版。

「當然妳給了我一些暗示，聰明一點的人應該會恍然大悟，我仍然不為所動。我繼續信任，繼續相信，抱著渺茫的希望，愛慕著我無法理解的對象。不過，我離開妳以後，基於對妳深深的疼惜和強烈的愛戀，我又調頭回來。我不敢出現在妳面前，卻抗拒不了隔著窗子再看妳一眼的衝動，只為了確認妳的狀況，畢竟我離開時妳明顯傷心欲絕，而我有點認為是我的錯，因為我沒有耐心又不夠謹慎。我不該回去的，但那都是因為愛，而我受到的懲罰也夠慘烈了。我剛走到那棵樹時，妳跟妳朋友從屋裡走到花園。在那種情況下，我不想出面，所以靜靜站在暗處，直到你們兩個走過去。」

「那麼我們說的話你聽見多少？」

「我聽得夠多了，海倫。幸虧我聽見了，這樣才能打醒我。我經常說除非妳親口告訴我，否則我不會聽信任何中傷妳的話，心裡也確實這麼想。不管別人怎麼明說暗示，我都當做毫無根據的惡意誹謗。至於妳的自責，我認為那是妳自我要求太高。妳那些看似難以理解的事，我相信只要妳願意，都可以解釋清楚。」

葛拉姆太太不再踱步，她倚在壁爐一邊，跟我站的位置相對。她一手支著下巴，眼裡的怒火消失了，取而代之的是激動與焦躁。她的視線偶爾投向正在說話的我，偶爾掃視對面的牆壁，或凝神望著地毯。

「你還是應該來見我。」她說。「聽聽我如何為自己辯解。你那麼熱烈地表達對我的情感，而後神祕又突然地消失，沒有為自己的改變提出說明，實在不厚道，也不應該。你該跟我說清楚，不管你的態度有多差，總比像這樣默不吭聲好。」

「說出來有什麼用？關於我唯一在乎的那件事，妳沒辦法說得更清楚，也無法讓我否決自己親眼見到的事實。我想要立刻斷絕跟妳的關係，畢竟妳也說過，如果我知道真相，可能會選擇那麼做。雖然妳深深傷害了我（妳自己也這麼說過），但我不想責備妳。沒錯，妳對我造成的傷害妳永遠修復不了，世上沒有人修復得了。妳毀掉青春的朝氣和希望，我的人生從此變成荒漠！就算我活到一百歲，也沒辦法從這個毀滅性打擊中復元，也永遠無法遺忘！從今以後……葛拉姆太太，妳在笑。」我突然停下來，一番慷慨陳詞戛然而止。我發現她面對自己一手造成的悲慘景象，竟然還笑得出來，內心的震撼難以言喻。

「有嗎？」她嚴肅地抬頭看我。「我沒意識到。就算我笑了，也不是為我帶給你的傷害自鳴得意。上天明鑑！我光是想到可能害你受傷害，就已經飽受折磨。我是因為發現你的靈魂和情感終究還是有點深度感到高興，也覺得自己可能並沒有完全錯看你。不過對我而言，笑和淚沒有差別，都不局限於任何特定感受：我經常開心的時候哭泣、悲傷的時候微笑。」

她又看著我，似乎等我回應。我保持沉默。

「如果你發現自己弄錯了，會不會很開心？」她又問。

「海倫，妳怎麼能問這種問題？」

「我沒說我能澄清自己的一切過失，」她壓低聲音匆匆說著，心跳明顯加速，胸口劇烈起伏。「但如果你發現我沒有你想像中那麼壞，會不會很開心？」

「只要能讓我重拾過去對妳的看法，能讓我對妳的餘情找到一點理由，化解那份言語無法形容的痛苦悔恨，哪怕只有一丁點，我都非常樂意接受，而且迫不及待！」

她情緒太過激動，雙頰緋紅渾身顫抖。她沒說話，只是跑向她的寫字檯，從裡面抓出一本看似厚厚的剪貼簿或手稿的簿本，倉促地撕下最後幾頁，把剩下的塞進我手裡，說道，「你不需要整本讀完，不過先帶回家去。」說完就快步離開。我走出前門，踏上步道，她打開窗子喊我回去，告訴我：「讀完以後拿回來還我。別把裡面的內容告訴任何人。我相信你的人格。」

我還沒來得及回答，她已經關上窗子轉身走開。我看見她把自己拋進那張老橡木椅，雙手蒙住臉。她的情緒太激昂，需要藉助淚水宣洩。

我心急如焚，氣喘吁吁，努力壓抑內心的希望，快步趕回家，衝上樓回到房間。雖然天還沒黑，我還是先備好蠟燭，然後關了房門拉上門閂，決定排除一切干擾，在桌子旁坐定，打開我的珍寶讀了起來。我先快速瀏覽一遍，這裡瞥一眼那裡讀一句，之後下定決心整本讀完。

簿本此刻就在我面前，雖然你對它的興趣不及我的一半，我卻知道光是略述內容不能滿足你。我會把所有的內容都跟你分享，除了某些只涉及作者本人、或某些非但無助於說明情節，反倒妨礙故事流暢度的段落。開頭有點突然，像這樣……不過我們留到下一章再說。

第二卷

第十六章 過來人的忠告

一八二一年六月一日。我們剛回到史丹寧利。其實我們回來幾天了，只是我的心還沒靜下來，也覺得它永遠靜不下來了。姑丈身體不好，所以我們提早離開倫敦回家來。我好奇如果我們照原訂計畫停留到期滿，會發生什麼事。

我開始討厭鄉下的生活，為此心裡有點慚愧。我覺得過去做的事都變得枯燥乏味，過去的娛樂也無趣又無益。彈琴時不能樂在其中，因為沒人欣賞；散步一點也不輕鬆愉快，因為碰不到任何人；讀書再也不是享受，因為書本吸引不了我。過去幾星期的回憶盤據我腦海，我的心思無法集中。畫畫最適合我，因為我能邊畫邊想。雖然我的畫作目前只有我自己和那些對它們不感興趣的人看得見，但不代表未來不會出現知音。不過，有一張臉我一直希望能描繪或勾勒出來，卻總是不成功，弄得我心情鬱悶。至於那張臉的主人，我沒辦法將他逐出腦海。事實上，我連試都沒試過。我不知道他有沒有想到過我，也不知道我還能不能再見到他。緊接著是一連串的困惑，都是只有時間和命運能解答的問題。最後結論是：假設其他問題答案都是肯定的，那麼將來我會不會後悔？姑媽如果知道我在想什麼，一定會說我將來會後悔。

我們出發去倫敦的前一天晚上說的那些話，我記得多麼清楚。當時姑丈痛風輕微發作，已經提早上床，我跟姑媽坐在壁爐旁。

「海倫，」我們靜默片刻後，她問，「妳想過結婚的事嗎？」

「嗯，姑媽，我經常想。」

「那妳有沒有想過今年社交季結束以前，妳可能已經結婚或訂婚了？」

「想過幾次，但我覺得不可能。」

「為什麼？」

「因為我認為在這世上我願意嫁的男人少之又少。而這些為數不多的人之中，有九成機會我一個也碰不上。就算我碰上了，那人剛好單身或看上我的機會更是微乎其微。」

「這種話一點道理都沒有。妳說妳願意嫁的人非常少，或許真是這樣，我也希望真是如此。事實上，除非有人向妳求婚，否則妳不該『想要』嫁任何人。如果沒有人追求，女孩子不可以主動獻出愛情。不過，當有人來追求，當愛情的堡壘遭到圍攻，除非當事人極度小心謹慎，否則那顆心往往會在她還沒意識到的時候提早棄守防線，做出違反她的理智、與她過去的愛情觀背道而馳的決定。海倫，我要提醒妳這些事，希望妳展開社交生活之初就提高警覺、戰戰兢兢，可別來者不拒，讓那些心懷不軌的傻子或敗類偷走妳的心。親愛的，妳才十八歲，還有很多時間，我和妳姑丈都不急著把妳嫁出去。我甚至可以大膽猜測，妳不必擔心沒人追求。妳家世好，小有資產，將來可能繼承更多。我還可以告訴妳（我不說別人也會說），妳也算天生麗質，我希望妳永遠不必為自己的美貌感到懊惱！」

「但願不會。姑媽，妳為什麼會擔心？」

「親愛的，因為美貌這種特質跟財富一樣，最容易吸引最糟糕的男人。所以，長得美反而會惹來不少困擾。」

「姑媽，妳自己有過這方面的困擾嗎？」

「沒有。」她嚴肅的語氣帶著責備。「但我知道很多人都有過。其中某些人因為輕忽大意，被騙得很慘。另外一些人因為個性軟弱，掉進了不堪設想的陷阱和誘惑。」

「我想我既不輕忽，也不軟弱。」

「海倫，切記彼得的例子[1]！別說大話，要小心警惕。管好妳的眼睛和耳朵，它們是妳心靈的入口；還有妳的嘴，它是妳心靈的出口。別讓它們趁妳一時疏忽背叛妳。在妳確認、也充分考慮過追求者的優點以前，用無動於衷的冷漠態度應對所有示好。只有通過認可的人，才能得到妳的愛。先觀察，而後認可，再去愛。外表的所有魅力，妳的雙眼要視而不見；對於一切迷惑人的奉承和輕佻話語，妳的耳朵要聽而不聞。那些東西無足輕重，甚至比無足輕重更糟糕，它們是惡魔的陷阱與花招，要引誘粗心的人步向毀滅。總之，操守是最重要的東西，再來就是理智、好名聲和適度的財富。如果妳嫁了世上最英俊、最擅長交際、表面上最討人喜歡的男人，萬一哪天妳發現他是最一無是處的無賴，甚至是最無可救藥的呆瓜，妳不會知道自己即將陷入多麼不可自拔的悲慘處境。」

「可是姑媽，那些可憐的呆瓜和無賴該怎麼辦？如果大家都聽妳的勸告，人類很快就絕種了。」

「孩子，不必擔心！那些呆瓜和無賴男人永遠不怕找不到對象，有太多女人可以跟他們匹配。妳一定要聽我的話，海倫，別拿這種事開玩笑，我很遺憾妳用這種蠻不在乎的態度看待這件事。相信我，婚姻大事非同小可。」她說話的表情是那麼嚴肅，幾乎讓人以為她自己在這方面嘗過苦頭。

不過我沒再胡亂發問，只告訴她：「這我知道。我也知道妳的話很實在，也不無道理。但妳不需要擔心我，我不但知道不該嫁個沒有理智和操守的男人，更知道不該受那樣的人引誘。因為那種人無論長得多英俊，各方面多迷人，我都不可能愛上。我會討厭他、輕視他、可憐他，總之不會愛他。我不但『應該』愛上經過我認可的對象，而且我『會』、也『必須』如此。因為我沒辦法愛上自己不認可的人。我嫁的人一定要能令我尊敬、讓我以他為榮，我不需要再強調他『還得』是我愛的人。如果不是那樣的對象，我不可能愛上他，所以妳大可以放心。」

「但願是這樣。」她說。

「確實就是這樣。」我堅持。

「海倫，妳還沒經過考驗，我們只能抱著希望。」她用一貫的冷靜審慎口吻說。

我有點氣她這麼不相信我，卻又覺得她的疑慮恐怕不無道理。我擔心自己已經發現記住她的忠告會比從中受益來得容易。事實上，我經常不得不思考她在這方面的教導是不是正確。某種程度上她的見解或許是好的，至少重點沒有錯，但她的理念卻忽視了某些東西。我不免懷疑她究竟有沒有談過戀愛。

經過跟姑媽的一番對談，我懷著光明的希望與夢想展開社交生活（姑丈說這是我的第一場戰役），對自己的謹慎充滿自信。我們在倫敦的生活新鮮又刺激，一開始我非常開心，但不久後我開始對那種混亂又拘束的生活感到厭倦，想念家鄉的清靜與自在。我新認識的朋友無論男女，都不如我的預期，不是惹我心煩，就是令我失望。一開始，我喜歡觀察他們每個人的特點，拿他們的怪癖取笑。但我很快就膩了，尤其我只能把那些評論放在心裡，因為姑媽不准我說那種話。那些人（特別是女士）顯得那麼無知、冷酷又虛偽。男士似乎好一點，不過或許是因為我對他們比較不了解，或者因為他們奉承我。我並沒有愛上他們之中任何一個，就算這一刻他們的殷勤令我欣喜，下一刻他們又會激怒我。因為他們讓我意識到自己的虛榮，讓我擔心自己慢慢變成我發自

1. 見《聖經・馬太福音》。耶穌被捕前要彼得等門徒為他守望，避免陷入引誘，並說心靈固然熱切，肉體卻會軟弱。

肺腑鄙夷的那種女人，為此開始討厭我自己。

有個上了年紀的男士令我非常厭煩。他是姑丈的老朋友，家財萬貫，好像認定我找不到比他更好的對象。只是，他不但年紀大，還其貌不揚又難相處，我甚至覺得他心術不正。姑媽責備我不該說這種話，卻也承認他不是聖人。還有另一個人，沒那麼討厭，卻更麻煩，因為姑媽比較中意他，總想撮合我們，成天在我耳邊說他好話。那人是波勒姆，我寧可叫他「波勒煩」，因為他實在太煩人。我現在想到他的聲音在我耳朵旁嗡嗡嗡響個不停，還會打哆嗦。他只要坐在我身邊，就會滔滔不絕，一口氣嘮叨半小時，自以為是地認為他是在用有益的知識提升我的心靈，或者讓我見識他的信念，藉以修正我謬誤的見解。或者，也許他以為自己配合我的程度降低水平，說些有趣的話逗我開心。不過，我敢說他大致上為人還算正派，只要他別來糾纏我，我就不討厭他。事實卻是，那根本無法避免，因為他不只像跟屁蟲一樣騷擾我，還妨礙我享受跟其他更投緣的人相處的樂趣。

某天晚上在一場舞會上，他比平時更惱人，我的耐心幾乎耗盡，看來那個夜晚注定痛苦難挨。我剛跟一個腦袋空空的紈褲子弟跳完一支舞，波勒姆就來到我身邊，而且好像打定主意整晚纏著我。他自己從不跳舞，只是坐在那裡，腦袋伸到我面前，讓所有人誤以為他是我名正言順的情人。姑媽心滿意足地在一旁看著，暗暗祝他馬到成功。我為了趕走他，明白表現出內心的不悅，甚至態度無禮。可惜無論我怎麼做，都沒辦法讓他相信我討厭跟他相處。我氣得不吭一聲，他卻以為我全神貫注聽他說話，或給他機會盡情發揮。我的尖銳回應被他當成小女孩活潑逗趣的俏皮話，只需要寬容地駁斥；直言反駁根本是火上澆油，只會引出新一波論述來支持他那些頑固見解，於是我又得聽他口沫橫飛地用更多理論來說服我。

當時有個人好像很能體會我的心情。那位男士已經在附近站了一陣子，一直在聽我們談話，顯然被波勒姆堅持不懈的固執和我毫不掩飾的厭煩逗得樂呵呵，笑看我答話時的粗暴語氣與絕不妥協的姿態。最後他走了，去找主辦舞會的女主人，顯然是請求對方介紹我們認識。不久後，他們兩個一起走過來，女主人說他是杭汀頓先生，他父親生前是我姑丈的朋友。他邀我跳舞，我欣然答應。那天晚上接下來的時間他都陪著我，可惜時間不長，因為我姑媽照慣例堅持提早離開。

我不太想走，因為我發現我的新朋友活潑又風趣。他的言談舉止之間有種優雅從容和無拘無束，帶給我那忍受了無窮無盡的約束與客套的心靈一份安適與開闊。沒錯，他的態度和言語稍嫌輕率大膽，可是當時我心情太好、太慶幸終於逃離波勒姆的魔掌，所以沒放在心上。

「海倫，現在妳對波勒姆先生印象如何？」我們搭上馬車返回住處時，姑媽問我。

「比以前更糟。」我答。

她好像不太高興，但沒有繼續這個話題。

「跟妳跳最後一支舞那位先生是什麼人？」沉默片刻後，她又問，「我看他非常殷勤幫妳披圍巾。」

「姑媽，他一點都不殷勤。他原本沒打算幫我，只是看見波勒姆先生要過來幫我，才笑著走過來說，『我來幫妳擋掉那個苦難。』」

「我問妳他是誰？」她冷冰冰地問。

「是杭汀頓先生，他父親是姑丈的老朋友。」

「我聽你姑丈提起過這位杭汀頓先生。我記得他說，『杭汀頓這個年輕人還算不錯，只是性子有點野。』妳最好小心點。」

「『有點野』是什麼意思？」我問。

「意思是操守不好，容易染上年輕人常有的惡習。」

「可是我聽姑丈說過，他自己年輕時性子野得很。」

姑媽板著臉搖頭。

「那麼我猜他只是開玩笑。」我說，「所以現在他也是隨口說說。至少我沒辦法相信那雙笑瞇瞇的藍眼睛能壞到什麼地步。」

「海倫，哪有這種道理！」她嘆息道。

「姑媽，我們應該寬大為懷。再者，我不認為我的話沒道理。我很擅長看人，經常根據人們的外表判斷他們的性格。不是看臉蛋美醜，而是根據臉上的表情。比方說，從妳的表情我可以知道妳不是開朗樂觀的人。另外，維爾莫先生是個一無是處的老混蛋；波勒姆先生不是個討人喜歡的同伴；杭汀頓先生不是傻子或無賴，但他也不是智者或聖人。不過那與我無關，我不太可能再見到他，除非偶爾在舞會上一起跳支舞。」

事實不然，因為隔天早上我就見到他了。他來拜訪姑丈，為太久沒來探望致歉。他說他最近剛從歐洲大陸回來，前一天晚上才知道我姑丈在倫敦。之後我經常碰見他，有時在公開場合，有時在家，因為他勤於拜訪老朋友。只是，我姑丈對他的殷勤好像不怎麼領情。

「我搞不懂那小子為什麼三天兩頭跑來。」他會說，「海倫，妳知道原因嗎？嗯？他沒興趣跟我相處，我也不喜歡他來，這點確定無疑。」

「那麼我希望你明白告訴他。」姑媽說。

「為什麼？何苦這麼做？我對他沒興趣，別人可就未必。」他對我眨眨眼。「再者，佩姬，他財產還算可觀。雖然比不上維爾莫，可是海倫不喜歡維爾莫。這些老男人雖然錢很多，人生經歷也豐富，卻好像不得女孩子緣。我敢打賭，就算這小子是個窮光蛋，海倫也寧可選他，不選滿屋子黃金的維爾莫。海倫，我說得對不對？」

「是的，姑丈。但這不是在說杭汀頓先生的好話。我寧可變成老處女或乞丐婆，也不要當維爾莫太太。」

「那麼杭汀頓太太呢？妳寧可變怎樣，也不要當杭汀頓太太？」

「等我考慮過這個問題再告訴你。」

「啊！那麼妳需要考慮。不過妳說說，先不管乞丐婆，妳會不會寧可變老處女？」

「他沒求婚以前我不能回答。」

說完我馬上離開，避免姑丈進一步追問。五分鐘後我望向窗外，看見波勒姆來到大門外。我如坐針氈將近半小時，分分秒秒等著被傳喚，白費心思地期待聽見他離開。然後，樓梯響起腳步聲，姑媽面色凝重地走進我房間，順手關上門。

「海倫，波勒姆先生來了，」她說，「他想見妳。」

「哎呀，姑媽！妳不能告訴他我不舒服嗎？我真的覺得見到他會不舒服。」

「孩子，別胡說！這不是小事。他來是為了很重要的事：他要我和妳姑丈答應你們的婚事。」

「希望你和姑丈告訴他你們不能替我做決定。他沒問過我，有什麼權利先問別人？」

「海倫！」

「我姑丈怎麼說？」

「他說這件事他不干涉。如果你願意接受波勒姆先生的好意求婚，妳……」

「他說他『好意』求婚？」

「沒有。他說如果妳願意就答應，不答應也沒關係。」

「他說得很對。那麼妳怎麼說？」

「我怎麼說不重要，問題在於妳打算怎麼說？他等著當面問妳。妳去之前要考慮清楚，如果妳決定拒絕，跟我說說妳的理由。」

「我當然會拒絕，不過妳要教我怎麼跟他說，我希望態度堅決又不失禮。等我擺脫掉他，再告訴妳我的理由。」

「海倫，先別去，坐下來冷靜一下。波勒姆先生不趕時間，因為他認為妳一定會答應。我想跟妳聊聊。親愛的，告訴我，妳不喜歡他什麼？妳認同他為人正直又受人敬重嗎？」

「嗯。」

「妳認同他明智、穩重、人品高尚嗎？」

「嗯，這些優點他都有，可是……」

「『可是』，海倫！在這世上妳有多少機會可以遇上這樣的男人？正直、可敬、明智、穩重、人品高尚！這種性格到處都有，所以妳毫不遲疑就拒絕擁有這些高貴特質的人嗎？沒錯，我可以用『高貴』形容，因為妳想想這每一種特質的全部涵義，想想它們各自包含多少珍貴的美德（我還可以再加上更多種），想想這些全部擺在妳面前，妳可以把握住這個生命中難以衡量的福分。妳可以擁有一個能跟妳匹配的好丈夫，他深深愛著妳，卻不至於愛到盲目、看不到妳的缺點，能夠帶領妳走過生命的神聖旅途，跟妳共享永恆的至喜！想想……」

「可是我討厭他。」我打斷姑媽罕見的長篇大論。

「討厭他！海倫！這是基督徒說的話嗎？妳討厭他？而他是這麼好的男人！」

「我不是討厭他這樣的男人，我是討厭這樣的丈夫。我非常喜歡像他這樣的男人，也祝福他能找到比我更好的妻子，一個跟他一樣好、或更好（如果妳覺得有此可能）的女人，只要對方也喜歡他。我永遠沒辦法喜歡他，所以……」

「為什麼？妳不喜歡他什麼？」

「首先，他至少四十歲了，我覺得恐怕遠遠不只四十歲，而我才十八歲。第二，他心胸狹窄，偏執到了極點。第三，他的品味和感受跟我南轅北轍。第四，我特別討厭他的表情、聲音和舉止。最後，我對他整個人有一種我永遠克服不了的反感。」

「那麼妳就應該克服！拜託妳拿他跟杭汀頓比較一下，告訴我哪個比較好。別提相貌，相貌英俊稱不上男人的優點，對婚姻幸福沒有幫助，何況妳常說妳一點都不重視外表。」

「我相信杭汀頓先生比妳想像中好得多。不過我們現在談的不是他，而是波勒姆先生。既然我寧願一個人快快樂樂地孤獨老死，也不願意做他的妻子，我最好馬上跟他把話說清楚，早早讓他斷念。所以讓我去吧。」

「別太直截了當，他沒想過會被拒絕，可能會非常生氣。告訴他目前妳還沒想過結婚的事……」

「可是我確實想過了。」

「不然就說妳想多了解他一點。」

「可是我不想多了解他，恰恰相反。」

我沒再等她進一步勸告就走出房間，去找波勒姆。他在客廳來回踱步，哼著小曲，手杖末端輕點地板。

「親愛的小姐，」他邊說邊鞠躬，志得意滿地嘻嘻笑。「我得到妳好心的監護人允許……」

「先生，我知道。」我想盡快把事情了結。「我非常感謝你的垂愛，可惜我必須婉謝你賜予的這份榮幸。我認為我們不適合，如果我們真的結婚，你自己也會有同感。」

姑媽說得對，他顯然有十足把握我會答應，完全沒想到會被拒絕。對於我的回答，他有點不解，甚至震驚。他實在無法置信，所以沒有太生氣，嗯嗯啊啊一陣子之後，終於開口回應。

「親愛的，我知道我們年紀和個性有很大差距，或許其他方面也是。但我向妳保證，對於像妳這麼年輕熱情的女孩，我不會太挑剔妳的過失和弱點。我看得出妳的缺點，卻會以父親般的慈愛加以指正。妳要知道，沒有哪個年輕人對待情人能比我對妳更溫柔寬容。另一方面，希望妳不至於看輕我豐富的閱歷和嚴肅的思考習慣，因為我打算善用這個特點帶給妳幸福。好吧！妳怎麼說？別玩年輕小姐那些裝模作樣反覆無常的把戲，大方說出來。」

「我會的，但只是重複剛才說的話：我確定我們不合適。」

「妳當真這麼想？」

「是的。」

「可是妳還不了解我，希望進一步交往，希望多一點時間……」

「不，我不希望。我對你的了解夠徹底，超過你對我的了解，否則你絕不會想跟一個各方面都跟你不相稱、一點都不適合的人結婚。」

「可是我親愛的小姐，我不要求完美，我可以諒解……」

「波勒姆先生，謝謝你，但我不想占你便宜。你可以把你的寬容和體貼留給更配得上你、不需要你這麼費心包容的人。」

「容我請妳去找妳姑媽談談，我相信以她的卓越見識，一定會……」

「我跟她談過了。我知道她的想法跟你一樣，不過茲事體大，我自作主張聽從自己的判斷。再多的說服都不能讓我改變心意，也不能讓我相信這樁婚姻能帶給我或你幸福。我不明白像你這麼見多識廣又處事謹慎的人，怎麼會挑選我這種妻子。」

「啊！」他說，「有時候我自己也想不通。偶爾我會告訴自己，『波勒姆，你在追求什麼樣的對象？小心點，行動以前要看仔細！這位小姐是甜美迷人，不過別忘了，婚前最吸引人的魅力，婚後往往會帶來最大的苦難！』我向你保證，我也是經過深思熟慮，才做出這個抉擇。這樁婚姻顯得有欠慎重，所以我白天裡時時反覆苦思，夜裡經常輾轉難眠。最後我終於告訴自己，這個決定其實也沒那麼草率。我看得出來我可愛的小姐是有缺點，但她的年輕並不是缺點，而是代表她的美德還沒開花結果。這強烈意味著她脾氣不好這個小瑕疵，以及她判斷力、見解和舉止上的失誤都不至於不可救藥。只要有個明智審慎的人時時監督、耐心教導，就能輕易革除或改善。至於那些我沒辦法啟發或控制的，基於她的其他種種優點，我有把握可以原諒。所以，親愛的小姐，既然我可以接受，妳為什麼要反對？至少讓我知道我哪裡不好？」

「波勒姆先生，坦白跟你說，我反對主要是因為我自己。所以我們別再談這件事了。」原本我要接著說，「繼續談下去沒有一點用處。」但他打斷我的話，執著地追問：「為什麼？我會愛妳、珍惜妳、保護妳……」

我不想勞心費神記錄我跟他之間的所有對話。簡單說，我發現他非常難纏，很難讓他相信我說的都是真心話，而且我真的就是這麼固執、這麼不在乎自己的利益，不管他或我姑媽，都沒有一絲一毫的機會扭轉我的決定。事實上，我不確定自己是不是說服了他。他翻來覆去不斷回到原點，反覆主張相同論調，逼得我重申我的答覆。最後我實在煩透了，不再給他留情面。我最後對他說的是：「我明白告訴你，這件事不可能。我不會為任何理由嫁個自己不喜歡的人。我尊敬你……如果你表現得像個明智的男人，我就會尊敬你。但我沒辦法愛你，永遠不會。你說得越多，我只會更厭惡你，所以請別再說了。」

之後他跟我說再見，就離開了，想必困窘又惱火，但那不是我的錯。

第十七章　進一步勸戒

隔天我陪姑丈姑媽去參加維爾莫先生家的晚宴。當時有兩位年輕小姐住在他家，其中一個是他姪女安娜貝拉，是個優雅時髦的女孩，應該說是年輕女士，大約二十五歲，太喜歡招蜂引蝶，不適合走入婚姻（根據她自己的說法）。男士們卻非常仰慕她，眾口一致地封她為豔光四射的女人。另一個是她溫婉的表妹蜜莉森．哈格雷夫，她誤以為我比真實的我優秀得多，格外喜歡我。我也十分喜歡她。我對周遭的女性普遍評價不高，蜜莉森應該排除在外。不過，我會提起這次晚宴並不是因為蜜莉森，也不是因為她表姊，而是因為維爾莫先生的另一位賓客，也就是杭汀頓。我有充足理由記得他也在場，因為那是我們最後一次見面。

晚餐時他沒有坐在我旁邊：命運安排他挽著一位身材肥胖的孀居老太太入座，我則是由葛林斯比先生陪伴入席。葛林斯比是他朋友，我很不喜歡他。這人的表情帶著一股陰險，舉手投足之間摻雜著潛在的殘暴與過度的偽善，叫我無法忍受。附帶一提，這種習俗實在煩人，是這種過度講究禮儀的生活諸多人為弊病之一。如果男士們必須帶領女士進飯廳，為什麼不讓他們依自己的喜好做選擇？

只是，杭汀頓如果可以自行決定入席女伴，我也不確定他會選擇我。他大有可能挑選安娜貝拉，因為她好像打定主意要整晚獨占他，而他似乎不介意配合她的要求，至少我是這麼認為。因為我看見他們有說有笑，隔著餐桌彼此對望，以至於忽視各自的鄰座賓客，明顯引起那些人的不悅。

之後，等男士們來到客廳跟我們相聚，她一看見他走進來，馬上大聲喊他，要他過去仲裁她和另一位女士的爭端。他欣然回應，不假思索判定她的看法才對，我卻認為錯的是她。之後他站在那裡，跟她和一群女士熟絡地閒聊。當時我跟蜜莉森坐在客廳另一頭，正在觀賞蜜莉森的畫作，應她要求提供我的評論與建議。我努力保持鎮定，心思卻不時離開畫作，飄向那群談笑風生的人們。我明知不該生氣，一股怒火卻油然生起，想必臉也拉下來了。蜜莉森八成以為我厭煩了她那些不起眼的塗鴉，要我去跟大家聊聊，剩下的作品下回再看。我正在告訴她我一點也不煩，也不想去跟大家相處，杭汀頓已經過來站在我們的小圓桌旁。

「這些是妳畫的嗎？」說著，他漫不經心地拿起一張畫。

「不，是蜜莉森畫的。」

「喔！我們來瞧瞧。」

蜜莉森連忙抗議，說那些畫不值得一瞧。他充耳不聞，拉了把椅子到我旁邊，從我手裡接過一張一張畫作，逐一掃視，再扔回桌上。雖然他嘴裡說個沒停，卻都與畫作無關。我不知道蜜莉森對這種行為有什麼想法，但我覺得他說的話有趣極了。只不過，事後我仔細一想，發現內容主要是挖苦嘲笑在場賓客。雖然他偶爾言之有物，也說了些妙趣橫生的話，但少了他的表情、語調與手勢的輔助，以及他那難以言喻卻無邊無際的魅力增色，直接將那些話平鋪直敘寫在這裡，整體來說恐怕也沒什麼特別。他的魅力為他的言行舉止罩上一圈光環，就算他滿口胡言亂語，光是看著他的臉龐、聽著他悅耳的說話聲，就是一大樂事。正因如此，姑媽過來破壞這個歡樂氣氛，實在令人髮指。她藉口要看那些她既不在乎也不懂的畫作，從容地走過來，一面假裝看畫，一面用她最冷淡、最惹人嫌的臉色跟杭汀頓說話。她提出連串最普通、最刻板的問題和觀點，故意不讓他跟我說話。我覺得她故意在氣我，反正蜜莉森的畫我看完了，就由著他們一對一交談，自顧自地走過去坐在沙發上，遠離人群。我不在乎自己的行為看起來有多古怪，起初只是想一個人生悶氣，後來又喜孜孜地想心事。

但我獨坐的時間不久，我最不欣賞的男人維爾莫趁我無人相伴，過來坐在我身邊。原本我滿心歡喜地以為自己已經在各種場合斷然拒絕他的示好，從此不必擔心會不幸再受他眷顧。看來我錯了，他對自己的財富或殘餘的吸引力實在太有自信，也堅定相信女人天性軟弱，認為有理由重新對我展開攻勢。他甚至表現得比過去更熱情，因為他喝了不少葡萄酒，而他喝醉的時候更討人厭。只是，當時我雖然非常厭惡他，卻不願意對他無禮，畢竟我在他家做客，剛才還在享受他的招待。再者，我不知道該怎麼客氣又堅定地拒絕別人。就算我知道該怎麼做，恐怕也沒用，因為他太遲鈍，別人的拒絕如果不像他的厚臉皮那般昭然若揭，他根本無法領會。結果是，他的態度漸漸溫柔得叫人作嘔、熱情得叫人反感，我被逼得無計可施，想說話卻不知該說些什麼，這時我擱在沙發扶手的那隻手突然被人拉住，輕柔又熱情地捏了一下。我本能猜到那是誰，抬頭看見杭汀頓低頭對著我笑，心裡是歡喜多於驚訝。那種感覺就像原本面對地獄惡魔，一轉頭卻看見光明天使，來宣告過去的磨難已經結束。

「海倫，」他說（他經常喊我海倫，我一點也不怪罪他的放肆），「妳過來看看這幅畫。我相信維爾莫先生不介意妳離開一下。」

我開心地站起來。他挽起我的手臂，帶著我橫越客廳，去到一幅精彩非凡的范戴克[2]畫作前。那幅畫我之前已經注意到了，但還沒細看。我靜靜觀賞片刻後，開始評論這幅畫的優點和特殊之處。他開玩笑地捏了捏我還挽著他手臂的手，打岔道：「別管那幅畫，我帶妳來不是為了看畫，而是幫妳甩開那個不要臉的糟老頭。他現在氣我礙他的事，一副要找我決鬥似的。」

「我太感謝你了。」我說，「這已經是你第二次拯救我脫離那種討厭鬼。」

「別太感激我。」他答。「我這麼做不完全出於對妳的善意。我只是討厭那些糾纏妳的老頭子，才故意壞他們的事。我想我不太需要擔心他們變成我的情敵。我說得對嗎，海倫？」

「你也知道我討厭他們兩個。」

「那我呢？」

「我沒有理由討厭你。」

「妳對我有什麼感覺？海倫，說吧！妳怎麼看我？」

他又捏我的手，但我覺得他這種舉動操弄的成分恐怕多於情感，何況他自己毫無表示，憑什麼逼問我。我不知道該怎麼回答，最後說道，「那麼你怎麼看我？」

「美麗的天使，我愛慕妳！我……」

「海倫，妳過來一下。」是我姑媽清晰的嗓音，就在近旁。我只好離開，讓他低聲詛咒他的厄運。

「姑媽，什麼事。妳找我有事嗎？」我跟著她來到透氣小窗旁。

「等妳可以見人的時候，我要妳去跟大家相處。」說著，她嚴厲地看著我。「先在這裡待一會兒，等妳臉上驚人的紅暈退去，眼神也恢復正常。妳現在這副模樣如果被人看見，我會覺得難為情。」

想當然耳，這番話絲毫無助於消除那「驚人的紅暈」。相反地，我意識到雙頰因為各種複雜的情緒加倍火熱，其中又以憤慨和難以遏止的怒氣為主。但我沒有回應，只是拉開窗簾望向外面的黑夜，或者該說看著燈光下的廣場。

「海倫，剛才杭汀頓先生向妳求婚嗎？」我高度戒備的姑媽說。

2. Sir Anthony van Dyke，一五九九～一六四一，英國國王查理一世的首席宮廷畫師。

「沒有。」

「那他在說什麼？我聽見類似求婚的話。」

「我不知道他打算說什麼，因為被妳打斷了。」

「海倫，如果他求婚，妳會答應嗎？」

「當然不會。我一定會先問過妳和姑丈。」

「親愛的，我很高興妳還夠謹慎。好了，」她停頓片刻後又說，「今天晚上妳已經太引人注目了。我看到那些女士們現在好奇地看我們這邊。我去跟她們聊聊。等妳冷靜下來，可以表現得像平常一樣，就過來。」

「我已經冷靜了。」

「那麼說話溫柔點，表情別那麼凶。」我冷靜卻惱人的姑媽說。「我們馬上就回家了，到時候，」她語重心長地補了一句，「我們要好好談談。」

我回家時做好心理準備，預期會聽到長篇大論的訓話。回家路程不遠，馬車上我們都沒說話，等我回到自己房間，坐進安樂椅，打算好好回想當天發生的事，姑媽跟著進來，打發走正在幫我收拾飾品的瑞秋，關上門，拉了把椅子到我旁邊，跟我呈九十度角，自己也坐了下來。我謙恭有禮地請她坐比較舒適的安樂椅，她不接受，開始對我說，「海倫，妳記不記得我們離開史丹寧利的前兩天晚上說的話。」

「姑媽，我記得。」

「那麼妳記不記得我提醒過妳，別讓那些不值得的人偷走妳的心？還有，在沒有經過認可，理智與判斷力都不同意以前，別輕易愛上任何人？」

「記得，可是我的理智……」

「先讓我說完。那麼妳還記不記得妳叫我不必為妳擔心，還說妳一定可以抵抗誘惑，不管對方長得多英俊，各方面多迷人，妳絕不會嫁給個沒理智沒操守的男人，因為妳不可能愛上那種人。妳說妳會討厭他、輕視他、可憐他，總之不會愛他。妳是不是說過這些話？」

「沒錯，但是……」

「妳是不是說過妳的愛必須以認可為基礎：除非妳能認可對方，尊敬對方，以他為榮，否則妳沒辦法愛他？」

「是。但我確實認可他，尊敬他，也以他為榮……」

「親愛的，這是為什麼？杭汀頓先生是好人嗎？」

「他比妳想像中好得多。」

「妳這是答非所問。他是好人嗎？」

「是……某些方面是。他個性很好。」

「他是個有操守的人嗎？」

「嚴格來說，也許不是。不過那只是因為他思慮不周，如果有人可以勸告他，提醒他什麼才是對的……」

「妳覺得他就會改進，而妳願意引導他？可是親愛的，他好像大妳整整十歲，為什麼妳的道德觀比他強？」

「姑媽，這都要感謝妳。我受到好的教養，有優良的學習榜樣，這方面他多半很欠缺。再者，他生性樂觀，個性爽朗欠考慮，而我原本就想得比較多。」

「嗯，那麼妳已經承認他在理智和操守方面都有缺陷……」

「那麼我的理智和操守可以彌補他的不足！」

「海倫，這樣好像有點自以為是！妳覺得妳的理智和操守夠兩個人用嗎？還有，妳認為這個輕率樂天的浪蕩子願意接受妳這樣的年輕女孩指引嗎？」

「不，我也不想指引他，但我的影響力應該足以避免他犯下某些過失。如果能避免本質這麼高貴的人走向毀滅，我會認為我的人生沒有白活。目前只要我嚴肅認真跟他說話，他都非常用心聽，我也常指責他說話的態度太隨便。有時候他會說，如果我能經常陪在他身邊，他絕不會說不好的話或做不好的事，還說只要每天跟我說話，他就能變成聖人。這話可能是半開玩笑半拍馬屁，但……」

「但妳仍然覺得也許是真的？」

「如果我真的認為他的話有幾分真實，也不是因為相信自己的影響力，而是相信他善良的本性。還有，妳不可以說他是浪蕩子，他不是那種人。」

「親愛的，誰告訴妳他不是？安娜貝拉前幾天不是告訴妳他跟有婦之夫私通……那個叫什麼夫人的？」

「那是假的……假的！」我大聲說，「我一點也不信。」

「那麼妳認為他是個善良正直、品格高尚的年輕人？」

「我對他的性格一點都不了解，只知道我沒聽說過他的人品有什麼不好，至少沒有經過證實。除非人們能夠證明他們對他的惡意指控，否則我絕不相信。我只知道，就算他真的犯過錯，也都只是年輕人共通的毛病，沒有人會放在心上，因為我發現大家都喜歡他。那些當媽媽的見到他都眉開眼笑，她們的女兒（包括安娜貝拉）都急於吸引他的目光。」

「海倫，世人或許覺得這些缺點不足掛齒，有些沒有原則的母親太想釣個金龜婿，不介意對方的品格；而輕率的女孩可能會為了贏得這種英俊男人的心，不去探索對方的內心。可是妳，我相信妳更有見識，看人的眼光跟她們不一樣，判斷事情也不像她們那麼扭曲。我不相信妳會認為那些缺點不足掛齒！」

「姑媽，我的確不那麼認為。就算妳對他的猜測都是真的，然而，我即使討厭那些罪行，還是會愛那個罪人，願意盡最大的努力拯救他。但我現在不相信、以後也不會相信那些是真的。」

「親愛的，問問妳姑丈他結交的都是些什麼人，看看他是不是跟一群不知檢點的放蕩年輕人廝混。他說那些人是他朋友，他歡欣的同伴。那些人最大的快樂就是放浪形骸，彼此較量誰墮落的速度最快，最接近專為魔鬼和他的門徒準備的那個地方。[3]」

「那麼我會讓他遠離那些人。」

「唉，海倫哪，海倫！妳根本不知道讓自己的命運跟這樣的男人結合，下場會有多悲慘。」

「姑媽，雖然妳說了那麼多，我對他還是有充足的信心，只要有機會拯救他，我願意冒著犧牲幸福的風險。我會把好男人留給那些只考慮自己利益的人。如果他曾經走錯路，只要我能幫他免除過去的錯誤的後果，努力讓他走回正途，那麼我的人生就有了價值。願上帝助我成功！」

我們的談話到此為止，因為我們聽見姑丈的聲音，他在自己房間裡大聲喊姑媽該睡了。那天晚上他痛風惡化，心情不好。自從我們進城，他的痛風越來越嚴重。隔天早上姑媽利用這個機會勸他馬上回鄉下，不要待到社交季結束。醫生也支持她的看法，幫她說了很多話。姑媽一反平時的作風，用最快的速度打包收拾（我認為不只是為了姑丈，也為了我）。幾天內我們就動身了，我沒再見到杭汀頓。姑媽樂觀地以為我很快就會忘掉他。也許她認為我已經忘了他，因為我沒再提起他的名字。在我們重逢以前（如果有機會），她愛怎麼想都隨她。我好奇我還能不能見到他。

3. 那個地方指的是永恆的地獄之火，出自《聖經・馬太福音》第二十五章第四十一節。

第十八章 迷你肖像畫

八月二十五日。我已經定下心來，做著固定的事和靜態消遣，勉強也算開心滿足。但我仍然期待明年春天回到城裡，不是為了那些聲色娛樂，而是希望再見到杭汀頓，因為我日思夜想的都是他。平時我不管做什麼，或看見、聽見什麼，都會想到他。不論我學到什麼技巧或新知，都希望將來能對他有益或逗他開心。不管我對大自然或藝術的美有什麼新發現，都要描繪下來供他欣賞，或記在我腦海，有朝一日可以說給他聽。至少這是我內心的期盼，是為我孤單旅程提供照明的夢想。也許它終究是引人誤入歧途的鬼火，但我只用眼睛追隨它，享受那個光輝帶來的喜悅。只要它不會誘使我偏離我該走的道路，應該不至於造成傷害。我認為它不會，因為我認真思考過姑媽的勸告。現在我已經清楚看見，輕易把自己的真心獻給一個不配得到我的愛、不能回應我內心深處最真摯、最深刻情感的人，是多麼愚蠢的事。

我想得太透澈，即使再見到他，而他還記得我，也還愛我（唉！想到他住在什麼樣的地方，身邊都是些什麼人，就覺得機會渺茫），而且向我求婚，在我弄清楚我和姑媽對他的看法哪個更接近事實以前，絕不會答應。假使我看錯了他，那麼我愛上的不是他，而是我自己想像出來的人物。但我相信我沒看錯，不，不，有某種神祕的東西，某種內在的直覺告訴我，我的判斷正確，告訴我本質上他是個好人。如果能夠發掘那份本質，會是多麼愉快的事啊！如果他一時迷失，喚他回頭會是多大的喜悅啊！如果他受到損友惡友的毒害，幫助他脫離他們又是多麼大的榮耀啊！真希望我能相信上帝賦予我這個重責大任！

今天是九月一日，姑丈吩咐獵場看守人留著那些鷓鴣，等男士們來。「什麼男士？」我聽見時問道。他邀請幾個朋友來打獵，一個是他朋友維爾莫，另一個是我姑媽的朋友波勒姆。當時我覺得這簡直是天大的壞消息，不過緊接著我所有的懊惱與擔憂像夢境般化為烏有，因為我聽見第三個人是杭汀頓！當然，姑媽非常反對，她極力勸阻姑丈，希望他別邀請他。姑丈笑著告訴她現在說什麼都沒用了，因為事情已經成定局。我們離開倫敦以前他就邀了杭汀頓和他朋友羅勃洛勳爵，現在唯一要做的就是決定哪天讓他們來。那麼他一定會來，我也一定能見到他。我說不出有多開心，卻發現很難對姑媽隱瞞我內心的雀躍。不過，在我不確定該不該保留對他的感覺以前，我不希望姑媽操太多心。如果我發現自己有責任壓抑這份愛，就不該造成別人的困擾。但如果我真心覺得這份愛正正當當，我也會有勇氣面對所有阻礙，即使那阻礙是我最親近的人的憤怒與哀傷。當然，我很快就能知道答案。不過他們九月中旬才會來。

我們也會有兩位女客：維爾莫會帶安娜貝拉和蜜莉森一起來。我猜姑媽覺得蜜莉森舉止溫柔個性恭順馴良，跟她多相處對我有好處。另外，她八成打算利用安娜貝拉來跟我爭奪杭汀頓的注意力，關於這點，我一點都不感謝她。不過蜜莉森能來我很開心，她是個窩心的好女孩。我希望我能像她，至少比目前更像她。

十九日。他們來了，前天抵達。男士們出去打獵了，小姐們跟我姑媽在客廳做針線活，我一個人躲進圖書室。我心情糟透了，想自個兒靜一靜。書本吸引不了我，因此我打開寫字檯，打算詳細寫下我鬱悶的原因，看看有什麼解決辦法。這頁白紙暫時權充密友的耳朵，聽我傾訴內心滿溢的情緒。它不會同情我的憂傷，卻也不會嘲笑它們。再者，只要我收藏妥當，它也不會洩露出去。所以，它算是最能滿足我此刻需求的好友。

首先我來描述他抵達時的情景：他最後到，所以我坐在窗子旁等了將近兩小時，才看見他的馬車駛進庭園大門。每一輛駛進庭園的馬車都令我失望，因為坐在裡面的不是他。

最先出現的是維爾莫和兩位小姐。蜜莉森進她房間以後，我暫時離開崗位幾分鐘，去看看她，說幾句體己話。離開倫敦後，我們給彼此寫過幾封長信，如今已經變成知心朋友。我回到窗邊時，看見另一部馬車停在門口。是他嗎？不是，是波勒姆那輛簡樸的深色四輪禮車。他站在門階上，一板一眼地監督僕人卸下他各式各樣的箱子和行李。也太壯觀了！不知情的人還以為他打算住上半年。很久以後，羅勃洛搭著他的馬車來到。我在想，他也是那群放蕩朋友之一嗎？我猜不是，因為不會有人說他是個歡欣的同伴，這我很確定。再者，他的舉手投足顯得太穩重、太文質彬彬，怎麼看都不放蕩。他身材高瘦，面容憂鬱，年齡明顯介於三十到四十之間，整個人看起來憔悴不健康。

最後，杭汀頓的輕便馬車終於意氣風發地駛進草坪。我只瞥見他一眼，因為馬車一停下來，他就跳上門廊的階梯，消失在屋子裡。

這時我才願意去換晚宴裝，瑞秋已經催了我二十分鐘。更衣任務完成後，我走進客廳，維爾莫、安娜貝拉和蜜莉森已經在那裡。不久後，羅勃洛也走進來，再來是波勒姆，他好像願意忘懷並原諒我過去的行為，甚至奢望用幾句安撫的話和他的耐心與毅力讓我回心轉意。我站在窗子旁跟蜜莉森說話時，他走過來，用平時的語氣說話，這時杭汀頓走進來。

「他會怎麼跟我打招呼？」我怦怦跳的心不禁納悶。我沒有迎上前去，反倒轉身面對窗子，以便隱藏或克制我的情緒。他向男女主人和其他人致意之後，走到我身邊，熱情地捏一下我的手，低聲說他很高興能再見到我。那時晚餐時間到了，姑媽請他帶蜜莉森入席，可鄙的維爾莫扮著叫人嫌惡的怪相，把手臂伸向我。我倒楣地坐在他和波勒姆之間。後來我們大家再度回到客廳，我跟杭汀頓愉快地聊了幾分鐘，彌補用餐時的苦難。

這天晚上安娜貝拉應邀為大家彈琴唱歌助興，我則是奉命展示我的繪畫作品。雖然他喜歡的是音樂，而她在音樂方面才華出眾，但我認為比起她的歌聲琴藝，他更專注欣賞我的畫作。

到目前為止一切正常。不過，聽見他對其中一幀作品表達看法，話聲輕柔卻加強語氣：「這張比其他的都好！」我抬頭去看，好奇他指的是哪一張。令我震驚的是，他得意揚揚地盯著那幅畫的背面。那上面有他的臉孔的素描，我忘了擦掉！更糟的是，當時我無比苦惱，急於奪回他手中的畫，卻被他阻止。他說，「不，天哪！我要留著！」於是將畫塞進背心，笑呵呵地扣上外套鈕釦。

然後他把蠟燭拿過來放在手邊，將所有的畫連同他看過的那些集中起來，喃喃說道，「這下子我得兩面都看。」他興沖沖開始細看。起初我還算鎮定地旁觀，自信不會再有另一張來滿足他的虛榮。我承認我確實在幾幅畫作背面描繪他那太迷人的容貌，但除了剛才那樁不幸的例外，我很確定已經細心湮滅所有這類痴戀證據。不過鉛筆會在硬紙板上留下凹痕，再多的擦拭也無法消除。看來大部分畫作背面都有這種現象。我看著他把那些畫湊到蠟燭前，專心地查看那些看似空白的地方，真的心驚膽顫。我自信他不可能在那些模糊痕跡裡找到他要的東西。但我錯了，他檢查完之後低聲說道：「我發現年輕小姐的畫作背面就像她們信函的附言，是最重要也最有趣的部分。」

而後他靠向椅背，沉思幾分鐘，露出得意的笑容。我正想著該用什麼尖銳話語制止他的自滿，他站起來，走向正在賣力跟羅勃洛打情罵俏的安娜貝拉，坐在她身邊的沙發上，接下來一整晚都待在她身旁。

「我懂了！」我心想，「他瞧不起我，因為他知道我愛他。」

這個念頭令我悲慘至極，不知如何是好。蜜莉森過來欣賞我的畫作，表達她的看法，但我沒辦法跟她說話。我沒辦法跟任何人說話。到了茶點時間，我知道我什麼都吃不下，於是趁門打開、茶點稍稍轉移眾人注意力時偷偷溜走，躲進圖書室。姑媽派湯瑪斯來找我，問我要不要喝茶。我請他轉告今晚我不喝茶，幸好當時她忙著招待客人，沒時間追問。

那天客人旅途勞累，早早歇息去了。我以為我聽見所有人都上樓了，悄悄走出圖書室，想去客廳拿我放在餐具櫃上的蠟燭。可是杭汀頓走在最後，我開門時他才走到樓梯底部。他聽見我的腳步聲在大廳響起（雖然我自己幾乎聽不見），馬上轉身過來。

「海倫，是妳嗎？」他問，「剛才妳為什麼跑掉？」

「晚安，杭汀頓先生。」我冷冷地說，沒有回答他的問題。之後我轉身走進客廳。

「妳至少會跟我握個手吧？」他擋在客廳門口，拉起我的手握住不放，我不太高興。

「杭汀頓先生，放開我！」我說，「我要拿蠟燭。」

「蠟燭不會跑掉。」他答。

我拚命想抽出被他抓住的手。

「海倫，妳為什麼這麼急著離開我？」他過度自信的微笑格外討人厭。「妳明知道妳不討厭我。」

「我討厭你，此時此刻討厭你。」

「才不！妳討厭的是安娜貝拉，不是我。」

「我跟安娜貝拉沒有任何關係。」我氣得火冒三丈。

「但我有。」他刻意強調那個「我」字。

「先生，我一點都不介意！」我還擊。

「海倫，妳真的不介意嗎？妳願意發誓嗎？願意嗎？」

「不，杭汀頓先生，我不願意！而且我要走！」我大聲說，不清楚究竟該笑或該哭，或者發一頓脾氣。

「那就走吧，妳這壞女人！」他說，可是他放開我的那一刻，竟有那份膽量伸手勾住我頸子，吻了我。

我渾身顫抖，覺得氣惱、激動，以及其他說不出的感受。我掙脫開來，拿了蠟燭衝上樓回自己房間。如果不是因為那幅可惡的畫，他也不敢這麼做！而那張畫還在他手上，永久紀念他的驕傲和我的恥辱。

那天晚上我幾乎沒睡，醒來時想到早餐就要面對他，茫然又苦惱，不知該如何是好。他已經知道我對他的眷戀（至少對他的臉），高高在上、冷若冰霜顯然不管用。但我一定得想個辦法挫挫他的銳氣，我拒絕受那對笑盈盈的明亮眼睛宰制。因此，我用姑媽想必求之不得、最平靜冷淡的態度回應他爽朗的晨間問候。他一兩度想找我聊天，我三言兩語敷衍過去。在此同時，我對其他所有賓客的態度顯得格外愉快親切，尤其是安娜貝拉，就連維爾莫和波勒姆我都特別禮遇，倒不是對他們賣弄風情，只是想讓杭汀頓知道，我對他的冷淡與保留不是因為鬧脾氣或情緒低落。

然而，這些裝腔作勢引不起他的反感。他不常跟我說話，但每次找我說話，都顯得自在又率真，甚至友善，明顯在暗示他知道他的言語在我聽來是多麼悅耳動人。每回他的視線跟我相對，總是帶著笑意，或許有點沾沾自喜，天哪！卻是那麼溫柔、歡快又和藹。我很難繼續跟他生氣，滿腔怒火都被那個笑容澆熄，像清晨的雲霧被夏日陽光驅散。

早餐後不久，男士們像小男孩似的，迫不及待出發去對付那些倒楣的鷓鴣，只有一個人留下。我姑丈和維爾莫騎著他們的狩獵小馬，杭汀頓和羅勃洛選擇步行。留下來的那個人是波勒姆，他考慮到前天夜裡下過雨，覺得最好別急著出門，等太陽把草地曬乾，再去跟大家會合。他本著一番好意對大家發表長篇大論，頭頭是道地說明腳弄濕可能帶來的禍患與危險。他說得一本正經，杭汀頓和我姑丈卻聽得哈哈大笑，頻頻嘲弄。後來他們扔下謹慎的波勒姆，讓他用他的醫學知識娛樂女士，先繞去馬廄看看馬，順便放出獵犬，再去拿他們的獵槍。

我不想整個早上跟波勒姆相處，就去了圖書室，拿出我的畫架開始作畫。萬一姑媽責怪我不招呼客人，畫架和畫具就會是我的藉口，何況我真的想完成這幅畫。這幅畫我費了不少苦心，雖然構圖有點大膽，但我希望它會是我的代表作。畫裡有晴朗的蔚藍天空、溫暖亮麗的光線、長而深濃的陰影。我希望藉此呈現陽光燦爛的清晨。我處理畫面裡的青草與綠葉時，比一般油畫更強調那份專屬春天或初夏的翠綠。我描繪的是一片開闊的林間空地，中景安插一片暗色歐洲赤松，調和其他部分的鮮明亮麗。前景有一株森林裡的大樹，但只看見一部分長滿節瘤的樹幹和舒展的枝椏。大樹葉子的色澤是帶有明亮金黃色調的綠。那金黃不是秋日的成熟韻致，而是來自陽光的照耀，以及尚未舒展的嫩葉。這根樹幹與遠方冷峻的赤松形成強烈對比，枝幹上棲著一對如膠似漆的斑鳩，牠們色澤暗淡的柔軟羽毛又產生另一種對比。樹下有個年輕女孩，跪在點綴雛菊的草地上，頭往後仰，一頭淡色秀髮垂在肩上。她雙手交握，嘴唇微張，專注地望著上方，開心又熱切地凝視那對羽族愛侶。那對斑鳩沉浸在你儂我儂的世界裡，沒注意到她。

這幅畫其實只差最後幾筆就能完成，我剛要靜下心來作畫，打獵的男士從馬廄回來經過窗外。窗子半開著，杭汀頓路過時一定看見了我在裡面，因為不到半分鐘他又折返，獵槍倚牆擺放，把窗框往上一推跳了進來，站在我的畫作前。

「實在美極了。」他專心觀看幾秒後說道。「是非常適合年輕小姐的習作，春天進入夏天，上午邁向中午，少女慢慢長成女人，希望即將實現。真可愛的女孩！但她的頭髮為什麼不是黑色的？」

「我覺得淺色頭髮比較適合她。你也看見了，她眼珠是藍色的，身材豐腴，白皙又紅潤。」

「我敢說她就是希琵[4]！如果不是因為畫家就在我身邊，我一定會愛上她！多麼天真無邪！她在想總有一天她會像那隻漂亮的母斑鳩一樣，被同樣溫柔又熱情的情郎追求，墜入情網。她還想著那會有多麼愉快，想著情人會發現她是多麼溫柔、多麼堅貞。」

「也許還想著，」我說，「她會發現情人有多麼溫柔忠誠。」

「也許吧，因為在這種年紀，對未來的希望總是充滿無邊無際的遐想。」

「那麼你認為那只是她無邊無際的遐想？」

「不，我的心告訴我那不是。以前我可能曾經這麼想過，不過現在我會說，只要能擁有我愛的女孩，我發誓會永遠對她忠實，而且只對她忠實，從夏天到冬天，從年輕到年老、從生到死！如果老跟死不可避免。」

他說得那麼認真誠摯，我的心興奮得怦怦跳。但下一分鐘他的語氣變了，帶著意味深長的微笑問我還有沒有「其他肖像畫」。

「沒有了。」我慌亂又生氣，臉色漲紅。

我的作品集就在桌上，他拿起來，肆無忌憚地坐下來檢視內容。

「杭汀頓先生，那些都是我的素描半成品，」我大聲說，「我從來不讓任何人看。」

我伸手去拿作品集，想從他手中搶回來。但他牢牢抓住，告訴我他「最喜歡的就是素描半成

4. Hebe，希臘神話中司掌青春的女神，是天神宙斯（Zeus）與天后希拉（Hera）的女兒。

品」。

「我不喜歡這些東西被人看見。」我答。「真的不能給你。」

「那我只拿內容就好。」他說。我把本子搶回來的時候，他迅速抽走其中一大部分畫稿，看了片刻後大聲叫道，「我真走運！這裡又有一張！」說著，他把一小張橢圓形象牙白畫稿塞進背心口袋。那是一張迷你肖像畫，我畫得還算成功，幾乎想費點工夫上色。但我決心不讓他留著。

「杭汀頓先生，」我說，「你必須把那張畫稿還我！那是我的，你沒有權力拿走。馬上還給我，如果你不還我，我永遠不會原諒你！」

我越是強硬索討，他那嬉鬧的無禮笑聲就越激怒我。最後他總算還給我，說道，「好，好，既然妳這麼看重這張畫，我就不搶走它。」

為了向他展現我多麼看重它，我直接把畫撕成兩半，扔進火堆。他沒料到會這樣，笑容瞬間消失，不可置信地盯著燃燒的畫稿，沉默不語。接著，他蠻不在乎地說，「哼！我要去打獵了。」他轉身向後，照他進來時的方式從窗子跳出去，神氣地戴上帽子，拿起獵槍走了，一路吹著口哨。我並沒有氣到沒辦法完成畫作，當時我很高興，因為我惹火他了。

我回到客廳時，發現波勒姆已經追隨其他人的腳步打獵去了。他們沒有回來吃午餐，午餐過後不久，我主動邀安娜貝拉和蜜莉森出去散步，打算帶她們欣賞鄉間的美。我們閒逛了很長時間，重新回到庭園時，正巧男士們打獵回來。他們已經精神疲憊衣裳髒污，大多數人都橫越草地避開我們。杭汀頓雖然也濺了渾身泥水，還留有獵物的血跡，全身上下嚴重違反我姑媽嚴格的禮儀規範，卻特地走過來跟我們碰面，笑容可掬地對除了我之外的人說話。他刻意走在我和安娜貝拉中間，開始敘述當天各種輝煌戰果和災難。如果我跟他關係友好，應該會笑得前仰後合。不過他一路上只對安娜貝拉說話，我理所當然讓她一個人去發笑或揶揄回應，對他們之間的談話裝得漠不關心，跟他們保持幾步距離，繼續往前走，視線到處遊走，就是不看他們。我姑媽和蜜莉森手挽著手走在前面，莊嚴肅穆地交談。最後杭汀頓轉頭看我，私底下悄聲問我：「海倫，妳為什麼燒掉我的畫像？」

「因為我想銷毀它。」我用如今追悔無益的粗暴語氣答。

「嗯，好極了！」他答，「既然妳不看重我，我只好轉向看重我的人。」

我以為他在開玩笑，只是惡作劇地假裝放棄，故作不在乎。但他馬上回到安娜貝拉身邊，而且從那個時刻到現在，也就是那天整個晚上、隔天一整天、再隔天、再隔天，以及今天（二十二日）整個上午，沒有跟我說過一句親切的話，沒有給我善意的目光。除非純屬必要，從不跟我交談。只要他望向我，總是帶著一種我原本以為他裝不出來的冰冷、敵意眼神。

姑媽觀察到這些變化，雖然沒有問我原因，也沒有對我表達她的看法，我卻知道她很欣慰。安娜貝拉也察覺到了，得意洋洋地認為這是因為她比我更有魅力和手腕。我真的難受極了，難受的程度連我自己都不願意承認。我的自尊心拒絕幫助我。它害我陷入這個窘境，卻不肯助我脫困。

他不是故意傷害我，他只是天生淘氣愛玩。我卻正經八百反應過度，對他大發雷霆，刺傷他的心。我對他太不禮貌，我擔心他永遠不會原諒我，而這一切都只為了一個玩笑！他認為我不喜歡他，我只能讓他繼續這麼認為。我必須從此失去他。就讓安娜貝拉得到他，就讓她自鳴得意。

但我會這麼悲傷，不是因為我的失敗或她的勝利，而是因為我期待他浪子回頭的希望破滅了。我認為她不配得到他的愛，他如果將自己的幸福交到她手上，日後一定會受傷害。她不愛他，她只考慮她自己。她沒辦法欣賞他，他的優點她看不見、不會重視，更不懂得珍惜。她既不會譴責他的過失，也不會設法導正，反倒會因為她自己的缺點讓它們雪上加霜。我甚至懷疑將來她會不會欺騙他：我看得出來她在他和羅勃洛之間玩弄雙面手法。她一面跟活潑的杭汀頓說笑逗樂，一面也不遺餘力勾引陰沉的羅勃洛。如果他們兩個都為她傾倒，魅力十足的平民百姓杭汀頓絕對勝不過身分高貴的羅勃洛。就算他識破她狡猾的雙面手法，顯然也並不擔心，反而因為面對難關而受到激勵，原本太輕易的求愛過程也增添全新挑戰。

維爾莫和波勒姆兩位先生各自趁他忽視我的空檔重新展開攻勢。如果我跟安娜貝拉或其他女人一樣，就會利用他們的追求，想方設法刺激他，讓他重新愛上我。不過，姑且不論這麼做是否正當誠實，我就是做不出來。我沒有給他們任何鼓勵，就已經無法忍受他們的苦苦糾纏。即使我當真那麼做，對他恐怕也起不了任何作用。那兩位先生一個以高姿態對我獻殷勤，在我耳邊絮叨叨說個沒停；另一個咄咄逼人叫人厭煩。他眼睜睜看著我痛苦難挨，對我沒有一絲一毫的同情，對我的追求者也沒有一點怨恨。他沒有愛過我，否則他不會這麼輕易放棄，也不會繼續跟其他所有人眉開眼笑地談天說地：跟羅勃洛和我姑丈插科打諢哈哈大笑，逗逗蜜莉森，跟安娜貝拉調情，彷彿他心裡一點事都沒有。噢，我為什麼沒辦法恨他？我一定是愛他愛到發狂，否則我絕不會像這樣後悔失去他！但我必須聚集我僅存的力量，努力將他逐出心房。晚餐鈴聲響了，姑媽過來責備我整天坐在寫字檯前，不去陪伴客人。我只希望客人都走了。

第十九章 一起事件

二十二日晚。我做了什麼？結果會怎樣？我沒辦法冷靜回想，也無法入睡，只好再次求助我的日記。今晚我先將一切寫在紙上，明天再看看我有什麼想法。

我下樓吃晚餐時，打定主意要表現得開朗又得體，也盡力做到了，這實在非常值得讚賞，畢竟我頭痛欲裂、心中淒苦。我不明白自己最近怎麼回事，心靈和身體的能量想必都不明所以地低落，否則我不會在許多方面表現得這麼軟弱。然而，過去這一兩天我身體不太舒服，可能是因為睡得不好又吃得不多，思緒太紛亂，總是心情不好。言歸正傳：男士們來到客廳以前，我應姑媽和蜜莉森要求，使出看家本領唱歌彈琴娛樂大家（安娜貝拉從來不喜歡單獨為女士們浪費她的音樂才華）。蜜莉森點了一支蘇格蘭歌曲，我唱到一半時，男士們就來了。杭汀頓進來後立刻走向安娜貝拉。

「安娜貝拉，今晚妳不為我們彈琴唱歌嗎？」他說，「就現在吧！這一整天我想聽妳唱歌想得如飢似渴，我知道妳聽我這麼說一定會答應。來吧！鋼琴空著。」

確實如此，因為我聽見他的話，馬上離開鋼琴。如果我當時沉著一點，就該轉頭面對安娜貝拉，開朗地附和他的請求。那麼一來，假使他故意想惹我生氣，就不會如願；假使他只是一時思慮不周，也會意識到自己的過失。可是我太受傷，腦子一片空白，只能從琴凳上站起來，坐進沙發，極力隱忍，避免脫口表達出內心的憤怒。我知道安娜貝拉的音樂造詣比我高深，但不能因此無視我的存在。他請她唱歌的時機與方式在我看來像是無端的羞辱，我差點被氣哭。

她笑盈盈地坐在鋼琴前，為他獻唱兩首他最愛的歌。她實在唱得太好，連我都忘了生氣，懷著一種鬱悶的欣喜，欣賞她渾厚有力的音質與豐富多變的技巧，以及完美陪襯、流暢又活潑的琴音。我的耳朵酣暢聆賞之餘，視線逗留在她的主要聽眾臉上，凝視他活靈活現的表情，從中獲得同等或更多喜悅。當時他站在她身旁，眉目之間散發興奮熱切的光采，迷人的笑容像四月天一道道陽光乍隱乍現。也難怪他如飢似渴地想聽她唱歌。現在我由衷原諒他對我的輕忽，覺得自己竟為這種小事氣憤難平，實在慚愧。我還為另一件事感到慚愧：儘管我聽得歡喜沉醉，內心深處仍然被嫉妒的怨毒刺得隱隱作痛。

「好啦！」這時她唱完第二首歌，雙手戲耍地在琴鍵上滑動。「接下來我該為你唱點什麼？」她說話時，回頭看著羅勃洛。他靠著椅背站在她後方不遠處，也在專注聆聽。從他的表情看來，他跟我一樣體驗到悲喜參半的複雜感受。她看他的眼神明顯在說，「幫我選首歌吧。我為他唱夠了，現在很樂意盡力滿足你。」羅勃洛大受鼓舞，走上前去翻找樂譜，為她選出一首歌。這首歌我早先已經注意到，歌詞讀過不只一次。我會對它有興趣，是因為它讓我聯想到那個主宰我紛亂思緒的暴君。此時我情緒興奮、神經處於半鬆弛狀態，聽見她以如此美妙的顫音唱出那些詞句，心中澎湃激盪的情感自然而然流露出來。我的淚水不自主地湧出，於是我把頭埋在沙發抱枕裡，免得被人發現。那首歌曲調簡單、美麗又哀傷，到現在還在我腦海迴響，歌詞也是：

別了，吾愛！但我會留住
有關你的美好回憶；
它們會在我心中停駐，
帶給我安慰與歡喜。

多麼美麗，嫻雅端莊！
若妳從未出現我眼前，
我做夢也無法想像，
世間有如此迷人的容顏。

如果我再也無緣得見，
我深愛的形影與臉龐；
也聽不到妳的輕聲呢喃，
我仍會在心中永遠珍藏。

那聲音，那音色的魔力，
在我胸中激盪回響；
它激起的紛雜情意，
令我恍惚的心神如此歡暢。

那含笑的眉眼顧盼生輝，
深藏我腦海永不磨滅；
噢，那笑容如此雀躍嬌媚，
凡間的深情眼眸永難超越。

別了，但讓我繼續保留，
那我無法放棄的希望；
鄙視令人受傷，冷漠使人心憂，
但它依然縈繞、無法遺忘。

但或許總有一天，上蒼
終於憐惜我禱告上千回；
要求未來彌補過往，
以歡樂補償哀傷，以笑容補償淚水。

音樂停止時，我一心只想離開客廳。沙發離門口不遠，但我不敢抬起頭，因為我知道杭汀頓就站在附近。他在跟羅勃洛談話，根據他的聲音，我聽得出來他的臉朝向我這邊。也許他聽見我沒壓抑住的啜泣聲，才會轉過頭來：但願不是！我竭盡所能收拾起所有懦弱表現，擦乾眼淚。等我覺得他的臉又轉開，連忙起身走出客廳，逃進我最愛的去處：圖書室。

圖書室裡沒有燈光，只有壁爐的殘餘火苗發出紅光。但我不要燈光，只想沉浸在自己的思緒裡，沒人注意也不被打擾。我坐在安樂椅前的矮凳上，把頭埋進安樂椅的椅墊，思索再思索，直到淚水再度潰堤，哭得像個孩子。有人輕輕推開門走進來。我猜是家裡的僕人，沒有理會。門又關上了，那人卻沒有離開。一隻手溫柔地碰觸我肩膀，有個聲音悄聲問，「海倫，妳怎麼了？」

我答不出話來。

「妳必須告訴我，」語氣更加急切。說話的人此時「咚」地一聲跪在我身旁的地毯上，強拉我的手。我連忙縮回來，答道，「杭汀頓先生，這事與你無關。」

「妳確定與我無關嗎？」他答，「妳敢發誓妳哭的時候心裡想的不是我？」

這實在教人無法忍受。我想站起來，但他跪在我的裙子上。

「告訴我，」他接著說，「我想知道。如果妳想的是我，我也有話跟妳說。如果不是，我就走。」

「那就走啊！」我激動地說，卻又擔心他太聽話，從此再也不回來，趕緊補充說，「或者把你想說的話說出來，說完就走。」

「那妳要我怎麼做？」他問，「如果妳真的想著我，我才要說。海倫，告訴我吧。」

「杭汀頓先生，你實在無禮至極！」

「一點也不。妳的意思是我太有禮貌。那麼妳不肯告訴我？好吧，我就讓妳保留一點女性的尊嚴，把妳的沉默解讀為『是』。我理所當然認為妳心裡想的是我，而妳之所以難過……」

「先生，這實在……」

「如果妳否認，我就不告訴妳我的祕密。」他威脅道。我沒再打斷他，儘管他又拉住我的手，另一隻手臂半摟著我，我也沒再斥退他。當時我幾乎沒有察覺。

「我的祕密是，」他接著說，「安娜貝拉就像俗豔的牡丹，而妳是掛著晶瑩露珠、含苞待放的嬌柔野牧瑰。我愛妳愛得發狂。來，跟我說說妳聽見這個祕密是不是很高興。又不說話？所以答案是肯定的。那麼我再多說一點：沒有妳我活不下去。如果這最後一個問題妳的答案是『不』，我會發瘋。妳願意嫁給我嗎？妳願意！」說著，他將我擁入懷中，摟得我幾乎喘不過氣來。

「不，不！」我努力掙脫他懷抱。「你得問過我姑丈姑媽。」

「只要妳答應，他們不會拒絕。」

「這我可不敢說。我姑媽不喜歡你。」

「可是妳喜歡。海倫，跟我說妳愛我，說完我就走。」

「我希望你走！」我說。

「好，我馬上走，只要妳說妳愛我。」

「你明知道答案。」我說。他再度摟緊我，連連親吻。

那時姑媽推開門，拿著蠟燭站在我們面前，一臉震驚與錯愕，看看我又看看杭汀頓（當時我們已經嚇得跳起來，拉開一段距離各自站定）。杭汀頓的慌亂為時不久，他很快恢復鎮定，以值得稱道的自信說，「麥斯威爾太太，我萬分抱歉！別生我的氣。我剛才請求妳可愛的姪女答應嫁給我，她中規中矩地告訴我，沒有姑丈姑媽的同意，她不能考慮這件事。所以允許我請求妳別將我打入痛苦深淵。只要妳肯答應，我就過關了，我相信麥斯威爾先生什麼都聽妳的。」

「先生，我們明天再談。」姑媽冷冷地說。「這件事需要深思熟慮。現在你最好回客廳去。」

「可是，」他懇求道，「我想趁機請求妳，在妳考慮我的求婚時，請用最寬容……」

「杭汀頓先生，我考慮我姪女的幸福時，不能給你任何寬容。」

「啊，很對！我知道她是個天使，我簡直是個放肆的無賴，竟想擁有這麼珍貴的人兒。然而，我寧可死掉，也不願意把她讓給天國裡最善良的人。至於她的幸福，我願意犧牲我的肉體與靈魂……」

「杭汀頓先生，你說肉體與靈魂……犧牲你的靈魂？」

「我願意放棄生命……」

「不會有人要求你放棄生命。」

「那麼我願意善用它、奉獻它的所有力量，用來提升並維護……」

「先生，我們改天再討論。如果你不是選擇這樣的時間地點提出要求，還有，也不是用這種態度，我應該更願意做出對你有利的評斷。」

「麥斯威爾太太，妳聽我說……」

「抱歉，先生，」她威嚴地說，「客人都在問你上哪兒去了？」接著她轉頭看我。

「海倫，妳一定要幫我說話。」說完，他終於走了。

「海倫，妳最好回妳房間。」姑媽板著臉說。「明天我也會跟妳討論這件事。」

「姑媽，別生氣。」我說。

「親愛的，我沒生氣。」她答道，「我是驚訝。妳真的告訴他沒有經過我們同意，妳不能答應他的求……」

「是真的。」我打斷她。

「那麼妳怎麼可以允許……」

「姑媽，我也沒辦法。」我的淚水奪眶而出。我哭不全然是因為傷心，或擔心惹她不高興，只是宣泄滿腔混亂的激動情緒。我慈愛的姑媽見我掉眼淚心軟了，用比較溫和的口氣再次要我回房，親切地吻我額頭，跟我說晚安，順手將她的蠟燭交給我。我回房了，但我的腦筋轉個不停，沒有一點睡意。現在我把這些東西寫出來，心情平靜多了。我決定上床，想辦法進入甜美的夢鄉，修復疲累的身心。

第二十章 固執

九月二十四日。早晨我醒來時心情輕鬆愉快，不，應該是心花怒放。姑媽對他觀感不好，可能會反對我們的婚事，這些憂慮像一片烏雲盤旋在我頭頂。然而，我的未來光明燦爛，愛情得到回報的感受太甜蜜，將那些烏雲一掃而空。早晨天氣好極了，我走到屋外去享受晨光，在我自己歡欣雀躍的思緒陪伴下，靜靜地散步。草地上露珠點點，千條萬縷的游絲在微風中飄蕩，快樂的知更鳥歌詠牠的小小心靈，我的心默默唱著感恩與禮敬上帝的讚美詩。

但我沒走多遠，就有個人來打斷我的獨處。在那個時刻，只有一個人即使干擾我的冥思，也不至於惹我心煩，那就是杭汀頓。他突然來到我身邊，這實在太出乎我的意料。如果我只是看見他，很可能會認為那是我過度活躍的想像力創造出來的幻影。但我隨即察覺到他強有力的手臂環抱我的腰，他溫暖的唇印上我臉頰，耳畔也響起他熱烈又愉快的問候，「我的海倫！」

「還不是你的。」我連忙掙脫這個太過放肆的問安。「別忘了我的監護人。我姑媽沒那麼容易答應，你看不出來她對你有偏見嗎？」

「親愛的，我看得出來。妳一定得告訴我原因，我才知道該怎麼爭取她的同意。」他發現我不太願意回答，自己接著說，「她是不是判定我是個浪蕩子，認為我財產微薄，沒辦法讓另一半過好日子？如果是這樣，妳一定要告訴她，我的財產大多是限定繼承，我想丟都丟不掉。非限定繼承的那部分可能有幾筆抵押貸款，再來就是這裡一點債款，那裡一點固定支出，都微不足道。我承認我原本應該比目前（或過去）更有錢，但我相信日前的財產可以讓我們兩個過著舒適的生活。我父親生前算是個守財奴，尤其到了晚年，他覺得人生中最快樂的事就是聚積財富，想當然耳，他兒子最大的樂趣就該是花掉那些錢。事實也的確如此，直到我遇見妳。親愛的海倫，妳帶給我不一樣的觀念和更崇高的目標。想到要把妳娶回家好好照顧，我就願意縮減開支，活得像個基督徒。何況妳將來還會用妳睿智的忠告和親切迷人的美德，讓我變成更慎重、更善良的人。」

「可是問題不在那裡。」我說，「我姑媽考慮的不是錢。她不是那種過度看重世俗財物的人。」

「那是為什麼？」

「她希望我……希望我嫁個好男人。」

「什麼？嫁個『絕對虔誠』的男人嗎？嗯哼！好吧！這我也可以辦到！今天是星期日，對吧？我早上、下午和晚上都要上教堂，一舉一動都要神聖虔誠，讓她用讚賞的目光看待我，親密地疼愛我，彷彿我是一根從火裡抽出的薪柴[5]。我回家的時候會像火爐一樣呼呼作響，周身都感染到親愛的布拉坦先生[6]布道的神韻與熱忱……」

「是萊頓先生。」我冷冷糾正他。

「海倫，萊頓先生是個『親切的牧師』嗎？是個『討人喜歡、思想崇高聖潔的好人嗎？』」

「杭汀頓先生，他是個好人。但願你有他的一半好。」

「啊，我忘了，妳也是個聖徒。親愛的，請寬恕我。不過別喊我杭汀頓先生，我的名字是亞瑟。」

5. 典故出自《聖經．撒加利亞書》第三章第二節，耶和華的天使用「從火裡抽出的薪柴」讚美約書亞。
6. Mr. Blatant，此處亞瑟故意虛構牧師姓氏取笑，blatant有公然、露骨的意思。

「我不要。如果你繼續那樣說話，我就不要跟你有任何關係。如果你真的打算用那種方式欺騙我姑媽，那你心術不正。如果不是，就不該拿這種事開玩笑。」

「我錯了。」他止住笑聲，換成悲傷的嘆息。停頓半晌後又說，「好了。我們聊點別的。海倫，靠過來一點，挽我的手臂，我不會再煩妳。看見妳在外面散步，我的心沒辦法平靜。」

我聽從了，但我告訴他我們必須馬上回屋。

「再過很久才會有人下來吃早餐。」他說，「海倫，妳剛才提到監護人。妳父親不是還在？」

「沒錯，可是我把姑丈姑媽當成監護人。名義上他們雖然不是，實際上卻是。我父親把我全權交給他們照顧。自從媽媽過世以後，我就沒見過他，當時我年紀還很小。我姑媽接受我母親委託，決定撫養我，帶我到史丹寧利，之後我一直住在這裡。我相信只要我姑媽認為可以同意，我父親不會反對。」

「如果她覺得應該反對，他會不會同意？」

「不會。我不認為他有那麼在乎我。」

「他這樣實在很不好。話說回來，他不知道自己的女兒是什麼樣的天使，這樣對我反而有利，如果他知道，絕不會願意跟這樣寶貝分開。」

「還有，杭汀頓先生，」我說，「你應該知道我不是遺產繼承人吧？」

他說他從沒想過這種事，拜託我別提這麼無趣的事，破壞他此時此刻的愉悅。這證明他愛我不是為了錢，我非常開心。安娜貝拉已經擁有她過世父親留下的遺產，將來還有機會繼承她伯父的全部財產。

我堅持調頭往回走，但我們步履緩慢，邊走邊聊。我不需要記錄我們說的話，倒是要說說早餐後我跟姑媽的對談。當時杭汀頓把我姑丈叫到一旁，顯然要向他提親。姑媽招手要我跟她到另一個房間，再次給我一番嚴正的勸誡。可惜，她沒辦法讓我相信她對這件事的見解比我高明。

「姑媽，妳對他的看法太苛刻。」我說，「他的朋友沒妳說的那麼糟。比如蜜莉森的哥哥華特．哈格雷夫。如果蜜莉森說的都是真的，他幾乎夠格當天使。她經常跟我提起她哥哥，把他的各種美德吹捧上了天。」

「如果妳根據溫柔的妹妹的話來評估男人的品德，妳的判斷就會失準。最差勁的男人通常都懂得如何在姊妹或母親面前隱藏自己的劣跡。」

「還有羅勃洛勳爵，」我接著說，「為人相當正派。」

「妳聽誰說的？羅勃洛勳爵已經走投無路。他因為賭博和其他事敗光家產，現在只想找個有錢女人亡羊補牢。我跟安娜貝拉說了，可惜妳們都一樣。她高傲地說她謝謝我的好意，她自信有辦法辨別男人是貪圖她的錢，或愛慕她的人。她自以為是地認為她在這方面閱歷豐富，可以信任自己的判斷。至於爵爺沒有錢這件事，她一點都不在乎，因為她覺得她的錢夠兩個人花用。至於他的放浪行徑，她覺得他沒有比別人糟，何況他現在改過自新了。沒錯，當他們想追求溫柔無知的女人，很懂得扮演偽君子！」

「好吧，至少他們兩個旗鼓相當。」我說。「不過杭汀頓先生結婚以後，不會有太多機會跟他那些單身朋友往來。他們越是放浪，我就越想讓他脫離他們。」

「親愛的，那是當然，而且他越是放浪，妳就越想改變他。」

「沒錯，只要他還不算無可救藥。我會希望糾正他的錯誤，給他機會擺脫因為結交惡友沾染的惡習，讓他真正的優點撥雲見日綻放光芒。我要盡力幫助善良的他對抗邪惡的他，讓他變回原本該有的樣子。他就是因為有個自私慳吝的壞父親，只顧滿足自己的求財欲望，限制他在童年和青少年時期該有的單純享樂，以至於他痛恨一切束縛。還有他顢頇的母親，對他毫無節制地縱容，為他瞞騙丈夫，盡她所能去鼓舞那些她原本應該盡責抑制的愚蠢罪行。再來是妳口中所說的那些狐群狗黨……」

「可憐的男人！」她反諷地說，「他身邊的人害得他好慘！」

「確實如此！」我斬釘截鐵地說。「他們再也不能害他了，他的妻子會拔除他母親種下的禍根！」

「唉！」她沉默片刻後說，「海倫，我必須說，我以為妳判斷力比這好得多，還有妳的品味。我想不通妳怎麼會愛上這樣的男人，也想不通妳跟他相處得到什麼快樂。因為『光與黑暗能有什麼交情，虔信的人跟不信神的人怎麼能相處？』[7]」

「他不是不信神的人，而我不是光，他不是黑暗。他唯一、最糟的缺點是輕率。」

「而輕率，」姑媽接著說，「會引人犯下各種罪。在神的眼光中，它不足以作為我們犯錯的藉口。我相信杭汀頓先生擁有男人共通的能力，他不至於低能到可以不負責任。他和我們大家一樣，擁有造物主賦予的心智與良知，也和大家一樣有《聖經》可供依循。再者，『如果他不聽他們的，即使有人從死裡復活，他也不會聽。』[8]還有，海倫，別忘了，」她鄭重地說，「『惡人與忘記上帝的人，都會墮入地獄！』[9]就算他會一直愛妳，妳也一直愛他，你們一起共度還算愉快的人生，最後你們發現兩人永遠分離，結果又會怎樣。妳也許會被帶到永恆的喜悅，他被推落那燃燒著不熄烈火的湖裡，永永遠遠……」

「不會到永遠。」我大喊。「『只到他還清最後一毛錢。』[10]因為『人的工作成果假使付之一炬，他會蒙受損失。他本身會得救，但也像經過烈火焚身。』[11]還有，祂『能夠叫一切順服他，會讓所有人都得救。』[12]還有，『等期限一到，便把一切召集起來，由於基督而重歸一體。』[13]祂為人人嘗過死亡的滋味[14]，上帝會藉著祂跟萬物和好，不管是地上的或天上的都一樣。[15]』」

「海倫！這些妳從哪兒學來的？」

「姑媽，從《聖經》。我把《聖經》翻遍了，找到將近三十段話，都偏向支持同一個論點。」

「妳竟是這樣運用妳的《聖經》？妳沒找到偏向證明這種信念既危險又錯誤的經文嗎？」

「沒有，事實上我找到的某些經文本身好像在反駁那個論點。不過，它們卻都帶著有別於一般見解的含義。以其中大多數來說，解讀的主要困難點在於我們翻譯成『無限期』或『長久』的那個字。我不懂希臘文，但我相信它真正的意思是很長的時間，可以代表無窮無盡或長長久久。至於這個信念的危險性，如果我認為有哪個可憐的傢伙會因為相信它而步向毀滅，就不會對外宣揚。但這是個了不起的概念，值得珍藏在心裡，就算給我全世界，我也不願放棄它。」

我們的談話到此結束，因為該準備上教堂了。除了我姑丈和維爾莫先生，其他人都去了教堂。我姑丈很少做禮拜，維爾莫留下來陪他玩克里比奇紙牌遊戲[16]。下午安娜貝拉和羅勃洛也不

7. 此句摘自《聖經．哥林多後書》第六章第十四至十五節。
8. 出自《聖經．路加福音》第十六章第三十一節。
9. 出自《聖經．詩篇》第九章第十七節。
10. 出自《聖經．馬太福音》第五章第二十六節。
11. 出自《聖經．哥林多前書》第三章第十五節。
12. 這句話前半句出自《聖經．腓立比書》第三章第二十一節，後半句出自《聖經．提摩太前書》第二章第四章。
13. 出自《聖經．以弗所書》第一章第十節。
14. 出自《聖經．希伯來書》第二章第九節。
15. 出自《聖經．歌羅西書》第一章第二十節。
16. Cribbage，據說是十七世紀英國詩人薩克林（Sir John Suckling，一六〇九～四一）改良其他紙牌遊戲而來。

去了，杭汀頓又陪我們去。我不確定他是不是為了討好我姑媽，如果是，他就應該表現好一點。我必須承認我一點都不喜歡他在晨禱時的行為。他的公禱書不是上下顛倒，就是永遠沒翻在對的那一頁。他唯一做的事就是東張西望，直到他的視線跟我姑媽或我的對上，才會回到公禱書，故意裝出正經八百的虔誠模樣。原本應該會很滑稽，可惜實在太惹人生氣。萊頓牧師講道的時候，他專注地觀察牧師幾分鐘，突然拿出他的金色筆盒，順手抓起一本《聖經》。他發現我在看他，悄聲告訴我他要把布道詞記下來。當時我坐在他旁邊，很難不看到他其實不是在做筆記，而是以諷刺畫的手法描繪牧師，把年高德劭的虔誠牧師畫成最荒誕可笑的虛偽老頭子。不過，回家的路上他跟我姑媽聊起講道內容，卻說得謙恭莊重，條理分明，讓我很想相信他的確專心聽牧師講道，也從中受益。

晚餐前不久，姑丈要我進圖書室跟他討論非常重要的事，不過簡單幾句話就解決了。

「海倫，」他說，「杭汀頓跟我提親，我該怎麼回答？妳姑媽一定會拒絕，妳怎麼說？」

「姑丈，我同意。」我不假思索回答。因為這件事我已經下定決心。

「很好！」他說，「答得直接又誠實，好女孩就該這樣！明天我就寫信給妳父親。他一定會同意，所以妳就當這件事說定了。我可以告訴妳，妳如果接受維爾莫會好得多，但妳不會相信。妳這個年紀看重的是愛情。到了我這個年紀，黃澄澄的金子最實際。我猜妳還不清楚妳丈夫的財務狀況，也沒為財產授與這類的事傷過腦筋，對吧？」

「我覺得我不該想這些事。」

「嗯，那就心懷感恩，因為有更精明的頭腦在幫妳想。我還沒時間深入了解這個浪蕩子的事，但我知道他父親留下來的遺產大半都被他揮霍掉了。不過應該還剩下不少，只要用心管理，還可以創造不少收益。我們還得說服妳父親給妳一筆像樣的錢，畢竟除了妳，他只有另一個孩子要操心。如果妳乖一點，說不定我會把妳寫進我的遺囑。」說著，他伸手指著自己的鼻子，心照不宣地對我眨眨眼。

「姑丈，謝謝你，你對我太好了。」我說。

「嗯，我跟杭汀頓談過婚後財產授與的問題，」他接著說，「這方面他好像挺慷慨大方……」

「我知道他會！」我說。「不過請你別為這種事操心，他跟我都不會為這些事傷神，因為我的都是他的，他的也都是我的，我們兩個還需要更多嗎？」我正準備離開，他喊住我。

「先別走！」他大聲說，「我們還沒討論時間。婚期訂在什麼時候？妳姑媽會無限期拖下去，但他希望越快越好，最好別超過下個月。我猜妳的想法跟他一樣，所以……」

「姑丈，你猜錯了，恰恰相反，我希望至少等到聖誕節過後。」

「呸！別跟我裝模作樣，我清楚得很。」他堅決不相信我。然而，我說的是真的，我一點也不著急。想到等待著我的重大變化，想到我必須拋下的一切，我怎麼可能會急？知道我們要結婚，而且他真的愛我，我也可以全心全意愛他，隨心所欲想念他，我已經夠開心了。我堅持婚期的事一定要問姑媽的意見，因為我覺得不能完全不顧姑媽的想法，所以結婚的日子到現在還沒敲定。

第二十一章 各方意見

十月一日。事情都談妥了。我父親同意了，時間定在聖誕節，算是催促派和拖延派雙方意見的折衷。蜜莉森是兩個伴娘之中的一個，另一個是安娜貝拉。我選她不是因為我特別喜歡她，而是因為她跟我們家族關係密切，何況我沒有別的朋友。

我告訴蜜莉森我訂婚的消息時，她的反應讓我有點不高興。她吃驚地盯著我看，沉默片刻後說道，「海倫，我想我應該恭喜妳。看到妳這麼快樂，我真的很開心。可是我沒想到妳會嫁給他，妳竟然這麼愛他，我不得不說我有點驚訝。」

「為什麼？」

「因為妳各方面都比他優秀太多，而且他那麼放肆，那麼莽撞。所以我不明白……每次我看見他走過來，都希望能避免跟他打交道。」

「蜜莉森，妳個性比較膽怯，那不是他的問題。」

「還有他的長相，」她接著說，「大家都說他長得英俊，話是沒錯，但我不欣賞那種帥氣，想不通妳為什麼會喜歡。」

「為什麼？」

「嗯，我覺得他的外表一點也不尊貴、不高尚。」

「說到底，妳想不通我愛上的人為什麼不像傳奇小說裡那些造作不自然的男主角。嗯，我只要有血有肉的情人，書本裡那些赫伯特爵爺和瓦倫丁爵爺都留給妳，只要妳找得到他們。」

「我不要。」她說。「我也只要血肉之軀，但他的靈魂必須發光發熱，必須主宰他整個人。妳不覺得杭汀頓先生的臉色太紅嗎？」

「才不！」我激動地反駁。「他的臉一點也不紅，只是有種宜人的光采，是健康有朝氣的膚色，整張臉溫暖的粉紅色澤跟兩頰的深紅色互相調和，就是最正常的模樣。我討厭男人的臉紅紅白白的，像畫出來的玩偶；也不喜歡整張臉病態的白、骯髒的黑，或憔悴的黃！」

「個人品味不同。我喜歡白皙或黝黑，」她說，「不過海倫，跟妳說句實話，我一直幻想有朝一日妳會變成我嫂嫂。我原本期待明年社交季妳跟華特能正式見面，我很確定他會喜歡妳。我開開心心地以為我能看見世上除了我媽以外我最愛的兩個人結合。在妳心目中他也許稱不上英俊，但他的外表肯定比杭汀頓先生更高雅，為人也更親切、更善良。如果妳認識他，一定也會這麼說。」

「不可能！蜜莉森，妳會這麼想，是因為妳是他妹妹。因為這個原因，我不跟妳生氣。如果其他人在我面前這樣貶低亞瑟，我一定不放過他。」

安娜貝拉也對我訂婚的事表達看法，幾乎跟蜜莉森一樣坦率。

「啊，海倫，」她皮笑肉不笑地朝我走來，「妳就要變成杭汀頓太太了？」

「嗯，」我說，「妳羨慕我嗎？」

「天哪，才不！」她大叫。「改天我可能會變成羅勃洛夫人，親愛的，到時候我就有資格問妳，『妳羨慕我嗎？』」

「從今以後我不會羨慕任何人。」我答。

「哦！那麼妳真的很快樂？」她若有所思地說，臉色彷彿被失望的陰霾籠罩。「他愛妳嗎？我是說，妳那麼崇拜他，他對妳也一樣嗎？」她盯著我，等我回答，臉上有種隱藏不住的焦慮。

「我不想被人崇拜。」我說。「但我非常確定他比世上任何人都愛我，我對他也是。」

「的確是。」她點點頭，接著又說，「我真希望……」卻中途打住。

「真希望什麼？」我問。我討厭她那種懷恨在心的表情。

「真希望，」她笑著說，「那兩位男士迷人的特質和優越的條件能集中在同一個人身上，也就是爵爺有杭汀頓先生俊俏的臉龐和好脾氣，他的機智、風趣和魅力，或者杭汀頓先生有爵爺的家世、爵位和華麗的古老宅邸，而我得到他，另一個妳想要就拿去吧。」

「親愛的安娜貝拉，謝謝妳。我個人比較喜歡目前的狀態。至於妳，我希望妳跟我一樣，對自己的理想對象心滿意足。」我說。這是真心話。雖然一開始我被她的惡意態度激怒，但她的直率觸動了我，我跟她處境那麼懸殊，我有足夠的器量同情她、祝福她。

對於我們訂婚的消息，杭汀頓的朋友並沒有比我朋友高興。今天早上的郵包裡有幾封他朋友的來信，他邊吃早餐邊讀，臉上出現各種奇怪表情，引起其他人注意。最後他把所有的信都塞進口袋，對自己笑了笑，不吭一聲地吃完早餐。後來其他人有的留在壁爐旁，有的在房間裡走來走去，準備做這天早上要做的事。

他走過來站在我椅子後面，上身前傾，臉碰觸我的頭髮，先是默默吻了一下，開始在我耳旁發牢騷：「海倫，妳這個狐狸精，妳知不知道妳害我被所有朋友詛咒？前些天我寫信告訴他們喜訊，結果現在我口袋裡裝的不是滿滿的恭喜，而是惡毒的詛咒和責罵。沒有人給我一聲善意的祝福，也沒人說妳一句好話。他們都說這下子沒得玩了，快樂的白天和燦爛的夜晚一去不復返。而且都是我的錯，我一馬當先脫離這個愉快的團體，其他人失望之餘，一定會追隨我的足跡。他們很給我面子，說我是這個團體的靈魂和支柱，指責我可恥地拋棄我的責任……」

「你喜歡的話可以重新加入他們。」我說。他說話時的哀傷語調讓我有點惱火。「如果我害任何男人（或一群男人）失去這麼多快樂，我會很遺憾。少了你和你那群被遺棄的可憐朋友，我想我日子也過得下去。」

「我的天！不行，」他喃喃說道，「對我來說，『失去愛，就失去全世界』[17]。讓他們下……去他們該去的地方吧，說得文雅點。海倫，如果妳看見他們怎麼罵我，就會更愛我。因為妳會明白我為妳犧牲多少。」

他拿出揉捏過的信件，我以為他要拿給我看，於是告訴他我不想看。

「吾愛，我不會給妳看，」他說，「這些內容根本不適合女士讀，大多數都是。不過妳看這個。這是葛林斯比的鬼畫符，只有三行。壞脾氣的渾蛋！沒錯，他說得不多，可是他的沉默隱含著比其他人的文字更多意思。他說得越少，心裡想得越多。該死的傢伙！親愛的，請原諒我。還有，這封是哈格雷夫寫的。他特別氣我，因為他光是聽他妹妹說起妳，就愛上妳了，真的。等他聲色犬馬的日子過膩了，就打算跟妳結婚。」

「我真是太感謝他了。」我說。

「我也是。」他說，「再看這封，這是哈特斯利的，每一頁都寫滿，內容都是憤怒的指控、惡毒的詛咒和感傷的埋怨，最後還發誓他也要去結婚，向我報復。只要有哪個老姑婆看上他，他就把自己交給她，一副我在乎他怎麼做似的。」

「如果你從此遠離這些人，」我說，「我想你不太需要後悔失去這些朋友，因為我相信他們對

17. 這句話是十七世紀英國作家約翰・德萊頓（John Dryden，一六三一～一七〇〇）的劇作名稱，作品描寫安東尼對埃及豔后克麗歐派翠的痴情。

你沒有多少幫助。」

「也許吧，可是我們共度很多歡樂時光，雖然摻雜著哀傷與痛苦。關於這點，付出過慘痛代價的羅勃洛最清楚。哈，哈！」他笑呵呵地回想羅勃洛的麻煩時，我姑丈走過來拍他肩膀。

「孩子，過來！」他說。「你忙著跟我姪女談情說愛，沒空向雉雞宣戰嗎？別忘了，今天是十月一日！陽光燦爛，雨也停了，連波勒姆都敢穿他的防水靴上場。我和維爾莫決定要打敗你們大家。我聲明，我們幾個老傢伙身手比你們矯健！」

「今天我會讓你看看我的本領。」杭汀頓說。「我要殺光你獵場裡的鳥兒，因為你逼我離開比你和你的鳥兒更吸引人的伴侶。」

說完他就走了。我一直到晚餐時才又見到他。那段時間漫長又乏味，我不知道沒有他的日子我要怎麼過。

事實證明，三位年長獵人確實比兩名年輕人敏捷得多。因為羅勃洛和杭汀頓最近幾乎天天陪我們騎馬或散步，極少打獵。快樂的時光總是匆匆結束，不到兩星期客人就會離開。我覺得悵然若失，因為波勒姆和維爾莫兩位先生不再挑逗我，姑媽也不對我說教，我不再吃安娜貝拉的醋，甚至不再討厭她。另外，杭汀頓已經變成我的亞瑟，我可以盡情跟他相處，所以一天比一天開心。我不得不再問一次：沒有他的日子怎麼過？

第二十二章 友誼的樣貌

十月五日。我的幸福滋味並非純然甜美，它摻雜了一絲苦味，不管我如何粉飾它，都騙不了自己。我可以說服自己那份甜美勝過苦味，可以說它是一種宜人的芳香，但不管我怎麼說，它還是在那裡，我不得不品嘗它。我沒辦法對亞瑟的缺點視而不見，我對他的愛越深，內心就越煎熬。他那顆深受我信任的心，恐怕不如我想像中那麼溫暖寬厚。至少他今天讓我見識到他的另一面，我擔心「輕率」恐怕不足以形容他性格上的問題。他跟羅勃洛陪我和安娜貝拉騎馬兜風，我們騎得很遠，過程心曠神怡。他一如往常騎在我身邊，安娜貝拉和羅勃洛在我們前方不遠處，羅勃洛上身靠向安娜貝拉，像在輕聲細語說著知心話。

「海倫，如果我們不快點，會被那兩個人搶先。」杭汀頓說。「他們一定會結婚，這點無庸置疑。羅勃洛已經神魂顛倒，不過等他娶到她，只怕會發現自己進退兩難。」

「如果那些關於他的傳說是真的，」我說，「等她嫁給他，也會發現自己進退兩難。」

「那倒不會。她清楚自己要的是什麼。可是他，可憐的呆瓜，滿心以為她會是他的好妻子。她天花亂墜地哄騙他，說她唾棄用階級和財富來決定愛情與婚姻，所以他天真地以為她對他一片真心，以為她不介意他沒錢，接近他也不是為了他的貴族身分，而是真心愛上他這個人。」

「他追求她不也是為了她的錢嗎？」

「不是。當然，一開始這點很吸引他，可是現在他已經不在乎了。現在他認為她的財富是他娶她的必要條件，但純粹只是為女方婚後生活著想。不是的，如今他已經深陷情網。原本他以為這輩子再也不會愛上任何人，沒想到現在他又戀愛了。大約兩、三年前他曾差點走進禮堂，可惜當時他破產，婚事也吹了。他在倫敦的時候狀況糟透了。他很不幸染上賭癮，而且顯然生不逢時，贏一次輸三次。賭博是一種自我折磨，我從來不會沉迷。我花錢的時候，一定要充分享受它的價值。把錢送給騙徒和老千，我認為一點樂趣都沒有。至於增加財富這件事，到目前為止我都不缺錢，等發現錢快用光，還多的是時間去賺錢。不過偶爾我會去賭場走走，只是去觀察那些投機份子混得如何。海倫，這種觀察很有意思。真的，有時候帶給人很多樂趣，我經常被那些傻瓜和瘋子逗得捧腹大笑。羅勃洛相當沉迷。他也不願意，卻沒有辦法。他經常想戒賭，卻總是推翻自己的決心。每一次都說『再一次就好』。如果他小贏，就希望下次多贏一點；如果輸了，就說不能在這時候放棄，至少要把上次輸的贏回來，何況厄運不會一直跟著他。每一次碰上好運，就覺得是時來運轉的開始，直到事實證明並非如此。後來他陷入絕境，我們每天都在留意他會不會自殺。我們有些人私底下說，沒什麼大不了的，反正他的存在對我們的俱樂部已經沒有加分作用。最後他總算戒掉了。那回他下了一大筆賭注，決定不管輸贏，都是最後一次。當然，過去他也經常下這種決心，每次都反悔，這次也一樣。他輸了，對方笑嘻嘻地把賭金掃過去。他臉色慘白，伸手擦掉額頭的汗，默默往後退。當時我也在場，看著他站在那裡雙手抱胸盯著地板，很清楚他心裡在想什麼。

「『羅勃洛，剛才是最後一次嗎？』我走過去問他。

「『倒數第二次，』他冷笑道。接著他衝回賭桌旁，手拍向桌面，拉高嗓門嚴肅認真地發誓，聲音壓過當時賭場裡嘈雜的錢幣叮噹聲和賭客的低語咒罵。他說不管結果如何，這一定是最後一次。他用最惡毒的誓言詛咒自己，強調他之後再也不洗牌，不搖骰子盒。接著他把先前的賭注加倍，邀現場任何人跟他對賭。葛林斯比立刻上前。羅勃洛惡狠狠瞪著他，因為葛林斯比總是好運連連，正如同他總是甩不開厄運。總之，他們開始賭。葛林斯比賭技更勝一籌，也沒有良心上的顧忌。我不敢說他是不是利用羅勃洛贏錢心切顧此失彼，耍了花招占他便宜，總之羅勃洛又輸了，萬念俱灰。

「『你最好再試一次，』葛林斯比倚著賭桌站在對面，說話時對我眨眨眼。

「『我什麼都沒了。』可憐的羅勃洛慘然一笑。

「『沒事，你需要多少，杭汀頓都可以借你。』葛林斯比說。

「『不，剛才你聽見我發誓了。』說著，羅勃洛絕望地轉身，我拉起他的手臂帶他離開。

「『羅勃洛，這是最後一次嗎？』走到街上時我問他。

「『最後一次。』他答，有點出乎我的意料。我送他回家，也就是回到我們的俱樂部，因為當時他跟小孩子一樣聽話。我讓他喝白蘭地加水，直到他心情顯得開朗些，至少比原先像個活人。

「『杭汀頓，我毀了！』他從我手中接過第三杯酒。他喝前兩杯時悶不吭聲。

「『你不會！』我說，『你會發現人沒錢也能快活過日子，就像沒有頭的烏龜或沒有身體的黃蜂一樣。』

「『可是我負債，』他說，『債台高築！我永遠、永遠還不清！』

「『那又怎樣？很多地位比你更高的人到死都負債。何況債主不能把你送進監獄，因為你是貴族。』我給他第四杯酒。

「可是我討厭欠債！」他大吼。『我天生不是欠債的料，也不能忍受！』

「『解決不了的事只能忍耐。』我開始調第五杯酒。

「『還有，我失去我的卡洛琳。』他開始啜泣，因為酒精軟化他的心。

「『無所謂，』我說，『世上不只一個卡洛琳。』

「『可是我愛的只有一個。』他邊說，邊哀怨地嘆息。『就算還有五十個卡洛琳，沒有錢她們會要我嗎？』

「『總有人會為了你的爵位嫁給你，何況你還有家族的莊園，那是限定繼承的。』

「『我多麼希望可以賣掉它來還債。』他低聲說。

「『到時候，』剛走進來的葛林斯比說，『你可以再試試手氣。如果我是你，就會再給自己一次機會，絕不會在這種時候打住。』

「『我說我不賭了！』他大叫一聲，突然站起來走出去，步伐踉踉蹌蹌，因為他已經醉了。當時他酒量還不太好。那次以後他開始借酒澆愁。

「雖然葛林斯比想盡辦法引誘他，但我們大家都非常驚訝，他始終沒有打破戒賭的誓言。可是現在他染上另一種癮，幾乎跟賭癮一樣令他頭痛，因為不久後他就發現酒精這個惡魔跟賭博這個惡魔一樣可惡，也幾乎一樣難戒除。尤其每回他酒癮發作心癢難耐，他那些好心的朋友就會無所不用其極地慫恿他。」

「那麼他那些朋友就是惡魔。」我控制不了怒氣，大聲說道。「還有你，杭汀頓先生，看來你是始作俑者。」

「我們又能怎麼辦？」他不以為然地反問。「我們也是一番好意，不忍心看著那可憐的傢伙生不如死。再者，他因為失戀、破產和前一天爛醉的多重影響，不發一語坐在那裡，憂鬱又淒涼，大家都覺得很掃興。如果他喝了酒，就算他自己還是不開心，至少我們一定可以從他身上找到樂子。他會說些怪里怪氣的話，就連葛林斯比都會咯咯笑，因為他覺得他那些話比我輕鬆的俏皮話或哈特斯利的瘋狂笑鬧更有趣。有一天晚上在俱樂部晚餐後，大家一起喝酒，個個興致高昂，羅勃洛猛敬大家酒，聽我們大呼小叫唱歌助興，雖然沒跟著唱和，至少也努力鼓掌。然後他突然安靜下來，手托著腦袋，沒再拿起酒杯。這不是什麼新鮮事，所以我們沒理他，繼續尋歡作樂。最後他突然抬起頭，打斷我們的哄堂大笑，說道，『各位，這種日子的盡頭在哪裡？你們可以現在回答我嗎？盡頭在哪裡？』他站起來。

「『演講，演講！』我們大喊。『聽哪，聽哪！羅勃洛要對我們發表演說！』

「他等到如雷掌聲和酒杯碰撞聲停歇，才說，『各位，我只是覺得我們最好到此為止，趁還來得及趕快喊停。』

「『說得好！』哈特斯利喊道，

『停步吧罪人，別再往前，
停步思索；
別在無盡的苦難邊緣
嬉戲逗留。』[18]

「『對極了。』羅勃洛慎重地說，『如果你們決定要去探訪那個無底深淵，我不奉陪。我們必須各奔東西，因為我發誓我不會再朝那個地方前進半步！這是什麼？』他舉起酒杯問。

「『你嚐嚐。』我說。

「『這是地獄的高湯！』他說，『我聲明再也不碰它！』說完，他把杯子扔到桌子中央。

「『再倒滿！』我邊說邊把酒瓶遞給他。『我們為你的聲明乾一杯。』

「『那是發臭的毒液，』說著，他一把抓住酒瓶瓶頸，『我發誓戒掉它！我已經戒掉賭博，這

18. 摘自英格蘭聖公會牧師約翰・紐頓（John Newton，一七二五～一八〇七）創作的聖歌。

個我也會戒掉。』他做勢要將整瓶酒倒在桌上，哈格雷夫把瓶子搶走。他叫道，『那你們去受詛咒吧！』他往外走，邊走邊說，『永別了，你們這些惡友！』而後在笑鬧和鼓掌聲中消失。

「我們預期他隔天就會回來，出乎我們意料的是，隔天他的座位還是空的。整個星期都沒見到他人影，我們真的開始相信他會說到做到。最後，某天晚上我們大多數人又聚在一起，他進來了，像鬼魂一樣陰森靜寂。原本他會悄悄溜進他在我旁邊的座位，不過我們全體站起來歡迎他，好幾個人齊聲問他想喝點什麼，好幾雙手忙著拿杯子倒酒給他。我知道冒著熱氣的白蘭地加水最能安撫他，我就快幫他調好的時候，他卻憤怒地把我手上的酒推開，說道，『『杭汀頓，別煩我！你們大家都別吵！我不是來跟你們胡鬧，我只是來這裡待一會兒，因為我受不了腦子裡的念頭。』說完，他雙手抱胸靠向椅背。我們只好由著他去，但我把那杯酒留在他旁邊。過了一會兒，葛林斯比意有所指地對我眨一下眼睛，示意我看那杯酒。我轉頭過去，發現杯子已經空了。他打手勢要我再倒滿，輕輕把酒瓶推過來。我欣然從命。羅勃洛發現我們的啞劇，被我們之間心照不宣的竊笑激怒，一把搶走我手裡的酒杯，將裡面的液體潑向葛林斯比的臉，再將空杯扔向我，之後奪門而出。」

「希望他砸破你腦袋。」我說。

「那倒沒有，吾愛。」他答。想到那整件事，他笑得前仰後合。「原本是有這個可能，甚至害我毀容。真是萬幸，我這些茂密的鬈髮（他摘下帽子，讓我看他滿頭濃密的栗色鬈髮）救了我的腦袋瓜子。酒杯是後來掉在桌上才破的。」

「那次以後，」他接著說，「羅勃洛又疏遠我們一、兩星期。偶爾我會在城裡遇見他。由於我個性太好，不會對他的無禮行為懷恨在心，他對我也沒有敵意，所以從來不排斥跟我聊個幾句，甚至黏著我不放，跟著我到處去，俱樂部、賭場之類危險的娛樂場所除外，因為他已經厭煩他自已消沉鬱悶的思緒。最後，我終於說服他重新踏入俱樂部，條件是不再引誘他喝酒。接下來那段時間，他經常晚上來看我們，仍然滴酒不沾，展現驚人的毅力，堅決不碰他勇敢宣布戒斷的『發臭的毒液』。不過我們之中有人對他的行為表示抗議。他們不喜歡他像盛宴上的骷髏似地坐在那裡，非但沒有為大家助興，反倒像一片烏雲籠罩上空，貪婪的目光緊盯別人送到嘴邊的每一滴酒。他們口口聲聲說這樣不公平，甚至有人主張強迫他跟大家同樂，否則就將他逐出俱樂部。他們發誓下回見到他一定要跟他把話說清楚，如果他不聽勸告，就採取進一步行動。不過，這回我出面替他說話，建議大家暫時別干涉他。我告訴他們，如果我們有點耐心，他不久就會回心轉意。不過，坦白說他實在很氣人，因為他雖然像個正直的基督徒拒絕喝酒，我卻很清楚他身上總是偷偷帶著一瓶鴉片酊，時不時喝一小口。算是時斷時續，今天戒除、明天又過量，就跟以前喝酒一樣。

「不過，某天晚上我們正在狂歡，我的意思是大家喝得正盡興，他像《馬克白》裡的鬼魂似地飄進來，跟平常一樣坐下來（不管『幽靈』來不來，我們始終為它留著座位），跟桌子保持一點距離。我從他的臉色看得出來，他又過量使用他的危險安慰劑，正在為它的副作用受苦。沒有人跟他說話，他也沒跟任何人交談。他走進來引發的效應，就是幾道斜瞄的目光和一句『鬼魂來了』的悄悄話。我們照舊開懷暢飲，直到他突然把椅子拉過來，上身前傾，兩隻手肘擱在桌面上，把大家都嚇一跳。他用不祥的嚴肅口吻大聲說，『我實在想不通有什麼事值得你們這麼開心。你們怎麼看待生命我不清楚，但我只看到漆黑的幽暗[19]，看到等待審判的惶恐與烈火般的震憤[20]！』

19. 此語摘自《聖經・猶大書》第一章第十三節。

「所有人同時把自己的杯子推向他，我把杯子圍成半圓排在他面前，輕拍他的背，要他把酒喝了，馬上就能跟我們大家一樣看見光明的未來。但他把杯子往外推，喃喃說道：『都拿走！我不喝……我說我不喝……我不喝！』於是我把酒杯交還原主。可是我注意到他目睹酒杯離開時，眼裡閃著飢渴的懊悔。然後他舉起雙手蒙住眼睛，眼不見為淨。兩分鐘後，他又抬起頭，用粗啞又激動的嗓音低聲說：『可是我必須喝！杭汀頓，給我一杯！』

「『兄弟，整瓶拿去！』」說著，我把整瓶白蘭地塞進他手裡……「等等，我說太多了。」他看見我臉上的表情，低聲咕噥：「不過無所謂。」他蠻不在乎地補了一句，繼續他的敘述：「他酒癮難耐，抓住酒瓶大口大口地灌，最後突然從椅子上往下滑，在熱烈掌聲中消失在桌子底下。那次豪飲的後果類似中風發作，緊接著是嚴重腦膜炎……」

「那麼先生，你怎麼看待自己的行為？」我連忙打斷他。

「當然，我非常後悔。」他答。「我去探望他一、兩次……不只，是兩、三次。見鬼了！大概去了四趟。等他身體恢復以後，我帶他回到圈子裡。」

「這話什麼意思？」

「意思是，我讓大家再度接納他。我同情他身子虛弱、精神萎靡到了極點，建議他『喝點酒對胃比較好。』[21]等他恢復得差不多，我提醒他遵循拉丁文所說的『中道』，以及法文說的『過猶不及』[22]原則。別像個傻瓜似地害死自己，也別像個蠢蛋似地滴酒不沾。總之，要像個理智的人，好好享受人生，效法我的榜樣。海倫，妳可別以為我是個酒鬼，我連邊都沾不上。過去不是，將來也不會是，因為我太重視舒適感。我很清楚一個人如果嗜酒如命，他的人生有半數時間會悲慘度日，另一半則是精神失常。再者，我喜歡品味生命的每一個面向，一旦變成某種嗜好的奴隸，不可能辦得到。還有，喝酒會損害英俊的容貌。」他做出最後結論，臉上掛著我最討厭的得意笑容，我卻不如想像中生氣。

「爵爺因你的勸告獲益了嗎？」我問。

「喔，有啊，某種程度上。有一段時間他過得還不錯。根本就是節制與謹慎的典範，我們這群無法無天的傢伙還真有點受不了。不知怎的，羅勃洛天生不是節制的人，如果他稍微偏向某一邊，就會一頭栽下去，直到不可自拔。如果某天晚上他喝過頭，隔天會因為宿醉太痛苦，必須喝更多酒來麻痺自己，就這樣日復一日，直到他喋喋不休的良心逼得他停下來。那時他會清醒一段時間，不停向朋友傾吐他的自責、恐懼與悔恨。到最後，他的朋友為求自保，只好引導他用葡萄酒或任何隨手可得、更強效的飲品澆灌他的哀愁。等他克服第一波良心上的顧慮，旁人就不需要再勸他，他通常會不顧一切，粗暴的程度超乎旁人所能想像。等到下回再度清醒，他會更懊悔自己異乎尋常的邪惡與墮落。

「最後，有一天我跟他在一起，他原本雙手抱胸腦袋低垂，陰晴不定恍神發呆，卻冷不防驚醒，激動地抓住我手臂說：『杭汀頓，這樣不行！我決定要到此為止。』

「『什麼，你要舉槍自盡嗎？』我問。

「『不，我要改邪歸正。』

「『喔，我聽多了！過去這一年多來你一直都要改邪歸正。』

「『沒錯，可是你們一直阻礙我，而我竟然這麼傻，少了你們活不下去。現在我總算看清楚什

20. 出自《聖經．希伯來書》第十章第二十七節，使徒保羅對提摩太說，你的胃不好又常生病，別喝水了，不妨喝點酒。
21. 出自《聖經．提摩太前書》第五章第二十三節。
22. 拉丁文為 media via，法文為 ni jamais, ni toujours。

麼東西拖住我，什麼東西才救得了我。我走遍天下也要找到它，可惜我擔心我沒機會了。』他嘆息一聲，心彷彿要碎了。

「『羅勃洛，那東西是什麼？』我覺得他終於徹底瘋了。

「『妻子。』他答。『我沒辦法一個人生活，因為我的心亂糟糟。我也不能跟你們在一起，因為你們跟魔鬼聯手對付我。』

「『誰？包括我嗎？』

「『對，你們全部都是，尤其是你，你自己心裡清楚。如果我能找個妻子，而她的財產足夠償還我的債務，讓我重新做人……』

「『一定可以。』我說。

「『而且夠溫柔夠善良，』他接著說，『讓家有點溫暖，讓我重新接納自己。這樣應該就夠了。不過，我不會再戀愛了，這點可以確定。這應該不是大問題，至少我選對象時不會盲目。就算沒有愛，我也可以當個好丈夫。可是有人會愛上我嗎？這是問題所在。如果我跟你一樣英俊有魅力，』（承蒙他美言）『也許還有希望。不過那也沒辦法。杭汀頓，你覺得有人要我這種一文不名的差勁傢伙嗎？』

「『當然有。』

「『誰？』

「『沒人要的老處女啊，徘徊絕望邊緣，會很樂意……』

「『不，不。』他說。『必須是我能愛的人。』

「『咦，你剛才不是說你永遠不會愛上任何人。』

「『我用詞不當，應該是我可以喜歡的人。無論如何我都要找遍英格蘭！』他大聲說，忽然覺得充滿希望，或者孤注一擲。『不管成功或失敗，都比窩在那個該死的俱樂部自取滅亡好得多。所以俱樂部和你都永別了。哪天在正當場所或基督徒的家裡遇見你，我會很開心，不過你不可以再引誘我走進那個魔鬼的巢穴！』

「他說這種話實在太可恥，但我還是跟他握手，我們就分開了。他真的做到了，據我所知，他從那天起一直循規蹈矩。但我最近才跟他比較常接觸：偶爾他會找我做伴，也常躲著我，怕我又引他走上絕路。我發現他變得很無趣，尤其經常想喚醒我的良知，想拉我離開那個他自認順利逃過的劫數。每次我遇見他，總會問他結婚計畫進展如何，他的回答大致上不太樂觀。未婚女孩的母親不喜歡他口袋空空，賭名在外；她們的女兒不喜歡他陰鬱的表情和沉悶的個性。再者，他不了解女人，欠缺貫徹目標的氣魄和自信。

「那是我去歐洲大陸之前的情況。那年年底我回來，發現他還是個垂頭喪氣的光棍，只是看起來已經不像過去那個無處容身的孤魂野鬼。年輕小姐不再害怕他，甚至覺得他還蠻有趣的。不過她們的母親還是堅決反對。海倫，差不多就在那個時候，我的守護天使讓我認識妳，從此我眼裡再也沒別的女人。在此同時，羅勃洛也認識了我們的朋友安娜貝拉。他一定會跟妳說那是他的守護天使的安排。只不過，安娜貝拉追求者眾，太多男人愛慕她，他不敢奢望。他們來到史丹寧利之後才有機會近距離接觸，她因為其他追求者不在身邊，明顯有意吸引他的注意，想盡辦法鼓勵他放膽追求，他才真的覺得有一絲希望。我一度擋在他和他的太陽之間，害他感到前景黯淡，幾乎再次跌入絕望的深淵。後來我放棄那片戰場，轉而追求更珍貴的寶藏，他的愛變得更強烈，更覺得成功在望。起初他隱約察覺她的缺點，曾極度不安。現在由於他自己的激情加上她的手腕，他看見的只有她的完美和他自己的好運。昨天晚上他來找我，為他近來的幸福喜形於色：『杭汀頓，我不是沒人要的天涯淪落人！』他拉住我的手，像握老虎鉗一樣擠壓。『即使在這樣的人生，還是有屬於我的幸福。她愛我！』

「『當真！』我說，『她告訴你的嗎？』

「『沒有，不過我已經確定了。你沒看見她對我特別友善、特別溫柔親切嗎？她知道我有多窮，卻一點也不介意！她知道我過去的人生多麼荒唐沉淪，卻還是敢信任我。她愛的不是我的階級和頭銜，那些東西她根本不屑一顧。她是這世上最寬容、最崇高的人。她能拯救我的身體和靈魂免於毀滅。她已經提升我的自我評價，讓我變得比真實的我優秀、明智、偉大三倍。喔！如果我早點認識她，可以躲過多少沉淪與苦難！可是我何德何能，怎麼配擁有這麼十全十美的人兒？』」

「最好笑的是，」杭汀頓笑著說，「那個虛情假意的狐狸精愛的根本不是他，而是他的爵位和家世，以及『華麗的古老宅邸』。」

「你怎麼知道？」我問。

「她親口告訴我的。她說，『至於那個男人，我徹底鄙視他。話說回來，我也該做出抉擇了。如果我繼續等某個受我尊重、值得我愛的人，這輩子恐怕只能做個快樂的單身女郎，因為我討厭所有男人！』哈！哈！我覺得這方面她錯了。總之，很顯然她一點都不愛他，可憐的傢伙。」

「那麼你應該跟他說真話。」

「什麼，破壞她的計畫和美夢嗎？那可憐的女孩。不，不，那就是辜負別人的信任，對吧，海倫？哈哈！何況他會心碎。」說著，他又笑了。

「杭汀頓先生，我不明白這件事有什麼趣味可言，看不出來哪裡好笑。」

「吾愛，剛才我在笑妳。」他笑得更張狂了。

我揚起馬鞭輕抽紅寶石，加快腳步追趕另外兩個人，留下他自得其樂。剛才那段時間我們讓馬兒緩步慢行，因此落後他們一大段路。不久，亞瑟又來到我身邊，我不想跟他說話，於是策馬疾馳，他也緊緊跟隨。我們一直到趕上安娜貝拉和羅勃洛，才放慢速度，當時距離庭園大門只剩不到八百公尺。一直到騎馬結束，我都沒再跟他交談。原本我不願意讓他扶我，打算直接跳下馬跑進屋裡，可是我還在撥勾住側鞍腿架的騎裝，他就把我抱下馬，抓住我雙手，要我原諒他才肯放開我。

「我沒什麼好原諒的。」我說，「你沒有傷害我。」

「不，親愛的，我不可能傷害妳！可是妳在生氣，因為安娜貝拉對我承認她沒辦法敬重她的情人。」

「不，亞瑟，我不高興不是為那個，而是你對朋友的所作所為。如果你希望我忘掉那些，去吧，現在就去告訴他，他瘋狂愛上的是什麼樣的女人，讓他知道他把未來的幸福寄託在什麼人身上。」

「海倫，妳聽我說，那會害他心碎，他會活不下去。何況這麼做等於惡意背叛可憐的安娜貝拉。現在什麼都幫不了他了，誰也救不了他。也許她會哄他一輩子，那麼一來，他可以開開心心活在幻覺裡，彷彿一切都是真的。除非他不再愛她，否則絕不會發現自己娶錯人。如果不是這樣，最好讓他慢慢發現真相。我的天使，希望我解釋得夠清楚，也讓妳明白我沒辦法採取妳要求的補救措施。妳還希望我做什麼？說吧，我樂意聽從。」

「我只有一點要求，」我面色依然凝重。「未來你再也不可以拿別人的苦難說笑，還得善用你對朋友的影響力，幫助他們革除惡習，而不是害他們越陷越深。」

「我會謹記……」他說，「並奉行我可愛的女督導的訓誡。」他親吻我戴手套的雙手後，放我離開。

我回到自己的房間時，驚訝地看見安娜貝拉站在我的梳妝台前，從容地檢視鏡裡的容顏，一隻手輕輕揮動她的鑲金馬鞭，另一隻手提著長長的騎裝下襬。

「她實在是個標致的美人！」我心想。我看見她高䠷勻稱的身材，看見映在我面前鏡子裡那張姣好臉龐，烏黑亮麗的秀髮，騎馬時被風吹得有點蓬亂，卻不失優雅；嬌豔的褐色面容散發著運動後的紅光，一雙黑眼珠閃耀著罕見的光采。她看見我馬上轉身過來，臉上帶著惡意多於歡樂的笑容大聲說：「海倫！妳怎麼現在才進來？我來告訴妳我的好消息。」她不管瑞秋在場，接著說，「爵爺向我求婚了，我優雅大方地接受了。親愛的，妳羨慕我嗎？」

「不，親愛的，」我說，在心裡補了一句：「也不羨慕他。」我問她，「安娜貝拉，妳喜歡他嗎？」

「喜歡！是啊，當然，我愛得不可自拔！」

「我希望妳可以當他的好太太。」

「謝謝妳，親愛的！妳還希望什麼？」

「我希望你們真心相愛，幸福快樂。」

「謝謝妳。我也希望妳會是杭汀頓先生非常好的太太！」說著，她雍容華貴地欠身行禮，就出去了。

「天哪，小姐！妳怎麼可以跟她說那種話？」瑞秋震驚地叫道。

「什麼話？」我問。

「說妳希望她會是個好太太。我沒聽過這種話！」

「因為我真心這麼希望，應該說但願如此。我對她幾乎不抱希望了。」

「哎呀！」瑞秋說，「我真心希望他會是個好丈夫。樓下的傭人說了他很多奇怪的事。他們說……」

「瑞秋，我知道……他的事我都聽說了，可是他現在改過自新了。那些人不該在背後說主人閒話。」

「的確是，小姐。還有，他們也說了杭汀頓先生的事。」

「瑞秋，我不要聽。他們在說謊。」

「是，小姐。」她輕聲說，繼續整理我的頭髮。

「瑞秋，妳相信那些話嗎？」半晌後我又問。

「不，小姐，一點也不信。一大堆下人聚在一起的時候，就喜歡聊主人的是非。有些人為了誇口，總愛裝得一副自己知道很多似的，故意拐彎抹角話裡有話，只是為了引人注目。不過小姐，如果我是妳，做決定以前會睜大眼睛瞧仔細。我認為年輕小姐的婚事越謹慎越好。」

「那是當然，」我說，「瑞秋，妳可以快點嗎？我想趕快打扮好。」

其實我急於擺脫好心的瑞秋，因為我心情太鬱悶。她幫我換裝的時候，我的眼淚幾乎忍不住掉下來。我的眼淚不是為了羅勃洛、不是為了安娜貝拉，也不是為我自己。我的淚水是為了杭汀頓而流。

十三日。他們走了，他也走了。我們要分開兩個多月，超過十星期！見不到他，這樣的日子實在太漫長。不過他答應會常寫信，也要我承諾比他寫更多信，因為他會忙著處理他的事，而我沒什麼重要事可做。嗯，我想我總是有很多話可以在信裡跟他說。可是，噢！多麼期待我們永遠在一起的日子快點到，到時候我們就可以拋開筆、墨和紙張這些冰冷的媒介，盡情地交流內心的想法！

二十二日。我已經收到幾封亞瑟寫來的信。內容不多，卻非常溫柔，而且就像他本人，充滿熾熱的情感和活潑調皮的幽默。但是（在這個不完美的世界，總會有個「但是」），我真的很希望他偶爾能正經點，我沒辦法讓他拿出真心實意，誠摯地寫信或說話。目前我不是很介意，可是如果一直這樣下去，我該拿我自己嚴肅的那一面怎麼辦？

第二十三章 婚後幾週

一八二二年二月十八日。今天一早亞瑟興高采烈跳上他的獵馬，去見那些……獵犬。他會出去一整天，所以我就寫寫被我疏忽已久的日記（寫得斷斷續續，不知道還能不能叫「日記」）打發時間，距離我上一次動筆已經整整四個月。

我已經結婚了，成了格瑞斯黛莊園的杭汀頓太太。婚姻生活我已經體驗了八星期，我後悔踏出這一步嗎？不，雖然我內心深處必須承認，亞瑟不是我當初想像中那個人。如果一開始我對他的了解跟現在一樣徹底，我或許不會愛上他。如果我先愛上他，之後才看清他的真面目，那麼我恐怕應該認為自己有責任不嫁他。當然啦，我是有機會看清他，因為每個人都樂意告訴我他是什麼樣的人，他自己也不是高明的偽君子。可是我故意閉上雙眼。如今我並不後悔還沒了解他的真正性格就跟他締定終生，反倒很慶幸，因為這麼一來我就免除了良心上的重大掙扎，以及接踵而來的煩惱與痛苦。此時此刻我唯一該做的，我唯一的責任，就只是愛他，守著他，這正是我想做的事。

他非常溺愛我，幾乎太溺愛。真希望他對我少點親吻擁抱，多點理性。如果讓我選擇，我比較想當他的朋友，不想當寵物。但我不會抱怨，我只是擔心他對我的感情多了熱度卻少了深度。有時我會把它比喻為用枯枝點燃的火，相較於紮實的煤炭，它燒出來的火明亮又熾熱，最後卻會燒得一無所有，只剩一堆灰燼，那時我該怎麼辦？不會的，不可以，我有決心，肯定也有能力延續那把火，所以我要拋開那種念頭。可是我不得不承認，亞瑟生性自私。事實上，承認的感覺並沒有預料中那麼痛苦。既然我這麼愛他，當然輕易就能原諒他愛自己。他喜歡被取悅，而我以取悅他為樂。如果我為他這種性格感到遺憾，那是為了他著想，不是為我自己。

他第一次展露自私本質是在我們蜜月期間。他想走馬看花盡快結束，因為歐洲大陸的風景他都看過了，其中很多他已經失去新鮮感，其他的從不感興趣。結果是，我們飛也似地走過部分法國和部分義大利，回來以後我知識並沒有增長，沒有認識任何人，也不了解當地風土人情。各種物品和景色塞滿我腦海，紛亂龐雜。沒錯，其中某些留下比較深、比較愉悅的印象，但這些印象也夾雜幾許挫折，因為我的伴侶跟我沒有同感。相反地，只要我對沿途看見的或想看的東西顯得特別感興趣，就會惹他生氣，因為那證明我竟會喜愛與他無關的東西。

至於巴黎，我們只是蜻蜓點水；到了羅馬，他給我的時間還不足以欣賞十分之一的美景與新奇事物。他說他急著帶我回家，想要獨占我，也要看著我安安穩穩安頓下來，變成格瑞斯黛莊園的女主人，跟以前一樣全心全意，天真又討喜。他說我像嬌弱的蝴蝶，如果帶我接觸外面的世界，尤其是巴黎和羅馬，恐怕會碰落我翅膀上的銀粉。再者，他毫不顧忌地告訴我，那兩個地方的某些女士如果碰巧看見他帶著我，一定會挖出他的眼珠子。

這些事當然讓我火冒三丈，但我生氣不是因為自己失望，而是對他失望，何況我還得編造理由向親友說明為什麼去那麼少地方，避免別人怪罪到他頭上。等我們回到家，我可愛的新家，我心情太愉快，他也非常友善，所以我大方地原諒他。我開始覺得自己太幸運，我丈夫即使對這個世界沒有多少益處，卻已經是我求之不得的好伴侶。直到回家後的第二個星期天，他的另一次蠻橫索求令我震驚惶恐。我們晨禱後從教堂散步回家，因為那天是個晴朗的冷天，我們家離教堂太近，我要求他別用馬車。

「海倫，」他用罕見的嚴肅口吻對我說，「我對妳不太滿意。」

我請他告訴我怎麼回事。

「如果我說了，妳會答應改善嗎？」

「會，只要我做得到，也不會冒犯更高的權威。」

「啊！看吧，又來了！妳不是全心全意愛我。」

「亞瑟，我沒聽懂你的意思（至少我希望是我沒聽懂），請告訴我，我哪裡做錯了。」

「不是妳說或做錯什麼。是妳的個性，妳太虔誠。我喜歡女人篤信宗教，我認為妳的虔誠是妳最大的魅力之一。可是，跟所有好事一樣，它也可能太過頭。在我看來，女人的信仰不該降低她對她在塵世的主人的奉獻。她的信仰只要足以淨化提升她的靈魂就夠了，不可以多到把她的心也給昇華了，讓她超越所有人類情感。」

「我超越人類情感了嗎？」我問。

「沒有，親愛的。可是妳邁向那種神聖境界的速度比我快。過去這兩小時我一直想著妳，一直想捕捉妳的目光，妳卻全神貫注在祈禱，沒有時間瞄我一眼。我必須說這實在逼得人跟自己的造物主吃醋。妳也知道這樣很不對，所以，為了我的靈魂，別再讓我產生這種褻瀆念頭了。」

「如果我辦得到，我會把我的心和靈魂全部獻給我的造物主。」我說。「我給你的只能是祂允許的，一丁點都不能多。先生，你是什麼人，竟然把自己當成神，擅自跟祂爭奪我的心。我整個人、我擁有的一切都是祂賜的，我曾經做過的、享受的所有福分，也都來自祂。包括你在內，如果你稱得上福分的話，這件事我倒是有點懷疑。」

「海倫，別對我這麼嚴厲，別這麼用力捏我手臂，妳的手指都掐進我骨頭了。」

「亞瑟。」我鬆開他的手臂。「你愛我不及於我愛你的一半。然而，就算你對我的愛比現在少很多，我也不埋怨，只要你更愛你的造物主。如果我看見你這麼專注在祈禱，沒空想起我，我會喜出望外。事實上，我不會有任何損失，因為你越愛你的神，你對我的愛就越深、越純、越真。」

他聽見這番話只是笑，親吻我的手，說我是個討人喜歡的狂熱份子。之後他脫下帽子，說道，「不過妳看這裡，海倫，一個男人長著這樣的腦袋，又能怎麼辦？」

他的頭看起來沒什麼異樣，可是等他拉我的手放在他頭頂，我發現他茂密鬈髮底下整個陷落，低得驚人，尤其在正中央的位置。

「現在妳知道我天生不是當聖徒的料。」他笑著說，「如果神要我信仰虔誠，為什麼不給我適於崇敬的大腦？」

「你就像那個僕人，」我說，「他沒有善用手上的錢為主人獲取更大利潤，原封不動交還給主人，還找藉口宣稱他知道主人『生性苛刻，沒有播種也要收割，沒有揚開乾草卻要收聚。』[23]給的少，要求也少。可是我們大家都需要盡最大的努力。只要你願意發揮，你同樣也有崇敬的能力，也有信仰、希望、良知、理智，以及作為基督徒的其他所有條件。我們所有的才能都會越用越多，每一種能力，不管好壞，都能透過活用增強。因此，如果你選擇運用壞的能力，或那些偏向惡的能力，直到它們變成你的主宰；忽略好的能力，放任它們消失不見，你只能責怪自己。不過亞瑟，你也有才能，你擁有許多好基督徒樂意擁有的心靈與性情上的天賦，只要你願意運用它們來侍奉神。我不期待你變成狂熱信徒，不過當個好基督徒，還是可以輕鬆愉快過日子。」

「海倫，妳說起話來像個聖徒。妳說的話不可否認都是真的，不過妳聽我打個比方：我肚子餓了，看見滿滿一桌好菜。有人告訴我只要我今天不去享用，明天就可以得到一頓豪華盛宴，有各種精緻可口的美食。首先，我一定不願意等到明天，因為眼前的東西馬上可以讓我填飽肚子。第二，今天唾手可得的菜肴比別人承諾的明日美食更合我胃口。第三，我看不到明天的盛宴，怎麼知道它不是虛構的，是某個腦滿腸肥的傢伙編出來的，而那人要我克制，只是為了獨享所有的食物？第四，這桌美食一定是為別人準備的。再者，誠如所羅門所說，『吃的喝的，誰比我更享受？』最後，請見諒，我今天就要坐下來滿足我的渴望，明天的事明天再說，天曉得，說不定我魚與熊掌能兼得。」

「可是沒有人要求你放棄今天的豐足晚餐，只是建議你適量取用這些比較粗糙的食物，以免壞了明天享受精緻大餐的胃口。如果你不接受忠告，把自己當成動物，隨心所欲大吃大喝，到最後美食也變成毒藥。當你因為昨天的暴飲暴食吃苦受罪，看著那些更節制的人坐下來享用你無法品嘗的東西，你能怨誰？」

「很對，我的保護聖徒。話說回來，我們的朋友所羅門還說，『世人最快樂的莫過於吃喝玩樂。』[24]」

「同樣地，」我回應，「他說，『噢，年輕人，趁年少時走你的心要走的路，照你的眼所見的去行。不過你要知道，上帝會因為這些事審判你。』[25]」

「嗯，可是海倫，我覺得過去這幾星期以來我很守規矩。妳看到我什麼地方做得不對？希望我怎麼做？」

「亞瑟，你做得已經夠好了。到目前為止你沒做錯什麼，但我希望你改變你的想法，要你意志更堅定，更能抵抗誘惑。不要稱惡為善，稱善為惡[26]；希望你思考得更深刻、眼光看得更遠，目標定得更高。」

23. 此處引文與典故出自《聖經．馬太福音》第二十五章第十四到三十節。
24. 出自《聖經．傳道書》第八章第十五節。
25. 出自《聖經．傳道書》第十一章第九節。
26. 出自《聖經．以賽亞書》第五章第二十節。

這時我們站在門口，我沒再說話，只是流著淚給他一個熱情的擁抱，就轉身進屋，上樓脫掉帽子和披風。當時我已經不想再談那個話題，免得他心生厭煩，連帶也嫌惡我。

第二十四章　第一次爭吵

三月二十五日。亞瑟厭煩了，不是對我，而是對目前無所事事的安定生活。這也難怪，他幾乎沒什麼消遣：除了報紙和體育雜誌，他什麼都不讀。每次他看見我讀書，就會不停騷擾我，直到我闔上書本才罷手。天氣好的時候，他通常還有辦法打發時間，萬一像最近總是碰上雨天，就顯得無聊煩悶，看著都叫人難受。我想盡辦法幫他找樂子，可惜我最喜歡的話題通常很難引起他的興趣。相反地，他喜歡聊些我沒興趣的東西，有些話題甚至會惹我生氣，這麼一來他更開心了。

他最喜歡做的事就是趁我坐在沙發上時，跑來坐或懶洋洋躺在旁邊，跟我細數他過去的風流史，總是聊著某個天真的女孩如何沉淪，或他如何哄騙某個毫不起疑的丈夫。如果我表達我的震驚和憤怒，他會笑得淚流滿面，直說那全是因為我在吃醋。剛開始我通常會發脾氣，或哭得淚漣漣。後來我發現我越激動生氣，他越開心，我開始隱藏內心的感受，帶著冷淡的鄙視，不發一語地聽他陳述過往。但他還是從我的表情看出我內心的掙扎：我為他的卑劣深受折磨，他卻以為那是嫉妒造成的創傷與痛苦。等他笑夠鬧夠，或者擔心我太生氣，影響到他的舒坦，會開始親吻安撫我，直到我露出笑容。沒有比那種情況下的愛撫更叫我嫌惡的！這是他對我和他過去戀情的受害者展現的雙重自私。

有時候我突然感到一陣痛心，一陣強烈的氣餒，我會問自己：「海倫，妳做了什麼？」可是我斥責內心那個聲音，撇開那些糾纏在我腦海、揮之不去的思緒，因為不管他再怎麼荒淫，不管他多麼難接受善良高尚的思想，我很清楚自己沒有權利抱怨。而且我不要、也不會抱怨。我仍然要愛他，仍然會愛他。我不要也不會後悔讓自己的命運跟他結合在一起。

四月四日。我們結結實實吵了一架。詳情如下：亞瑟陸陸續續跟我說了他跟某位勳爵夫人搞不倫的整個過程，這件事我過去不相信。然而，得知這段戀情錯的主要是對方，不是亞瑟，我心裡還是覺得安慰。當時他還相當年輕，如果他說的話可信，是對方主動勾引他。我因此憎恨她，因為看起來她好像是亞瑟變壞的禍首。幾天前他又提起那位夫人，我拜託他不要談她的事，因為我聽見她的名字就覺得厭惡。

「亞瑟，不是因為你愛過她，而是因為她傷害了你，還欺騙她丈夫，實在是個差勁透頂的女人，你提起她應該覺得難為情。」

但他替她說話，說她丈夫老邁昏聵，根本沒辦法愛。

「那麼她為什麼嫁給他？」我問。

「為了他的錢。」他答。

「那麼那又是另一樁罪行，她鄭重地承諾要愛他、敬重他則是另一樁，前一樁罪行因此更為重大。」

「妳對那位可憐的夫人太嚴苛，」他笑著說，「不過無所謂，海倫，我現在不在乎她了。我對妳的愛超過她們任何人一倍以上，所以妳不必擔心會跟她們一樣被我拋棄。」

「亞瑟，如果你以前跟我說這些事，我絕不會給你機會。」

「我的寶貝，是這樣嗎？」

「幾乎確定不會！」

他不可置信地笑了。

「但願我現在有辦法說服你！」我大聲說，從他身邊站起來。有史以來第一次（希望也是最後一次），我多麼希望當初沒嫁他。

「海倫，」他變得比較嚴肅，「妳知不知道如果我現在相信妳的話，我會非常生氣？不過感謝上帝我不相信。雖然妳站在那裡臉色蒼白，雙眼噴火，像母老虎一樣瞪著我，但我了解妳的心，可能比妳自己了解更多一點。」

我沒再說話，轉身走出去，回到自己房間鎖上門。大約半小時後他來到房門外，先拉了門把，再敲門。「海倫，妳不讓我進去嗎？」他問。

「不要。你惹我不高興。」我答。「明天早上以前我不要再看到你的臉或聽見你的聲音。」

他停了一會兒，彷彿怔住了，或不確定該怎麼回應這樣的言語，而後轉身走開。當時是晚餐過後一小時，我知道他一個人枯坐一整晚會非常苦悶，想到這裡，我的憤怒平息了些，卻沒有心軟。我決定讓他明白我的心不是他的奴隸，而且只要我願意，沒有他我也能活下去。之後我坐下來給姑媽寫一封長信，當然沒有向她透露這些事。十點過後不久，我又聽見他上樓來，可是他經過我房間，直接走到自己的更衣室，關起房門在裡面過夜。

我急著想知道隔天早上他見到我會有什麼反應，看見他帶著不以為意的笑容走進早餐室，心裡非常失望。

「海倫，妳還在生氣嗎？」說著，他朝我走來，像要向我行禮。我冷冷地轉頭面向桌子，開始倒咖啡，告訴他他太晚下來。

他低聲吹了口哨，從容地走到窗子旁，站了幾分鐘，望著外面陰鬱的烏雲、連綿的雨勢、濕透的草坪和滴水的光禿禿樹木等宜人景象，喃喃詛咒天氣，才坐下來吃早餐。喝咖啡時，他說咖啡「見鬼的冷掉了」。

「因為你讓它放太久。」我說。

他沒有回答，我們默默吃完早餐，郵袋送進來的時候，我們兩個都鬆了一口氣。郵袋裡有報紙和他的一、兩封信，也有兩封我的信，他二話不說隔著桌面扔過來。一封是我弟弟的來信，另一封是蜜莉森寫來的，她現在跟她母親在倫敦。我猜他的信都是談公事，而且顯然不是他想看的，因為他把信胡亂塞進口袋，咒罵了幾聲。若是平時，我一定會糾正他。他把報紙攤開在面前，假裝專注閱讀，一直到早餐結束後還看了很久。

我讀信、回信和督導家務，一上午過得十分充實，下午我就畫畫，晚餐後到就寢前那段時間讀書。在此同時，可憐的亞瑟卻苦於無事可做，不知該如何打發時間。他想裝得跟我一樣忙，跟我一樣不以為意。如果天氣好一點，早餐後他一定立刻命人備馬，出發前往某個遙遠地區，到晚上才回來。如果附近有介於十五歲到四十五歲之間的女性，他就會想辦法不顧一切地跟對方打情罵俏，或試探性地勾引對方，藉此向我報復。我內心竊喜的是，這兩件事他都沒辦法做，處境實在堪憐。他打著呵欠看報紙，草草寫了短信回覆他內容簡短的信件，上午剩餘的時間和一整個下午，就煩躁地從這個房間晃到那個房間，看看天空的雲朵，詛咒雨勢，偶爾拍拍他的狗，或逗弄或欺負牠們。有時候就懶散地躺在沙發上，捧著一本他沒辦法強迫自己讀下去的書，時不時瞄我一眼，以為我沒發現。多半想看看我臉上有沒有淚水，是不是後悔難過。但我整天都保持泰然自若卻不失嚴肅的平靜。我不是真的生氣，我始終替他難過，也渴望跟他和好。但我下定決心等他先低頭，或者至少先展現出一點謙卑悔過的神態。如果我先示弱，只會助長他的自負，增強他的傲慢，毀掉我要他吸收的教訓。

晚餐後他在飯廳待了很久，喝的葡萄酒恐怕有點過量，但還沒到讓他先開口的地步。後來他走進客廳看見我靜靜地在看書，沒有抬頭看他，他只是低聲咕噥表達他的不悅，「砰」地一聲關上門，走過去橫躺在沙發上，準備小睡片刻。這時他最喜歡的長耳獵犬戴許（原本躺在我腳邊）冒冒失失跳到他身上，開始舔他的臉。他猛地一拳將牠打走。可憐的戴許尖聲哀嚎，哆嗦地跑回我身邊。大約半小時後他醒來，想喊戴許過去，戴許卻只是畏懼地看著他搖尾巴。他用更憤怒的口氣喊牠，但戴許只是靠得離我更近，舔我的手，彷彿求我保護牠。他怒不可遏，抓起一本厚重的書對準牠的頭扔過來。可憐的戴許悲慘地哀叫，跑向房門。我開門讓牠出去，再拾起那本書。

「書給我。」亞瑟的態度不怎麼客氣。我把書交給他。

「妳為什麼放狗出去？」他問，「妳明知道我喊牠過來。」

「我怎麼會知道？因為你拿書砸牠嗎？或者那本書砸的是我？」

「不是。不過我看到妳受傷了。」他看著我的手。我的手被書本砸中，皮膚紅了一片。

我繼續看書，他也開始看書，期間煞有介事地打了幾個呵欠，不久後又說他的書是「該死的垃圾」，隨手往桌上一扔。接下來安靜了八到十分鐘，其中大部分時間我猜都盯著我看。最後他的耐性磨光了。

「海倫，那本是什麼書？」他問。

我回答他。

「好看嗎？」

「嗯，很好看。」

我繼續讀，至少做做樣子，我不敢說我的眼睛和大腦溝通有多順暢，因為我的視線雖然在書頁上移動，大腦卻納悶著亞瑟多久以後才會再說話，會說些什麼，我又該如何回答。不過，他一直到我起身備茶才又開口，但也只說他不想喝茶。他繼續賴在沙發上，偶爾閉上眼睛，偶爾看看我或看看錶。等就寢時間一到，我站起來，拿著蠟燭往外走。

「海倫！」我剛走出門口他就喊我。我又走回去，等候他的吩咐。

「亞瑟，有什麼事？」最後我問。

「沒事。」他答。「去吧！」

我走了，關門時卻聽見他嘟囔著什麼，我又轉身。那句話聽起來像是「該死的潑婦」，但我很希望自己聽錯了。

「亞瑟，你剛才在說話嗎？」我問。

「沒有。」他答。我關上門離開了。直到隔天早餐我才又看見他，他比平時晚一個小時下來。

「時間不早了。」我用這句話代替問候。

「妳不需要等我。」他回應。他又走到窗子旁，天氣跟昨天一樣。

「噢，這該死的雨！」他嘀嘀咕咕地。不過，他認真盯著雨天一兩分鐘後，好像想到什麼好點子，突然大叫，「我知道我可以做什麼！」說完轉身在餐桌旁坐下。郵袋已經在桌上等著他，他打開來看看內容物，一句話也沒說。

「有我的信嗎？」我問。

「沒有。」

他打開報紙讀了起來。

「你最好趕快喝咖啡，」我提醒他。「免得又涼掉。」

「如果妳早餐吃完了就出去，」他說，「我不需要妳。」

我起身走到隔壁房間，心裡納悶著這天我們是不是也要過得跟前一天一樣悲慘，也非常希望能結束這種相互折磨。不久後我聽見他命令僕人收拾行李，聽起來像是打算出門很長時間。之後他又把車夫找來，我聽見諸如馬車、馬匹、倫敦、明天早上七點這些話，內心無比震驚煩亂。

「我無論如何都不能讓他去倫敦。」我對自己說。「他會去花天酒地，那就是我造成的。問題在於，我該怎麼讓他改變心意？嗯，我先等一會兒，看看他會不會主動提起。」

我心急如焚等著，時間一小時又一小時過去，不管那件事或其他事，他都沒跟我說。他只是吹口哨，跟他的狗說話，這個房間逛到那個房間，跟前一天差不了多少。最後我想，看來我必須主動找他談。我正尋思著該如何開口，碰巧約翰走進來轉述馬夫的意見，無意中解除我的困擾。

「先生，理查說有匹馬得了重感冒。他在想，先生，如果你方便後天再出發，而不是明天，他今天可以用藥治療牠，這麼一來……」

「他好大的膽子！」亞瑟打斷他的話。

「拜託，先生，他說如果你肯答應會比較好。」約翰繼續求情，「因為他覺得天氣就快變好了。他還說馬兒感冒這麼嚴重，又服了藥，實在不適合……」

「該死的馬！」亞瑟大吼，想了一下又說，「跟他說我會考慮。」僕人退下以後，他好奇地瞄了我一眼，以為我會極度驚詫或緊張。可是我已經有了心理準備，裝出一臉的淡漠。他看見我穩定的目光，臉垮了下來，明顯失望地轉身走向壁爐，倚著壁爐站著，頭趴在手臂上，沒有掩飾他的沮喪。

「亞瑟，你要去哪裡？」我問。

「倫敦。」他肅穆地答。

「為什麼要去？」我又問。

「因為我在這裡不開心。」

「為什麼？」

「因為我太太不愛我。」

「如果你值得她愛，她會全心全意愛你。」

「我要怎樣才會值得她愛？」

這話聽起來夠謙卑，也夠真誠，我實在太感動，又傷心又高興，不得不停頓幾秒，才能用穩定的嗓音回答。

「亞瑟，如果她把真心獻給你，」我說，「你必須心懷感恩收下，好好珍惜，別把它撕成碎片，也別當面嘲笑她，因為她沒辦法把心搶回去。」

現在他轉身過來面對我，背對壁爐。「那就來吧，海倫，妳會當個乖女孩嗎？」

這話有點太高傲，我也不喜歡他臉上的笑容，所以沒有馬上回答。也許我之前的回答給他太多暗示，他聽見我聲音有點顫抖，或許也看見我抹去一滴淚水。

「海倫，妳會原諒我嗎？」他又說，這回更謙卑了點。

「你知道錯了嗎？」我面帶笑容朝他走去。

「心碎了！」他答，臉上的表情可憐兮兮，眼睛和嘴角卻藏著欣喜的笑意，但還不至於惹我反感，我撲進他懷裡，他熱情地摟住我。雖然我淚流不止，卻覺得那是我一生中最快樂的時光。

「那麼你不去倫敦了吧，亞瑟？」第一波淚水與親吻結束後，我問。

「不，寶貝，除非妳跟我一起去。」

「我很樂意。」我答。「只要你覺得換個環境比較有趣，而且願意延到下星期再出發。」

他一口答應，卻說不需要做太多準備。他說他不打算待太久，因為他不希望我沾染倫敦習氣。他不喜歡我太頻繁跟外面的女士往來，失去我那份屬於鄉村的清新與獨特。我覺得這種想法很蠢，這時候卻不想反駁他，只告訴他我比較習慣居家生活，不特別喜歡跟外面的人周旋。

於是我們說好後天星期一出發。我們吵架和好已經四天，我相信這次爭執對我們兩個都有好處。因為這件事，我喜歡亞瑟的程度多了很多，他對我的態度也改善非常多。從那時起，他不曾再故意提到那位勳爵夫人或他過去那些惱人的舊事惹我生氣。但願我可以把那些東西從記憶裡抹去，或讓他用跟我同樣的態度看待那些事。然而，能讓他明白那種事不適合拿來當夫妻之間說笑的題材，已經不容易了。將來他或許更能領會。我對他的期待不會設限，雖然我姑媽不看好，我自己也有沒說出口的恐懼，我仍然相信我們會幸福。

第二十五章　第一次分離

我們四月八日去倫敦，五月八日我聽從亞瑟的意思回來。我很不願意這麼做，因為他還留在那裡。如果他跟我回來，我回到家會非常高興，因為在倫敦的時候，他帶著我馬不停蹄趕場玩樂，以至於在那麼短的時間內我就累壞了。特別是，他好像決心利用所有可能的機會，向朋友、熟人和一般大眾展示我最好的一面。他認為我值得他驕傲，我當然相當欣慰，卻也付出極大代價。首先，我向來偏好樸素、穩重的深色服飾，幾乎是根深柢固的原則，為了讓他高興，我必須違背本意，佩戴閃閃發亮的昂貴珠寶，把自己打扮得像隻花蝴蝶。我很久以前就打定主意不做這種打扮，所以這個犧牲不算小。第二，我不斷迎合他的樂觀期待，用我的舉止和儀態證明他選對妻子，也常擔心自己的某些笨拙失誤或對社會禮儀有欠嫻熟令他失望，特別是扮演女主人宴請賓客時，偏偏這種機會不算少。第三，正如我先前所說，倫敦的擁擠繁忙，走馬燈似的忙碌生活令我厭倦，因為那一切跟我過去的習慣有天淵之別。最後，他突然發現倫敦的空氣對我有害無益，而我因為想念鄉下的家變得無精打采，必須立刻回到格瑞斯黛。

我笑著告訴他，我的情況沒有他想像中那麼嚴重，但如果他要回家，我很樂意跟隨。他說他必須多留一、兩星期，因為有些事他必須親自處理。

「那我留下來陪你。」我說。

「妳在這裡我沒辦法處理事情，」他答，「只要妳在這裡，我就得陪著妳，不能去辦我的事。」

「現在我知道你有事要辦，就不會讓你一直陪著我。我曾堅持要你去處理你的事，別管我。

坦白說，我很高興能夠休息喘口氣。我可以照常去公園騎馬散步，何況你的事不可能耽擱你一整天，至少吃飯時間和晚上我還是可以見到你，總比兩地相隔見不上面好得多。」

「可是寶貝，我不能讓妳留下來。我扔下妳不管，怎麼能專心辦我的事？」

「亞瑟，你去辦事的時候，我不會覺得被你扔下不管，也絕不會埋怨。如果你早點告訴我你有事要辦，這會兒已經處理好一半了。現在你得加倍努力才能彌補先前浪費的時間。跟我說說是什麼事，我不但不會妨礙你，還可以幫你掌控進度。」

「不，不。」他始終不肯讓步。「海倫，妳必須回家去。雖然離我那麼遠，至少我知道妳平平安安。妳眼睛的光采黯淡了，臉頰的淡淡紅暈也消失了。」

「那只是因為太多娛樂累出來的。」

「妳聽我說，不是那樣，是倫敦的空氣。妳渴望鄉下的清爽微風，兩天內妳一定可以聞得到。親愛的海倫，別忘了妳的情況。妳該知道妳的健康關係到我們未來希望的健康，甚至生命。」

「那麼你真的希望打發我走？」

「百分之百肯定，我會親自送妳回格瑞斯黛再回來。我最多一兩星期就回去了。」

「如果我一定得回家，我要一個人走。如果你必須留下，就不需要浪費時間多跑一趟。」

可是他不喜歡我一個人回家。

「為什麼，我在你心目中那麼沒用？」我說，「你沒辦法相信我能搭我們自己的馬車走一百六十公里路，何況有馬夫和女僕侍候？如果你送我回去，我一定會想辦法留住你。不過亞瑟，跟我說說，你到底要處理什麼麻煩事？你早先怎麼沒跟我說？」

「只是跟我的律師處理一點小事。」他說。接著他說他打算賣掉一小筆產業，支付莊園一部分抵押貸款。然而，也許他說得不清不楚，或者我理解力太差，我始終不明白為什麼他需要獨自留在城裡兩星期處理這種事。到現在我更不明白為什麼這要耗掉他一個月的時間，因為我離開他將近一個月了，他到現在還沒有要回家的跡象。他的來信都承諾再過幾天就回家，可是每一次都欺騙我，或欺騙他自己。他的藉口模糊又薄弱。我相信他又跟那群朋友混在一起了。噢，當初我為什麼要離開他！我希望，我強烈希望他回來！

六月二十九日。亞瑟還沒回來。連日來我左盼右盼等不到他的信。他寫回來的信遣詞用字相當柔情──假使花言巧語和甜蜜的稱呼算柔情的話──只是內容簡短，通篇都是我無法相信的無謂藉口和承諾。可是，我多渴盼收到他的信！往往寄出三、四封長信後，才終於收到倉促潦草的回音，我多麼焦急地打開，貪婪地品讀！

把我一個人丟在家裡這麼久，實在殘忍！他明知道我除了瑞秋，沒別的人可以說話。附近除了哈格雷夫家，我們沒別的鄰居。哈格雷夫家就在山谷對面那些蒼蒼鬱鬱的山丘之間，我從樓上窗子隱約就能看得見。當初得知蜜莉森家離我們這麼近，我很開心，現在如果有她做伴，一定能帶給我極大寬慰。但她還在城裡，他們家葛洛夫山莊目前只有小艾絲特和她的法籍女家庭教師在，因為她哥哥很少在家。我在倫敦見過這位男性之中的完美典範，雖然他比羅勃洛更健談、更好相處；比葛林斯比更坦率、更高尚；比哈特斯利（另一個亞瑟覺得適合介紹給我認識的朋友）更文雅、更風度翩翩，但我覺得他母親和妹妹對他的百般讚揚好像言過其實。

噢！亞瑟，你為什麼不回來？至少給我寫封信也好。你說擔心我的身體，我一個人在家日思夜想、焦慮不安，氣色和精神怎麼好得起來？等你回來看見我美麗的容顏憔悴枯槁，也是你活該。原本我可以央求姑丈姑媽或弟弟來看我，可是我不想向他們抱怨我寂寞度日，何況寂寞其實是我最次要的困擾。亞瑟到底在做什麼？為了什麼事耽擱那麼久？最讓我心煩意亂的是這些翻來覆去的問題，以及隨之而來的種種恐怖聯想。

七月三日。我上一封措詞激烈的信終於逼得他回信，而且篇幅比平時的長些，但我還是不明白該如何解讀。他開玩笑地責備我最後一封信語氣怨毒與酸楚，強調我絕對無法想像他被多少俗務纏身。不過他信誓旦旦保證，雖然像他這麼忙碌的人根本無法預估回家的日期，但下星期結束前他一定會回家。在此同時他規勸我要發揮耐性這種「女人的首要美德」，也提醒我「小別勝新婚」這句俗話，要我安慰自己：他離開得越久，回來時就越愛我。他請求我在他回家以前這段時間繼續寫信，因為雖然偶爾他太懶或太忙，沒給我回信，卻喜歡每天收到我的信。如果我落實我在信裡對他的威脅，以停止寫信懲罰他表面上的忽略，他會非常生氣，會想盡辦法忘掉我。最後他附帶提到可憐的蜜莉森。

「妳可憐的小朋友蜜莉森很可能再過不久就效法妳的榜樣，跟我朋友共結連理。妳也知道，哈特斯利曾經驚悚地威脅要委身第一個向他示好的老處女，至今還沒付諸實行，但他仍然保有堅定決心，要在今年底以前結束單身狀態。『只是，』他告訴我，『我必須娶個各方面都不會干涉我的人，不要像你太太。杭汀頓，妳太太是很迷人，可是她看起來好像很有主見，偶爾會展現凶悍的一面。』（我心想，『兄弟，你說對了。』不過我沒說出口。）『我一定得娶個乖巧文靜的女人，我可以做自己喜歡的事，去想去的地方，她會待在家裡或別的地方，不責備也不埋怨，我可不要被女人管。』『嗯，』我說，『只要你不介意對方沒錢，有個人完全符合你的條件，那就是哈格雷夫的妹妹蜜莉森。』於是他要我介紹他們認識，他說他自己的錢夠用了，也就是說，等他老頭下台一鞠躬，他就會有錢。所以海倫，這件事我辦得不錯，幫了妳朋友和我朋友。」

可憐的蜜莉森！但我無法想像她會接受那樣的男人，畢竟這人令人倒盡胃口，跟她心目中值得敬重和鍾愛的男人天差地別。

五日。唉！我錯了。今天早上我收到蜜莉森寄來的長信，告訴我她訂婚了，月底以前就會完婚。

「我也不知道該怎麼說。」她寫道，「或該怎麼看這件事。海倫，坦白跟妳說，我一點都不喜歡。如果我必須成為哈特斯利先生的妻子，就得想辦法愛他。我也真的盡了全力，卻沒有一點進展。最糟糕的徵兆是，他離我越遠，我越喜歡他。他唐突的舉動和作威作福的古怪模樣令我驚惶，想到要跟他結婚我就很害怕。妳一定會問：『那麼妳為什麼答應他？』我不知道自己答應了，可是媽媽說我答應了，他好像也這麼認為。我當然沒打算接受他的求婚，卻又不想斷然拒絕，擔心媽媽會難過、會生氣（我知道她希望我嫁他）。我想先跟媽媽談一談，所以我給他一個我認為語焉不詳、半否定的回答。媽媽說那樣的回答等於接受，如果我反悔，他會認為我個性善變。當時我實在困惑又害怕，根本不知道自己說了什麼。下一次我再見到他，他好像自信滿滿地認定我是他的未婚妻，也開始跟媽媽商量結婚的事。當時我沒有勇氣反駁他們，現在又能怎麼辦？我不能那麼做，他們會認為我瘋了。再者，媽媽對這門親事太滿意，覺得她幫我找到好對象，我不忍心讓她失望。我也抗議過，告訴她我真正的想法，可是妳不知道她口才多好。哈特斯利先生的父親是個有錢的銀行家，我和艾絲特都沒有財產，華特只有一點點，我們親愛的媽媽非常希望我們都嫁得好，也就是說，嫁個有錢人。在我心目中，嫁得好並不是那樣，但她也是一番好意。她說等她把我的終身大事辦妥，她就會鬆一大口氣。她還說這件親事對我好，對我們家也好。就連華特都贊成，我曾經跟他坦承我內心的遲疑，他說那都是小孩子胡思亂想。海倫，妳覺得我胡思亂想嗎？如果我覺得我能愛上他或欣賞他，就不會在意，可是我真的辦不到。他身上沒有任何值得尊敬或愛慕的特質。他跟我想像中的丈夫南轅北轍。寫信給我，盡妳所能鼓勵我。不必勸我了，我的命運已經無法改變，各種準備工作已經如火如荼展開。也別說哈特斯利先生的壞話，因為我要盡量往好處想。雖然我自己也批評了他，但這是最後一次了。從今以後，不管他有再多不是，我都不允許自己貶損他。我承諾愛他、敬重他、順從他，如果有任何人說出輕侮他的話，我會非常不高興。畢竟，我覺得他就算沒有比杭汀頓先生好，至少跟他一樣好，而妳愛杭汀頓先生，似乎也過得幸福美滿，或許我也辦得到。可能的話，請妳告訴我哈特斯利先生比他表面上看來更好，告訴我他為人正派、可敬又直爽，是一顆有待琢磨的完美鑽石。也許他真是這樣的人，只是我不了解他。我只看見他的外在，我相信那就是他最糟的一面。」

最後她說，「再見，親愛的海倫，我急著想聽妳的建議。不過，希望妳只說正面的。」

唉！可憐的蜜莉森，我又能給妳什麼鼓勵？或建議？我只希望妳大膽表達立場，就算母親、哥哥和情人會失望發怒，總好過從此將自己的一生葬送在悲慘與無謂的後悔裡。

十三日星期六。這個星期過去了，他還沒回來。美好的夏日就快過去了，我卻感受不到一絲喜悅，亞瑟也沒有從中受益。我早先一直期待夏天的到來，異想天開地以為我們可以甜甜蜜蜜一起享受這美好季節，也期盼藉由上帝的協助和我的努力，可以因此淨化他的心靈、提升他的品味，讓他能夠充分欣賞大自然，體驗平靜與神聖的愛給人帶來的益處和純粹的愉悅。可是如今每到日暮時分，我看見那圓圓的火紅夕陽默默下沉到翠綠山丘後方，看見樹木在鮮紅與金黃的溫暖薄霧中沉沉睡去，我只想到我和他又錯過一個美麗的日子。到了早晨，我被麻雀嘰嘰喳喳振翅飛翔、以及燕子歡欣鼓舞地啁啾鳴唱喚醒，牠們忙著哺餵幼雛，小小身軀生氣勃勃充滿喜悅。我推開窗子，吸一口讓人精神煥發的芬芳空氣，望著窗外美麗的景致在露珠與晨曦中展露笑顏。我總是流下不知感恩的淚水，讓那片旖旎的美景蒙羞，因為他感受不到它那令人神清氣爽的魔力。有時我在古老的樹林裡閒逛，看見嬌小的野花在小徑上對我微笑，或坐在我們的湖邊那些雄偉的老白臘樹陰影下，看著枝椏隨著拂過它們柔軟簇葉間的夏日微風搖曳擺盪，那沙沙輕響伴隨著昆蟲的悅耳低鳴，送進我耳裡。我的雙眼心不在焉地凝視小湖泊平滑如鏡的水面，湖邊長滿了樹木，有些優雅地彎腰親吻湖水，有些莊嚴地昂首而立，寬闊的手臂伸出湖的邊緣，忠實地映在深不見底的清澈湖水裡。有時水生昆蟲在水面活動，破壞了部分倒影；有時一陣清風稍嫌粗魯地掠過湖面，倒影於是化作顫動的碎片。但我感受不到欣喜，因為大自然呈現在我眼前的景象越是歡欣，我就越感慨他沒辦法在這裡體會。我們有機會一起享受的喜悅越多，我就越感受到分隔兩地帶給我們的痛苦（沒錯，我們的痛苦。雖然他未必知道，但他一定也很難受）。我的感官越是愉悅，我的心就越沉重，因為他讓我的心跟他一起圈禁在倫敦的灰塵與濃煙裡，甚至也許關在他那個可憎俱樂部的四堵牆壁裡。

　　最慘的是夜晚，當我走進冷清的房間，往外看著那枚夏夜明月，那「天空的溫柔女王」[27]飄浮在我上方的「暗藍色穹蒼」，在庭園、樹林和湖面灑下一片璀璨的銀色光輝，如此純淨、如此安詳、如此聖潔，心裡想著：此刻他在哪裡？正在做什麼？完全看不到這天堂般的美景。也許跟他那些同好正在縱酒狂歡，也許……上帝幫幫我，這實在太……太難以承受！

　　二十三日。感謝上帝，他終於回來了！簡直變了個人！整個人發紅發熱，虛弱萎靡。原本的俊俏不可思議地消失了，原本的活力與朝氣也離他而去。我沒有用言語或臉色責備他，甚至沒有問他都在忙些什麼。我不忍心問，因為我覺得他為自己的行為感到慚愧，一定是的。再者，追問只是徒增彼此的痛苦。我的寬容正合他的心意，我甚至告訴自己他深受感動。他說他很高興終於回家。雖然他變成這副模樣，上帝知道他回來我有多開心。他幾乎整天躺在沙發上，我連續幾小時為他彈琴唱歌。我代替他寫信，滿足他的一切需求。有時我讀書給他聽，有時跟他說話，有時只是坐在他身邊，用無聲的撫摸安慰他。我知道他不值得這樣的對待，也擔心會寵壞他。不過就只這一次，我願意原諒他，毫不保留、徹底原諒他。可以的話，我要讓他羞愧，從此改過自新。而且我再也不會讓他離開我。

他對我的細心照料十分滿意，也許心懷感激。他喜歡我守在他身邊，他對僕人和狗兒暴躁易怒，對我卻溫和又親切。如果我不是無微不至地設想到他的需求，又小心翼翼避免（或及時停止）做出任何基於微不足道的理由激怒他或惹他心煩的事，他又會如何，我說不上來。我多麼希望他值得我這麼細心的照料！昨天晚上我坐在他身旁，讓他的頭枕在我腿上，我的手指耙過他漂亮的鬈髮，想到這點不禁悲從中來，眼眶湧出哀傷的淚水。近來我經常為此落淚，不過這回一滴淚水掉在他臉上，他抬頭看我，展露笑顏，笑容裡沒有奚落。

「親愛的海倫！」他說，「妳怎麼哭了？妳知道我愛妳。」（他拉起我的手，按在他發熱的嘴唇上）「妳還有什麼不滿足的？」

「亞瑟，我只希望你能夠真誠又忠實地愛你自己，像我愛你一樣。」

「那很困難，真的！」他溫柔地捏捏我的手。

八月二十四日。亞瑟恢復了，跟以前一樣精力充沛、蠻不在乎，一樣活潑輕浮，像被寵壞的孩子般躁動不安，難以取悅。幾乎也一樣胡鬧，尤其是下雨天害他不能出門時。但願他有點事

27. 摘自蘇格蘭詩人威廉・密克歐（William Julius Mickle，一七三四～八八）的詩〈康諾爾府〉（Cumnor Hall）。

做，比如某種實用的手藝，或職業，或工作，任何事都好，只要每天能讓他的腦袋或雙手忙碌幾個小時，以免他整天只想著玩樂。如果他願意扮演鄉紳，做點農務該有多好，可惜他對那些一竅不通，也不肯費那種心思。也許他可以做點文學研究，學習畫畫或彈琴。他喜歡音樂，我經常勸他學習彈鋼琴。可是他太懶散，學不來。他不願意努力排除障礙，同樣也不肯約束他天生的欲望，正是這兩個特質毀了他。我認為這都是因為他有個嚴厲又粗心的父親，以及瘋狂溺愛他的母親。如果我當了母親，一定不遺餘力對抗溺愛這種罪行。想到它造成的禍患，就沒辦法用更溫和的詞形容它。

幸好打獵季節快到了，如果天氣狀況允許，他就會忙著追逐毀滅那些鷓鴣和雉雞。我們沒有松雞，否則他這時候就會有事做，不會躺在皂莢樹下扯可憐的戴許的耳朵。不過他說一個人打獵太乏味，必須找一、兩個朋友來幫忙。

「亞瑟，那就找還算正派的人。」我說。聽見他說出「朋友」這兩個字，我不禁打寒顫。我知道就是他的某些「朋友」誘使他留在倫敦，遲遲不肯放他回來。事實上，根據他偶爾說漏嘴的話或某些暗示，我不得不懷疑他經常把我的信拿給他們看，讓他們知道他妻子多麼深情地替他著想，多麼強烈思念離家在外的他。所以他們哄他留下，一星期又一星期，跟大家一起尋歡放縱，以免別人嘲笑他是個怕老婆的呆瓜。或許也要測試他放浪到什麼程度才會動搖他妻子對他的真摯情感。這個念頭真可恨，但我沒辦法相信它不是真的。

「嗯，」他答，「我想邀羅勃洛，可是邀請他就必須邀他夫人，也就是我們的共同朋友安娜貝拉。海倫，妳不怕她吧？」他的眼裡閃過一抹惡作劇的神采。

「當然不，」我答，「我為什麼要怕她？其他還有誰？」

「哈格雷夫。雖然他家就在附近，他一定很樂意來，因為他自己的地不夠打獵。我們喜歡的話，還可以到他的土地肆虐。海倫，妳也知道他為人非常正派，很有女人緣。我也想邀葛林斯比，他是個還算體面的人，話也不多。妳不反對邀葛林斯比吧。」

「我討厭他，不過，如果你希望找他來，我會想辦法忍耐他一段時間。」

「海倫，那都是偏見，只是女人的反感。」

「不是，我有充分理由討厭他。就這樣嗎？」

「嗯，大概是吧。哈特斯利忙著跟他的新娘卿卿我我，暫時沒有時間理會獵槍和獵犬。」他說。這話讓我想到，蜜莉森結婚後我又收到她幾封來信，她已經接受她的命運，或假裝接受。她聲稱在她丈夫身上發掘了數不清的美德和優點，我在想，其中某些長處也許只有偏袒的目光才看得出來，否則就算流著淚仔細尋找，恐怕也找不到。她說她已經適應他的大嗓門和無禮冒失的舉止，一定可以善盡妻子的責任去愛他。她求我燒掉那封她魯莽地批評他的信。所以我相信她應該還算幸福。不過，就算她真的過得幸福，那也要歸功於她那顆善良的心。如果她選擇相信自己是命運或她母親世俗之見的受害者，可能會過得痛苦不堪。如果她不願本於職責全力去愛她丈夫，必定會恨他直到老死。

第二十六章 賓客

九月二十三日。我們的客人大約三星期前抵達。羅勃洛勳爵伉儷結婚已經超過八個月，我必須稱讚安娜貝拉，因為她丈夫變了很多。他的外表、精神和性情都比我前一次看見他時明顯改善，雖然仍然有進步空間。他偶爾還是會不開心、會有所不滿，她也經常抱怨他的壞脾氣。然而，她是最沒資格抱怨的人，因為他從來不曾對她發脾氣，除非她做了連聖人都會被激怒的事。他仍然愛慕她，願意無所不用其極逗她開心。她明白、也懂得善用自己的優勢。但她很清楚甜言蜜語哄騙比使喚命令更安全，明智地用奉承諂媚調和她的強勢支配，讓他覺得自己是個被愛的幸福男人。然而，有時候即使在她面前他也會臉色陰鬱，而且顯然是由於苦悶，而非壞脾氣。那通常是因為她失控的脾氣或錯誤的認知造成，比如恣意踐踏他最珍視的見解，或者做出輕率失檢的行為，讓他無奈地感慨她雖然迷人又可愛，人品卻不夠好。我發自內心同情他，因為我很清楚這種感慨多麼折騰人。

但她用某種方式折磨他，害得我也跟著受罪（應該說，如果我隨她起舞，也會跟著受罪），那就是公開（但不至於太張狂）跟亞瑟調情而亞瑟非常樂意陪她玩這個遊戲。我其實不在乎，因為我知道那只是在滿足他的虛榮，外加一點故意引我吃醋的惡作劇心態，或許也想折磨他朋友。她無疑也是基於類似動機，只是多了點惡意，少了點戲耍性質。因此，以我個人來說，很明顯我必須自始至終保持不受干擾、平靜愉悅的心情，好讓他們大失所望。於是我努力表現出對我丈夫的高度信任，以及對我美麗嘉賓的花招的極度漠視。我只責備過亞瑟一次，那是因為某天晚上他們兩個特別惱人，他取笑羅勃洛的消沉焦慮。當時我跟他說了很多，也用夠嚴厲的口氣指責他，但他只是笑著說，「海倫，妳可以體會他的痛苦，對吧。」

「任何人受到不公平待遇，我都感同身受。」我答。「我也同情那些傷害他們的人。」

「海倫，其實妳跟他一樣打翻醋罈子。」說著，他笑得更厲害了。我發現他根本沒辦法明白自己做錯了什麼。從那次起，我盡全力避免提起那個話題，讓羅勃洛自求多福。他盡可能隱藏他的不愉快，卻欠缺足夠的理智或能力效法我的對策。他的鬱悶會寫在臉上，也會時不時顯得煩躁，但還不至於公然發怒，他們兩個還沒做到那種地步。我承認我偶爾會妒火中燒，那滋味非常難受、非常苦澀。尤其當她為他彈琴唱歌、他俯身鋼琴上方，毫不掩飾地沉醉在她的歌聲裡。我知道他真的樂在其中，我沒有能力引發類似的熱情。我可以用我簡單的歌曲娛樂他、取悅他，卻沒辦法讓他沉醉。

我願意的話，可以以牙還牙，因為哈格雷夫對我這個女主人格外禮貌又殷勤，尤其在亞瑟最無視我的時刻。他究竟是對我誤用同情心，或者刻意藉由朋友的失職來突顯自己的好教養，我說不清。總之，不管是哪一種情況，他的彬彬有禮都令我非常反感。就算亞瑟有一點粗心，有人用對比來誇大這種缺點當然令人不悅。再者，被人誤認為是遭丈夫冷落的妻子，這種羞辱令我無法承受。基於待客之道，我努力壓抑這種幾乎不合理的憤怒，對他展現足夠的禮貌。說句公道話，他其實沒那麼討人厭。他善於跟人交談，知識豐富品味高尚，能聊些亞瑟從來不喜歡或不感興趣的話題。可是亞瑟不喜歡我跟他說話，只要他展現出一丁點最普通的客套，他就顯得悻悻然。倒不是亞瑟對我有什麼不恰當的懷疑，我相信對他朋友也沒有，他只是覺得我只能從他身上得到快樂，只能享有他願意提供的敬意與友善。他知道他是我的太陽，當他選擇收回他的光芒，我的天空就必須是一片黑暗，他不能忍受有一輪明月來彌補我遭到剝奪的光明。這不公平，偶爾我很想用同樣的方式逗他，但我要抵抗那種誘惑。如果他太藐視我的心情，我會找到其他方法抵制他。

二十八日。昨天我們大家一起去了葛洛夫山莊，也就是哈格雷夫不常回去的家。他母親屢次邀請我們過去，以便跟她親愛的華特相處。這次她邀我們過去吃晚餐，也把附近的鄉紳都找來跟我們認識。晚宴相當豐盛，但我總是不由自主地想到背後的開銷。我不喜歡哈格雷夫太太，她是個冷酷、做作、滿腦子名利的女人。她的錢足夠讓他們過得豐衣足食，前提是她懂得撙節開支，也教導她兒子正確的價值觀。可惜她總是礙於可鄙的自尊，想盡辦法擺闊撐場面，視貧窮為可恥的罪行，避之唯恐不及。她壓榨依附她的人，刻薄僕人，甚至降低兩個女兒和她自己生活上的舒適度，只因她堅持她的排場不能輸給比她有錢三倍的人。最重要的是，她要她的寶貝兒子「在全國最高貴的紳士面前抬得起頭」。我認為她那個兒子雖然花錢不手軟，卻不是揮霍無度、一味追求感官享受的人。他只是喜歡「身邊的東西要有質感」，某種程度上不惜代價追求年輕人的嗜好，倒不是為了滿足自己的喜好，而是為了維持他上流人士的身分，或爭取他那群無法無天的朋友的認同。他太自私，沒有考慮到他自己揮霍掉的錢可以讓深愛他的母親和妹妹過得多麼寬裕。只要她們每年一度進城時能體面地露臉，他就不在乎她們在家裡如何拮据刻苦。這是對「高尚大方、親愛的華特」非常嚴厲的評斷，但我覺得不失公允。

哈格雷夫太太之所以急於讓女兒嫁進有錢人家，既是以上這些謬誤的原因，也是結果。她努力在人前裝派頭，展現女兒的優越條件，以便幫她們爭取更好的機會。因為她不懂得量入為出，又把大筆金錢花費在兒子身上，她兩個女兒不但沒了嫁妝，甚至變成她的負擔。可憐的蜜莉森恐怕已經變成這個觀念偏差的母親各種錯誤行為的犧牲品，而她母親竟然沾沾自喜地認為自己善盡為人母的責任，還希望艾絲特也能嫁得跟姊姊一樣好。不過艾絲特還是個孩子，一個天真活潑的十四歲女孩。她跟姊姊一樣真誠，一樣單純樸實，卻有屬於她自己的膽識，我猜她母親會發現很難在她身上如法炮製。

第二十七章　失檢

十月九日。男士們去樹林裡跑馬打獵，安娜貝拉在寫信，我翻開日記，提筆記錄賓客們的言行，但願往後我不再需要撰寫這樣的內容。

那是四日晚上喝過茶後不久，安娜貝拉在彈琴唱歌，亞瑟照舊站在她身旁。歌曲已經結束，她卻仍然坐在鋼琴前。亞瑟倚著她的椅背站著，用幾乎聽不見的聲音在跟她說話，兩人的臉貼得相當近。我望向羅勃洛。他當時在客廳另一邊，正在跟哈格雷夫和葛林斯比說話。我看見他急躁地瞥了安娜貝拉和亞瑟一眼，流露出明顯的焦慮。葛林斯比笑看這一切。我決心打斷他們兩人的喁喁密談，於是起身，從譜架上挑出一首曲子，走向鋼琴，打算請安娜貝拉彈奏。但我猛然停住腳步，說不出話來：我看見她坐在那裡聆聽亞瑟的溫柔低語，緋紅的臉龐似乎帶著歡欣的笑容，默默讓亞瑟握她的手。我體內的血液先衝向心臟，然後竄上腦袋，因為我看到的不只那一幕。幾乎就在我快走到的時候，他匆匆轉頭查看客廳裡的其他人，再熱情如火地拉起那隻毫不抗拒的手按向自己嘴唇。他抬起視線看見了我，連忙低頭往下看，顯得狼狽又驚慌。她也看見我了，一臉不服氣的強硬態勢。我把樂譜放在鋼琴上，轉頭走開。我身體不舒服，卻沒有離開客廳。幸好時間不早了，再過不久客人就會各自回房。

我走到壁爐前，頭倚向爐架。一、兩分鐘後有人問我是不是身體不適。我沒有回答。說實在話，當時我沒聽清楚對方說了什麼。我直覺地抬起看，發現哈格雷夫站在我身旁。

「要不要我幫妳倒杯葡萄酒？」他問。

「不，謝謝你。」我答。我轉身看看周遭。安娜貝拉俯身站在她丈夫身邊，手搭在他肩上，輕聲跟他說話，笑盈盈望著他。亞瑟坐在桌子旁翻看一本雕刻書籍。我就近找張子坐下來，哈格雷夫發現我不接受他的好意，明智地離開了。不久後大家散會，客人各自回房時，亞瑟朝我走來，臉上掛著最自信的笑容。

「海倫，妳是不是很生氣？」他低聲問。

「亞瑟，這種事不能開玩笑。」我正經地說，口氣盡量保持平靜。「除非你覺得從此失去我的愛很好玩。」

「什麼！氣成這樣？」說著，他笑嘻嘻用雙手握住我的手。我氣呼呼地把手抽回來，幾乎帶點嫌惡，因為他明顯有點醉意。

「那我必須下跪。」他跪在我面前，假裝慚愧地舉起緊緊交握的雙手，哀求道，「海倫，原諒我，我絕不再犯！」然後他用手帕蒙住臉，假裝大聲啜泣。

我讓他繼續哭，拿起蠟燭，悄悄溜出去，用最快的速度跑上樓。他很快發現我跑了，衝出來追我。我剛進房間、正準備把他關在門外，卻被他一把抱住。

「不，不，上天明鑑，妳不可以這樣溜掉！」他大喊。他發現我情緒激動，趕緊求我鎮定下來，說我臉色蒼白，如果這樣下去，一定會沒命。

「那就放開我。」我低聲說。他立刻鬆開手。幸好他放手了，因為當時我真的怒急攻心。我頹然坐進安樂椅，努力穩定心情，因為我想平靜地跟他說話。他在我身邊站了幾秒，不敢伸手碰我，也不敢開口說話。接著他靠近了些，單膝跪地，不是假裝謙遜，而是為了拉近我們之間的高低差。他的手擱在安樂椅扶手上，壓低聲音說，「海倫，那些只是胡鬧，只是玩笑，不值得放在心上。海倫，妳難道永遠弄不明白，」他接著說，膽子大了些，「妳根本不需要擔心我？不明白我全心全意愛著妳嗎？就算……」然後他又帶著似有若無的笑意說，「我真的對別人動心，妳也不必在意，因為那些迷戀像閃電般稍縱即逝，我對妳的愛卻持續燃燒，而且直到永遠，像太陽一樣。妳這個不講理的小暴君，難道不……」

「亞瑟，你能不能安靜一下？」我說。「聽我說。別以為我在吃醋發脾氣，我非常冷靜，你摸我的手。」我嚴肅地把手伸向他，卻激動地握住他的手，似乎反駁我自己的話，他不由得笑了。「先生，你不必笑。」我仍然緊握他的手，定定注視他，直到他幾乎在我面前畏縮。「杭汀頓先生，你或許以為逗我吃醋給自己找樂子沒什麼大不了。不過小心點，別勾起我的恨意。一旦你澆熄我的愛，你會發現很難再引燃。」

「海倫，我以後不會了。不過我向妳保證我不是故意的，我喝太多酒，根本不知道自己在做什麼。」

「你經常喝太多酒，這件事我也很討厭。」我憤怒的口氣令他震驚地抬起頭。我說，「沒錯，之前我沒提起過，因為我沒臉說出來。現在我要你知道這件事讓我很苦惱，如果你繼續下去，酒癮越來越大，可能會令我憎惡。如果你不及早修正，那是必然的結果。可是你對安娜貝拉的各種行為跟酒精沒有關係，而且今天晚上你心裡很清楚自己在做什麼。」

「哎，我很後悔。」他的口氣惱怒多於悔過。「妳還想要我怎樣？」

「很顯然你後悔被我看見。」我冷冰冰回答。

「如果妳沒看見，」他盯著地毯悄聲說，「根本什麼事都沒有。」

我的心臟彷彿要爆炸，但我堅定地吞下我的情緒，平靜地說，「你這麼認為？」

「嗯。」他大膽答道，「說到底，我做了什麼？根本沒什麼事，只是被妳拿來小題大作找麻煩。」

「如果你朋友羅勃洛動爵知道，會怎麼想？或者如果他或別人用你對待安娜貝拉的方式對待我，你會有什麼感覺？」

「我會轟爛他腦袋。」

「喔，既然你覺得為這種事轟爛別人腦袋合情合理，為什麼還會說那沒什麼？拿你朋友和我的心情開玩笑難道沒什麼？你明知道你朋友把他妻子的愛看得比黃金更貴重，你偷他妻子的心，比偷他的錢更不正當，為什麼還是想盡辦法要去偷？婚姻誓約只是玩笑話嗎？自己把背棄婚姻誓約當娛樂，更引誘別人跟你一起做，這叫沒什麼嗎？一個男人做出這種事，還若無其事地宣稱那些都沒什麼，這樣的人我能愛嗎？」

「妳自己也背棄婚姻誓約，」說著，他氣憤地站起來踱步。「妳承諾尊重我，服從我，現在卻凶巴巴干涉我，威脅我又指控我，說我比搶匪還糟糕。海倫，如果不是妳目前狀況特殊，我絕不會這麼忍讓。我絕不接受女人的指揮，就算是我妻子也一樣。」

「那麼你打算怎麼做？要繼續這樣下去，直到我恨你，然後指控我背棄婚姻誓約？」

他靜默半晌，答道，「妳絕不會恨我。」他走回我身邊，重新跪在我腳邊，用更激烈的口氣說，「只要我愛妳，妳就沒辦法恨我。」

「如果你繼續這種表現，我要怎麼相信你愛我？你站在我的立場思考一下：如果我做出跟你一樣的事，你還會認為我愛你嗎？在這種情況下，你會相信我的聲明，繼續敬愛我、信任我嗎？」

「情況不一樣。」他說，「忠誠是女人的天性，一生只愛一個人，盲目溫柔地愛，直到永遠。上帝祝福這些可愛的女人！妳比她們所有人都好，但妳必須同情我們男人，海倫。要給我們一點寬容，因為就像莎士比亞說的：

無論我們如何讚揚自己，
比起女人，我們的心思更輕浮、
更易變，更多渴求、更易動搖，
更快消失、耗盡。」

「你的意思是說，你的心已經不在我身上，為安娜貝拉動搖了？」

「不！上帝可以為我作證，跟妳比起來，她在我心目中根本毫無價值。除非妳對我太凶，把我趕走，否則我永遠都會這麼認為。她是人間的女子，妳是天國的天使，只是別太嚴格講求聖潔，並且記住我是個容易犯錯的可憐凡人。海倫，妳願意原諒我嗎？」他輕輕拉起我的手，帶著無辜的微笑看著我。

「如果我原諒你，你會再犯。」

「我發誓……」

「別發誓。我相信你的話，就像我相信你的誓言一樣。但願我能相信它們。」

「海倫，那就給我個機會，只要妳這次信任我、原諒我，就會明白！妳點個頭，不然我會一直受折磨。」

我沒有點頭，但我伸手搭在他肩膀上，吻他額頭，然後痛哭流涕。他溫柔地擁抱我，從那之後我們一直相處得很好。在餐桌上他很節制，對安娜貝拉的態度也合乎禮儀。第一天，他在不怠慢客人的前提下刻意跟她保持距離，之後始終友善客套，如此而已，至少當著我的面是如此。不過我猜其他時候也是一樣，因為她顯得冷漠高傲又怏怏不樂，羅勃洛明顯更開心，對亞瑟也更和善。等他們走了我會很慶幸，我一點都不喜歡安娜貝拉，要客客氣氣招呼她實在不輕鬆，何況除了我之外，她是唯一的女性，我們有太多單獨相處的機會。下回哈格雷夫太太過來拜訪，我一定會覺得鬆一大口氣。我考慮徵求亞瑟同意，邀請哈格雷夫太太過來住到客人離開。我猜我會這麼做，她一定會覺得這是我們的好意。再者，雖然我也不喜歡跟她相處，有她在至少可以免除我跟安娜貝拉單獨相處的尷尬。

那次不愉快事件後我第一次跟安娜貝拉獨處，是隔天早餐後一、兩個小時。男士們照平常的習慣花點時間寫了信，讀過報紙，一番閒聊後出門去了。我們兩個默默坐了兩、三分鐘。她忙著她的針線活，我瀏覽二十分鐘前就已經讀熟內容梗概的報紙。對我來說那真是痛苦又彆扭的時間，我認為她內心想必比我更煎熬。可惜我好像判斷錯誤。她先打破沉默，帶著最鎮定的自信笑容說道，「海倫，昨晚妳先生好像很開心。他經常都這樣嗎？」

我的血液在臉上沸騰。幸好她將他的行為歸因於他心情好，而不是其他原因。

「不。」我答。「我相信他以後不會再那樣了。」

「那麼妳給他一頓枕邊訓話了，是吧？」

「沒有！不過我告訴他我不喜歡那樣的行為，他承諾不會再犯。」

「我就覺得他今早乖多了。」她接著說。「海倫，那麼妳呢？妳哭過。是啊，眼淚是我們最好的武器。可是這樣眼睛不舒服吧？還有，淚水攻勢真能無往不利嗎？」

「我從來不假哭，也沒辦法想像有誰能假哭。」

「嗯，這我不清楚，我從來沒有機會嘗試。如果羅勃洛做出這種不當行為，我會讓他哭。妳生氣我能理解，即使我丈夫犯的錯比那輕微得多，我都會給他難忘的教訓。不過他永遠不會做那種事，我把他管束得很好，他不敢。」

「妳這樣會不會有點把功勞往自己身上攬？我聽說爵爺跟妳結婚以前就已經是個非常懂得自

我節制的人，跟現在一樣。」

「喔，妳指的是喝酒的事。沒錯，他現在沒那些問題了。至於被別的女人迷走，只要我活著一天，那方面他也會很守規矩，因為他死心塌地崇拜我。」

「很對！不過妳確定自己配嗎？」

「喔，關於這點我可不敢說。海倫，妳知道我們都不完美，沒有任何人值得別人崇拜。話說回來，妳確定妳心愛的杭汀頓配得上妳給他的愛嗎？」

我不知道該如何回應。我怒火中燒，但一點都不願意表現出來，只是咬住嘴唇，假裝整理針線。

「總而言之，」她乘勝追擊，「妳可以這樣自我安慰：妳配得上他對妳的愛。」

「妳過獎了。」我說，「至少我會努力讓自己配得上。」

之後我轉移話題。

第二十八章　母愛洋溢

十二月二十五日。去年聖誕節我還是新嫁娘，一顆心充滿對現狀的欣喜與對未來的熱切希望，也摻雜著些許不祥的恐懼。如今我是個妻子，我的欣喜平靜了些，但還不至於遭到破壞；我的希望淡化了，但還沒棄我而去。我的恐懼增加了，幸而還沒完全證實。感謝上帝，我也升格為人母了。神賜給我一個孩子，讓我為上天教育他，用一種全新、平靜的欣喜和更強烈的希望撫慰我的心。只是，希望生起時，恐懼如影隨形悄悄掩至，當我將小寶貝擁在懷裡，或喜不自勝地俯身凝視沉睡中的他，內心充滿無限希望，這時總有兩個念頭輪流出現，擾亂我滿腔的喜悅。其一，我可能留不住他；其二，他可能讓自己的生命變成詛咒。

關於第一個念頭，我有這點安慰：那遭到摧折的幼苗不會枯萎，它只是移植到另一片更合適的土壤，在更燦爛的陽光下成熟綻放。雖然我沒有機會目睹我孩子的心智發展，至少他可以遠離地球的苦難與罪惡。我的認知告訴我這不是多大的壞事，但想到這樣的可能性，我的心卻會畏縮，悄聲說我無法忍受看著他死去，無法忍受將我珍愛的這具溫暖柔弱的身軀送進冰冷無情的墳墓。這副身軀是我的骨肉，是那點純淨靈光的聖殿，是我今生的甜蜜負擔，我會盡力保護他免受世界的污染。我仍然懇切地請求上帝放過他，讓他帶給我安慰與喜悅，讓我庇護他、指導他，當他的朋友，引導他走過青春歲月的險路，讓他在人間時是神的侍者，到天國後是受到祝福與榮耀的聖人。

如果是第二種情況，他長大後令我失望，讓我的努力化為烏有，變成罪惡的奴隸，擺脫不了惡習與沉淪，變成別人和他自己的禍根。永恆的天父，若祢預知他會走上那樣的人生，現在就將他從我身邊帶走，別管我有多悲慟。趁他還是誠實純真的羔羊，將他從我懷裡帶到祢懷裡！

我的小亞瑟！你躺在那裡，睡得多麼香甜。你是你父親的小小縮影，卻像剛從天上飄下來的雪花般淨白無瑕，願上帝保護你遠離他的過失！我會看著你，會不辭勞苦保護你遠離那些過失！他醒了。他的小小手臂伸向我，睜開眼睛，和我四目相對，但還不會回應。小天使！你還不認識我，你還不會想到我，也不會愛我。我的心多麼強烈地與你的心交織在一起，我多麼感恩你帶給我的所有歡樂！但願你父親能跟我共享這些歡樂，能體會我的愛、我的希望，參與我對未來的決心和計畫。不，只要他能認同我的半數觀點，能體會我的半數感受，那會是我跟他的福氣，能夠提升並淨化他的心靈，也讓他跟這個家、跟我更緊密結合。

也許等孩子慢慢長大，他會開始體驗到對孩子的興趣和感情。目前他很開心有了兒子，也希望孩子長得好，將來成為合適的繼承人，也就只是這樣了。一開始，孩子在他眼中是個新奇好笑的東西，但不能碰觸。現在他幾乎無視孩子的存在，除非偶爾因為孩子「徹底無助」以及「無法撼搖的愚蠢」（套用他的話），或我對孩子無微不至的關注惹他心煩。我忙著照顧孩子的時候，他常會跑來坐在我身邊。起初我希望他是為了欣賞我們的無價之寶，但我很快發現他只是想要我的陪伴，或逃避寂寞的滋味。當然，我真心歡迎他，只是，對母親的最高讚美是欣賞她的孩子。有一次他令我非常震驚，那時我們的兒子出生大約兩星期，他跟我一起在嬰兒室裡，有一段時間我們都沒說話：我忘情地觀看我的孩子，以為他也跟我一樣，至少當我意識到他在一旁時是這麼認為。可是他突然大聲叫嚷，把我從失神狀態中嚇醒。

「海倫，如果妳這麼瘋狂地鍾愛那個小傢伙，我一定會憎恨他！妳完全為他著迷。」

我驚訝地抬起頭，看看他是不是在開玩笑。

「妳滿腦子只有他。」他用同樣的語氣接著說，「不管我來了或走了，在或不在，高興或傷心，對妳而言都沒有差別。妳只要有那個小醜八怪可以疼愛，根本不管我死活。」

「亞瑟，不是這樣。你走進這房間時，我總是加倍快樂；你在我身邊的時候，雖然我沒看你，內心還是非常歡喜。儘管我沒有說出來，但我想到我們的孩子時，知道你跟我有相同的想法和心情，總是特別開心。」

「我怎麼可能把我的想法和心情浪費在那個沒用的小白痴身上？」

「亞瑟，他是你的親生兒子。如果這點對你沒有意義，那麼他是我兒子，你應當尊重我的感受。」

「好啦，別生氣，我只是一時說溜嘴。」他說。「那小傢伙還不錯，只是我沒辦法跟妳一樣鍾愛他。」

「換你來幫我照顧他，當做懲罰。」說著，我站起來，把孩子放進亞瑟懷裡。

「不，別這樣，海倫，不要！」他大叫，真的很慌張。

「我不管。等你把這小東西抱在懷裡，就會更愛他。」

我將那珍貴的負累放在他手裡，退到房間另一邊，笑看那滑稽的一幕。他半困窘地坐在那裡，抱著孩子的手伸得老遠，看孩子的眼神像看著某種不同物種的古怪生物。

「海倫，快來抱走，抱走。」最後他大喊，「如果妳不抱，我就丟了他。」

我同情他的困境，或者該說擔心孩子的安危，終於把孩子抱過來。

「亞瑟，親他一下，你還沒親過他！」說著，我蹲下來把孩子送到他面前。

「我寧可親他媽媽。」他邊說邊抱住我。「好啦！這樣也算吧。」

我重新坐回安樂椅，溫柔地親吻孩子無數次，彌補他父親不肯給的吻。

「看吧！」那善妒的父親說，「妳一分鐘內給那個沒有意識、不知感恩又不說話的小東西的吻，多於過去三星期以來給我的吻。」

「那就過來吧，你這個貪得無厭的獨占狂，雖然你不可救藥又不夠格，你想要多少吻都沒問題。好了，滿意了吧？我很想從此不再吻你，直到你學會用父親的心情愛這孩子。」

「我喜歡這小惡魔……」

「亞瑟！」

「呃，這小天使……夠喜歡了。」他順手捏捏孩子嬌小的鼻尖證明他的愛。「但我不能愛他。他有什麼值得愛？他不愛我，也不愛妳。妳對他說的話他一個字都聽不懂，妳對他的善意，他沒有一丁點感恩。等他懂得對我展現他的愛，那時候我再決定要不要愛他。目前他只是個自私、無知的感官主義者，如果妳覺得他有什麼值得愛，那很好，我只是不明白妳怎麼辦得到。」

「亞瑟，如果你不那麼自私，就不會用那種眼光看待他。」

「也許吧，甜心，但事實就是如此，我也沒辦法。」

第二十九章 鄰居

一八二三年十二月二十五日。一年又過去了，我的小亞瑟順利存活成長茁壯。他身體健康，但不算強壯，調皮愛玩，輕快活潑，但不過度；已經充滿感情，也常體驗到他很久以後才能用言語表達的各種強烈情感。他終於得到他父親的喜愛，如今我擔心害怕的是，他父親有欠謹慎的縱容可能會寵壞他。但我也得留意自己的弱點，因為直到如今我才能體會，為人父母多麼容易寵壞獨生子女。

我需要兒子帶給我的慰藉，因為（我可以在這沉默的紙頁上坦承）我在丈夫身上找不到。我仍然愛他，他也用他自己的方式愛我。可是，唉，相較於我原本可以付出以及期望得到的，有如天壤之別！我們之間幾乎沒有真正的共鳴。我有多少想法與感受都隱藏在我腦海的陰暗角落；我更崇高、更優越的自我並沒有找到伴侶，注定孤孤單單在沒有陽光的陰影裡變得麻木乖戾，或在這片貧瘠的土壤因為營養不良日漸衰弱、凋零。我在此重申，我沒有資格抱怨。但容許我陳述事實，至少一部分事實，看看日後會不會有更黑暗的真相來掩蓋這些文字。我們結婚已經整整兩年，當初相戀時的「浪漫情懷」想必也消逝了。亞瑟對我的愛肯定已經所剩無幾，我也發現他性格上的所有缺點。由於我們越來越習慣彼此，如果情況還有什麼改變，那一定是往好的方向發展，我們的關係不可能比現在更糟。如果真是這樣，我想我有能力承受，至少維持目前的模樣。

亞瑟不是一般所謂的壞男人，他有很多優點，只是缺乏自制力，欠缺崇高抱負，喜歡聲色之娛，追求肉體的享受。他不算是差勁的丈夫，但他對婚姻的責任與婚姻生活的舒適看法與我不同。表面上看來，他認為妻子應該無私地愛丈夫。丈夫在家的時候，妻子就該留在家裡侍候他，取悅他，竭盡所能關照他生活上的大小事。如果他不在家，她就該好好維護他的權益，不管對內對外都一樣。不管他在外面做什麼，她都得耐心守候。

早春的時候他說他打算去倫敦，因為那裡有些事需要他去處理，不能再拖延了。他說他非常不願意離開我，不過希望我在家逗逗孩子，等他回來。

「為什麼要把我丟在家裡？」我問。「我可以陪你去，隨時都可以出發。」

「妳不會想帶孩子進城吧？」

「為什麼不行？」

這種事太荒謬：倫敦的空氣肯定對孩子不好，對照顧孩子的我也不好。在這種情況下，倫敦的夜生活不適合我。總而言之，他說帶孩子去太麻煩、有害無益又不安全。想到他獨自去倫敦，我就打寒顫，因此我盡可能反駁他的話。為了避免這種事，我什麼都願意犧牲，甚至讓孩子做出一點犧牲。不過最後他有點煩躁地告訴我，他不能帶我去，孩子晚上吵鬧不休，他累壞了，必須一個人清靜一下。我說我們可以分房睡，但他不接受。

「亞瑟，事實是，」最後我說，「你對我厭煩了，決定不要我跟你去。你一開始就可以把話說清楚。」

他否認，但我馬上離開房間跑進嬰兒室。在那裡我就算無法平撫自己的心情，至少不會被人發現。

我太受傷，沒辦法再對他的倫敦行表達任何不滿，甚至不想再提起，只跟他討論出發日期和他離家期間各種事務的處理。到了他出發前一天，我真誠地提醒他好好照顧自己，遠離各種誘惑。他取笑我的愛操心，卻也向我保證我可以放心，答應聽從我的建議。

「你大概沒辦法確定回來的日期吧？」我說。

「噢，不。基於各種情況，我實在說不準。不過寶貝，妳放心，我很快就會回來。」

「我不想把你關在家裡，」我說，「就算你在外面待幾個月，只要你沒有我也能過得開心，而且我確定你平安無事，我也不應該有怨言。但我不喜歡你跟那群你所謂的『朋友』在一起。」

「呸，呸，妳這傻女孩！妳覺得我沒辦法照顧自己嗎？」

「上次就沒有。不過亞瑟，這次，」我又說，「向我證明你能，讓我知道我可以放心信任你！」

他滿口答應，只是口氣像在安慰小孩。那麼他有沒有信守承諾？沒有，所以我從此沒辦法再信任他。悲哀，多麼悲哀的自白！我寫這些字的時候，淚水模糊我的視線。他三月上旬離家，到七月才回來。這回他懶得像上次一樣找藉口，信件比過去更少，內容更簡短，更不溫柔。尤其最初幾星期過後，信件之間的間隔越來越長，一封比一封更精簡，更草率。然而，如果我不寫信，他卻會埋怨我忽略他。我的信如果嚴厲又冷漠（我承認到最後確實如此），他便責怪我太嚴苛，說那些信就足以嚇得他不想回家。如果我改採溫和勸說，他的回信比較親切，也答應會回來。不過，我終於學會不把他的承諾當真。

那是灰暗淒慘的四個月，我的情緒在焦慮、失望與憤怒之間擺盪，可憐他，也可憐我自己。不過，那段期間我也不是全無慰藉。我無邪無害的心愛寶貝帶給我安慰。只是，這點安慰也是苦樂參半，因為我腦海不停冒出這個念頭：「以後我該如何教他尊敬他父親，卻不以他父親為榜樣？」

但我又想到，這些苦難某種程度都是我自己一意孤行造成的，我決定無怨無悔地承擔。在此同時，我也決定不要因為別人的罪過讓自己悲慘度日，要盡可能過得開心，我畢竟有孩子和忠實的瑞秋相伴。瑞秋顯然察覺到我的悲傷，也感同身受，但她個性太謹慎，不願意揭我的傷疤。除了他們，我還有我的書和鉛筆，要處理家裡的事，確保亞瑟那些可憐佃戶和雇工的福祉與安樂，有時我還會找我的年輕朋友艾絲特說說話。偶爾我騎馬過去看她，也曾經一、兩次邀她過來陪伴我。這年社交季哈格雷夫太太沒有進城，因為沒有適婚年齡的女兒，她覺得待在家裡省點花費也好。奇怪的是，哈格雷夫六月初就回家了，一直停留到八月底。

我第一次見到他是在一個溫暖靜謐的黃昏，我帶著小亞瑟和瑞秋在庭園裡漫步。瑞秋現在身兼保母督導和我的貼身女僕雙重職責：一來我離群索居，加上很多事習慣自己動手，不太需要旁人服侍；再者，我是她帶大的，現在她很想幫我帶孩子，何況她這麼值得信任，我寧可把重要任務交給她，也不想另找保母，不過還有個年輕保母從旁協助。再者，這種安排比較省錢。自從我知道亞瑟的財務狀況以後，就明白省錢不是一件小事。當初基於我自己的意願，未來很多年的時間裡，我自己財產的收入都會用來支付他的債務，而他在倫敦揮霍掉的金錢令人咋舌。

話題回到哈格雷夫，當時我跟瑞秋站在湖邊，我拿著綴滿金黃色柳絮的柳條逗弄在瑞秋懷抱咯咯笑的小亞瑟，忽然看見他騎著他那匹昂貴的黑色獵馬進了園子，橫越草坪來見我。他用一番措詞十分典雅的恭維話（顯然是騎馬過來的時候構思的）問候我，態度也十分謙恭有禮。他說他帶來他母親的口信，她知道他往這個方向過來，要他順便邀請我明天晚上賞光到他們家用餐。

「只有我們自己，沒有外人。」他說，「艾絲特很想見妳，我母親擔心妳一個人住這麼大的房子會太孤單，杭汀頓先生回家來陪伴妳以前，她希望妳能經常過去和她做伴，把我們簡陋的小房子當成自己家。」

「多謝妳母親的好意，」我說，「不過我並不孤單。整天忙個不停的人從來不會覺得孤單。」

「那麼明天妳不來嗎？如果妳拒絕，她會非常失望。」

我一點都不喜歡別人像這樣同情我的寂寞，但我還是答應了。

「真是美好的黃昏！」說著，他轉頭看看陽光照射下的庭園，那壯觀的地勢與斜坡、平靜的水面和莊嚴的樹叢。「妳住在美麗的天堂裡！」

「這的確是個美麗的黃昏！」我不禁感嘆，因為我幾乎感受不到它的美。美麗的格瑞斯黛對我來說一點也不像天堂，對那個主動遠離這片景色的人更不是。我不清楚哈格雷夫是不是猜中我的心思，但他問我最近有沒有亞瑟的消息，口氣與神態遲疑中帶點同情。

「最近沒有。」我答。

「我想也是。」他彷彿自言自語地咕噥，若有所思地望著地面。

「你不是剛從倫敦回來？」我問。

「昨天才回來。」

「你在倫敦見過他嗎？」

「嗯，見過。」

「他還好嗎？」

「還好，我是說……」他的語氣更猶豫了，臉上有種股隱忍的怒氣。「他好得……他夠好了。只是，以他這麼有福氣的人，還過那樣的生活，我實在無法理解。」說到這裡，他抬起頭，邊說邊向我嚴肅地鞠躬。我猜我臉頰漲紅了。

「杭汀頓太太，請包涵。」他接著說，「可是我看見這種執迷的盲目和變態的品味……不過妳可能不知道……」他停下來。

「先生，我什麼都不知道，只知道他在倫敦停留比我預期久得多。如果目前他喜歡那些朋友勝過自己的妻子，喜歡城裡的放蕩多過鄉下的恬靜，我猜我必須感謝那些朋友。他們的興趣和消遣跟他類似，我想不通他們為什麼會對他的行為感到憤怒或驚訝。」

「妳殘忍地錯怪我了。」他說。「過去幾星期來我很少跟杭汀頓先生在一起。至於他的興趣和消遣，我自嘆不如，畢竟我是個獨來獨往的人。我偏好啜飲品嘗，他喜歡一仰而盡。就算我曾經一時半刻企圖瘋狂愚蠢地以酒精淹沒腦海裡的雜音，或曾經跟輕率放蕩的朋友廝混，浪費太多時間與才華，上帝知道，只要我擁有一點那個男人不知感恩地棄之不顧的福分；只要有人給我一點規勸，要我展現美德、養成他最鄙夷的規律居家生活習慣；只要有這樣一個家，這樣的伴侶同享，我會樂意永遠拋下那一切！實在太不應該！」他咬牙切齒低聲罵。「還有，杭汀頓太太，」他補充，「別以為是我慫恿他繼續目前的所作所為。恰恰相反，我一而再再而三勸諫他。我經常對他的行為表達震驚，也提醒他別忘了自己的好運和責任，可惜沒用。他只是……」

「夠了，哈格雷夫先生。你該知道，不管我丈夫有什麼缺點，從陌生人口中說出來，只會讓我更不舒服。」

「那麼我是陌生人嗎？」他感慨地說，「我是離妳最近的鄰居，是妳兒子的教父，也是妳丈夫的朋友，難道不能也是妳朋友嗎？」

「真正的友誼建立在彼此的了解，哈格雷夫先生，關於你這個人，我只是耳聞，所知不多。」

「那麼妳忘了去年秋天我在妳家住了六、七星期嗎？我沒忘。而且我夠了解妳，杭汀頓太太，所以知道妳丈夫是世上最令人羨慕的男人。如果妳願意把我當朋友，我就會是第二個令人羨慕的人。」

「如果你了解我多一點，就不會有這種想法。或者即使你有，也不會說出來，還期待我因為這樣的讚美樂陶陶。」

我邊說話邊後退，他發現我不想繼續聊下去，馬上接受暗示，鄭重地鞠躬，道過晚安後騎馬調頭往馬路去了。他那番同情話語受到我不友善的回應，好像有點傷心難過。我自己也不知道用那麼嚴厲的口氣跟他說話究竟對不對，只是在那個時刻，我被他的行為惹惱，幾乎覺得被羞辱。我覺得他似乎認為我丈夫忽略家庭，甚至有意無意用誇大的罪狀指控他。我們談話的時候瑞秋往前走到幾公尺外。他騎著馬到她身邊，要求看看孩子。他小心翼翼抱起孩子，帶著近乎慈父的微笑望著他。我走過去時聽見他說，「還有這個，他也丟下了！」

他溫柔地親吻孩子，再把孩子交還給眉開眼笑的瑞秋。

「哈格雷夫先生，你喜歡小孩子嗎？」我問他，口氣軟化了些。

「通常不喜歡。」他說，「不過這孩子實在太可愛，太像他母親。」他低聲補上最後那句。

「你弄錯了。他比較像他父親。」

「瑞秋，我錯了嗎？」他請瑞秋仲裁。

「先生，我覺得這孩子跟父母雙方都像。」她答。

他走了，瑞秋說他是個非常有教養的紳士。對於這點我依然存疑。

隔天我在他家見到他，他沒有義憤填膺地批評亞瑟，也沒有用多餘的同情惹我生氣。事實上，當他母親字斟句酌地說，我丈夫的行為多麼令她難過與驚訝時，他察覺我的不悅，立刻打圓場，巧妙地轉移話題，並且斜瞄她一眼，提醒她別再提那件事。他似乎打定主意用最無懈可擊的方式善盡地主之誼，盡他所能招待客人，顯示他是多麼稱職的東道主、紳士與友伴。也確實給人一種非常好相處的印象，只是太過客氣有禮。

然而，哈格雷夫先生，我不怎麼喜歡你。我不欣賞你個性不夠坦率，你的優點底下潛藏著一種自私，我不打算視而不見。不。我知道我對你有點偏見，認為你心地不夠善良，但我不想消弭這份偏見，反而要好好珍藏，直到我相信我沒有理由懷疑你如此急於向我展現、和善又討好的友誼。

接下來那六星期我見過他幾次，除了其中一次，他母親或妹妹（或兩人同時）都在場。我去他們家拜訪時，他碰巧都在家。換她們來拜訪我的時候，總是他駕馬車送她們來。他這麼殷勤孝順，又變得喜歡待在家裡，他母親顯然十分欣慰。

我單獨見到他那次是在七月初某個不算酷熱的晴朗日子，我帶著小亞瑟到庭園周遭的樹林裡，讓他坐在老橡樹青苔覆蓋的根部。我摘了一把藍色風鈴草和野玫瑰，跪坐在他面前，把花兒一朵一朵放進他的小手，透過他燦爛的笑容享受花朵的嬌美，一時之間把所有煩憂都拋到腦後，因他清脆的笑聲而笑，因他的歡樂而歡樂。突然之間，我們前方陽光下的草地被陰影遮住，我抬起頭，看見哈格雷夫站在一旁端詳我們。

「抱歉，杭汀頓太太。」他說。「我失神了。我看見這一幕，既沒辦法上前打擾你們，也沒辦法轉身離開。我的教子長得真健壯！今天早上他真開心！」他走向孩子，彎腰想牽他的手。但他發現他的親近似乎可能招致淚水和啼哭，而非同樣友善的回應，謹慎地後退。

「杭汀頓太太，這孩子一定帶給妳不少歡笑和安慰！」他用讚賞的眼光看著孩子，說話的語調帶點哀傷。

「的確是。」我答。之後我問候他母親和妹妹。

他客氣地答覆我的探詢，然後重拾那個我想避開的話題，只不過態度有點膽怯，顯示他擔心冒犯我。

「妳最近沒收到杭汀頓的信吧？」他問。

「這星期沒有。」我答。其實過去三星期都沒有。

「今天早上我收到他的信，可惜內容不適合拿給他的夫人看。」他從背心口袋抽出半截信，信封有亞瑟那依然令我心動的字跡。他皺起眉頭看了那信一眼，又塞回口袋，說道，「他告訴我下星期會回來。」

「他寫給我的每一封信都這麼說。」

「嗯，很像他的作風。不過他跟我強調很多次，他打算待到這個月。」

這話狠狠打擊我，這證明亞瑟早有預謀，而且循序漸進地隱瞞我。

「這與他其他的行為相呼應。」哈格雷夫若有所思地看著我，想必從我的臉色讀出我的心思。

「如果這個消息能為妳帶來任何喜悅，妳可以相信。杭汀頓太太，他回來妳真的會高興嗎？」

說著，他又專注地觀察我的表情。

「當然，哈格雷夫先生，他不是我丈夫嗎？」

「唉，杭汀頓，你不知道自己輕忽了什麼！」他激動地嘟囔。

我抱起孩子，向他道別後轉身離開，想回到我自己的家深思一番。

我開心嗎？沒錯，儘管亞瑟的行為令我生氣，儘管我覺得他傷害了我，也決定要讓他體驗那種感受，但我還是很開心。

第三十章 居家日常

隔天早上我收到他的信，寥寥數語說他就快回家了，證實哈格雷夫的說辭。隔週他果然回來了，身心狀態比上回糟糕得多。他這樣疏忽家庭，我決定不再保持沉默，因為寬容沒有用。不過第一天他旅途勞累，而我很高興他終於回家，暫時不責備他，我要等到第二天。隔天早上他體力還沒恢復，我就再多等一會兒。這天他中午十二點喝一瓶蘇打水和一杯濃咖啡權充早餐，下午兩點的午餐是一瓶蘇打水摻白蘭地，到了晚餐時間，他開始挑剔餐桌上的菜肴，嚷嚷著一定要換廚師，我認為時機到了。

「亞瑟，你離家前我們就是用這個廚師，」我說，「當時你對她做的料理相當滿意。」

「那妳一定是在我出門這段時間放任她懶散馬虎了。吃這種噁心的東西會被毒死！」他氣沖沖地推開他的餐盤，絕望地靠向椅背。

「我覺得變的是你，不是她。」我用最溫和的口氣說，因為我不想惹惱他。

「也許吧。」他蠻不在乎地回答，順手拿起一杯葡萄酒加水，一口氣喝完後又說，「我血管裡像有地獄的烈火在燒，所有海洋裡的水都澆不熄。」

「那火是什麼東西引燃的？」我正要問他，管家正巧走進來收拾餐桌。

「班森，動作快點。那哐噹聲太折騰人。」亞瑟叫道。「還有，別上乳酪了，除非你要我當場嘔吐！」

班森有點驚訝地撤走乳酪，用最安靜、最迅速的方式清理桌面。不幸的是，剛才亞瑟將椅子猛力往後推，把地毯弄皺了，班森絆了一跤，手上的碗盤一陣晃盪，所幸損失不大，只有一個調味醬蓋碗摔下地砸破。令我無地自容的是，亞瑟暴跳如雷轉向班森，粗魯凶狠地咒罵他。可憐的班森臉色發白，蹲下來撿碎片時明顯在發抖。

「亞瑟，他不是故意的。」我說。「地毯絆住他的腳，何況沒什麼損失。班森，別管那些碎片了，晚一點再清理。」

班森慶幸可以離開，趕緊送上甜點就出去了。

「海倫，妳這是什麼意思，幫下人撐腰對抗我？」門關上後，亞瑟就說，「妳明知道我心情不好。」

「亞瑟，我不知道你心情不好。你突然發脾氣，可憐的班森嚇到了，也很受傷。」

「果然可憐得很！那個愚鈍的畜生笨手笨腳出差錯，弄得我神經衰弱，痛苦難挨，我還有力氣考慮他的心情嗎？」

「我以前沒聽過你埋怨神經衰弱。」

「為什麼我不能跟妳一樣有神經？」

「我沒說你不能有神經，只是我從來沒抱怨過神經衰弱。」

「妳當然沒有，妳從來沒做過任何事來折磨它們。」

「你為什麼要折磨你的神經，亞瑟？」

「妳以為我跟女人一樣沒事做，成天待在家裡照顧自己嗎？」

「你出門的時候沒辦法像個男人一樣照顧好自己嗎？出門前你告訴我你可以，也會做到，你還答應……」

「好了，好了，海倫，現在別扯那些廢話，我受不了。」

「受不了什麼？受不了我提醒你你沒做到的事嗎？」

「海倫，妳好殘忍。如果妳知道妳說話的時候我的心跳得多厲害，我每一根神經如何在我全身震顫，妳就會饒過我。妳可以同情打破碗盤的笨蛋下人，而我頭痛裂成兩半，而且因為發燒像著了火，妳卻沒有一點慈悲心。」

他伸手托住腦袋，嘆了一口氣。我走過去摸他額頭，確實發燙。

「亞瑟，跟我到客廳去，別再喝酒了。你一整天幾乎都沒吃東西，晚餐到現在已經喝了好幾杯酒。身體當然不舒服？」

我連哄帶勸，終於讓他離開餐桌。保母抱孩子過來，我想用孩子逗他開心，但可憐的小亞瑟正在長牙齒，他爸爸受不了孩子的躁動，孩子發出一丁點哭聲，立刻被他爸爸下令驅逐。後來我一度去陪伴被趕走的孩子，回來之後也挨了他罵，說我喜歡孩子勝過丈夫。我發現他還是癱在沙發上，跟我離開以前一樣。

「哎呀！」自認心靈受創的亞瑟用裝委屈的語氣嚷嚷道，「我故意不派人去找妳，就是想看看妳打算扔下我多久。」

「亞瑟，我並沒有離開很久，對吧？我相信不超過一小時。」

「是啊，一小時對妳來說不算什麼，畢竟有開心的事可做。可是對我……」

「那不是開心的事，」我打斷他，「我去照顧我們可憐的兒子。他身體不舒服，我必須哄他睡著才走得開。」

「是啊，妳對所有的東西都有滿滿的愛心和疼惜，除了我之外。」

「我為什麼要疼惜你？你怎麼了嗎？」

「呵！這句話最過分！我在外面吃苦受罪，又病又累地回到家，渴望得到一點安慰，期待至少能得到妻子的關懷和體貼，她卻平靜地問我怎麼了！」

「你什麼問題都沒有，」我說，「就算有，也都是你自找的，不理會我當初苦苦規勸和哀求。」

「夠了，海倫，」他半坐起來斷然說道，「如果妳再多說一個字煩我，我就搖鈴讓人送來六瓶葡萄酒。上天作證，我不喝光絕不離開這張沙發！」

我沒再說話，在桌子旁坐下來，拿出一本書放在面前。

「如果妳一點安慰都不肯給我，」他又說，「至少讓我耳根子清靜點！」他重新躺下，恢復原來的姿勢，不耐煩地呼出一口氣，像嘆息又像呻吟，然後倦怠地閉上雙眼，好像打算睡一覺。

我面前桌上擺的是什麼書，我不清楚，因為我看都沒看它一眼。我的手肘擱在書本兩側，雙手蒙住眼睛，開始默默落淚。亞瑟沒睡著，我才發出第一聲輕微啜泣，他就抬起頭看過來，厭膩地叫道，「海倫，妳在哭什麼？見鬼了，現在又怎麼了？」

「亞瑟，我在為你哭。」我連忙擦乾眼淚站起來，跑過去跪在他身邊，握住他無力的手。「你難道不知道你是我的一部分嗎？你認為你這樣自我傷害，自我沉淪，我不會有任何感受嗎？」

「海倫，什麼叫自我沉淪？」

「沒錯，自我沉淪！這段時間你都做了什麼？」

「妳最好別問。」他虛弱地笑了笑。

「你也最好別說，但你不能否認你墮落到無以復加的地步。你可恥地傷害自己的身體和心靈，也傷害了我。我沒辦法默默承受，我也不願意！」

「別這麼使勁掐我的手，看在老天份上，別這樣刺激我！唉，哈特斯利，你說對了，我的小命會斷送在這個女人手上。她感受太敏銳，性格又這麼強烈。好了，好了，讓我喘口氣。」

「亞瑟，你必須悔改！」我喊道，絕望地攤開雙手抱住他，把頭埋在他胸口。「你必須為你所做的一切懺悔！」

「好，好，我懺悔。」

「你才不！你會再犯。」

「如果妳用這麼殘忍的方式對待我，我活不到再犯的時候。」說著，他推開我。「妳壓得我喘不過氣來。」他伸手按住胸口，好像真的激動又難受。

「去幫我倒杯酒。」他說。「治療妳剛才造成的損傷，妳這母老虎！我幾乎快暈過去了。」

我飛奔去取他要求的解藥。他喝過之後好像真的好很多。

「你這麼健壯的年輕男人，」我接過他手中的酒杯時說，「竟把自己折騰這副模樣，實在太可悲！」

「甜心，如果妳什麼都知道，妳會說，『你竟然撐得過來，實在太神奇！』海倫，過去這四個月我活得比妳這輩子都痛快淋漓，就算妳活到一百歲也一樣。所以我一定得用某種方式付出代價。」

「如果你不小心點，就會付出超過你預期的代價。你會徹底失去健康，也會失去我的愛，如果我的愛在你心目中有點價值的話。」

「什麼！又玩起這個遊戲，拿失去妳的愛威脅我，是嗎？如果妳的愛輕易就消失，那麼它就不是那麼真實。我美麗的暴君，容我這麼說，妳會害我真心後悔當初的選擇，轉而羨慕我朋友哈特斯利娶了個溫馴的小妻子。海倫，她是女人的典範。整個社交季她都在倫敦，卻沒有找他一點麻煩。他可以像個單身漢一樣隨心所欲飲酒作樂，她從不抱怨被冷落。他可以深夜或清晨回家，或乾脆不回家；可以板著臉生氣或喝得酩酊大醉；可以盡情裝瘋賣傻，從來不需要提心吊膽。不管他做什麼，她從來不指責或埋怨。他說整個英格蘭都找不到這樣的珍寶，對天發誓說就算給他一整個王國，他也不願放棄她。」

「可是他害她活在地獄裡。」

「才不！她以他的意願為意願，只要他過得開心快活，她就心滿意足。」

「那樣的話，她就跟他一樣是個大傻瓜。但事實不是那樣。她寫過幾封信給我，說他的行為讓她非常焦慮，還抱怨你引誘他做出那些放縱的事。特別是其中一封，她要求我運用對你的影響力，讓你離開倫敦。她說你去倫敦以前，她丈夫從來不做那些事，只要你離開，他自然會遵循自己的理性，不會再過那樣的生活。」

「那個可恨的小叛徒！把那封信給我。我跟妳保證一定要拿給他看。」

「不，沒經過她同意不能給他看。就算他看到了，裡面也沒什麼惹他生氣的東西，其他的信也沒有。她從來沒說過他一句不是，只是表達她對他的憂慮。她只用最婉轉的話間接暗示他的行為，還想出各種藉口替他開脫。至於她自己的悲慘，那只是我的感覺，她什麼都沒說過。」

「可是她誹謗我，而且妳顯然幫了她。」

「不。我告訴她她高估我對你的影響力，還說如果我辦得到，會很樂意讓你遠離城裡的誘惑，可惜我成功的希望渺茫。我也告訴她，她認為你引誘哈特斯利或任何人去做壞事，這種想法不正確。我曾經抱持相反見解，不過現在我相信你們互相帶壞。如果她溫和又不失嚴肅地給她丈夫一點勸戒，也許會有一點效果。雖然他比我丈夫粗俗，但我相信他應該比較肯聽勸。」

「所以妳們就是這樣，鼓舞彼此起來造反，羞辱對方的另一半，暗罵自己的丈夫，直到雙方都稱心如意！」

「從你的行為看來，」我說，「我的惡毒建議對她沒有一點作用。至於你所謂的羞辱或誹謗，我們彼此都深深以自己伴侶的過錯與惡習為恥，不會拿來當成通信時的共同話題。我們雖然是好朋友，卻寧可把另一半的缺點放在心裡，甚至寧可不知道，除非知道以後我們可以協助你們改過。」

「夠了，夠了！別拿那些事煩我，妳這麼做永遠不會有效果。對我有點耐心，忍受我的倦怠和乖戾，過些時候我血管裡這股該死的灼熱感消失，妳就會發現我跟以前一樣開心又親切。妳為什麼不能跟上次一樣溫柔體貼？那次我對妳非常感激。」

「那麼你的感激有什麼用處？當初我自以為是地認為你為自己的逾矩行為感到羞愧，希望你永遠不再犯，如今我對你還能有什麼指望！」

「我無可救藥了，對吧？這會是個非常愉快的觀點，如果它能讓我免除我焦慮的愛妻為了改變我、帶給我的痛苦和擔憂；或者讓她不再為這種事勞心勞力，她美麗的臉龐和清脆的嗓音也不會因此黯淡失色。海倫，偶爾發頓脾氣有提醒效果，撲簌簌的淚水也能令人動容。只是，如果濫用過度，往往會變成叫人深惡痛絕的東西，一來會折損自身的美貌，二來會令身邊的人厭煩。」

從此以後，我盡可能克制我的淚水和脾氣。我不再規勸他，也不再白費心力想改變他，因為我發現那些都沒用。或許上帝才能喚醒那顆因為自我放縱變得懶散又昏沉的心，或移除障蔽他視線那層陰暗的欲望薄膜，我無能為力。他對待無力反抗的下人不公平又惡劣，我仍然覺得憤慨，也會據理力爭。很多時候只有我一個人受罪，我會平靜地承受，除非有時候他的反覆激怒使我耗盡耐心，或受到某種全新的無理取鬧刺激忍無可忍，我會克制不住脾氣，那時他又會指控我凶悍、殘酷又沒耐心。我細心地滿足他的各種需求，想盡辦法逗他開心，但我承認，我心裡少了過去那份真摯的愛，因為我感受不到那份愛。再者，現在有另一個人需要我花時間照料，那就是我體弱多病的孩子。為了孩子，我經常勇敢面對他那個需索無度的無理父親各種謾罵與埋怨。

但亞瑟不是個天生暴躁易怒的人，恰恰相反。要不是因為身體不舒服導致他極度痛苦思緒紊亂，他那種偶發的焦躁和神經過敏之間的不一致有點滑稽，幾乎像是為了逗人發笑，而非惹人發怒。隨著他健康漸漸恢復，他的脾氣也日益改善。多虧我不辭勞苦的照顧，他才能恢復得那麼快，因為我對他還有另一件事還沒絕望，為了他好，我不會輕言放棄。一如我的預期，他的酒癮越來越大。對他來說，葡萄酒現在不只是社交活動的助興飲品，它本身就是一種享受。他身體虛弱、精神萎靡那段時間靠酒精舒緩不適、提振精神，將它當成慰藉、消遣和朋友，因此越陷越深，將他永遠綑綁在那個他早已墜落的深淵。但我決定，只要我還有一丁點影響力在，絕不允許這種情形惡化下去。雖然我沒辦法阻止他過量飲用，然而，透過持續不懈的堅持、透過善意、堅定與警覺，透過哄誘、激將法和決心，我終於順利避免他被悄悄進逼、勢不可擋又後果慘烈的酒癮徹底征服。

這裡我不能忘記我非常感謝他朋友哈格雷夫。那段時間他頻繁造訪格瑞斯黛，經常跟我們一起用餐。這種情況下我通常擔心，只要哈格雷夫願意陪他大醉一場，亞瑟會任性地揚棄審慎與禮節，決定「喝個痛快」。如果哈格雷夫配合他，他很可能短短一、兩個晚上就摧毀我幾星期的努力，輕輕一碰就推倒我費盡千辛萬苦築起的脆弱堡壘。一開始我實在太擔心，不得不放下身段，私底下告訴他我對亞瑟過度飲酒的擔憂，希望他不要從旁助長。他好像很高興我願意信任他，當然也沒有辜負我。從那次以後，他非但不鼓吹亞瑟狂飲，反倒勸他節制。他總是及時把亞瑟帶進客廳，沒有讓他喝得爛醉。他會對亞瑟說，「我不想妨礙你去陪尊夫人。」或「我們別忘了杭汀頓太太一個人在客廳。」如果亞瑟不予理會，他就堅持離開餐桌到客廳來陪我，亞瑟即使心不甘情不願，也得跟過來。

此後我學會接納哈格雷夫，將他視為我們真正的朋友，一個對亞瑟無害的同伴，於我有益的盟友，來激勵亞瑟的精神，避免亞瑟因為無所事事感到乏味，或只有我相伴感到煩悶。在這種情況下，我不可避免對他心懷感激，也利用第一個方便的時機向他表達我的謝意。然而，當時我的心告訴我事情有點不對勁，我因此臉色漲紅，他堅定嚴肅的凝視加深我的疑慮，他接受我致謝的態度也使我加倍不安。他說他非常高興能為我效勞，只是這份喜悅因為對我的同情和對他自己的憐憫減弱不少。至於他為什麼憐憫自己，我不清楚，因為我不肯留下來詢問，也不願聽他傾訴內心的苦楚。他的嘆息和壓抑的苦惱好像源於滿懷的情感，不過他必須把那些情感留在心裡，否則只能向我以外的人訴說，我跟他之間的祕密夠多了。我跟我丈夫的朋友之間有個涉及我丈夫的祕密共識，而我丈夫一無所知，這樣好像不太對。但我事後想到，「就算這樣不對，那麼錯的也是亞瑟，不是我。」

當時我真的不知道我臉紅究竟是為亞瑟或我自己，因為既然我和他是一體的，我認為他就是我。我覺得他的沉淪，他的缺點和他的罪過都是我的：我為他羞愧、為他害怕、為他懺悔，為他哭泣、祈禱、感傷，就像為自己一樣。但我沒辦法為他行動，所以我必須，也確實因為這樁婚姻跟他同流合污。不只我自己這麼認為，事實也是如此。我下定決心要愛他，太迫切想原諒他的過錯，於是我反覆思量那些過錯，努力為他最低劣的品格和最偏差的行為找藉口，到最後我也熟知那些劣習，幾乎變成他的共犯。過去令我震驚或憎惡的事，如今看起來似乎順理成章。我知道那些事是錯的，因為理智和上帝宣明它們是錯的，但我漸漸失去與生俱來（或我姑媽透過言教身教灌輸給我）那份恐懼與憎惡罪行的本能。

或許過去我的評斷太嚴苛，因為我既厭惡罪人，也厭惡罪行。如今我自詡變得比較慈悲，懂得為人設想。但我是不是也變得更冷漠、更無情？以前我真傻，竟然以為自己有能力也夠純潔，能夠救贖他和我自己！如果我跟他一起毀滅在那個我想救他脫離的深淵裡，那也是我虛榮自大應得的後果！不過，求上帝保護我，也保護他！沒錯，可憐的亞瑟，我仍然對你懷抱希望，仍然為你祈禱。雖然我將你描寫成某種肆無忌憚的惡棍，沒有希望無可救藥，但那都是因為我的焦慮擔憂和我的強烈願望。愛你少一點的人不會有這麼深的怨，這麼多的不滿。最近他的行為可說是所謂的「無可挑剔」，但我知道他的心沒有改變。春天就快到了，我深深害怕接下來的事。

隨著他疲乏的身體開始恢復正常的活力，他過去對平靜鄉居生活的厭煩也逐漸浮現，於是我建議到海邊小住，既增加他的生活樂趣，也能加速他身體的復元，對我們的孩子也有好處。可是不行：濱海地區枯燥得叫人難以忍受。再者，他朋友邀他到蘇格蘭度假一、兩個月，因為那裡有更有趣的獵松雞和追蹤野鹿活動，他已經答應了。

「那麼你又要離開我了？」我問。

「是的，親愛的，但我是為了回來時能更愛妳，同時化解過去所有的不愉快和疏失。這回妳不必擔心，山區沒有誘惑。妳喜歡的話，可以趁我不在家的時間回一趟史丹寧利。妳也知道妳姑丈姑媽一直希望我們去，可是妳的好姑媽始終看我不順眼，我永遠沒辦法達到她的標準。」

他大方恩准，我非常願意善用這個機會，只是不免擔心姑媽詢問或聊起我的婚姻。平時給她寫信時我非常保留，畢竟沒什麼開心事可說。

大約八月第三個星期，亞瑟出發去了蘇格蘭，令我安慰的是，哈格雷夫也一起去了。不久後我帶著小亞瑟和瑞秋回我心愛的老家史丹寧利，見到心愛的親友，心情悲喜交加錯綜複雜。我幾乎分不清自己究竟是開心或悲傷，也不知道那些熟悉的景物、語調和臉孔引發的淚水、微笑或嘆息，究竟是因為歡喜或哀愁。距離我上一次見到或聽見那些人事物還不到兩年，感覺卻恍如隔世。或許真是如此，因為我簡直變了一個人！兩年來有太多事我沒看見、沒感受到、也不得而知。

姑丈衰老得多，健康狀況明顯退步，姑媽顯得更哀傷、心情更沉重。我相信她認為我已經為當初的衝動後悔莫及。原本我有點擔心她說出心裡的想法，或得意洋洋地怪我當初不肯聽勸，幸好她都沒有。不過她仔細觀察我，仔細到讓我覺得不太自在。她好像不相信我真的開心，格外注意我流露出的傷心表情或嚴肅觀點，會留心我不經意的談話，暗地裡做出她自己的判斷。

另外，她每隔一段時間就重覆某些溫和的探詢，打聽到很多我原本不打算告訴她的事。她串連起各種蛛絲馬跡，恐怕清楚掌握我丈夫的缺點和我的苦惱，卻不知道我還有哪些慰藉和希望。雖然我極力告訴她亞瑟還有哪些可望得救的優點，我們夫妻如何相愛，以及那些我該覺得感恩與慶幸的事，但她聽我說這些事的時候始終冷淡平靜，彷彿內心自有定見。儘管我描繪自己生活的幸福面時不無誇大之嫌，我仍然相信她那些定見跟事實相去甚遠。我為什麼急於表現得彷彿滿足於現狀？是因為傲氣嗎？或者只是合理地決定要獨自承擔這個自己找來的負荷，畢竟當初姑媽多麼努力阻止我走上這條路，現在我怎麼能讓她再為我傷心難過？可能二者都有，但我相信後者是主要動機。

我沒有住太久，因為一來姑媽密集的觀察和提問對我造成壓力，等於無言的責備，帶給我的壓迫感遠非她所能想像。再者，我覺得姑丈雖然對小亞瑟滿懷好意，但孩子對他終究是一種干擾；姑媽雖然非常喜歡小亞瑟，也常為他操心，但孩子並不能帶給她多少樂趣。

親愛的姑媽！我嬰兒時期妳對我細心照料，孩童和少年時期妳用心引導教育我，而我給妳的回報卻是讓妳失望、違反妳的意願、蔑視妳的忠告與建議，害得妳晚年還得為那些妳解決不了的磨難憂慮揪心。光是想到這些，我就幾乎心碎。我再三說服她我過得很幸福，對目前的生活也很滿意，可是，我上馬車前，她擁抱我，親吻我懷裡的孩子，對我說的最後一番話是：「海倫，好好照顧孩子，將來也許有好日子等著妳。我不難想像這孩子帶給妳多大的安慰，對妳又是多麼珍貴，可是如果妳為一時的高興寵壞他，哪天等妳心碎，後悔也來不及了。」

我回到格瑞斯黛後又過了幾星期，亞瑟才回家，但這次我不像以前那樣焦慮，知道他在蘇格蘭荒郊野嶺跑馬狩獵，跟知道他沉浸在倫敦的墮落與誘惑中，心情截然不同。他現在寫回來的信雖然篇幅不長，也沒有綿綿情話，卻比過去更為規律。最令我開心的是，他回家時的狀況並沒有比離家前更糟，反而更開心、更健壯，各方面都進步許多。從那時起我幾乎沒什麼好抱怨的。很不幸地，他還是愛喝酒，我不得不想方設法監督攔阻。不過他開始注意到他兒子，他在家時孩子帶給他不少樂趣。只要地面不至於凍得太硬，他也可以出去獵狐或騎馬，不再需要我全天候陪他消磨時間。可是現在已經一月，春天馬上就到了。我再說一次，我害怕春天帶來的後果。春天帶來希望與歡欣，我曾經開心地迎接這個美麗的季節，如今卻喚醒我全然不同的預期。

第三十一章　社交生活的美德

一八二四年三月二十日。我害怕的時間到了，正如我預料，亞瑟走了。這次他說他打算在倫敦短暫停留，之後轉往歐洲大陸，大概會在那裡待上幾星期，可能很多個星期後才會回家。如今我已經明白，他所謂的幾天就是幾星期，幾星期就是幾個月。

原本我要陪他去，不過，出發前不久他要我回家探望我父親和弟弟：當時我父親病重，弟弟也為父親的病情與致病原因深感沮喪。他不只允許我回家，甚至極力鼓吹，表現出自我犧牲的偉大情操。我跟弟弟上一次見面是在小亞瑟出生時，他跟哈格雷夫和我姑媽一起擔任孩子的教父與教母。丈夫好意允許我離開他，我不願意造成他太多不便，於是匆匆往返。然而，等我回到格瑞斯黛，他已經走了。

他留了字條說明他為什麼倉促啟程，聲稱發生了緊急事件，他必須立刻趕到倫敦，沒辦法等到我回家。他還要我別費事跟隨他，因為他在倫敦只做短暫停留，不值得我跑這一趟。當然，他自己一個人出門，會比我們倆同行省下一半以上的花費，所以共同出遊的計畫最好延到明年。他說目前他正在努力處理我們的財務，屆時狀況會更穩定。

真是這樣嗎？或者這一切只是為了確保他能夠獨自展開尋歡作樂之旅，沒有我在一旁約束？懷疑我們所愛的人說的不是實話真是件痛苦的事，可是他有太多撒謊和罔顧品德的前科，我怎麼能相信這麼不著邊際的理由。

我還有一點安慰：不久前他告訴過我，如果他再去倫敦或巴黎，飲酒作樂會比過去節制，免得損害健康，將來再也無法享樂。他並不打算活到七老八十，但至少要活得夠久，更重要的是，要享樂到最後一天。為此，他發現他必須有所節制，因為他覺得自己已經不像過去那麼英俊，雖然年紀還輕，最近卻發現他心愛的栗色頭髮裡已經冒出白髮。他也懷疑自己有點過胖，但他認為那是因為生活舒適又安逸。至於其他方面，他相信他仍舊跟過去一樣身強體健精力充沛。只不過，如果再像上一季那樣無限制的瘋狂放縱，說不定真的會拖垮健康。沒錯，他不知羞恥又放肆地對我說這些話，搭配我曾經多麼愛看、無憂無慮的淘氣眼神，以及曾經溫暖我的心、歡欣鼓舞的低沉笑聲。

嗯！很顯然這些考量比我對他的任何勸告都有效，反正沒別的指望了，就看看它們能對他發揮多少約束力。

七月三十日。他大約三星期前回來，身體狀況當然比過去好得多，只是脾氣更加暴躁。不過，也許我誤會了，也許是因為我對他少了耐心和寬容。我已經厭倦他的不公平、自私和無可救藥的墮落。真希望我措辭別這麼強烈。我不是天使，他的行為已經激起我的憤慨。我可憐的父親上星期過世，亞瑟聽到消息鬱鬱不開心，因為他發現我震驚又哀傷，擔心會因此危及他舒適的生活。我提起要訂製喪服，他驚叫說，「噢！我討厭黑色！不過，基於禮俗，我猜妳得穿一段時間。不過海倫，我希望妳不至於認為妳的表情和舉止也得跟妳的喪服搭配。妳何苦為了一個住在遠地、喝酒喝到送命的老先生長吁短嘆，讓我日子過得不舒坦，何況那人對妳我來說根本是個陌生人？咦，我敢說妳哭了！哼，一定是裝的！」

他絕不答應讓我去參加喪禮，或回去一、兩天陪陪孤單的費德烈克。他說根本沒這個必要，我竟然有這種念頭，簡直不可理喻。我父親對我有什麼重要？我從嬰兒時期到現在只見過他一次，心裡也很清楚他從來不關心我，而我弟弟也只比陌生人好一點。「再者，親愛的海倫，」他邊說邊刻意討好地抱住我，「我一天都少不了妳。」

「那麼你在外面沒有我怎麼度過那麼長的時間？」我問。

「啊！那時候我在外面的世界闖蕩，現在我在家，我親愛的居家女神，沒有妳的家難以忍受。」

「是啊，因為你需要我的服侍。可是上次你沒這麼說，你甚至催促我離開，方便你丟下我一個人出門。」我反駁道。話一出口我就後悔了，因為那好像是非常嚴重的指控：如果我錯怪他，那就是太惡劣的羞辱；如果我說對了，這樣的公然指責也太叫人難堪。不過我大可不必讓自己承受這種自責的痛苦，我的指控並沒有激起他的羞愧或憤怒。他沒有否認，也沒有找藉口，只是低聲咯咯笑，彷彿他覺得那整件事自始至終都是個巧妙又趣味的玩笑。這男人到頭來一定會令我厭惡！

美麗的姑娘，妳既釀了酒，
別忘了妳得喝掉它。28

沒錯，我會把那些酒喝到一滴不剩。除了我，誰也不會知道那滋味有多苦！

八月二十日。我們的生活又回到原來的模樣。亞瑟幾乎恢復到他過去的狀態與習慣，而我發現我最明智的做法就是不去思考過去和未來，只活在此時此刻，至少跟他有關的事情必須如此。能愛他的時候就愛他，他笑的時候我也笑（可能的話）；他歡喜的時候跟著歡喜；他和顏悅色時，我就開心；他生氣的時候，想辦法逗他開心。如果沒有用，就忍受他，替他找理由，盡可能原諒他；壓抑我自己的壞脾氣，避免激怒他。然而，我忍讓配合他那些比較無害的自我放縱時，也要想盡辦法避免他越來越沉淪。

不久後我們就不必再單獨相處，我很快又得扮演女主人，招待前年秋天同一批賓客，只是多了哈特斯利先生和（經過我特別指定）他的妻小。我期盼見到蜜莉森和她女兒。她女兒現在一歲多，會是我的小亞瑟的可愛玩伴。

九月三十日。我們的客人已經到達一兩星期，但我到現在才有時間略述一二。我始終克服不了對安娜貝拉的憎惡，那不只是私人恩怨。我不喜歡那個女人，因為我完全不認同她的為人。只要不違反待客之道，我會避免跟她相處。一旦我們必須說話或交談，彼此都極端客套，她甚至展現出明顯的熱忱。可是我不想面對這樣的熱忱！那感覺就像握著石南玫瑰或山楂花，花瓣還算鮮麗亮眼，表層觸感柔軟，但你知道底下有刺，偶爾也會碰觸到。也許你不喜歡被刺，使勁捏碎它，想摧毀那些尖刺，你的手指卻免不了會受傷

不過，近來她對亞瑟的態度倒沒有什麼值得我生氣或擔憂。最初那幾天她好像非常積極想贏得他的愛慕，他也發現了她的企圖。我經常看見他因為她那些女人心計竊笑，但我必須稱讚他，她射出的箭無力地掉落在他身旁。對於她最迷人的媚笑、最高傲的蹙額，亞瑟總是以一成不變、蠻不在乎的愉快心情回應。最後她發現他真的不為所動，突然放棄努力，在所有人面前表現得跟他一樣冷淡。之後我沒見過他對她表現出一丁點興趣，她也不曾再度設法征服他。

28. 摘自蘇格蘭詩人羅伯特・巴恩斯（Robert Burns，一七五九～九六）的詩〈鄉下姑娘〉（Country Lass）。

原本就該如此，只是亞瑟的行為從沒讓我滿意過。跟他結婚至今，我從來沒有體驗過「只要保持平靜，全心信賴，就能安歇。」[29]的甜蜜境界是什麼感覺，連一小時都沒有。葛林斯比和哈特斯利那兩個可鄙男人毀掉我管制亞瑟飲酒的所有努力。他們慫恿他跨越節制的界限，經常讓他喝得爛醉如泥，醜態百出。我不會太快忘記他們抵達第二天晚上的事。當時我剛跟女士們一起離開飯廳，門還沒關上，亞瑟就大喊，「好了，哥兒們，今晚照舊喝個痛快如何？」

蜜莉森瞥了我一眼，眼神裡帶點責備，一副我能阻止似的。可是她的表情馬上變了，因為她聽見哈特斯利的聲音穿過門板和牆壁傳出來：「當然好！派人拿酒來，這裡連一半都不夠！」

我們才剛踏進客廳，羅勃洛就跟了進來。

「你為什麼這麼快就過來？」安娜貝拉毫不客氣地嚷嚷，顯得相當不悅。

「安娜貝拉，妳知道我不喝酒。」他認真地回答。

「那你至少可以陪他們坐一下，整天在女人堆裡打轉，實在蠢極了，真想不通你怎麼能這樣！」

他用難受又驚訝的眼神責備她，頹喪地坐下，壓抑住沉重的嘆息，咬了咬蒼白的嘴唇，視線盯著地板。

「爵爺，你離開他們是對的。」我說，「相信接下來你會繼續提早過來陪我們。如果安娜貝拉懂得看重真正的智慧，明白愚蠢與放縱多麼可悲，她就不會說這些糊塗話，連開玩笑都不會。」

我說話時，他抬起視線，半吃驚、半恍神地轉頭望著我，然後再看他妻子。

「至少，」她說，「我懂得看重熱血的心和英勇的男子氣概！」

她說話時得意洋洋地睨我一眼，彷彿在說：「至少妳就做不到。」她還鄙夷地看著她丈夫，那眼神刺進他的心。我怒不可遏，卻沒資格責備她。假使我向她丈夫表達同情，顯然只會加深他的難堪。我聽從內心的想法，唯一能做的就是給他一杯咖啡，我優先親自端給他，用極度的敬意平衡她的輕蔑。他木然接過咖啡，輕輕點頭致謝，下一分鐘就把咖啡原封不動放在桌上，視線盯著安娜貝拉，沒看咖啡。

「安娜貝拉，」他的嗓音低沉空洞。「既然妳不喜歡我待在這裡，我就免除妳的困擾。」

「你要回飯廳跟他們在一起嗎？」她隨口問道。

「不。」他用令人詫異的嚴肅口吻強調，「我絕不回去找他們！不管妳怎麼說、其他人怎麼引誘，我都不會在他們身邊多停留一時半刻！但妳不需要在意，我不會再這麼不識相地提早過來惹妳心煩。」

他走出去了。我聽見大廳的門開了又關，不久後我拉開側窗窗簾，看見他在冷清陰沉又潮濕的暮色中走向庭園。

這樣的場面總是令人不愉快，我們幾個人沉默了一段時間。蜜莉森撥弄她的茶匙，顯得不知所措又彆扭。假使安娜貝拉感到一丁點羞愧或不安，她也用輕率短促的笑聲掩飾過去，平靜地喝她的咖啡。

「安娜貝拉，」最後我說，「爵爺費盡千辛萬苦才戒掉差點毀掉他的壞習慣，如果他故態復萌，到時候妳會為今天的行為後悔莫及，算妳活該。」

「親愛的，一點也不會！如果爵爺每天喝得醉醺醺，我也不在乎。那樣我才能早點擺脫他。」

「天哪，安娜貝拉！」蜜莉森驚叫，「妳怎麼能說出這麼恐怖的話！萬一上帝把妳的話當

29. 出自《聖經・以賽亞書》第三十章第十五節，但作者將原文的「力量」（strength）改為「安歇」（rest）。

真，妳就會受到懲罰，體驗到別人的感受，就像……」她停下來，因為飯廳突然爆出一波叫嚷與笑鬧聲。即使我不常聽見，還是聽得出最大聲的是哈特斯利。

「像妳目前的感受嗎？」安娜貝拉笑著說，不懷好意地盯著她表妹難堪的臉龐。

蜜莉森沒有回應，只是別開臉，擦掉一滴淚水。那時門開了，哈格雷夫走進來，臉有點紅，深色眼眸閃爍著罕見的快活神采。

「華特，我很高興你終於過來了。」他妹妹蜜莉森大聲說，「真希望你把拉爾夫也叫過來。」

「親愛的蜜莉森，那根本不可能，」他開心地答，「我自己也是費了好大工夫才脫身。拉爾夫企圖用暴力手段留住我；杭汀頓威脅要跟我絕交；最糟的是葛林斯比，他對我冷嘲熱諷，用那些最能刺傷我的話，想讓我為自己的美德難為情。女士們，我為了爭取與妳們相處的榮幸，勇敢地承受各種折磨，妳們應該溫馨地接納我才對。」說完，他笑著轉過來向我欠身行禮。

「海倫，他現在是不是帥氣極了！」蜜莉森悄聲說。她滿心以哥哥為榮，一時忘懷其他憂愁。

「的確是，」我答，「如果他眼裡的神采、嘴唇和臉孔的紅潤都是天生自然。幾小時後妳再看看就知道了。」

這時我坐在桌子旁，哈格雷夫在近處就座，請我給他一杯咖啡。

「我認為這是突襲天國大獲全勝的最佳寫照。」說著，他接下我遞給他的咖啡。「現在我置身天堂，但我是一路對抗洪水和烈火辛苦得來。哈特斯利最後一招是用他的背抵住門，賭咒說我想離開只能穿過他的身體（他塊頭可不小）。慶幸的是，那不是唯一的出路，我從側門溜走，經過管家的食櫥，把當時正在清洗碗盤的班森嚇了一大跳。」

哈格雷夫說得笑呵呵，安娜貝拉也是，但我與蜜莉森保持沉默，面色凝重。

「杭汀頓太太，原諒我太輕浮。」他抬起視線看見我，換個比較嚴肅的表情喃喃說道，「妳不習慣這種事，妳敏感的心靈明顯受它們影響。不過我跟那些鬧翻天的酒鬼在一起的時候總是想到妳，也盡力勸杭汀頓多替妳著想。可惜沒用，看來今晚他打定主意要大醉一場。我看沒必要幫他和他朋友準備咖啡，他們喝茶時間能過來就很了不起了。在此同時，我真希望能將他們逐出妳的腦海（以及我自己的腦海，我討厭想到他們）。沒錯，包括我親愛的朋友杭汀頓在內，他有能力決定某個遠遠比他優越的人是否快樂，卻沒有善加利用。我徹底厭惡那個男人！」

「那麼你最好別讓我知道。」我說，「無論他怎麼不好，他總是我的一部分。你辱罵他，勢必會冒犯我。」

「那就請妳原諒，我寧死也不願冒犯妳。妳不介意的話，我們別再談他了。」

他換了個截然不同的話題，盡心盡力逗我們這群女士開心，聊著不同主題，展現優於平時的機智與口才。偶爾只對我一個人說，偶爾同時對我們三個人說。安娜貝拉愉快地加入談話，我心裡卻很不舒服，尤其是爆笑聲和斷斷續續的歌聲隔著大廳、前廳三道門傳過來、震撼我的耳朵、貫穿我隱隱作痛的額角。蜜莉森的心情跟我一樣，因此，儘管哈格雷夫顯然好意製造歡樂氣氛，對我和蜜莉森而言，這個夜晚顯得特別漫長。

最後他們過來了，但時間已經過了十點，延後超過半小時的晚茶也即將結束。儘管我期盼他們的到來，聽見他們鬧哄哄的聲音慢慢接近，我的心卻直往下沉。哈特斯利衝進門來，粗聲粗氣連連咒罵，蜜莉森臉色一陣慘白，嚇得差點從椅子上跳起來。哈格雷夫連忙上前勸阻，提醒他屋裡有女士在。

「啊！算你聰明，提醒我有女士在，你這懦弱的逃兵。」他一面嚷嚷，一面對大舅子揮舞他的大拳頭。「多虧有她們在，否則我一眨眼工夫就揍扁你，再把你的屍體扔給天上的飛鳥和野地裡的百合[30]。」說完，他拉了把椅子坐在安娜貝拉身旁，開始跟她說話，態度荒唐又無禮。她應該會覺得逗趣多於冒犯，卻假裝討厭他的無禮，用尖酸刻薄的話語還以顏色。

他們進門時，原本坐在我身旁的哈格雷夫站起來走開。葛林斯比坐進那張椅子，正經八百地告訴我，如果我能給他一杯茶，他會感激不盡。亞瑟坐在可憐的蜜莉森身旁，親密地把臉湊近她，見她退縮，他就貼得更近。他不像哈特斯利那麼喧鬧，但他整張臉紅通通，笑個不停。我為他的言行舉止羞紅了臉，內心卻慶幸他用極低的音量跟蜜莉森交談，除了她，誰也聽不見他說了些什麼。那些話頂多也就是難以忍受的胡言亂語，因為她好像非常慌張，先是漲紅了臉，又把椅子往後推，最後乾脆逃過來跟我一起坐在沙發上。亞瑟唯一的目的好像就是惹她生氣，見她被他逼走，笑得前仰後合。他把椅子拉到桌子旁，將交疊的手臂擺在桌上，虛弱無力地笑個不停。等他笑膩了，又抬頭大聲叫喚哈特斯利，兩人聲嘶力竭地爭吵起來，究竟吵什麼我也不清楚。

「真是兩個呆瓜！」葛林斯比慢條斯理地說。當時他坐在我身旁一本正經地說個不停，但我聚精會神觀察那兩人（尤其是亞瑟）的可悲狀態，無心聽他說。

「杭汀頓太太，妳聽見他們說的那些荒唐話了嗎？」他接著說，「我個人深深以他們為恥。他們兩個喝不到一瓶酒，腦子就不清楚了……」

「葛林斯比先生，你把奶精倒進碟子裡了。」

「啊！對，我看到了。這地方簡直伸手不見五指。哈格雷夫，你能不能剪一下燈芯？」

「那是蠟燭，不必剪燈芯。」我說。

哈格雷夫帶著諷刺的笑容說，「『眼睛是身體的光，若你目光單純，全身都光明。』[31]」

葛林斯比莊嚴地對他揮手，不予理會。而後轉向我，用同樣慢條斯理的語調、古怪不明確的話語和慎重嚴謹的表情說話。「不過像我剛才說的，杭汀頓太太，他們根本沒腦子，喝個半瓶就失常了。而我，嗯，我今晚喝的量比他們多三倍，妳看我還是非常穩定。妳可能會覺得不可思議，我想我可以解釋：他們的大腦，我沒指名道姓，妳知道我說的是誰。他們的大腦本來就沒什麼重量，那種發酵液體的酒氣讓他們腦子變得更輕飄飄，所以就頭昏眼花，也就是暈頭轉向。反之，我的大腦裡面裝的是更紮實的東西，可以吸收大量酒氣，不會造成明顯後果……」

「我覺得你可以在那杯茶裡看到明顯後果。」哈格雷夫打岔說，「因為你加了不少糖。平時你都只加一顆，剛才加了六顆。」

「是嗎？」說著，哲學家葛林斯比把茶匙放進茶杯裡，撈起幾顆半融化的糖，確認哈格雷夫的說法。「唔！我明白了。女士，這就告訴我們心不在焉的壞處，告誡我們處理生活大小事時別過度思考。如果我跟普通男人一樣聰明外露，而不是像哲學家一樣滿腹哲思，就不會浪費了這杯茶，還得麻煩妳再倒一杯給我。請容許我把這杯茶倒進水缽。」

「葛林斯比先生，那是糖罐。這下子你連糖都糟蹋了。我要請你搖鈴讓人拿糖來，因為爵爺終於進來了，希望他不介意跟我們這樣一群人攪和，讓我幫他沏杯茶。」

羅勃洛莊重地鞠躬，回應我的請求，卻沒有答話。哈格雷夫主動搖鈴讓下人取糖，因為葛林斯比一面感嘆他的失誤，一面怪罪茶壺的陰影和昏暗的光線害他看不清。

羅勃洛一、兩分鐘前進來，除了我沒別人看見。他進來後一直站在門口，冷眼觀看屋裡的景象。現在他走向背對他坐著的安娜貝拉。哈特斯利還坐在她身邊，但沒跟她說話，因為他忙著大聲辱罵欺凌亞瑟。

「安娜貝拉，」他站在她椅子後面，上身往前探。「這三種『英勇的男子氣概』，妳希望我學

30. 飛鳥與百合典故取自《聖經．馬太福音》第六章第二十六至二十八章。
31. 此句摘自《聖經．馬太福音》第六章第二十二節。

習哪一種？」

「天地為證！你要學習我們大家！」哈特斯利大聲嚷嚷，從椅子上跳起來，粗魯地抓住他手臂。「喂，杭汀頓！」他大喊，「我逮到他了！來，哥兒們，幫個忙！他媽的，我不灌醉他絕不罷休，否則我死後不得超生。我保證他要彌補過去的不聽話。」

接下來是一場有失體面的拉扯。力大無窮的瘋漢哈特斯利企圖把羅勃洛拖出客廳，羅勃洛臉色蒼白怒氣騰騰，極力想掙脫。我叫亞瑟協助飽受凌虐的羅勃洛，但他只是笑，什麼都做不了。

「杭汀頓，你這白痴，不能過來幫我嗎？」哈特斯利叫道。他因為飲酒過量，體力已經變差。

「哈特斯利，我在這裡祝你成功，用我的禱告助你一臂之力。就算牽涉到我的生死，我也無能為力，我沒力氣了。哎喲！」他向後靠向椅背，雙手撐著腰，大聲哀嚎。

「安娜貝拉，拿枝蠟燭給我！」羅勃洛沒命地抱緊門柱，哈特斯利已經抱住他的腰，使勁要將他拉開。

「我才不插手你們的野蠻遊戲！」安娜貝拉冷冷地退後。「你怎麼會有這種期待？」我抓起一根蠟燭拿給羅勃洛。他接過去，將燭火湊近哈特斯利的手。不一會兒哈特斯利像野獸般狂吼，鬆開雙手放他走。他走掉了，我猜回自己房間去了，直到第二天早晨才又露臉。哈特斯利像個瘋子似地滿口咒罵，撲上窗邊的軟榻。門口已經恢復通暢，蜜莉森想偷溜出去，避開她丈夫丟人現眼的場景。但哈特斯利喊她回來，逼她走到他面前。

「拉爾夫，找我有事嗎？」她不情願地走過去，低聲問道。

「我想知道妳是怎麼回事。」說著，他像對待孩子似地拉她過去坐在他腿上。「蜜莉森，妳為什麼哭？告訴我。」

「我沒哭。」

「妳有。」他一口咬定，粗魯地拉開她蒙住臉的雙手。「妳好大膽，竟敢撒這種謊！」

「我現在沒哭。」她哀求道。

「可是妳剛才哭了，就在一分鐘以前。我要知道原因。來，妳必須告訴我！」

「拉爾夫，不要這樣。別忘了我們不是在自己家。」

「無所謂：妳必須回答我！」哈特斯利猛力搖晃她，孔武有力的手指冷酷地掐住她纖細的手臂，企圖逼她回答。

「別讓他那樣對待你妹妹。」我對哈格雷夫說。

「夠了，哈特斯利，你不可以這樣。」哈格雷夫走向那對極不匹配的夫妻。「麻煩你放開我妹妹。」

他想撥開那個惡徒扣在她妹妹手臂上的指頭，卻突然踉蹌後退，幾乎倒在地上。原來哈特斯利對準他胸口狠狠揍了一拳，並且警告他，「這是你冒失的代價！以後學乖點，別管我們夫妻的事。」

「要不是你喝醉了，我一定討回公道！」哈格雷夫喘著氣說，他臉色發白呼吸困難，既因為生氣，也因為胸口挨的那一拳。

「下地獄去吧！」哈特斯利罵道。

「好了，蜜莉森，告訴我妳剛才哭什麼？」

「我晚點再告訴你，」她喃喃答道，「等沒別人在的時候。」

「現在就說！」他再次搖她掐她。她深吸一口氣，咬住下唇，以免疼得喊出聲來。

「哈特斯利先生，我來告訴你。」我說，「她會哭純粹是替你感到羞恥難堪，因為她受不了你那種丟臉的行為。」

「去妳的！」他咕噥一聲，愚蠢又震驚地瞪著我，無法相信我竟敢「出言不遜」。「不是那樣的，對吧？蜜莉森。」

她沉默不語。

「來，說吧，孩子。」

「我現在不能說。」她嗚咽說道。

「既然妳能答『我不能說』，就可以答『是』或『不是』。說吧！」

「是。」她悄聲說，頭低垂著，為承認這種事羞紅了臉。

「妳這無禮的賤丫頭去死吧！」他大吼一聲，順手將她推開，力道之猛，害她側躺摔在地上。我和她哥哥還來不及去扶她，她已經爬起來、用最快的速度衝出客廳，我猜立刻上樓去了。下一個攻擊目標是亞瑟，當時他坐在對面，無疑痛快地享受剛才那一幕。

「杭汀頓，」暴躁的哈特斯利叫道，「我不許你坐在那裡笑得像個白痴！」

「噢，哈特斯利。」亞瑟邊說邊擦流淚的眼睛。「我會被你笑死。」

「沒錯，但不是笑死。老弟，如果你再發出那種無腦笑聲惹怒我，我會挖出你的心臟！什麼！你還笑！去你的！看看你會不會靜下來！」說著，哈特斯利抄起一把矮凳，瞄準亞瑟的頭扔過去。但他沒扔中，亞瑟仍然癱坐在椅子上，隨著虛弱的笑聲顫動，淚水流得滿臉。真是可悲的畫面。

哈特斯利於是瘋狂咒罵，還是沒用，又從身邊的桌上抓起幾本書，一本一本扔向惹他生氣的亞瑟，亞瑟卻只是笑得更厲害。最後哈特斯利發狂地衝向他，抓住他肩膀狠命搖晃，亞瑟邊笑邊發出嚇人的尖嘯。我覺得我已經看夠我丈夫的醜態，沒再看下去，獨自離開，安娜貝拉和其他人願意的話可以自行散會。但我沒睡，我讓瑞秋去休息，自己在房裡走來走去，為剛才的事痛苦不堪，擔心接下來不知還會發生什麼事，想著不幸的亞瑟能不能或什麼時候才會回房睡覺。

最後他來了，由葛林斯比和哈特斯利攙扶，緩慢蹣跚地上樓。那兩個人自己也走不穩，卻都在笑，也在取笑他，喧鬧聲大得所有僕人都聽得見。亞瑟已經不笑了，而是又醉又蠢。我不再寫那些事了。

這種丟臉（或近乎丟臉）的情景重複不只一次。我沒跟亞瑟抱怨太多，因為抱怨的結果弊多於利。但我讓他知道我不喜歡那種場面，每次他都承諾不會再發生。不過，他恐怕已經失去他曾經擁有、為數不多的自制與自重。過去他會為這種行為感到慚愧，至少羞於被他那幫所謂的好朋友以外的人看見。他朋友哈格雷夫行為謹慎，懂得自我管理，我替亞瑟感到羨慕。他向來只喝到「微醺」，不讓自己出醜，總是繼羅勃洛之後第一個離開餐桌。羅勃洛比他更明智，堅持尾隨女士們離開飯廳，但自從上回安娜貝拉深深觸怒他以後，他總是最後一個進客廳，在那之前他都待在圖書室，我也刻意命人點著蠟燭方便他使用。如果月色明亮，他就會到外面散步。我認為安娜貝拉也後悔當時的無理，因為她不曾再犯。近來她對他的態度格外親切，而且始終溫柔關懷，那是過去不曾有過的現象。我認為她的改變是從她不再奢望爭取亞瑟的仰慕開始。

第三十二章 兩相比較；拒聽的消息

十月五日。艾絲特漸漸長成好女孩。她還在上課，但她母親經常趁上午男士們出門後帶她過來。有時候她會跟她姊姊、我和孩子們相聚一、兩個小時。我們去葛洛夫山莊時，我總會想辦法見到她，跟她談話的時間比跟任何人都多。我非常喜歡這個小朋友，她也喜歡我。只是，我看不出來我有哪一點值得她欣賞，畢竟我已經不再是過去那個歡天喜地的活潑女孩。不過她沒別的朋友，平時接觸的只有那個性格迥異的母親和她的女家庭教師（一個矯揉造作古板拘泥的人。那位精明的母親想要矯正女兒的天性，再也找不到比她更合適的人選），偶爾還有她那位乖巧文靜的姊姊。我經常好奇她未來會走上什麼樣的命運，她自己也是。但她對未來充滿樂觀的希望，就像過去的我一樣。想到或許有朝一日她會跟我一樣，驚覺那一切只是騙人的假象，我不禁顫抖。萬一她幻滅了，我好像會比自己幻滅更難受。我幾乎覺得我天生注定如此，可是她是那麼開朗活潑，那麼無憂無慮，那麼天真爛漫。唉，如果她體驗到我此刻的心情，知道我知道的事，那就太殘酷了！

她姊姊也替她擔憂。昨天早上是十月最風和日麗的一天，我與蜜莉森帶著孩子在花園裡享受短短半小時的時光。當時安娜貝拉躺在客廳沙發上，專注讀著最新出版的小說。我們和兩個孩子盡情嬉戲，幾乎跟他們一樣開心蹦跳，偶爾在那棵高大的紫褐山毛櫸的樹蔭停下來喘口氣，整理因為瘋狂玩樂加上調皮的微風吹拂弄亂的髮絲。兩個孩子踩著搖搖晃晃的步伐走在陽光明媚的寬敞步道上，我的小亞瑟牽著步履不穩的小海倫，靈巧地指著路邊最鮮麗的野花提醒她欣賞，嘴裡說著似通不通的牙牙兒語。對小海倫來說，那跟其他方式的溝通一樣合用。我們笑看那可愛的畫面，聊起孩子們的未來，兩人變得心事重重。我們沿著走道緩步前進，各自沉思不語。可能是由於一連串的聯想，蜜莉森想到她妹妹。

「海倫，」她說，「妳常見到艾絲特，對吧？」

「不算常。」

「但妳見到她的機會總是比我多，而且我知道她很愛妳，非常崇拜妳。妳說的話她最聽得進去，她說妳比媽媽有見地。」

「那是因為她有自己的主見，比起妳媽媽的觀念，我的見解通常跟她比較契合。不過妳想說什麼？」

「嗯，既然妳對她有這麼大的影響力，我希望妳能認真地告訴她，在任何情況下，不管是誰來勸說，永遠不要為了金錢、地位、權勢或其他世俗事物去結婚，婚姻的基礎必須是真愛和真正的尊重。」

「沒這個必要。」我說。「我跟她談過這個話題，妳可以放心，她對愛情與婚姻的看法比誰都浪漫。」

「可是浪漫的觀點沒有用，我要她有實際的觀點。」

「很對。但在我看來，浪漫這種東西被世人污名化，它其實比一般人想像中更貼近事實。即使青春時期的寬厚觀點經常敵不過晚年的灰暗見解，卻不代表那些觀點是錯的。」

「那麼如果妳認為她的觀念很正確，就想辦法強化它們，好嗎？也要盡妳所能讓它們根深柢固。我年輕時也有浪漫觀點……我的意思不是說我後悔當初的選擇，我很確定我不後悔，可是……」

「我明白妳的意思。」我說。「妳很滿意自己的人生，但妳不希望妳妹妹走上跟妳一樣的路。」

「沒錯，或者更糟的路。她也許會過得比我苦。海倫，也許妳不相信，但我真的很知足。說句發自肺腑的真心話，就算我換掉我丈夫就像摘這片葉子那麼容易，我也不願意拿他交換世上任何男人。」

「我相信，妳已經嫁給他，當然不願意拿他交換任何男人，但妳很願意拿他的某些性格跟那些比較好的男人交換。」

「沒錯，正如，我也樂意拿自己的某些性格跟比較好的女人交換。因為他跟我都不完美，我期待他能變好，就像我期待自己也能變好。而且他一定會變好，海倫，妳不這麼認為嗎？他才二十六歲。」

「也許吧。」我答。

「他會，一定會！」她強調。

「蜜莉森，原諒我認同的口氣太薄弱。我無論如何都不願意潑妳冷水，但我的希望總是幻滅。對於自己的期待，我已經變得跟最悲觀的八旬老人一樣洩氣、一樣質疑。」

「但即使是杭汀頓先生，妳還是懷抱希望吧？」

「確實，我承認，『即使』是他。因為生命和希望好像必須同時終止。蜜莉森，他比妳的哈特斯利糟糕那麼多嗎？」

「坦白告訴妳，我認為他們兩個沒得比。不過海倫，妳不要生氣，妳知道我向來有話直說。妳也可以說出妳的想法，我不介意。」

「親愛的，我沒生氣。我的想法是，如果真要拿他們比個高下，勝出的會是哈特斯利。」

蜜莉森很清楚我說出這樣的話有多心痛。她沒有答話，只是像孩子似地一時興起，突然在我臉頰親了一下表達她的同情，而後連忙走過去抱起她女兒，把臉埋在孩子的連衣裙裡。多奇怪啊，我們總是為別人的苦難哭泣 ，卻不曾為自己落淚！她的心已經裝滿自己的哀愁，卻為我的苦潰堤。我也是，我已經許多星期不曾為自己哭泣，看見她同情的淚水，自己也忍不住紅了眼眶。

蜜莉森的知足倒未必全是裝出來的。她真心愛她丈夫，她丈夫沒有任何一點比我丈夫差也是事實。也許他玩樂時不至於太放縱，或者因為他體格比較強悍健壯，所以荒唐的生活並沒有對他造成太多損害。他從來不曾喝到近乎失能。以他來說，一夜狂歡的結果只是脾氣變得比較暴躁，或者隔天早上顯得更陰沉粗暴。他不會出現那種叫人心灰意冷的失神表情，不會有那種丟人現眼、讓旁觀者替他無地自容的胡攪蠻纏。

話說回來，亞瑟以前也不是這樣。他在哈特斯利這個年紀時，酒量比現在好。如果哈特斯利不及時醒悟，等他放蕩到亞瑟這個年紀，對酒精的承受力也會減低。他比亞瑟年輕五歲，壞習慣還沒定型，他還沒張開雙臂擁抱它們，讓它們變成他的一部分。那些劣習沾染不深，像件披風，他願意的話隨時可脫掉。但這樣的自由他還能擁有多久？雖然他脾氣不好、注重感官享受，撇開身為萬物之靈的責任與更高殊榮不談，他不算是沉迷酒色。只是，相較於比較放鬆、比較欠缺活力的娛樂，他更喜歡活躍、痛快的感官享受。不管是在餐桌上或其他方面，他都不過度講究。任何食物只要在他面前，他都可以大快朵頤，不會一味追求味蕾或視覺上的享受，以至於貶損自己的人格：我們都不喜歡看見自己尊敬的人有失身分地挑精揀肥吹毛求疵。

至於亞瑟，如果不是擔心會對他的口欲造成無法逆轉的破壞，讓他失去享受吃喝玩樂的能力，恐怕會一頭栽進奢華生活裡，最終在最低俗的物欲中沉淪。哈特斯利雖然粗野又狂暴，我相信他更有機會悔改。我絕非責怪蜜莉森縱容他放浪形骸，但我真的認為如果她有勇氣或意志力對他說出心裡的想法，並且堅持立場不退縮，他痛改前非的機會頗大，而且可能會更善待她，最後還會更愛她。我之所以有這種想法，部分原因在於他幾天前跟我說的話。我有意找個時間跟蜜莉森聊聊這件事，卻有所遲疑，因為我知道這違背她的觀點和個性。萬一我的意見沒有發揮用處，那就只是徒增她的困擾，反倒造成傷害。

那是上星期某個下雨天，大多數賓客都在撞球室消磨時間，我和蜜莉森帶著小亞瑟和小海倫在圖書室，打算看看書、逗逗孩子，彼此閒談度過愉快的上午。然而，我們才享受兩小時的恬靜，哈特斯利就走進來。我猜是經過大廳時聽見他女兒的聲音，因為他極度疼愛女兒，小海倫也非常喜歡爸爸。

他早餐結束後就去馬廄跟他那些馬兒同伴相處，渾身馬廄氣味。但小海倫不在乎，她父親魁梧的身形一出現在門口，她開心地發出尖叫，立刻離開媽媽，咯咯笑地衝向他，一路張開雙臂保持平衡。她抱住爸爸膝蓋，仰起頭對著他笑。他是該笑嘻嘻低頭看她，那美麗的小臉蛋充滿天真的歡愉、藍眼睛清澈閃亮，一頭柔軟的淡黃色髮絲垂落在象牙白後頸和肩膀上。他不覺得自己不配擁有這樣的寶貝嗎？我看他從來沒有過這樣的念頭。他抱起女兒，兩人瘋狂地玩了幾分鐘，聽不出笑或叫得比較大聲的是父親或女兒。然而，這陣歡樂一如預期突然結束，因為小海倫被弄疼，哭了起來。她粗魯的大玩伴將她塞進媽媽懷裡，要她「搞定她」。回到媽媽溫柔懷抱的小海倫就跟不久前離開時一樣開心，馬上止住哭聲，舒適地窩在媽媽臂彎，小腦袋疲倦地躺在媽媽胸口，很快入睡了。

哈特斯利大步走向壁爐，巍峨地站在我們和爐火之間，兩手插腰，挺起胸膛環顧四周，彷彿這房子和裡面的一應物品完全屬於他。

「該死的壞天氣！」他說，「我看今天沒辦法打獵了。」而後他忽然扯開嗓門，為我們獻唱幾小節輕快歌曲。歌聲戛然而止，以一聲口哨收尾，然後他說，「杭汀頓太太，妳丈夫養的馬真不賴，數量不多，但品質很好。今天早上我仔細看了一下，我敢說黑老大和灰湯姆，還有那匹年輕的寧羅，是我近期以來見過最優良的馬！」緊接著，他鉅細靡遺評論牠們各自的優點，最後說等他的老父親駕鶴西歸，他打算在馬術界開創什麼樣的大業。但他補充說，「倒不是我希望他早點翹辮子，那個老勇士想活多久都隨他高興。」

「哈特斯利，但願如此。」

「真是這樣！我只是口無遮攔。那一天總會來，所以我凡事往好處想，這樣比較好，不是嗎？妳們兩個在這裡做什麼？對了，羅勃洛夫人在哪？」

「在撞球房。」

「她真是非常耀眼的女人！」說話時他盯著他妻子。蜜莉森臉色緋紅。他說得越多，她越是侷促不安。「多麼高雅的體態，還有那美極了的黑眼睛。有她自己的個性，說起話來又是那麼頭頭是道。我徹底仰慕她！不過蜜莉森妳別介意，就算她有一整個王國當陪嫁，我也不會娶她！我對我現在的妻子比較滿意。咦，妳為什麼一臉不高興？妳不相信我的話嗎？」

「我相信。」蜜莉森輕聲答，悶悶不樂的口氣有哀傷有委屈，說完，轉身撫摸女兒的頭髮：稍早她把睡熟的小海倫放在沙發上。

「嗯，那妳為什麼不高興？過來，蜜兒，跟我說說妳對我的話有什麼不滿意。」

她走過去，用她的小手挽住他手臂，抬頭看他的臉，柔聲說道：「拉爾夫，你那番話該怎麼解讀？只有這樣：雖然你非常欣賞安娜貝拉，因為她擁有很多我沒有的特點，可是你寧可娶我也不娶她，這只是證明你認為沒有必要愛你的妻子。只要她能幫你理家，照顧你的孩子，你就心滿意足了。但我沒有不高興，我只是遺憾。因為，」她一面用壓低的嗓門顫抖著補充，一面收回挽著他手臂的手，低頭望著地毯。「如果你不愛我，那麼你就不愛我，那是沒辦法改變的事實。」

「很對，但誰告訴妳我不愛妳？我說我愛安娜貝拉了嗎？」

「你說你仰慕她。」

「沒錯，但仰慕不是愛。我仰慕安娜貝拉，卻不愛她。蜜莉森，我愛妳，但我不仰慕妳。」為了證明他的愛，他抓了一把她的淡棕色鬈髮，看似不留情地扭著。

「拉爾夫，真的嗎？」她輕聲問，含淚的雙眼露出一抹淺笑。她伸手按住他的手，暗示他拉得太用力。

「當然是真的。」他答。「只是妳有時候會惹惱我。」

「我惹惱你！」她驚呼，好像真的非常訝異。

「嗯，不過只是因為妳太善良。男孩子吃了一整天葡萄乾和糖果，總會渴望來點酸橙汁換換口味。還有，蜜兒，妳看看海邊的沙子，看起來漂亮又平滑，踩在上面柔軟舒適。可是如果在這種柔軟舒適的地毯上走個半小時，每一步都往下陷，你踩得越用心，它陷得越深，妳就會覺得那實在太累人。當妳碰到一塊堅硬牢靠的石頭，不管妳或站或走或踩，它都不會移動半吋，就算它硬得像石磨的下磨石，妳也會覺得踩在上面比較輕鬆。」

「拉爾夫，我明白你的意思。」她緊張地一面把玩錶鍊，一面用腳尖描摹地毯上的圖樣。「我明白你的意思，但我以為你喜歡別人聽你的，現在我改不了了。」

「我不喜歡。」他又拉她頭髮，讓她靠過去。「蜜兒，妳不需要在意我說的話。男人總要發發牢騷，如果他不能埋怨妻子的倔強壞脾氣折磨得他半死，就一定得抱怨她太善良溫柔令他厭煩。」

「但為什麼要抱怨呢，除非你已經厭倦或不滿？」

「當然是為了抵消自己的缺點。身邊有個沒有任何罪業可擔的人，妳以為我還會把自己所有的罪孽全扛在肩上，不找她分攤嗎？」

「世上沒有那種人。」她認真地說。接著她把扯著她頭髮那隻手拉過來，真心實意地吻了一下，就溜向門口。

「怎麼了？」他問。「妳上哪兒去？」

「去整理頭髮。」她的笑容藏在垂落的髮捲後面。「你把我的頭髮都弄亂了。」

「那就去吧！」她離開後他又說，「好極了的小女人！就是太軟弱，幾乎會融化在你手裡。我喝太多的時候，常常對她發脾氣。可是我也沒辦法，她從來不抱怨，不管是當時或事後。我猜她不在意。」

「哈特斯利先生，關於這點我倒是略知一二。」我說，「她在意，她更在意其他事，但你永遠不會聽見她抱怨。」

「妳怎麼知道？她跟妳訴苦嗎？」他突然生氣地質問，如果我答「是」，那一點怒火恐怕瞬間大爆發。

「沒有。」我答。「不過我認識她比你久，對她的觀察也比你仔細。哈特斯利先生，我可以告訴你，你辜負了蜜莉森對你的愛，你有能力讓她幸福快樂，你卻變成她的惡精靈。我還要冒昧地說，她每一天都在承受你帶給她的痛苦，只要你願意，她可以不必受那些苦。」

「嗯，那不是我的錯。」他抬頭凝視天花板，雙手插進口袋。「如果她不喜歡我的所作所為，就該告訴我。」

「她不就是你理想中的妻子嗎？你不是曾經告訴亞瑟，你一定要娶個毫無怨言接受一切、不管你做什麼都不會責怪你的女人？」

「確實。可是我們不能什麼事都如願以償，那麼一來再好的人都會被寵壞，不是嗎？無論我表現得像基督徒，或充分發揮我的渾蛋天性，對她而言好像都沒有差別，那麼我怎麼能不使壞呢？或者，她總是那麼乖巧柔順好欺負，像隻小獵犬似地躺在我腳邊，不會用尖叫聲叫我住手，我怎麼能忍住不去逗弄她呢？」

「如果你天性專橫，那種誘惑力的確難以抵擋。可是寬厚的人不會欺壓弱小取樂，反而會珍惜他們，保護他們。」

「我沒有欺壓她。但總是珍惜保護，日子未免太無趣。還有，如果她直接『融化了，沒有一點表示。』[32]我又怎麼知道我在欺壓她？有時候我覺得她根本沒有感覺，於是我繼續，直到她哭，我就滿意了。」

「那麼你的確喜歡欺負她？」

「我說我不喜歡！只有我心情不好、或心情特別好的時候。那時我會想折磨人，換取安撫人的樂趣。或者她看起來精神不振，需要來點刺激的時候。有時候她莫名其妙掉眼淚，又不肯告訴我為什麼哭，我會非常生氣。我承認那種時候我會忍無可忍的發火，尤其喝醉的時候。」

「顯然只要喝醉結果都是如此。」我說。「不過哈特斯利先生，將來如果你發現她精神不振，或哭得『莫名其妙』（套用你的話），全都歸咎你自己。一定是你做錯了什麼，或你的一般過失讓她傷心難過。」

「我不信。如果真是這樣，她應該告訴我。我不喜歡她那樣悶悶不樂，默默苦惱，什麼都不說，這樣不坦誠。這樣她怎麼能期待我修正呢？」

「也許她以為你比實際上更有自知之明，誤以為只要讓你自己反省，你總有一天會看見自己的過錯，自行改正。」

「杭汀頓太太，別話中帶刺。我有自知之明，知道我會犯錯。只是有時候我覺得，只要受傷害的是我自己，不是別人，那就不是什麼大事……」

「對你自己（往後你會發現那個代價），」我打斷他，「和所有跟你有關的人，那是大事，尤其是你的妻子。不過說實在話，說什麼只傷害自己不傷害別人，根本是胡扯。你一旦傷害了自己，特別是在我們談的這件事上面，連帶受傷害的就算沒有幾千人，也有幾百人，一來是因為你做的惡事，二來是因為你該做卻沒做的好事。」

「我剛才說，應該說我剛才原本要說，卻被妳打斷，」他說，「有時候我覺得如果我娶的人會在我做錯時提醒我，或以堅決的態度贊同這個反對那個，引導我去惡向善，也許我的行為會端正一點。」

「如果你沒有更高的動機，只能依靠人類同胞的贊同來引導自己，那樣的贊同對你幫助不大。」

「但如果我的另一半不要總是退讓，總是仁慈，而是偶爾有對抗的勇氣，自始至終誠實地說出她的想法，比如像妳這樣的人。我如果用我在倫敦對待她的方式對待妳，我敢發誓妳偶爾會鬧得我在家待不住。」

「你看錯我了，我不是潑婦。」

「那就更好了，因為一般來說我不喜歡別人反駁我，我跟所有人一樣喜歡我行我素。只是，我覺得太我行我素對任何男人都不好。」

「我永遠不會毫無理由反駁你，當然，我一定會讓你知道我對你的行為有什麼看法。如果你在身心或財產方面壓迫我，你至少沒有理由認為我『不在意』。」

32. 此句改寫莎士比亞劇本《亨利六世》中篇第三幕第三場的句子而來，原句為「He dies, and makes no sign.」

「女士，這我知道。如果我的蜜莉森也採取這種策略，對我跟她都比較好。」

「我會告訴她。」

「不，讓她保持現狀好了。事情總有一體兩面。現在我仔細一想，杭汀頓雖然那麼不檢點，卻經常很遺憾妳不像蜜莉森。妳也看出來了，妳始終改變不了他，而他比我糟糕十倍。當然，他怕妳，也就是說，他在妳面前永遠表現出最好的那一面，可是……」

「那麼我好奇他最差勁的時候是什麼模樣？」我忍不住說道。

「跟妳說句實話，真的糟透了。我說得對不對，哈格雷夫？」他對剛走進來的哈格雷夫說。當時我背對著門站在壁爐附近，沒看見他進來。「杭汀頓是不是他媽的史上最混蛋的傢伙？」他問道。

「他夫人不喜歡別人無所顧忌地譴責他。」哈格雷夫邊走過來邊說，「但我必須說，感謝上帝我跟他不一樣。」

「也許你更該做的是，」我說，「先看看自己，然後說，『上帝啊，我是個罪人，求祢寬恕。』[33]」

「妳很嚴厲。」說著他微微欠身，再挺直上身，那股傲氣顯然有點受傷。哈特斯利笑著拍拍他肩膀，哈格雷夫尊嚴受辱似地擺脫他的手，走到地墊的另一端。

「杭汀頓太太，妳說這是不是很可恥？」哈特斯利嚷嚷道，「我們來到這裡的第二天晚上我喝醉酒打了哈格雷夫，雖然我隔天早上就向他道歉，他卻從此對我不理不睬。」

「你道歉的態度，」哈格雷夫說，「以及你對整件事清晰的記憶，顯示當時你沒有醉到不知道自己在做什麼，所以要對自己的行為負責。」

「你干涉我跟我太太的事。」哈特斯利埋怨道。「任何男人碰上這種事都會生氣。」

「那麼你認為自己有理？」哈格雷夫恨恨地瞪了哈特斯利一眼。

「不。我跟你說了，如果不是因為酒精刺激，我不會那麼做。我說了那麼多好話，如果你堅持懷恨在心，那就隨你便，真該死！」

「我至少不會在女士面前使用這種語言。」哈格雷夫用嫌惡的表情掩飾他的憤怒。

「我說了什麼？」哈特斯利問，「只是神聖的事實呀。杭汀頓太太，不能原諒自己兄弟的過錯的人難道不該死嗎？[34]」

「哈格雷夫先生，既然他開口了，你就該原諒他。」我說。

「妳這麼認為？那麼我就照辦！」他帶著坦誠的笑容上前一步，伸出手來。哈特斯利立刻握住他的手，兩個人好像都有誠意和解。

「我之所以生氣，」哈格雷夫轉頭對我說，「有一半是因為他當著妳的面做出那種無禮行為。既然妳要我原諒，我會，而且我也會遺忘。」

「看來我能給的最大回報就是趕緊撤退。」哈特斯利喃喃說道，笑嘻嘻地走了，哈格雷夫也露出微笑。我因此提高警覺。

哈格雷夫轉身面對我，認真又懇切地說：「親愛的杭汀頓太太，我多麼渴盼這一刻，卻又害怕它的到來！別緊張，」他補了一句，因為我氣得臉色漲紅。「我不是要用無謂的懇求或埋怨冒犯妳，也不敢大膽提起我的感情或妳的完美來惹妳心煩。但我有件事必須告訴妳，這件事妳必須知道，說出來卻令我痛苦得難以言喻……」

「那就別說！」

33. 出自《聖經．路加福音》第十八章第十三節。
34. 《聖經．馬太福音》第十八章第三十五節提到，不能寬恕兄弟的人也不能得到上帝的寬恕。

「可是這很重要……」

「如果是這樣，我應該很快就會知道，尤其如果是壞消息，看來你好像認為那是壞消息。現在我要帶孩子們去嬰兒室。」

「妳不能搖鈴派人送他們過去嗎？」

「不，我想走到頂樓趁機運動。亞瑟，過來。」

「妳會回來嗎？」

「暫時不會，別等我。」

「那我什麼時候才能再見到妳？」

「午餐時。」說著，我一手抱小海倫，一手牽小亞瑟離開了。他轉過身去，低聲咕噥著惱怒的責備或怨言，我只聽清楚「無情」兩個字。

「哈格雷夫先生，你在胡說什麼？」我走到門口停下來。「你是什麼意思？」

「喔，沒事。我說給自己聽的。不過杭汀頓太太，事情是這樣的，我有件事要告訴妳。我說出來很痛苦，妳聽見也不會好受。我希望妳私下給我幾分鐘，時間地點由妳指定。我提出這種請求不是基於自私的目的，也絕不會污損妳超乎常人的聖潔，所以妳不需要用那種冷漠無情的鄙夷眼光毀滅我。我很清楚傳達壞消息的人帶給人什麼感覺，不至於……」

「你這個驚人的大消息到底是什麼？」我煩躁地打斷他。「如果真的有什麼重要性，在我離開前用三個字說完。」

「三個字我說不完。派人送孩子上去，留下來。」

「不。把你的壞消息留給自己。我知道那是我不想聽的東西，而你說出來會惹我生氣。」

「妳恐怕猜對了。不過既然我知道了，就有責任告訴妳。」

「喔，那就別為難彼此，我免除你的責任。你想告訴我，我拒絕聽，我繼續蒙在鼓裡不是你的錯。」

「那就這樣吧，妳會從別人口中聽見。但如果那個打擊來得太突然，別忘了我原本有意給妳心理準備。」

我轉身走了。我決定不讓他的話影響我。他能有什麼重要事要對我說？肯定是關於我那不幸丈夫的某些誇大事實，他想利用那些事來達到他自己的惡劣目標。

六日。之後他沒再提起那個重大祕密，我也沒發現任何讓我後悔拒絕聽他說的理由。他預警的打擊還沒出現，我並沒有太擔心。目前我對亞瑟相當滿意，他已經超過兩星期沒有喝醉出醜，過去這一星期他在餐桌上喝酒格外節制，我看得出來他的脾氣和外表都有顯著改善。我敢奢望這種現象持續下去嗎？

第三十三章 兩個夜晚

七日。沒錯，我會抱著希望。今晚我聽見葛林斯比和哈特斯利一起抱怨亞瑟怠慢客人，他們不知道我聽見了。當時我碰巧站在凸窗的窗簾後面，看著月亮從草坪盡頭那叢高大漆黑的榆樹後方升上來，心裡納悶著亞瑟為什麼有這份興致，因為他站在外面，倚著門廊外側的柱子，顯然也在看月亮。

「嗯，看來我們在這屋子裡不會再有機會狂歡了。」哈特斯利說，「原本我就知道這種歡樂氣氛不會持續太久，可是，」他笑著補充說，「我沒想到會這樣結束。原本我以為是我們美麗的女主人大發雷霆，警告我們如果行為不檢點，就把我們轟出去。」

「那麼你沒預料到事情會這樣發展？」葛林斯比咯咯笑。「不過等他對她厭倦了，他又會改變。你等著瞧，如果一、兩年後再過來，我們就能為所欲為。」

「很難說，」哈特斯利說，「她不是那種你很快會厭倦的女人。就算是那樣，問題是他現在決定當乖寶寶，害得我們不能痛痛快快玩樂，實在太氣人了。」

「都怪那些該死的女人！」葛林斯比嘀咕道。「她們是這世上的禍根！仗著她們虛偽的漂亮臉蛋和騙人的話語，不管走到哪裡都製造麻煩和不痛快。」

這時我從藏身處走出來，經過時對葛林斯比一笑，離開那個房間出去找亞瑟。剛才我看見他轉彎走向灌木林，我跟了過去，發現他正要走進那條陰暗步道。我滿心歡喜、熱情洋溢，快步追上他，張開雙臂環抱他。他對我這個驚人舉動反應非常奇特：首先他低聲說，「天哪，親愛的！」

然後用過去的熱情回應我的擁抱。緊接著他愣了一下，用驚恐的語氣叫道，「海倫！妳搞什麼鬼？」柔和的月光從上方的葉隙間灑下來，我看見他嚇得面無血色。

太奇怪了，他竟先有本能的熱情反應，然後才是突遭意外的震驚！這至少顯示那份熱情是真的：他對我還沒厭倦。

「亞瑟，我嚇到你了。」我笑得很開心。「你好緊張啊！」

「妳見鬼的為什麼這麼做？」他有點浮躁地大聲問，從我懷抱掙脫，拿出手帕擦拭額頭。「海倫，回屋裡去，馬上回去！妳會凍死！」

「我不要，我要先告訴你我來找你做什麼。亞瑟，他們在怪你，因為你冷靜又節制。我為這件事來謝謝你。他們說都怪『這些該死的女人』，說我們是世上的禍根。不過別因為他們的嘲笑或埋怨就放棄你改善的決心，或你對我的愛。」

他笑了，我再度抱緊他，淚水盈眶地懇求他：「你一定要堅持下去，我會比以前更愛你！」

「好，好，我會！」說著，他匆匆吻我一下。「好了，去吧，妳這瘋女人。秋天的夜晚這麼冷，妳竟穿著薄薄的晚禮服就跑出來！」

「夜色美極了！」我說。

「再過一分鐘它就會要了妳的命。跑回去，快！」

「亞瑟，死神躲在那片樹林裡嗎？」我問，因為他專注盯著那片灌木，彷彿看見死神接近。我剛找到新的幸福，希望與愛也重新點燃，不太捨得離開他。可是我的逗留惹他生氣，於是我親他一下跑回屋裡。

那天晚上我眉開眼笑，蜜莉森說我是晚宴的靈魂人物，悄聲告訴我她從沒見過我這麼神采飛揚。當然，我足足說了二十分鐘話，對所有人微笑。葛林斯比、哈特斯利、哈格雷夫、安娜貝拉，都感受到我的友善親切。葛林斯比目瞪口呆；哈特斯利笑呵呵地打趣（雖然他只能喝一點點葡萄酒），但大致上還是表現出他最規矩的一面。哈格雷夫和安娜貝拉基於不同動機，用不同的方式效法我，無疑兩個人都超越我。哈格雷夫博學多聞口若懸河，安娜貝拉至少比我大膽活潑。蜜莉森很高興看見丈夫、哥哥和我這個被她高估的朋友都表現出最好的一面，也文文靜靜地展現她的喜悅與活力。就連羅勃洛也受到感染，憂鬱眉毛底下那雙深綠色眼眸閃著光采，嚴肅的面容被笑容美化，所有的陰沉與孤高冷漠暫時消失於無形。他也令我們大家刮目相看，因為他不但顯得開心活躍，偶爾也散發出真正的魄力與才華。亞瑟話不多，但他愛笑，也聽別人說，顯得興高采烈，卻不是因為酒精的刺激。因此，整體來說，我們共度了一個歡樂、單純又趣味的夜晚。

九日。昨天晚餐前瑞秋來幫我梳妝打扮，我發現她哭過了，問她原因，她卻不太願意說。身體不舒服嗎？沒有。家人出事了嗎？沒有。其他僕人惹她生氣嗎？

「噢，沒有，小姐！」她答，「不是為了我自己的事。」

「那是為什麼，瑞秋？妳在讀小說嗎？」

「哎，沒有！」她哀傷地搖搖頭，然後嘆口氣說，「小姐，實話跟妳說，我不喜歡先生的行為。」

「瑞秋，妳這話什麼意思？目前他表現很正常啊。」

「嗯，小姐，妳覺得好就好。」

她開始幫我整理頭髮，動作有點匆忙，不像平時的從容冷靜。她喃喃自語說這頭髮真漂亮，她「倒想知道誰的頭髮比得上。」她梳好之後又溫柔地撫摸一下，再輕輕拍我的頭。

「瑞秋，妳這真情流露是針對我的頭髮，或我？」我笑著轉頭問她，卻看見她眼裡竟含著淚水。

「瑞秋，這是怎麼了？」我震驚地問。

「小姐，我不知道。但如果……」

「如果什麼？」

「如果我是妳，就不會讓那個羅勃洛夫人在家裡多留一分鐘，一分鐘都不行！」

我驚呆了。我的情緒還沒穩定到可以進一步追問，蜜莉森已經走進我房間：她比我早打扮好通常會過來找我。她留下來等我一起下樓，這回她一定覺得我不太和藹可親，因為瑞秋最後那句話一直在我腦海迴響。但我仍然懷抱希望，我相信那些話毫無根據，只是僕人基於安娜貝拉上個月的行為、或她上次來訪時跟亞瑟之間的互動，彼此交頭接耳流傳的謠言。晚餐時我密切觀察她和亞瑟，發現兩人的行為都沒有任何異常，沒什麼值得起疑，除非我生性多疑。但我不是，所以我不瞎猜疑。

晚餐結束後，安娜貝拉幾乎馬上跟她丈夫出去，陪他在月光下散步，因為這天晚上的月色跟前一天晚上一樣美。哈格雷夫比其他人早一點進客廳，邀我跟他下一盤西洋棋。這次他跟我說話的態度少了平日沒喝酒時那種哀傷卻高傲的謙遜。我細看他的臉，想確認他有沒有喝醉。他的目光銳利又穩定地迎向我，那眼神裡藏著某種我無法解讀的東西，但他好像很清醒。我不想跟他牽扯太多，要他找蜜莉森。

「她不會下棋，」他答，「我想試試妳的棋藝。好了，不要假裝妳不想放下針線活，我知道妳沒別的事做才做針線打發時間。」

「可是下棋的人很無趣，」我不同意，「他們只能跟自己相處，不能陪伴別人。」

「這裡只有蜜莉森在，而她……」

「我看你們下棋就很開心了！」她說。「兩個這樣的棋手，一定精彩極了！我想知道誰會贏。」

我答應了。

「杭汀頓太太，」哈格雷夫一面擺棋子，一面用清晰中帶點強調意味的口氣說話，彷彿每一個字都有雙重含義。「妳棋藝不錯，但我更高明。這盤棋會下不少時間，妳會給我出些難題，但我跟妳一樣有耐心，最後我一定會贏。」他定定看著我。我不喜歡他的眼神，銳利、狡詐、大膽，幾乎有點放肆，已經為預期中的勝利得意非凡。

「哈格雷夫先生，但願不會！」我回應的口氣相當激烈，至少會嚇到蜜莉森。但他只是笑著說，「到時候就知道。」

我們開始下棋。他下得非常專心，有著自認棋高一著的冷靜與無懼。我急於挫挫他的銳氣，因為我將這局棋視為嚴肅的競賽（我猜他就是這麼想的），幾乎有點迷信地害怕失敗。不管怎麼說，我沒辦法忍受他因為這次勝利更自以為是（或者該說更為驕傲自滿），或者鼓舞他幻想對我的愛能開花結果。他下起棋來步步為營、深謀遠慮，我應付得左支右絀。有一段時間情勢混沌不明，令我開心的是，勝利好像站在我這邊。我吃掉他好幾個重要棋子，明顯挫敗他的戰略。他的手托住額頭停頓下來，似乎窮於應付。我為自己的優勢暗自欣喜，卻還不敢得意忘形。最後他抬起頭，默默走出下一步，鎮定地看著我，說道，「妳以為妳會贏，是嗎？」

「但願。」我邊說邊吃掉他的士兵。他輕率地將這枚士兵推到我的主教的路線上，我覺得應該是他的疏忽，卻小氣地不想讓他發現。那個當下我也太大意，沒有預見這一步棋的後果。「最讓我傷神的是主教，」他說，「不過英勇的騎士可以輕取尊貴的主教。」說著，他用騎士吃掉我僅剩的主教。「好了，神聖的主教移除後，我就暢行無阻了。」

「華特，看你說的！」蜜莉森嚷嚷說，「她剩的棋子比你多。」

「我打算再讓你傷傷腦筋。」我說，「先生，或許你會赫然發現自己已經死棋。看看你的皇后。」

戰況越演越烈。這局棋下了很久，我確實給他不少挑戰，但他的棋藝勝我一籌。

「你們兩個下棋也太認真！」哈特斯利說，他剛走進來，觀看了一段時間。「杭汀頓太太，妳的手在發抖，一副妳賭上身家性命似的！還有，華特，瞧你這傢伙莫測高深又冷靜的模樣，一副你篤定會贏，而且專注又冷酷，彷彿要榨乾她心臟的血！不過如果我是你，就不敢打敗她。如果你打敗她，她會恨你，一定會的，我發誓！我從她眼神看出來了。」

「你可以閉嘴嗎？」我說。他吵得我沒辦法專心，因為我已經被逼近死角。再走個幾步，就會深陷對手的天羅地網無法脫身。

「將……」他大喊，我苦尋脫困對策。「……軍！」他輕聲說道，顯然很開心。他故意拖延後面那個要命字眼，好享受我的慌亂。我竟可笑地覺得倉皇失措。哈特斯利哈哈笑，蜜莉森看我這麼窘迫，不知如何是好。哈格雷夫伸手按住我放在桌上的手，溫和而堅定地捏了一下，輕聲說，「輸了，輸了！」他凝視我臉龐，喜悅的表情摻雜著熱情與溫柔，卻更羞辱人。

「不，絕不會，哈格雷夫先生！」我迅速抽回我的手。

「妳否認嗎？」他指著棋盤笑著問。

「不，不。」我想到自己的行為一定很奇怪。「這局棋是你贏了。」

「那麼要再來一局嗎？」

「不。」

「妳承認我勝過妳？」

「嗯，在棋藝方面。」

我重新拿起針線活。

「安娜貝拉呢？」哈格雷夫環顧客廳後嚴肅地問。

「跟爵爺出去了。」我說，因為他看著我，等我回答。

「還沒回來！」他面色凝重。

「應該還沒。」

「杭汀頓呢？」他又看看四周。

「跟葛林斯比出去了，你知道的。」哈特斯利憋著笑回答，說完還是忍不住笑出來。

他笑什麼？哈格雷夫又為什麼問起他們兩個？那麼事情是真的？這就是他想告訴我的可怕祕密？我必須知道，而且要快。我立刻站起來離開客廳，想去找瑞秋問個清楚明白。但哈格雷夫跟著我來到前廳，趁我開門以前輕輕伸手按住門鎖。「杭汀頓太太，我可以跟妳說點事嗎？」

他壓低聲音說，肅穆的雙眼望著地面。

「如果內容值得一聽。」我費盡力氣保持冷靜，因為我四肢都在顫抖。

他默默地把椅子推向我，我只是伸手扶著，請他快說。

「別緊張。」他說。「我要說的話本身沒什麼特別，我讓妳自己去推敲其中的含義。妳說安娜貝拉還沒回來？」

「對，對，接著說！」我焦急地催促。不管他要說什麼，我都擔心他話還沒說完，我硬擠出來的冷靜已經棄我而去。

「妳也聽見杭汀頓跟葛林斯比出去了？」

「然後呢？」

「我聽葛林斯比跟妳丈夫，應該說那個自稱妳丈夫的人……」

「先生，接著說！」

他順從地欠身行禮，又說，「我聽他說：『你看著吧，我一定辦得成！你往湖邊去，我去找他們，告訴他我有話跟他說，但不想打擾夫人。她會說她可以自己走回屋子。然後我向她道歉，趁機跟她使眼色，示意她往灌木林的方向去。我會想辦法絆住他，跟他談我提過的那些事，或任何我想得到的事。之後我帶他繞圈子走另一邊，沿途停下來看看樹，看看田野，看任何可以拿來當話題的東西。』」哈格雷夫停下來看著我。

我沒有回應，也沒有繼續追問，我衝出前廳奔出房子。像這樣情況不明太折磨人，我不要再忍受。我不要因為這男人的指控錯怪我丈夫，但我也不願意錯信他，我必須馬上知道答案。我氣喘吁吁地跑向灌木林，還沒到那裡就聽見說話聲音，連忙煞住腳步。

「我們逗留太久了，他會回來。」是安娜貝拉的聲音。

「心肝寶貝，絕對不會。」是他的回答。「不過妳可以穿過草坪跑回去，躡手躡腳進屋。我過一會兒再進去。」

我的雙腳不住顫抖，只覺天旋地轉，幾乎快暈過去了。

絕不能讓她看見我這副模樣。我躲進灌木林，背抵著樹幹站著，等她經過。

「啊，杭汀頓！」她指著前一天晚上我跟他站過的地方，用責備的口吻說，「你就是在這裡吻那個女人！」她回頭望向濃密的樹叢。

他從那裡走出來，蠻不在乎地笑著回答：「心肝寶貝，我也沒辦法。妳知道我必須盡量跟她維持正常關係。我不也見過妳親妳那個呆瓜丈夫幾十次？我埋怨過嗎？」

「那就告訴我，你對她會不會還有一點愛？」她伸手挽住他手臂，熱切地望著他：月光從庇護我的這棵樹的葉隙間灑落，照在他們身上。

「一點也不，我對天發誓！」說著，他親吻她散發光采的臉龐。

「天哪，我得走了！」她驚叫一聲，突然鬆手跑開。

他就站在我面前，但我現在沒有力氣質問他：我的舌頭黏住上顎[35]，整個人幾乎癱軟倒地。雖然微風拂過樹梢，飄落的枯葉陣陣窸窣，我幾乎覺得他應該會聽見我的心跳聲。我好像失去感官能力，卻還是看得見他模糊的身影從我面前走過。我的耳朵雖然充滿血液奔流聲，我還是清楚聽見他停下腳步望著草坪，低聲說，「那個呆瓜在那裡！跑啊，安娜貝拉，快跑！對了，進去吧！啊，他沒看見！幹得好，葛林斯比，拖住他！」他走開時發出的輕笑依然傳進我耳裡。

「上帝幫幫我！」我喃喃自語，雙膝跪在潮濕的青草和周遭的灌木之間，抬頭仰望稀疏樹葉間被月光照亮的天空。在我昏黑的視線看來，一切都顯得黯淡、都像在顫抖。我的心像火在燒，幾乎爆開，奮力想對上帝傾吐它的痛苦，卻沒辦法將它的悲戚化為祈禱的語句。最後一陣風拂過我全身，地上的落葉在風中翻飛，有如幻滅的希望散落周遭。我的前額彷彿冷卻下來，我無力的身軀似乎找回一點元氣。然後，當我在最懇切的無言禱告中提振精神，似乎有某種神聖力量讓我內在堅強起來。我的呼吸順暢了，視野清晰了，我清楚看見皎潔的月亮在天空中放光芒，淡淡的雲朵掠過淨透的夜空。我看見永恆的星辰對我閃耀，我知道它們的神就是我的神，祂有能力拯救，也能迅速聆聽。「我決不離棄妳，決不撇下妳。」[36]這呢喃聲彷彿來自滿天星斗上方。不會的，不會的。我感覺得到，祂不會讓我無依無靠。不管有多少艱險磨難，我都有力量通過考驗，最終光榮地安息！

我的心雖然不平靜，卻找回了精神與活力，我起身走回屋裡。我必須承認，我一踏進屋子，把清新的微風和明亮的夜空關在門外，剛才那股新生的力量與勇氣大多消失無蹤。我目見耳聞的一切都令我沮喪，門廳、燈具、樓梯、通往各個房間的門、客廳傳來的說笑聲。未來的日子我要怎麼過下去！在這棟屋子裡，跟那群人相處，噢，我要怎麼忍耐活下去！這時約翰走進門廳看見我，告訴我他奉命去找我。他剛才送茶點進去，先生想知道我要不要去泡茶。

「約翰，拜託哈特斯利太太幫我招待客人。」我說。「告訴他們我今晚不舒服，想休息一下。」

我躲進空蕩寬敞的飯廳，除了外面風兒的輕嘆，以及穿過百葉簾和窗簾照進來的淡淡月光，裡面漆黑又安靜。我快速來回踱步，獨自沉浸在痛苦的思緒裡。今天晚上跟前一天晚上多麼不同啊！那好像是我人生幸福幻滅前最後一抹光輝。我竟然那麼快樂，真是可悲又盲目的傻瓜！我終於明白亞瑟在灌木林見到我為什麼那麼奇怪。那親熱的態度是對他的情人，那驚嚇的恐懼是對他的妻子。現在我也弄懂哈特斯利和葛林斯比的對話。他們指的無疑是他對她的愛，不是對我。

我聽見客廳門打開來，輕盈的腳步迅速從前廳出來，橫越大廳爬上樓梯。是蜜莉森，上樓我探視我。只有她關心我，只有她還對我友善。我到現在都沒哭，此刻淚水卻盡情奔流。那麼她雖然沒接近我，卻也幫了我。她沒找到我，又下樓來，腳步比上樓時緩慢得多。她會不會進來這裡，找到我？沒有。她轉向相反方向，重新回到客廳。我很慶幸，因為我不知道如何面對她，該跟她說些什麼。我不想向任何人訴苦。我沒資格、也不想訴苦。這重擔是我自己找的，我就該獨自扛下去。

散會的時間接近，我擦乾眼淚，努力清清喉嚨，平復心情。今晚我必須見到亞瑟，跟他談談。但我要保持冷靜，不能失態，不讓他向他那些朋友發牢騷或吹噓，也不讓他跟情婦一起笑話

35. 引用《聖經・詩篇》第一三七章第六節，「若我不懷念耶路撒冷，就讓我的舌頭黏住上顎。」

36. 出自《聖經・希伯來書》第十三章第五節。

我。等眾人各自回房的時候，我悄悄打開飯廳門，趁他經過時招手要他進來。

「海倫，妳怎麼回事？」他問。「為什麼不來幫我們泡茶？還有，妳在這黑乎乎的地方搞什麼鬼？妳蒼白得像鬼？哪裡不舒服？」他舉著蠟燭查看我。

「沒你的事。」我答。「看來你已經沒把我放在心上，我也不在乎你了。」

「噢嗬！這見鬼的怎麼回事？」他咕噥道。

「如果不是為了孩子，」我說，「我明天就會離開你，絕不再踏進這房子。」我停頓片刻，穩定我的嗓子。

「海倫，妳在說什麼鬼話？」他驚呼。「妳這是什麼意思？」

「你心裡很清楚。我們別浪費時間做無謂的解釋。告訴我，你肯不肯……」

他激動地發誓他什麼都不知道，堅持要知道哪個壞心腸老太婆抹黑他，我又傻傻聽信了什麼惡毒謠言。

「給自己省點麻煩，不需要發假誓，也沒必要絞盡腦汁用謊話掩蓋事實。」我冷冷回答。「我沒有聽信任何人的話。今晚我去了一趟灌木林，親眼看見、親耳聽見一切。」

這就夠了。他驚慌失措地輕聲驚呼，嘀咕道，「我要挨罵了！」他就近把蠟燭放在椅子上，背靠牆壁站著，雙手抱胸面對我。

「嗯，然後呢？」他冷靜的厚顏裡摻雜著無恥與急切。

「只有一點，」我答，「你願意讓我帶著孩子和我剩下的財產離開嗎？」

「去哪裡？」

「任何地方，只要不讓他學到你的壞榜樣，而我從你生命中消失，你也從我生命中消失。」

「不行，我絕不答應。」

「那麼我不要錢，只要帶孩子走？」

「不，就算妳自己一個人走都不行。妳以為我願意因為妳的任性挑剔變成所有人的話柄嗎？」

「那麼我必須留在這裡，被人憎恨嫌棄。不過從今以後我們只是有名無實的夫妻。」

「很好。」

「我是你孩子的母親，你的管家，如此而已。你再也不需要費力裝出你感受不到的愛。我也不會再向你索求沒有感情的撫慰，不提供，也不接受。你把愛給了別人，我不要被人嘲笑我的婚姻只剩空殼！」

「很好，妳高興就好。我們就來看看誰先厭煩。」

「如果我厭煩了，那也是因為跟你一起活在世上，不是因為少了你的虛情假意。等你過膩了罪惡的生活，真心悔改，我會原諒你，也許會嘗試再愛你，雖然不容易做到。」

「哼！那麼妳會去向蜜莉森訴說我的罪狀，寫長長的信給妳姑媽，數落妳嫁的惡棍？」

「我不會對任何人訴苦。到目前為止，我費盡心力對所有人隱藏你的劣跡，宣揚你從沒有過的美德，接下來你得靠自己。」

我拋下喃喃自語咒罵不迭的他，上樓去了。

「小姐，妳氣色很不好。」瑞秋憂心忡忡地看著我。

「瑞秋，那是真的。」我回應的是她哀傷的表情，不是她的話。

「我知道，否則我一個字也不會提。」

「不過妳別操心這個。」我親一下她布滿皺紋的蒼白臉頰。「我比妳想像中能忍耐。」

「是啊，妳總是逼自己『忍耐』。如果我是妳，我絕不會忍耐，我會崩潰，大哭一場！我也會找他談，我會讓他知道……」

「我跟他談過，」我說，「說得夠多了。」

「那麼我會哭。」她堅持，「我不會讓自己臉色這麼蒼白，外表這麼冷靜，憋得自己心臟幾乎爆炸。」

「我哭過了。」儘管內心悲慘，我還是笑著回答。「現在我真的很平靜，所以別再刺激我，我們別說，也別告訴其他僕人。好了，妳可以下去了。晚安，別為我失眠。我會好好睡一覺，如果睡得著的話。」

雖然抱著這種決心，我卻發現床鋪叫人難以忍受。不到兩點我就起床，利用還沒熄滅的燈芯點了蠟燭。我拿出寫字檯，穿著睡衣坐下來，開始記錄這個晚上的事。像這樣寫日記，總比躺在床上用許久以前的回憶和對恐怖未來的焦慮折磨自己的腦袋好。我在描述那些破壞我內心平靜的事件和一些隨之而來的小細節時，覺得如釋重負。這天晚上再多的睡眠都無法像這樣平撫我的心，幫助我面對隔天的考驗，至少我這麼認為。然而，等我停筆後，我發現我的頭劇烈疼痛。我走到鏡子前查看，被自己的枯槁面容嚇了一跳。

瑞秋來幫我梳妝，說她看得出來我度過哀傷的一夜。蜜莉森進來問我好不好，我告訴她我好多了。為了說明我的面容，我告訴她我沒睡好。真希望這天已經過去了！想到要下樓吃早餐，我不禁顫慄。我該怎麼面對他們大家？但我可別忘了，犯錯的不是我，我沒有理由害怕。如果他們視我為他們罪行的受害者，因而奚落我，我可以憐憫他們的愚蠢，鄙視他們的奚落。

第三十四章 隱瞞

晚間。早餐順利度過了：我全程從容鎮定，平靜地回應有關我身體不適的探詢，我的臉色或舉止的任何反常，也都歸咎給導致我昨天提早休息的微恙。可是我該如何熬過他們離開前這十或十二天？但何苦渴盼他們離開的日子？等他們走了，我要如何跟那個男人共度我未來生命中的歲歲年年？他是我今生最大的敵人，沒有人像他傷我那麼深。噢！想到過去我多麼深情、多麼愚蠢地愛著他，多麼瘋狂地信任他。我付出那麼多辛勞，日夜思索祈禱，努力讓他過得更好。他竟那麼殘酷地踐踏我的愛、背叛我的信任、輕蔑我的祈禱、我的淚水，以及我為拯救他所做的種種努力，粉碎我的希望，摧毀我年少時最美好的感受，害得我注定一生悲慘絕望。再也沒有人能如此殘忍，光說我不再愛我的丈夫根本不足以表達，我**恨**他！那個字直視我的臉，像愧疚的自白，但那是真的：我恨他，我恨他！不過，求上帝憐憫他可悲的靈魂！讓他看見、領悟到他的罪。我不求其他的報復！只要他能徹底明白、真正體會我受了多少委屈，我心情就平復了，也可以大方原諒一切。可是他迷失得太嚴重，他的麻木墮落已經根深柢固，我相信這輩子永遠不會改變。不過這件事多想無益，我再來寫點枝微末節的小事驅散那些念頭。

哈格雷夫一整天都用那種凝重、憐憫以及他自認為適度的禮貌對待我，令我心煩至極。如果他刻意對我有禮，我反倒不那麼生氣，因為那樣一來我可以怠慢他。結果卻是，他好像真的友善又體貼，如果我無視他，就會變得無禮，彷彿不知感恩。有時候我覺得我應該讚賞他竟能表現得那麼友好。話說回來，我認為以我目前的特殊處境而言，我有責任懷疑他。他的好意未必都是假的，不過，我不能因為最純粹的感激之情失去理智，我要記住那局棋。記住他當時說的話，還有那些難以形容、我卻有理由生氣的眼神，這麼一來我應該就很安全。幸虧當初我詳實記錄了那些事。

我覺得他有意找我私下談話，好像一整天都在找機會，但我想方設法讓他失望。倒不是我害怕他說出什麼話來，只是我已經夠心煩了，不需要他那羞辱人的同情與安慰，或任何他想表達的東西。另外，為了蜜莉森，我也不想和他交惡。早上他藉口要寫信，沒有跟其他男士一起出去打獵。但他沒有進圖書室去寫信，反倒命人把他的寫字檯送到晨光室。當時我、蜜莉森和安娜貝拉坐在裡面。她們都在做針線，我則是在讀書，主要原因不是為了阻止自己胡思亂想，而是避免跟人交談。蜜莉森看得出來我不想說話，就不干擾我。安娜貝拉顯然也知道，但她不會因此管住她的舌頭，或約束她歡樂的心情。於是她侃侃而談，所有的話幾乎都對著我說，表現出最高度的自信與熟絡。我的回應越是冷淡扼要，她就顯得越起勁，越親切。哈格雷夫看得出來我難以忍受，視線從寫字檯往上移，盡可能代我回應她的問題與觀點，設法讓她把注意力從我移到他自己身上，可惜沒用。也許她認為我頭痛，沒辦法說話。總之，根據她纏著我說話的惡意態度，她很清楚她的開懷暢談令我不悅。

最後我把我在讀的那本書塞進她手裡，有效制止她。我在書本扉頁草草寫著：「我太了解妳的人品和所作所為，不可能真心把妳當朋友。另外，我沒有妳裝模作樣的本事，沒辦法假裝對妳友好。因此，我希望從今以後妳我之間不再有任何親密對話。我之所以還願意把妳當成值得尊敬的女性以禮相待，全是考慮到妳表妹蜜莉森的心情，不是因為妳。」

她讀完後滿臉通紅，咬咬嘴唇，偷偷撕下那一頁，揉成一團扔進爐火裡。之後她翻開那本書，不知是真是假地讀了起來。過不了多久，蜜莉森要去嬰兒室，問我要不要一起去。

「安娜貝拉不會介意我們離開。」她說。「她在看書。」

「我介意。」安娜貝拉突然抬起視線，把手裡的書扔到桌上。「我要跟海倫說幾句話。蜜莉森，妳先去，她隨後就到。」蜜莉森走了。安娜貝拉又說，「海倫，能給我這個面子嗎？」她的囂張令我震驚，但我答應了，跟著她進圖書室。她關上門，走到壁爐前。

「誰告訴妳的？」她問。

「沒人。我自己有眼睛可以看。」

「啊，妳疑心病！」她笑著說，彷彿燃起一線希望。在此之前她的強悍裡多少帶著點心焦，現在她明顯鬆了一口氣。

「如果我有疑心病，」我答，「很久以前就發現妳的醜事了。不，羅勃洛夫人，我的指控不只是基於疑心。」

「那麼妳有什麼根據？」說著，她坐進安樂椅裡，雙腳伸向爐圍，努力裝出鎮定模樣。

「我跟妳一樣喜歡月下散步。」我答，雙眼定定注視她。「灌木林碰巧是我最喜歡的去處。」她的臉又漲紅了。她沒說話，手指按住牙齒，眼睛盯著爐火。我看了她一會兒，心裡有種惡毒的滿足感。之後我走向門口，平靜地問她還有什麼話要說。

「有，有！」她急切地叫嚷，斜躺的身子登時坐直。「我想知道妳會不會告訴羅勃洛？」

「如果我告訴他呢？」

「如果妳打算公開這件事，我當然沒辦法阻止妳。但如果妳說了，會惹出很大的麻煩。如果妳不說，我會認為妳是世上最寬厚的人。假使有什麼我能為妳做的，除了……」

「妳想說的是不是：除了放棄跟我丈夫的不名譽關係？」我問。

她沒吭聲，顯得困窘茫然，還摻雜著一股不敢表露的怒氣。

「我不能放棄比生命更寶貴的東西。」她壓低聲音匆匆答道。然後她突然抬起頭，晶瑩的眼珠緊盯著我，懇切地說道：「不過海倫，或杭汀頓太太，或不管妳希望我怎麼稱呼妳，妳會告訴他嗎？如果妳為人寬厚，這正是展現妳的寬宏大量的好機會。如果妳心高氣傲，那麼我身為妳的情敵，很樂意為妳的高抬貴手欠妳一份人情。」

「我不會告訴他。」

「妳不會！」她開心地說。「那就接受我誠摯的謝意！」

她跳起來，向我伸出一隻手。我後退。

「不必謝我。我不說不是因為妳，也不是什麼高抬貴手，我原本就沒有興趣公開妳的醜聞。我不希望妳丈夫因為這件事心情沮喪。」

「那麼蜜莉森呢？妳會告訴她嗎？」

「不會。恰恰相反，我會想盡辦法隱瞞她。我不希望她知道自己的親戚多麼寡廉鮮恥。」

「杭汀頓太太，妳說話很不客氣，不過我可以原諒妳。」

「羅勃洛夫人，」我接著說，「容我建議妳盡快離開這地方。妳該知道妳繼續留在這裡會造成我極大的不愉快，不是因為杭汀頓……」我看見她臉上有一抹得意的獰笑。「以我個人而言，如果妳喜歡他，請自便。但我必須持續掩飾我對妳的真實感受：對一個我沒有一丁點尊敬的人裝出表面的客套和敬意，實在是很痛苦的事。再者，如果妳留下來，妳的行為恐怕很難再瞞過這屋子裡僅剩的那兩個不知情的人。還有，安娜貝拉，為了妳丈夫，甚至為了妳自己，我希望，我真心勸告、請求妳立刻斬斷這樁不倫戀，趁還有機會，回到自己的位子，避免恐怖的後果……」

「好，好，那是當然。」她不耐煩地揮手打斷我，「可是海倫，預定的時間還沒到，我不能提早離開。我要用什麼理由提出這個要求？不管我自己一個人回去（羅勃洛絕不會同意），或帶他一起走，都會啟人疑竇。何況我們回家的時間就快到了，只剩一星期多一點，妳應該可以忍受我到那個時候！我不會再用友好的冒失舉動刺激妳。」

「嗯，我要說的話都說完了。」

「妳跟杭汀頓說過這件事嗎？」我準備走出房間時，她問。

「妳怎麼敢在我面前提起他的名字！」我只回她這一句。

那次之後我們沒再交談，除非是基於表面上的客套或其他必要情況。

第三十五章 挑釁

十九日。安娜貝拉對我越來越放心，加上分別的日子一天天接近，她的行為越來越大膽無恥。只要沒有人在，她就肆無忌憚地在我面前用親暱的態度跟亞瑟說話，特別喜歡顯示她多麼關心他的身體和幸福，或任何跟他切身相關的事，彷彿要用她的親切關懷對比我的漠不關心。他會以迷人的微笑和眼神、低聲呢喃的話語回報她，或大膽地用語言暗示他察覺到她的體貼和我的忽視，令我幾乎失控，血液直衝腦門。我原本不想理會他們的事，對他們之間的明來暗去裝聾作啞，因為只要我對他們的惡行做出任何反應，她就更為自己的勝利得意洋洋，而他也會自以為是地認為我只是假裝不理他，心裡其實還對他死心塌地。在這種時候，我常被自己嚇一跳，因為內心隱約有個邪惡的聲音，煽惑我假意給哈格雷夫一點鼓勵，戳破亞瑟的幻想。可是下一瞬間我就會驚恐又自貶地摒棄這樣的念頭。那時我對亞瑟的恨就會比過去增強十倍，因為他害我淪落至此！願上帝寬恕我，也寬恕我所有的罪惡念頭！我的諸多磨難沒有讓我變得更謙卑、更純潔，我反倒覺得它們讓我滿腹怨毒。我會變成這樣，我和他們都有錯。沒有哪個真正的基督徒會像我這樣對他和她懷恨在心，尤其是她。至於他，只要他顯露一丁點悔意，我仍然覺得我能原諒他，無條件、既往不究地原諒他。可是她，言語無法表達我對她的憎惡。理智不允許我這樣，但情感強力催促。我必須花很多時間祈禱、掙扎，才能忍得住。

幸好明天她就要走了，我沒辦法再多忍受她一天。今天早上她起得比平時早，我下樓吃早餐時，發現她獨自在飯廳。

「噢，海倫，是妳！」我進門時，她轉身說道。

我看見她在裡面，不自主地後退。她見狀笑了一聲，說道，「看來我們都失望了。」

我走上前，著手準備早餐的東西。

「這是我最後一天接受妳的招待了。」說著，她在餐桌旁坐下。「啊，來了一個不會為這件事開心的人！」她看見亞瑟進來，低聲自言自語。

他跟她握手，向她道早安，深情地注視她的臉，也沒放開她的手，哀怨地咕噥道，「最後……最後一天！」

「是啊，」她口氣有點嗔怒。「我起個大早想把握時間，一個人孤孤單單在這裡等了半小時，而你，你這懶蟲……」

「我以為我也起得很早，」他說，「不過，」他壓低聲音，幾乎像在說悄悄話，「這裡還有別人在。」

「隨時都有別人在。」她答。其實他們幾乎等於獨處，因為這時我站在窗子旁看著天空的雲朵，努力壓抑怒氣。

他們又聊了幾句，幸好我沒聽見。之後安娜貝拉竟敢走過來站在我身邊，手甚至搭在我肩上，柔聲說道，「海倫，妳不需要為了他跟我吃醋，因為妳永遠不可能像我這麼愛他。」

這實在叫人忍無可忍。我拉起她的手猛力甩開，臉上的表情既憎惡又氣憤。她被我的暴怒嚇了一跳，幾乎驚呆，默默退縮。原本我會把怒氣發洩出來，說更多話，但我聽見亞瑟低聲發笑，恢復了理智。我嚥下幾乎脫口而出的謾罵，不屑地轉身，後悔讓他看了一場好戲。哈格雷夫出現時他還在笑。我不知道剛才那一幕他看見多少，因為他進來的時候門半掩著。他冷冷地跟亞瑟和安娜貝拉打招呼，試圖投給我一個表達最深的同情與最高的仰慕和敬重的眼神。

「妳對那男人還負有多少忠誠義務？」他低聲說。這時他跟我一起站在窗前，假裝查看天氣狀況。

「完全沒有。」我答。說完我立刻回到餐桌旁，開始準備餐點。他跟過來，也許打算找我說話，但其他客人陸續進來，我除了遞給他一杯咖啡，沒再理會他。

早餐後，我決定這天盡可能避開安娜貝拉，於是悄悄離開眾人，溜進圖書室。哈格雷夫跟了進來，藉口來找一本書。一開始他走向書架，選出一本書，然後悄悄但一點也不膽怯地靠近我，伸手扶住我的椅背，輕聲說，「那麼妳終於覺得自己自由了？」

「沒錯。」我沒有動，視線始終盯著書。「可以自由做任何不違背上帝和良心的事。」

氣氛沉默了片刻。

「很對。」他說，「只要妳的良心不至於敏感得病態，妳對上帝的概念不是嚴厲得偏差。妳覺得帶給一個願意為妳的幸福犧牲生命的人幸福，或在不傷害妳自己或任何人的情況下拯救一顆專情的心脫離煉獄的折磨、讓它體驗到天國的極樂，會冒犯仁慈的上帝嗎？」

他俯身看著我，用低沉、真摯、感人的口吻說出這些話。這時我抬起頭，定定注視他的雙眼，平靜地回答：「哈格雷夫先生，你這是在羞辱我嗎？」

他沒料到這個結果，停頓片刻讓自己恢復鎮定，然後挺直上身，手從我的椅背挪開，驕傲又哀傷地說：「我沒那個意思。」

我視線移向門口，頭輕輕一擺，繼續看我的書。他馬上離開。比起順著當下昇起的怒氣，用更多話回應他，這樣的處理好得多。能夠控制脾氣的感覺真好！我一定得努力開發這種珍貴特質，誰也不知道我走在這條黑暗崎嶇的道路上，會多麼需要它。

那天上午我跟兩位女士搭馬車去葛洛夫山莊，好讓蜜莉森跟她母親和妹妹道別。她們說服她在家待一天，哈格雷夫太太承諾晚上會送蜜莉森回來，她自己也會留下來過夜，到隔天客人離開為止。這麼一來，我就有幸在回程馬車上跟安娜貝拉獨處。最初那兩、三公里路我們誰也沒說話，我望著窗外，她斜靠在角落。但我可不想為她保持固定不動的姿勢。起初我俯身向前，觀看黃褐色樹籬和邊坡潮濕雜亂的青草，讓強勁的冷風吹在我臉上。不久我累了，於是也往後躺。她本著一貫的厚顏，開始找我閒談，但她從我口中得到的答覆頂多只是單音節的「是」、「不」或「哼」。最後，我應她要求針對話題裡某個不重要的觀點表達看法，說道，「羅勃洛夫人，妳為什麼想跟我說話？妳一定知道我對妳有什麼觀感？」

「如果妳要怨我，我沒辦法。但我不想跟別人生氣。」我們為時不久的車程已經到了終點，馬車門一打開，她立刻跳下去，走向庭園去和剛從樹林回來的男士們會合。我當然沒有跟過去。

但我還得忍受她的猖狂。晚餐後我一如往常走進客廳，她跟我一起去。我帶著兩個孩子，把心思都放在他們身上，而且打定主意讓他們留到男士們進來為止，或直到蜜莉森跟她母親到來。然而，小海倫玩累了，吵著要睡覺。我抱著她坐在沙發上，小亞瑟坐在我身邊，輕柔地撫摸她柔軟的淡黃色髮絲。安娜貝拉從容地走過來，坐在沙發另一邊。

「杭汀頓太太，明天，」她說，「妳就不會再見到我，妳想必非常開心，這是自然而然的事。但妳知不知道我幫了妳一個大忙？要不要我告訴妳？」

「我很樂意知道妳幫了我什麼忙。」我決定冷靜以對，她的口氣告訴我她想激怒我。

「嗯，」她接著說，「妳沒發現杭汀頓先生生活正常多了嗎？沒發現他變穩重，喝酒也節制多了？我知道當初妳看著他染上那些壞毛病有多懊惱，也知道妳費盡千辛萬苦想改變他，卻沒有成功，直到我伸出援手。我只簡單告訴他，我沒法忍受看著他自我沉淪，而且我不會再……不管我跟他說什麼，總之妳看得出來我讓他改變了，妳應該感謝我。」

我起身搖鈴找保母。

「但我不需要妳的感謝，」她接著說，「我只要求一個回報，那就是我離開後妳會好好照顧他，別用苛刻和忽視逼他走回老路。」

我氣得幾乎發狂，但瑞秋已經來到門口。我指著兩個孩子，因為我不敢開口說話。她帶孩子離開，我也跟出去。

「海倫，妳肯嗎？」安娜貝拉追問。

我離去前瞪她一眼，她臉上的惡意笑容頓時僵住，至少暫時收斂。我在前廳遇見哈格雷夫，他看得出來我沒心情說話，默不吭聲讓我通過。我獨自待在圖書室幾分鐘，心情恢復平靜，聽見哈格雷夫太太和蜜莉森下樓走進客廳。我想去找她們，卻發現他還在昏暗的前廳逗留，顯然在等我。

「杭汀頓太太，」我經過時他說，「可以容我說句話嗎？」

「什麼事，請你有話快說。」

「早上我冒犯了妳，惹妳生氣，我沒辦法活下去。」

「那就走吧，『不要再犯罪。』[37]」說完我轉身就走。

「不，不！」他匆忙堵住我的去路。「恕我無禮，我必須取得妳的原諒。明天我就走了，也許再也沒有機會跟妳說話。我當時錯了，失了自己的分寸，也沒想到妳的立場。讓我請求妳遺忘並原諒我輕率的告白，請妳忘記我曾經說過那些話。請相信我，我非常後悔，失去妳的敬重對我是太嚴厲的懲罰，我無法承受。」

「遺忘不是區區一個心願就能取得，而且我不能誰想要我的敬重，我就敬重誰，除非他們值得。」

「只要妳能原諒我這次冒犯，我願意花一輩子的心力爭取妳的敬重，妳肯嗎？」

「可以。」

「可以！可是妳的語氣太冷淡。跟我握個手，我就相信妳。妳不肯？那麼杭汀頓太太，妳沒有原諒我。」

「好，我跟你握個手，也原諒你。只是，『不要再犯罪了』。」

他懷著感傷的熱情按住我冰冷的手，但沒有說話，直接讓開讓我進客廳。其他人都在裡面，葛林斯比坐在門邊，看見我進去，後面跟著哈格雷夫，他瞄我一眼，那意味深長的眼神叫人難以忍受。我正視他，直到他鬱悶地別開臉，就算不是慚愧，至少討個沒趣。在此同時，哈特斯利拉住哈格雷夫的手臂，在他耳畔竊竊私語，想必是某種下流笑話，因為哈格雷夫沒有笑也沒有回答，只是撇嘴轉開臉，掙脫他的手走向他母親。當時他母親正在告訴羅勃洛她有多少理由以兒子為榮。

感謝上帝，明天他們就走了。

37. 此句引用《聖經‧約翰福音》第八章第十一節耶穌對通姦婦人說的話。

第三十六章 各自孤寂

一八二四年十二月二十日。這是我們幸福婚姻的第三週年。客人各自回家、留下我們單獨相處已經兩個月。我已經體驗了這全新階段的婚姻生活九星期：兩個人共住一個屋簷下，扮演男女主人，養育一個活潑可愛的孩子，彼此都知道兩人之間已經沒有愛情、友誼和共鳴。我竭盡所能跟他和平相處：以無可挑剔的禮儀對待他；在合理範圍內凡事配合他；公事公辦地跟他討論家務事。即使明知他的決策不如我高明，我還是聽從他的喜惡與判斷。

至於他，最初那一、兩個星期明顯暴躁易怒、心情低落，我想是因為他心愛的安娜貝拉走了。那時他對我特別嫌惡，我做什麼都錯：我鐵石心腸、冷酷無情、死氣沉沉；我蒼白的臭臉叫人反胃；我的聲音令他打哆嗦；跟我在一起，他不知道這個冬天怎麼熬過去；他會被我凌遲到死。我再次建議分居，但他不肯，他不要變成鄰里間那些長舌婦的話柄，他不要讓別人說他人面獸心，妻子無法跟他共同生活。不，他只能想辦法忍受我。

「你的意思是說，我只能想辦法忍受你。」我說，「因為只要我擔起總管和管家的職責，認真盡責表現良好，不需要酬勞和感謝，你就離不開我。哪天我再也受不了這種束縛，就會放下這些責任。」我在想，如果還有什麼能嚇阻他，大概就是這個威脅了。

我對他那些惡毒言語的反應沒有他想像中激烈，我相信他非常失望。因為每次他說出某些刻意設計來刺傷我的話，都會用探索的眼神觀察我的表情，然後嘀嘀咕咕地埋怨我的「鐵石心腸」或我「麻木不仁」。假使我痛哭流涕，哀嘆他已經不愛我了，也許他會屈尊俯就來可憐我，疼愛我一段時間，以便排解他的寂寞，撫慰他心愛的安娜貝拉不在身邊的失落，直到他再見到她，或找到合適的代替品。

感謝上帝，我沒那麼軟弱！我曾經為愚蠢的愛情神魂顛倒，迷戀一無是處的他。現在那份愛消逝了，徹底破滅枯萎了，他只能怪他自己和他的惡行。

一開始（我猜是聽從他寶貝情婦的指示），他很節制，沒有以酒精慰藉內心的煩悶。後來他慢慢鬆懈，偶爾多喝一點，到目前為止還是如此。不，有時候不只多喝一點，有時他喝得過量精神亢奮，會發起無名火，試圖做出粗暴舉止，這時我就會咬牙按捺我的鄙夷與嫌惡。等他酒醒後頹喪失落，就會悲嘆他的苦難與過失，而且全都怪罪到我頭上。他知道喝酒損害健康，對他害處多於好處，都怪我所作所為不通情理、不溫柔賢淑，才把他逼到這個地步。他說酒精總有一天會毀了他，而那都是我的錯。這時我會激動地為自己辯護，有時候甚至狠狠反責他。我沒辦法心平氣和承受這種不公平的指控。我不是花了很多時間，費盡千辛萬苦想讓他遠離酒精？只要我辦得到，難道我現在不願意幫他戒除酒癮？但我很清楚他討厭我，還能用討好或安撫來達到目的嗎？我不再有能力影響他，應該說他已經喪失得到我關心的權利，這難道是我的錯？既然我覺得我厭惡他，他鄙視我，而我也明知他仍然和安娜貝拉暗通款曲，我還有必要設法與他重修舊好嗎？不，絕不，絕不，絕不！他想喝到送命就隨他去，那**不是**我的錯！

但我仍然盡力拯救他，我告訴他喝酒讓他眼神呆滯、臉孔潮紅腫脹，而且酒精常會讓他身心失能，如果安娜貝拉像我一樣經常看到他，她的迷戀很快會清醒。如果他繼續這樣下去，她應該不會想再理他。這種方式的勸戒通常只是惹來一頓臭罵。事實上我幾乎覺得自己活該，因為我不喜歡引用那樣的論點。但這種話能夠刺進他麻痺的心，讓他停下來思索，稍加節制，比我說的其他任何話都有效。

目前他不在家，我享受到短暫的清靜。他跟哈格雷夫到外地去打獵，可能明天晚上才會回來。過去他出門時，我的心情多麼不同啊！

哈格雷夫還在葛洛夫山莊，他跟亞瑟時常一起出去郊外活動。他經常過來拜訪我們，亞瑟也常騎馬去找他。我不認為這兩個所謂的朋友對彼此有多麼濃厚的情誼，不過像這樣互相往來可以打發時間，我也樂觀其成，因為多多少少可以減少我跟亞瑟相處的時間，也避免他成天與酒瓶為伍。對我而言，哈格雷夫住在他家只有一個缺點，那就是我因為擔心去葛洛夫山莊會碰見他，不能太常去找他妹妹。近來他對我的態度中規中矩，我幾乎忘了他過去的行為。我猜他努力想「博取我的敬重」。如果他繼續保持下去，也許會成功，之後呢？只要他又提出其他要求，馬上又會激怒我。

二月十日。一番體貼與好意被人反唇相譏，那種怨恨實在叫人難以承受。原本我已經開始對我可悲的另一半心軟，同情他處境孤單淒涼，沒辦法從知性的成長或宗教的虔信找到安慰。我覺得我應該犧牲自己的尊嚴，再次給他一個溫馨的家，引導他改邪歸正。我不打算騙他我愛他，也不會假裝悔過。我頂多只是改善平素的冷漠態度，一有機會就用友善取代冰冷的客套。我不只這麼想，甚至也開始採取行動，結果如何呢？沒有善意的回應，沒有醒悟的悔改，只有難以平息的怒火和得寸進尺的蠻橫索求。只要察覺到我態度放軟，他就流露出得意非凡的神色，往往讓我的心再度化為鐵石。

今天早上他做得太絕，我想我已經徹底死心，不會再給他機會。他收到的信件中有一封他讀得格外歡喜，看完後隔著餐桌扔到我面前，惡聲惡氣地說：「哪！讀讀看，跟人家學學！」

是安娜貝拉優美華麗的字跡，我瞄了第一頁，似乎通篇都在高調示愛，強烈渴望早日相聚，並且張狂地違反上帝的訓示，抱怨天意讓他們分隔兩地，各自嫁娶自己不愛的人，困在可恨的婚姻枷鎖裡。他見我臉色漲紅，發出一聲竊笑。

我折好信，站起來，把信還給他，只說：「謝謝你，我受教了！」

我的小亞瑟站在他兩腿之間，開心地把玩他手上亮晶晶的紅寶石戒指。我突然有一股難以克制的衝動，不想讓兒子受他污染，於是抱起小亞瑟，帶他離開飯廳。小亞瑟不喜歡這突如其來的變化，噘起小嘴哭了。這對我飽受摧殘的心而言是全新的打擊。我不肯放開他，帶著他進圖書室，關上門，跪在他身邊的地板上，摟住他，親吻他，激動地跟他一起哭泣。這不但沒有安慰到他，反倒嚇著他。他轉身想掙脫我，大聲喊爸爸。我鬆手放開他，我從來不曾哭得那麼傷心，辛酸的淚水溢滿我灼熱的雙眼，模糊了他的影像。他父親聽見他的叫聲趕來，我連忙別開臉，不想讓他看見，又誤解我的心情。他對我咒罵，把已經止住哭泣的孩子帶走。

我的小寶貝竟然愛他多於愛我，實在太難以接受。如今我只為孩子的福祉和教養活著，沒想到我的一番苦心，竟要毀在他父親手上，因為他自私的愛造成的傷害比最冷漠的忽視或最嚴厲的操控更大。如果我為孩子好，不允許他某些小小的放縱，他就去找他父親。而他父親儘管自私懶惰，卻願意費點心思去滿足孩子的需求。如果我刻意約束孩子，或因為他某些不聽話的幼稚行為對他板起臉孔，他知道他父親會笑著幫他對付我。因此，我不但要對抗兒子身上來自他父親的遺傳，要尋找並消滅那些帶有邪惡傾向的基因，還要預防他日後結交惡友學習壞榜樣。現在他父親已經開始抵消我為孩子所做的一切，破壞我在他脆弱心靈裡的影響力，剝奪他對我的愛。孩子是我在世間唯一的希望，他卻像惡魔般以奪走我的希望為樂。

但我不能絕望，我要記住那位睿智作者勸告世人「敬畏主、聽從祂僕人的話。如果在黑暗中行走，沒有光亮，就該相信主的名，倚靠他的神。」[38]

38. 此句摘自《聖經．以賽亞書》第五十章第十節。此處睿智作者指的是西元前八世紀的猶太先知以賽亞（Isaiah）。

第三十七章　鄰居再擾

一八二五年十二月二十日。又過了一年，我已經厭倦了生命。然而，不管在這裡遭受多少磨難，我還不能奢望離開。我不能離開，不能把我的寶貝獨自留在這個黑暗邪惡的世界，沒有人帶領他穿越這無窮無盡的迷宮，指點他沿途數以千計的陷阱，幫助他抵擋從四面八方圍攻他的險難。我不適合做他唯一的同伴，這我知道，但沒有人來代替我。我太嚴厲，沒辦法顧及他的娛樂，沒辦法像保母或母親那樣陪他玩耍嬉戲。每次看到他開心大笑，我就煩惱擔憂，因為我在他的笑容裡看見他父親的情緒和個性。我害怕看到將來的後果，因而經常無法跟他一起歡笑。相反地，他父親心裡沒有這些哀傷的負擔，沒有恐懼不安，也不擔心他兒子未來的幸福。尤其是在夜晚，孩子最有機會、也最常跟他相處的時刻，他總是格外愉快豪爽，隨時隨地可以跟我以外的任何人打趣說笑，那時我通常特別沉默悲傷。因此，孩子理所當然喜歡他那個看起來歡樂逗趣、總是溺愛他的父親，隨時願意離開我去找他。

這讓我非常傷神，倒不是因為孩子的愛（雖然我確實非常重視他的愛，也認為那是我的權利，畢竟那是我煞費苦心爭取來的），而是為了能夠給他好的教育。為了他好，我願意盡一切努力薰陶他。可是他父親基於對我的怨恨，樂於從中破壞。另外，基於某些無謂的自大心理，他想要擁有他對孩子的影響力，不是為了善加利用，而是為了折磨我，毀了孩子。

我唯一的安慰是，他在家的時間不多，他在倫敦或其他地方那幾個月，我有機會收復失土，用善良克服他蓄意誤導產生的邪惡。不過，看見他回來後又全然推翻我的努力，把我天真、多情又溫馴的寶貝變成自私、不聽話的頑皮小孩，耕耘出一片沃土，方便他在自己的偏差本性裡培養出的那些惡習生長茁壯。

幸好去年秋天他沒有邀請他那些「朋友」來到格瑞斯黛：他自己出門去拜訪其中某些人。真希望他日後都這麼做，也希望他朋友人數夠多，也夠愛他，能夠讓他拜訪一整年。令我非常心煩的是，哈格雷夫並沒有跟他一起去，不過我猜我終於讓他斷念了。

曾經有七、八個月的時間他表現非常得體，也非常自制，我幾乎完全放下戒心，真正開始當他是朋友，甚至以朋友之禮相待，只是為求謹慎保留一點限制（我認為不太有必要）。沒想到他利用我毫無防備的友善，覺得可以跨越約束他已久的適度規範與禮儀。

事情發生在五月底某個美好的夜晚，當時我在庭園散步，他騎馬經過時看見我，在大門口下馬，把馬留在門外，大膽地進來找我。這是亞瑟離家後他第一次膽敢闖進我家庭園，沒有他母親或妹妹作陪，甚至沒有藉口為她們帶話。但他的友好態度顯得那麼平靜自在，那麼恭敬又泰然自若，我雖然有點驚訝，卻沒有為他這罕見的冒昧行為提高警覺或生氣。他陪我走在白蠟樹下和湖邊，天南地北無所不談，展現他的活力、品味與知識，我則是想著如何擺脫他。

後來我們沉默了片刻，站在湖邊凝視平靜的湛藍湖水，我琢磨著該如何客氣地打發他走；他顯然也別有心思，想著與眼前的美景與大自然的天籟毫不相關的事物。這時我突然被他嚇了一跳，因為他開始用一種特別的嗓音說話，低沉、溫柔、咬字無比清晰，明確地表達真摯而激烈的愛情，用他想得到的大膽狡辯支持他的訴求。我沒讓他說完，斬釘截鐵斷然拒絕，既表現出輕蔑與憤怒，也沉著冷靜地對他蒙昧的心靈表達哀傷與同情。他震驚、難堪又失意地離開了，幾天後我聽說他去了倫敦。不過，八、九個星期後他又回來了，卻沒有完全迴避我，只是對我的態度明顯轉變，他眼尖的妹妹很快就發現了。

「杭汀頓太太，妳對華特做了什麼？」某天早上她問我。當時我走訪葛洛夫山莊，哈格雷夫冷淡地寒暄幾句就離開。「最近他對妳非常見外又嚴肅，我實在想不透這到底怎麼回事，除非妳嚴重得罪他。跟我說說怎麼回事，也許我可以當你們的和事佬，讓你們握手言和。」

「我沒做過蓄意得罪他的事。」我說。「如果他在生氣，那麼只有他能告訴妳原因。」

「我去問他。」這冒失的丫頭從椅子上跳起來，探頭到窗外。「他在花園裡……華特！」

「別，別，艾絲特！如果妳問，我會非常不高興，而且會馬上離開，幾個月內都不來看妳，也許幾年。」

「艾絲特，妳叫我嗎？」哈格雷夫問，他已經走到窗子外。

「對，我要……」

「艾絲特，再見。」我拉起她的手，使勁捏了一下。

「我要拜託你，」她說，「幫我摘朵玫瑰花送給杭汀頓太太。」他走了。艾絲特轉向我，仍然拉著我的手，說道，「杭汀頓太太，妳讓我太驚訝了。妳跟他一樣憤怒、疏遠，也一樣冷漠。我決定了，妳回家以前一定要跟他重新變回好朋友。」

「艾絲特，妳怎麼這麼沒禮貌！」哈格雷夫太太嚷嚷說。她肅穆地坐在她的安樂椅上編織。「真是的，妳永遠學不會淑女該有的樣子。」

「哎，媽，妳自己也說……」她沒再說下去，因為她母親豎起一根手指頭，無比嚴峻地搖一下頭。

「她是不是很凶？」艾絲特悄聲對我說。我還來不及責備她，哈格雷夫已經來到窗外，手拿一朵美麗的松葉玫瑰。「艾絲特，妳要的玫瑰幫妳摘來了。」他把玫瑰遞給她。

「送給她，你這笨蛋！」說著，她輕快地從我們之間跳開。

「杭汀頓太太寧可妳拿給她。」他用非常正經的口吻說，但他壓低嗓門，免得他母親聽見。艾絲特接下玫瑰交給我。

「杭汀頓太太，我哥哥向妳致意，他希望將來妳和他能夠誤會冰釋。華特，這樣說可以嗎？」這魯莽丫頭轉向斜靠在窗台的哈格雷夫，伸手摟住他脖子。「或者我該說你很抱歉自己愛生氣？或你希望她原諒你的冒犯？」

「妳這傻丫頭，妳不知道自己在說什麼？」他板著臉答。

「說得對極了，我真的不知道發生了什麼事？」

「艾絲特，」哈格雷夫太太出面干預。就算她也不知道我跟她兒子有什麼過節，至少看得出來她女兒的行為很不得體。「我必須要求妳馬上離開這房間！」

「哈格雷夫太太，拜託別這樣，我馬上要走了。」說著，我立刻起身告辭。

大約一星期後，哈格雷夫帶他妹妹來看我，一開始他的態度跟平常一樣冷淡疏離、半嚴肅半憂鬱的受傷模樣，不過這回艾絲特沒再多話：她顯然受到教訓學乖了。她跟我聊天，也跟小亞瑟玩鬧大笑，他們倆是彼此的最佳玩伴。讓我不自在的是，小亞瑟帶著艾絲特往外跑，出了大門奔進花園。我站起來撥弄爐火，哈格雷夫問我是不是覺得冷，走過去關上門。這實在是不合時宜的殷勤舉動，因為我原本打算小亞瑟他們如果沒有馬上回來，就要跟著出去。緊接著他大膽走到壁爐旁，問我知不知道杭汀頓目前人在羅勃洛府上，可能會住上一段時間。

「不知道，不過那無所謂。」我不以為意地答。假使我氣得臉紅似火，那也是因為他竟提出這種問題，而非他傳遞的消息。

「妳不反對？」他問。

「只要爵爺喜歡跟他相處，我一點也不反對。」

「那麼妳對他已經沒有愛了？」

「一點也沒有。」

「我就知道。我知道妳品德高尚又純潔，對那種道德敗壞的不忠實傢伙，妳除了憤怒與嫌惡，不會有其他感情！」

「他不是你朋友嗎？」我把視線從爐火轉向他的臉，眼神裡有著些許他剛才提及的憤怒與嫌惡。

「以前是。」他的語氣一樣平靜慎重。「別誤以為我能對他保持友誼和尊重，畢竟他這麼可恥，這麼邪惡地拋棄、傷害一個這麼優越……呃，我不說了。跟我說說，妳沒想過報復嗎？」

「報復！沒有，那有什麼用？報復不會讓他變好，也不會讓我變快樂。」

「杭汀頓太太，我不知道該怎麼跟妳交談，」他笑著說，「妳只是半個女人，妳的本質一定是半人半天使。這種善良令我肅然起敬，我不知道該怎麼理解。」

「照你這麼說，我這個普普通通的凡人竟然超越你這麼多，那麼先生，你恐怕遠遠落後你該達到的標準。既然我們之間幾乎沒有共鳴，我看我們最好各自結交更意氣相投的朋友。」說完我立刻走到窗子旁，尋找小亞瑟和他那位歡樂的大姊姊。

「不，我必須強調我才是那個普普通通的凡人。」他說，「我不允許自己比其他同類遜色。可是妳，女士，我同樣必須強調妳的品德世上無人能及。可是妳幸福嗎？」他認真地問。

「我跟其他某些人一樣幸福。」

「但妳得到自己想要的幸福了嗎？」

「這世上沒有人有這種福氣。」

「有一點我很確定，」說著，他神情哀戚地長嘆。「妳比我幸福多了。」

「那麼我很替你難過。」我不得不這麼回應。

「真的嗎？不，如果妳替我難過，就會樂意解除我的痛苦。」

「只要不傷害我自己或其他人，我很樂意。」

「妳竟認為我希望妳傷害妳自己？不，恰恰相反，比起我自己幸福，我更渴望妳幸福。杭汀頓太太，妳現在很不快樂。」他大膽盯著我的臉，接著說，「妳沒有抱怨，但我看得到，感覺得到，也知道妳很痛苦。只要妳繼續將妳依然溫暖搏動的心圈圍在那些無法穿透的冰牆裡，妳就會痛苦下去，而我也會跟著痛苦。只要妳賞給我一個微笑，我就得到幸福。相信我，妳也會幸福。只要妳是個女人，我就能讓妳幸福，就算妳不想幸福都難！」他輕聲咕噥著。「至於其他人，這是妳我之間的事。妳也知道妳丈夫不可能受傷，其他人都跟這事無關。」

「哈格雷夫先生，我有個兒子，你有個母親。」我離開窗子旁，因為他已經跟過去。

「他們不需要知道。」他說，不過我們還來不及再說什麼，艾絲特和小亞瑟都回來了。艾絲特瞧見哈格雷夫漲紅的激動臉龐，再看看我的臉（我敢說也有點緋紅激動，雖然原因截然不同）。她一定以為我們發生激烈口角，顯得不知所措又煩亂，不過她太懂禮貌、或太怕她哥哥生氣，沒有提出來。她往沙發上一坐，把亂蓬蓬散落在她臉龐的亮麗金色鬈髮往後撥，立刻聊起花園和小亞瑟，用她平時喋喋不休的說話方式講個不停，最後她哥哥提醒她該回家了。

「如果我口氣太激烈，請原諒我。」他告辭時低聲嘟囔。「否則我永遠無法原諒自己。」艾絲特帶著笑容望著我。我只是欠身行禮，她的笑容消失了。她覺得她哥哥大方認錯，我卻冷淡回應，對我很失望。可憐的孩子，她一點都不知道自己活在什麼樣的世界。

之後幾星期哈格雷夫都沒有機會跟我獨處，但只要我們見面，他顯得比過去少了點傲氣，多了點憂鬱神情。噢，他真叫我心煩！最後我幾乎不得不放棄到葛洛夫山莊走動，因此深深得罪哈格雷夫太太。可憐的艾絲特也慘遭拖累，因為除了我，她真的沒有更處得來的朋友，她不該為她哥哥的錯受苦。但那個不屈不撓的敵人還沒被征服：他好像隨時都在伺機而動。我經常看見他騎著馬慢悠悠地經過，一路上左顧右盼尋尋覓覓。即使我沒看見，瑞秋也會看見。明察秋毫的瑞秋很快猜到我跟他之間的狀況，有時她在樓上嬰兒室窗戶看見敵人行蹤，如果我正準備出門，而她猜測他可能有什麼目的，或覺得他可能會在我打算走的那條路跟我碰面或趕上我，就會向我通風報信。那時我就晚一點再出去散步，或者只在庭園和院子裡走走。如果我有重要的事必須出門，比如探視生病或急難的人，就帶瑞秋一起去，所以從來不曾被騷擾。

十一月初某個天清氣朗的日子，我獨自去探訪村裡的小學和幾個窮苦佃農，回程時聽見後面馬蹄聲穩定快速地接近，不禁提高警覺。那段路的樹籬碰巧沒有梯磴或缺口，我沒辦法逃進農田裡，只能往前走，心想，「也許根本不是他。就算是，如果他又煩我，我打定主意，只要語言和表情有足夠力量斥退他那種無禮的放肆和叫人作嘔的感傷，這一定是最後一次。」

那匹馬很快趕上我，就在我身旁停住。是哈格雷夫沒錯。他用溫柔中略帶憂鬱的笑容跟我打招呼，可是那表情裡還藏著一絲終於堵到我的得意神色，露出他的馬腳。我簡短回應他的問候，也問候他母親和妹妹，馬上轉身往前走。他跟了過來，騎著馬走在我身邊，顯然想一路陪我走回家。

「哼，我不在乎。如果你想再碰釘子，隨你便，歡迎之至。」我在心裡念叨著。「先生，接下來呢？」

我的問題雖然沒有說出口，卻很快得到回應。他閒聊了些無關緊要的話題後，開始用鄭重的語氣說了以下的話，想激發我的慈悲心：

「杭汀頓太太，到明年四月，我們認識就滿四年了。也許妳已經不記得當時的情景，我卻永遠忘不了。從那時起我就深深仰慕妳，但我不敢愛妳。那年秋天我見識到妳的完美，不由自主地愛上妳，卻不敢表露出來。接下來那三年多的時間，我熬過最艱鉅的苦難。我承受著壓抑情感的痛苦、強烈又徒勞的渴望、無語的哀傷、破碎的希望和被漠視的愛情。我的痛苦非我所能形容，也超乎妳的想像，而妳就是害我受苦的原因，妳卻未必一無所知。我的青春徒然逝去，我的未來一片黯淡，我的生命荒蕪又空虛。我日夜不得安寧，我變成自己和別人的負擔。妳只要說句話，或看我一眼，就能救我，妳卻不肯，這樣對嗎？」

「首先，我不相信你的話。」我答。「第二，如果你要當這樣的傻瓜，我也管不著。」

「如果妳假意認為，」他懇切地說，「我們本性裡最優越、最強烈、最神聖的衝動是愚蠢的，我也不相信妳的話。我知道妳不是妳裝出來的那個冷酷無情的人，妳曾經有溫柔的心，妳把它給了妳丈夫。後來妳發現他配不上那樣的寶物，妳就將它收回。妳也不會聲稱妳無怨無悔深愛那個沉迷酒色、俗不可耐的浪蕩子，永遠不可能再愛別人吧？我知道妳內心還深藏著某些不為人知的情感，我知道妳目前被冷落，孤單寂寞，妳其實、也必定滿腹辛酸。妳有能力可以拯救兩個真正在受苦的人，讓他們得到難以言喻的至福。那種至福唯有寬厚、高貴、無我的愛才能給予，我相信只要妳願意，一定可以愛我。妳可以說妳鄙視我，厭惡我。可是，既然妳有話直說，我也效法妳，直接說我不相信。妳不肯愛我！妳寧可讓我們兩個悲慘度日，冷冷地說我們維持現狀是上帝的旨意。妳可以說那是宗教，但我要說那是有違常理的狂熱！」

「你我都還有死後的生命，」我說，「如果上帝的旨意要我們含淚播種，那只是為了讓我們將來可以歡笑收割。祂不要我們為了滿足世俗的情感傷害他人，何況你還有母親、妹妹和朋友，如果你做出墮落的事，他們就會受到傷害。我也有親友，我不能為自己的喜悅或你的喜悅，犧牲他們內心的平靜。就算我在這世上孑然一身，我還有上帝和我的宗教。我寧可死，也不要為了幫自己或別人取得幾年虛假而短暫的幸福（這種幸福即使在這個世界都會以苦難終結），玷辱我的天職，毀棄我對上帝的信仰。」

「沒有人需要沉淪、受苦或犧牲，」他堅持不懈，「我沒有要求妳離開家或公然反抗外界的輿論。」我沒必要複述他那番話。我盡最大的能力反駁他，但當時我的能力小得令人惱怒，因為他竟敢那樣跟我說話，我太生氣，甚至覺得羞恥，沒辦法善用我的思考和言語來與他強有力的詭辯相抗衡。然而，我發現理性無法堵住他的嘴，反而讓他因為明顯占上風暗自竊喜，甚至嘲弄那些我無法冷靜證明的宣言，我改弦易轍，採用另一種策略。

「你真的愛我嗎？」我停下來，平靜地看著他的臉，一本正經地問。

「妳明知故問！」他叫道。

「真心話？」我問。

他面露喜色，以為成功在望。他開始滔滔不絕，激情地訴說他對我的愛多麼真摯，多麼熱烈，我用另一個問題打斷他：「那會不會是自私的愛？你對我的愛是不是夠無私，能夠為我的快樂犧牲你的快樂？」

「我願意犧牲生命為妳做任何事。」

「我不要你犧牲生命。不過你當真了解我的痛苦，以至於願意努力幫我擺脫它們，哪怕你會承受一點不愉快？」

「妳試試就知道。」

「如果你做得到，就永遠別再跟我提起這件事。我的苦你感同身受，而只要你提起這件事，那些苦就會加倍沉重。如今我什麼都沒了，唯一的慰藉就是一顆無瑕的良心和對上帝滿懷希望的信任，你卻想盡辦法要奪走這些。如果你繼續下去，我必須把你當成不共戴天的死敵。」

「可是妳聽我說……」

「不，先生！你說你願意犧牲生命為我做任何事。我只要求你別再提起某件事。我說得一清二楚，而且全部發自肺腑。如果你繼續用這種方式折磨我，我必須認定你的愛都是虛情假意，而你嘴巴上說有多愛我，內心深處就有多痛恨我！」

他咬住下唇，視線望向地面，沉默了半晌。

「那麼我只能離開妳。」最後他說。他定定望著我，懷著最後一絲希望，看看他這句嚴肅話語會不會激起某種難以壓抑的痛苦或失望。「我必須離開妳。我留在這裡，卻不能說出心裡揮之不去的思緒與願望，我受不了。」

「據我所知，你過去很少住在家裡。」我答。「如果真有這個必要，你再次離家一陣子，對你不會有什麼損害。」

「這是真的嗎？」他咕噥說，「妳當真這麼冷漠地要我離開？妳真的希望這樣？」

「我非常希望。如果你每次見到我，就要像近日以來那樣折磨我，我很樂意與你道別，從此不再相見。」

他沒再說話，坐在馬上俯身向前，對我伸出手。我抬頭看他的臉，看見真正痛徹心扉的神情，不管那其中最強烈的是極度失望、或自尊受傷、或眷戀不捨的愛、或熾熱的怒火。我毫不遲疑握住他的手，像跟朋友道別一樣坦然。他用力捏了一下，而後用馬刺踢他的馬，揚長而去。不久後我聽說他去了巴黎，到現在還在那裡。他在那裡待得越久，對我越好。

感謝上帝，這件事解決了！

第三十八章　受傷的男人

一八二六年十二月二十日。我的結婚五週年紀念日，我相信這是我最後一次在這棟房子度過這個日子。我下定決心，擬好計畫，已經執行一部分。我不會受到良心譴責。往目標前進的這段時間，我來記錄事情始末，消磨幾個漫漫冬夜，也算是一種自我滿足。這是相當枯燥的消遣，卻有益身心，何況我將它視為任務，因此比其他更輕鬆的活動更適合我。

今年九月，一群仕女與（所謂的）紳士再度讓幽靜的格瑞斯黛熱鬧起來，那是前年受邀的同一批賓客再加上其他兩、三位，包括哈格雷夫太太和艾絲特。羅勃洛夫人和那些男士們受邀是為了男主人的開心與方便，其他那些女士我猜只是來充場面，順便約束我，讓我表現得慎重得體。不過那些女士只停留三星期，男士們除了其中兩位，都住了兩個多月，因為他們熱情的東道主不願與他們分別，留下他跟他聰明的才智、一塵不染的良心和他那位鶼鰈情深的妻子獨處。

羅勃洛夫人到的那天，我跟隨她走進她房間，直截了當告訴她，如果我發現她還繼續跟杭汀頓維持不道德關係，就會斷定我有責任知會她丈夫，至少會提醒他注意，不管這麼做會帶給我多少痛苦，後果又有多可怕。起初她驚呆了，因為我這番明確又冷靜的宣言讓她猝不及防。不過她很快鎮定下來，冷冷答道，如果我看見她做出任何不當或可疑行為，她允許我告訴爵爺。我得到滿意的答覆，就離開她房間。當然，之後我沒看見她對杭汀頓做出任何不當或可疑行為。話說回來，我還得招呼其他賓客，也並沒有密切監看他們。說實在話，我害怕看見他們之間的任何互動。我不再認為那跟我有什麼關係，如果到頭來必須由我告知羅勃洛，那會是痛苦的任務，我沒有勇氣去承擔。

後來我的擔憂以我料想不到的方式解除了。賓客抵達大約兩星期後某天晚上，我溜進圖書室偷得片刻寧靜，緩解強顏歡笑與沉悶閒談帶來的疲累。畢竟我長時間獨居，平靜的生活儘管乏味，總好過像這樣虐待自己的感受，逼自己說話、微笑、聆聽，扮演貼心的女主人，或興高采烈的朋友。我在凸窗裡坐定，向西眺望，看見暮色漸深的山丘被清亮的琥珀色暮光襯托得輪廓鮮明。那光線緩緩轉暗，消散在上方純淨的淡藍色天空裡。有一顆星星在天空中閃耀，彷彿在承諾：「等那最後一抹光線消逝，世界會陷入黑暗，那些相信上帝、心靈從未被懷疑與罪惡蒙蔽的人，必定能找到慰藉。」這時我聽見腳步聲匆匆接近，羅勃洛走了進來。圖書室依然是他最喜歡的去處。他用不尋常的力道猛地關上門，隨手將帽子拋開，不在乎它落在哪裡。他怎麼了？他的臉蠟白如紙，視線緊盯地板，牙關緊咬，痛苦的汗水在額頭閃閃發亮。顯然他終於知道自己遭到背叛！

他不知道我在裡面，開始在房裡來回踱步，情緒激動得嚇人，雙手使勁絞擰，不時低聲哀嘆，偶爾迸出語無倫次的話語。我挪動了一下，讓他知道屋裡還有別人，但他心思太亂，沒注意到。也許等他轉過身去，我可以橫越房間溜出去，不會被他發現。我站起來正要行動，他卻看見了。他嚇了一跳，怔怔站了半晌。接著他擦掉額頭的淋漓汗水，朝我走來，以極彆扭的鎮定態度，用低沉到近乎陰森的語調說，「杭汀頓太太，我明天就告辭了。」

「明天！」我重複他的話。「我不問你原因。」

「那麼妳知道，而妳竟然這麼冷靜！」他看著我，神情極度震驚，我覺得其中摻雜著一絲憤恨不滿。

「我很久以前就知道……」我及時打住，又說，「我丈夫的性格，沒什麼能讓我驚訝。」

「可是這件事……妳知道多久了？」他緊握的拳頭按住他身旁的桌面，熱切的眼神緊盯我的臉。

我覺得自己像個罪人。

「不久。」我答。

「妳知道了！」他用激烈的口吻叫嚷。「卻沒有告訴我！妳幫他們欺騙我！」

「爵爺，我沒有幫他們騙你。」

「妳為什麼沒告訴我？」

「因為我知道你會有多痛苦？我希望她能回頭是岸，那麼你就不需要為這種事心煩……」

「天哪！這件事多久了？杭汀頓太太，多久了。告訴我，我一定得知道！」他情緒激動，急躁的口吻令人害怕。

「大概兩年吧。」

「我的天！這段時間她一直在騙我！」他壓抑住痛苦的呻吟，轉過身去，突然又激動地走來走去。我忐忑不安，但我必須安撫他，雖然我不知道該怎麼做。

「她是個壞女人，」我說，「她卑鄙地欺騙你、背叛你。她不值得你為她懊惱，正如她不值得你愛。別讓她再傷害你了，別在乎她，勇敢過下去。」

「還有妳，女士，」他停下腳步轉身面對我，恨恨地說，「妳這樣刻薄隱瞞，也傷害了我！」

我突然一陣反感。我的同情換來這樣的苛責，我內心昇起某種感覺，慫恿我用同樣苛刻的言詞自我防衛。但我沒有臣服於那個衝動，因為我看見了他的痛心。當時他狠狠拍一下自己的額頭，突然轉身走向窗子，抬頭仰望靜謐的天空，激動地咕噥道，「噢，上帝，讓我死了吧！」我覺得再往那只已經滿溢的杯子倒入一滴苦澀，確實太刻薄。然而，我回答他的平靜語氣恐怕還是冷淡多於溫和：「我可以提出許多足以說服某些人的理由，但我不打算一一列舉……」

「我知道，」他匆忙說道，「妳會說那不關妳的事；說我該管好自己的事；說既然我因為自己的盲目跌進這個痛苦深淵，就沒有資格責備別人高估我的智慧……」

「我承認我做錯了，」我接著說，沒有理會他那番怨言。「但不管我是因為欠缺勇氣，或錯誤的慈悲，你對我的責怪都太嚴厲。兩星期前，羅勃洛夫人一到我就告訴她，如果她繼續欺騙你，我就有責任通知你。她說如果我看見她做出任何不當或可疑的行為，儘管讓你知道。我沒發現什麼異樣，所以相信她已經改過自新了。」

我說話時，他持續望著窗外，沒有回應。然而，我的話喚醒的記憶顯然刺激了他，他重重跺腳，咬牙切齒，斂眉蹙額，像承受著劇烈的肉體疼痛。

「這樣不對，這樣不對！」最後他嘟囔著。「沒有藉口可以原諒，沒有辦法可以彌補。過去多年來那該死的信任已經無法收回，也永遠無法抹除！沒辦法！沒辦法！」他低聲念叨，失望的痛苦凌駕一切憤恨。

「我自己設身處地思考後，我承認我做錯了。」我說，「如今我只能遺憾早先沒有這麼想。如你所說，過去已經無法改變。」

我說話時的嗓音或內容好像有某種東西扭轉了他的情緒。他轉向我，在昏暗的燈光下仔細觀察我的臉，然後用溫和一點的口氣說，「我猜妳也吃了不少苦。」

「一開始我確實很痛苦。」

「那是什麼時候？」

「兩年前。兩年後你也會像現在的我一樣平靜，而且我相信你會比我快樂得多，因為你是個男人，可以照自己的意思去做。」

他臉上彷彿閃過一抹微笑，卻是苦笑。

「妳最近也不開心？」他問。他努力找回鎮定，也決心不再討論他自己的災難。

「開心？」我重複他的話，幾乎被這樣的問題惹怒。「有這樣的丈夫，開心得起來嗎？」

「我發現妳的容貌比起新婚第一年變很多，」他說，「我曾經跟……跟那個可怕的惡魔提起這事，」他咬著牙說，「他說那是因為妳的壞脾氣吞噬掉妳的美貌，讓妳提早變老變醜，也害他在家裡像住在修道院，沒有一點舒適感。杭汀頓太太，妳笑了，什麼都影響不了妳。但願我的個性跟妳一樣冷靜。」

「我的個性原本也不冷靜，」我說，「我是透過艱苦的經歷和反覆不斷的練習，才學會裝出冷靜的外表。」

這時哈特斯利衝進來。

「喂，羅勃洛！」他說，「噢，抱歉！」他看見我連忙道歉。「我不知道你們兩個在私下會談。老兄，打起精神。」說著，他重重捶一下羅勃洛的背。羅勃洛避開他，臉上滿是難以形容的厭惡與氣惱。「過來，我有話跟你說。」

「那就說吧。」

「我不確定我說的話女士喜歡聽。」

「那麼我也不喜歡聽。」說著，羅勃洛轉身走出去。

「你會喜歡的。」哈特斯利跟著他走到門廳。「如果你是個男人，這就是你想聽的話。是這樣的，兄弟。」他壓低聲音，但隔著半掩的門，我還是聽得清他說的每個字。「我覺得你被欺負了。哎呀，別發火！我不是故意惹你生氣，我只是說話口沒遮攔。你也知道，我必須有話直說，否則乾脆不說。我來是為了……等一下，聽我解釋……我要幫你的忙。杭汀頓雖然是我朋友，但我們都知道他是個豬狗不如的混蛋。現在我要當你的朋友。我知道你想要什麼，你想討回公道：只不過就是跟他對開一槍，之後你的心情就會恢復平靜。萬一發生意外，哎，我敢說對你這種被逼上絕路的人來說，那也無所謂了。來吧，握個手，別把這事看得那麼糟。挑個時間地點，其他我會處理。」

「那正是，」羅勃洛說話聲輕了些，也更加深思熟慮。「我的心（或裡面的魔鬼）建議的解決方法：去面對他，跟他拚個你死我活。不管倒地的是我、他，或我們兩個，對我都是難以言喻的解脫，只要……」

「說得對！那麼……」

「不！」羅勃洛用低沉、堅定的語氣強調。「雖然我發自內心痛恨他，不管他碰上什麼災難，我都會覺得大快人心，但我決定把他交給上帝。雖然我憎惡我的生命，我同樣要將它交給賜予我生命的祂。」

「可是這件事……」哈特斯利繼續說服。

「我不要聽你說！」說著，羅勃洛迅速轉身。「一個字都不聽！我自己內心的惡魔就夠我傷神了。」

「那麼你就是個沒種的笨蛋，我再也不管你了。」引誘不成的哈特斯利埋怨道。羅勃洛甩開他走了。

「對，對，羅勃洛勳爵。」我衝出去，趁他走向樓梯時拉住他火熱的手。「我忽然覺得這個世界配不上你。」他不明白我這突如其來的激動言語，轉過來用陰鬱、困惑的眼神望著我。我開始為自己的一時衝動難為情，但不久後他臉上綻放一抹人性光輝，我還來不及鬆手，他友善地捏一下我的手，眼裡閃現真誠的情感，輕聲說道，「願上帝幫助妳我！」

「阿門！」我回應道，之後我們就分開了。

我回到客廳，那裡大多數人都預期我會去，卻只有一、兩個人期待我的出現。哈特斯利在前廳對一小群人抨擊羅勃洛的懦弱。他的聽眾包括杭汀頓，他懶散地倚著桌子，為自己背信忘義的惡行沾沾自喜，不屑地嘲笑他的被害人。另一個是葛林斯比，他站在一旁搓著雙手，帶著殘酷的滿足感咯咯笑。我經過時瞥了他們一眼，哈特斯利見狀突然停止批評，像小公牛似地瞪著我。葛林斯比惡狠狠地怒目斜睨我，我丈夫低聲咕噥著粗野又蠻橫的詛咒。

我在客廳見到了安娜貝拉，她當時的心理狀態顯然不值得羨慕：刻意裝得異常輕鬆愉快，藉以隱藏內心的煩亂。在那種情況下實在不合時宜，因為她告訴大家，她丈夫接到家裡的壞消息，必須立刻啟程回家。而他的心情大受影響，導致嚴重頭痛。基於這個原因，加上他需要收拾行李方便盡早離去，所以今晚大家應該見不到他了。不過她強調那只是公事，所以她不想為那種事掛心。我進門時她剛好說到這裡，她強悍又不服氣地瞪了我一眼，令我震驚又憤怒。

「但我也左右為難，」她接著說，「而且非常苦惱。因為我有義務陪爵爺離開，我當然非常捨不得這麼倉促又突然離開我親愛的朋友。」

「不過安娜貝拉，」坐在她身旁的艾絲特說，「我從來沒見過妳像現在這麼開心。」

「對極了，親愛的。因為我想好好珍惜跟大家相處的時光，天曉得我們什麼時候才有機會再相聚，我想在大家心裡留下好印象。」她環顧一圈，看見她姨媽定定望著她，大概覺得那眼神太銳利，馬上跳起來說道，「所以我要為大家獻唱一首歌，姨媽，可以嗎？杭汀頓太太，可以嗎？各位女士先生，大家同意嗎？那好，我會拿出看家本領娛樂大家。」

她跟羅勃洛的房間就在我隔壁，我不知道她怎麼度過那個夜晚，但我大半夜都清醒躺著，聽見他在他的更衣室來回踱步、沉重單調的腳步聲，因為他的更衣室最靠近我房間。我一度聽見他停下腳步，激憤地把某件物品扔出窗外。到了早上他們離開後，僕人在底下的草地撿到一把鋒利的折疊刀。同樣的，有一把刮鬍刀被折成兩截，投入壁爐的灰燼深處，一部分刀刃已經被爐火餘燼燒熔。他結束自己悲慘人生的衝動多麼強烈，抵抗它的決心又是多麼堅定。

我聽著他不停歇的腳步聲，內心為他淌血。到目前為止，我太常思索自己的事，太少考慮到他。這時我忘了自己的煩惱，只想著他的。我想到他真摯的愛情這樣被踐踏，他溫柔的信任遭到冷酷的背叛，還有……不，我不要細數他受到的傷害。我比過去更恨他妻子和我丈夫，不是為我自己，而是為他。

「那個男人，」我心想，「會遭到他朋友和這個好發議論社會的鄙視。那個紅杏出牆的妻子和不忠不義的朋友雖然傷害了他，卻不會像他那樣遭人嘲弄恥笑。他拒絕討公道，只會讓他更得不到同情，更名譽掃地。這些他都知道，他的悲痛因此加劇。他看見其中的不公平，卻沒辦法挺身反抗。他欠缺自信賦予男人那股源源不絕的力量，這種力量能讓男人為自己的正直欣喜，能蔑視敵人的惡意誹謗，能以輕蔑反擊輕蔑。更理想的是，能讓他向上提升，免於沾染地球惡臭又狂暴的濁氣，在天國永恆的陽光中安息。他知道上帝是公正的，但此刻還看不見祂的正義；他知道此生短暫，死亡卻遙遠得叫人無法忍受；他相信會有個未來國度，卻深陷在當前這個的苦惱，沒辦法體會那令人痴迷的安息。他只能在風暴前低頭，盲目地、絕望地緊抓他認為對的東西，就像遭遇船難的水手緊抓著木筏，看不見、聽不著、困惑迷惘。他覺得海浪一波波襲來，看不到逃出生天的希望。然而，他知道木筏是他唯一的希望，只要一息尚存、還有知覺，他就集中心力保住它。噢，多希望我能以朋友的身分安慰他，告訴他我從來不曾像今晚這麼尊敬他！」

他們一大早就走了，除了我之外，其他人都還沒下樓。我走出房間時，羅勃洛正要下樓搭馬車，當時安娜貝拉已經上車了。杭汀頓（我偏好稱呼他杭汀頓，因為亞瑟是我兒子的名字）竟如此放肆，披著家居袍就出來跟他「朋友」道別。

「什麼？羅勃洛，你們要走了？」他說，「那好吧，再見。」他笑著伸出手。

羅勃洛伸出骨節凸出的拳頭，那拳頭因怒氣而顫抖，也因為握得太緊，白色的指關節在皮膚底下明顯可見。要不是杭汀頓本能地後退，我猜羅勃洛會一拳打倒他。羅勃洛用憤恨不平的表情看著杭汀頓，從緊咬的牙關擠出最狠毒的咒罵，轉身離開了。我想如果他心情夠平靜，有能力慎選用詞，一定不會口出惡言。

「那才叫沒有基督徒精神。」那個惡徒說。「但我絕不會為了妻子放棄老朋友。你喜歡的話我妻子可以送你。這才叫大方。我唯一能做的，就是提供賠償，不是嗎？」

羅勃洛已經走到樓梯底部，正在穿越門廳。杭汀頓靠在欄杆上喊道，「告訴安娜貝拉我愛她！祝你們旅途愉快！」說完笑著回他房間。

事後他說他很慶幸她離開了。「她真是該死地傲慢又難伺候。」他說。「這下子我又自由了，總算可以鬆口氣。」

我不知道羅勃洛後來怎麼了，只從蜜莉森那裡聽到一些他的近況。蜜莉森告訴我他跟安娜貝拉分居了，但她不清楚原因。她說他們各過各的：她在城裡或鄉間過著奢華愉快的生活，而他在他北方的古老城堡裡獨居。他們有兩個孩子，都由父親照顧。那個男孩子兼繼承人差不多跟我的亞瑟同年，看起來前途大有可為，無疑也為他父親帶來些許希望與慰藉。另一個是女兒，大約一歲多，有著藍眼珠和淡褐色頭髮。他留她在身邊，多半是基於一片善心，覺得不該讓她學習她母親那種女人的壞榜樣。安娜貝拉從來不喜歡小孩，對自己的親生孩子也幾乎沒有天生的母愛。我不免好奇，跟孩子分開、不必扛起教養他們的麻煩與責任，對她會不會反而是一種解脫。

羅勃洛與安娜貝拉離開後沒幾天，其他女士也走了。也許她們原本會多住一段時間，可惜她們的男女主人都沒有極力挽留。事實上，男主人明白表示他很樂意擺脫她們。哈格雷夫太太帶著兩個女兒和孫子（現在已經三個了）回葛洛夫山莊，男士們都留下來。如我之前所說，杭汀頓打算盡可能留他們住久一點，女士們離開後，他們就能無所顧忌，盡情展現他們與生俱來的瘋狂、愚蠢與殘暴，夜夜笙歌，喧鬧叫囂不一而足。他們之中誰的行為最低劣，誰又最規矩，我說不清。我預料到事情會往什麼方向發展，因此決定離開飯廳後直接上樓，或把自己鎖在圖書室裡，在隔天早餐前都遠離他們。不過我必須幫哈格雷夫說句公道話，根據我看到的，相較於其他人，他確實是個典範，舉止得宜、清醒肅穆、一派紳士。

他是在其他客人抵達大約一星期或十天後才來，因為他們到的時候他還在歐洲大陸。原本我期待他不會接受邀請，但他接受了。最初那幾星期他對我的態度完全符合我的期望：彬彬有禮又尊重，沒有裝得灰心喪氣；適度保持距離，卻沒有一點傲慢；舉止也沒有刻意顯得生硬或冰冷，不至於令他妹妹困惑不安，或引起他母親質疑。

第三十九章　逃家計畫

這段艱辛的日子裡，我最大的煩惱是我兒子。他父親和他父親的朋友喜歡激勵他身上那些年幼孩童所能展現的潛在惡習，培養他所能學習的各種壞習慣。簡言之，「讓小亞瑟變成男子漢」是他們最主要的餘興節目。我不需多說什麼來解釋我為什麼替他擔心，又為什麼決定不顧危險帶他遠離這些指導者。最初我想辦法盡量把他留在我身邊，或在兒童房。我也提醒瑞秋，只要這些「紳士」在，就別讓他下樓吃甜點。可是沒用，這些做法都立刻被他父親否決推翻。他說他不要小傢伙跟著老奶媽和該死的蠢媽媽，搞得抑鬱而終。於是不管媽媽多麼生氣，小傢伙還是每天下樓，學會像爸爸一樣喝葡萄酒，像哈特斯利叔叔一樣詛咒，像個男人為所欲為。如果媽媽想阻止他，就叫她下地獄去。看著這個天真無邪的俊俏孩童做出那些事，聽見那稚嫩的嗓音說出那樣的話，他們似乎格外興奮，覺得滑稽得叫人捧腹，我內心卻是說不出的沮喪與痛苦。每次他逗得整桌大人哈哈大笑，他會開心地轉頭看看大家，自己跟著發出尖銳笑聲。但如果那雙笑盈盈的藍眼珠望向我，它們的光采會暫時退卻。他會有點擔心地問，「媽媽，妳怎麼不笑？爸爸，你逗媽媽笑。她都不笑。」

因此晚餐結束後我不能照我過去的習慣馬上脫身，還得陪著這群人形畜生，等待機會帶我孩子離開。他總是不肯跟我走，我經常必須強行帶他走，他因此覺得我殘忍又不公平。有時候他父親會堅持要我讓他留下，那時我只好把他交給他那些好心的朋友，找個地方獨自沉溺在憎恨與失望的情緒裡，或者絞盡腦汁想辦法解決這個大問題。

說到這裡，我必須再還哈格雷夫一個公道，因為我從沒見過他為孩子的錯誤行為發笑，也沒聽他說過一句話鼓舞孩子做那些男人做的事。只要那年幼無知的孩子說或做出什麼不尋常的事，我發現他臉上會出現某種特殊表情，我沒辦法解讀或定義：嘴角肌肉微微抽動，視線先後匆匆看孩子和我一眼，眼神閃過一抹光采。我知道他看見我無能為力的憤怒和苦惱，也覺得他的表情似乎帶著一絲殘酷、強烈又冷峻的滿足感。不過有一次亞瑟做出特別不好的行為，杭汀頓和他那些朋友對他的鼓勵特別令我惱火，我急於帶他離開飯廳，幾乎失控暴怒、當眾失態。那時亞瑟帶著醉意坐在他父親腿上，歪著小腦袋嘲笑我，用他不懂的言語咒罵我。哈格雷夫突然從座位上站起來，表情嚴肅堅定地抱起孩子走出飯廳，在門廳將他放下，再拉開門等我。我走出去時他肅穆地行禮，而後關上門。我帶著困惑錯愕的孩子離開時，聽見他跟已經醺醺然的杭汀頓大聲爭執。

不能再這樣下去：我不能放任孩子這樣被教壞。寧可讓他跟著逃家的媽媽沒沒無聞、一貧如洗，也不要跟這樣的父親過奢華富足的生活。這些客人或許不會待很久，但他們會再回來。而對孩子傷害最大、危害最甚的他會留下來。我自己可以咬牙苦撐，但為了孩子，我不能再忍受。外人的評論和親友的感受也不重要了，至少不能阻止我扛起人母職責。可是我能逃往哪裡去？我們母子又要怎麼活下去？嗯，我可以大清早帶著我的寶貝兒子搭馬車離開，前往某個港口，橫越大西洋，在新英格蘭[39]找個僻靜簡陋的住處。我會靠自己的雙手養活我和他。調色盤和畫架曾是我最親密的玩伴，現在它們必須跟我一起操勞。然而，我的繪畫能力足以讓我在一個舉目無親又無人舉薦的陌生國度謀生嗎？不行，我必須再等等。不管我要教畫或賣畫，都必須努力磨練

39. New Egnland，指美國東北角六州。一六一六年英國探險家約翰・史密斯（John Smith，一五八〇～一六三一）將此區命名為新英格蘭。

我的技巧，畫出足以展現才華、獲得肯定的代表作。當然，我不求成功成名，但至少要擁有讓自己立於不敗之地的基本技能。我不能害我兒子餓死。另外，我也得籌一筆旅費，船票，還得有一點積蓄，萬一我的畫家路一開始走得不順遂，至少確保生活無虞。這筆儲備金不能太少，因為面對社會的冷漠與忽視，或我自己的經歷能力不足以迎合人們的品味，天曉得我得奮鬥多久。

那麼我該怎麼做？找我弟弟，跟他說明我的情況和決心？不，不。就算我向他透露我所有的不滿（我應該不願意這麼做），他也一定不會贊成我的計畫。他會覺得這種事太瘋狂，正如我姑丈、姑媽和蜜莉森也會持相同看法。不行。我必須有點耐心，自己累積存款。這件事我只能讓瑞秋知道，也許我可以說服她從旁協助。她可以在某個遠方城市幫我找到畫商，然後我再透過她偷偷把我手邊可以賣、或陸續畫出來的作品賣出去。除此之外，我可以賣掉首飾，不是夫家的傳家首飾，而是我從家裡帶來的那一點，以及結婚時姑丈送我的那些。抱持這樣的目標，我可以忍受幾個月的辛勞。畢竟我兒子已經飽受摧殘，多等這段時間差別不會太大。

既然決定這麼做，我馬上著手進行。過程中我的一股腦熱情原本可能會慢慢冷卻，或者可能會反覆評估計畫的優缺點，最後覺得壞處多於好處，不得不放棄，或者無限期延後。但期間發生了一件事，讓我更加堅定決心，至今依然全力以赴，也覺得自己當初擬定這個計畫是對的，付諸實現後會更好。

羅勃洛離開後，我把圖書室當成我專屬的可靠避靜所，一天之中任何時刻都可以前往。除了哈格雷夫，其他男士們從來不會假裝對書本感興趣，而現階段他只要讀讀當天的報紙或期刊就滿足了。萬一他突然走進來，我相信只要看見我在裡面，他會馬上離開。自從他母親和妹妹回家以後，他非但沒有設法接近我，反倒對我更冷淡、更疏遠，這正合我意。於是我在圖書室架起畫架，從早到晚孜孜不倦地在畫布上塗塗畫畫，除非必要，或為了照顧孩子，絕不休息。我仍然覺得有必要每天撥點時間教導亞瑟，陪他玩耍。

但我想錯了，我在圖書室作畫的第三天早上，哈格雷夫果然進來了，看見我卻沒有馬上離開。他為他的打擾向我致歉，說他只是來找一本書。他找到書以後，又瞥了一眼我的畫布。他也算有點藝術品味，談起繪畫言之有物。他針對我的作品客套地評論幾句，見我反應冷淡，轉而概括聊起繪畫這個主題。我仍然不予回應，他乾脆不談了，卻也沒有離開。

接下來誰也沒說話，我冷靜地攪拌調和我的顏料。他又說，「杭汀頓太太，我們最近不太有機會見到妳。我完全能理解，妳想必對我們厭煩至極。我自己就很以我的同伴為恥。自從妳合情合理地丟下我們不管，再也沒有人來讓他們展現一點人性，或約束他們的行為。他們那些荒唐的言行舉止令我徹底厭倦，我打算盡快離開，也許就在這星期。妳聽到這消息想必不會有一點遺憾。」

他停下來。我沒有回應。

「或許，」他笑著說，「妳只有一點遺憾，那就是我沒有把我的同伴全都帶走。雖然我跟他們混在一起，但有時候我自認跟他們不是一丘之貉。不過妳希望擺脫我也是理所當然的事。對此我會覺得難過，卻不怪妳。」

「你離開我不會太高興，因為你的行為還像個紳士。」我覺得應該肯定他的優良表現。「但我必須承認，我會很樂意跟其他那些人道別，雖然這話聽起來違反待客之道。」

「妳說這種話不會有人怪妳。」他正經地說。「我猜連那些紳士自己都不會怪妳。我只是要告訴妳，」他接著說，彷彿突然下定決心。「昨天晚上妳離開後我們在客廳的對話。也許妳不會介意，畢竟妳在某些方面見解與眾不同。」說到這裡，他輕蔑地一笑。「他們聊起羅勃洛和他的美嬌娘，他們都很清楚他們突然離開的原因，也深知她的性格。身為她的近親，我也沒辦法替她辯護。如果我不報仇，就讓我下地獄！」他低聲咕噥著。「那個惡棍害別人的家族蒙羞，難道非得向他認識的每個下流無賴公然宣揚？杭汀頓太太，請妳原諒。反正他們聊著這些事，有個人說，既然她已經跟她丈夫分開，現在他隨時隨地都可以去找她。」

「『多謝，目前我已經受夠她了。除非她來找我，我不會主動去找她。』

「『那麼等我們走了以後，你打算做什麼？』哈特斯利問。『你打算改邪歸正，當個好丈夫、好爸爸之類的？等我擺脫你和這些你稱之為朋友、胡作非為的惡魔以後，就會這麼做。我覺得時候到了，你也知道你太太比你好上五十倍。』」

「接下來他說了些讚美妳的話，我就算說給妳聽，妳不會感謝我的轉述，也不會感謝他說那些話。因為他一如往常扯著大嗓門，無所顧忌口不擇言，何況在那些人面前提起妳的名字根本是一種褻瀆。他其實完全無法理解或欣賞妳真正的優點。當時杭汀頓不發一語，坐在那裡默默喝著酒，或面帶笑容看著酒杯，沒有打岔，也沒回應。最後哈特斯利大喊，『兄弟，你在聽嗎？』」

「『有，繼續說。』」他答。

「『不，我說完了。』哈特斯利答。『我只想知道你要不要接受我的勸告？』

「『什麼勸告？』

「『改過自新，你這個無可救藥的壞傢伙。』哈特斯利大吼。『求你妻子原諒，從此當個乖寶寶。』

「『我妻子！什麼妻子？我沒有妻子。』杭汀頓從酒杯往上看，裝出無辜的模樣。『就算我有，各位先生，我實在太珍惜她，如果你們哪個人看上她，儘管拿去吧，歡迎之至。哎呀，附帶送上我的祝福！』」

「我……呃……有個人問他這是不是真心話，他鄭重發誓絕無虛言，也沒說錯話。」他停頓片刻，過程中我覺得他密切觀察我半轉開的臉。他又說，「杭汀頓太太，妳聽見這種話有什麼想法？」

「我的想法是，」我平靜地回答，「他這麼珍惜的東西不久後就不再屬於他。」

「妳不可能為那種無恥惡徒的可鄙行為心碎送命吧！」

「不可能，我的心已經徹底乾枯，沒那麼容易碎，而且我打算活到天年。」

「那麼妳要離開他嗎？」

「是。」

「什麼時候？怎麼離開？」

「等我準備好；用最有效率的方法。」

「妳的孩子？」

「他跟我走。」

「他不會答應。」

「我不會告訴他。」

「那麼妳打算偷偷逃跑！可是杭汀頓太太，妳要跟誰走？」

「跟我兒子，也許加上他的保母。」

「自己一個，沒有人保護！妳能上哪兒去呢？又能做什麼？他會找到妳，把妳帶回來。」

「我計畫得很周詳，不會發生那種事。只要我踏出格瑞斯黛，我就安全了。」

他向我走近一步，望著我的臉，深吸一口氣準備說話。他的表情，漲紅的臉龐和眼裡突現的神采氣得我血脈賁張。我猛地別開臉，抓起畫筆，開始在畫布上塗刷。我下筆太激動，對那幅作品沒有好處。

「杭汀頓太太，」他用含怨的嚴正口氣說道，「妳好殘忍。對我殘忍，對妳自己也殘忍。」

「哈格雷夫先生，別忘了你的承諾。」

「我必須說出來，否則我的心會爆炸！我已經忍太久，今天妳一定得聽我說！」他一面激動地說，一面大膽地堵住我逃往門口的去路。「妳說妳對妳丈夫已經沒有義務，而他公開宣稱他對妳厭倦了，冷靜地把妳送給任何願意要妳的人。妳打算離開他，沒有人會相信妳自己一個人走，整個世界都會說，『她終於離開他了，這一點都不意外。沒幾個人能怪她，更少人會同情他。不過陪她逃跑的是誰？』那時妳就保不住貞節（如果妳使用這個詞）。就連最愛妳的親友都不會相信妳，因為這種事太難以置信，除了那些曾經親身遭受過那種殘酷折磨的人，沒有人會相信。可是妳獨自在這個冷漠殘暴的世界怎麼活下去？妳一個年輕單純的女人，嬌生慣養，全然……」

「總而言之，你建議我留在原地，」我打斷他，「嗯，我會考慮。」

「妳可以離開他！」他懇切地說。「但別一個人離開！海倫！讓我保護妳！」

「不可能！上帝可以接納我的理由。」說著，我抽回他放肆地拉過去用雙手握住的手。可是他豁出去了，他已經完全打破界限，決心孤注一擲爭取勝利。

「妳不能拒絕我！」他激動地說，又拉起我雙手緊緊抓住，跪下來用半懇求、半強迫的眼神抬頭看著我。「妳失去理智了。妳不顧上帝的意旨逃跑，上帝指派我來安慰妳，保護妳。我感覺到了，我非常確定。就像有個聲音從天國傳來，『你二人將合為一體。』[40]妳卻要斥退我。」

「哈格雷夫先生，放開我！」我板著臉說。但他只是抓得更緊。

「放開我！」我重複一次，氣得全身發抖。

他跪著的時候幾乎面對窗戶，我看見他瞄向窗外，微微一怔，而後露出不懷好意的勝利表情。我轉過頭去，看見有個人影消失在轉角處。

「是葛林斯比，」他不慌不忙地說，「他會把看見的情景告訴杭汀頓和其他人，免不了加油添醋一番。杭汀頓太太，他不喜歡妳，對女性沒有一點尊重，不相信貞節，也不認為貞節有什麼可敬。他會用他的方式描述這件事，所有聽見的人都會相信他，不會有一點懷疑。妳的好名聲消失了，無論我或妳說什麼，都無法挽回。不過給我權利保護妳，讓我對付那些膽敢羞辱妳的壞蛋！」

「從來沒有人敢像你現在這樣羞辱我！」我好不容易掙脫雙手，連忙退開。

「我沒有羞辱妳。」他大聲說。「我崇拜妳。妳是我的天使，我的女神！我把一切奉獻給妳，妳必須接受，也將會接受！」說著，他驟然站起來。「我會撫慰妳、守護妳！如果妳的良心責備妳，告訴它是我逼妳的，妳別無選擇，只能屈服！」

我從沒見過男人激動到這個地步，他朝我衝過來，我抓起調色刀，刀尖對準他。他嚇到了，停下腳步震驚地望著我。我敢說我當時的模樣跟他一樣凶狠，一樣堅決。我走到鈴鐺旁，伸手碰觸拉繩。他更不敢造次。他揮一下手，專斷中帶點不以為然，想阻止我拉鈴。

「那就站遠點！」我說。他往退後。「聽我說。我不喜歡你。」我用最慎重、最果斷的口氣強調我的話。「就算我跟我丈夫離婚，或者他去世，我也不會嫁給你。好了，希望你滿意。」

他氣得臉色發白。

「我滿意了。」他恨恨地說。「妳是我見過最無情、最殘忍、最不知感恩的女人！」

「不知感恩？」

「就是不知感恩。」

40. 出自《聖經．馬可福音》第十章第八節。

「不，哈格雷夫先生，我沒有不知感恩。你過去為我做過的事，或打算為我做的事，我都真誠感謝你。至於過去你帶給我的困擾，或可能帶給我的困擾，我都祈求上帝寬恕你，讓你多一點理智。」這時門突然被人打開，杭汀頓和哈特斯利出現在門外。哈特斯利留在門外，忙著把弄他的推彈桿和獵槍。杭汀頓走進來背對壁爐站定，仔細觀察哈格雷夫和我，尤其是哈格雷夫。他露出莫名其妙的笑容，搭配不知羞恥的表情和狡猾邪惡的眼神。

「怎麼了？」哈格雷夫問，那神態彷彿準備好自我防衛。

「沒事。」杭汀頓答。

「華特，我們想問你有沒有空跟我們去獵野雉。走吧！除了野雉和一、兩隻母兔，已經沒什麼獵物了。這點我敢打包票。」哈特斯利在外面喊道。

哈格雷夫沒有回答，只是走到窗子旁平復心情。杭汀頓輕輕吹一聲口哨，視線跟著他移動。哈格雷夫的臉色因憤怒微微泛紅，但不久後他就平靜地轉過來，蠻不在乎地說：「我來向杭汀頓太太告辭，我明天必須離開。」

「哼！你這決定來得很突然。我能問問你為什麼這麼快就要走嗎？」

「公事。」他用鄙夷的蔑視對抗杭汀頓嗤之以鼻的輕笑。

「好吧。」杭汀頓答。哈格雷夫走了。杭汀頓拉起大衣下襬夾在腋下，肩膀倚著壁爐，轉頭面對我，用幾乎聽不見的聲音對我罵了一連串最污穢、最下流的話。那種話沒有人想得出來，也沒有人敢說出口。我沒有打斷他，但我怒火中燒，等他罵完，我說，「杭汀頓先生，就算你指控的都是真的，你有什麼資格責怪我？」

「哎呀，她說對了！」哈特斯利叫道，他把槍立在牆邊，走進圖書室，拉起他好朋友的手臂，想拉他出去。「走吧，兄弟。」他嘀咕道。「不管真的假的，你都沒資格怪她。你昨天晚上說了那些話，所以也不能怪他。跟我走吧。」

他話中有話，這我不能忍受。

「哈特斯利先生，你竟敢懷疑我嗎？」我氣得幾乎失控。

「不，不，我沒有懷疑誰。沒事，沒事。杭汀頓，走吧，你這壞傢伙。」

「她沒辦法否認！」杭汀頓嚷嚷道，臉上的笑容氣憤中帶點得意。「她無論如何都沒辦法否認！」他喃喃辱罵了一陣，走進門廳，從桌上拿起他的帽子和槍。

「我不屑向你證明我的清白！」我說。我轉向哈特斯利，「可是你，如果你對這件事有任何懷疑，去問哈格雷夫。」

他們聽見我的話，一起無禮地放聲大笑，那笑聲使我全身震顫直達指尖。

「他在哪裡？我自己問他！」說著，我走向他們。

哈特斯利憋住另一陣爆笑，指著外面的大門。門半開著，哈格雷夫站在前門外。

「哈格雷夫先生，能不能請你過來一下？」我說。

他轉過頭來，無比詫異地望著我。

「麻煩你過來！」我用非常堅決的口氣重複一次，他無法違抗，或者他選擇聽從。他有點勉強地走上階梯，踏進門廳一、兩步。

「請你告訴這兩位紳士……」我接著說，「應該說這兩個男人，我有沒有答應你的追求。」

「杭汀頓太太，我不懂妳的意思。」

「先生，你懂。而且我要求你基於紳士的榮譽（如果你有的話）實話實說。我有，或沒有？」

「沒有。」他含糊地咕噥一聲，轉過身去。

「先生，大聲點，他們聽不見。我答應你的要求了嗎？」

「妳沒有。」

「嗯，我敢發誓她沒有。」哈特斯利說。「不然他臉色不會那麼難看。」

「杭汀頓，我願意還你公道。」哈格雷夫平靜地對杭汀頓說，只是臉上帶著憤恨的冷笑。

「你去死吧！」杭汀頓答，厭惡地甩一下頭。哈格雷夫冷漠不屑地往外走，邊走邊說，「如果你想派人來找我，你知道我在哪裡。」

他的話得到的回應是連番咒罵。

「好啦，杭汀頓，看吧，」哈特斯利說，「一清二楚。」

「我不在乎他怎麼看。」我說，「或怎麼想。可是你，哈特斯利先生，如果你聽見別人詆毀或中傷我，你會幫我澄清嗎？」

「我會。否則我下地獄。」

我轉身就走，把自己關進圖書室。我中了什麼邪，竟然對那樣的男人提出那種要求。不過病急亂投醫，當時我被他們逼得走投無路，根本不知道自己說了什麼。如果這些狐群狗黨誣衊或中傷我的名聲，甚至向外宣揚，沒有人能保護我。相較於我那個寡廉鮮恥的惡棍丈夫、卑劣歹毒的葛林斯比和虛偽狡詐的哈格雷夫，哈特斯利這個粗野無賴儘管蠻橫殘暴，在這些害蟲之間卻像螢火蟲般閃亮。

多麼荒唐的一幕！我能想得到我會有這一天，在自己家裡遭受這樣的侮辱，聽見別人當面說出那種話，甚至當著我的面誹謗我，而且是一群自詡為「紳士」的人？我能想得到自己能夠這樣冷靜地承受，這樣堅定大膽地駁斥他們的羞辱？這樣的強悍，純粹是從慘烈的經歷和絕望中磨出來的。這些念頭前仆後繼浮現在我腦海，我在圖書室裡踱步，渴望（噢，我多麼渴望）此刻就帶我的孩子遠走高飛，一時半刻都不拖延！可惜不行，我還有事要做，還有艱鉅的準備工作。

「那麼我就動手做吧。」我說。「別再浪費任何時間發些無謂的牢騷，或感慨命運的不公和他人的干擾。」

我發揮強大的意志力收拾起激盪的心情，立刻著手作畫，勤奮地畫了一整天。

隔天哈格雷夫果然走了，之後我沒再見過他。其他人繼續住了兩、三星期，我盡可能遠離他們，持續練畫，而且熱情不減地持續到今天。不久後我向瑞秋透露我的計畫，和盤托出我的動機和意圖。令我驚喜的是，我輕而易舉就說服她認同我的想法。她是個嚴謹端莊的女人，但她太討厭她的男主人，又太愛她的女主人和她照顧的孩子，在發出幾聲驚呼、說了幾句薄弱無力的反對話語，又淚流滿面地感嘆我竟然會淪落到這步田地之後，她讚賞我的決心，也答應盡最大的努力幫助我。她只有一個條件：跟我一起走，否則她絕不答應。她覺得我一個人帶著亞瑟離開，簡直瘋狂。令人感動的是，她慷慨又謙卑地表示願意拿出她的小小積蓄幫助我，希望我原諒她的放肆，如果我肯給她面子以借款的方式收下那筆錢，她會非常開心。我當然不能接受，不過感謝上帝，我現在已經存了一點錢，其他準備工作也進展順利，可望早日脫離束縛。只要等到今年冬天的強烈暴風雪稍稍停歇，而後某個早晨，杭汀頓下樓發現飯廳空無一人，或許在屋子裡大呼小叫找他不見蹤影的妻小，那時他們已經在八十公里外，朝西方世界而去。也許我們會走得更遠，因為我們會在黎明前幾小時出發，他可能要到日上三竿才發現我們不見了。

對於我即將採取的行動，我完全理解它可能也必定造成何種惡果，但我的決心不曾動搖，因為我不曾忘記我的孩子。就在今天早上，我照舊在練畫，他坐在我腳邊靜靜玩著我扔在地毯上的畫布碎片。但他心裡想著別的事，不久後他抬起頭憂慮地望著我，慎重地問：「媽媽，妳為什麼是壞人？」

「寶貝，誰告訴你我是壞人？」

「瑞秋。」

「不，亞瑟。我確定瑞秋不會說這種話。」

「嗯，那就是爸爸。」他若有所思地答。他想了一下，又說，「我告訴妳我怎麼知道的。我和爸爸在一起的時候，如果我說媽媽找我，或說媽媽說我不該做他要我做的事，他都會說，『媽媽下地獄去吧。』瑞秋說只有壞人才會下地獄。所以，媽媽，我才會覺得妳一定是壞人。希望妳不是。」

「親愛的孩子，我不是。壞人經常說比他們好的人是壞人。那些話不會讓人下地獄，也不表示被罵的人真的是壞人。上帝會根據我們想或做的事來評斷我們，不是根據別人怎麼說我們。亞瑟，如果你聽見別人說這種話，記得別跟著說。用這種話罵別人的才是壞人，被罵的人不是。」

「那麼爸爸才是壞人。」他傷心地說。

「爸爸不該說這種話，現在你已經懂事了，就不該再模仿他。」

「什麼是『模仿』？」

「跟他做一樣的事。」

「他懂事了嗎？」

「也許他懂，但那不關你的事。」

「媽媽，如果他不懂，妳應該告訴他。」

「我告訴過他。」

我的小小道德家停下來思考。我想轉移他的注意力，卻沒有用。

「我很難過爸爸是壞人。」最後他哀痛地說。「我不要他下地獄。」說到這裡，他哭了。

我努力安慰他，告訴他也許爸爸死前會悔改。是不是該帶他遠離這種父親了？

第四十章 挫折

一八二七年一月十日。昨天晚上我在客廳寫前面那些東西，杭汀頓也在。我原以為他在我後面的沙發上熟睡，不知何時卻已經起身，基於某種可鄙的好奇心態，站在我背後偷看了不知道多久。等我放下筆，正要闔上日記，他突然伸手按住日記，說道，「親愛的，別見怪，我要看看這個。」而後強行奪走，拉了把椅子到桌子旁，從容不迫地坐下來讀，一頁一頁往前翻，想弄清楚他偷看到的那些內容的來龍去脈。也算我不走運，平時那個時間他多半喝醉了，這天晚上卻比較清醒。

我當然沒有讓他輕鬆地讀。我幾度想奪回日記，可是他抓得太緊。我憤恨地責備他，唾棄他這種卑鄙無恥的行為，他無動於衷。最後我熄滅蠟燭，但他只是轉向壁爐，撥出旺盛的火焰為他照明，平靜地讀下去。我很想拿一大壺水把爐火也澆熄，可是他的好奇心顯然已經被激起，沒那麼容易罷手。我越是急於阻止他，他就越堅持，何況已經來不及了。

「親愛的，內容很有趣。」說著，他抬起頭望向站在一旁氣急敗壞絞擰雙手的我。「不過太長了，我改天再看。現在麻煩妳把鑰匙給我。」

「什麼鑰匙？」

「妳的衣櫃、寫字檯、抽屜和所有東西的鑰匙。」說著，他站起來伸出手。

「不在我身上。」我答。其實我寫字檯的鑰匙當時就在掛在鑰匙孔上，其他的鑰匙全串在一起。

「那就讓人拿來。」他說。「如果瑞秋那個惡婆娘不馬上拿來，明天就打包行李走人。」

「她不知道鑰匙在哪裡。」我一面回答，一面悄悄伸手把鑰匙從寫字檯鎖拿下來，以為沒被發現。「我知道在哪裡，但我不會毫無理由交出去。」

「我也知道。」他突然抓住我的手，粗暴地搶走鑰匙。然後他拿起蠟燭，伸進壁爐裡點燃。

「現在，」他冷笑道。「我們要來沒收財產。不過我們先到畫室走一趟。」

他把鑰匙放進口袋，走進圖書室。我跟過去，究竟是抱著阻止他的一線希望，或只想知道最壞結果，我也不清楚。我的繪畫用品都擺在角落的桌子上，用一塊布蓋著，方便隔天再使用。他很快就找到它們，放下蠟燭，不疾不徐地將它們一一投進火堆裡：調色板、顏料、裝顏料的皮袋、畫筆、亮光漆。我看著它們被火焰吞噬：調色刀「啪」地斷裂、油脂和松節油嘶嘶響的烈焰竄上煙囪。接著他拉鈴。

「班森，把那些東西拿走。」他指著畫架、畫布和內框。「叫廚房的女僕拿去當柴燒。你的女主人不需要那些東西了。」

班森驚駭地望著我。

「班森，拿走吧。」我說。杭汀頓低聲咒罵。

「先生，這個也是嗎？」震驚的班森指著我的半成品畫作。

「那個也是。」杭汀頓答。班森把東西都拿走了。

接著杭汀頓上樓，我沒有跟上去，而是繼續坐在安樂椅上，無語、無淚，幾乎一動不動，直到大約半小時後他回來。他走過來，蠟燭拿到我面前，盯著我的眼睛，那表情和笑聲太羞辱人，叫人受不了。我冷不防揮手，把蠟燭打到地上。

「喲嗬！」他咕噥著後退。「她現在變成憤怒的惡魔了。哪個凡人有這樣的眼睛？在黑暗中亮得像貓眼。噢，妳真是隻溫柔的貓咪！」說著，他撿起蠟燭和燭台。蠟燭斷了，火也熄了，他搖鈴讓人再拿一根來。

「班森，你的女主人把蠟燭弄斷了，拿新的來。」

「你讓下人看笑話了。」班森走後，我說。

「我沒說是我弄斷的，不是嗎？」他答。他把鑰匙丟到我懷裡，說道，「還妳！妳會發現妳的東西都還在，除了妳的錢和首飾，還有一點我覺得最好放在我這裡的東西，以免妳的生意頭腦想把它們變成黃金。我留了幾枚金幣在妳皮包裡，夠妳用到月底。總之，如果妳錢不夠用，就得跟我解釋那些錢用到哪兒去了。未來我每個月給妳一點零用錢，做為妳的個人開銷。妳不必再操心我的事，我會請個總管。親愛的，我不會讓妳面對誘惑。至於家裡的事，葛立夫太太必須把賬記得一清二楚，我們從此建立新規矩……」

「杭汀頓先生，你發現了什麼驚天動地的祕密？我企圖坑你的錢嗎？」

「看起來倒不像是錢的事，不過遠離誘惑才是上策。」

這時，班森帶著蠟燭進來。接下來誰都沒說話，我靜靜坐在椅子上，他背對爐火站著，為我的絕望得意非凡。

「所以，」他終於說話。「妳打算讓我丟臉，是嗎？想逃出去當畫家，靠雙手的勞力養活自己，是嗎？妳還打算搶走我兒子，把他養成髒兮兮的美國工人，或低三下四的窮畫家？」

「沒錯。免得他變成他父親那樣的紳士。」

「幸好妳守不住祕密。哈，哈！幸好妳們這些女人非得喋喋不休。如果她們沒有可以說話的朋友，就得把祕密告訴魚，或寫在沙子或別的東西上。現在想來，也幸好今晚我喝得不多，否則我可能呼呼大睡，永遠不知道我溫柔的妻子在搞什麼鬼，或者我可能頭腦不清醒，也沒有能力像剛才那樣採取我的對策。」

我由著他繼續自鳴得意，起身去拿我的日記，因為我想到日記還留在客廳桌上。我決定了，我無論如何都不要再看見日記落入他手裡，免得我難堪。想到他拿我內心的祕密或回憶找樂子，我實在無法忍受。當然，除了前半部，他不會在裡面找到自己多少好話。而我，噢，我寧可燒掉日記，也不要讓他看見我當初傻到愛上他時寫的東西！

「對了，」我要離開時他喊道，「妳最好叫那個該死的賊婆娘保母這兩天別來惹我。要不是知道她在外面比在這屋子裡禍害更大，我明天就叫她捲鋪蓋走人。」

我走出來的時候，他繼續詛咒痛罵我最忠心的朋友兼僕人。我不打算在這裡重複那些話語，免得玷污這張紙。我把日記收好以後馬上去找瑞秋，告訴她我們的計畫失敗了。她跟我一樣沮喪驚恐，那天晚上可能甚至比我更難過。我雖然因為這個打擊有點錯愕，卻也因為滿腔怒火覺得激動亢奮。隔天早上我醒來的時候，意識到我失去了那個長久以來默默撫慰我、支持我的歡欣希望，一整天煩躁又漫無目標地到處遊盪，避開我丈夫，甚至不敢看我的孩子，自覺我不夠格教導他、陪伴他，對他的未來不抱希望，一心一意只希望他沒有出生。這時我才體會到自己受到多麼大的挫折，此刻我仍然感覺得到。我知道這種感覺會日復一日襲擊我。我是奴隸，是囚犯，但那無妨。如果只有我自己，我不會抱怨。可是我不能拯救我兒子免於步向毀滅，過去我唯一的安慰，如今變成我絕望的主因。

我對上帝沒信心嗎？我抬頭仰望祂，將我的心寄託天國，可是它眷戀著塵土。我只能說，「他築起圍籬，擋住我的去路。他加重我的鐐銬。他讓我吃盡苦頭，嘗盡苦艾。」[41]我忘了補上一句，「儘管祂使人哀痛，但祂有多少慈愛，就有多少憐憫。因為祂不會蓄意使人受苦，也不會叫世人哀傷。」[42]我必須記住這個，就算這個世界只有哀傷等著我，相較於永恆的安樂，最漫長的悲慘人生又算什麼？至於我的小亞瑟，難道只有我會守護他？是誰說過，「你天上的父也不願見到這些孩子之中有任何一個滅亡？」[43]

41. 此句前後段分別摘自《聖經・耶利米哀歌》第三章第七節及十五節。
42. 摘自《聖經・耶利米哀歌》第三章第三十二及三十三節。
43. 摘自《聖經・馬太福音》第十八章第十四節。

第四十一章 「希望永遠在心中滋長」44

三月二十日。擺脫杭汀頓一段時間後，我的精神總算開始振作。他二月初出門。他一離開，我又開始呼吸了，也重新找回生命力。不是因為可望逃走（他已經斷絕我所有後路），而是決心善用目前的狀況。亞瑟終於由我全權照顧，我從了無生趣的消沉中振奮起來，盡我所能拔除那些栽植在他幼小心靈的野草，重新埋下被雜草淹沒，沒能生根發芽的良善種子。感謝上帝，那不是貧瘠土壤或礫石地，既然野草能在那裡迅速生長，其他的好植物也行。他的理解力比他父親強，內心也洋溢著更多情感，只要沒有人從旁阻撓，我還是有機會讓他順從聽話，教會他去愛人，辨別誰才是真正對他好的人。

一開始，我煞費苦心才讓他改掉他父親教導他的壞習慣，不過那些難題幾乎都已經克服了。如今惡言惡語幾乎不再污染他的嘴，我也順利讓他徹底厭惡所有酒精飲料，希望連他父親和他父親的朋友都沒辦法扭轉。以他這麼年幼的孩子而言，他對酒的喜愛非比尋常。我想到我不幸的父親和他的父親，格外擔心這種喜好會導致什麼樣的後果。然而，假使我限制他平時喝的量，或完全禁止他碰酒，那只會增強他對酒的喜好，喝酒時的感覺會比過去更暢快。於是我允許他喝他父親平時給他飲用的量。事實上，他想喝多少就喝多少，只是我偷偷在每杯酒裡摻入微量的催吐劑，劑量足以引發不可避免的噁心和鬱悶，卻不至於真的嘔吐。他發現喝酒之後都會產生這些不舒服症狀，很快就對酒生厭。但他越怕喝酒，我越逼他喝，直到他的抗拒提升為全然的憎惡。等他厭惡每一種葡萄酒，我允許他（在他要求下）喝白蘭地摻水，後來換成琴酒摻水（這個小酒鬼熟悉各種酒）。我決心讓他討厭所有酒類，也順利辦到了。自從他說喝到、聞到、看到酒就想吐，我不再拿酒引誘他，除了偶爾他不乖時拿來嚇唬他。「亞瑟，如果你調皮搗蛋，我就罰你喝一杯葡萄酒。」或「亞瑟，如果你再說那種話，我就罰你喝白蘭地摻水。」這種威脅跟其他任何一種同樣有效。曾經有那麼一、兩次他生病，我讓這可憐的孩子喝點沒有催吐劑的葡萄酒摻水，充當藥水。這個辦法我打算持續一段時間，倒不是認為這麼做對他有什麼實質好處，我只是無所不用其極讓他對酒留下惡劣印象，希望這種反感深植在他心中，未來沒有任何事可以動搖它。

就這樣，我自認能夠戒除他這個惡習，至於其他那些，如果他父親回來後我有理由擔心我的調教被一筆抹殺，如果杭汀頓又開始教孩子恨他母親，要孩子效法他的劣行，我還是會帶孩子離開他。我已經想到另一個辦法，萬一情非得已，還有個退路。只要能得到我弟弟的同意與協助，我相信一定能成功。我家有一棟老房子，我跟他都在那裡出生，我母親也在那裡過世，目前那房子空著，我相信屋況還不算太糟。只要我能說服弟弟整修一、兩個房間，讓我以陌生人的身分租下來，也許我可以帶著孩子隱姓埋名住在那裡，同樣用我最喜歡的藝術謀生。我可以先跟他借一筆錢，日後慢慢償還。我們會過著卑微獨立、絕對隱密的生活，因為那房子地處偏僻，附近人口稀少，弟弟可以幫我打點賣畫的事。這些細節我都想好了，目前唯一要做的就是說服費德烈克。不久後他會來看我，我會先向他說明我的處境，讓他明白我為什麼要這麼做。對於我的現況，我相信他知道的比我告訴他的多。我之所以這麼想，是因為他的來信總是帶著溫柔哀傷的語調，而且他很少提到我丈夫，一旦提起他，言談總是流露出一股隱約的怒氣。

44. 此章名摘自英國詩人亞歷山大・波普（Alexander Pope, 一六八八～一七四四）的長詩《論人》（*An Essay On Man*）。

另外，杭汀頓在家的時候，他不曾來看我。但他從來沒有公開表達對他的不滿或對我的同情，從來不發問，也不曾說任何話來引導我向他傾訴。如果他問起，我可能不會對他有所隱瞞，也許我的緘默讓他覺得受傷。他性情有點古怪，真希望我們多了解彼此。我結婚以前他每年會在姑丈家住一個月，自從我們的父親過世，我只見過他一次，他來這裡住了幾天，當時杭汀頓不在家。這回他會多住一段時間，我們之間會比從小到現在更坦率、更真誠。我的心比過去更依戀他，我的靈魂已經厭倦了孤獨。

四月十六日。他來了又走了，不肯停留超過兩星期。相聚的時光匆匆消逝，卻非常非常快樂，對我大有助益。我個性一定不太好，因為我的不幸令我變得極端易怒滿腹怨苦。我不知不覺對其他人類抱著非常不友善的態度，尤其是男性。不過得知其中還有一個值得信任與敬重，還是頗感安慰。我相信還有更多這樣的人，雖然我一個都不認識，除非我把羅勃洛算進去，不過單身時的他也不算善類。如果費德烈克也接觸外面的世界，從小跟我認識的這些人混在一起，他會變成什麼樣的人？還有亞瑟，儘管他天性純良，如果我不帶他離開這樣的環境和朋友，他又會變怎樣？費德烈克抵達的當晚，我帶孩子見舅舅時，順道說出我的擔憂和拯救計畫。

「費德烈克，這孩子跟你很像，」我說，「某些性情很像。有時候我覺得他像你比像他父親多些，覺得很開心。」

「海倫，妳太恭維我了。」他摸著孩子柔軟的鬈髮說道。

「不，如果我告訴你我寧可他像班森，也不要他像他爸爸，你就不會覺得那是恭維。」他微微揚起眉毛，卻沒有回應。

「你知道杭汀頓是什麼樣的人嗎？」我問。

「我略知一二。」

「你知道多少？如果我告訴你我打算帶孩子逃往某個隱密的避風港，我們可以平靜地過日子，永遠不再見他，你會不會驚訝或反對？」

「真是這樣嗎？」

「如果你不夠了解他，」我說，「我可以多跟你說點他的事。」於是我大致描述他平時的言行，尤其是他對孩子的教養態度，並且說明我如何擔心孩子，以及我不讓孩子受他父親影響的決心。

費德烈克對杭汀頓氣憤難平，也非常替我難過，卻仍然覺得我的計畫太瘋狂，不切實際。他覺得情況沒那麼嚴重，我對亞瑟的擔憂稍嫌過度。他對我的計畫提出許多反對意見，建議我採用各種比較溫和的方法改善。我不得不說出更多細節讓他明白我丈夫已經不可救藥，不管我發生什麼事，他絕不會放棄他兒子。他已經下定決心不跟兒子分開，正如我也下定決心要留在孩子身邊。所以，我只有這條路可走，除非照我原先的計畫逃出國去。為了避免我離開英國，他終於同意在老房子整理出一側可供人居的地方，必要時充當我的避風港。他說除非迫不得已，希望我不要走上這一步，我也答應了。相較於我眼前的處境，那樣的隱居生活雖然像天堂，可是考慮到我的朋友，比如親如姊妹的蜜莉森和艾絲特、格瑞斯黛的佃戶，尤其我的姑媽，我會盡可能留在這裡。

七月二十九日。哈格雷夫太太和艾絲特從倫敦回來了。艾絲特沒完沒了說著她的第一次社交季體驗，不過她還沒找到意中人，也還沒訂婚。她母親幫她找了個好對象，甚至安排那位先生追求她，向她求婚。艾絲特竟有那份膽識拒絕對方的好意。那人出身名門，家產龐大，這調皮的丫頭偏說他老得像亞當，醜得像罪惡、可恨得像……某個不該提起的名字。

「可是我受了不少罪，」她說，「媽媽心愛的計畫落空，失望透頂，非常非常氣我固執地阻撓她的意願，到現在還在生氣。可我有什麼辦法？華特也氣壞了，他說我個性乖僻，反覆無常。我擔心他永遠不會原諒我。他最近真的對我很嚴酷，我從來沒想到他會這樣。不過蜜莉森要我別屈服。還有妳，杭汀頓太太，我相信如果妳見到他們想硬塞給我的那個男人，一定也會勸我別接受。」

「不管有沒有見到他，我都會這麼做。」我說。「妳不喜歡他，這個理由就夠充足了。」

「我就知道妳會這麼說，雖然媽媽說妳知道我做出這種不孝行為一定很震驚。妳想像不到她怎麼教訓我：說我不聽話、忘恩負義，我不順她心意，對不起我哥哥，變成她的負擔。有時候我擔心自己總有一天被她說動。我意志堅定，但她也是。每次她說這種狠話，我氣不過，就很想照她的話做，讓自己心碎，再告訴她，『媽媽，看吧，都是妳的錯！』」

「千萬別這樣！」我說，「懷著這樣的動機服從，是絕對的邪惡，一定會受到應得的懲罰。堅定立場，過些日子妳媽媽就不會再為難妳，那位先生只要發現自己的追求一概遭到回絕，也不會再煩妳。」

「才不！媽媽堅持己見的時候從來不覺得累，倒是身邊的人先煩死了。至於歐菲爾德先生，她告訴他我拒絕他不是因為我不喜歡他，而是因為我年輕，心性不定，暫時還沒辦法考慮結婚的事。她說她相信到了明年社交季，我就會明白道理，不會再有那些女孩子家的胡思亂想。所以她帶我回家，要教我看清自己的職責，為下次社交季做好準備。事實上，我相信如果我不答應，她不會再花錢帶我去倫敦。她說她沒那個閒錢讓我去倫敦玩耍胡鬧，不管我自以為多麼貌美如花，不是每個有錢紳士都願意娶沒錢的女孩。」

「哎，艾絲特，我同情妳。不過我再說一次，堅定立場。與其嫁給不喜歡的男人，不如把自己賣了去當奴隸。妳母親和哥哥對妳不好，妳還可以離開他們，但妳一輩子都離不開妳丈夫。」

「可是除非我出嫁，否則不能離開媽媽和哥哥；如果沒人能看見我，我就嫁不出去。我在倫敦見到一、兩個我可能會喜歡的紳士，但他們都不是長子，媽媽不肯讓我認識他們。其中有一個我挺喜歡的，可是她想盡辦法阻止我跟他進一步接觸。是不是很氣人？」

「我了解妳的心情。但如果妳嫁給他，日後妳會比嫁歐菲爾德先生還後悔。我勸妳別嫁妳不愛的人，並沒有叫妳只為愛情去結婚。還有很多很多事需要考慮。除非遇到真正的好對象，否則不要輕易把心或終身交出去。萬一始終遇不到好對象，妳還能這樣安慰自己：單身過日子雖然不是很幸福，至少妳的哀傷不會超出妳的負荷。婚姻或許能改善妳的人生，可是就我個人見解，得到相反結果的可能性高得多。」

「蜜莉森也這麼認為，但容許我說一句，我的看法不一樣。如果我覺得自己注定當老處女，我會覺得人生無趣。想到要在葛洛夫山莊一年一年住下去，依附媽媽和華特過生活，拖累家裡（現在我已經知道他們的想法），實在叫人難以忍受。我寧可跟管家私奔。」

「妳的情況是比較特殊。不過，親愛的，有點耐心，做什麼事都別衝動。別忘了妳還不到十九歲，要很多年後別人才能喊妳老處女，妳不會知道上帝幫妳安排了什麼。還有，不管妳母親和哥哥多麼不情願，妳都有權接受他們的保護和照顧。」

「杭汀頓太太，妳好嚴肅。」艾絲特沉默片刻後說，「蜜莉森談到婚姻也是這麼消極。我問她幸不幸福，她說她很幸福，但我不太相信。現在我要問妳同樣的問題。」

「我不回答。」我笑著說，「一個年輕女孩問比她年長很多歲的已婚女性這種問題，有點失禮。」

「親愛的女士，請原諒我。」她笑著投入我懷裡，淘氣又深情地親吻我。她的頭往下貼在我胸口時，我感覺到脖子有一滴淚水。她用摻雜著哀傷與輕快、怯懦與大膽的古怪語氣接著說，「我知道妳過的不是我想要的那種幸福生活，因為妳大半時間都一個人待在格瑞斯黛。而杭汀頓先生到處去，隨心所欲享受他的人生。我希望我丈夫喜歡做的事都是可以跟我一起分享的。如果他最喜歡的事不是有我相伴，那他的日子會更難過，就這樣。」

「艾絲特，如果妳對婚姻的期待是這樣，那麼妳選對象更該小心，否則不如不嫁。」

第四十二章　改過自新

九月一日。杭汀頓還沒回來。也許他會在朋友家待到聖誕節，明年春天他又會離家。如果這種模式持續下去，那麼我在格瑞斯黛的日子也夠好了，意思是：我能在這裡好好待下去，這就夠了。即使偶爾打獵季來一群朋友，只要他們來到以前，亞瑟的心已經緊緊依附我，理智與品德基礎夠穩固，我可以跟他講道理、給他充足的愛，讓他保持純潔不受他們污染，那麼我也能忍受。這只怕是痴心妄想！然而，除非遇上重大難關，我會努力克制，不去嚮往我心愛的老家那個靜謐的避風港。

哈特斯利夫婦在葛洛夫山莊住了兩星期，由於哈格雷夫還沒回家，天氣又非常宜人，我幾乎每天都見到我的兩位朋友蜜莉森和艾絲特，有時在她們家，有時在我家。有一次哈特斯利駕輕便馬車送她們和小海倫、小拉爾夫過來，我們大家都在花園裡散心，蜜莉森和艾絲特陪孩子玩，我跟哈特斯利聊了幾分鐘。

「杭汀頓太太，妳想聽聽妳丈夫的近況嗎？」他問。

「不想，除非你知道他什麼時候回家。」

「我不知道。妳不希望他回家，對吧？」他咧著嘴笑。

「對。」

「嗯，我覺得他不在妳日子比較好過，千真萬確。至於我，我實在對他厭煩透頂。我告訴他如果他不收斂點，我就不理他了。他不肯，所以我就走了。看吧，我沒妳想像中那麼糟。不只如此，我認真考慮要徹底跟他斷絕來往，還有那一整群人，從今以後過著正派得體、穩重節制的生活，像個基督徒和一家之主該有的樣子。妳覺得如何？」

「你很久以前就該下這樣的決心了。」

「我還不到三十歲，現在還不遲，對吧？」

「嗯，改過永遠不嫌遲，只要你有心，又有力量去達成目標。」

「實話跟妳說，以前我經常想這麼做，可是跟杭汀頓這傢伙玩樂實在太有趣了。他如果喝到微醺或半醉、不到爛醉的時候，妳想像不出他是多麼歡樂的同伴。雖然我們沒辦法敬重他，但大家內心深處都有點喜歡他。」

「但你希望自己跟他一樣嗎？」

「不。雖然我也不好，但我寧可做我自己。」

「你再這樣下去，就會一天比一天更糟糕、更狂暴，也就越來越像他。」

我難得用這種方式跟他說話，他的表情半憤怒半狼狽，逗趣極了，我忍不住發笑。

「別介意我說話直白，」我說，「我是一番好意。跟我說說，你希望你兒子以後跟杭汀頓一樣嗎？或像你一樣？」

「見鬼了！才不。」

「你希望女兒以後瞧不起你，或者，對你的尊重或愛都摻雜著最痛苦的遺憾嗎？」

「天哪，不行！這我可受不了。」

「最後，你希望你妻子聽見別人提起你的時候只想找地洞鑽，或憎恨你說話的聲音，只要你靠近就打寒顫嗎？」

「她不會的。不管我做什麼，她一樣愛我。」

「哈特斯利先生，這不可能！你把她的隱忍當成愛了。」

「這話叫人火冒三丈……」

「別發那麼大的脾氣。我的意思不是說她不愛你。我知道她真心愛你，遠超過你應得的。但我相當確定如果你表現好一點，她會更愛你。如果你表現不好，她對你的愛會越來越少，到最後全都消失，剩下的就算不是暗自憎恨或鄙視，至少也是恐懼、厭惡和心靈的怨苦。暫且撇開愛情不談，你希望自己成為她生命中的暴君，剝奪她生命中的所有陽光，讓她悲慘度日嗎？」

「當然不。我沒有，也不打算這麼做。」

「你已經做了很多，超出你的想像。」

「呸！呸！她不是妳想像中那麼敏感、焦慮愛操心的人。她是個溫順、平和又深情的人，偶爾發頓脾氣，大致說來相當文靜從容，凡事逆來順受。」

「你回想一下五年前她嫁給你時的模樣，再想想她現在的模樣。」

「我知道當時她是個豐滿的小姑娘，漂亮的臉蛋白裡透紅。現在她看起來瘦瘦小小，像雪堆一樣黯淡、融化了。不過見鬼了！那不是我的錯。」

「那麼問題出在哪？不是衰老，她才二十五歲。」

「是她自己身體嬌弱。還有，該死的，女士！妳把我看成什麼了？還有孩子，夠讓她操勞的了。」

「不，哈特斯利先生，孩子帶給她的快樂多於痛苦，他們都是性情乖巧的好孩子……」

「我知道他們乖，祝福他們！」

「那又何必把罪過推給他們？我告訴你原因：那是因為她總是為你擔憂掛慮，加上她自己某些切身的恐懼。你行為規矩，她就開心得顫抖。她沒有安全感，對你的判斷力或品德沒有信心。

總是擔心這樣的幸福太短暫。你行為惡劣的時候，她的驚恐和苦惱誰都無法想像。她耐心地忍受惡行，忘了我們有責任規勸鄰人的過錯。既然她的沉默被你誤認為不在乎，跟我來，我讓你看一、兩封她的信。希望這不算洩露她的祕密，畢竟你是她的另一半。」

他跟著我到圖書室。我挑出兩封蜜莉森的來信交給他，其中一封是從倫敦寄來的，當時的哈特斯利花天酒地放浪形骸。另一封是他們住鄉下時寫的，當時他安分守己多了。前一封信內容充滿煩憂與苦悶，沒有責備他，而是深深感慨他結交了一群惡友，痛罵葛林斯比和其他人，含沙射影地數落杭汀頓的不是，巧妙地將她丈夫的過失怪罪到其他男人頭上。第二封信則充滿希望與歡樂，卻深知這樣的幸福不會長久，憂心忡忡。她把丈夫的優點捧上天，字裡行間雖沒明說，卻明顯希望這樣的幸福是建立在更穩固的基礎上，而非一時興起。也有點先知先覺地擔心那會像蓋在沙地上的屋子。這屋子不久後果然倒塌了，哈特斯利讀信時想必心裡清楚。

他一開始讀信時，我看見他臉色漲紅，有點意外驚喜。不過他馬上轉身背對我，在窗子旁讀完信。他讀第二封信時，我一、兩度看見他匆匆抬手揮過臉龐，是擦拭淚水嗎？他讀完信以後乾咳一聲，盯著窗外片刻，用口哨吹了幾節他喜歡的曲子，就轉身把信交還給我，默默地跟我握手。

「上帝知道，我真是個該死的渾蛋。」說著，他誠摯地捏一下我的手。「不過妳看著好了，我一定會改正，做不到我就下地獄！」

「哈特斯利先生，別詛咒自己。你這一類的禱詞上帝只要聽見一半，你老早就在地獄裡了。再者，你沒辦法藉著在未來盡本分來彌補過去的罪愆，因為你原本就該為造物主盡你的本分。你做得再多，都只是盡到本分，所以必須靠外力來彌補過去的失誤。假使你有意改過，你該請求上帝的祝福、祂的寬恕和祂的協助，而非祂的詛咒。」

「那就請上帝幫助我，我知道我需要。蜜莉森人呢？」

「在那邊，正好跟她妹妹走進來。」

他走到玻璃門外去迎接她們。我遠遠跟在後頭。令蜜莉森吃驚的是，他一把將他抱起來，給她熱情的吻和擁抱。接著他兩手搭在她肩上，我猜是跟她說明他接下來有什麼打算，因為蜜莉森突然抱住他，哭著說，「拉爾夫，就這麼做，我們會非常幸福！你真的太好、太好了！」

「不，不是我。」說著，他將她轉過來，推向我，「謝她，是她做的。」

蜜莉森飛奔過來謝我，說不完的感激。我說那跟我沒關係，她丈夫早就有意改變，我只是說了幾句勸告和鼓勵的話，這些話她自己也能說，也該由她說。

「噢，不！」她說，「我相信無論我說什麼都影響不了他。如果我真那麼做，也只是笨嘴笨舌地惹他心煩。」

「蜜兒，妳沒試過怎麼知道。」他說。

不久後他們就走了。現在他們去探望哈特斯利的父親，之後會回鄉下的家住。我希望他的決心不會半途而廢，蜜莉森不會再失望。她上一封信都在描述當前的幸福和未來的樂觀期待，只是，目前還沒有特別的誘惑來考驗他的品德。不過，今後她不會再那麼怯懦退縮，他則會變得更親切更慎重。那麼她的希望肯定不是空中樓閣，而我至少有件開心事可想。

第四十三章 逾越界限

十月十日。杭汀頓大約三星期前回來。關於他的樣貌、他的舉止和談話，以及我對他的感覺，我不費心去描述。不過，他到家的第二天就宣布他幫小亞瑟找了個女家教，令我十分震驚。我告訴他現階段沒這個必要，更別提有多可笑。我覺得未來幾年內我都還有能力教導他，畢竟我目前只有教孩子這件事可做，這也是我人生中唯一的樂趣，他已經剝奪了我其他職責，應該把這件留給我。

他說我不適合教孩子，也不適合跟孩子接近，孩子在我調教下，變得跟機器人不相上下，我的極度嚴厲壓抑了孩子的活潑性格，如果孩子繼續交給我，到最後孩子心裡的所有陽光都會冰凍，孩子會跟我一樣變成陰陽怪氣的苦行僧。可憐的瑞秋照慣例也一起被罵進去，他說他受不了瑞秋，因為他知道她對他很有意見。

我平靜地為我們照顧並教導孩子的能力辯護，也不贊成家裡多個外人。但他打斷我的話，說現在爭辯這些都太遲了，因為他已經聘了一個女家教，下星期就會過來，我唯一要做的就是做好接待她的準備。這消息實在太驚人，我於是詢問女家教的姓名地址，由誰推薦，他又為什麼決定選擇她。

「她是個值得尊重、虔誠的年輕人，」他說，「妳不必擔心。她好像姓邁爾斯，是一位在宗教界享有盛譽的可敬貴婦人推薦的。人我還沒見過，所以沒辦法告訴妳她的為人和談吐之類的。如果那位老夫人的美言可信，妳會發現她擁有許多擔任家教的好條件，包括格外喜歡小孩子。」

他這番話說得莊重又冷靜，可是他微側的眼神裡藏著嘻笑的惡魔，我覺得其中有詐。然而，我想到我在老家的避風港，就不再反對。

邁爾斯小姐到的時候，我沒有心情熱誠接待她。初見面時她給我的印象沒有特別好，行為舉止和後來的所作所為也沒辦法消除我對她先入為主的偏見。她的才藝相當有限，學識最多只能算中等。她有一副好歌喉，唱起歌來像夜鶯啼唱，彈鋼琴為自己伴奏的技法也不差，但也就這些了。她的表情有股難以捉摸與狡猾，聲音也是如此。她好像有點怕我，如果我突然靠近，她會嚇一跳。她對我的態度還算尊敬、殷勤，甚至卑躬屈膝。一開始嘗試奉承討好我，但很快被我制止。她太疼愛她的學生，我不得不提醒她別放縱溺愛與過度稱讚，可是亞瑟不喜歡她。她的虔誠表現在偶爾一聲嘆息，視線投向天花板，再說幾句言不由衷的話。她說她出身牧師家庭，從小失去雙親，幸好有個信仰虔誠的人家好心收留。接著她無比感恩地說起那戶人家的成員如何善待她，以至於我暗自指責自己不該有那些不仁慈的想法和不友善的行為，也一度寬容待她，但為時不久，因為我不喜歡她的原因太合情合理，對她的懷疑太有憑有據。我知道我有責任監督細查，直到所有疑慮都移除、或得到證實。

我詢問那個仁慈又虔誠的人家的姓氏和住處，她說出一個普通姓氏和某個不知名的遙遠地點和住所，又告訴我那家人目前在歐洲大陸，她不知道他們的地址。我很少看見她跟杭汀頓多說什麼，但只要我不在兒童室，他就經常進去看看小亞瑟跟老師相處得如何。夜晚她會跟我們一起坐在客廳，唱歌娛樂他（她的說法是娛樂「我們」）。她只跟我說話，卻非常積極服侍他，時時在觀察他有什麼需求。事實上，他很少清醒得足以跟人交談。如果她不是這樣的人，有她當我們之間的潤滑劑，我會覺得鬆一口氣。只是，以杭汀頓大多數時候的狀態，讓正經人士看見，我會羞得無地自容。

我沒向瑞秋透露我的疑慮，但她畢竟在這個罪惡與憂傷的土地活了半個世紀，早已經學會懷疑。打從一開始她就告訴我，她「對這個家庭教師評價很低」，我也發現她跟我一樣密切觀察她。我很高興，因為我想知道真相。格瑞斯黛的氛圍令我喘不過氣來，我必須想著懷德菲爾莊園，日子才過得下去。

最後，某天早上瑞秋來我房間跟我說一個消息，她還沒說完，我已經下定決心。她幫我梳妝打扮的時候，我說出我打算怎麼做，需要她幫我什麼忙。我告訴她哪些東西我要打包帶走，哪些東西留給她，因為她忠心耿耿服侍我這麼久，如今我突然辭退她，我沒別的方法可以補償她。我說我非常遺憾，卻不得不這麼做。

「瑞秋，妳以後打算怎麼辦？」我問。「妳要回家嗎？或另外找份工作。」

「小姐，除了跟著妳，我沒有家。」她答。「只要我還活著，我不會再另找工作。」

「但我以後沒有能力再過仕女的生活了，」我說，「我必須當自己的女僕，自己照顧孩子。」

「那有什麼！」她有點激動地說，「妳總會需要人幫妳打掃洗衣煮飯，對吧？那些我都能做，別在乎薪水，我有積蓄。如果妳不要我，我就得用那筆錢找個地方安頓下來，或到陌生人家工作。可是我不習慣陌生人，所以小姐，妳自己看著辦吧。」說到這裡，她聲音顫抖，淚水在眼眶裡打轉。

「瑞秋，我是求之不得。我會在能力範圍給妳一點工資，我該給包辦所有工作的僕人多少工資，就給妳多少。可是，妳看不出來我會拖著妳過苦日子嗎？妳沒做錯什麼，不需要吃這種苦。」

「胡扯！」她嚷嚷說。

「再者，我未來的生活方式跟過去有天壤之別，跟妳習慣的大不相同……」

「小姐，妳認為我吃不了妳能吃的苦？我可沒那麼養尊處優挑剔講究。何況還有小主人，上帝祝福他！」

「可是我還年輕，瑞秋，我不在乎；亞瑟年紀也小，根本不會有感覺。」

「我也不會。你們就像我自己的孩子，我還沒那麼老，只要能幫你們、給你們一點安慰，我過得了苦日子、做得了辛苦活。可是我也老了，想到要在麻煩與危機中扔下你們，自己去陌生地方生活，我受不了。」

「那就別離開我們，瑞秋！」我抱住我這位忠實的朋友，「我們一起走！到時候妳再看看能不能適應新生活。」

「上帝祝福妳，親愛的！」她也深情地抱住我。「看著吧，只要我們離開這棟差勁的房子，一定會過得好。」

「我也這麼覺得。」我答，事情就這樣敲定。

當天早上我寄了封信給費德烈克，請他立刻安排好我的避風港，很可能他收到信後的一天內我人就到了。我順道用寥寥數語說明我為什麼突然做這個決定。接著我又寫了三封道別信。第一封給艾絲特，我告訴她我沒辦法繼續留在格瑞斯黛，也不能把孩子留給他父親照顧。我未來的住處不能讓他和他朋友知道，這事至關要緊，所以我只告訴我弟弟，我希望透過我弟弟跟朋友繼續保持書信往來。我把弟弟的地址告訴她，請她經常給我寫信。我也重申早先對她終身大事的告誡，最後非常不捨地向她告別。

第二封信寫給蜜莉森，內容大致相同，只是多了些知心話。畢竟我們相識比較久，而她經歷夠多，對我的情況也比較熟悉。

第三封是給我姑媽，這封信寫來難度更高，也更痛苦，所以我留到最後。我做出這麼驚天動地的事，必須給她一點解釋，而且要快。我失蹤後一、兩天內，杭汀頓就會找上門追問我的下落，屆時她跟姑丈就會得知消息。最後我告訴她我知道我錯了，對於這樣的懲罰，我沒有怨言，只是很抱歉拖累了親友。然而，為了善盡母親的職責，我必須帶孩子遠離他父親的壞榜樣。我也沒有向姑媽透露我的去處，這麼一來她和姑丈就可以坦然否認他們知道我的下落。我告訴她給我的信件都可以透過我弟弟轉交。我希望她和姑丈原諒我出此下策，強調如果他們了解內情，一定不會怪我。我請他們別為我的事操心，只要我能平安抵達避居地，妥當隱藏行蹤，就會非常快樂，只是會掛念他們。我說從今以後我會心滿意足地過著低調的生活，專心養育孩子，避免他犯下跟父母一樣的過錯。

這些事昨天都做完了。我用兩天時間做準備，一方面給費德烈克充裕的時間整理房子，一面讓瑞秋慢慢打包東西。行李的打包必須極度謹慎隱密，除了我，沒有別人能幫她。我可以幫她把東西聚集起來，卻不知道如何以最節省空間的方式裝箱。何況她除了自己的工作，還得服侍我、照顧亞瑟。我全部的財產只有錢包裡幾枚金幣，所以能帶走的東西我都盡量帶走。再者，正如瑞秋所說，我留下來的東西很可能都會被邁爾斯小姐接收，這我可不喜歡。

那兩天實在太難熬，我得努力裝出從容鎮定的模樣，不得不跟他和她見面時，還得像平時一樣和他們應對，更要強迫自己將小亞瑟交給她好幾個小時！現在我相信這些苦難都過去了。為求安全起見，我讓他睡我床上。他純潔的小嘴不會再被他們的髒嘴親吻，他稚嫩的耳朵也不會再聽見他們的話語。但我們能平安逃出去嗎？噢，真希望天已經亮了，而我們已經踏上旅途。今天晚上我幫瑞秋做了些我能力所及的事，接下來就只剩下等待、盼望與焦慮。我心情太煩躁，不知如何是好。我下樓吃晚餐，卻一口都吃不下。

杭汀頓發現了，問我：「妳又怎麼啦？」當時正在撤第二道菜，他有時間觀察周遭。

「我不太舒服，」我說，「想回房躺一下。你沒事要我做吧？」

「沒有。即使妳離開那張椅子，它還是老樣子，甚至會好一點。」我往外走時聽見他念叨著。

「反正會有別人去坐。」

「明天就可以換人坐。」我心想，但沒說出口。「好啦！希望從此不會再見到你。」我關門時悄聲說道。

瑞秋催我馬上去睡覺，為明天的旅途養精蓄銳，因為我們天沒亮就要出發。可是我心情緊張又興奮，不可能睡得著，也不可能坐著發呆，或在房裡走來走去，數著行動前的分分秒秒，豎起耳朵，聽見任何聲音就嚇得發抖，擔心有人發現，揭發我們。我拿起一本書想靜下心來讀，我的視線在紙頁上遊走，思緒卻接收不到它的內容。何不訴諸老辦法，將最後這段寫進我的日記？我再次打開日記本，寫下上面那些事。一開始有點困難，但我的腦子慢慢趨於穩定平靜，幾小時就這麼過去了，時間就快到了，現在我覺得眼皮沉重、全身疲累。我把一切交付給上帝，躺下來睡一、兩個小時。之後……

小亞瑟正在熟睡，整棟屋子靜悄悄，不會有人在監視。前一天班森把箱子都綑好，天黑後偷偷從後梯送下去，用運貨馬車送到M鎮的驛站。箱子上的名條寫的是葛拉姆太太，今後我打算使用這個稱號。葛拉姆是我母親的娘家姓，所以我覺得我也算有資格用這個名字，除了我自己的娘家姓氏（我不敢用）之外，我只喜歡這個。

第四十四章 隱居

十月二十四日。感謝上帝，我終於自由了，也安全了。我們一早就起床，悄悄換了衣服，慢慢地、躡手躡腳地下樓到門廳，班森拿著蠟燭等著幫我們開門關門。為了箱子之類的事，我們不得不找個男人幫忙。家裡的僕人都很清楚他們的主人是什麼樣的人，班森和約翰都會樂意幫我的忙，考慮到班森年紀比較大，個性比較沉穩，跟瑞秋交情又好，我於是要瑞秋必要時讓班森知道我們的計畫，請他協助。我只希望不會因此給他惹麻煩，也希望我能給他更多補償，畢竟他毫不猶豫地答應為我冒險。他拿著蠟燭站在門口幫我們照明，真誠的灰色眼眸噙著淚水，肅穆的臉龐寫著滿滿的祝福。我匆匆塞給他兩枚金幣留做紀念。唉！我只能給這一點，我剩下的錢幾乎不夠支付旅途上可能的開銷。

我們走出庭園，看著那扇小門關上時，我開心得全身顫抖！我一度停下腳步，深吸一口清涼提神的空氣，回頭看一眼那棟房子。一切都黑漆漆，窗子裡沒有搖曳的火光，屋頂上也沒有一圈圈黑煙遮蔽寒冷夜空中的閃爍星辰。我向這個充滿過失與磨難的地方永別，有點慶幸拖延到此時才離開它。因為如今我可以確認這個選擇站得住腳，內心對他沒有一絲愧疚。我興奮莫名，只是有點擔心被人發現。每往前走一步，被發現的機率就少一分。

當火紅的朝陽升上來迎接脫困的我們，格瑞斯黛已經被我們拋在幾公里外。我們坐在奔馳的馬車頂端，就算附近鄰居看見，也猜不出我們的身分。我打算日後以寡婦自居，覺得最好穿著喪服搬進新居，因此身穿樸素的黑色絲綢洋裝和披風，罩著黑紗（最初那三、四十公里路我都小心翼翼遮住臉龐）和向瑞秋借來的黑色無邊絲帽（我自己沒有黑色帽子）。帽子當然不是最新款式，但以當前的情況，這樣反倒更好。亞瑟穿著他最樸素的衣裳，裹著粗毛線披巾。瑞秋披著一件質感極佳的灰色連帽斗篷，看起來像個體面的平凡老婦人，而不是仕女的貼身女僕。

噢，像這樣高高坐在馬車上，沿著陽光下的寬敞大道往前奔馳，多麼心曠神怡呀！早晨的清新微風吹拂我臉龐，置身陌生鄉間，一切都展露笑顏，在橙黃曙光中笑得那麼歡欣、那麼燦爛。我親愛的寶貝在我懷裡，幾乎跟我一樣歡喜，我忠心的朋友就在我身旁。那座監獄連同絕望都已經在背後，隨著噠噠的馬蹄聲越退越遠，眼前則是自由與希望！想到終於脫困，我幾乎忍不住大聲讚美上帝，或突然開心地大吼，把同車的人嚇一大跳。

旅途十分漫長，還沒到終點我們已經累壞了。我們到達L鎮時夜已經深了，但還有十幾公里路要走。接下來的路程雇不到馬車或其他交通工具，只能坐普通的運貨馬車，這還是好不容易才找到的，因為鎮上的人半數都已經睡了。最後那段路實在叫人鬱悶，我們又冷又累，坐在自己的箱子上，沒有東西可以抓，也沒地方可以靠，沉重緩慢地爬上崎嶇山路，顛得全身骨頭都散了。亞瑟睡在瑞秋懷裡，我們合力為他遮擋寒冷的晚風。

最後我們爬上陡峭得嚇人的石頭路，儘管四下漆黑，瑞秋說她還記得一清二楚，過去她常抱著我走在這條路上，怎麼也想不到多年以後會在這種狀況下舊地重遊。馬車不時晃盪停頓，亞瑟已經醒來，我們一起下車走路。這段路不遠，可是萬一費德烈克沒收到我的信呢？或者他來不及修繕我們要住的房間。我們歷經漫長旅途，等著我們的會不會是一棟黑洞洞、潮濕又冷清的房子，沒有食物、爐火和家具？

終於，那棟令人望而生畏的陰暗房子聳立眼前。我們循著小路從屋後繞到屋前，走進荒涼的庭院，屏住呼吸，心急地查看這廢墟般的大屋。它會不會昏暗又孤寂呢？不，有一扇窗裡閃著微弱火光，窗子的花格已經修復完整，我們精神一振。門上了閂，我們敲了門、等待片刻、跟樓上窗子傳出的聲音交談了幾句，有個老婦人開門讓我們進去。她奉命在這裡打理房子，保持空氣流通，等我們來。她帶我們走進一間還算舒適的小房間，這裡是大宅過去的餐具室，費德烈克將它改裝成廚房。她幫我們點了燈，又把爐火撥旺，著手準備簡單的吃食讓我們填填肚子。等待的時候，我們脫掉旅行裝束，順便大略查看我們的新居。除了廚房，我們還有兩間臥室、一間寬敞的客廳，另一間小客廳我打算用來當畫室。房間都通風良好，好像也整修得宜，家具不多，只有幾件舊東西，主要是笨重的黑橡木家具。這些東西都是老房子過去使用的家具，後來搬到我弟弟目前的家，當成古董保存，最近又匆匆忙忙搬了回來。

那個老婦人把我和亞瑟的晚餐送到客廳，十分有禮地告訴我，「主人向葛拉姆太太致意。因為臨時收到通知，他已經盡可能把房間整理好。明天他會親自來拜訪，看看有什麼能效勞的。」

我開心地爬上看似冷峻的石造樓梯，抱著我的小亞瑟躺上那張陰鬱的舊式床鋪。他一眨眼工夫就睡著了，我雖然極度疲倦，卻因為精神亢奮、思緒翻騰，直到黎明漸漸驅逐黑暗才入睡。不過這一覺我睡得香甜又提神，醒來的時候心情暢快得難以言喻。是小亞瑟用他輕柔的親吻叫醒我。那麼他就在這裡，安全地依偎在我懷裡，離他那個無良父親無比遙遠！燦亮的日光照進房間，太陽已經高掛天空，只是在翻滾的秋日雲朵之間忽隱忽現。

這屋子不管裡面外面，景象都不怎麼令人振奮。空蕩蕩的大房間搭配陰森的古老家具，窄小的花格窗外是陰沉的灰撲撲天空和底下荒涼的野地。庭院有深色石牆和鐵門、雜亂的野草與造型怪異的耐寒長青樹，在在顯示這裡曾經有個花園。牆外是蒼茫荒蕪的田野。換成其他時候，我可能會覺得這一切滿目淒涼。可是現在，每一件物品彷彿都呼應著我內心令人雀躍的希望與自由。許久以前的縹緲夢想和對未來的歡欣期待在每個角落向我招手。當然，如果我目前的家和過去的家之間隔著無垠的汪洋大海，我會更安心，更快樂。不過，在這個偏僻處所，我的行蹤不可能敗露，何況弟弟偶爾會來探望我，排遣我的孤寂。

那天早上他來了，之後我又見過他許多次，不過他來的時間和方式都必須十分謹慎，連他的僕人和最要好的朋友都不能知道他常來懷德菲爾。他只能偶爾以房東身分來拜訪不相識的房客，以免外人對我起疑，猜出真相或編出蜚短流長。

我住進來到現在已經將近兩星期，我在新家也算身心安頓，只是被發現的恐懼感始終揮之不去。費德烈克幫我準備了必要的家具和繪畫用品，瑞秋去遠方某個城鎮幫我賣掉大部分衣裳，順便採購一批更適合我當前處境的服飾。我的客廳裡有一架二手鋼琴和一座內容還算充實的書櫃。我的另一個房間已經初具規模，像間專業畫室。我辛勤作畫，努力償還弟弟為我支付的金錢。這筆錢倒不是非還不可，只是還錢讓我心情愉快。知道自己的生活開銷都是正正當當賺來的，身邊的微薄財物也都是合法擁有，而且至少在金錢上沒有人為我的愚蠢受罪，我付出的辛勞、賺到的金錢、拮据的用度和精打細算的生活都能帶給我極大的喜悅。只要不至於太不顧弟弟的情面，我會要求他收下我欠他的每一分錢。我手邊已經有幾幅成品，因為我要瑞秋把我所有作品都打包帶走。她執行得太徹底，把我新婚第一年畫的杭汀頓肖像也帶來了。我從箱子拿出這幅畫、看見那雙眼睛帶著嘲弄的笑意盯著我，內心忽然一陣驚恐。他好像依然以掌控我的命運為樂，也在嘲笑我的逃家行動。

我當初作畫的心情跟如今盯著這幅畫的心情簡直判若天淵呀！我費了多少心思，經過多少努力，才畫出一幅（我認為）不至於辱沒本人的肖像！當時這幅作品帶給我的感受摻雜著喜悅與不滿：喜悅是我捕捉到本人的神韻；不滿是因為我畫得不夠俊俏。現在我看不出這幅畫有什麼美感可言，畫中人的表情一點都不親和，卻比如今的他更英俊、更討人喜歡，其實我該說沒那麼討人厭。過去這六年來他變了很多，我對他的感覺也變了很多。不過，畫框倒是挺漂亮，可以用來裱另一幅畫。原本我有意毀掉那幅畫，後來沒有。我將它擱在一旁，我猜不是因為我對舊情還有一絲眷戀，也不是為了提醒自己往日的愚痴，主要是拿來比對我兒子將來的長相，看看他多像、或多不像他父親。我幾乎不敢奢望有這樣的福氣，但我希望能夠一直將他留在我身邊，從此不再看見他父親的臉。

杭汀頓似乎想盡辦法要查出我的落腳地。他親自去了一趟史丹寧利，想向我姑丈姑媽訴說他的委屈，就算不敢奢望在那裡找到我們，至少也要打聽到我們的下落。他大言不慚又面不改色地說了好多謊話，我姑丈幾乎相信他，極力要求我回到他身邊重修舊好。但我姑媽心如明鏡，她夠冷靜夠謹慎，也太了解我丈夫和我的個性，不會被他編造出來的那些似是而非的謊話矇騙。他說他不要我回去，他只要我的孩子。他告訴我的親友，如果我想跟他分居，他可以遷就我這種荒唐念頭。只要我馬上把孩子還給他，他不會來打擾我，甚至可以給我一筆合理的固定津貼。上帝垂憐！就算這麼做可以避免我和孩子餓死，我也不會為了錢出賣孩子。與其讓孩子跟他父親一起生活，不如讓他跟我一起死。

費德烈克給我看一封那位紳士寫給他的信，通篇都是寡廉鮮恥的話語，任何不認識他的人都會感到震驚。我相信沒有人比我弟弟更知道該如何回覆他。費德烈克沒有告訴我他回信寫了什麼，只說他沒有承認他知道我的去處，甚至意在言外地否認他知情。他告訴杭汀頓，這件事無論找他或我的任何親戚都沒用，因為我顯然被逼得走投無路，不得不向最親近的人隱瞞行蹤。他還說，就算他現在或將來得知我的下落，也絕不會告訴杭汀頓。他也勸杭汀頓不必費心爭取小孩，因為他（費德烈克）自認夠了解他姊姊，很清楚不管她人在哪裡，處境如何，都不會把孩子交給他。

三十日。唉！我好心的鄰居不肯放過我。他們不知怎地發現我住在這裡，我不得不接待前來拜訪的三家人。他們或多或少都想打聽我是誰，什麼身分，從哪裡來，為什麼選擇住這樣的房子。基本上，我不需要跟他們往來。他們的好奇心令我厭煩又擔心，如果我滿足他們，後果可能是毀了我兒子。如果我太神祕，他們只會更懷疑，會瞎猜，因此更努力打聽，我的事可能因此從這個教區傳到另一個教區，最後某個人會把消息帶到格瑞斯黛莊園主人面前。

他們期待我去回拜，不過，如果打聽後發現他們住的地方路途太遙遠，亞瑟沒辦法陪我去，那麼他們可能得空等一段時間。除非上教堂，否則我無法忍受跟亞瑟分開，而我到現在還沒上過教堂。說起來或許愚蠢懦弱，但我始終害怕他被人搶走。只要他不在身邊，我就心神不寧。我擔心這樣的緊張不安會讓我在教堂裡無法專心祈禱，就算去了對我也沒好處。不過，下星期我打算嘗試一下，把亞瑟交給瑞秋照顧幾小時。這會是一樁難事，卻絕不是輕率的決定。牧師已經指責我疏忽宗教儀式，我提不出充分理由，只好承諾如果條件容許，下星期天我就會坐在教會的長椅上。我不希望別人認為我不信神。再者，只要我有信心與毅力讓自己在教堂裡思緒集中，不去想不在身邊的孩子、也不擔心回家時發現他已經不在了，偶爾參加團體敬拜可以帶給我極大的撫慰與益處。我相信仁慈的上帝不會讓我遭遇這樣的磨難，即使不是為了我，為了我的孩子，祂也不允許他被帶走。

十一月三日。我認識了幾位鄰居，有位男士似乎是教區和附近地區的文雅紳士兼大眾情人（至少他自己這麼認為），他是……

日記到這裡結束了。剩下的都被撕掉了。真殘忍，她正要提到我！我相信她要說的正是在下，當然不會是什麼好話。我能看得出來，一來是根據她寫的短短幾個字，二來是根據我們剛認識時她的整體表現和言談舉止。好吧！既然知道她過去接觸到的都是些什麼樣的傑出男士，我輕而易舉就能原諒她對我的偏見，以及她對一般男性的嚴苛觀感。

對於我，她很久以前就發現自己誤會了，甚至可能矯枉過正：如果說一開始她對我的看法委屈了我，那麼我相信現在是我沒有她想像中那麼好。她會撕掉那些日記，或許是擔心我看到前半段會受傷，看到後半段又會得意忘形。無論如何，我願意不計代價看看她到底寫了什麼。我想觀察那個改變過程，想看見她如何慢慢對我產生尊重與友誼，也想知道她對我有什麼溫柔情懷，又有多少愛，而那份愛又是如何滋長，畢竟她個性無比堅貞，又極力……算了，我沒有權利看。那些內容太神聖，除了她自己，任何人都沒有資格看，她不讓我看是對的。

第三卷

第四十五章　和解

哈佛德，這整件事你怎麼看？你讀的過程中，曾不曾試想我讀那本日記時內心有什麼感受？我猜沒有。不過現在我不想談那些，我只願意做一點剖白，以人性（尤其以我自己）而言，這些想法或許不怎麼可敬。我覺得日記的前半段比後半段更讓我難受。我不是對杭汀頓先生的過失無動於衷，也不是不同情她受的苦，但我必須承認，我看見她丈夫在她心裡的地位慢慢走下坡，最後終於完全澆熄她對他的情意，心中不免有種自私的快感。不過，總的來說，儘管我對她深深同情，對他無比憤怒，但看完日記後，我心裡那份難以承受的負荷消失了。我滿心歡喜，彷彿做噩夢時被人叫醒。

現在已經將近上午八點。我讀到半夜蠟燭就熄了，我只能選擇再去拿一根，或上床睡覺，等天亮再看。再去拿可能會驚動家人，為了我母親，我選擇後者。只是，我躺在床上時心情如何，又睡了多少覺，這些都留給你去想像。

曙光初現我就起床，捧著日記湊到窗子旁，可是光線還太暗，沒辦法讀。我花了半小時梳洗換裝，才又開始讀。這時雖然還是有點吃力，至少已經勉強看得下去，我懷著濃厚的興趣，急切地讀完剩下的內容。等我讀完、對突然中斷的內容感慨一番後，打開窗子探頭出去吹吹清涼的微風，大口大口吸入清晨的新鮮空氣。多麼美好的早晨，草地上鋪著厚厚一層半結凍的露珠，燕子在我身邊啁啾啼唱，白嘴鴉呱呱叫著，母牛的哞哞聲從遠處傳來，清晨的寒霜與夏日的陽光和暢地在空中交融。但我想的不是那些，我心不在焉地凝視大自然的美麗景象時，內心卻有百種思緒和千般情感混雜交錯。不過，那些亂糟糟的念頭和情感很快清除，被兩種明顯的感受取代：其一是說不出的喜悅，因為我鍾愛的海倫果然是我理想中的那種人。不管世人的惡毒言語如何中傷，也不管我如何誤會，她的人格始終淨透明亮，像我無法逼視的太陽一樣纖塵不染；其次是深深為自己的行為自責。

早餐後我立刻趕去懷德菲爾莊園。昨天以來瑞秋在我心目中的形象提升了好幾級。我準備以好朋友的態度跟她打招呼，不過，見到她開門時冷漠不信任的表情，我所有的友好心意頓時冷卻。我猜這位老婦人以守護她家女主人的名譽為己任，顯然把我看成另一個哈格雷夫，而且因為我更受她家女主人的敬重與信任，所以更加危險。

「太太今天不能見客，她不太舒服。」她如此回應我的求見。

「可是瑞秋，我一定得見她。」說著，我伸手扶著門，避免她關上。

「先生，真的不行。」她沉著臉答，顯得冷峻，不肯通融。

「拜託妳好心幫我通報。」

「馬坎先生，這樣沒用。我說了，她身體不好。」

我正打算突襲城堡，出狠招推門闖入，碰巧裡面的門開了，小亞瑟跟他活蹦亂跳的小狗玩伴走了出來，適時阻止我做出不得體的舉動。他用雙手握住我的手，笑著把我拉進去。

「馬坎先生，媽媽要你進來，」他說，「她還叫我在外面跟洛夫爾玩。」

瑞秋嘆口氣走開。我進了客廳，順手關上門。在那裡，那個修長優雅的身影站在壁爐前，因為無盡的哀傷顯得落寞。我把日記本放在桌上，看著她的臉。她焦慮的蒼白臉龐對著我，清澈的黑眼珠如此誠摯地盯著我，像魔咒般將我鎮住。

「你看完了嗎？」她低聲問。魔咒解除了。

「全看完了。」說著，我往前走。「我想知道妳會不會原諒我……能不能原諒我？」

她沒有回答，但她的眼睛綻放出光采，嘴唇和臉頰添了些許紅暈。我走近她時，她驟然轉身走到窗子旁。我非常確定那不是因為生氣，只是為了隱藏或控制她的情緒。我跟了過去，站在她身旁，但不是為了和她說話。她沒有回頭，只是把手伸向我，用壓抑不了的顫抖聲音低聲說，「你能原諒我嗎？」

如果我親吻那隻白皙的手，她可能會認為那是破壞彼此的信任，所以我只用雙手輕輕握住，笑著答，「很難。妳該早點告訴我。這代表妳不相信我……」

「不是這樣，」她急切地打斷我的話，「不是的。我不是不相信你。如果我把過去的事告訴你，就得全部說出來，才能解釋我的行為。如果不是情非得已，我實在不想談那些事。你會原諒我嗎？我知道我錯得太離譜，不過一如往常，我已經嘗到自己所犯錯誤的苦果，而且必須全部嘗完。」

這番話的哀怨語調被堅毅的決心壓抑。我將她的手拉到唇邊，激情地一吻再吻，因為淚水使我無法言語。她承受我的瘋狂愛撫，沒有抗拒，也沒有嫌惡。之後她突然轉身走開，在客廳裡來回走了兩三趟。只見她皺著眉頭、緊抿雙唇、雙手互擰，理智與感情想必在她內心引發激烈衝突。最後她在空蕩蕩的壁爐前停下腳步，轉身面對我，平靜地（假使明顯強自鎮定後的心情能稱為平靜）說道，「吉伯特，你必須離開我，不是現在，而是不久後。而且你永遠不能再來這裡。」

「海倫，妳說永遠？可是我對妳的愛更深了。」

「如果是這樣，基於這個理由，我們就不該再見面。我認為這次見面有其必要，至少我這麼說服自己。我希望給彼此機會，為過去的事向對方道歉並取得原諒，但我們沒有理由繼續見面。只要我有能力找別的住處，我就會離開這個地方，但你我的交情必須到此為止。」

「到此為止！」我重複她的話。我走向雄偉的雕花壁爐架，把手擱在厚重飾條上，默默把頭靠在手上，鬱悶又喪氣。

「你不可以再來，」她聲音微微顫抖。她說出這麼恐怖的話，神態卻鎮定得叫人惱火。「你必須明白我為什麼這麼說，」她又說，「也必須了解我們馬上分開比較好。如果訣別很難，你應該幫助我。」她停下來，但我沒答腔。「你能不能保證不會再來？假如你不肯，或者假如你再來，就是逼我離開這裡，而我還不知道去哪裡找下一個避風港、也不知道該如何去找。」

「海倫，」我煩躁地轉向她，說道：「我沒辦法像妳這麼冷靜又不帶感情地討論永遠分開的事。對我來說，這不只是權宜之計，是生死大事！」

她默不作聲。她蒼白的嘴唇在抖動，顫動的手指緊張地纏繞她那只小小金錶的錶條。那只錶是她容許自己保留的唯一一件昂貴物品。我說的話殘忍又不公平，但我還得說出更糟糕的話。

「可是海倫，」我壓低嗓門輕柔地說，不敢抬眼看她的臉。「那男人不是妳丈夫：在上帝的眼中，他已經放棄所有權利……」她抓住我手臂，力道之強叫人震驚。

「吉伯特，別！」她激動地大喊，那聲調足以穿透最堅硬的心。「看在上帝份上，別說這種話！沒有任何惡魔可以這樣折磨我！」

「我不說，我不說！」我輕輕按住她的手，既被她的激動嚇到，也為自己的失言慚愧。

「你沒有像個真正的朋友般全力幫助我，」她甩開我，坐進安樂椅。「或者擔起你的責任、拿出理智對抗情感。你只是把重擔全丟給我。這還不滿意，你甚至盡你所能對抗我，而你明知道我……」她停下來，把臉埋進手帕裡。

「原諒我，海倫！」我向她懇求。「我不會再提這件事了。我們不能以朋友的身分繼續見面嗎？」

「那樣行不通。」她哀傷地搖頭，又抬頭看著我的眼睛，那略帶責備的表情彷彿在說，「這點你跟我一樣心知肚明。」

「那麼我們該怎麼辦？」我激動地問，但隨即改用比較和緩的口氣說，「我什麼都聽妳的，只是別告訴我這是我們最後一次見面。」

「為什麼不行？我們每多見一次面，最後分開時就越痛苦，這你難道不明白？你不覺得我們多見一次面，彼此的情感就比上次見面更深？」

她最後那個問題說得倉促又小聲。她視線向下，臉頰緋紅，顯示她至少心有所感。她又補了一句，「現在我還有能力趕你走，下回可就未必了。」她提出的那個問題，以及現在補上的這句話，似乎都有欠慎重，但我沒有卑劣到想利用她的坦誠。

「我們可以通信。」我怯懦地提議。「妳不會連這點安慰都不給我吧？」

「我們可以透過我弟弟得知彼此的狀況。」

「妳弟弟！」我忽然一陣痛悔與羞愧。她還不知道我打傷了他，而我沒有勇氣告訴她。「妳弟弟不會幫我們。」我說，「他希望我們切斷一切聯繫。」

「他這樣很對。身為我們兩人的朋友，他會希望我們都好。雖然我們自己看不出來，但所有朋友都會說我們忘記對方對彼此都好，也有責任這麼做。不過別害怕，」她見我明顯心亂如麻，哀傷地笑著，「我幾乎不可能忘記你。不過我的意思並不是讓費德烈克幫我們傳遞信件，只是可以透過他知道對方的近況。最多只能這樣了。你還年輕，應該要結婚。也許你現在認為不可能，但將來你會結婚。雖然我沒辦法要你忘記我，但為了你自己和你未來妻子的幸福，你應該要忘記。所以我必須、也會希望你忘了我。」她堅定地說。

「海倫，妳也還年輕，」我大膽地說，「等那個品行不端的惡棍一命嗚呼，妳就嫁給我。我可以等。」

可是她連這個安慰都不給我。把自己的希望寄託在他人的死亡是不道德的，就算那人不配生存在這個世界、也不配去到死後的世界，或者他的改過會給我們帶來禍患，而他最大的罪過會是我們最大的福祉，也一樣。撇開這個不談，她還認為這種念頭太瘋狂，因為有太多人跟杭汀頓的生活習慣一樣，儘管晚年淒涼，卻也都活到年老。

「我雖然年紀還輕，」她又說，「心卻已經在哀傷中老去。就算我沒有被煩惱折磨得比他提早離世，你想想，即使他只活到五十歲上下，你就會等十五到二十年，在不確定感與迷惘中度過青春和成年歲月，最後娶到一個從今天起再也沒見過、蒼老憔悴（屆時我必定如此）的女人，你願意嗎？你不會願意的。」她不讓我表明誓死不變的忠貞，緊接著又說，「就算你願意，你也不該這麼做。吉伯特，相信我，這方面我知道得比你多。你覺得我冷酷無情，你可以這麼想，可是……」

「海倫，我不會。」

「無所謂。你願意的話可以那麼想。可是我獨處的時間並沒有虛度光陰，我現在說這些話不像你只憑一時的衝動。這些事我想了又想，我跟自己爭辯這些議題，仔細考慮過我們過去、現在和未來的人生。相信我，我終於得出最好的結論。相信我的話，別相信你的感覺。雖然目前連我自己都幾乎看不出來，但幾年後你會發現我說得對。」她手托著頭，感嘆地喃喃低語。「別再跟我爭辯了，你能說的，我的心都說過了，也被我的理智推翻了。那些想法在我心裡已經夠難對付的了，現在從你嘴裡說出來，更是艱難十倍。如果你知道它們帶給我多少痛苦，你會立刻停止。如果你知道我目前心裡是什麼感受，你甚至會犧牲自己來消除我的痛苦。」

「如果我離開能解除妳的痛苦，我馬上就走，**永遠**不再來！」我咬牙切齒地強調。「可是如果我們再也不能相見，也沒有希望再見，寫寫信交流思想也是罪惡嗎？不管軀體在塵世的命運與處境如何，意氣相投的心靈難道不能相遇，彼此交流融合嗎？」

「可以，可以！」她突然開心地大喊。「吉伯特，這點我也想到了，卻不敢提出來。我擔心你不能明白我的觀點。即使此時此刻我也害怕，我害怕任何好心的朋友都會說我們在騙自己，妄想即使未來沒有希望更進一步，也能維持心靈的往來，不至於造成無謂的悔恨與痛苦的渴求，不會餵養應該嚴酷無情地任它空虛消亡的念頭。」

「別在乎我們那些好心的朋友，他們讓我們天各一方，那就夠了。上帝明鑑，別讓他們拆散我們的靈魂！」我驚恐地叫嚷，以免她認為有責任斷絕這最後一點慰藉。

「可是我們如果在這裡通信，」她說，「一定又會招來閒言閒語。等我離開這裡，我決定不讓你和其他人知道我的新住址。我不認為你會違反承諾來看我，我只是覺得如果你知道你找不到我，內心會比較平靜。如果你沒辦法想像我的景況，也許你的心思就不會專注在我身上。不過你聽我說，」她笑著豎起手指阻止我急躁的回應。「六個月後，你就可以從費德烈克那裡知道我在哪裡。如果到那時你還想給我寫信，也覺得你在信裡可以只談思想與精神方面的內容，或者至少能像擺脫軀殼的靈魂或心平氣和的朋友會寫的信，那就寫吧，我會回信。」

「六個月！」

「沒錯。好讓你目前的熱情冷卻，也測試你的靈魂對我的愛夠不夠真實、忠誠。好了，該說的都說了，不如就這樣分開！」她停頓片刻後說，語氣幾乎有點狂野。她突然從椅子上站起來，雙手堅定地交握。我覺得自己應該毫不猶豫地離開，於是走上前去，伸出手，像要告辭。她默默握住我的手。想到這是永別，我簡直無法忍受，心臟的血幾乎被擠乾，雙腳黏在地板上。

「我們不能再見面嗎？」我痛苦萬分地問。

「我們會在天國重逢。就這樣想吧。」她用極力壓抑的冷靜口吻說道，可是她的眼睛閃著淚光，臉上沒有一點血色。

「但不是以我們目前的模樣。」我忍不住回應。「想到再見面時妳已經是沒有軀殼的靈魂，或另一種形式的存在，有個完美又輝煌的外形，卻不是像這樣！而且妳的心會離我非常遙遠。」

「不，吉伯特，天國會有完美的愛！」

「太完美，以至於無所分別。妳跟我不會比跟我們周遭那萬千個天使和難以計數的快樂靈魂更親密。」

「不管我變怎樣，你也會一樣，所以你不可能會覺得遺憾。不管我們如何改變，我們都知道那樣比較好。」

「如果我變得太多，不再全心全意仰慕妳，不再愛妳勝過其他任何人，那我就不是我自己。再者，假使我有幸進入天國，我知道我一定會比現在快樂得多，但我在塵世的天性卻無法為這種至福欣喜，它自身和它的喜悅必然被排除在天國之外。」

「那麼你的愛純粹是人間的愛？」

「不是。不過我猜我們之間的交流不會比跟其他人來得親密。」

「如果是這樣，那是因為我們對他們的愛變多，不是對彼此的愛變少。更多的愛帶來更多幸福，只要那份愛是彼此共有，而且純潔無瑕。」

「可是海倫，妳會在那片無盡的光輝中失去我，妳能開心地期待這樣的未來嗎？」

「我承認我不能。但我們知道事情不會是那樣。而且我確實知道以塵世的享受換取天國的喜樂不該心生遺憾，否則就會像爬在地上的毛毛蟲哀嘆有一天牠必須離開牠啃咬的葉子，展翅飛向天空，自由自在地從這朵花飛向那朵花，在花冠裡吸食香甜的花蜜，或在溫暖的花瓣上曬太陽。

如果那些小毛毛蟲知道等著自己的是多麼大的變化，牠們一定會覺得感傷，但這樣的哀愁不是多餘的嗎？如果這樣的比喻還不能說服你，我再說另一個：我們都是孩子，有孩子的感受，孩子的見解。如果有人告訴我們男人女人不玩玩具，而我們的玩伴有一天會對目前深深喜愛的小娛樂和小消遣厭煩。想到這麼大的變化，我們不免悲傷，因為無法想像長大後我們的心靈會擴大、提升，屆時那些目前我們無比珍視的玩具和活動，都會變得微不足道。我們也會知道玩伴雖然不再跟我們一起從事那些童稚的消遣，卻會跟我們共享其他樂事。儘管我們和他們還是過去那些人，我們彼此的靈魂會相互交融，共同追求我們目前無法想像、更遠大的目標和更崇高的活動，而且同樣妙趣橫生，也確實十分美好。不過吉伯特，將來我們可以在一個沒有痛苦哀愁、不必抵抗罪惡、也不必在肉體與精神之間掙扎的地方重逢。我們在那裡都能目睹同樣的美好真相，一起在光與善的泉水（也就是我們懷著同樣強烈的神聖熱情敬拜的上帝）共飲至高無上的幸福，也會在那裡以同樣聖潔的情感愛所有純潔快樂的受造者。想到這些，你真的感受不到一絲安慰嗎？如果你不能，別寫信給我！」

「海倫，我能！只要信心永遠堅定。」

「那麼，」她說，「趁我們還滿懷希望……」

「我們就此分別，」我說，「我不要妳為了再一次趕我走而受苦。我馬上走，可是……」

我沒有將我的請求說出口，她憑直覺就能明白。這回她同意了，或者該說，整個過程並沒有刻意的請求或同意，那是一股彼此都無法抗拒的衝動。上一秒我還站在原地盯著她的臉，下一秒我已經將她擁入懷裡，我們緊緊擁抱合為一體，沒有任何實質或精神力量能將我們拉開。她輕聲說，「上帝祝福你！」然後，「走，走吧！」但她說話時仍然緊摟著我，除非使蠻力，否則我無法聽從她。然而，我們終究勇敢放手，我衝出那房子。

狂亂之中，我依稀記得看見小亞瑟沿著花園步道朝我跑來，也記得我跳過圍牆避開他，拔腿奔下陡峭的田野，越過阻擋我去路的石牆或樹籬，一直跑到山腳下、再也看不見那棟老宅為止。接下來那幾小時我獨自在山谷裡悲痛哭泣，黯然神傷。西風颯颯吹過枝葉蔽天的樹木，小溪潺潺流淌在礫石遍布的溪床，風聲水聲不絕於耳。我的眼睛大多數時間都茫然凝視我腳邊陽光耀眼的草地，一塊塊不規則狀陰影在上面嬉戲跳躍，偶爾一、兩片枯葉也踩著舞步加入這一場狂歡。但我的心在山頂上那個陰暗的房間裡，她孤單淒涼地在那裡流淚。我不能安慰她，不能再見她，直到歲月或苦難征服我們，將我們的靈魂扯離它們崩毀的泥屋。

你想必猜得到那天我沒做什麼事。農場交給工人，工人則自行其是。但有件事我一定得去做。我還沒忘記我對勞倫斯的暴行，我必須去見他，為那個失當行為向他道歉。我很願意拖延到明天，但萬一這段時間他向他姊姊訴說我的不是呢？不，不！我必須今天去請他原諒，如果他一定得告訴他姊姊，也要請他口下留情。然而，我還是拖到太陽下山後，那時我的心情平靜多了，而且（唉，人性果真執拗得驚人！）心中開始生起微弱希望。我無意懷抱這樣的希望，畢竟我們已經把話說得清楚明白。但我暫時還得留著它們，不鼓勵，也不讓它們破滅，直到我學會沒有它們也能活下去。

我去到勞倫斯的家伍德福園邸，求見主人卻遭到百般阻撓。開門的僕人告訴我他家主人病得很重，恐怕沒辦法見客。我沒那麼容易打退堂鼓，我平靜地在門廳等候通報，心裡想著今天一定要見到他。僕人帶來的口信一如我所料，客氣地告知勞倫斯先生沒辦法見客，他在發燒，必須靜養。

「我不會打擾他太久，」我說，「我一定得見他一面，我有重要事跟他談。」

「先生，我會轉告他。」那人說。我跟著他往裡走，幾乎去到他家主人所在的房門口，當時他好像不是在臥房床上。僕人回報勞倫斯希望我好心留個口信或字條給僕人，他目前沒辦法處理任何事。

「他能見你就能見我。」說著，我大步從震驚的門房面前走過，大膽地敲敲門，走進去，再關上門。這房間相當寬敞，家具擺設精緻，以一個單身漢的住家而言，也算相當舒適。拋光爐柵裡燒著明亮旺盛的爐火，一條整天無所事事悠閒度日的老邁格雷伊獵犬躺在爐火前鬆軟的厚地毯上。地毯另一個角落的沙發旁坐著一條年輕的史賓格犬，渴慕地仰望牠的主人，也許想跟他一起坐在沙發上，或只是想要主人摸一下，或說句親切話語。病患本人模樣相當有趣，他裹著雅致的晨袍半躺在沙發上，頭上綁著一塊絲帕。他向來白皙的臉龐此時發紅發熱。他雙眼微閉，直到他意識到房裡有人，才睜開來。他一隻手無力地擱在沙發椅背上，拿著一本小書，顯然想看書打發無聊時光卻辦不到。我往前走，在他面前的地毯上站定，他又驚又怒，書本應聲掉落。他從靠墊上直起身子，兩眼直直盯著我，臉上的表情摻雜了緊張不安、憤怒和驚奇。

「馬坎先生，我沒想到你會闖進來！」他雙頰的血色頓時消失。

「我知道，」我說，「不過你冷靜一下，我會說明我的來意。」我不假思索地往前一、兩步。他見我靠近嚇得往後縮，臉上露出反感與本能的恐懼。我十分氣餒，但還是後退一步。

「那就長話短說，」說著，他伸手碰觸他身旁桌上的銀色小鈴鐺。「否則我只好叫人來。我現在沒辦法再承受你的暴行，甚至不想看到你。」汗水真的從他的毛細孔冒出來，像露珠般掛在他蒼白的前額。

我來這裡執行這種吃力不討好的任務，他這種態度對我一點幫助都沒有。但該做的還是得做，不管用什麼方式。我乾脆單刀直入，顛三倒四地把話說完。

「勞倫斯，」我說，「最近我對你的態度很不妥當，尤其是最後這件事。簡單說，我今天是來表達我的歉意，也請求你原諒。如果你不想原諒我，」看到他臉上的表情，我連忙補充，「也沒關係。我只是做我該做的事，就這樣。」

「你說得倒輕鬆，」他臉上的微笑近乎嘲弄。「你無緣無故辱罵朋友，又敲破他腦袋，然後告訴他那件事你做得不對，他要不要原諒你都無所謂。」

「我忘了告訴你那是出於誤會。」我喃喃說道，「原本我會好好跟你道歉，可是你的態度實在氣人……呃，總之一切都是我的錯。問題在於，我不知道你是葛拉姆太太的弟弟，我看見也聽見你對她的某些行為足以引起不愉快的猜疑。容許我這麼說，你如果信任我，早跟我說清楚，就不會引起這種誤會。最後，我碰巧聽見你跟她的某些對話，讓我覺得我有資格討厭你。」

「那麼你是怎麼知道我是她弟弟？」他焦急地問。

「她自己告訴我的，全都說了。她知道可以信任我。你不需要心煩，我跟她不會再見面了！」

「是嗎？那麼她走了嗎？」

「沒有。但她跟我說再見了，我答應只要她住在那裡，絕不走近那棟房子。」這番話勾起我痛苦的回憶，我幾乎想大聲呻吟，但我只是緊握雙手，恨恨地跺腳。勞倫斯卻明顯鬆了一口氣。

「你做得很對。」他的語氣表達全然的認同，幾乎面露喜色。「至於我們的誤會，我為我們彼此感到遺憾。也許你可以原諒我不夠坦誠，我也要為自己稍作辯白，別忘了你近來的行為讓我很難信任你。」

「是，是，我什麼都記得。我內心的自責比任何人對我的責怪都嚴厲。不管怎麼說，你說我對你用暴行，這話很對，但我是真心懊悔。」

「過去就算了。」他淡淡一笑。「我們把過去那些傷人的話和行為全都忘掉，把一切後悔的事全都抛到腦後。你願意跟我握個手嗎？或者你寧可不要？」他伸出來的手因為身體虛弱而顫抖，很快就垂下來，我連忙抓住，誠摯地捏了一下，但他無力回應。

「勞倫斯，你的手又乾又燙，」我說，「你真的病得很重，我跟你說這麼多話，害你病情加重。」

「沒事，只是淋雨感冒。」

「也是我害的。」

「別放在心上。對了，你跟我姊姊說過這件事嗎？」

「坦白說，我沒有勇氣告訴她。改天你告訴她的時候，能不能跟她說我非常後悔，而且……」

「別擔心這個！只要你意志堅定，跟她保持距離，我不會說你壞話。那麼據你所知她還不知道我生病的事？」

「應該是。」

「那太好了。這段時間我一直擔心有人告訴她我快死了，或病入膏肓。她可能會因為沒收到我的消息，或不能幫我做任何事而心慌意亂，甚至可能不顧一切跑來看我。可以的話，我必須想辦法通知她一聲。」他尋思道，「或者她會聽見誇大傳聞。許多人很樂意跟她說這種消息，只為了看她的反應，然後人們又會製造出更多謠言中傷她。」

「真希望我告訴她了。」我說，「如果不是因為我的承諾，我馬上就去通知她。」

「不行！我沒打算讓你去……但如果我現在換個筆跡寫一封短信給她。不會提到你，只是簡單描述我的病情，一來說明我為什麼沒去看她；二來萬一她聽見誇大消息時心裡有個底，那麼你經過郵局時可不可以幫我投出去？這件事我不敢叫僕人去做。」

我一口答應，馬上將他的寫字檯送到他面前。他不太需要偽裝字跡，因為他連把字寫得清晰可讀都非常困難。等他寫完信，我覺得該告辭了，道別以前，我問他我能為他做點什麼來減輕他的痛苦，彌補我犯的過錯。

「沒有。」他說。「你已經做得夠多了。你對我的幫助比最高明的醫生都多，因為你解除了我心裡的兩大煩惱：替我姊姊焦急，也為你深感遺憾。我覺得我發燒的原因主要是這兩件心事，現在我相信我很快就能痊癒。你還可以為我做一件事，那就是偶爾來看看我。你也看到我在這裡很孤單，我保證你下次來一定不會被擋駕。」

我答應他，熱誠地跟他握手後離開。回家途中我把信投遞出去，非常英勇地自我克制，沒有順便寄上一封我自己寫的信。

第四十六章 友善的忠告

偶爾我會有一股強烈衝動，想向我母親和妹妹透露懷德菲爾莊園那個遭受迫害的房客真實的性格與景況。起初我非常後悔沒有請葛拉姆太太允許我這麼做，可是三思過後，我覺得如果她們知道了，不久後密爾瓦家和威爾森家也都會知道，而我目前對伊莉莎的印象極差，我擔心她一旦得知真相，恐怕很快會找到辦法向杭汀頓通報他妻子的去向。所以我決定耐心等這六個月過去，等她搬到新住處，我可以寫信給她時，再請她容許我澄清那些惡意誹謗，還她清白。現階段我只能表明我知道那些傳聞都是假的，而且總有一天能夠證明，讓那些中傷她的人羞愧難當。我不認為有人相信我，不過大家很快學會不在我面前說她的不是，或者乾脆不提起她的名字。他們認為我被她勾引得神魂顛倒，才會毫無理性地為她說話。

在此同時，我覺得我遇見的每個人內心都鄙視化名葛拉姆的那位女士，而且只要有勇氣就會說出來，因此我脾氣越來越壞，也不愛跟人相處。我可憐的母親很為我操心，可是我也沒辦法，至少我覺得自己無能為力。偶爾我會因為自己對她的不孝行為感到痛悔，進而設法補救，也得到些許成果。一般說來，我對她的態度比對勞倫斯以外的其他所有人友善得多。蘿絲和弗格斯總是躲著我。這樣也好，因為在目前的情況下，我沒辦法跟他們好好說話，他們也不適合跟我接觸。

我們道別之後，杭汀頓太太繼續在懷德菲爾住了兩個多月，但沒上過教堂，我也沒走近過那棟房子。我會知道她還在那裡，是聽勞倫斯說的，因為我經常向他問起她的近況。他生病那段期間我經常去探望他、關懷他，一來是因為我掛念他的病情，想幫他加油打氣，盡最大的努力彌補我之前的「暴行」；其次是因為我們關係越來越親近，我也越來越喜歡跟他相處。部分原因在於他對我的態度比過去更坦誠，但主要是因為他跟我鍾愛的海倫姊弟情深。因為這層關係，我格外喜歡他。以男人而言，他的手指極其修長白皙，跟海倫的手指相像。每次我握他的手，內心總是暗喜。我也喜歡看他蒼白秀氣的臉龐各種表情變化，聽他嗓音裡的抑揚頓挫，辨識出他們之間的相似度，我總納悶以前竟然沒發現。沒錯，有時候他顯然不願意跟我談他姊姊，真叫人氣惱。但我深信他是出於一番好意，才會希望我忘記她。

他復元的速度沒有他想像中那麼快，我們和解後又過兩星期，他才能重新騎上他的小馬。他元氣恢復後做的第一件事就是連夜趕去懷德菲爾看他姊姊。這個行動對他和她而言都相當冒險，但他覺得有此必要，就算不是為了避免她擔心他的病況，至少也要跟她談談搬家的事。幸好唯一的後遺症是他的健康又退步了些，除了老房子裡的人和我，沒有任何人知道他去找過她。我相信他本來也不打算讓我知道，因為隔天我去看他，發現他病情加重，他只說那是因為他在外面待得太晚，受了風寒。

「如果你不好好照顧自己，可能再也見不到你姊姊。」我沒有同情他，而是替他姊姊生氣。

「我已經見到她了。」他低聲說。

「你見到她了！」我震驚地大喊。

「是。」於是他告訴我為什麼要去冒這個險，行事又是多麼謹慎。

「她好嗎？」我急切地問。

「老樣子。」他的回答簡短卻哀傷。

「老樣子。也就是說一點也不快樂，一點也不強壯。」

「她倒沒有生病，」他答道，「而且我相信過些時候她會重新振作起來。她實在吃太多苦了。

那些烏雲看起來不太妙，」他轉頭望向窗外，「天黑以前可能會有雷雨。我的乾草才堆到一半。你的都堆好了嗎？」

「還沒。勞倫斯，她……你姊姊有沒有提到我？」

「她問我最近有沒有見過你。」

「她還說什麼？」

「我沒辦法把她說的話全告訴你。」他淺淺一笑。「我雖然待得不久，卻跟她聊了很多。我們談的主要是她搬家的事，我請她緩一緩，等我病好了再幫她找另一個住處。」

「她沒再提到我嗎？」

「馬坎，她很少提到你。就算她想，我也不會鼓勵她這麼做。幸好她沒有。關於你，她只問了幾個問題，對我的簡短答覆好像也很滿意，這方面她比你明智得多。還有，我不妨再告訴你，她好像比較擔心你太常想她，而不擔心你忘了她。」

「她做得對。」

「可是我覺得你對她的擔心好像恰恰相反。」

「不是那樣。我希望她快樂，只是我不希望她完全忘記我。她知道我不可能忘掉她，她不希望我把她記得太牢是對的。我希望她別太難過，但我也很難相信她會為我痛徹心扉。我知道我不值得她這樣，畢竟我唯一的優點是我懂得欣賞她。」

「你們兩個都不該心碎，先前（以後恐怕還會）也不該浪費時間嘆息、流淚、憂傷。目前你們恐怕都把彼此看得太崇高。我姊姊的情感天生跟你一樣敏銳，我相信也比你忠實。不過她夠理智也夠堅強，願意努力克制。我相信她會一直努力下去，直到她……」他遲疑了。

「忘記我。」我說。

「我希望你也跟她一樣努力。」他又說。

「她跟你說她希望我努力嗎？」

「不，我們沒有談到這個，沒這個必要。我知道她有這決心。」

「要忘記我？」

「是，馬坎。有何不可？」

「嗯，好吧！」我口頭上只應了這一句，內心卻說，「不，勞倫斯，這點你弄錯了。她不打算忘了我。她不該忘記像我這樣對她真心付出、完全明白她的優點、跟她心有靈犀的人。我也不該忘記上帝所造、如此完美聖潔的她，何況我曾經那麼真誠地愛她、了解她。」不過我沒再跟他多談這些。我馬上換個新話題，不久後就告辭離去，對他的熱誠減少了些。也許我沒有權利跟他生氣，但我還是生氣了。

那次過後一個多星期，他去拜訪威爾森家，我在他回家的路上遇見他。我決定幫他一個忙，雖然會令他傷心難過，甚至也許會招致他的怨恨，畢竟人經常會怪罪傳達不愉快消息或主動提出忠告的人。相信我，我做這件事絕不是因為最近偶爾受他的氣而故意報復，也不是基於對珍的敵意。我純粹無法忍受這樣一個女人將來變成杭汀頓太太的弟媳。再者，為了他們姊弟，我也不能眼睜睜看著他因為識人不清而娶這樣的女人。畢竟她配不上他，不適合當他那個寧靜住宅的女主人，更不會是他人生路上的好伴侶。我猜在這方面他自己也曾有過一些疑慮，可惜他閱歷尚淺，那位小姐又極富魅力，也擅長運用那些魅力引逗他的遐思，因此他很快忘懷那些疑慮。我在想，他之所以至今猶豫不決，遲遲不向她告白，唯一的原因是考慮到她的家人，尤其是她母親。他無法忍受那位女士。如果他們兩家距離遙遠些，他或許已經克服這個考量，可是威爾森家離伍德福只有三、五公里，這可不是小事。

「勞倫斯，你去了威爾森家。」我走在他的小馬旁。

「是。」他微微別開臉。「我生病這段期間他們經常詳細探詢我的病情，我覺得應該第一時間去感謝他們的關心，免得失禮。」

「那都是威爾森小姐的意思。」

「就算是，」他的臉略略泛紅，「我難道不能適度表達謝意嗎？」

「至少不能表達她想要的謝意。」

「你不介意的話，我們別談這件事。」他的口氣明顯不悅。

「不，勞倫斯，請包涵，我們必須多談一會。既然聊到這個，我要跟你說件事，你相不相信都隨你，只是請你記住，我向來不說假話，對於這件事，我也沒有扭曲事實的必要。」

「馬坎，你想說什麼？」

「珍討厭你姊姊。她不知道你們的關係，即使對你姊姊有一點敵意，也是再自然不過。可是我看到她滿腹尖刻、冷血又詭計多端的惡意，沒有哪個溫柔善良的女人會這樣對待假想情敵。」

「馬坎！」

「沒錯。而且我相信那些惡毒流言就算不是她跟伊莉莎編造出來的，她們肯定也在一旁煽風點火，甚至帶頭四處散播。當然，她並不希望把你捲進這些事，但她還是想在不暴露自己壞心眼的前提下、竭盡所能抹黑妳姊姊的人品！」

「我不相信。」他打斷我的話，一張臉氣得通紅。

「我沒辦法證明，只能強調這就是我認定的真相。不過，如果這是事實，我想你不會願意娶珍，所以在你查明真相以前，最好小心謹慎。」

「馬坎，我可沒說我打算娶珍。」他傲氣地說。

「是沒有，可是不管你怎麼想，她打算嫁給你。」

「她這麼跟你說嗎？」

「沒有，可是……」

「那麼你沒有資格替她發言。」他加快小馬的步伐，但我抓住馬鬃，暫時還不打算放他走。

「勞倫斯，等一下，聽我把話說完。別這麼……我不知道該怎麼形容……這麼難親近。我知道你對珍的看法，我也知道你的看法有多麼偏離事實。你認為她迷人，優雅、明理、有教養。但你不知道她為人自私無情、野心勃勃、手腕高明、思想淺薄……」

「夠了，馬坎，夠了！」

「不，讓我說完。你不知道你娶了她以後，你家會變得陰鬱沉悶。到最後，你發現自己娶的人跟你沒有相同品味、感受與觀念，也沒有一丁點鑑賞力、善心與真正的高貴靈魂，你會心碎。」

「你說完了嗎？」他平靜地問。

「說完了。我知道你氣我多管閒事，不過只要能避免你鑄下大錯，我不在乎。」

「嗯！」他冷冷地一笑。「我很高興你已經克服或忘記自己的痛苦，能夠花這麼多心思管別人的事，還多此一舉地操心他們未來可能會發生、或真或假的災難。」

我們互相道別，關係有點冷卻，但依然是朋友。儘管我提出善意忠告時應該更審慎，接受的人也應該更感恩，至少還是發揮了預期效果：他從此沒再去威爾森家。雖然之後我們碰面時彼此都沒再提起珍，我卻有理由相信他琢磨過我的話，急切地向其他人偷偷打聽那位美麗小姐的事，悄悄拿我對她的評價和他自己觀察所得與從旁人那裡聽來的互相比對，最後得出這個結論：經過各方考量，她留在萊科特農場當威爾森小姐，會比到伍德福當勞倫斯太太好得多。我也相信他後來想必暗自納悶自己過去為何情有獨鍾，也慶幸自己僥倖逃過一劫。不過他從來不曾向我坦承過，也沒有為我對他的幫助表達過任何謝意。不過，以我對他的了解，這一點也不奇怪。

至於珍，曾經的仰慕者突然冷眼漠視，進而放棄，她當然既失望又惱恨。我破壞了她的美夢，做錯了嗎？我覺得沒有，從那天起到現在，我不曾因為做那件事時有什麼不良企圖而受到良心譴責。

第四十七章　驚人的消息

大約十一月初某天早上，早餐後我正在撰寫幾封業務信件，伊莉莎來看我妹妹。蘿絲不像我一樣對這個小惡魔懷有偏見和不滿，所以她們仍然維持過去的情誼。她到的時候客廳裡只有我和弗格斯在，我母親和蘿絲都在「料理家務」。也許有人願意供她逗樂，我可沒興趣。我只是漫不經心地跟她打個招呼，閒聊幾句，就自顧自地寫我的信，讓弗格斯去展現他的待客禮儀。但她就是要惹我。

「馬坎先生，真高興你在家！」她的臉上掛著不懷好意的虛偽笑容。「最近我很少見到你，因為你從來不到牧師公館走走。我可告訴你，爸爸很不高興。」她開玩笑地補了一句。她盯著我的臉，放肆一笑，拉把椅子坐在我桌子前方的角落。

「我最近很多事要忙，」我邊寫邊答。

「是嗎？有人說你最近這幾個月有點奇怪，連農場的事也不管了。」

「那些人說錯了。過去這幾個月我特別辛苦勤勞。」

「啊！沒有什麼比體力活更能撫慰受傷的心。還有，馬坎先生，不好意思，你看起來狀況一點也不好，大家都說你最近喜怒無常心事重重。我幾乎覺得可能有什麼煩心事壓得你喘不過氣。如果是以前，」她怯生生地說，「我就會問你有什麼心事，我能做點什麼來安慰你。現在我可不敢。」

「伊莉莎，妳真好心。如果我覺得妳可以做點什麼來安慰我，我一定會告訴妳。」

「一定要！我該不該猜猜你為什麼事心煩？」

「沒這個必要，我可以直接告訴妳。此刻最讓我心煩的是有位年輕小姐坐在我手肘邊，吵得我沒辦法寫信，因此也沒辦法處理今天該做的事。」

她還沒回應我這番風度欠佳的話語，蘿絲就走進來了。伊莉莎站起來跟她打招呼，兩人一起坐在爐火旁。遊手好閒的弗格斯也站在那裡，肩膀靠著壁爐架一角，雙腳交叉，雙手插在馬褲口袋。

「蘿絲，我要跟妳說個新聞，希望妳還沒聽說。因為不管消息是好是壞，或無關緊要，人都喜歡第一個說。那是關於可嘆的葛拉姆太太……」

「別說，噓！」弗格斯悄聲說，肅穆的語調彷彿事關重大。「『我們從不提起她，沒人說起她的姓名。』[1]」我抬頭一看，正好逮到他斜眼瞄我，手指著自己前額，對伊莉莎眨眨眼，又哀傷地搖搖頭。輕聲說，「偏執狂。反正別提，其他事都沒關係。」

「我不想害別人傷心。」她也悄聲回應。「也許改天再說。」

「伊莉莎小姐，大聲說出來！」我不屑理會弗格斯的耍寶。「妳可以放心大膽在我面前說話。」

「好吧。」她說。「你可能已經知道葛拉姆太太的丈夫沒有死，也知道她離家出走？」我怔了一下，意識到自己臉頰漲紅，於是低頭折信，聽她接著說，「不過你可能不知道她又回到他身邊、兩個人破鏡重圓了。你們想想，」她轉向一臉震撼的蘿絲，又說，「那男人一定是個傻瓜！」

「伊莉莎小姐，妳聽誰說的？」我打斷蘿絲的驚呼。

「我有可靠的消息來源。」

「我能問是誰嗎？」

「是伍德福的僕人。」

「喔！我不知道妳跟勞倫斯先生家的僕人關係這麼密切。」

「我不是親耳聽那男人說的。他跟我們家的女僕莎拉說這是祕密，是莎拉告訴我的。」

「是祕密？而妳也當成祕密告訴我們？不過我可以告訴妳那終究只是個蹩腳故事，大半都是假的。」

我說話的同時封好了信，也寫好信封。儘管我極力保持冷靜，也深信那故事是假的，封信時手還是有點抖。葛拉姆太太不會主動回她丈夫身邊，更不會想破鏡重圓。很可能她只是搬走了，那個碎嘴的僕人不知道她去了哪裡，才編出這樣的故事。伊莉莎又加油添醋說得跟真的似地，為找到機會折磨我而歡天喜地。不過也有可能（儘管微乎其微）有人出賣了她，她被人以暴力手段帶走。我決定要知道最壞的結果，於是匆匆把兩封信塞進口袋，咕噥著來不及投遞，走出客廳衝進院子，大聲叫人牽馬過來。馬廄裡沒人，我親自去把馬拖出來，裝上馬鞍，套上馬勒，跳上馬背急奔伍德福。正好碰見勞倫斯憂心忡忡地在屋外徘徊。

「你姊姊走了嗎？」我跟他握手時劈頭就問，沒有像平常一樣先問候他的健康狀況。

「是，她走了。」他答得一派平靜，我的恐懼瞬間消失。

「我不方便問她在哪裡吧？」我邊說邊下馬，把馬交給園丁。當時附近沒有別的僕人，勞倫斯於是命正在草坪上耙枯葉的園丁先把馬牽進馬廄。

勞倫斯肅穆地拉起我手臂，帶我走進花園，邊走邊說，「她人在格瑞斯黛莊園。」

「在哪裡？」我驚得全身抽搐。

1. 此句摘自英國詩人湯瑪斯・貝利（Thomas Haynes Bayly，一七九七～一八三九）創作的歌詞〈不，我們從不提起她〉（Oh, No! We Never Mention Her）。

話。

「格瑞斯黛莊園。」

「怎麼會？」我倒抽一口氣。「誰出賣她？」

「她自己回去的。」

「不可能！勞倫斯，她不可能這麼瘋狂！」我激動地抓住他手臂，像要逼他收回那句可恨的話。

「是真的。」他依然跟先前一樣肅穆鎮定。「而且理由充分。」他輕輕掙脫我的手。「杭汀頓先生病了。」

「所以她回去照顧他？」

「對。」

「傻瓜！」我忍不住大喊。勞倫斯抬頭看我，眼神裡不無責備。「他快死了嗎？」

「應該不會。」

「那麼，除了她他還有多少看護？有多少女人在照顧他？」

「沒有。他孤單一個人。否則她不會回去。」

「可惡！這事叫人無法忍受。」

「什麼事叫人無法忍受？他孤單一個人嗎？」

我沒有回答，因為這恐怕是我煩躁不安的原因。我不發一語，痛苦地在步道上來回踱步，手按住額頭。而後我猛地停下腳步，轉身面對勞倫斯，焦躁地問，「她為什麼做這種糊塗事？到底是什麼鬼使神差勸她回去？」

「除了她自己的責任感，沒有別的。」

「胡扯！」

「馬坎，一開始我的想法跟你一樣。我跟你保證絕不是我勸她回去的，因為我跟你一樣痛恨那個男人。只是，他的改過會比他的死更讓我欣慰。我唯一做的就是讓她知道他的現況，他在打獵時摔下馬受傷，也告訴她那個不幸的邁爾斯小姐前些日子離開他了。」

「這事做錯了！她現在回去，他會趁機用各種謊話騙她，給她一些冠冕堂皇的虛假承諾。她會相信他，之後她的處境會比以前悲慘，再也無法挽回。」

「目前暫時還沒有這方面的憂慮。」說著，他從口袋拿出一封信。

「根據我今天早上收到的這封信，我認為……」

是她的筆跡！我克制不了衝動伸出手，不由自主地說，「讓我看看。」他顯然不太想答應，我趁他遲疑時將信搶過來。不過，一分鐘後我冷靜下來，想把信還給他。

「拿去吧，」我說，「如果你不想讓我看。」

「不必了，」他說，「你想看就看吧。」

我看了，你不妨也看一下。

格瑞斯黛，十一月四日

親愛的費德烈克：我知道你等我的消息等得很著急，我會盡量把一切都告訴你。杭汀頓傷得很重，但不至於喪命，也沒有立即危險。他現在比我剛到時好多了。我發現莊園亂成一團，葛立夫太太、班森和所有老實的僕人都走了，那些新聘進來的人，說好聽點是粗心大意亂無章法，如果我留下來，就得重新找人。有個專業看護受雇來照顧病人，是個嚴峻無情的老婦人。他吃了不少苦頭，卻沒有足夠的毅力去面對。不過他摔下馬受的傷不算太嚴重，照醫生的說法，對生活節制的男人來說，只是小事一樁，對他就不同了。我到的那天晚上第一次走進他房間，他半昏迷地躺在床上。我開口說話之後他才發現我，還誤認我是別人。

「是妳嗎？愛麗絲，妳又來啦？」他嘟囔著。「妳為什麼離開我？」

「亞瑟，是我。我是海倫，你的妻子。」我說。

「我的妻子！」他吃了一驚。「看在老天份上，別提起她。我沒有妻子。叫魔鬼把她抓走。」不久後他又說，「還有妳也是！為什麼提她？」

我沒再說話。我發現他盯著床尾，於是走過去坐下，把燭光全照在我身上，因為我以為他快死了，我要他認得我。接下來很長時間他只是躺在那裡望著我，最初眼神空洞，然後定定看著，越來越專注。最後他突然用手肘撐起身子，視線仍然盯著我，以驚愕的低語問，「是誰？」把我嚇了一跳。

「海倫．杭汀頓。」我一面回答，一面緩緩站起來，退到比較不顯眼的地方。

「我一定是精神錯亂了，」他叫道，「或什麼別的，可能是神智不清。不管妳是誰，走開。我受不了那張蒼白的臉，還有那雙眼睛。看在老天份上，走開，找個不是這模樣的人過來！」

我馬上離開，讓看護進去。隔天一早我又進他房間，在他床邊看護的位子坐下，就這樣看著他，服侍他幾小時，盡量避免讓他看見我，必要時才說話，而且音量極低。一開始他以為我是看護，但我照他的意思走到房間另一頭關上百葉簾時，他說：「不，妳不是看護，妳是愛麗絲。留下來，別走！我的命會斷送在那老太婆手上。」

「我會留下來。」我說。之後他喊我愛麗絲，或其他同樣令我厭惡的名字。我強迫自己忍受一段時間，擔心糾正他可能會讓他太激動。後來他要水喝，我拿著杯子湊到他唇邊，他嘀咕道，「謝謝妳，心肝寶貝！」我忍不住明白告訴他，「如果你知道我是誰，就不會那麼說。」原本我打算揭露我的身分，但他只是含糊地回應，所以我沒再提起。又過了一段時間，我正在用摻水的醋幫他擦額頭，舒緩他頭部的熱度和疼痛，他專注地盯著我瞧了一陣子，說道，「我看見奇怪的幻象，甩不掉，害得我不得安寧。其中最特別、最難擺脫的是你的臉和聲音，感覺像她的。我敢發誓她現在就在我身邊。」

「她在。」我說。

「這樣挺舒服的，」他沒聽見我的話，自顧自地說，「妳幫我擦額頭的時候，其他的幻覺都消失了，這個卻更明顯。繼續，繼續，擦到連它也消失。我受不了這種狂躁，它會要了我的命。」

「它不會消失。」我明確地說，「因為它是真的！」

「是真的！」他嚇得大叫，彷彿被毒蛇咬了。「妳該不是說妳真的是她吧？」

「我是。不過你不需要後退，一副我是你最大的敵人似的。我回來照顧你，做其他人不願意做的事。」

「看在老天份上，別折磨我！」他激動地大喊，真叫人同情。接著他開始喃喃咒罵我，也罵將我引回來的厄運。我放下海綿和臉盆，在床邊坐下。

「他們在哪裡？」他問。「僕人和其他人都離開我了嗎？」

「如果你需要，喊一聲僕人就會進來。不過你現在最好躺下來，安靜一下。他們都沒辦法像我一樣細心照顧你。」

「我一點都不明白。」他一臉困惑。「我是不是在做夢……」他蒙住眼睛，彷彿要努力解開謎團。

「不，亞瑟，這不是夢。當初你的行為逼得我不得不離開。可是我聽說你病了，沒人有能力或意願照顧，所以回來照顧你。你可以放心信任我，有什麼需要盡量跟我說，我會盡力滿足你。這裡沒有別人可以照顧你，現在我不會責備你。」

「喔，我懂了，」他帶著苦笑說。「是基督徒的善行。妳想為自己在天國爭取更高的位子，讓我跌到地獄更深的地方。」

「不。我是來提供你生病時需要的安慰與協助。如果我能對你的靈魂和身體有益，喚醒一點悔悟和……」

「是啊，如果妳想利用悔恨和恥辱擊垮我，現在正是時候。妳把我兒子怎麼了？」

「他很好，改天等你心情平靜一點，就可以見到他，現在不行。」

「他在哪裡？」

「他很安全。」

「他在這裡嗎？」

「不管他在那裡，你必須先答應把他全權交給我監護，將來只要我認為有必要再帶他走，隨時可以帶他去任何地方，我才讓你見他。這個明天再談，你現在需要休息。」

「不，現在就讓我見他。如果妳堅持，我可以答應。」

「不行……」

「我發誓，絕無虛言！好了，讓我看看他。」

「我不相信你的誓言和承諾。我必須要有書面協議，你得在見證人面前簽署。但不是今天，明天再辦。」

「不，就今天。」他堅持。他發燒又激動，執意要馬上見兒子，我覺得最好答應他，因為看來他見不到兒子沒辦法休息。可是我絕不能疏忽我兒子的權益，我在一張紙上清楚明白寫出我要他答應的條件，仔細念給他聽，要他當著瑞秋的面簽名。他求我別逼他這麼做，強調不需要平白讓僕人知道我對他的話沒有信心。我告訴他我很抱歉，但他已經失去我的信任，如今只能承受後果。接下來他說他沒力氣握筆。我說，「那我們只好等到你能握筆。」他改口說他可以試試，又說他看不清楚。我伸手指著簽名的地方，告訴他只要知道該簽在哪裡，看不見也能寫名字。他說他沒力氣寫字。我說，「那表示你病得太厲害，不適合見孩子。」他發現我不肯通融，終於簽下同意書。我請瑞秋去帶孩子過來。

你可能覺得我太狠心，但我覺得我不能錯失目前的優勢。我不能因為心軟顧及這個男人的感受，犧牲我兒子未來的福祉。小亞瑟還記得他父親，可是分開十三個月，期間沒聽任何人提起過他，甚至連悄聲說他的名字都不許，他變得有點羞怯。他被帶進這個陰暗房間，看見他生病的父親滿臉通紅眼神狂野，跟過去大不相同，他本能地拉住我，站在原地望著他父親，臉上的表情驚嚇多於喜悅。

「亞瑟，過來，」杭汀頓向兒子伸出手。孩子過去了，怯生生地碰了碰那隻灼熱的手，卻幾乎受到驚嚇，因為他父親突然抓住他手臂，將他拉到他身邊。

「你知道我是誰？」杭汀頓緊盯亞瑟的臉龐。

「知道。」

「我是誰？」

「爸爸。」

「見到我開心嗎？」

「開心。」

「你不開心！」杭汀頓失望地鬆手，恨恨地瞪我一眼。亞瑟被放開後，悄悄溜回我身邊，拉住我的手。他父親指天誓日地說我教孩子恨他，憤憤不平地辱罵我，詛咒我。他一開始罵人，我馬上讓人帶孩子出去。等他停下來喘氣，我平靜地對他說他錯怪我了，我從來不曾教孩子敵視他。

「我確實希望他忘了你，」我說，「尤其要忘記你教給他的那些東西。基於那個原因，也為了減少身分敗露的危險，我承認我不鼓勵他談到你。不過我這麼做應該沒有人會怪我。」

杭汀頓只是大聲呻吟，腦袋焦灼地在枕頭上轉來轉去。

「我已經下了地獄！」他大喊。「這該死的口渴幾乎把我的心燒成灰！有沒有人……」

他話還沒說完，我已經從桌上倒了一杯冰涼的微酸飲料，送到他面前。他貪婪地喝著，我拿走杯子時聽見他喃喃有辭：「妳覺得妳是在我頭上放一堆炭火[2]，對吧？」

我沒理會他，只問他還有什麼需要我做的。

「有，我可以給妳另一個展現基督徒偉大情操的機會。」他諷刺地說。「把我的枕頭擺正，還有這些該死的床單。」我照做了。「好了。再給我一杯那個鬼東西。」我聽從他。我把杯子遞給他時，他嘲諷道，「妳開心極了，對吧？妳沒想到會有這麼完美的機會吧？」

「你要我留在這裡？」我把杯子放回桌上時問，「或者我離開、讓看護進來，你才能靜下來休息。」

「是啊，妳真是體貼入微，處處為人設想，可是我簡直要被你逼瘋了！」他不耐煩地翻身。

「那我出去，」說完我就走了，當天沒再去惹他心煩。就算進他房間也只停留一、兩分鐘，看看他的情況，有什麼需要。

隔天早上醫生要他接受放血，之後他變得比較順服、平靜。我斷斷續續在他房裡待了總共約半天的時間。他見到我已經不像先前那麼激動憤怒，默默接受我的照料，不再口出惡言。事實上，他除了表達自己的需求（極少），幾乎沒有說話。到了第二天（也就是今天），當他漸漸擺脫疲困與意識不清，他的劣根性顯然也甦醒了。

「噢，多痛快的復仇！」我想方設法緩解他的不適，彌補看護的疏失，他嚷嚷著。「而且妳可以盡情享受，不會受到良心指責，因為妳是在盡本分。」

「盡本分對我是好事，」我用壓抑不了的怨恨口吻說，「因為這是我唯一的慰藉。而且看樣子我唯一能得到的報償，也只有良心的滿足了！」

他聽見我說得這麼坦白，似乎有點驚訝。「不然妳還想要什麼報償？」

「如果我說出來，你會認為我在騙人。不過我真心希望能對你有所幫助：既減輕你目前的病痛，也提升你的心靈。看來這兩件事我都做不到，你的壞心眼不允許我這麼做。對你來說，我犧牲自己的感受和生活上僅剩的舒適，都是枉然。我為你做的任何一點小事，都被解讀成自詡正義的惡意和不著痕跡的報復！」

「我敢說妳做的事都非常好。」他用遲鈍又驚奇的神情望著我。「當然，我看見這種寬容大度和超乎常人的善心，應該因為悔罪與讚賞而痛哭流涕。但妳也知道我做不到。不過如果妳真的喜歡做，拜託妳盡量做。妳也看到了，我先前悲慘得無以復加。我必須承認，自從妳來了以後，我得到比較妥善的照顧。這些差勁的傢伙可恥地忽略我，我所有的朋友好像也都棄我而去。我度過一段非常恐怖的時期。有時候我覺得我會死掉。妳覺得我會死嗎？」

「人都會死，活著的時候最好別忘記這件事。」

「是，是！不過妳覺得我這次的傷是不是好不了？」

「我不清楚。假設好不了，你打算怎麼面對？」

2. 典故出自《聖經．箴言》第二十五章第二十一至二十二節，「恨你的人……渴了，就要給他水喝。這樣做就是把炭火放在他頭上，耶和華必獎賞你。」

「醫生叫我別想那些事。他說只要我聽他的話，好好接受治療，一定會康復。」

「亞瑟，我希望你能康復。可是這種事醫生和我都說不準。你受了內傷，誰也不知道情況有多嚴重。」

「看吧！妳想嚇死我。」

「不。我只是不想你誤以為自己已經脫險。不管你最後能不能痊癒，如果對生命的不確定感能讓你想點嚴肅、對你有益的事，我就不會妨礙你得到這種好處。你很怕死嗎？」

「只有這件事我沒辦法去想，所以如果妳……」

「可是人總會死，」我打斷他，「就算是多年以後，它也會像今天這樣逼近，同樣也會跟現在一樣不受歡迎。除非你……」

「閉嘴！除非妳想要我馬上死掉，否則別跟我講妳那些大道理。我受不了，妳不講道我也已經夠難受的了。如果妳覺得我有生命危險，那就救我。以後不論妳想說什麼，我會感激地聽。」

於是我擱置那個不受歡迎的話題。

費德烈克，我的信該告個段落了。你可以根據我描述的細節判斷我的病人的狀況，以及我的當前處境和前景。快點回信，之後我會再寫信告訴你這裡的進展。如今他可以接受我的照顧，甚至需要我照顧，我的時間可能都會用在我丈夫和兒子身上。我不能忽略我兒子，也不能讓瑞秋照顧他一整天，而我不放心把他交給任何一個僕人，也不能讓他一個人獨處，因為他會碰見那些僕人。家裡還沒整頓好以前，必要時我會把他交給艾絲特，不過我還是希望讓他留在我身邊。

我發現自己處於一種非常矛盾的狀態：我費盡心力想促進我丈夫的復元與改過，如果我成功了，下一步呢？當然是回到我的崗位，可是該怎麼做？無所謂，現在我先做好眼前的事，上帝會給我力量去做祂要我做的事。再見，親愛的費德烈克。

「你有什麼想法？」我默默折信時，勞倫斯問。

「在我看來，」我答，「她是好心被當成驢肝肺。但願對方只是糟蹋她的一番好意，別恩將仇報！不過我不會再批評她，我明白她這麼做是基於最善意、最高貴的動機，就算這麼做很不聰明，希望上帝保佑她，別讓她遭受惡果！勞倫斯，我能留下這封信嗎？你也知道她自始至終都沒提到我，連拐彎抹角的暗示都沒有，我留著不會有什不妥或危害。」

「那麼你為什麼想留著？」

「這些字不是她寫的嗎？這些內容不是由她的大腦構思、其中很多話不是從她嘴裡說出來的？」

「嗯。」他應了一聲，於是我留著信。否則，哈佛德，你絕不可能讀到這麼詳盡的內容。

「你回信的時候，」我說，「能不能行行好幫我問問，看她肯不肯讓我把她的事情的真相告訴我母親和妹妹。我只是想讓村裡的人知道他們對她的中傷多麼可恥又不公平。我不是想跟她說心事，只要幫我問這件事，告訴她如果她肯，就是幫我一個大忙。再告訴她……算了，不說了。你也知道我有地址，我可以自己寫信給她，可是我光明磊落，懂得克制。」

「馬坎，我會幫你問。」

「你收到回信會讓我知道吧？」

「如果沒什麼問題，我會馬上去通知你。」

第四十八章 後續消息

五、六天後勞倫斯蒞臨寒舍，我急著想擺脫旁人，於是帶他到外面看我的小麥堆。這回他很樂意把信交給我讀，我猜他認為讀這封信對我有好處。信裡給我的答覆很簡單：「馬坎先生可以依據他自己的判斷，向旁人說明我的事情。他知道我不希望外人知道太多。希望他一切都好，告訴他千萬別想著我。」

我可以抄幾段這封信的內容給你，因為他也允許我保留這封信，大概是為了消除我心中所有有害的希望與幻想。

他的狀況明顯好轉，只是因為病情嚴重加上不得不控制飲食（跟他過去的習慣反其道而行），心情非常鬱悶。目睹他過去的生活如何侵蝕他一度強健的體質、破壞他全身的組織，實在令人感慨。不過醫生說，只要他能持續節制，現在可算是脫離險境了。他必須喝點刺激性飲品，但一定得稀釋，而且少量飲用，只是我發現這方面很難約束他。起初他太害怕死亡，所以還不難辦到，但隨著他的劇烈疼痛慢慢緩解，危險漸漸遠離，他越來越倔強。他的胃口也開始恢復，長久以來的自我放縱對他極為不利。

我想盡辦法監督他、約束他，經常因為太嚴格遭到辱罵。有時他會想辦法避開我的監管，有時則是故意跟我唱反調。不過他現在大致上完全仰賴我的照料，我不在他身邊，他會發脾氣。有時我不得不堅定立場，否則會變成他的奴隸。如果我為了他棄其他事於不顧，就是一種不可原諒的軟弱行為。我還得監督僕人，照顧我的小亞瑟，當然也不能輕忽我自己的健康。如果我滿足他無休無止的要求，那些事都會被忽略。通常我不熬夜，因為我認為那是看護的職責，她也比我更專業。可是，我幾乎不曾睡過安穩的覺，也從來不敢有這種奢求。因為他不管有什麼實際需求或只是胡思亂想，隨時會喊我，從來不考慮時間恰不恰當。但他明顯怕我不高興，如果他不合理的需索、惹人厭煩的抱怨或斥責逼得我幾乎忍無可忍，他會擔心自己做得太過火，下回就會卑微屈從、慚愧自貶，反倒讓我過意不去。

這些事我都不會放在心上，我知道那主要是因為他身體衰弱、神經失調。最讓我氣惱的是，他偶爾會向我表達溫柔情意，我既不相信，也沒辦法回應。倒不是我恨他，只要他能安分點、展現他的誠意，讓一切保持現狀，他受的苦和我不辭辛勞的照料都顯示我對他還有關心，甚至感情。可是他越是向我示好，我的心就越遠離他，越不敢想未來的事。

「海倫，我好了以後妳有什麼打算？」今天早上他問我，「妳還會逃跑嗎？」

「那完全看你怎麼表現。」

「我會非常守規矩。」

「亞瑟，如果我發現我還是必須離開你，我不會『逃跑』。你已經承諾過，我想走隨時可以走，而且可以帶兒子走。」

「可是妳不會有理由那麼做。」接著，他又說了各種話表明心跡，但我冷冷地阻止他。

「那麼妳不肯原諒我？」他問。

「我已經原諒你了，但我知道你不可能再像過去那麼愛我。就算你辦得到，我也會很遺憾，因為我沒辦法假裝給你回應。所以我們別再說了，以後也不要再提起這個話題。你只要看看我目前為你做的事，就能推測將來我會怎麼做。前提是不能牴觸我對兒子的更高責任。我說『更高責任』，是因為他從來不曾放棄他的權利，也因為我希望我為他做的，能超越我過去為你做的。如果你希望我對你有好感，希望贏得我的愛和尊重，你要憑藉的是行為，不是言語。」

他唯一的回應是微微扮鬼臉，幾乎無法察覺地聳了聳肩。唉！可憐的男人！在他的世界裡，言語比行為廉價得多，彷彿我說的是：「你想買的東西要花幾鎊，而不是幾便士。」接著他慍怒又自憐地嘆了口氣，彷彿感嘆曾經情場得意、收服多少女人心的他，如今竟然淪落到任由一個冷峻嚴苛、鐵石心腸的女人擺布，只要她肯給一點好臉色，就感激涕零。

「很可悲，對吧？」我說。不管我是不是猜中他的心思，至少我說的話顯然敲中他的心坎，因為他說，「那也沒辦法。」為我的料事如神哀怨地一笑。

我跟艾絲特見過兩次面。她是個迷人的女孩，只是她過去天真無邪的性格幾乎已經被破壞了，好脾氣也幾乎磨光，因為她母親為了那個被她拒絕的追求者，持續不斷為難她，手法不算太激烈，卻像綿綿不停的雨、沒完沒了叫人厭煩。她那個不近人情的母親好像打定主意，如果女兒不順她的心意，就讓她生不如死。

「媽媽想盡辦法讓我覺得自己是家裡的負擔和累贅，以及最忘恩負義、自私不孝的女兒。」她說，「華特也是，他非常嚴厲、冷酷又趾高氣昂，一副他有多恨我似的。如果我一開始就知道拒絕的代價有多高，我想我會馬上屈服。不過現在我只是為了賭一口氣，絕不讓步！」

「這個決心很好，但出發點不對。」我說。「妳其實有更好的理由堅持下去，我建議妳別忘了那些初衷。」

「相信我，我會的。有時候我威脅媽媽，如果她再折磨我，我就離家出走，自己養活自己，讓家族蒙羞。她會有點擔心。不過如果他們不介意，我真的會那麼做。」

「把心靜下來，耐著性子等一段時間，」我說，「好日子會來的。」可憐的女孩！真希望有個配得上她的人來帶她走。費德烈克，你說呢？

看完這封信，我為海倫和我各自的未來感到沮喪，在此同時也有一大安慰：我總算能夠幫她澄清所有的惡毒誹謗。密爾瓦和威爾森兩家人會親眼看見明亮的太陽衝破雲層探出頭來，被它的光線燒灼皮膚，刺傷雙眼。我家人的懷疑曾經帶給我許多愁苦，現在他們也會看見真相。為了達到這個目的，我只需要把種子埋進地底，它很快就會長成繁盛茂密的藥草：也就是跟我母親和妹妹說幾句話，什麼都不必多做，消息自然傳遍鄰里。

蘿絲非常開心，我對她說了我覺得適合說出來的情節（我假裝自己只知道這些），她便迅速戴上帽子、披上圍巾，趕緊帶著好消息到密爾瓦家和威爾森家。我猜只有她和瑪麗會覺得這是好消息。瑪麗雖然相貌平凡，但過去的葛拉姆太太很快就察覺她是個穩重明理的女孩，也相當看重她，而她也比身邊最聰明的天才更能辨識並珍視葛拉姆太太真正的品格與素質。

我可能不再有機會提到瑪麗，不如趁機告訴你，當時她已經私下跟理查訂婚，我猜這件事除了他們自己，沒有任何人知道。理查當時在劍橋就學，他行為堪稱表率，求學勤奮不懈，最後順利完成學業，也得到得來不易的榮耀與清雅高潔的聲名。不久後，他變成密爾瓦先生的首席兼唯一助理牧師。密爾瓦先生年事已高，過去總愛向比他年輕、卻不如他活躍的同儕吹噓自己精力充沛，如今終於承認他幅員廣大的教區事務龐雜，他有點吃不消。那對有恆心毅力與忠誠的情侶默默等這一天等了很多年。後來他們結婚了，驚動他們所在的那個小世界，因為那些人很久以前就斷言他們兩個都注定孤獨以終，認定那個蒼白孤僻的書呆子不可能鼓得起勇氣給自己找另一半，就算有勇氣去找，恐怕也討不到老婆。而姿色普通、直來直往、沒有魅力又不討人喜歡的瑪麗也不可能嫁得出去。

他們依然住在牧師公館，瑪麗忙著照顧她父親、丈夫和教區的窮苦人家，以及陸續出生的孩子。如今密爾瓦牧師已經壽滿天年，榮登天國，理查接替他的職位成為林登山谷的牧師。教區居民都額手稱慶，因為他和他鍾愛的賢慧妻子長期以來的努力與表現已經獲得人們認同。

如果你好奇伊莉莎後來的發展，我能說的你可能已經從別處聽到了。大約十二、三年前她終於離開那對幸福夫妻，嫁給L鎮一名富商。我一點也不羨慕那男人，我擔心他跟她在一起沒什麼好日子過，幸好他太遲鈍，不會發現自己的不幸。我自己跟她已經多年沒見，再也沒有瓜葛，但我很確定她從沒忘記或原諒她過去的情人，以及那位以高雅素質讓他醒悟自己年少的盲目愛情有多愚蠢的女士。

至於理查的姊姊珍，她沒能重新擄獲勞倫斯，也勾引不到任何夠富有、夠優雅、配得上珍．威爾森的男人，目前依然小姑獨處。她母親過世後不久，她無法再忍受她老實的哥哥羅伯特和她敦厚的大嫂粗俗的舉止與淳樸的生活習慣，也不希望別人知道她跟這樣土裡土氣的人有關係，於是從萊科特農場搬到鎮上定居。我猜她到現在還住在那裡，過著拮据、冷清、不舒坦的高尚生活，對別人和自己都沒多大助益，整天不是刺繡就是說閒話，經常提起她的「牧師弟弟」和她的「牧師娘弟媳」，絕口不提她的農夫哥哥和農婦大嫂。在最節省開銷的前提下盡量跟人往來，只是不愛人，也不被愛，成了冷漠無情、目中無人、愛在背後議論人的老處女。

第四十九章

「暴雨、洪水與狂風襲擊那房子，房子倒塌，夷為平地。」[3]

雖然勞倫斯的身體已經大致康復，我還是經常去伍德福拜訪他，只是停留的時間比過去短。我們很少談他姊姊，但每次見面總會提起她，因為我之所以去找他，主要就是為了聽聽她的消息。他不曾主動找我，因為即使他不找我，我們也夠常見面了。每次見面我都先聊其他話題，看他會不會主動提起。如果他沒提，我會不經意地問，「最近有沒有你姊姊的消息？」如果他說，「沒有。」這個話題就結束了。如果他說，「有。」我就會問，「她好嗎？」但就算我渴望知道，也從來不問，「她丈夫好嗎？」因為我不會虛偽地假裝我希望他復元，也沒有臉說我希望他好不了。我有這樣的期待嗎？恐怕我必須坦白認罪。不過既然我向你認罪，也得為自己辯護一番，至少讓你知道我用什麼理由避開良心的苛責。

首先，他的生命確實危害到別人，顯然也對他自己沒有好處。雖然我希望他離開人世，但就算我只要動動手指、或某個幽靈悄聲告訴我只要運用一點意志力，就能提早結束他的生命，我也不會那麼做。除非我有法力可以用他的生命跟另一個人交換，那人活下來也許能嘉惠同胞，或者他的死亡會令親友哀慟。然而，年底以前還會有數以千計的人與世長辭，我希望他是其中之

3. 此章章名引用《聖經・馬太福音》第七章第二十七節。此處指愚人建在沙地的屋子。

一，這樣有什麼害處嗎？我認為沒有，所以我衷心期望上天有意將他帶到更美好的世界。如果不行，至少讓他離開這個世界。他病得差點沒命，又有這樣的天使在一旁照料，都還不能悔改，那麼幾乎可以確定他永遠不會悔改。相反地，等他找回健康，一定會回到過去那種任性胡為的生活。再者，隨著他越來越確定自己會康復，也越來越習慣她的寬容與善良，他會變得麻木不仁，對她苦口婆心的勸告更充耳不聞，不為所動。不過上帝自有安排。

然而，我卻為上帝的旨意憂心如焚，畢竟我知道（我完全不考慮自己的立場）不管海倫多麼關心她丈夫的福祉，不管她為他的命運多麼哀傷，只要他活著，她就不會幸福。

兩星期過去了，我的探詢始終得到否定答案。最後終於迎來期盼已久的「有」，給我機會追問。勞倫斯看出我的焦急，也讚許我的自制。一開始，我擔心他會用草率的答覆折磨我，故意隱瞞我迫切想知道的答案，或者逼得我一點一滴從他嘴裡盤問出來。你會說：「那也是你活該。」幸好他比較慈悲，過不了多久就把她的信塞到我手裡。我默默讀完信，交還給他，沒有發表任何評論。這種方式非常合他心意，之後只要我問起她，而他手邊有她的信，他會直接拿給我，這比轉述信件內容省事多了。我以沉默而謹慎的態度回應他的信任，因此他一直維持這種做法。

我的雙眼貪婪地閱讀那些珍貴的信件，將它們深深印在腦海才物歸原主。回到家後，信裡最重要的段落就會跟著當天其他值得一提的事件一起收錄在我的日記裡。

這些信的第一封透露杭汀頓病情急轉直下，全怪他自己執迷不悟，堅持要滿足他對酒精飲料的渴望。她怎麼反對都沒用，在葡萄酒裡摻水也沒用。她據理力爭或苦苦哀求只會惹他心煩，她的阻攔對他而言是無法忍受的羞辱。最後，他發現她在僕人送來的淡葡萄酒裡摻水，氣得把酒瓶扔出窗外，直嚷嚷他沒有小孩子那麼好騙。他命令管家馬上去地窖拿最烈的葡萄酒，否則要辭退他，口口聲聲強調如果他可以隨心所欲，病早就好了。她故意不讓他康復，只是為了操控他，見鬼了，誰也別想再騙他。他一手拿酒瓶，一手拿杯子，直到喝光那瓶酒才罷休。他這個「魯莽行為」（套用她的委婉說辭）馬上引發令人擔憂的症狀，之後這些症狀持續惡化，不曾消退。這也是她遲遲沒有寫信的原因。

他早先的病症如今都全力反撲，已經痊癒一半的輕微外傷重新復發，體內也開始發炎，如果不能立即消除，可能有生命危險。那個可悲病人的脾氣並沒有因為這場災禍收斂些，事實上，雖然照顧他的人沒有抱怨，我猜那脾氣恐怕沒人受得了。她只說她不得不把孩子交給艾絲特照顧，因為病人隨時需要她的照料，她分不出時間陪孩子。雖然孩子希望留在她身邊，希望能幫她照顧爸爸，她也相信孩子一定會又乖又安靜，卻不忍心讓他幼小柔弱的心靈接觸這麼多苦難，也不想讓他目睹他父親的暴躁，或聽見他疼痛或厭煩時的滿口詛咒。

（她信裡又說）「杭汀頓深深後悔一時貪杯導致症狀復發，不過他照例把罪過推到我身上。他說，如果當初我和顏悅色地跟他講道理，這些事都不會發生。把一個男人當成嬰兒或傻瓜，只會逼得他失去耐心，害得他即使犧牲自己的利益，也要爭取自主權。他忘了過去我多麼常跟他講道理，講到他『失去耐心』。他顯然明白自己面臨什麼樣的危險，卻無論如何都無法正視它。前些天晚上我在照料他，倒了點喝的讓他止渴，他用過去那種尖酸刻薄的口氣說，『妳現在體貼入微！我猜妳什麼都肯為我做嗎？』

『嗯，』他的態度讓我有點吃驚。『我願意盡力紓緩你的痛苦。』

『是啊，我完美無瑕的天使。現在妳願意，等妳得到妳的報酬，安穩地去到天國，而我在地獄之火裡哀號，看到時候妳肯不肯動動手指來救我！不，妳會一派冷靜地看著，不願意用指尖沾水來滋潤我的舌頭[4]！』

『如果真是這樣，那也是因為我無法越過我們之間的鴻溝。假使我一派冷靜看著這樣的情景，那也是因為我相信你的罪惡可以得到淨化，將來也有資格享受我體驗到的快樂。不過亞瑟，你真的決心不去天國跟我見面嗎？』

『哼！我倒想知道去那裡做什麼？』

『這我真的說不上來。可以確定的是，你的品味和感受必須大幅改變，才能享受在天國的日子。但你寧可放棄努力，墜入你剛才描述的那種痛苦折磨嗎？』

『哎呀，那些都只是寓言故事。』他輕蔑地說。

『你確定嗎？亞瑟，你真的確定嗎？如果你還有一絲存疑，如果到最後你發現自己錯了，而且回頭已經太遲……』

『那確實很傷腦筋，』他說，『不過別拿那些事煩我。我一時還死不了。我不能死，也不要死。』他激動地補了一句，彷彿突然意識到死亡驚悚的一面。『海倫，妳得救我！』他誠摯地拉住我的手，用哀求的眼神望著我的臉。我的心為他淌血，哭得答不出話來。」

下一封信帶來的消息，是他的病情迅速惡化。杭汀頓對死亡的恐懼比他對肉體疼痛的不耐煩更叫人氣餒。他的朋友並沒有全部棄他而去：哈特斯利聽說他有生命危險，大老遠從他在北部的家趕來探望。他妻子也陪同前來，既能看到久未謀面的好朋友，也可以回家探望母親和妹妹。

杭汀頓太太說她非常高興能再見到蜜莉森，看她過得幸福快樂也備感欣慰。她在信裡說：

「蜜莉森目前住在葛洛夫山莊，經常過來看我。哈特斯利大多數時間都陪在亞瑟身邊，他本著出乎我意料的好意，對他不幸的朋友表現出高度同情，而且非常願意帶給他安慰，可惜他能做的極其有限。有時他會說笑話逗病人笑，可是沒有效果。有時他跟他聊起過去的事，想逗他開心。這麼做偶爾可以轉移病人的注意力，讓他別往壞處想，其他時候卻只會讓病人陷入更深的憂鬱。那時哈特斯利會不知所措，不知道該說些什麼，只敢小心翼翼地問他要不要請牧師來。亞瑟從來不肯答應，他知道自己過去曾經輕浮地嘲弄牧師善意的規勸，現在怎麼也不肯向牧師尋求撫慰。

有時哈特斯利主動代替我服侍病人，亞瑟卻不肯讓我走：隨著他體力越來越衰弱，這種要我陪在他身邊的怪念頭越來越強。我幾乎沒辦法離開他，除了偶爾趁他安靜時到隔壁房間睡一小時左右。即使那時候房門也不能緊閉，好讓他知道我可以聽見他喊我。現在我邊寫信邊陪他。雖然我時不時停下來照顧他，哈特斯利也在一旁，我覺得他還是不喜歡我分心寫信。

今天早上天氣雖冷卻十分晴朗，哈特斯利駕馬車帶蜜莉森、艾絲特和小亞瑟過來看我。他想幫我爭取一天休假，跟他們到庭園裡逛一逛。我們可憐的病人顯然認為這是個殘忍的建議，如果我同意，他更會覺得我太狠心。於是我說我只出去一分鐘，跟他們說幾句話就回來。我在門廊外跟他們聊幾句，呼吸令人神清氣爽的新鮮空氣。他們三個人說好說歹，極力央求我多待一會兒，跟他們在花園裡走一走。我拒絕了，拋下他們回到病人身邊。我離開不到五分鐘，他就嚴詞責備我的輕率及忽略。哈特斯利替我說話。

『不，不，杭汀頓，』哈特斯利說，『你太苛求她了。她也得吃飯睡覺，偶爾需要一點新鮮空氣，否則她會垮的。兄弟，你看看她！已經瘦得不成人形。』

『比起我，她的辛苦算什麼？』可憐的病人說，『海倫，妳這樣照顧我心裡沒有怨吧？』

『沒有，亞瑟，只要能對你有幫助。如果可能的話，我願意犧牲生命救你。』

4. 典故出自《聖經．路加福音》第十六章第二十四節。富人死後下地獄，求亞伯拉罕派死後上天堂的乞丐拉撒路用指頭沾水涼涼他的舌頭。

『妳真的願意？不可能！』

『我非常樂意。』

『啊！那是因為妳認為妳死後可以上天堂！』

接下來是彆扭的靜寂。他顯然又陷入鬱悶的思緒。我正琢磨著該說點什麼讓他安心，懷著同樣心思的哈特斯利打破沉默，『杭汀頓，如果你不喜歡那個教區牧師，我派人另外找一個來。也可以找他的助理牧師或別人。』

『不，如果海倫幫不了我，他們也都幫不了我。』他答。接著他淚流滿面地說，『唉，海倫，當初聽妳的話就好了，事情也不會演變到這個地步！如果我很久以前就聽妳的話。噢，上帝！今天的局面會多麼不同！』

『亞瑟，那你現在聽我的話。』我輕柔地捏他的手。

『現在太遲了，』他喪氣地說。之後又是一陣疼痛發作，他的心思開始渙散，我們擔心他可能撐不久了。使用麻醉藥劑後，他的疼痛慢慢減輕，也比較平靜，最後好像睡著了。之後他安靜多了，現在哈特斯利走了，離開前說他希望明天過來的時候能看到他病情好轉。

『也許我會好，』他答，『天曉得，也許這是轉折點。海倫，妳覺得呢？』我不願意掃他的興，給了他最樂觀的答覆。但我認為最壞的結果恐怕無法避免了，於是建議他做好心理準備。可是他決心抱持希望。不久後他好像打了瞌睡，現在又發出呻吟。

病情出現變化。他突然把我喊到床邊，表情古怪又興奮。我以為他意識不清了，但他沒有。『海倫，那是轉折點沒錯。』他開心地說。『原本我這地方痛得不得了，現在幾乎沒感覺了。自從摔馬以後，我第一次感覺這麼輕鬆，上天明鑑！幾乎不痛了。』他滿心歡喜地拉起我的手親吻，卻發現我沒有跟他一起開心，立刻甩開我的手，凶惡地詛咒我冷漠無情。我能怎麼回答？我跪在他床邊，拉起他的手，溫柔地貼在我嘴唇上（我們分居後第一次）。我噙著淚水哽咽地告訴他，我沒說話不是因為冷漠無情，而是擔心疼痛突然消失可能不是他想像中的好現象。我立刻派人去請醫生，現在我們焦急地等待他。我會告訴你醫生怎麼說。他現在還是感覺不到疼痛，先前最不舒服的部位現在沒有任何感覺。

我最害怕的事發生了：他的組織開始壞死。醫生告訴他沒希望了。他的痛苦沒有言語可以形容。我寫不下去了。」

下一封信內容更叫人沮喪。病人迅速邁向死亡，幾乎被拖到那個他不敢設想的恐怖深淵邊緣，再多的祈禱與淚水都沒辦法將他救回來。現在誰也安慰不了他。哈特斯利想盡辦法安撫他，卻沒有效用。這個世界對他沒有一點意義：生命和生活裡的種種趣味，那些無足輕重的煩惱和稍縱即逝的快樂，現在都成了殘酷的嘲弄。談論過去對他是一種折磨，因為後悔已經來不及；想望未來只會增加他的苦惱。然而，保持沉默等於讓他深陷自己的懊悔與恐懼中無法自拔。他經常談到他正在衰敗的軀體，敘述的內容詳盡得令人戰慄。比如他的身體正緩慢地、一點一滴地分解；裹屍布、棺木、漆黑孤寂的墳墓，以及驚悚的腐敗過程。

「如果我想辦法轉移他的注意力，」他飽受折磨的妻子說，「引導他思索其他比較崇高的議題，結果沒有比較好。『越來越糟了！』他呻吟道，『如果下葬以後還有另一段生命，如果死後還有審判，我要怎麼面對？』我一點忙都幫不上。我說的話啟發不了他，沒辦法讓他振作，無法帶給他安慰。然而，他死命地抓住我，像孩子般地不顧一切，彷彿我可以助他擺脫那個令他害怕的命運。他白天黑夜都要我待在他身邊，此刻我在寫信，他就握著我的左手，而且已經握了幾小時了。有時候他比較安靜，仰著蒼白的臉龐望著我；有時他想到他看見、或以為他看見的東西，會使勁抓住我手臂，額頭冒出汗珠。如果我暫時把手縮回來，他會緊張不安。

『海倫，留在我身邊，』他說，『讓我就這樣握妳的手。只要妳在這裡，我好像就不會有事。可是死亡會來的，它此刻正在接近，很快，很快！噢，真希望我可以相信死後什麼都沒有！』

『亞瑟，別相信那種話。死後還有喜悅和榮耀，只要你願意努力去爭取！』

『什麼，我也有嗎？』他似笑非笑地問。『我們不是要依據在世時做的事接受審判？如果人可以違反神的意旨為所欲為，之後跟最善良的人一起上天堂；如果最卑劣的罪人只要說一聲『我懺悔』，就能跟最聖潔的聖人得到相同的獎賞，那麼人間這段考驗期有什麼意義？』

『但只要你真誠悔過……』

『我沒辦法悔過，我只會害怕。』

『你後悔過去，只是因為它帶給你的後果？』

『沒錯，只除了對妳很抱歉。海倫，妳對我這麼好，我卻傷害了妳。』

『想想上帝的仁慈，那麼你就會為自己冒犯祂感到哀傷。』

『上帝是什麼？我看不到祂，也聽不見祂。上帝只是一種概念。』

『上帝是無限的智慧、力量、仁慈和愛。如果這個概念對你的人類思維來說太過浩瀚，如果你的心靈迷失在那叫人挫折的無窮無盡裡，那就專注想著那個化身為凡人的祂。祂即使以人類的光輝形體，也能升上天國，祂完全展現上帝的本質。』

但他只是搖頭嘆息。然後，另一波顫慄恐懼襲來時，他把我的手和手臂抓得更緊，呻吟又哀嘆，依然狂野而急切地依賴我，令我痛苦不堪，因為我知道我幫不了他，只能盡力安撫他，讓他平靜下來。

『死亡太可怕，』他囔囔道，『我受不了！海倫，妳不會明白。妳想像不到那是什麼感覺，因為妳沒有親自面對！等我入土後，妳會回到老樣子，跟過去一樣開心。全世界的人都會忙碌又開心地活下去，彷彿我從來沒有存在過。而我……』他哭出聲來。

『你不需要為這種事心煩。』我說，『我們大家不久後都會隨你而去。』

『我真希望現在就能帶妳走！』他說，『妳可以為我求情。』

『沒有人能救贖他的弟兄，也沒人能為他把贖金償還上帝。』[5]我答。『救贖靈魂的代價更高，需要那位完美無瑕的化身，祂的血液才能拯救我們掙脫魔鬼的束縛。讓祂為你求情。』

可惜我好像白費唇舌。現在他不像以前那樣取笑這些美妙的真理，但他仍然無法相信，或不願意理解。他拖不了多久了。他受盡痛楚，照顧他的人也是，但我不要拿其他細節煩你。我想我說得夠多了，足以讓你明白我當初決定回來是對的。」

可憐，可憐的海倫！她一定承受巨大的折磨，我卻一點忙都幫不上。不，我幾乎覺得是我內心不為人知的期望害她吃苦受罪。不管我看著她丈夫或她受的苦，我都覺得這都是我的報應，只因我懷抱那種期待。

第三天又來了一封信。這封同樣默默塞到我手裡，內容如下：

十二月五日

他終於走了。我徹夜守在他身旁，緊緊握住他的手，看著他表情的變化，聽著他漸漸微弱的呼吸。他安靜了很長時間，我以為他再也不會開口說話，沒想到他清晰而虛弱地低聲說，「海

5. 出自《聖經．詩篇》第四十九章第七至八節。

倫，為我祈禱！

「亞瑟，我時時刻刻都在為你祈禱，但你必須為自己祈禱。」

他嘴唇動了動，卻沒有發出聲音。他的表情變化莫測，我看他不時吐出語意不詳的話語，猜測他可能失去意識，於是輕輕抽出我的手，打算出去透透氣，因為我幾乎快暈過去了。可是他的手指突然一陣抽搐，我聽見他氣息微弱地說，「別離開我！」我連忙回頭拉起他的手，一直握到他斷氣為止，而後我暈倒了。不是因為哀慟，而是精疲力竭。我體力早就耗盡，只是一直勉強自己硬撐。

噢，費德烈克，沒有人能想像照顧這樣的臨終病人是多麼耗損身心！想到那顫抖的可憐靈魂被送往永恆的煉獄，我如何能承受？我會瘋掉。不過感謝上帝，我懷抱希望。我隱約覺得他最終可能會認罪，會得到寬恕。我也堅定地相信，不管那犯錯的靈魂注定要經歷何種淨化的烈焰，不管什麼樣的命運等著他，它仍然沒有迷失，因為上帝從來不恨祂的受造物，最終一定會賜福它。星期四他的遺體會安葬在他無比害怕的墳墓，可是棺木必須盡快封上。如果你有意出席葬禮，快點來，我需要幫忙。

海倫．杭汀頓

第五十章　疑慮與失望

讀這封信時，我沒必要對勞倫斯隱藏我的喜悅和希望，因為我沒什麼好羞愧的。我的喜悅純粹是因為他姊姊已經擺脫那叫人難以承受的苦差事。我只希望她飽受摧殘的身體不久後就能恢復，至少往後的人生能夠享有一點安詳與寧靜。我為她不幸的丈夫感到心痛與憐憫，但我很清楚他受的苦都是自找的，而且完全是罪有應得。我也非常同情海倫受到的折磨，我相信她的來信恐怕只是輕描淡寫，因此深深擔憂她照顧那麼難纏的病人、夜裡不得安眠、無時無刻被綁在活死人旁邊，可能對身心造成不良後果。

「勞倫斯，你會去找她吧？」我一面把信還給他，一面問道。

「嗯，馬上出發。」

「這就對了！那我走了，不耽擱你做準備。」

「在你過來以前和你讀信的時間裡，我都準備好了。馬車已經快到門口了。」

我暗自讚許他的迅速反應，向他道過再見就離開了。我們握手告別時，他用探索的眼光看了我一眼，不管他想在我臉上找什麼表情，都只看見最得宜的莊重，也許摻雜了一點嚴厲，因為我猜到他心裡在想什麼，有點生氣。難道我忘了我自己的未來、我熾熱的愛和我鍥而不捨的盼望了嗎？這時候重提那些好像是一種褻瀆，但我並沒有忘。然而，我騎著馬慢慢走回家時回想起那些，內心卻是鬱悶悲觀，覺得未來一片黯淡，那些希望如此渺茫，那份愛也淪為虛妄。杭汀頓太太已經是自由之身，思念她不再是一種罪行。她思念過我嗎？我不是指現在，這種時候當然不可能。等這波衝擊過去以後，她會想我嗎？她跟她弟弟（「我們的共同朋友」，套用她的話）通信這段時間只提起我一次，那次還是不得不然。光憑這點就足以推斷她已經忘了我。這還不是最糟的：她之所以不提起我，可能是礙於已婚身分，也可能只是因為她想忘記我。

除此之外，我還有個悲觀的念頭，那就是她經歷了那麼驚悚的事，跟她曾經愛過的男人和解、目睹他百般痛苦地死去，也許已經抹滅掉她對我的短暫情意。她會從這些震撼中恢復，找回過去的健康，甚至重拾心靈的平靜與快樂，卻不會再想到那些感情。從今以後，那些感情在她看來只是一時的迷戀，空洞虛幻的夢境。尤其如今我們分隔兩地，基於禮儀，未來幾個月我都不能去看她或寫信給她，又沒有人可以提醒她世上還有我這個人，沒辦法讓她知道我依然痴心守候。再者，我如何能請她弟弟為我說話？我如何擊破那保守的冰冷外殼？也許他現在跟以前一樣反對這段感情；也許他覺得我太窮、身分太低，配不上他姊姊。沒錯，還有另一道障礙：格瑞斯黛莊園女主人杭汀頓太太、和懷德菲爾莊園那位畫家女房客葛拉姆太太之間，無論階級或處境都有天壤之別。如果我向現在的她求婚，或許她不會認為我太自以為是，世人和她的親友卻可能這麼想。然而，我必須確定她還愛我，才願意冒這個險，否則我怎麼能那麼做？最後，還有她過世的丈夫，以他一向的自私，也許會在遺囑裡限制她再婚。所以你也看得出來，只要我願意，我有充足理由深陷於絕望中。

然而，我還是心急如焚地等待勞倫斯從格瑞斯黛回來，他離家越久，我就越焦慮。我足足等了十天或十二天。他在那裡安慰、協助他姊姊是很好，但他至少可以寫封信告訴我她的情況，或者讓我知道他什麼時候回來。畢竟他應該知道我一方面擔心她、一方面不確定自己的未來，必定苦不堪言。等他終於回來，卻只告訴我他姊姊早先衣不解帶照顧那個曾經是她人生的禍患、又幾乎將她拖到死亡邊緣的男人，弄得心力交瘁。後來面對那人令傷感的死亡和接踵而來的後續事件，依然心煩意亂情緒低落。他完全沒有提到我，沒有暗示她曾經說出我的名字，或聽人提起我。沒錯，我自己也沒有提出這方面的問題，我實在說不出口，因為我相信勞倫斯確實不贊成我跟他姊姊在一起。

我看得出來他預期我會繼續追問，我也基於因猜忌而升高的敏感度、或提高警覺的自尊心，或不管我如何稱呼的心理，看出他不太願意接受我的提問，最後發現我竟然沒問，似乎慶幸多於驚訝。我當然火冒三丈，但尊嚴迫使我跟他說話時壓抑內心的感受，維持和善的臉孔，或者至少是自制的冷靜。這樣很對，因為事後經過審慎評估，我不得不承認，為這種事跟他吵架未免荒唐又不合時宜。我也得坦承我錯怪他了：事實上他很喜歡我，卻很清楚我跟他姊姊的結合，會是世人所謂門不當戶不對的婚姻。他天生不愛違逆世俗觀點，尤其是這件事。因為世人的恐怖嘲笑或尖酸言論是針對他姊姊，在他看來，這比他自己遭受惡評更難承受。如果他認為我們兩人必須結合才能得到幸福，或者知道我對她的感情有多麼強烈，他的做法就會有所不同。可是他看見我表現得那麼冷靜淡定，當然不願意擾亂我的心緒。他雖然沒有積極反對這樁婚事，卻也不會做任何事去促成它。他寧可謹慎行事，幫助我們克服對彼此的愛，也不願感情用事來鼓勵我們。你會說：「他做得很對。」也許吧。

總而言之，我沒有資格跟他生那麼大的氣，可惜我當時沒辦法用這麼溫和的角度看待這件事。我跟他聊了些無關緊要的話題後，就悶悶不樂地告辭離開。我覺得自尊受損、友誼受挫，也擔心她真的忘了我。另外，我心愛的她孤單又煩悶，健康欠佳，情緒低落，我卻不能安慰或幫助她，甚至不能告訴她我理解她的苦，因為勞倫斯不可能幫我傳達這一類的訊息。

我該怎麼辦？我可以等，看她會不會先來信。她當然不會，除非透過她弟弟捎來幾句友好訊息。但他不可能把話帶到，於是她會認為我沒有回應，一定是感情冷了，變心了。想想都覺得恐怖！或者，他告訴她我已經不想她了。但我還是會等，直到我們分開六個月後，那大約是明年二月底。到時候我會寫封信給她，謙卑地提醒她先前答應我半年後可以通信，也告訴她我希望善用這個機會，至少為她近期的苦難表達由衷的感傷，並且讚賞她寬容的做法。另外，我希望她身體已經完全復原，不久後就能過著平靜快樂的生活。長久以來她受盡苦楚，如今比誰都有資格享受幸福。最後我會用幾句話問候我的朋友小亞瑟，希望他沒有忘記我。也許我會再聊聊往日情誼，那些跟她相處的歡樂時光，讓她知道那些記憶在我腦海裡歷歷如新，帶給我樂趣與慰藉。我希望她不會因為近期的苦惱將我忘懷。如果這封信石沉大海，我就不再寫。如果她回信（她一定會回，不管內容如何），我未來的行動取決於她如何回應。

處於這種折磨人的不確定感中，十星期實在太難熬。不過拿出勇氣來！我必須咬牙忍耐，這段期間我會繼續去找勞倫斯，但不像以前那麼頻繁。我還是會照慣例問候他姊姊，看他最近有沒有收到信，她過得如何，如此而已。

於是我這麼做，但我得到的答覆總是惱人地局限於我提出的問題：她還是老樣子，沒有怨言；她最近的來信顯得心情落寞；她說她好多了；最後，她說她很好，忙著教育兒子、管理過世丈夫的產業，處理他留下來的事。那個壞傢伙從來沒有告訴我遺產怎麼處理，也沒說杭汀頓究竟有沒有留遺囑。我寧死也不開口問他，免得他誤以為我貪圖那些財產。如今他從來不讓我看他姊姊的信，我也不曾向他暗示我想看。十二月過去了，一月終於接近尾聲，二月也快到了。再過幾星期，屆時這漫長的懸疑就會被確定的絕望或重新燃起的希望取代。

可嘆啊！差不多就在這時，她又遭受另一次打擊：她姑丈過世了。我敢說她姑丈是個沒用的老傢伙，可是他向來最疼愛她，她一直以來也把他當自己的父親。他過世的時候她隨侍在側，在他臨終那段時間協助她姑媽照顧他。勞倫斯去史丹寧利出席葬禮，回來時告訴我她還留在史丹寧利，陪伴她姑媽走出傷痛，可能會住一段時間。對我而言這是壞消息，因為只要她留在那裡，我就不能寫信給她，因為我不知道地址，也不想問勞倫斯。幾星期過去了，每次我問起她，她都還在史丹寧利。

「史丹寧利在哪裡？」

他只告訴我郡名，態度冷冰冰不帶感情，阻止我追問詳細地點。

「她什麼時候回格瑞斯黛？」我接著問。

「我不清楚。」

「可惡！」我低聲咕噥。

「怎麼了，馬坎？」他故作驚訝地問。

我不屑回答他，憤怒又輕蔑的瞪他一眼。他轉頭看著地毯，半沉思半得意的臉龐露出淡淡笑容。但他很快又抬頭看我，親切愉快地聊起其他話題。可是我太生氣，不想跟他說話，不久後就離開了。看吧，我跟勞倫斯不知怎地就是處不來。我相信問題在於我們兩個都太敏感易怒。哈佛德，這種個性真的很麻煩，明明別人無意冒犯，自己卻總會多心。如今我已經擺脫這種困擾，你可以為我作證：我已經學會當個愉快又明智的人，學會放過自己，也寬容別人，敢放心大膽取笑你和勞倫斯。

幾星期後我才又見到勞倫斯，一方面是巧合，一方面是由於我的故意疏忽（因為我真的開始討厭他）。這回我們碰面是因為他來找我。六月初某個陽光燦爛的早晨，我剛開始收乾草，他來到我的田地。

「馬坎，好久不見。」寒暄幾句後他說，「你打算從此不上我家去了嗎？」

「我去過一次，你不在家。」

「我很抱歉，不過那是很久以前的事了。我一直希望你會再來。今天換我登門拜訪，你不在家。你通常都不在家，否則我會更常上門去叨擾。不過今天我打定主意要見到你，所以把我的小馬留在小路上，越過樹籬和水溝來找你。我打算出門一段時間，接下來一、兩個月可能沒有機會跟你見面。」

「你上哪兒去？」

「先去格瑞斯黛。」他臉上帶著壓抑不住的淡淡笑容。

「去格瑞斯黛！那麼她在那裡？」

「嗯，不過一、兩天後她會陪姑媽去F鎮，到海邊散散心。我也一起去。」（當時F鎮是相當高檔的海濱勝地，如今已經遊客如織。）

勞倫斯好像覺得我會趁機託他帶信給他姊姊。我相信如果我有腦子拜託他，他一定不會拒絕幫我傳遞訊息，可惜我拉不下那個臉。等他出發後，我才明白自己錯失多麼好的機會。那時我真的為自己的愚蠢和可笑的自尊心非常懊惱，可惜已追悔莫及。他直到八月下旬才回來。他在F鎮時寫過兩封信給我，信的內容乏善可陳得叫人氣惱，盡聊些籠統話題，或我毫不在乎的瑣事，或充滿當時我同樣不感興趣的奇思怪想，幾乎沒提到他姊姊，更少談到他自己。但我會等他回來，也許到時可以從他嘴裡打聽到更多消息。總之，她現在跟她弟弟和姑媽在一起，我絕不會寫信給她，我猜她姑媽比勞倫斯更反對我的痴心妄想。等她回到她僻靜的家，那時再寫信比較合適。

然而，勞倫斯回家後還是跟過去一樣，對我迫切想知道的話題語多保留。他說他姊姊在F鎮那段期間健康狀況大幅改善，她兒子也很好。可惜啊！他們跟她姑媽回史丹寧利，至少會停留三個月。當時我心中滿是懊惱、期待與失望。我的心情跌宕起伏，時而鬱悶消沉，時而閃現希望；有時想放棄，有時又想堅持；有時想大膽出擊，有時又想順其自然，耐心等待時機。但我不想拿那些事煩你，不如換個話題，聊聊故事裡提到的一、兩個人物的後續發展，因為將來可能沒有機會再提起他們。

杭汀頓過世前不久，羅勃洛勳爵夫人跟另一個情夫私奔到歐洲大陸，在那裡度過一段荒唐放縱的日子，之後兩人發生爭執就分手了。她繼續在那裡揮霍度日，時日一久，錢財耗盡，最後生活陷困、舉債度日，在愁雲慘霧中顏面盡失。聽說死的時候身無分文孤苦無依，景況堪憐。不過那可能只是道聽途說，也許她還在人世，實際情況我或她的親戚朋友都不得而知，因為他們已經多年沒見過她，可能的話也想徹底遺忘這個人。她第二次行為失檢時，她丈夫立即跟她離婚，不久後再婚。

羅勃洛勳爵這個決定很對，因為他表面上看起來為人孤僻喜怒無常，卻不是當單身漢的料。不管是對公共議題的關注、野心勃勃的計畫或積極的行動，甚至朋友間的情誼（如果他有朋友的話），在他心目中都取代不了溫馨幸福的家庭生活。沒錯，他有個兒子和名義上的女兒，可是他們常讓他想起他們的母親，令他苦不堪言。可憐的小安娜貝拉更是帶給他無止境的傷痛。他勉強自己扮演她的慈父，不准自己恨她，也許甚至因為她對他純真的信任與敬愛，對她產生某種程度的善意。只是，他為內心對那無辜孩子的感受強烈譴責自己，還得持續對抗蠢蠢欲動的邪惡天性（因為他本質並不寬厚）。這些事旁人只能猜測，實際情況只有上帝和他自己的心清楚。他也咬緊牙關抗拒誘惑，沒有重返年少時的放蕩行徑。為了忘卻過去的磨難，也為了拋開眼前的苦悶（因為心如槁木死灰、生活沒有歡笑與友誼、心靈的病態憂鬱），他幾乎想再度臣服於過去的陰險仇敵，儘管那仇敵曾經殘害他的健康、感官與品德，曾經殘忍地控制他，使他沉淪。

他再婚的對象跟第一任妻子大不相同。有些人對他的眼光感到納悶，有些人甚至嘲笑他。不過在這方面他們的見識顯然不如他。那位女士年齡跟他相仿，也就是介於三十到四十之間，沒有美貌、沒有財富、沒有出色的才藝。據我所知她沒有其他優點，只除了真正明白事理、堅定正直、積極虔誠、熱心仁慈和滿滿的樂觀情緒。你應該看得出來，綜合這些特質，她成了那兩個孩子的稱職母親，也是爵爺無可取代的妻子。他秉持一貫的自我貶低（或自知之明？），覺得自己遠遠配不上這樣的妻子，讚嘆上天竟然大發慈悲賜給他這樣珍貴的禮物，也懷疑她眼光欠佳，才會棄其他男人而選擇他。為此，他盡心盡力回報她對他的好，到目前為此做得相當成功。我相信她至今仍然是全英格蘭最幸福、最溫柔的妻子。至於那些懷疑他們夫妻眼光的人，如果他們各自挑選的對象帶給他們的滿足感有爵爺夫婦的一半，或者回饋給他們的情意有爵爺夫婦一半的持久與真誠，他們就該偷笑了。

如果你對那個無恥惡棍葛林斯比的命運有那麼一丁點好奇，我只能告訴你他每下愈況，在罪惡與劣行的淵藪越陷越深。值得大多數人慶幸的是，他只跟俱樂部裡最差勁的人和社會上最低級的敗類往來。最後他喝醉酒跟人鬥毆時喪命，據說對方是遭他詐賭的惡棍好友。

至於哈特斯利先生，他從未忘記「從他們當中出來」[6]的決心，表現得像個男人、像個基督徒。他那個幽默風趣的朋友杭汀頓一病不起，讓他深深體認到過去花天酒地的生活多麼不當，這樣的教訓一次也就夠了。為了避開城裡的誘惑，他依然住在鄉下，過著健壯活躍的鄉紳生活。平時做點農務、蓄馬養牛，間或打獵射擊添點變化，偶爾跟朋友（比年輕時代結交的更優質）歡聚一堂，或跟他開心的嬌小妻子（如今她歡天喜地，由衷信賴他）、體格健壯的兒子和青春洋溢的女兒共享美滿生活。他的銀行家父親幾年前過世了，把所有財產留給他，所以他終於可以大顯身手，投入他最感興趣的事業。我不說你也知道，鄉紳哈特斯利以他飼養的良種馬馳名全國。

6. 摘自《聖經．哥林多後書》第六章第十七節。

第五十一章 出乎意料的事

回到十二月初某個寂靜寒冷、烏雲密布的午後。第一場雪薄薄鋪在荒蕪的田野和冰凍的路面上，或者厚厚累積在車轍或人馬足跡留下的凹洞裡。路面之所以有那些凹洞，是因為上個月豪雨不斷後地面泥濘造成的。我記得很清楚，因為當時我從牧師公館走路回家，身旁的人不是別人，正是伊莉莎小姐。那天我去探望她父親，我之所以做出這樣的犧牲去敦親睦鄰，不是為了我自己，而是為了討我母親歡心。

我討厭走近那棟房子，一來是因為我對曾經那麼迷人的伊莉莎的反感，二來也因為我還沒原諒牧師對杭汀頓太太的偏見。如今他雖然不得不承認自己過去判斷錯誤，卻依然一口咬定她不該離開她丈夫，因為那違反她身為妻子的職責，也讓自己置身誘惑之中試探天意。他強調，除非遭受肉體虐待，而且情節重大，否則都不該採取這樣的行動。就算遭受虐待也不行，因為那時她該尋求法律的保護。不過我現在要談的不是他，而是他女兒伊莉莎。我向牧師告辭的時候，她正巧走進來，已經打扮好準備出門。

「馬坎先生，我正要去看你妹妹，」她說，「所以如果你不反對，我跟你一起回家。我喜歡走路的時候有伴，你也是吧？」

「嗯，只要是討喜的伴。」

「那是當然。」她露出刁鑽的笑容。

於是我們一起走。

「你覺得蘿絲會在家嗎？」她問。我們關上花園的門，往林登農場的方向出發。

「應該會。」

「我也這麼認為，因為我有個新鮮事要告訴她，如果沒被你搶先的話。」

「我？」

「是啊。你知道勞倫斯先生為什麼出門嗎？」她抬起頭，焦急地等我回答。

「他出門了？」我問。她臉色一亮。

「啊！那麼他沒告訴你他姊姊的事？」

「她有什麼事？」我驚恐地問，擔心她碰上不好的事。

「噢，馬坎先生，你急得臉都紅了！」她笑得很惱人。「哈，哈，你還沒忘記她。你最好趕快忘了她，因為，唉，唉！她星期四就要結婚了！」

「不，伊莉莎，那不是真的。」

「那麼你是說我騙人？」

「妳聽到假消息了。」

「是嗎？那麼你才知道真相？」

「我想是的。」

「那你為什麼臉色那麼蒼白？」她見我情緒波動，開心地笑著。「是氣可憐的我竟然說這種謊話嗎？我只是『轉述我聽來的消息』[7]，我不保證那是真的。不過，我看不出來莎拉有什麼理由騙我，或者告訴她這件事的人有什麼理由要騙她。她說那個門房告訴她，杭汀頓太太星期四要結婚，勞倫斯先生去參加婚禮。她還告訴我那位男士的名字，只是我忘記了。也許你可以幫我想起來。是不是有個人住在那附近，或者經常去她家附近，喜歡她很久了？他姓……天哪！姓……」

「哈格雷夫嗎？」我苦笑著提示她。

「你說對了，」她叫道，「就是這個姓氏。」

「伊莉莎，那不可能。」我激動地反駁，她被我的語氣嚇了一跳。

「哎呀，他們就是這麼說的。」她平靜地望著我的臉。接著她突然尖聲大笑，我氣得不知如何是好。

「你別跟我生氣，」她大聲說，「我知道這樣很沒禮貌，可是哈哈哈，你想跟她結婚嗎？天哪，天哪，真可憐！哈哈哈！哎呀，馬坎先生，你快暈過去了嗎？噢，我是不是該把那個人喊過來？喂，雅各……」為了阻止她，我抓住她手臂，狠狠地（我覺得）捏了一下。她因為疼痛或驚嚇輕聲哀叫，身子縮成一團。可是她的內心並沒有改變，而且立刻重振旗鼓，裝出一臉關切，問道，「我能幫你做什麼嗎？你要不要喝點水？或白蘭地？那邊的酒館裡一定有，要不要我跑過去幫你買一點？」

「別鬧了！」我嚴厲地說。一時之間她顯得有點不知所措，甚至害怕。我又說，「妳明知道我討厭這種玩笑。」

「什麼玩笑！我不是開玩笑！」

「不管怎麼說，妳的確在笑。我不喜歡被取笑。」我說話時竭力保持尊嚴與鎮定，避免語無倫次、不知所云。「伊莉莎，既然妳心情這麼好，有妳自己作伴就夠了。接下來的路妳自己走。我忽然想到我還得到別地方辦點事。再見。」

7. 此句引自蘇格蘭作家華特・史考特（Walter Scott，一七七一～一八三二）的長篇敘事詩《最後吟遊詩人的謊言》（*The Lay of the Last Minstrel*）。

說完，我轉身離開以遏止她的邪惡笑聲。我走進一旁的田野，跳上邊坡，鑽過離我最近的樹籬空隙。我決定馬上去查清楚她那番話的真相，或者該說證實誤傳。我用最快的速度走向伍德福，不過我先調頭繞了個彎，等我走出伊莉莎的視線範圍，馬上像飛鳥般橫越鄉間，筆直朝目標前進，越過牧草場和休耕地，收割後的田地和小路，跨過樹籬、水溝和柵欄，最後抵達勞倫斯家門口。

直到此時，我才完全理解自己的愛有多麼強烈，才明白自己抱著多麼大的希望。即使在最消沉的時刻，也不曾全然破滅，始終期待總有一天她會屬於我。或者，即使天不從人願，至少她心裡永遠記得我這個人，記得我們的友誼與愛情。我走到門口，打定主意如果見到主人，就大膽詢問他姊姊的事，不再等待、不再遲疑，把虛假的多慮和愚蠢的自尊都拋到腦後，立刻弄清楚自己的命運。

「勞倫斯先生在家嗎？」我急著詢問開門的僕人。

「不在。先生，主人昨天出門了。」那人顯得提高警覺。

「去哪裡？」

「去格瑞斯黛。先生，您不知道嗎？主人口風很緊。」那人說話時面帶愚蠢的假笑。「先生，我猜……」

我已經轉身走開，沒有聽他猜什麼。我絕不要站在那裡，讓那種人用無禮笑聲與無端好奇窺探我飽受煎熬的內心。

現在該怎麼辦？她真的為那個男人離開我？我不相信。她也許會拋棄我，卻絕不會跟那男人在一起！我一定要知道真相。疑惑與恐懼、嫉妒與憤怒在我內心洶湧激盪，我什麼事都做不了。晚班車已經走了，我要去L鎮搭隔天一早的馬車出發，用最快的速度奔向格瑞斯黛。我必須在婚禮前趕到。為什麼？因為我有個念頭，覺得或許我可以阻止。如果我不去阻止，我跟她可能都會後悔一輩子。我忽然想到也許有人在她面前說我壞話，也許是她弟弟。沒錯，她弟弟一定告訴她我虛情假意又不忠實，她自然而然會憤怒，或氣餒地放棄未來。他於是趁機狡猾又殘忍地鼓吹她答應這門婚事，只為了拆散我們。萬一事情真是這樣，萬一等到木已成舟她才驚覺自己錯了，我跟她的餘生都會在悲慘和遺憾中度過。當我想到這一切都怪我自己有太多顧忌，又會多麼悔恨！噢，我必須見到她，就算不得不在教堂門口表白，也一定要讓她知道我的真心。到時候我一定會像個瘋子，或魯莽的傻瓜，就算我的打擾惹怒她，至少她會告訴我一切都太遲了。但如果我能拯救她，如果她投入我懷抱！啊，想到這裡我不禁欣喜若狂！

我一方面因為滿懷希望如虎添翼，一方面受到那些恐懼的刺激，匆忙趕回家為隔天一早出門做準備。我告訴我母親我因為緊急事務必須馬上出趟遠門，不能耽擱，暫時也無法向她說明。我倉皇失措又心事重重，瞞不過我母親的眼睛。她以為我發生了什麼天大的禍事，我費了一番唇舌才讓她放下心來。

當天晚上下了一場大雪，嚴重影響隔天馬車前進的速度，我急得幾乎發狂。我當然連夜趕路，因為這天已經星期三：隔天早上婚禮一定會如期舉行。可是這個夜晚漫長又黑暗，厚厚的積雪卡在車輪上，也包圍住馬蹄。拉車的馬懶散至極；車夫又謹慎得可恨；其他乘客對馬車的速度漠不關心，簡直可惱。他們非但不肯幫我怒斥沿途幾個車夫，催促他們加速趕路，反倒盯著我，笑看我的毛躁。其中有個人甚至拿這件事取笑我，不過我狠狠瞪他一眼，他連忙閉嘴，從此不敢再吭氣。到了最後一趟車，我很想自己駕車，他們異口同聲反對。

我們到達M鎮時已經是大白天，車子停在「玫瑰與皇冠」客棧。我跳下車大聲找往格瑞斯黛的馬車。可是沒有馬車，全鎮唯一一輛馬車正在維修。「那就找雙輪輕便馬車，或出租馬車，或公共馬車，什麼都好，只是要快！」有一輛雙輪馬車，卻沒有馬。我派人去鎮上找馬，但他們實在花太多時間，我不能再等，我覺得我靠雙腿走過去可能快些。我告訴他們如果一小時內備好馬車，就讓馬車隨後趕來，而後用最快的腳程出發。

那段路大約十公里遠，可是我不認得路，只好不時停下來打聽。我沿路大聲攔下運貨的車夫或莊稼漢。那個冬季清晨路上行人少之又少，我屢次直闖農舍去問路，敲門吵醒睡懶覺的人：因為下雪無事可做，或許也沒東西吃、沒火可以取暖，乾脆繼續賴床。然而，我沒有時間替他們考慮，我疲倦又焦急，忍痛往前趕路。馬車沒趕上我，幸好我沒留下來等。但我還是氣惱自己為什麼等了那麼久。

最後我終於接近格瑞斯黛。我往那座鄉間小教堂走去。看哪！教堂前停著一整排馬車。我不需要看僕人和馬匹身上的白色綵帶，也不需要聽無所事事的圍觀村民的歡聲笑語，也猜得到教堂裡正在舉行婚禮。我衝進人群，上氣不接下氣地問典禮開始很久了嗎？他們只是瞪大眼瞧著我。我不顧一切往前擠，就要擠進教堂院子的大門時，原本像蜜蜂似地掛在窗子外那群衣衫襤褸的孩童突然跳下來奔向門廊，用他們粗野的方言大聲叫嚷，意思大概是，「結束了，他們出來了！」

伊莉莎如果看見當時的我，一定開心極了。我緊抓門柱穩住身子，視線投向教堂門口，想看我的心上人最後一眼，也看那個可鄙的傢伙第一眼。那人將她從我的心搶走，我確定他一定會讓她過著空洞、懊悔的悲慘生活，畢竟她跟他在一起能有什麼幸福可言？我不希望我的出現令她飽受震撼，卻沒有力氣走開。

新娘和新郎走過來了。我沒看見他，我的目光只鎖定她一個。長長的頭紗半遮她優雅的身形，卻沒有將它掩蓋。我看得出來她雖然抬頭挺胸走著，眼睛卻是望著地面。她的臉頰和頸子紅通通，可是五官都露出燦笑，一簇簇金色髮捲在朦朧的白紗底下閃耀著光芒。天哪！那不是我的海倫！那第一眼嚇了我一跳，可是我疲倦又絕望，視線模糊。我能相信我的眼睛嗎？沒錯，不是她！那是個比較年輕、比較纖瘦，膚色比較紅潤的美人。長得很漂亮，但氣質的高貴與靈魂的深度都大為遜色，少了那種說不出的高雅、那思慮敏銳卻溫柔的魅力，那種能吸引並征服人心（至少能征服我的心）、難以言傳的力量。我望向新郎，是勞倫斯！我擦掉沿著額頭往下滴的冷汗，後退一步等他走過來。他直盯著我，雖然我的外表一定邋遢走樣，但他認得我。

「馬坎，是你嗎？」他震驚又困惑的看著眼前這難以置信的景象，也許也看著我狼狽的外貌。

「是我。勞倫斯，是你嗎？」我集中精神回應他。

他紅著臉笑了，被我認出來彷彿半驕傲、半羞愧。如果他有理由為挽著他手臂那位美嬌娘感到驕傲，那麼他也該為長時間隱瞞自己的喜事羞愧。

「容許我介紹我的新娘。」他裝出無所謂的雀躍神情來掩飾他的尷尬。

「艾絲特，這位是馬坎先生。馬坎，這是勞倫斯太太，過去的哈格雷夫小姐。」

我向新娘行禮，使勁擰新郎的手。

「你為什麼沒跟我說？」我假裝生氣，用責備的口吻埋怨他。我其實不生氣，事實上，我發現這是個幸運的誤解，興奮莫名。基於這件事，也基於我在心裡對他的惡劣批判，此刻我對他真情流露。他或許傷害了我，卻沒到那個程度。過去四十小時我像憎恨魔鬼般憎恨他，這時我的心情一百八十度大轉彎，可以原諒他所有的過錯，而他那些過錯也不影響我對他的友情。

「我告訴你了。」他的困惑帶點內疚。「你收到我的信了嗎？」

「什麼信？」

「通知你我要結婚的信。」

「我沒有收到過任何這方面的消息。」

「那一定是在你來的路上錯過了。昨天早上應該會送到你家。我承認通知得有點晚。不過既然你沒有收到消息，為什麼來到這裡？」

這下子換我無話可說。我們輕聲交談時，新娘子忙著用她的腳輕拍地面的積雪，此刻她適時化解我的尷尬。她捏了新郎的手臂，悄聲提醒他應該邀請朋友上馬車一起離開。站在這裡被大家圍觀不太好，何況親友們都還等著他們。

「而且天氣這麼冷！」他著急地看著她身上的薄衣，連忙送她上馬車。「馬坎，你要上來嗎？我們要去巴黎，你可以在這裡跟丹佛之間任何地方下車。」

「不了，謝謝，我不需要。祝你旅途愉快。不過以後你得好好跟我道歉。還有，下次見面以前我要收到你幾十封信。」

他跟我握手，匆匆上車坐在新娘子身邊。這個時間地點不適合解釋或討論，我們站得太久，村民已經開始納悶，也許婚宴的賓客也等得心急。只是，我們的交談過程歷時比我撰寫的時間短得多，甚至也比你閱讀的時間短。我站在馬車旁，車窗開著，我看見勞倫斯溫柔地摟著新娘子的腰，她容光煥發的臉龐靠在他肩膀，充分展現愛與信任的幸福。男僕關上門，坐上馬車後面的位子，這段期間她抬起笑盈盈的褐色眼眸望著他，淘氣地說，「費德烈克，你一定覺得我沒有感情。我知道女孩子出嫁的時候都要掉眼淚，可是我無論如何也擠不出一滴淚水。」

他用親吻代替回答，把她抱得更緊些。

「這是怎麼了？」他低聲說，「咦，艾絲特，妳哭了！」

「沒事，我只是覺得自己太幸福了，」她哽咽地說，「但願我們親愛的海倫跟我們一樣幸福。」

「為妳這個願望祝福妳！」馬車駛離時，我在心裡回應。「也願上天讓妳願望成真！」

她說話的時候，我覺得勞倫斯臉色突然一沉。他想到什麼了？他不希望他姊姊和他朋友也像他此刻這般幸福嗎？在這種時候那是不可能的。他姊姊的命運和他的命運截然不同，難免讓他的幸福一時蒙上陰霾。或許他也想到我，或許他後悔過去曾經從中作梗：即使沒有採取行動阻撓我們，至少沒有幫助我們。現在我免除他這個罪名，也深深後悔過去曾經心胸狹窄地懷疑他。但他終究傷害了我們。我深信他曾經傷害我們。他並沒有築起堤壩、中途截斷我們這兩條愛的溪流，但他消極地旁觀這兩道河水在生命的乾枯荒野上任意流淌，不肯清除阻隔它們的障礙物，並且暗自期望它們在匯合以前各自消失在沙地裡。在此同時，他卻偷偷摸摸追求自己的幸福。也許他全心全意想著他的美麗佳人，沒有心思顧及別人的事。他最早跟她認識一定是在F鎮那三個月，至少那段期間開始親近。因為現在我想起來了，他曾經不經意提到他姑媽和姊姊有個年輕朋友跟她們住在一起，這可以說明為什麼他對那段時期的事多半三緘其口。現在我也想通了很多先前令我有點困惑的小細節，比如他以各種理由離開，每次停留的時間都比預期久。這些事他從來沒有充分解釋過，回來的時候也不喜歡被人問起。難怪他家僕人說他「口風很緊」。可是他又何必這樣隱瞞我？部分原因在於我早先描述過的特殊性格；部分原因可能是顧及我的感受，或擔心聊起愛情這個備具感染力的話題會擾亂我的心情。

第五十二章 動搖

緩慢的馬車終於趕上我。我坐上車，要車夫送我到格瑞斯黛莊園。我滿腦子思緒翻騰，沒有心情自己駕車。我要去見杭汀頓太太，如今她丈夫過世已經一年多，我去見她沒什麼不妥。她見到我突然出現，表情可能是淡漠，也可能是欣喜，我可以從中判斷她的心是不是真正屬於我。可是車夫是個碎嘴又冒失的傢伙，不肯讓我沉浸在自己的思緒裡。

「他們走了！」馬車從我們面前經過時，他說。

「那地方今天可熱鬧了，明天也是。先生，你知道那家人的事嗎？或者你是外地來的陌生人？」

「我聽說過那戶人家。」

「哼！總之，他們之中最好的一個走了。我猜等這樁喜事辦完，老太太也會離開，搬到別地方，靠她那一丁點財產過日子。那個年輕的（應該說新來的，因為她不年輕了）會來葛洛夫山莊定居。」

「那麼哈格雷夫先生結婚了？」

「是啊，先生，已經幾個月了。他原本會更早結婚，對象是個寡婦，結果錢的事談不攏。那寡婦錢很多，哈格雷夫先生想全部據為己有，對方不答應，所以就吹啦。後來娶的這個錢少一點，臉蛋也沒那麼好看，不過還沒結過婚。聽說她長得很普通，已經快四十歲或四十多歲了。所以說啦，如果這次不抓緊機會，以後可能找不到更好的對象。我猜她覺得這個年輕俊俏的丈夫抵得過她所有的財產，所以他要的話可以全拿去。我敢打賭，她很快會後悔這樁交易。聽說她已經發現他不是她婚前想像的那個和善大方、禮貌又討人喜歡的紳士，也發現他變得有點冷淡又專橫。是啊，以後她會發現他更冷淡，更霸道。」

「你好像很了解他。」我說。

「是啊，先生。他還很年輕的時候我就認識他了。是個傲慢的年輕人，也任性。我在山莊當過幾年差，後來我受不了他們小氣巴拉。太太越老越難搞，刻薄下人、東摳西省、疑神疑鬼、嘮叨碎念。所以我決定換個東家，隨便哪裡都好。」

接著他聊起目前在「玫瑰與皇冠」當馬夫，說這份差事表面上雖然不如先前那份來得風光，心情卻痛快又自由。之後他說起葛洛夫山莊金錢用度上的諸多細節，也描述哈格雷夫太太和她兒子的為人。我沒有細聽，因為我一方面為即將面對的情景焦慮不安，一方面留意周遭景物的變化。雖然兩旁依舊是光禿禿的樹木和白雪覆蓋的大地，卻明顯看得出來我們已經接近某位紳士的鄉間居所。

「我們是不是快到了？」我打斷他的話。

「是，先生。前面就是庭園。」

我看見廣闊庭園裡那棟雄偉建築，頓時萬念俱灰。被著冬季外衣的庭園依然美麗，比起夏季的繁盛想必毫不遜色。那氣派非凡的外觀，那高低起伏的地勢，被潔白耀眼的冬雪覆蓋，完美襯托。雪地上唯一的瑕疵，是一條蜿蜒曲折的野鹿蹄印。高大林木縱橫交錯的枝椏堆積晶亮的白雪，背景是暗沉的灰色天空；密實的樹林環繞四周；結凍的開闊湖面靜謐地沉睡，白蠟樹和柳樹裹著白雪的細枝垂在湖面上。這一切共組一幅令人讚嘆的美景，對輕鬆愜意的心靈想必是一場視覺饗宴，卻只令我洩氣。但我還有一點安慰，這些都屬於小亞瑟，嚴格說來，無論如何都不可能轉到他母親名下。不過她目前處境又是如何呢？我百般不願向饒舌的車夫提起她的名字，但終於一鼓作氣克服那股反感，問他知不知道她過世的丈夫是不是留了遺囑，那片產業又如何處置。喔，是啊，他知道得一清二楚。我很快得知，她有一份無條件屬於她的自有財產（但我知道她父親給她的不多），另有婚前約定的一小筆收入。除此之外，在她兒子成年以前，那片產業由她全權管理。

車夫還沒說完，我們已經來到大門外。考驗的時間到了。她會不會在家……唉，她可能還在史丹寧利，勞倫斯沒有說她回來了。我問門房杭汀頓太太在不在。不在，她在她姑媽家，聖誕節以前會回來。她大部分時間都待在史丹寧利，偶爾莊園或佃戶雇工的事務需要她親自處理，才會回來。

「史丹寧利靠近什麼地方？」我問，很快得到答案。「好了，老兄，把轡繩給我，我們回M鎮，我得在『玫瑰與皇冠』吃點早餐，再搭第一班公共馬車去史丹寧利。」

「先生，你今天到不了。」

「沒關係，我不打算今天趕到。明天到就行，路上找個地方過夜。」

「先生，你說客店嗎？那麼你最好今天住我們店裡，睡飽後明天出發，剛好趕一整天路程。」

「什麼？讓我損失十二小時嗎？我才不。」

「先生，你是杭汀頓太太的親戚嗎？」他招攬顧客失敗，轉而尋求好奇心的滿足。

「我沒那份榮幸。」

「啊！」他用狐疑的眼神斜瞄我濺滿泥污的灰色長褲和粗呢短大衣。「不過，」他又用打氣的口吻說，「先生，很多那樣的女士也有比你寒酸的親戚。」

「肯定是。也有很多高貴紳士會覺得能跟那樣的女士攀上親戚是很大的榮幸。」

這時他別有用心地斜睨我的臉。「先生，那麼你是打算……」

我猜到他想說什麼，連忙阻止他的冒失猜測。我說，「你能不能行行好，暫時別說話，我有事要忙。」

「先生，忙？」

「沒錯，腦子忙。我想事情的時候不希望被打擾。」

「跟真的一樣，先生！」

你應該看得出來我並沒有因為失望受到太大打擊，否則絕不可能這麼平靜地忍受那傢伙的無禮。事實是，經過綜合考量，我覺得今天見不到她也好，甚至更好。這麼一來，我有時間可以沉澱自己，以便平靜地面對她。再者，我先前的擔憂突然消除，內心喜不自勝，我得做好準備迎接更大的失望。更別提我趕了一天一夜的路，又急匆匆地踩著剛下的新雪走了將近十公里，現在的模樣肯定不適合見人。

到了Ｍ鎮，公共馬車出發前我還有點時間可以吃頓豐盛的早餐恢復體力，做點晨間盥洗提振精神，再換套衣裳一新耳目。身為乖兒子的我給我母親寫了封短信，讓她知道我還在人世，也說明我為什麼沒有如期返家。在這種行車緩慢的季節，到史丹寧利的旅途十分漫長，不過一路上我沒有疏忽飲食，入夜後也找了間路旁客店歇息一宿。寧可慢點到，也不要讓我的情人和她姑媽見到我長途奔波風霜滿面的落魄相，即使外表一切正常，我冷不防出現也夠她們驚嚇的了。

隔天早上，我儘管情緒激昂，還是強迫自己盡量多吃一點。我倒是多花了點時間梳洗換裝，從我的小旅行袋拿出乾淨襯衣、整潔的外衣、光亮的靴子和嶄新的手套換上。之後我搭上「閃電號」，重新踏上旅途。我還得搭將近兩段車程。我聽說公共馬車會經過史丹寧利附近，於是向車夫表示我想在離那房子最近的地方下車。之後我無事可做，只能雙手抱胸枯坐，想像接下來一小時的事。

那是個晴朗嚴寒的早晨，我朝氣蓬勃地端坐馬車上，眺望覆雪大地和萬里晴空，呼吸著純淨醒神的空氣，在冰凍的路面上嘎吱嘎吱地前進，這就夠令人振奮的了。加上我匆匆趕往什麼樣的目的地，即將見到什麼人，你大概約略猜得到我當時的心情。不過你只能約略猜到，因為我的心填滿言語無法形容的喜悅，我的精神亢奮到近乎瘋狂，儘管我已經謹慎地自我約束，將它們控制在合理範圍內：我故意想著我和海倫之間不可否認的階級差異；我們分開後她經歷過的一切；她長時間保持沉默；最重要的，還有她那位冷靜細心的姑媽。她一定不敢再輕易忽視姑媽的意見。想到這些，我的心一陣焦慮不安，胸口起伏不定，只盼著事情盡快落幕。儘管有這些憂慮，她的倩影在我心中始終清晰，我們過去說過的話、有過的感受也歷歷在目；我對未來依然懷抱希望。事實上，我根本察覺不到那些恐懼。然而，旅程接近終點時，兩名同車乘客好心助我一臂之力，讓我從雲端跌落谷底。

「這片土地可真不賴。」其中一個拿起雨傘指向右邊寬闊的田野。這片田地相當顯眼，因為圍著密集的灌木樹籬、開鑿得當的灌溉溝渠和秀美的林木，有些長在田地邊界上，有些則在整塊地的中央。「如果你春天或夏天來看，就知道這塊地多好。」

「是啊，」另一個人搭腔。這人有點年紀，面容嚴肅，淺褐色大衣直釦到下巴，棉布雨傘夾在兩膝之間。「這應該是老麥斯威爾的地。」

「曾經是他的。不過你應該知道他死了，全都留給他姪女。」

「全部？」

「每一吋。還有那棟房子和所有的東西！他在世間的所有財產都是，只留一點給他在外地的姪子，還有他太太的一筆年金。」

「這太奇怪了！」

「說的是。她甚至跟他沒有血緣關係。不過他自己也沒有血親，只有一個跟他吵架的姪子。他向來偏愛這個姪女。聽說是他太太要他這麼做，因為大部分的財產都是她帶來的，她希望留給這個姪女。」

「嗯！娶到她的人可真走運。」

「的確是。她是個寡婦，不過還年輕，而且長得挺漂亮。自己有一筆財產，只有一個孩子，她還幫那孩子管理另一片產業。條件好得很哪！咱們恐怕沒機會啦。」這時他開玩笑地用手肘頂了頂我和另一個人。「哈，哈，哈！先生，沒冒犯你吧？」他對我說。「嗯哼！我猜她只會嫁貴族。你看，」他轉頭對另一個人說，雨傘橫過我面前往外指。「就是那棟房子，多壯觀的庭園。你看那些樹林，產多少木材，獵物也不少。嘿！這是怎麼啦？」他的驚呼是因為馬車突然停在大門口。

「哪位先生要到史丹寧利？」馬車夫大喊。我站起來，把旅行袋扔下地，自己準備跟著下車。

「先生，身子不舒服嗎？」那長舌傢伙盯著我問。我的臉八成沒有一點血色。

「沒事。車夫，拿去！」

「謝謝先生。好咧！」

車夫把車資收進口袋，駕著車走了。我沒有走向庭園，而是在門外徘徊，雙手抱胸，目光投向地面。我的腦海湧現各種模糊不清的畫面、念頭與印象，叫人喘不過氣來。其中唯一清楚的是：我百般珍藏的愛情竟是一場空，我的希望永遠破滅了。我必須馬上忍痛離開，從此揚棄並壓抑任何有關她的念頭，當它是一場痴狂的夢境。我很願意在這個地方逗留幾小時，只盼著離開前至少能遠遠看她一眼。但我不可以這麼做，絕不能讓她見到我。我當初不遠千里而來，不就是為了喚回她的愛，希望跟她白頭到老。萬一她認為我太冒昧，竟敢來重提過去的情分（或者容我說：愛情），我能承受得了嗎？畢竟那份情誼只是在她隱姓埋名逃離家園、辛苦操勞維持生計，顯然沒有錢、沒有家人或朋友的情況下偶然建立，或者該說是在違反她意願情況下強迫她接受。如今她已經回到原來的位置，找回屬於她的財富，我能厚著臉皮找上門嗎？坦白說，如果她一直保有原來的財富，我根本沒有機會認識她。還有，我們十六個月前分開時，她清楚明白叫我別奢望在塵世跟她重逢，而且從那天起到現在沒寫過隻字片語給我。不，想到這些我簡直無法忍受。

即使她對我還有一絲眷戀，我該不該喚醒那些情感，從而擾亂她平靜的心湖？她會不會認為自己必須冒著被世人輕視或譴責、讓她愛的人傷心難過的風險，浪漫地選對我的真心與忠實；或者為顧及親友的感受、她自己的理智和整件事的合理性，犧牲她個人的願望。不管責任感迫使她選擇哪一邊；也不管愛情引誘傾向她哪一邊，我該讓她在這種衝突裡痛苦掙扎嗎？不行，我也不願這麼做。我要馬上離開，她永遠不會知道我曾經這麼靠近她的住處。我可以放下跟她終成眷屬的渴盼，甚至不奢望她把我當朋友看待，也絕不能出現在她面前擾亂她的平靜，不能讓她知道我依然忠誠，為此痛苦煎熬。

「那就再見了，親愛的海倫，直到永遠！永別了！」

我說出這些話，卻沒辦法轉身走開。我走了幾步，又回頭看她豪華的家最後一眼，如此一來，我至少可以把她的家跟她的形影一起牢牢印在我心裡。可嘆哪，她的人我是無緣再見了。我又往前走了幾步，陷入悲傷的情緒，不知不覺停下腳步，倚著路旁一棵粗糙的老樹站定。

第五十三章　結局

我滿腹愁思站在那裡的時候，一輛私人馬車從馬路拐彎駛過來。我沒有抬頭去看。如果它靜靜從我身邊經過，我絕對想不起它是什麼模樣。可是車裡有個童稚的聲音喚醒了我。那聲音激動地叫著，「媽媽，媽媽，是馬坎先生！」我沒聽見回應，可是那聲音又說，「是真的，媽媽，妳自己看。」

我沒有抬起視線，不過我猜「媽媽」看了，因為這時有個清亮悅耳、令我神經震顫的嗓音驚叫道，「天哪，姑媽，是馬坎先生，亞瑟的朋友！理查，停車！」

那短短幾個字裡明顯帶著欣喜卻壓抑的興奮感，特別是「天哪，姑媽」這幾個顫慄的字眼，聽得我幾乎失控。馬車立刻停下來，我抬起頭，看見有位蒼白嚴肅的老太太隔著敞開的車窗打量我。她點點頭，我也欠身回禮，而後她把頭縮回馬車裡。這時小亞瑟大聲要車夫讓他下來。車夫下車開門的過程中，車窗裡伸出一隻手。那比例勻稱的纖纖玉手雖然隱藏在黑色手套裡，但我知道那是誰的手。我連忙抓住它，捏了一下，一開始難掩熱情，卻又立刻回神過來。我放開手，那隻手立刻縮回去。

「你專程來看我們，或只是路過？」手的主人低聲問。雖然她臉上罩著厚厚的黑紗，又置身車板陰影裡，看不見臉孔，我覺得她專注地觀察我的表情。

「我……我來看看這地方。」我有點結巴。

「這地方。」她重複我的話，那語氣裡不滿或失望多於驚訝。

「那麼你不進來嗎？」

「如果妳希望我進去。」

「你懷疑嗎？」

「要，要！他一定要進來。」亞瑟大聲喊道。他從另一邊車門跑過來，雙手拉住我的手，開心地搖晃。

「先生，你記得我嗎？」他問。

「記得。我的小朋友，你雖然變很多，我還是記得很清楚。」我邊說邊查看這個身材瘦高的小紳士。雖然他笑嘻嘻的眼睛是藍色的，帽子底下是閃亮的淡色髮絲，但聰明俊俏的臉龐明顯有他母親的影子。

「我是不是長大了？」他挺直身子問。

「當然是！我敢說整整長高八公分！」

「我已經七歲了。」他得意地宣布。「再過七年，我會長得差不多跟你一樣高。」

「亞瑟，」他母親喊道，「請他進來。理查，走吧。」

她的嗓音有點哀傷和冷淡，但我說不出為什麼。馬車往前走，進了大門。我的小朋友帶著我走進庭園，沿路開心地說個不停。走到門廳入口時，我停在門階上環顧四周，盡可能給自己一點時間平復心情，或者至少記住我剛才的決定和做出那些決定的理由。亞瑟一直輕拉我外套，再三邀我進屋，我才終於隨他走進女士們等候著的客廳。

我進門的時候，海倫用溫和中帶點嚴肅的目光端詳我，禮貌地問候我母親和蘿絲，我恭敬地回答她。麥斯威爾太太請我坐下。她說天氣相當冷，不過她相信這天早上我沒有趕很多路。

「大約三十公里左右。」我答。

「不是走路吧！」

「不，女士，我搭公共馬車。」

「先生，瑞秋來了。」我們之中唯一真正開心的亞瑟說。這時可敬的瑞秋剛走進來，準備拿她小姐的東西。她認出我來，給我一個友善的笑容。我必須客氣地向她行禮，回報她的笑容，於是這麼做了。她也恭敬地回禮：她已經知道過去錯怪我了。海倫脫掉她哀傷的無邊帽和面紗，以及厚重的禦寒斗篷後，變回原來的她，我幾乎手足無措。看見她依然茂密，依然光澤動人的烏黑秀髮，我特別開心。

「舅舅結婚，所以媽媽沒有戴她的喪帽。」亞瑟以孩子的單純敏捷判讀我的心思。媽媽面容嚴肅，麥斯威爾太太搖搖頭。「姑婆說要永遠戴下去。」調皮的小傢伙接著說。他發現自己的唐突發言惹姑婆生氣又難過，於是默默走過去抱住她脖子，親吻她臉頰，而後躲到一扇大凸窗裡，靜靜地跟他的狗玩耍。

麥斯威爾太太嚴肅地跟我聊起諸如天氣、季節和路況這類有趣話題。我慶幸有她在場，幫助我克制天性的衝動，對治我興奮激動的心情，避免失去理智，把持不住自己。可是我漸漸承受不了那份壓抑，幾乎無法強迫自己聽她說話，無法以正常的禮儀回應。因為我知道海倫就站在爐火旁，離我短短幾公尺。我不敢看她，卻覺得她在注視我。我快速偷瞄她一眼，發現她的臉頰有點紅暈，手指焦躁顫抖地把玩錶鍊，顯示她情緒十分激昂。

「跟我說說，」她趁我跟她姑媽談話出現第一個空檔，快速輕聲說道。我壯起膽子又看她一眼，她雙眼盯著金色錶鍊。「林登山谷的老朋友都好嗎？我離開後沒什麼事吧？」

「應該沒有。」

「沒有人過世？沒有人結婚？」

「沒有。」

「或者，快結婚了？有沒有誰跟老朋友斷絕關係，或建立新友誼？有沒有哪個老朋友被遺忘，或被取代？」

她說到最後一句話時聲音壓得極低，只有我聽得見最後幾個字。在此同時，她用熟悉的笑容望向我，那笑容憂鬱又迷人，伴隨羞怯又渴盼的探詢神情，我無比激動，雙頰一陣熱辣。

「應該沒有。」我答。「如果大家都跟我一樣沒變，就沒有。」她的臉頰泛紅，跟我的相呼應。

「那麼你剛才真的不打算進來看我們？」她問。

「我怕打擾你們。」

「打擾！」她不耐煩地揮揮手。「什麼……」她好像突然意識到她姑媽在場，及時打住，轉頭對她姑媽說，「姑媽，這位先生是我弟弟的好朋友，跟我也很熟（至少幾個月的時間），還聲稱跟我的孩子感情很好。結果他路過我們家，離他家上百公里遠，卻不願意進來看看，說什麼擔心打擾我們！」

「馬坎先生太客氣了。」她姑媽答。

「不如說太拘禮，」她又說，「太……算了，無所謂。」她轉身走開，坐進桌子旁的椅子，抓住一本書的封面，把書拉到她面前，積極卻又心不在焉地翻著。

「如果我知道，」我說，「妳會給我這麼大的榮幸，說我們是熟人，我多半會開開心心來拜訪妳。只是我以為妳很久以前就忘記我了。」

「你是以己度人，」她喃喃回應，視線依然盯著書頁，只是說話時臉頰泛紅，一口氣翻了十幾頁。

氣氛一度凝結，亞瑟覺得這是他介紹小獵犬的好時機，要我看看小狗長得多麼大，變得多結實健壯，也問我小狗父親桑球現在的狀況。這時麥斯威爾太太起身告退，要去換掉外出服。海倫馬上推開書本，默默看著亞瑟、我和狗兒一段時間後，她支開亞瑟，要他去拿他那本最新的書給我看。孩子立即順從，我繼續摸狗。

如果要由我來打破沉默，恐怕要等到亞瑟回來。不過，大約不到半分鐘，海倫急躁地站起來，走回地毯上早先她站過的地方，也就是在我和壁爐角落之間，她激動地說：「吉伯特，你是怎麼了？為什麼整個人都變了？我知道這樣問很不妥當，」她匆忙追加一句，「也許非常不禮貌。如果你也這樣覺得，就別回答。我只是不喜歡神祕兮兮、有話不說。」

「海倫，我沒有變。很不幸我跟以前一樣熱烈，一樣激情。變的不是我，是情勢。」

「什麼情勢？跟我說清楚！」她的臉龐因為焦慮與苦惱變得蒼白，莫非擔心我已經草率和別人海誓山盟？

「我馬上告訴妳。」我答。「我承認我來是為了見妳，而且一路上擔心自己會不會太冒昧，也怕到這裡既出人意料又不受歡迎。可是我直到最後一段路程才從同車的兩名乘客口中得知妳繼承了這一大片產業。我立刻意識到自己珍藏的那份希望多麼可笑，也發現再不放棄就太瘋狂。雖然我在妳家門外下車，卻已經決定不走進來。我在外面逗留了一段時間，想看看這個地方，打定主意要直接回家，不見這屋子的女主人。」

「如果不是我和我姑媽出門兜風碰巧回來，我從此再也見不到你，也收不到你的信息？」

「我覺得我們不見面對彼此比較好。」我努力保持平靜，卻是壓低音量，因為我知道我沒有辦法穩定我的嗓音。我也不敢看她的臉，以免我的故作鎮定瞬間崩潰。「我覺得再見面只會打擾妳的平靜，也讓我瘋狂。不過現在我慶幸有這個機會再見妳一回，知道妳沒忘記我，也能向妳保證我會永遠記得妳。」

接下來是一陣靜默。杭汀頓太太轉身走開，站在窗子旁。我這番話會不會讓她覺得我之所以沒有開口向她求婚，只是認為自己配不上？而她是不是在考慮該如何拒絕才不會傷害我的感受？我還來不及開口解除她的困擾，她突然轉身面對我，說道：「你原本有機會的，我是說，如果你希望讓我知道你記得我，或想知道我沒忘記你，只要寫封信就行了。」

「我原本會寫，可惜我不知道妳的地址。我不想問妳弟弟，因為我認為他會反對我寫信給妳。不過如果我知道妳希望收到我的信，或者知道妳曾經想起我這個不幸的朋友，那些都不是問題。可是妳一直音訊全無，我自然認為妳把我忘了。」

「那麼你希望我寫信給你？」

「不，海倫……杭汀頓太太，」我為剛才那番話中暗藏的指責羞紅了臉。「當然不是。但如果妳透過妳弟弟給我一點訊息，甚至偶爾向他問起我……」

「我經常向他問你呀。但如果你總是只問我身體好不好，」她笑著說了，「我就不會再問他了。」

「妳弟弟從沒告訴我妳提起過我的名字。」

「你問過他嗎？」

「沒有。因為我看得出來他不喜歡我問起妳的事，也不願意給予我這份過度執著的感情一點鼓勵或協助。」海倫沒有反應。「他這麼做很正確。」我補了一句，但她依然保持沉默，轉頭望著窗外積雪的草坪。我心想，「唉，我不要留在這裡惹她心煩了。」於是我站起來，憑著一股英勇的決心上前向她告辭。那英勇的背後其實是自尊心，否則我不可能撐得下去。

「你要走了嗎？」說著，她拉住我伸出的手，卻沒有立刻放開。

「我留在這裡做什麼？」

「至少等亞瑟回來。」

我太樂於聽從，於是倚著另一側窗框站在原地。

「你說你沒變，」她說，「但你變了很多。」

「不，杭汀頓太太。我只是不得不變。」

「你的意思是你現在對我的感覺跟我們最後一次見面時一樣？」

「是。可是現在不該再談這件事了。」

「吉伯特，當時才不該談，現在卻可以。除非說出來會違背真心。」

我激動得說不出話來。她沒有等我回應，別開她晶瑩的眼珠和緋紅的臉龐，打開窗子往外看。也許是為了平撫她自己的激動心情，或者避免她的尷尬，或只是想摘外面那叢小灌木裡那朵半開的聖誕玫瑰[8]。那美麗的花朵剛從在陽光下融化的積雪裡探出頭來，無疑也是積雪保護它免受霜凍。她摘下那朵花，輕柔地拍掉花瓣上閃亮的殘雪，送到唇邊說道，「這朵花香氣比不上夏天的花，面對風霜時卻比夏天的花更堅強：冬天的雨就足以滋養它；一點點陽光就能溫暖它；寒風無法令它失色，也摧折不了它的枝幹；凜冽的寒霜沒辦法讓它枯萎。吉伯特，你看，即使雪花留在它的花瓣上，它還是那麼生機蓬勃地盛開著。送給你，好嗎？」

我伸出手。我不敢開口，免得情感一發不可收拾。她把花放在我手上。我聚精會神想著她那番話是什麼意思，我又該如何回應，該不該表達我的心意，或繼續放在心裡。我還沒握住那朵花，她顯然誤以為我的遲疑是不在乎她的禮物，甚至不願意接受，突然一把搶走我手裡那朵花，扔在窗外的雪地上，大動作拉下窗子，走回爐火旁。

8. Christmas rose，毛茛科多年生草本植物，與玫瑰無關，通常十二月開花。花朵初期為白色，後轉為淡粉紅。

「海倫，妳這是為什麼？」我叫道，她態度丕變令我驚呆。

「你不明白我的禮物代表什麼意思？」她說，「或者，更糟的是，你鄙視它。我很遺憾把花送給你，不過送都送了，我唯一能做的就是將它收回。」

「妳嚴重誤解我。」我答。接下來一分鐘內我打開窗子，跳出去撿起那朵花，帶回來送到她面前，請她再送我一次。我說我會為她永遠珍藏這朵花，把它看得比我在這世間擁有的任何物品都珍貴。

「這樣你就滿意嗎？」她拿花時問。

「是。」我答。

「那就拿去吧。」

我懇切地將花兒拿到唇邊親吻，再放進胸口衣襟裡。杭汀頓太太的笑容帶點嘲諷。

「你要走了嗎？」她問。

「如果我必須走，我就走。」

「你變了。」她又強調。「你不是變得非常驕傲，就是變得非常冷漠。」

「我都不是，海倫……杭汀頓太太。如果妳能看見我的心……」

「你如果不是既驕傲又冷漠，至少也有其中一種。為什麼叫我杭汀頓太太，不像以前喊我海倫？」

「海倫，親愛的海倫！」我輕聲說。愛情、希望、歡喜、不確定和懸念等複雜感受令我痛苦不堪。

「我給你的那朵花代表我的心，」她說，「你要帶它走，把我獨自留在這裡嗎？」

「如果我求婚，妳會答應我嗎？」

「我說得還不夠多嗎？」她帶著最迷人的笑容回答。我抓住她的手，很想熱情地親吻，卻及時克制，問道，「妳考慮過後果嗎？」

「應該沒有，否則我不會答應嫁給一個驕傲得不願意接受我，或冷漠得不願意讓他的愛情凌駕我的世俗財物的人。」

我真是個呆頭鵝！我顫抖著將她擁入懷裡，不敢相信這極至的喜悅。但我還是忍不住說：「萬一妳後悔了！」

「那一定是你的錯。」她說。「除非你太令我失望，否則我絕不會後悔。如果你對我的愛沒有信心，以至於有這種懷疑，就別來打擾我。」

「我親愛的天使，我的海倫。」我激動地親吻依然拉著的那隻手，用左臂摟住她，「如果一切都看我，妳絕不會後悔。可是妳想過妳姑媽嗎？」我害怕聽見回答，連忙將她摟得更緊，唯恐失去我剛找到的寶物。

「暫時還不能讓我姑媽知道。」她說。「她還不知道我對你有多了解，會覺得這件事太荒唐，太欠考慮。但她必須了解你，學著喜歡你。午餐後你先回家，春天再來住一段時間，跟她多接觸，我知道你們會喜歡對方。」

「那時我們就可以結婚。」說著，我吻一下她的唇，再一下，又一下。先前我有多退縮、多克制，此刻就有多大膽，多奔放。

「不行，再等一年。」她輕輕掙脫我懷抱，但還溫柔地握住我的手。

「再一年！噢，海倫，我等不了那麼久！」

「你的忠誠到哪裡去了？」

「我是說我無法忍受跟妳分開那麼久。」

「不算分開。我們會每天寫信，我的精神會一直與你同在，偶爾你還可以見到我。我不會虛偽地假裝我想等那麼久，可是既然我結這個婚挑的是我自己中意的對象，那麼至少婚期我應該跟親人商量。」

「妳的親人不會答應的。」

「親愛的吉伯特，他們不會反對得太厲害。」她邊說邊親吻我的手。「等他們認識你，就不會太反對。或者，如果到時候他們還反對，那他們就不是真心為我好。就算他們因此疏遠我，我也不在乎。現在你滿意了嗎？」她抬頭看著我，臉上的笑意藏著說不出的溫柔。

「擁有妳的愛，我怎麼可能不滿意？海倫，妳真的愛我嗎？」我不是懷疑，而是想聽她親口確認。

「如果你的愛跟我一樣深，」她認真地回答，「就不會差點失去我，也不會為這些無謂的考量和自尊苦惱。你會明白兩個人只要見解與感受一致、能真誠相愛，彼此的內心與靈魂能共鳴，相較於這樣的結合，階級、出身和財富這些世俗差異或距離再懸殊，都只不過是塵土。」

「可是這實在太快樂，」說著，我再次擁她入懷。「海倫，我不值得擁有。我不敢相信這樣的幸福。我等得越久，就越擔心會發生什麼事，把妳從我身邊搶走。妳想想，一年之中有太多事可能發生！那段時間我一定會活在不得安寧的恐懼和焦慮裡。再者，冬天是多麼陰鬱的季節。」

「我也這麼覺得，」她沉重地答，「我不會選在冬天結婚，至少不在十二月。」說著，她一陣顫慄，因為那段讓她和第一任丈夫結合的乖舛婚姻，以及她丈夫慘死讓她重獲自由，都發生在十二月。「所以我才會說再一年，等到春天。」

「明年春天？」

「不，不。也許明天秋天。」

「那麼夏天如何？」

「嗯，那就夏末。好了！你該滿意了。」

她說話的時候，亞瑟回來了。好孩子，出去那麼久。

「媽媽，我去了妳告訴我的那兩個地方，都找不到那本書。」（媽媽的笑容裡有種心知肚明，像是在說，「嗯，親愛的，我知道你找不到。」）「後來瑞秋拿給我。馬坎先生，你看，這是自然史，裡面有各種鳥和野獸，文字解說和圖片一樣好看！」

我與高采烈地坐下來看那本書，把小傢伙拉過來站在我雙腿之間。如果他早一分鐘來，我對他可能不會這麼親切，但現在我慈愛地撫摸他的鬈髮，甚至親吻他白皙的額頭。他是我的海倫的兒子，所以也是我兒子，之後我一直將他視如己出。那可愛的小男孩現在已經是個優秀的年輕人，他一點都沒有辜負他母親對他的期望，目前跟他的妻子住在格瑞斯黛莊園，他妻子就是過去那個活潑可愛的小海倫．哈特斯利。

那本書我看不到一半，麥斯威爾太太就過來邀請我到飯廳用餐。起初她冰冷疏離的態度令我有點寒心，但我盡最大的努力取悅她。即使在那第一次短暫會面，我想她對我已經留下不錯的印象。因為我眉開眼笑地跟她交談，她慢慢變得比較和藹友善。我離開之前她親切地和我道別，希望不久後就能再跟我見面。

「你離開以前一定得看看我姑媽的溫室，也就是冬季花園。」我用最鎮定、最沉著的態度向海倫告別時，她說。

我樂得把握這個逗留的機會，跟著她走進那座又大又美麗的溫室。以當時的季節而言，裡面的花朵數量十分可觀。但我當然沒心情注意它們。

然而，海倫找我來這裡不是為了情話綿綿。「我姑媽特別喜歡花，」她說，「她也很喜歡史丹寧利。我帶你來這裡是想替她提出一個請求，希望她可以在這個地方終老。就算我們將來不住在這裡，我也會常常見她，陪伴她。因為我擔心她失去我心裡會很難過。雖然她過著遠離人群的生活，喜歡沉思冥想，可是如果她一個人太孤單，心情會太低落。」

「最親愛的海倫，妳想怎麼安排我都沒意見！無論如何我都不會希望妳姑媽離開這個地方，至於我們住哪裡，由妳和她全權決定。妳想見她隨時都可以。我知道她一定不願意離開妳，我願意盡我所能彌補她的損失。我愛她，因為她是妳姑媽，在我心目中，她的幸福就跟我母親的幸福一樣重要。」

「親愛的，謝謝你！為了這個，你應該得到一個吻。好了，吉伯特，夠了，放開我。亞瑟來了，別讓他幼小的心靈因為你的瘋狂受到驚嚇。」

我的故事該結束了，天底下只有你不會嫌我的故事拖得太長。不過為了滿足你，我要再多說幾句。因為我知道你也會同情那位老太太，會想知道她生命的最後一章。那年春天我又去拜訪她們，奉海倫的指示努力爭取她的認同。她對我非常和善，顯然聽她姪女說了我不少好話，已經準備好給予我極高評價。當然，我展現出最好的一面，跟她相處得格外融洽。她得知我有意娶她姪女時，反應比我想像中理性得多。對於這件事，她在我面前只說：「馬坎先生，據我所知，你想搶走我姪女。我希望上帝賜福你們的婚姻，讓我親愛的姪女終於得到幸福。坦白說，如果她可以守寡一輩子，我會更放心。如果她一定要再婚，我相信目前還在人世、年齡合適的男士之中，我最願意把她交給你。在我看來，你也最懂得欣賞她的優點和特質，也最能讓她快樂。」

她的讚美當然讓我非常開心，也努力向她證明她對我的正面評價是對的。

「不過我有個要求，」她接著說，「在我心目中，史丹寧利還是我的家，我希望你也把這裡當成你的家，因為海倫對這房子和我都有很深的感情，就像我也很愛她。她在格瑞斯黛有太多痛苦的回憶，一時之間很難抹滅。在這裡我不會騷擾或干涉你們。我喜歡安靜的生活，大部分的時間會待在自己的房間，只管自己的事，偶爾才會跟你們見面。」

我當然欣然同意。此後我們跟親愛的姑媽過著和諧的生活，一直到她過世。這起悲傷事件發生在幾年後，但悲傷的只是她的少數親人和她那些受她照顧的人，因為她走的很平靜，樂於接受死亡的到來。

回到我自己的事：我在隔年夏天，一個美好的八月早晨結婚。我們花了整整八個月，以及海倫所有的善意和美德，才總算克服我母親對我挑選的新娘的偏見，也接受我離開林登農場到那麼遙遠的地方生活的事實。但她終究為她兒子的幸運感到高興，也自豪地將這一切歸功於她兒子出色的優點與天賦。我把農場交給弗格斯管理。如今的我比一年前更有把握他能將農場經營得有聲有色，因為他最近愛上L鎮牧師的長女，那位小姐的優越條件激發出他潛藏的才能。他出人意表地奮發向上，一來是為了博取她的喜愛和尊重，也想增加自己的財富，以便向她求婚；二來讓他自己和對方的父母覺得他配得上她。你已經知道他最後成功了。

至於我自己，我不需要告訴你我和我的海倫如何相愛相守，多麼享受彼此相伴的時光，也欣喜地看著小亞瑟慢慢成長。此時我們熱切期待你和蘿絲的到來，因為你們年度拜訪的時間快到了。屆時你們就得離開那個塵土蔽天、煙霧瀰漫、辛勞忙碌的喧鬧城市，來這裡與我們共度三個月離群索居、重拾活力的輕鬆生活。再見了。

吉伯特・馬坎於史丹寧利

一八四七年六月十日

（全文完）

國家圖書館出版品預行編目資料

懷德菲爾莊園的房客 / 安妮．勃朗特 (Anne Brontë) 著；陳錦慧譯 . -- 初版 .
-- 臺北市：商周出版：家庭傳媒城邦分公司發行 , 2020.07
冊；　公分 . -- (商周經典名著 ; 68)
譯自 : The tenant of Wildfell Hall

ISBN 978-986-477-830-0(平裝)

873.57　　　　109005071

商周經典名著 68

懷德菲爾莊園的房客（全譯本）

作　　者／安妮．勃朗特（Anne Brontë）
譯　　者／陳錦慧
企劃選書／黃靖卉
責任編輯／黃靖卉

版　　權／黃淑敏、吳亭儀、邱珮芸
行銷業務／周佑潔、黃崇華、張媖茜
總 編 輯／黃靖卉
總 經 理／彭之琬
事業群總經理／黃淑貞
發 行 人／何飛鵬
法律顧問／元禾法律事務所 王子文律師
出　　版／商周出版
台北市104民生東路二段141號9樓
電話：(02) 25007008　傳真：(02)25007759
E-mail：bwp.service@cite.com.tw
Blog：http://bwp25007008.pixnet.net/blog
發　　行／英屬蓋曼群島商家庭傳媒股份有限公司 城邦分公司
台北市中山區民生東路二段141號2樓
書虫客服服務專線：02-25007718；25007719
服務時間：週一至週五上午09:30-12:00；下午13:30-17:00
24小時傳真專線：02-25001990；25001991
劃撥帳號：19863813；戶名：書虫股份有限公司
讀者服務信箱：service@readingclub.com.tw
城邦讀書花園：www.cite.com.tw
香港發行所／城邦(香港)出版集團有限公司
香港灣仔駱克道193號東超商業中心1樓；E-mail：hkcite@biznetvigator.com
電話：(852) 25086231　傳真：(852) 25789337
馬新發行所／城邦(馬新)出版集團 Cite (M) Sdn. Bhd.
41, Jalan Radin Anum, Bandar Baru Sri Petaling,
57000 Kuala Lumpur, Malaysia.
Tel: (603) 90578822　Fax: (603) 90576622　Email: cite@cite.com.my

封面設計／廖韡
排　　版／極翔企業有限公司
印　　刷／韋懋實業有限公司
經 銷 商／聯合發行股份有限公司
電話:(02)2917-8022　傳真（02）2911-0053
地址:新北市231新店區寶橋路235巷6弄6號2樓

■2020年7月28日初版一刷　　Printed in Taiwan
定價450元

城邦讀書花園
www.cite.com.tw